UNE IMPOSTURE

Du même auteur

Les Masques du héros
Seuil, 1999
et « Points », n° P871

Cons
Seuil, 1999
et « Points », n° 8990

La Tempête
Seuil, 2000
Grand Caractère, 2001
et « Points », n° P946

Le Silence du patineur
Seuil, 2001

Les Lointains de l'air
Seuil, 2002

La Vie invisible
Seuil, 2005
et « Points », n° P1409

Le Septième Voile
Seuil, 2009

JUAN MANUEL DE PRADA

UNE IMPOSTURE

roman

TRADUIT DE L'ESPAGNOL
PAR GABRIEL IACULLI

ÉDITIONS DU SEUIL
25, bd Romain-Rolland, Paris XIVe

Titre original : *Me hallará la muerte*
Éditeur original : Ediciones Destino, 2012

Diagonal, 662-664, Barcelone
ISBN original : 978-84-233-3921-1

ISBN 978-2-02-111633-5

www.seuil.com

à Cárcaba, avec qui j'ai trouvé la vie

Première partie

C'étaient des proies assurées, aussi assurées que les profits du mois d'août.

Antonio avait appris à les repérer dans la foule qui quittait en vitesse les arènes de la Plaza de las Ventas en fin d'après-midi, comme si ces gens redoutaient de se faire voler leur portefeuille dans la cohue, ou cherchaient à éviter le contact de la plèbe qui pouvait leur transmettre quelque maladie honteuse. Il avait aussi appris à les repérer, faisant du lèche-vitrines ou attendant l'ouverture du Chicote, parmi les troupeaux de rustauds qui allaient et venaient au rond-point de San Luis et se répandaient sur la Gran Vía. Ils étaient trahis par leur apparence de crétins orgueilleux, endimanchés, rougeauds, qui cachaient leur cuir campagnard sous un costume trois-pièces à carreaux – dont la coupe, qui ne manquait pas, sur eux, de paraître rachitique, dévoilait le tailleur de province peu attaché aux patrons qu'imposait la mode de Paris –, fumaient des cigares rustiques qu'ils avaient coupés d'un coup de dents et se parfumaient à l'aurone mâle pour cacher leur odeur de bouc. Il avait bien répertorié tous ces types : négociants en vins de Socuéllamos qui faisaient la tournée des bistrots auxquels ils fournissaient un vin aigre et baptisé, éleveurs de la Manche désireux de voir les abattoirs où étaient sacrifiés leurs porcs, grossistes venus faire le tour des services administratifs pour y payer leurs commissions, trafiquants qui allaient graisser les pattes dans les commissariats et chez les fournisseurs, propriétaires terriens et éminences rurales arrivés à Madrid avec l'intention de conclure un marché trouble ou de déposer sur un compte en banque encore plus trouble les sommes qu'ils soutiraient à leurs métayers au prix du sang, tout un ramassis de rupins sans scrupule qui, une fois leurs affaires réglées, allaient faire la bringue dans le dos de leur bourgeoise, qu'ils avaient laissée au village accablée d'enfants et d'une indigestion de neuvaines. Il avait également étudié la psychologie de ces butors qui, avant d'assécher leur caisse noire avec des putes de luxe, achetaient à leur légitime, pour calmer leurs remords, un flacon de parfum ou un *négligé*[1]* égrillard – *négligé** qu'elle n'étrennait même pas, par pudeur ou à cause d'un excès d'embonpoint (qui réclamait une gaine pour être contenu) – en montrant au vendeur l'alliance à leur annulaire, afin de bien faire comprendre que ce n'était pas un cadeau pour une fille des rues et que sa réputation ne pouvait être mise en doute. Avec le flacon de parfum ou le *négligé** inutile et quatre sucreries pour les marmots (sans doute en pleine santé et bien en chair), ils accomplissaient leur devoir d'époux scrupuleux et de père de famille prévenant ; puis, après avoir laissé les paquets dans la chambre d'hôtel avec leur alliance dénonciatrice, les grands hypocrites sortaient se défouler, la conscience plus noire que le goudron, mais lavée dans le flot de cadeaux.

C'étaient des proies assurées, aussi assurées que les profits du mois d'août. Mais comment les chasser ? Antonio les observait depuis longtemps, au commencement quand il avait tenu un méchant tripot rue de Montera, puis quand il était devenu filou à la Puerta del Sol, et maintenant de derrière l'étal qu'il installait à deux pas des arènes, avec quatre jouets déglingués qu'il pêchait au marché aux puces du Rastro et réparait lui-même, en révisant leur mécanisme (celui de la petite voiture qui avance seule quand on a frotté ses roues par terre, ou celui du pantin qui pirouette sur un léger crincrin d'orgue de Barbarie aussi longtemps que se détend le ressort) et en les repeignant, jusqu'à leur donner l'apparence du neuf. Antonio était habile à rafistoler les jouets endommagés, presque autant qu'à escamoter les portefeuilles, mais ces emplois lui rapportaient tout juste de quoi gîter dans de modiques garnis qui tenaient à la fois du taudis et du coupe-gorge, et se remplir le ventre de tripes de volaille frites et de sardines salées et fumées ; car les jouets ne lui laissaient qu'une maigre marge de bénéfice

1. Les mots en italique suivis d'un astérisque sont en français dans le texte. *(Toutes les notes sont du traducteur.)*

(et ce peu de chose était encore écorné par les marchandages des clients avaricieux), et il fallait voler les portefeuilles dans ces endroits pleins de monde, toujours plus surveillés par les flics, dans les tramways et les rames de métro où, si l'on était pris la main dans le sac, il n'y avait guère d'échappatoires. Antonio avait à peine vingt ans, mais la conscience du temps perdu le rongeait comme l'eût fait une gangrène qui n'aurait cessé de s'étendre ; il savait que s'il voulait faire son beurre avant de devenir vieux, il allait devoir se trouver un acolyte. Il n'avait cependant aucune envie de s'associer avec un gredin qui, tôt ou tard, finirait par tout claquer et perdre les pédales ; et il répugnait plus encore à s'acoquiner avec une femme, pour de vagues raisons, dont il ne savait si elles reposaient sur le manque de confiance ou sur la révérence excessive que lui inspirait le sexe opposé.

Mais, s'il voulait mettre en œuvre le plan qu'il avait ourdi, il allait pourtant avoir besoin d'une complice, qui, de plus, devait être coriace et bien roulée. Parce qu'il s'agissait d'embobiner ces rustres ou ces provinciaux pleins aux as qui venaient à Madrid conclure leurs affaires, jusqu'à ce que ces crapules, leur gland enhardi, perdent le contrôle de leurs instincts et se laissent conduire à l'abri de la végétation, dans un coin suffisamment solitaire, où Antonio pourrait les délester de leur portefeuille bien garni et, si possible, de leurs boutons de manchettes, de leur épingle à cravate, de leur montre de gousset et même de leurs vêtements, à l'occasion, en laissant le péquenaud tel que sa mère l'avait mis au monde. Antonio chercha la partenaire idéale pendant des mois ; mais les rares femmes qu'il fréquentait étaient par trop vulgaires et décrépites, aussi bien pour le tour de main que pour la vente de leurs charmes. Pour plumer ces rupins, ni les bonniches ni les putains ne pouvaient lui être utiles, pas plus, bien entendu, que celles qui se donnent pour distinguées et pudibondes. Il cherchait le juste milieu, une pouliche dans le besoin et encore décente, qui accepterait pourtant, une fois en présence du richard, de perdre (ou d'oublier pour un instant) sa vertu, en simulant de le faire contre son gré, mais qui serait dans le fond appâtée par la possibilité que cette perte ou cet oubli puisse l'aider à sortir de la misère. Trouver une telle perle se révélait beaucoup plus compliqué qu'il ne l'avait tout d'abord imaginé. Car il ne suffisait pas qu'elle fût farouche et bien roulée, miséreuse mais encore décente ; il fallait aussi qu'elle fût désabusée (ou, mieux encore, depuis toujours incapable de nourrir le moindre espoir), sans que la désillusion l'eût déjà inclinée à la vénalité et à la hargne. Découvrir une femme qui n'en serait pas tout à fait arrivée là, prête à basculer dans le vice et la crapulerie, mais pas encore déchue ni amère, finit par lui paraître plus difficile que trouver dix justes à Sodome, et il avait presque désespéré d'y parvenir quand il fit la connaissance de Carmen.

La première fois qu'il la remarqua, elle ne lui parut même pas belle. Il l'aperçut alors qu'ils s'efforçaient tous deux de placer leurs marchandises respectives dans la foule des *aficionados* qui sortaient en masse du métro pour se rendre aux arènes. Antonio essayait d'attirer leur attention sur ses jouets rafistolés avec un bagout et des simagrées de camelot ; Carmen, qui portait pendu à son cou une corbeille de marchande de tabac avec des cigarettes suspectes (peut-être roulées avec des rognures de mégots), des petits sachets de fruits secs et de pépins de courge, des caramels et autres friandises dissuasives, fendait la foule en faisant la gracieuse, mais une grimace de lassitude meurtrie dénonçait son écœurement. Du moins pour Antonio, parce que, pour les gros porcs des tribunes côté soleil qui venaient la baratiner sous prétexte de lui acheter une broutille, cette grimace de lassitude meurtrie ne comptait pas, ou passait inaperçue. Il était naturel qu'il en allât ainsi : Carmen était une de ces femmes à la jeunesse éclatante qui, certes, ne sont pas belles au sens classique du terme, mais attrayantes, avec leur sensualité passive si appétissante pour ceux dont le palais n'est pas des plus fins. Antonio était évidemment de ceux-là, ou plus exactement ne s'estimait pas de ceux qui l'ont très fin ; et cette jeune femme aux cheveux châtain clair et aux grands yeux de génisse conduite à l'abattoir, aux lèvres voluptueuses et au nez belliqueux, sans aucun maquillage ni aucune parure pour mettre ses traits en valeur, lui plut dès l'instant où il la vit, sans toutefois qu'il sût si elle lui plaisait en tant que femme ou en tant que complice potentielle, ce qu'il ne cessa de se demander les jours suivants, quand il la voyait se mouvoir dans la foule, tout d'abord de face, puis de dos, jusqu'à ce qu'elle le surprenne en train de l'observer. C'était quand on la voyait de dos que l'on appréciait le mieux son opulence massive, sauvage, enivrante, de fruit goûteux qui attend d'être cueilli. Un pauvre type qui s'approchait d'elle pour lui acheter quelques cigarettes ne put s'empêcher de lui donner une tape sur les fesses.

– Espèce de porc dégoûtant ! fulmina-t-elle, furieuse. Va toucher le cul de ta putain de mère, qui doit sans doute aimer ça.

Mais le pauvre type s'était déjà dissous dans la foule qui, loin de faire grief à la victime de son attitude, semblait plutôt vouloir l'applaudir tacitement. Un instant, Carmen ébaucha une moue, laquelle se fondit aussitôt en un rictus de colère, puis de dégoût et, finalement, de dédain las.

– C'est que le miel attire les mouches, ma belle, risqua Antonio, tentant le sort.

– Ils se croient les maîtres, ces connards de merde.

Carmen tâchait de rendre sa voix coléreuse, mais la lassitude était plus forte que son irritation, ou du moins la tempérait, ce qui semblait être sa réaction habituelle.

– Eh bien, dépose plainte, on verra s'ils les mettent au trou, fit Antonio, narquois.

– Il ne manquerait plus que ça ! protesta Carmen. Je dépose plainte contre eux et c'est ma pomme qu'on boucle.

Antonio sourit en acquiesçant. Éviter les cognes et les fuir comme la peste était la première règle de survie dans la confrérie du filoutage ; la petite pouvait avoir certains dons pour le métier. Antonio voulut présenter la chose comme un compliment.

– Maintenant, avec ce châssis que Dieu t'a donné… moi, si j'étais à ta place, j'essaierais d'en tirer profit.

Il se repentit aussitôt de la brutalité de ses paroles : quelque chose se décomposa dans l'apparence de Carmen, comme si tout à coup sa jeunesse éclatante s'ombrait d'une tache de décrépitude. Elle balbutia :

– Si tu te proposes comme souteneur, je t'avertis…

Sa voix s'éteignit, peut-être l'idée de se prostituer (qui devait la harceler comme un usurier) avait-elle fait tomber sur son âme une lourde chape. Antonio s'empressa de dissiper le malentendu.

– Mais non, mon bijou, ce n'est pas mon intention. Tu permets que je t'explique ? Viens, je t'invite à casser la croûte.

Les présentations furent frugales, comme il en va pour les

pauvres certains que leur nom, loin de les distinguer, les noie dans le gris et dans la masse. Sur la Plaza de las Ventas se faisaient maintenant entendre les clairons, dont la voix semblait monter des entrailles de la terre pour annoncer la résurrection de la chair ou pour réclamer des prémices de sang. Le ciel était d'une couleur de nuage sale, de panse d'âne atteint d'hydropisie, et il répandait sa tristesse sur le monde et sur la clameur des *aficionados* qui s'élevait de la place tel un mugissement vineux et tribal. Antonio ramassa ses jouets déglingués, les mit dans un sac, puis il s'offrit de porter la corbeille qui, pendue au cou de Carmen, avait quelque chose d'un collier d'infamie. Il la conduisit dans son bistrot habituel, aux murs tapissés d'affiches de corrida à tel point noircies par les effluves de friture et la fumée de tabac qu'elles avaient pris l'apparence de tableaux figurant la décollation des martyrs. À son étonnement, elle commanda un plat de tripes qu'elle dévora, malgré leur propreté apparemment douteuse, sans dire un mot, tandis que les consommateurs – revendeurs et sous-toreros, voleurs à la tire et fripouilles –, l'esprit troublé par le gros rouge tout autant que par des pensées impures, la regardaient avec ébahissement et, promenant leur cure-dents d'une commissure de leurs lèvres à l'autre, bavaient d'admiration. Carmen redemanda du pain pour saucer ce qui restait dans son assiette et, croisant le regard d'Antonio, rougit comme une enfant surprise en pleine polissonnerie. Désarmé par l'expression de la jeune fille, entre rudesse et détresse, Antonio vit pour la première fois en elle une créature angélique, sans trace de péché originel, et cependant capable de n'importe quel méfait ou vilenie, dans sa conviction de n'en être nullement contaminée. Jamais aucune femme ne lui avait inspiré une idée aussi étrange, et cette idée lui faisait peur.

– Bon, si tu veux bien, je te mets au parfum, dit-il pour chasser ce trouble.

Ce fut ainsi que, dans un premier temps avec d'abondantes circonlocutions honteuses, et ensuite tout crûment et sans vergogne, il lui fit part de ses projets. Tandis qu'il les lui exposait, il nota que le visage de la petite, en lui-même peu expressif, acquérait un hiératisme de sphinge, qui n'était dû ni à l'embarras ni à la colère qu'auraient pu lui inspirer les explications assez sordides d'Antonio, mais au détachement qui était le sien devant les drames de ce monde, même ceux qui la touchaient directement, et surtout devant ceux-là.

– Et jusqu'à quel point devrais-je me laisser tripoter par ces porcs ? demanda-t-elle avec une curiosité qui semblait plus scientifique que déconfite.

– Ça dépendra de ton astuce. Tout ce que je te demande, c'est de me les amener harponnés jusqu'à l'endroit où je t'attendrai, caché. Tu dois te débrouiller pour que leur sang n'irrigue plus leur cerveau, mais seulement leur queue.

– Je comprends, fit-elle en opinant de la tête.

Antonio ne sut comment interpréter son laconisme, si dépourvu de passion et indéchiffrable.

– Part à deux, bien sûr, dit-il, redoutant cette ellipse qui pouvait lui réserver des exigences concernant le partage. Tu me les amènes bien entortillés jusqu'à un coin écarté dans le parc du Retiro, et je me charge de les plumer. Je te garantis qu'on peut tirer un pactole de ces types. Mais la première chose à faire, ce sera de t'assurer qu'ils portent une alliance. La plupart l'enlèvent quand ils sortent faire la bringue ; c'est pourquoi tu devras les enjôler avant qu'ils ne partent en chasse, à la sortie des arènes, ou pendant qu'ils inspectent les vitrines des marchands de corsets pour trouver un cadeau destiné à leur femme.

– Et pourquoi faut-il qu'ils soient mariés ? demanda-t-elle avec une candeur désarmante. Penser à leurs femmes me pèse sur la conscience. Occupons-nous plutôt des célibataires.

– Je vois que sur ce chapitre tu es encore au berceau. Les célibataires iront immédiatement trouver les flics pour porter plainte. Les hommes mariés, eux, se dégonflent et s'écrasent pour s'épargner un scandale.

Carmen semblait résignée, ou même pas résignée : prête à patauger dans la fange, mais elle s'efforçait en rougissant d'éviter les éclaboussures.

– Oui, évidemment. Mais qui te dit qu'ils n'ont pas besoin de la galette que nous allons leur soutirer pour faire opérer un enfant malade ?

Ce souci l'émut et le découragea à la fois. Il s'empressa de chasser cette amorce de faiblesse.

– Allons, mon bijou, ne sois pas ingénue. Ces salopards gagnent leur galette de la manière la plus sale que l'on puisse imaginer. Et puis, si ce n'est pas nous qui la leur piquons, ils vont aller la dépenser un peu plus tard avec des garces. Pour les opérations de leurs enfants, ils ont des monceaux de biffetons dans leurs coffres, à la banque.

Carmen se gratta le nez d'un geste brusque, presque viril. Il se dit qu'elle allait devoir veiller à ses manières avant de se mettre au travail, et soigner ses ongles, un peu rongés, affligés de cuticules abîmées.

– Tu es capable de tout, n'est-ce pas ? dit-elle enfin sans trop d'emphase accusatrice. Tu ne recules devant rien…

– Ne crois pas que j'aie voulu t'offenser, dit Antonio, se rétractant.

– Arrête de faire des manières, l'interrompit-elle. Je te jure que j'aimerais avoir la syphilis seulement pour la refiler à tous ces cochons de richards jusqu'à ce qu'il n'en reste plus un debout.

Elle le dit sans hargne, comme l'aurait fait un ange chargé de balayer l'ivraie et de la jeter au feu.

– Tu n'auras pas à aller aussi loin, dit-il, s'enhardissant. Il s'en trouvera d'autres que toi pour leur refiler la syphilis. Nous, on se contentera de les laisser sans un rond.

– Je regrette seulement qu'ils doivent être mariés, insista-t-elle.

C'était incongru, et même drôle, qu'elle ne fît aucune objection sur l'activité qui allait forcément la faire renoncer à sa pudeur, l'obliger à se laisser tripoter par une bande de crapauds nauséabonds, et qu'elle fût, en revanche, tourmentée par l'hypothétique déshonneur d'épouses trompées, et peut-être sciemment trompées, qu'elle ne connaissait même pas. Mais, pour aussi paradoxale qu'était cette contradiction, elle n'en révélait pas moins des scrupules moraux, peut-être discutables, peut-être mis en morceaux et mal recollés, mais qui n'en étaient pas moins là. Antonio, lui, les avait depuis longtemps perdus et ne s'en était jamais senti privé, même si, en présence de cette fille, un vague remords semblait vouloir, curieusement, se ranimer en lui.

– Alors ? Quoi ? Tu te décides ? la pressa-t-il, pour étouffer dans l'œuf ce sentiment.

Jamais encore il n'avait perçu en lui cette sourde humeur inquiète, pareille à de la braise ensevelie sous la cendre qui tout à coup se ravive, peut-être parce qu'il ne s'en était jamais laissé la latitude. Il était venu au monde dans une sorte de tanière de loups : à peine né, sa malheureuse mère, dont il ne savait rien (et il ne s'était aucunement soucié d'en savoir quelque chose), l'avait déposé et abandonné au tour d'un orphelinat du quartier des Embajadores, une bâtisse lugubre, ramollie par l'humidité, où on l'avait nourri de lait d'ânesse ; à six ans, conduit à l'hospice de la rue Fuencarral, il s'était trouvé entouré de garnements déjà condamnés pour un ou plusieurs délits (presque toujours des escroqueries et des larcins mineurs, même si les crimes de sang ne manquaient pas) et qui, à cause de leur jeune âge, ne pouvaient être incarcérés. Ces garçons furent ses maîtres au jeu de cocagne de la vie. Ce fut avec eux qu'il s'associa quand il quitta enfin l'hospice, à quatorze ans, pour former une bande destinée à lessiver les troncs des églises, et les portefeuilles dans les tramways de la Castellana. Sur ce, à peine venue, la Guerre civile n'avait laissé aucun tronc ni aucun portefeuille à l'abri du pillage ; c'est alors qu'Antonio, gamin de quinze ans, mais déjà formé, avec du poil au menton, faisant un de ces pas sur lesquels on ne peut revenir, était allé grossir en apprenti les rangs de la Brigade de l'aube[1], que ses amis de l'hospice, plus âgés que lui, avaient formée après s'être affiliés au parti socialiste. Ils n'étaient portés par aucun élan idéologique, même pas par la rancune atavique et déchaînée qui pendant cette période remplit de fourmis tant de bouches innocentes, mais par l'avidité de pêcher, dans le fleuve de sang tourbillonnant, les économies qu'une famille angoissée avait dissimulées au fond d'un coffre, l'argenterie ou les boucles d'oreilles en or qu'une mère leur remettait de bon gré en les suppliant de ne pas emmener son fils dans une tchéka, un de ces lieux de tortures, de sévices et d'exécutions sommaires, comme ils l'avaient fait avec son mari. Pour autant qu'il le sût, jamais ses copains de l'hospice n'avaient conduit personne à la Tchéka, ni participé à une de ces promenades dans les déblais et les terrains de construction où la chair rigide brunit au clair de lune ; mais ils n'avaient pas non plus remué le petit doigt pour

1. Tchéka qui, au début de la Guerre civile, se distingua par une extrême cruauté.

empêcher les autres de le faire. À la fin de la Guerre civile, certains d'entre eux s'étaient retrouvés dos au poteau d'exécution, pendant les épurations de la première heure ; d'autres purgeaient leur peine au bagne. Antonio, qui n'avait participé qu'indirectement à ces expéditions, et toujours pour des tâches subalternes, avait échappé au grand nettoyage ; mais il avait cependant vu de ses yeux l'horreur des pillages, ses mains avaient grappillé des miettes de ces spoliations, et son cœur était resté impassible, pompant son sang sans le moindre cahot. S'il laissait maintenant se raviver cette braise ensevelie dans la cendre, les remords, il le savait, finiraient par avoir raison de lui.

– Marché conclu ? insista-t-il.

– Laisse-moi réfléchir un peu, dit Carmen, et elle ajouta, avec un détachement qui n'allait pas jusqu'à l'amertume, en lequel Antonio n'hésita pas à voir de la coquetterie : – Qui te dit, j'aimerais bien le savoir, que je pourrais exciter ces types pleins aux as…

– Mon nez ne m'a jamais trompé.

Il se demanda si l'image allait être prise pour un compliment ou pour une injure. Mais Carmen semblait ne se sentir ni offensée, ni flattée. Elle remarqua fortuitement la médaille au cou d'Antonio et tendit le bras pour qu'il la lui montre.

– Ça alors ! La Virgen del Carmen ! s'exclama-t-elle, apparemment flattée, cette fois, par l'hommage rendu à sa sainte patronne.

– Quand je te le disais, fit Antonio, qui, bien que dépourvu de scrupules, ou se donnant pour tel, ne se sentait pas bien aise de mêler la Vierge à l'affaire qui les occupait. On me l'a offerte à l'orphelinat, pour ma première communion. Mon nom est gravé au revers.

Il était en effet gravé en lettres grossières : Antonio Expósito, avec au-dessous la date commémorative : 23-V-1929. Pendant une seconde se dessina sur les lèvres de Carmen une mimique de commisération, elle eut l'air de compatir à son sort d'orphelin, sans pourtant désirer en approfondir les vicissitudes. C'était une médaille en laiton criblée de bosselures, si encrassée que l'image de la Vierge était à peine visible. De sa sortie de l'hospice à la fin de la guerre, Antonio l'avait tenue en lieu sûr, et il ne l'avait remise à son cou, un peu par superstition, que le jour où les troupes de

Franco étaient entrées dans Madrid, en espérant qu'elle lui servirait de sauf-conduit.

– Ma mère a une dévotion particulière pour la Virgen del Carmen, c'est pourquoi je porte ce prénom, dit-elle. Si tu veux gagner sa sympathie, tu n'auras qu'à lui montrer cette médaille.

Antonio hocha la tête, navré par son propre sort et par celui de Carmen : il semblait peu probable qu'une mère éprouvât de la sympathie envers quelqu'un qui avait proposé à sa fille une gueuserie. Quant à Carmen, elle dut avoir honte de son épanchement, parce qu'elle baissa tristement la tête. Un silence gênant s'appesantit ; on eût dit que la dépouille d'un enfant défunt gisait entre eux sur la table.

– Tes parents sont vivants ? demanda Antonio pour chasser la peine ; mais il sentit aussitôt qu'il n'avait fait que compliquer la situation : – Écoute, pardonne-moi si...

– Il n'y a rien à pardonner, l'interrompit-elle d'une voix qui charriait une tristesse millénaire. Mon père nous a quittées pour une poule quand j'étais toute petite, et ma mère a dû m'élever seule, en lavant des escaliers. Maintenant, à moitié impotente, elle se consume au lit avec une sclérose de cheval, et c'est à moi de veiller sur elle comme elle a veillé sur moi. S'il faut laver des escaliers, on les lave, et s'il faut se laisser toucher un peu le cul, on l'accepte aussi, c'est sans importance.

Elle le regarda avec une détermination de silex, comme pour exiger de lui de ne pas tomber dans le mielleux ou la commisération. Antonio paya l'addition et accompagna Carmen jusqu'à la bouche du métro, où s'engouffrait la multitude sortie des arènes repue de sang et le regard allumé de cette même lueur qu'il avait surprise tant de fois dans les yeux des miliciens quand ils revenaient de toréer les fachos dans les tchékas. Le crépuscule était un barbouillis violacé qui imbibait le ciel, le souillait d'une tristesse indécise et automnale, dont l'acide corrosif s'infiltrait en eux à travers les interstices de l'âme. Il voulut l'accompagner jusqu'à sa bicoque, aux confins des Cuatro Caminos, où l'attendait une mère invalide, mais elle l'en dissuada, alors que la marée des mâles en rut qui descendaient en avalanche vers les quais du métro l'emportait déjà. Il entendit l'un d'eux, le regard rivé sur le cul de

Carmen comme celui du taureau s'attache à la muleta, faire un commentaire dans le tumulte :

– Je me la ferais bien, cette môme-là.

Cette remarque le martela comme une injure tandis qu'il regagnait son galetas de la rue de l'Amparo, et elle continua de le marteler ensuite, quand, couché sur son grabat, avec la nuit qui rampait au plafond, mappemonde d'infiltrations, il écouta le remue-ménage venu de la maison close voisine, les grincements des sommiers déglingués, les bordées de jurons obscènes des bourriquiers et des truands, les éclats de rire corrompus et les soupirs phtisiques des prostituées. Il sentait dans sa poitrine une brûlure d'ulcère à l'idée que Carmen serait bientôt exposée à de semblables obscénités pendant qu'elle entortillerait les rupins qu'ils allaient plumer ; et la brûlure devenait celle de la soude caustique versée sur un ulcère quand il se voyait tomber amoureux de la femme qu'il se préparait à avilir, alors qu'elle n'avait même pas vingt ans. Il se consola (mais c'était une de ces consolations qui sont les embûches du solitaire) en se disant que Carmen était réfractaire à toute vilenie. Alors, il ferma les yeux comme on barre une porte, pour ne pas être assailli de scrupules.

Carmen apprit vite à se débrouiller en présence des riches provinciaux en recourant à un mélange de minauderies et de sans-gêne, de candeur et d'impudeur qui excitait immanquablement leur lubricité. Elle apprit aussi à les reconnaître avec la même promptitude et la même sagacité qu'Antonio ; à les prendre au filet comme si elle n'avait fait que ça toute sa vie ; à sembler rougir ou être complaisamment surprise pour masquer le dégoût que lui inspiraient leurs avances. Elle les appâtait dans les cafés de la rue d'Alcalá, au rond-point de San Luis, ou aux alentours de la Plaza de las Ventas, en liant incidemment conversation avec eux de manière à titiller leur flair de prédateur. Elle faisait celle à qui une amie a posé un lapin, ou qui a semé un parent gênant ou un prétendant obtus qui ignorait ses rebuffades, ou celle qui profitait de quelques heures de liberté pendant que les patrons qu'elle prétendait servir étaient allés au théâtre. Pour que la comédie fût plus crédible (et aussi pour encourager les rupins qui préféraient, pour leurs aventures sans lendemain, avoir affaire à des petites mains ou à des bonniches), elle se gardait de toute prétention, dévoilant d'emblée son appartenance aux couches populaires, et ne se montrait un peu plus pudique ou un peu plus effrontée que si le micheton s'emballait ou se renfermait. Quand elle l'avait enfin ferré (et qu'il ôtait discrètement son alliance pour prêter à ses dispositions plus de sincérité), elle le laissait prendre l'initiative, qui se révélait parfois trop expéditive (Carmen affectait alors d'être scandalisée, et doublait sa simagrée d'un rire nerveux), parfois trop timide (et elle achevait alors de vaincre ses réticences en recourant à des chatteries et à des câlineries qui ne compromettaient pas son rôle de fille un peu désinvolte mais nullement licencieuse). De cette manière, quand elle lui proposait d'aller faire un tour dans le parc du Retiro, le pigeon était certain d'avoir fait une conquête.

Venait alors l'épisode le plus pénible de la chasse, parce que, sur le chemin du Retiro, dans la presse de la rame de métro (moyen de locomotion que choisissait infailliblement le cave, pour éviter d'être reconnu sur les grandes artères madrilènes en compagnie d'une fille des rues), elle devait subir ses attouchements subreptices, qui peu à peu le mettaient au comble de l'excitation. Puis, tandis qu'ils se promenaient dans le Retiro, en évitant toujours les endroits les plus fréquentés, pour prendre les allées tranquilles où le crépuscule commençait à brouiller les contours de la végétation, l'offensive du micheton se faisait de plus en plus pressante, ses doigts de plus en plus insidieux et, le plus souvent, les barrières de la modération cédaient, livrant passage au lascar décérébré auquel Carmen aurait voulu refiler la syphilis. Bien entendu, leurs façons de perdre le nord étaient des plus différentes et choquantes : certains lui faisaient ouvertement part de leurs intentions, en lui proposant sans détour une rétribution de misère en échange d'une partie de jambes en l'air (avec ceux-là, il convenait d'abréger les prolégomènes et de les conduire au plus vite sur le lieu de l'embuscade) ; d'autres, en revanche, jouaient les sucrés et les sentimentaux, sans doute pour déguiser la sordidité de la situation de sorte que leur amour-propre n'en sortît pas trop froissé ; enfin, il y avait ceux qui, dans un effort ridicule de la mettre à leurs pieds, essayaient de la rouler dans la farine en se montrant sympathiques et courtois (c'étaient pour elle, en définitive, les plus dégoûtants). Avec des minauderies d'oie blanche et des flatteries de garce, elle les menait tous là où elle le voulait, à l'endroit convenu avec Antonio, tandis que l'ombre crépusculaire commençait à faire fermenter les péchés. Alors, feignant de succomber, d'un pas vif et avec des rires incitateurs, Carmen se glissait entre les fourrés.

– Tu ne m'attraperas pas ! lançait-elle pour défier le pigeon d'une voix haletante pleine de promesses.

Et le sot, en verrat éperdu, s'élançait étourdiment derrière elle, sans jamais l'attraper, en effet, parce qu'il n'avait pas fait deux pas entre les buissons qu'Antonio lui tombait dessus et, avec une précision qu'aurait pu lui envier le *puntillero* le plus adroit des arènes quand il achève le taureau, lui assénait sur la nuque un coup de matraque qui l'envoyait au pays des songes. Une fois le micheton pâmé entre les arbustes (s'il ne s'était pas tout à fait évanoui, ou s'il faisait mine de reprendre connaissance, Antonio lui assénait un autre coup), ils s'occupaient de nettoyer le portefeuille plein à craquer de billets et de dépouiller le cave de sa chevalière et de son alliance, de ses boutons de manchettes, de sa montre, de son épingle de cravate ou de tout autre joyau qu'il portait sur lui. Après quoi, en guise de pourboire, Antonio le déchaussait et pour finir le laissait en sous-vêtements, ce qui provoquait en Carmen un mélange de sentiments contradictoires, parce que si elle s'estimait ainsi dédommagée des pelotages et des salivations qu'elle venait de subir, elle sentait qu'Antonio allait trop loin.

– Inutile de t'acharner comme ça, lui reprochait-elle timidement.

– Laisse-moi faire, mon bijou. J'en connais un bout sur le chapitre, répondait-il en dispersant les vêtements entre les fourrés. Comme ça, quand il reviendra à lui, il aura encore plus honte. Et plus il aura honte, plus vite il cherchera à se débiner.

– La queue entre les jambes.

– On ne saurait mieux dire. Et réduite à l'état de vermisseau.

Le pigeon, dans son plus simple appareil, avec l'air hébété que lui donnait la perte de conscience, avait tout d'un cadavre porté en terre. Avant de détaler, Antonio lui avait laissé sur la poitrine une note qui disait : « Tu la boucles ou ta femme saura tout. » Il savait bien que ces cochons de rupins redoutaient moins les feux du ciel que l'effondrement du paravent de respectabilité conjugale qu'ils déployaient autour de leurs vices secrets, mais un rappel n'est jamais de trop. Carmen et Antonio quittaient le Retiro en partant dans des directions opposées, et ne se retrouvaient que quatre ou cinq jours plus tard, quand Antonio avait fourgué à des receleurs de confiance les objets de valeur soustraits au riche provincial. Le lieu de rendez-vous était le bistrot taurin où leur accord s'était conclu, et son heure aux environs de midi, quand les marchands de bétail règlent leurs affaires avec force crachats et blasphèmes dévots.

– Voilà ta part, ma belle. Je l'ai arrondie à mille. Quatre mois de salaire d'un ouvrier.

Il lui tendait les billets dans une enveloppe de papier kraft décorée de taches de graisse, qui avait peut-être servi à envelopper un chorizo au marché noir. En réalité, Antonio avait arrondi la somme en destinant à Carmen les trois quarts du butin. C'était un signe de faiblesse de sa part, et ce n'était pas le seul.

– Il ne fallait pas, dit Carmen, reconnaissante. Il était entendu que nous faisions part à deux.

Antonio haussa les épaules, avec une indifférence feinte. En deux mois à peine, ils avaient fait une demi-douzaine de coups qui leur avait rapporté à peu près autant ; mais la joie qu'autrefois éveillaient en lui les affaires juteuses s'était complètement dissipée. Les yeux de Carmen, en revanche, brillaient de plaisir (ou de cupidité). Elle glissa l'enveloppe dans son décolleté.

– À quand le prochain ? demanda-t-elle.

– On devrait peut-être laisser tomber, fit Antonio à mi-voix, tête baissée.

Carmen sursauta, contrariée. Les toreros des affiches tournèrent leurs visages d'égorgeurs vers Antonio, accusant la mocheté de sa couardise.

– Laisser tomber ? Juste maintenant que nous sommes rodés ? Tu perds la boule ou quoi ?

Peut-être l'avait-il perdue ou était-il en train de la perdre. Jamais encore les scrupules ne l'avaient entravé ni empêché d'agir, même pas quand il pillait les demeures des veuves éplorées, naguère, pendant les années sanglantes. Mais à présent voilà que les regrets commençaient à le ronger et, le soir, dans son gourbi de la rue de l'Amparo, à l'heure où redoublait le tintamarre venu de la maison close voisine, les vilebrequins insidieux du remords s'immisçaient dans son sommeil, jusqu'à le remplir d'une rage sourde. Ce n'était pas la nature de ses actes qui les suscitait (détrousser ces cochons de rupins lui semblait toujours aussi licite, et même digne d'éloges), mais les conséquences que ces actes pouvaient avoir pour Carmen. Un des michetons plumés pouvait chercher à se venger de l'affront et engager un ruffian pour lui donner une trempe ou lui balafrer le visage, la marquer à vie ; voilà ce dont il avait peur. Mais il avait encore plus peur que Carmen ne finisse comme ces femmes brisées, au bout du rouleau et consumées par la syphilis, qui se prostituaient ou agonisaient dans le bordel de la rue de l'Amparo, de l'autre côté du mur de son misérable logis. Tout d'abord, il l'avait crue inaccessible à la vilenie, semblable à un ange capable de marcher dans la boue sans se souiller, mais cette vision séraphique s'était dissipée, parce que Carmen apprenait à jouer son rôle sans rechigner et s'habituait à être pelotée par ces indésirables. Peut-être était-il tombé amoureux d'elle, et peut-être était-ce parce qu'il l'aimait qu'il ne pouvait supporter sa déchéance.

– Tu ne vas pas me dire maintenant que tu as une conscience ? insista Carmen, sur un ton vaguement moqueur. Juste au moment où je suis en train de perdre la mienne…

Cette dernière remarque le blessa au plus profond de lui-même, là où il se savait responsable de cette perte.

– Je ne sais pourquoi tu parles de conscience, se défendit-il comme un animal blessé. Moi, j'en suis à la frousse, à la pétoche, à la peur.

Il ne fit même rien pour donner à son propos un semblant de crédibilité, en se disant que de cette manière Carmen percevrait peut-être ce qui se cachait derrière. Il n'avait pas trouvé de meilleur moyen pour avouer qu'il était tombé amoureux d'elle, d'elle qu'il avait corrompue – à moins qu'en tomber amoureux après l'avoir avilie ne fût une dépravation ou une maladie de l'âme que le langage répudiait.

– Peur, toi ? Va raconter ça à quelqu'un d'autre.

– On a trop tiré sur la ficelle, Carmen, dit tout bas Antonio, avec l'humilité du pécheur qui a perdu l'habitude de la confession. Mieux vaudrait ne plus tenter le diable. Tôt ou tard, l'un de ces butors ira tout raconter aux poulets.

– Mais tu m'as assuré qu'ils ne le feraient jamais !

– À vouloir trop avoir, on perd tout, ma beauté. On a assez mis de côté pour nous établir…

Carmen poussa un soupir d'exaspération et fit une moue qui se changea aussitôt en un rictus de colère contenue, ce même rictus qu'Antonio lui avait vu quand les gommeux l'abordaient aux environs des arènes. Elle demanda sur un ton inquiet :

– Nous établir ? (Ce pluriel avait quelque chose d'équivoque qui la mettait sur ses gardes.) Qu'est-ce que tu veux dire par là ?

Antonio se sentit humilié comme un prétendant éconduit.

– Eh bien, nous consacrer à des affaires moins risquées, c'est tout. Et il précisa, en faisant la tête : – Chacun pour soi, bien entendu.

Carmen éclata de rire, mais d'un rire coléreux.

– Mieux vaut laisser tomber ! Autrement dit, tu veux me virer et chercher une autre *consorte*.

Quelques mois auparavant, l'emploi de ce terme bizarre, qui dans l'argot des voleurs madrilènes signifie complice et dénotait une certaine coquetterie, aurait désarmé Antonio ; à présent, il lui rappelait seulement, et non sans peine, l'éventail de roublardises qu'elle déployait pour plumer le rupin.

– Ce n'est pas ça, Carmen. Tu es la meilleure *consorte* qu'il y ait jamais eue dans le métier, lui répondit-il, avant de s'interrompre pour la regarder avec des yeux d'agneau égorgé : – J'ai peur pour toi. Je ne voudrais pas qu'il t'arrive malheur…

Le visage de Carmen s'illumina, d'une joie dont il n'eût su dire si elle était due à la surprise ou à la vanité.

– C'est vrai ? Tu t'inquiètes pour moi ?

Il hocha la tête, docile, sans envie d'ajouter un mot après avoir abattu ses cartes. Carmen tendit la main et lui saisit légèrement le menton, comme si elle avait voulu lui faire une chatouille qui se serait changée en caresse, ou vice versa.

– Bon, d'accord. On fait un dernier coup et on s'en tient là, c'est promis.

Il y avait dans ses paroles de la sincérité et de l'exultation ; ses yeux semblaient briller d'un éclat nouveau. Antonio s'en réjouit.

– C'est sûr ? Je peux te croire ?

– Aboule la médaille, que je te le jure sur la Sainte Vierge.

Carmen baisa l'image de la Virgen del Carmen avec l'onction hâtive, presque sournoise, des mécréants qui font la queue pour baiser le pied du Christ de Medinaceli et allumer un cierge à Dieu et un autre au diable. Mais ce baiser adhéra au laiton comme une flammèche ou une inflammation qui la nuit lui brûlait la poitrine tandis que ses pensées s'enfonçaient dans les cavernes de l'insomnie, et que son galetas de la rue de l'Amparo s'emplissait du vacarme de la maison close voisine. Tantôt Antonio se surprenait à porter la médaille à ses lèvres comme pour y chercher la trace fuyante de la salive de Carmen, tantôt il refermait la main sur elle pour lui faire un nid qui la protégeait de la sordidité ambiante : tintamarre des lits déglingués, jurons obscènes des bourriquiers et des truands, éclats de rire corrompus et soupirs phtisiques des pauvres prostituées qu'il voyait le lendemain matin déambuler dans la rue d'une démarche d'hémiplégique, leurs grimages barbouillés, pareilles à des pochades humaines ou à des vieilleries hors d'usage que l'on aurait abandonnées sur le trottoir après un déménagement, au plaisir des chiffonniers. Quand il passait devant ces femmes, Antonio devait réprimer le dégoût et le frisson que donnent parfois les décharges et les convois funèbres, mais leur image le poursuivait comme une prémonition quand il imaginait Carmen dans la foule des oisifs au rond-point de San Luis, le soir venu.

Il la voyait avancer avec un déhanchement charmant, s'arrêter de temps en temps devant les vitrines, toute à ce plaisir sensuel que donne aux belles femmes le pouvoir de faire se retourner les hommes, sous la caresse du couchant qui tiédit la peau et réchauffe le sang dans les veines. Il la voyait s'ouvrir un passage dans une cohue de souk, dardée par les regards de chasseur des oisifs et des portefaix, des mendiants pouilleux et des dragueurs solitaires, des avocaillons sans cause et des gratte-papier luxurieux qui gardaient sa silhouette en mémoire pour pouvoir, une fois rentrés chez eux, remplir le devoir conjugal avec leur bourgeoise décoiffée aux hanches plantureuses. Il la voyait feindre une rencontre fortuite, du côté de la rue des Peligros ou de la Plaza de Canalejas, avec des types à l'aspect d'entrepreneurs dont le portefeuille regorgeant de billets bombe le torse. Il la voyait s'essayer aux minauderies mi-pudiques mi-aguichantes qu'il lui avait apprises, balbutiant des propos vergogneux destinés au gogo jusqu'à ce que celui-ci se décide à lui proposer de faire un petit tour en sa compagnie, avec une fausse galanterie qui n'était que le déguisement de ses intentions lascives. Il la voyait prêter une oreille consentante à ces insinuations, tout d'abord avec une certaine réserve, et même avec un air scandalisé, puis apparemment circonvenue par les flatteries et les compliments du pigeon alors bien échauffé et même porté à ébullition, la jugeote offusquée par un charivari de pensées illicites. Il la voyait prendre par la main le miché maintenant fier de sa conquête, se réjouir des obscénités mêlées de gentillesses qu'il lui glissait à l'oreille, puis lui proposer d'aller jusqu'au Retiro, petite promenade sous le couvert des arbres, où il pourrait la peloter sans plus de précautions et la barbouiller de baisers qui s'écoulaient déjà de ses lèvres comme d'une corne d'abondance visqueuse. Il la voyait prendre le métro avec le cave, lui permettre de se livrer sur elle à des attouchements discrets, en profitant du manque de place et de la cohue, et le laisser s'encorner comme un taureau de combat qui charge aveuglément. Il la voyait entrer avec lui dans le parc, déambuler dans les allées, sur des sentiers toujours plus emmêlés et vagues, poursuivie par le souffle haletant et l'ombre toujours plus allongée et pressante du cave, tandis qu'ils dépassaient la procession des cadets courtois et des demoiselles en âge de prendre époux qui échangeaient des serments d'éternel amour dans la lumière diffuse du crépuscule, les truands rustauds et les bonniches volages qui s'échinaient à satisfaire leurs instincts pressants dans la clandestinité de la frondaison, en attendant d'être expulsés par la dernière ronde des gardiens. Enfin, il la voyait se laisser enlacer par le micheton, alors que les ombres se fondaient avec le silence, à l'endroit où il se tenait tapi.

– Tu ne m'attraperas pas ! s'écriait alors Carmen en guise de signal, avec la voix haletante pleine de promesses qu'elle avait adoptée les fois précédentes.

Antonio était humilié de le reconnaître, mais il aurait aimé, ne fût-ce que pour quelques minutes, être à la place de n'importe lequel de ces niais qui profitaient de ce qui lui était interdit. Il se consolait en se disant qu'il n'aurait jamais plus à subir semblable humiliation, que Carmen ne servirait plus jamais d'appât pour chasser le rupin libidineux, et n'aurait plus jamais à employer ce subterfuge sordide pour plumer les imprudents. C'est ce qu'elle avait juré sur la médaille de la Virgen del Carmen qu'Antonio n'arrêtait plus de caresser comme s'il s'agissait d'une amulette pendant qu'il restait caché à l'abri des fourrés, pour tromper l'ennui de l'attente ; c'était ce même serment qu'il avait demandé mille fois à Carmen de renouveler au cours des derniers jours, et qu'il avait prêté autant de fois en lui-même, jusqu'à en faire une sorte de litanie qui apaisait ses craintes. Mais à peine eut-il aperçu le balèze que Carmen avait appâté ou cru appâter, pour cette dernière fois, qu'il comprit que ses craintes et ses appréhensions avaient été autant de pressentiments funestes. C'était un malabar d'une quarantaine d'années, hirsute, d'une carrure hors du commun qui, par comparaison, faisait d'Antonio un gringalet ; à première vue, il paraissait seulement gros, mais son costume étriqué révélait des bras épais et robustes et un ventre tendu comme une peau de tambour. Son visage aux traits durs, dessinés à l'ébauchoir, semblait de terre cuite, et la nuit lui prêtait une apparence d'idole aztèque ; en outre, il n'y avait pas trace dans son regard de l'éclat de luxure bovine qui aveuglait les autres rupins conduits jusqu'à lui par Carmen. L'homme se déplaçait avec l'agilité d'un singe et avait des mains aussi larges que des battoirs, des pognes de bûcheron ou de joueur de pelote basque. Carmen lança encore une fois le signal, maintenant sur un ton apeuré implorant la prompte intervention d'Antonio.

– Tu ne m'attraperas pas !

Mais elle n'avait pas fini de crier que l'armoire à glace lui envoyait une torgnole qui la fit basculer dans les buissons avec un bruit de branche cassée.

– Te voilà attrapée, garce. Tu as vu comme c'est facile ? Maintenant, tu vas connaître ton bonheur.

Antonio resta un instant pétrifié de stupeur, privé de centre de gravité comme on l'est en rêve. Le malabar lui tournait le dos et s'empressait de retrousser les jupes de Carmen, sans forces et sanglotante. Les épaules du gaillard menaçaient de faire craquer les coutures de sa veste, et la nuque qui dépassait du col de sa chemise ressemblait à un tubercule musculeux palpitant.

– Antonio ! Pour l'amour de Dieu ! Qu'est-ce que tu attends ? hurla Carmen.

Sa voix meurtrie indiquait qu'elle était sur le point de perdre connaissance, ce qui accentua encore l'impression d'irréalité qui paralysait Antonio. Une lune aussi blême que le visage d'un enfant lymphatique se cachait derrière les nuages.

– Ah, c'est donc ça ! Tu appelles ton complice, hein ? Eh bien, on dirait que cette fois il t'a fait faux bond, ricana le balèze, en lui donnant des coups de pied dans le ventre avec une fureur méthodique.

Carmen naviguait déjà sur les eaux de l'inconscience, réduite à une chiffe de chair, quand Antonio sortit enfin de sa cachette en brandissant la matraque ; on voyait bien qu'il n'avait plus ni sang dans les veines, ni vigueur, comme s'il avait été saigné ou qu'il hantait un corps qui n'était pas le sien. Il n'avait pas encore frappé que la brute s'était retournée pour l'arrêter, un sourire de dédain aux lèvres. Il saisit Antonio par le poignet et lui donna un tel coup de tête sur le plexus solaire qu'il l'envoya rouler à terre, souffle coupé. Tandis qu'Antonio essayait de reprendre haleine sur le gazon, le gorille décocha un nouveau coup de pied à Carmen qui ne gémit même pas mais se recroquevilla sur elle-même comme une marionnette dont on a coupé les fils. Un instant plus tard, le type se jeta sur Antonio, l'immobilisa d'une clef avec la promptitude d'un ressort et fit pleuvoir sur son visage une grêle de coups de poing qui fracturèrent les pommettes, disloquèrent la mâchoire et firent retentir les parois du crâne de sa victime. Étourdi, presque sans souffle, la bouche pleine de sang et de morceaux de dent, Antonio sentit les mains du colosse chercher sa gorge, tandis qu'il pesait sur lui de tout son poids de mastodonte, de façon à le bloquer, écrasé.

– Qui croyiez-vous duper, racaille ? Vous m'avez bien regardé ? fit le type, la bouche plaquée contre son oreille, savourant ses paroles comme autant de bonbons.

Il avait une haleine de vase puante qui agissait comme du chloroforme sur la conscience d'Antonio, ou les débris qui en restaient. Un instant, la brute relâcha la pression sur la gorge de son adversaire en découvrant la médaille de la Virgen del Carmen qui pendait à son cou ; il essaya de lire l'inscription qu'elle portait au revers, mais sans le pouvoir, parce que la lune craintive avait fini par disparaître derrière les nuages. Contrarié, le type arracha la médaille d'un coup de dents et, prenant la chaîne rompue par les deux bouts, s'en servit en étrangleur de profession. Tandis qu'il perdait son souffle, Antonio sentait la tension du fil de métal déchirer sa peau et s'enfoncer dans sa chair comme un couteau dans du beurre, et c'était une sensation presque agréable d'abandon ou de libération. Avant de baisser les paupières, il regarda une dernière fois les traits de son agresseur, qui luisaient d'une sueur quasi lubrique, les joues secouées par un tremblement de frénésie qui accentuait son apparence d'idole sylvestre et ancestrale et, luisant entre ses dents comme une langue moqueuse, la médaille de laiton qu'il mordait au point de la déformer. Quelque chose de liquide nichait dans ses yeux, une toile mobile et opaline, pareille à la membrane nictitante des oiseaux et des chats ; peut-être était-ce seulement le voile du plaisir qui ravit l'assassin pendant que ses victimes agonisent à sa merci. Plus l'air lui manquait, plus Antonio le voyait lui aussi à travers des voiles, toujours plus flou et plus lointain, toujours plus noyé dans l'ombre. Il gigota, impuissant, dans les spasmes de l'asphyxie, et ce fut alors que, comme par miracle, la pression sur sa gorge se relâcha.

Il entendit, à travers les brumes de l'inconscience, un coup sourd, de houe qui s'enfonce dans la terre mouillée et, soudain, il sentit peser sur sa poitrine le poids d'un arbre abattu. Il entendit aussi, accompagnant le coup sourd, une voix entrecoupée, rageuse et sanglotante à la fois, en laquelle il tarda à reconnaître celle de Carmen. Encore incapable de respirer, il tenta de se lever ; mais il en était empêché par ce poids mort qui se vidait de son sang, un sang épais aussi chaud que la lave, qui imbibait sa chemise et lui éclaboussait le visage comme une aspersion. Il ouvrit enfin les yeux et vit Carmen, déchaînée comme une bacchante dont les mains gantées de sang tenaient une navaja avec laquelle elle frappait sans s'arrêter la nuque du malabar, cette nuque en laquelle il avait cru voir tout à l'heure un tubercule musculeux palpitant, et qui n'était plus à présent qu'un hachis de chair sanguinolente criblé de coups de couteau, criblé avec persistance et acharnement, en une sorte de rite sacrificiel qui aurait exigé de l'officiant une ivresse des sens dépassant la simple fureur, la douleur et la jubilation.

– Arrête, Carmen, dit-il tout bas, redoutant d'enfreindre le déroulement du rite. Il est mort, tout à fait mort. Arrête.

Carmen donna encore une demi-douzaine de coups de couteau, pendant que ses sanglots s'amenuisaient jusqu'à se confondre avec sa respiration haletante. Elle jeta la navaja par terre, comme si elle lui brûlait les mains, ces mains d'où dégoulinait le sang, qu'elle regardait avec perplexité et horreur. Antonio l'enlaça en silence, pour contenir les convulsions qui la secouaient ; son cœur battait à grands coups, telle une bête fauve qui se précipite sur les barreaux de sa cage.

– C'est fini, Carmen, c'est fini, lui répétait-il en manière d'exorcisme, mais il savait que bien des choses allaient s'ensuivre : – Là, là.

Et Carmen se serrait contre sa poitrine, le visage collé contre la chemise imprégnée de sang, étouffant ses sanglots. La lune peureuse se montrait de nouveau fugitivement entre les frondaisons pour enrober le cadavre dans le plâtre ou la céruse.

– Je regrette, Antonio. Je regrette vraiment. C'est moi qui me suis obstinée...

Il lui posa un doigt sur les lèvres. Échevelée et souillée de sang comme elle l'était, Carmen avait quelque chose d'une Vierge de martyrologe.

– Tu m'as sauvé la vie. Maintenant, il faut nous débarrasser de ce salopard.

Antonio regarda le cadavre du balèze sans haine, ou avec la haine strictement professionnelle de l'arrimeur pour le fardeau qu'il va devoir charger sur ses épaules. Il palpa l'herbe à l'aveuglette et finit par retrouver la navaja avec laquelle Carmen avait frappé et la chaîne qui avait failli l'étrangler. C'est alors que la peur le gagna. Il bondit sur le balèze et lui démantibula la mâchoire pour lui ouvrir la bouche.

– Que fais-tu ? lui demanda Carmen, qui ne comprenait pas.

– Ma médaille ! Ce salopard l'a avalée.

Ses doigts fouillaient la bouche du mort, jusqu'au-delà de la luette. Après lui avoir décroché la mâchoire, il n'aurait pas hésité à lui arracher la langue, lui ouvrir l'estomac et les tripes pour retrouver cette médaille où était gravé son nom. Il saisit la navaja, prêt à l'éventrer sur-le-champ, mais la nuit avait une opacité d'encre qui rendait inutile cet acharnement macabre. Il se contenta de sortir le portefeuille de la poche intérieure du type, d'en tirer la liasse de billets qu'il tendit à Carmen. Elle fit entendre une timide protestation.

– Nous ferons nos comptes, l'interrompit-il. Écoute-moi bien. Tu vas rentrer chez toi tout de suite. Je vais me débarrasser du cadavre.

– Comment ?

– Je vais le jeter dans l'étang. Pars, maintenant. Je me débrouillerai tout seul.

Il glissa dans sa poche le portefeuille du malabar pendant que Carmen nettoyait la navaja dans l'herbe. La tension agissait comme un anesthésique sur les membres contusionnés d'Antonio, les os brisés, les meurtrissures et les excoriations de son visage ; quand il s'activait, il se sentait tuméfié et avait l'impression que sa peau était recouverte d'une croûte épaisse. Il caressa le visage de Carmen, qu'il devina dans l'obscurité aussi décomposé que le sien.

– Tu m'as entendu ? Il est important que tu suives mes instructions. Tu vas chez toi, où tu essaies de te tenir tranquille pendant une quinzaine de jours. Surtout, ne fais rien pour me retrouver. J'irai te rejoindre quand les choses se seront tassées. D'accord ?

Il lui tenait maintenant très délicatement le menton, pour sentir les hochements d'assentiment, contrits, à peine perceptibles. L'idée de cette complicité avec la femme aimée, du danger et de la responsabilité partagés, d'un éventuel sacrifice mutuel emplissait son cœur d'une chaleur tonifiante et nouvelle. Il eut honte d'éprouver cette consolation alors que le crime qu'ils venaient de commettre exigeait avant tout beaucoup de sang-froid.

– D'accord ? répéta-t-il.

Carmen hocha la tête avec plus de détermination, ravalant ses objections avec ses sanglots. Il l'aida à se relever.

– Nul ne peut faire le lien entre lui et toi. Même si on vous a vus passer, on n'aura pas fait attention.

Il parlait ainsi pour la tranquilliser et se tranquilliser, alors même qu'il savait très bien en son for intérieur que les gens peuvent remarquer les choses les plus insoupçonnées et fugaces. Il la poussa très doucement, pour l'inviter à s'éloigner.

– Nous resterons ensemble, Antonio. Ensemble pour toujours, dit Carmen en guise d'au revoir.

Sur ce, elle lui donna un baiser inquiet qui continua de palpiter aux commissures de ses lèvres, comme un bouton de fièvre. Cette expectative le remplissait d'une joie intrépide et, curieusement, chassait ses appréhensions. Carmen chercha son sac entre les buissons, y fourra les billets et la navaja, se nettoya les mains et le visage avec un mouchoir auparavant imprégné de salive, puis elle se coula entre les arbustes en évitant de regarder le cadavre couché par terre, apparemment honteuse de la fureur qui l'avait possédée quelques minutes auparavant. Antonio resta un moment immobile, sans bouger un seul muscle, prêtant l'oreille pour distinguer les pas vacillants de Carmen dans la rumeur étouffée de la ville. Il l'imagina en train de se glisser entre les barreaux de la grille qui entourait le Retiro, là où elle s'était esquivée en d'autres occasions, il la vit par la pensée choisir les rues les moins fréquentées, en pressant le pas afin d'éviter d'être aperçue par les patrouilles et d'esquiver les ivrognes en goguette, puis déboucher rue d'Alcalá et prendre un taxi pour se faire conduire aux Cuatro Caminos. Il pria Dieu pour qu'elle s'en tire indemne, et pour qu'il la protège pendant les jours à venir, jusqu'à ce qu'ils puissent être de nouveau ensemble. Ensemble pour toujours.

La nuit lui soufflait au visage une brise aiguë, salubre, annonciatrice de l'automne, qui avivait l'irritation de ses blessures. Il fut tenté d'abandonner sur place le cadavre du balèze comme les serpents laissent derrière eux leur mue, oublieux de leurs méfaits ; mais il se souvint immédiatement que la dépouille recelait dans son œsophage une preuve qui pouvait l'incriminer. Antonio fouilla les poches du défunt, cherchant tout ce qui pouvait faciliter son identification, mais il trouva seulement un peu de monnaie et l'alliance qu'inévitablement les rupins de province ôtaient avant de se lancer dans leurs conquêtes madrilènes. Sans une ombre de désolation, il pensa à la femme sans doute soumise et étiolée qui venait d'étrenner un veuvage bénéfique, et il ressentit même quelque chose de semblable à la vanité satisfaite du philanthrope quand il a obtenu la libération d'un captif. Il chargea le type sur ses épaules comme on charge dans les abattoirs les bêtes éventrées ; le cadavre avait une rigidité quasi minérale, excepté la nuque criblée de coups de couteau, qui favorisait le dodelinement de la tête, sorte de battant de cloche sourde. Après s'être arrêté plusieurs fois pour reprendre souffle, Antonio atteignit enfin l'embarcadère de l'étang ; sur une des barques qui y étaient amarrées, dont les amoureux se servaient pendant le jour pour leur croisière d'opérette, il jeta le cadavre. Avant d'y monter, il ramassa quelques pierres d'un chemin en réparation. Il avait lu, dans une colonne de faits divers, que les cadavres jetés à l'eau, après avoir coulé, remontent à la surface quand leurs tissus décomposés s'emplissent de gaz, et il se disait qu'en introduisant quelques pierres dans les poches des vêtements du type il éviterait sa remontée, ou du moins la retarderait jusqu'à ce que la putréfaction et la voracité des poissons (ces mêmes poissons noirs et visqueux qui accompagnaient les amoureux dans leur croisière d'opérette en réclamant une partie de leur goûter) l'eussent rendu méconnaissable. Il remplit de pierres les poches de la veste et du pantalon du mort, et profita même de la mâchoire décrochée pour caler encore un gros caillou entre les dents du cadavre. Ensuite, il détacha les amarres de la barque et rama jusqu'au milieu de l'étang ; le barbotement produit par les rames épousait les cognements de son sang, la palpitation croissante de la douleur de ses côtes meurtries, de ses membres contusionnés, de son visage tuméfié à l'ossature brisée. Mais c'était une douleur vivifiante, presque réjouissante.

Il fit basculer le cadavre dans l'eau, en pécheur qui se soulage de ses fautes devant son confesseur, et il le poussa avec une rame en direction du fond pour ne plus voir le dernier regard implorant qu'ont les défunts dont la place est réservée en enfer. La dépouille du malabar descendit lentement jusqu'au lit de vase, où elle allait servir de pitance aux poissons, en laissant derrière elle des rosaires de bulles à compte perdu. Le basculement de la barque, qui avait failli verser quand il l'avait délestée de ce poids mort, s'atténuait ; Antonio, épuisé, s'abandonna un moment au mouvement, couché sur le dos, bras en croix, avant de regagner l'embarcadère. Une chouette ululait au loin, emplissant la nuit de sa complainte tellurique. Au-dessus, les étoiles tramaient leurs motifs hiéroglyphiques, et Antonio n'avait pas de boussole pour s'orienter.

Les écaillures et les taches d'humidité qui ornaient le plafond de son galetas dessinaient elles aussi une carte hiéroglyphique, tout comme les gémissements des putains, dans la maison close voisine, emplissaient la nuit de complaintes telluriques. Au cours des jours suivants, ce fut à peine si Antonio se leva de son grabat, pour éviter les douleurs que lui infligeaient ses côtes meurtries, et quand il sortait pour acheter les journaux il le faisait de très bonne heure, avant que les rues ne se remplissent de monde, pour éviter d'exposer aux regards les plaies et les bleus qui le défiguraient. Harcelé par la douleur, il avait de la peine à trouver un repos réparateur et, une fois ces douleurs atténuées, les vapeurs nocives des souvenirs de cette nuit funeste s'infiltrèrent dans son sommeil. Il combattait l'angoisse qui le harcelait en soignant ses blessures avec des emplâtres maison, et il lisait jusqu'à la moindre ligne des quotidiens, en commençant par les faits divers, sans négliger les plus brèves nouvelles, cherchant l'annonce de la découverte d'un cadavre dans l'étang du Retiro.

Les jours passaient et rien de tel n'apparaissait dans les journaux. Tout d'abord, ce silence exacerba son inquiétude : il se réveillait à toute heure, fustigé par l'anxiété qui l'oppressait, pesait sur sa poitrine comme une menace d'infarctus et ne le lâchait que quand il descendait tôt le matin pour acheter la presse du jour au kiosque le plus proche. Puis, peu à peu, il se persuada que le crime ne serait jamais découvert, ou le serait quand le cadavre, rongé par la putréfaction et les poissons, ne pourrait plus fournir la moindre piste aux médecins légistes, et que la médaille en laiton que recelait son système digestif aurait été ensevelie dans la vase, couverte de rouille et de moisissure, changée en relique indéchiffrable. Bien évidemment, Antonio s'était débarrassé de tout ce qui avait appartenu au malabar, ainsi que des vêtements ensanglantés et déchirés qu'il portait cette nuit funeste, en les jetant dans le poêle avec lequel il chauffait son garni ; ainsi, à mesure que ses blessures se cicatrisaient, grandissait en lui, avec la confiance, l'espoir que le crime resterait impuni. Même ses rêves commencèrent à être sereins, ou du moins réfractaires, heureusement réfractaires aux vapeurs délétères qui les avaient infestés pendant les premières semaines. Il y voyait même, véritable terre promise, la tendre image de Carmen.

Ensemble pour toujours. En une litanie exaltée, il ne cessait de se répéter les paroles que Carmen lui avait dites en guise d'au revoir dans le parc du Retiro ; il se les répétait avant de s'endormir, sous forme de psaume protecteur, et encore au réveil, afin de mieux supporter son enfermement. Ces mots étaient une boussole qui lui permettait de s'orienter sur la carte indéchiffrable de sa vie, et il se surprenait souvent à bâtir de flamboyants projets de vie conjugale pour un avenir qui lui semblait proche, ou à consulter régulièrement les petites annonces, en quête d'un bail ou d'un local commercial à céder moyennant un apport raisonnable. Quand il trouvait quelque chose qui répondait à ses attentes, il l'entourait d'un trait de crayon, ou détachait la page du journal qu'il pliait avec soin et rangeait dans le tiroir de sa table de nuit, comme d'autres rangent une garantie fiduciaire. Il anticipait le jour, toujours plus proche, où il se résoudrait enfin à sortir de sa retraite et à aller voir Carmen chez elle, aux Cuatro Caminos ; où elle se jetterait dans ses bras, en larmes et aussi soulagée que lui, et le présenterait à sa mère impotente, qu'il lui faudrait se concilier sans flatteries ni chichis, en lui montrant simplement que l'amour qu'il éprouvait pour sa fille était sincère et à l'épreuve des inconstances. Plus que de toute autre chose, il était sûr de pouvoir le lui démontrer.

Dans ses rêveries insensées, il tâchait de se convaincre que le souvenir de cette nuit funeste, loin d'être un empêchement à leur amour, allait être le ciment de sa vigueur. C'était là que son imagination bronchait : quelque chose lui soufflait que les engagements à deux pour la vie ne fonctionnent pas comme les syndicats du crime, et que ce qui sert d'amalgame à une organisation criminelle agit sur la vie à deux comme un dissolvant. Pour dissiper ces craintes, il s'absorbait dans la lecture des journaux, qui consacraient alors plusieurs pages aux batailles livrées sur le front russe. L'exultation avec laquelle, à peine un an auparavant, on célébrait la progression des armées allemandes et la défaite attendue du communisme avait cédé place à un autre ton, beaucoup plus mesuré, hérissé de réticences et de mises en doute ; de même, à la germanophilie exaltée de naguère s'était substituée une ambiguïté ou une tiédeur mesurée non dépourvue d'allusions peu flatteuses à la manœuvre par laquelle Hitler, enlisé à Leningrad et frustré dans sa tentative d'atteindre Moscou, cherchait à faire main basse sur les gisements pétroliers du Caucase. On ne disait rien des divisions espagnoles, sinon qu'elles étaient toujours cantonnées dans le secteur de Leningrad ; et avec cette brève information rassurante on expédiait la participation de l'Espagne à la guerre, tellement glorifiée quand la victoire allemande semblait assurée. La División Azul, qui avait inspiré les louanges les plus enflammées des thuriféraires du régime, était maintenant devenue une pierre d'achoppement embarrassante, qui rendait plus difficiles et moins crédibles les efforts de neutralité du gouvernement et ses discrètes tentatives de rapprochement avec les Alliés, au point que l'on envisageait, à mots couverts, de la démanteler.

Les combattants de la division qui revenaient de Russie, relevés après en avoir vu de dures sur le front, le plus souvent mutilés par l'artillerie ennemie ou victimes du gel, n'étaient jamais interviewés, pas plus ceux qui rentraient désabusés que les irréductibles restés fidèles aux vieux idéaux. La neutralité proclamée par le régime franquiste exigeait des organes de presse un silence patriotique, et les journaux au patriotisme indéfectible inventaient mille histoires d'une « actualité brûlante » pour distraire les lecteurs, sans même devoir recourir à la censure : un jour, c'était la rivalité entre deux toreros qui se disputaient les faveurs d'une chanteuse pourtant prête au partage ; un autre jour, la rivalité entre deux équipes de football qui se disputaient un avant-centre qui, lui, balançait entre les penchants du cœur et ceux du porte-monnaie (et c'étaient toujours ces derniers qui l'emportaient). Les sujets pittoresques ou relevant des arts et traditions populaires qui flattaient les goûts nostalgiques de l'Espagne profonde ne manquaient pas : les tribulations d'un joueur d'orgue de Barbarie du quartier de Chamberí qui ne trouvait plus de pièces de rechange pour son instrument ; les vertus pâtissières des salésiennes du couvent de la Visitación ; le décès de la marchande de châtaignes qui installait chaque année son éventaire sur la Plaza de la Cebada ; le nettoyage de l'étang du Retiro décrété par la mairie.

Tel était le chapeau de la nouvelle, sur deux colonnes : « On vidange l'étang du Retiro pour retirer la vase du fond qui, à certains endroits, atteignait un demi-mètre d'épaisseur. »

Antonio sursauta, sous l'effet du saisissement. À l'incrédulité succéda une réaction panique : il sentit la peur, semblable à un fleuve qui déborde ou à une fourmilière en débandade, envahir tout son corps. Il jeta le journal par terre et se leva de son grabat, presque en transe ; le sang cognait à ses tempes, les frappait comme les vagues soulevées par le noroît pilonnent les quais. Subitement, les parois de son réduit semblaient se rapprocher, le plancher perdait de sa consistance, il avait les jambes en coton, une brume arachnéenne noyait ses poumons, produite par les battements effrénés de son cœur. Il se recoucha, incapable de tenir debout, et il s'efforça de respirer profondément, une fois, deux fois, trois fois, à l'instar de l'homme-grenouille qui revient d'une longue plongée. Il eut la pensée absurde que tout cela n'avait été qu'une hallucination née de son enfermement, de son isolement.

Il ramassa le journal. La nouvelle était toujours là.

Le reporter rendait compte des travaux de dragage de l'étang avec une sorte de minutie naïve. Les éboueurs municipaux avaient découvert, en le vidant, une véritable Atlantide de déchets : plus de quarante tables, deux cents chaises, des corbeilles à papier, des poussettes, plusieurs urnes cinéraires, et même un coffre-fort forcé, ainsi, bien entendu, qu'une infinité de petits objets incongrus, des sacs à main et des chaussures, des lunettes et des bouteilles, des couteaux et des gamelles, des bagues de fiançailles et des alliances, des montres-bracelets et des montres de gousset, un véritable bazar attendant l'inventaire d'un archéologue ou d'un brocanteur. Après cette énumération chaotique, le chroniqueur se lançait dans la poésie de pacotille, imaginant les avatars qu'avaient pu connaître ces divers objets avant d'être jetés dans ce cimetière submergé. Peut-être pour tranquilliser les membres de la Société protectrice des animaux, il spécifiait que les centaines de carpes trouvées dans l'étang, dont certaines étaient aussi grosses que des thons et plus vieilles que Mathusalem, avaient été transportées dans un aquarium en attendant la fin du dragage et la réalimentation en eau de l'étang. « Il ne reste plus qu'à racler la vase du fond, accumulée pendant des décennies, ajoutait le chroniqueur. Les Madrilènes sont priés de s'abstenir de marcher sur ce lit d'immondices, pour éviter de se couper un pied et de risquer une infection. »

Sur cette recommandation farfelue s'achevait l'article. Pas un mot du cadavre. La vase, ou les carpes, semblait l'avoir englouti.

Jamais encore Antonio n'avait éprouvé la curiosité malsaine qui pousse certains criminels à retourner sur le lieu où ils ont commis leur forfait. Une seconde avant d'avoir cette réaction, il aurait encore vu en elle le signe d'une faiblesse dénonciatrice, mais elle s'imposait maintenant à lui d'une façon aussi pressante qu'un besoin naturel, sans doute parce qu'il nourrissait, dans son égarement, l'espoir secret qu'une nouvelle aussi rocambolesque pouvait être une invention, une plaisanterie, un poisson d'avril avant l'heure. Peut-être Antonio s'attendait-il encore à un éclaircissement miraculeux et invraisemblable de l'épisode ; le cadavre du balèze pouvait s'être volatilisé par enchantement, le croupissement des eaux avoir accéléré la décomposition, la voracité des carpes n'avoir laissé qu'un squelette parfaitement nettoyé, ou encore, après le passage de la drague, il pouvait avoir fini dans une décharge des environs de Madrid, mêlé à d'autres déchets sans maître. Le crépuscule s'annonçait quand il arriva dans le parc du Retiro. C'était l'heure préférée des amoureux, l'heure à laquelle les jeunes filles de bonne famille se laissent courtiser par les cadets et les servantes frivoles peloter par les voyous. Mais, ce soir-là, ces cérémonies assidues de la galanterie et de la gaudriole avaient été suspendues. L'air lourd et moite était presque tropical, et il devenait fétide et visqueux quand on s'approchait de l'étang. Antonio se faufila entre les curieux qui s'agglutinaient contre la barrière pour assister au travail de récurage des éboueurs.

– Ça ne sent pas la rose, fit-il pour prendre langue avec un des badauds. Il devait y avoir une sacrée merde, là-dedans…

– De quoi arrêter un train, répliqua l'inconnu, mordant à l'hameçon. Il y a quatre heures que je suis là, et ils n'ont pas arrêté de sortir des trucs. Quelle quantité de charognes, c'est inimaginable !

Une excavatrice était restée embourbée au milieu de l'étang, semblable à un dinosaure paralytique. Un groupe d'ouvriers essayait de la pousser, mais les roues patinaient dans la boue quand elles tournaient, souillant d'éclaboussures tous ceux qui étaient rassemblés autour d'elle.

– Des charognes ? Quelles charognes ?

– De toutes sortes. Des chats et des chiens à n'en plus finir, répondit le badaud. Les gens sont sans cœur, quand ils se lassent d'un animal, ils viennent le noyer ici. Et ne parlons pas de leurs petits ! Ils en ont sorti des portées entières !

Les nuées de moustiques avaient une épaisseur de suie au-dessus du creux de l'étang. Le regard d'Antonio se porta vers l'endroit où il croyait avoir jeté le cadavre du costaud ; il vit que la vase y avait été retournée et formait un monticule de purin.

– Ils n'ont pas trouvé de cadavre ? demanda-t-il encore.

Il sentait de nouveau en lui le grouillement de la peur, telle une fourmilière en débandade. Le curieux montra du doigt un groupe d'hommes qui n'étaient pas vêtus de combinaisons de coutil comme les manœuvres. Ils portaient des gants, et l'un d'eux n'avait même pas ôté son chapeau.

– Vous voyez ces types qui marchent courbés ? Je dirais qu'ils sont de la rousse. Je ne sais pas ce qu'ils cherchent, mais ça ne me dit rien qui vaille. Sans doute l'oiseau rare qui sent bon au milieu de toute cette puanteur.

Antonio essaya de sourire, mais il sentit que ses lèvres s'y refusaient, comme si elles étaient cousues par plusieurs points de suture. Celui avec qui il avait engagé la conversation était un type pâle et maigre au regard scrutateur, qui avait une moustache fine pareille à un ver de terre. Il était vêtu d'une veste ample qui bouffait sous les aisselles, et, sous celle de gauche, on pouvait deviner une curieuse bosse, qui évoquait un gros bubon. Antonio affecta un air tranquille, alors que le sang battait à ses tempes.

– C'est bien trouvé. Il y a de quoi vous retourner les boyaux.

Sur ces mots, il s'écarta de la barrière, laissant la place à d'autres badauds qui luttaient pour s'en rapprocher. L'inconnu se retourna, comme pour lui faire un vague geste d'adieu, avec dans les yeux une lueur de doute, et aux lèvres un léger froncement qui fit vibrer les pointes de sa moustache. Antonio avait du mal à tenir sur ses jambes, de nouveau en coton, et il prit un air décontracté jusqu'à l'endroit où il pensait que le regard de l'inconnu ne pouvait plus le suivre ; il avait cru reconnaître en lui – non sans un peu de paranoïa – un agent en civil. Alors, se rappelant la bosse sous l'aisselle de cet homme, il se mit à courir comme un possédé sur les sentiers les plus détournés du Retiro. Ses derniers espoirs passagers s'étaient maintenant évanouis : le cadavre du balèze avait été découvert, peut-être même avait-il déjà été autopsié et avait-on trouvé la médaille de laiton qui allait permettre à la police de remonter jusqu'à lui. Antonio croyait n'être inscrit sur aucun registre du recensement municipal, et il n'avait pas de casier judiciaire. Mais la médaille conduirait les limiers jusqu'à l'orphelinat du quartier des Embajadores, et il ne leur resterait plus qu'à interroger les voleurs à la tire et les fripouilles pour découvrir sa retraite. Il fallait arriver avant eux au garni de la rue de l'Amparo pour récupérer l'argent de ses derniers coups et disparaître pendant quelques mois ; l'argent pouvait ouvrir de nombreuses portes, et aussi les fermer à double tour au nez de ses poursuivants.

La nuit descendait sur le quartier de Lavapiés comme un suaire souillé. C'était l'heure entre chien et loup où les contours s'estompent, où la pénombre s'épaissit sous les portes cochères et où les pavés des rues commencent à exsuder un sale éclat qui semble réclamer du sang frais et anonyme ; l'heure où les traîne-savates et les racoleuses sortent faire un tour, en guettant le paumé à dépouiller, et peut-être à suriner. Mais, ce soir-là, les ruelles de Lavapiés semblaient intimidées par la sirène d'alarme d'un mystérieux couvre-feu ; des fenêtres des maisons, aux persiennes baissées comme des crêpes de deuil et aux géraniums flétris comme des chrysanthèmes, ne venaient pas le charivari des radios allumées, des disputes conjugales, ni les cris d'enfants habituels du quartier, mais tout juste un chuchotis de prières ou de conciliabules. Il en comprit la raison quand, de loin, il découvrit l'animation qui régnait rue de l'Amparo, à la hauteur de l'édifice dans lequel se trouvait son guitoune : il remarqua la voiture dont le moteur tournait, arrêtée devant la porte, un de ces véhicules banalisés qu'empruntait par discrétion la police pour ses descentes et ses arrestations (et qui, paradoxalement, étaient encore plus reconnaissables que les paniers à salade) ; tout autour de ce véhicule, des voisins rassemblés parlaient entre eux et s'expliquaient avec deux agents à l'air futé ou seulement circonspect. Antonio aperçut aussi quelques putes de la maison close voisine, soucieuses et subitement pudiques, enveloppées dans des manteaux et des châles qui cachaient leurs parties intimes, avec l'air d'étonnement offensé de ceux qui découvrent que près d'eux vit un assassin qu'ils avaient toujours pris pour un fantoche.

Antonio fit prudemment quelques pas en arrière avant d'être reconnu, en évitant cette fois de courir pour ne pas attirer l'attention. Curieusement, dès lors que la découverte de son crime devenait évidente, il était gagné par une tranquillité qui ne laissait rien en lui des craintes de la semaine précédente. Il savait que tout était perdu : dans sa piaule, les poulets allaient mettre la main sur le butin de ses dernières combines, tout ce qu'il avait ingénument économisé dans l'espoir de s'établir et d'ouvrir un commerce avec Carmen, et cet argent servirait à l'incriminer définitivement. On n'allait pas tarder à l'arrêter, à le traîner devant un tribunal, à le condamner au supplice du garrot ; mais il lui restait la consolation de savoir qu'ils ne dénicheraient rien dans son réduit qui pouvait permettre d'inculper Carmen. Cette consolation se colora aussi de dépit et d'amertume : si l'on n'allait rien y trouver qui pût permettre de faire le moindre rapprochement entre lui et Carmen, ce n'était pas parce qu'il se serait chargé d'en faire disparaître toute trace, mais simplement parce qu'il n'avait jamais rien possédé qui eût appartenu à Carmen, rien qui pût témoigner de son amour pour elle, jamais formulé. Un amour sans reliques est un amour imaginaire, bâti sur l'aile des vents, et cette certitude le plongeait dans une affliction beaucoup plus profondément blessante que sa condition de fugitif récemment acquise. Pendant un instant, il envisagea (mais ses pensées se débandaient en troupeau affolé) d'aller dire adieu à Carmen avant de disparaître ; il se dit qu'un baiser d'elle, aussi ardent que celui d'une fiancée qui se sépare sur un quai du soldat qui part pour le front, suffirait à mettre un baume sur sa peine ; il se dit que la voir une dernière fois, entendre sa voix cassée, la consoler ou pleurer avec elle, donnerait quelque consistance à cet amour chimérique et lui insufflerait la force d'affronter les longues nuits solitaires qui l'attendaient. Mais il trouva cette pensée déraisonnable et vainement sentimentale. Il avait décidé d'endosser entièrement, sans impliquer Carmen, le crime dont ils étaient l'un et l'autre responsables, et il devait aller dans ce sens jusqu'au bout. Pour retarder autant que possible l'échéance, il n'avait plus d'autre ressource que la fuite. Mais où fuir ?

Il s'imagina en vagabond ou en camelot, en train de voyager dans des trains somnambules, de dormir à la belle étoile, lové entre les fourrés de la sierra, comme ces maquisards puérils qui servaient de gibier pour les parties de chasse de la Guardia Civil. Il s'imagina perdu dans l'anonymat de la foule, embusqué sous une identité d'emprunt, ou mendiant dans les hospices, toujours harcelé par la peur des ombres tapies au fond de la nuit, fuyant le regard scrutateur et suspicieux des inconnus. Antonio commençait à comprendre, ou à pressentir, ce que pouvait être la vie du fugitif, seul face à l'immensité de l'univers, seul face au silence de Dieu, poursuivi par le monstre aux mille yeux qui n'était peut-être que le spectre de la peur, ou une projection de ses remords, et il voyait son âme se retirer comme un escargot dans sa coquille, se recroqueviller devant une sorte d'horreur métaphysique. Il s'était éloigné des antres de Lavapiés et, en débouchant rue d'Alcalá, cette horreur se fit plus acharnée et déchirante, au point que la dimension imposante des immeubles qui se dressaient de part et d'autre de la rue rendait son insignifiance colossale.

La nuit avait quelque chose d'une grande baraque en ruine, impression que soulignaient les pétarades des gazogènes et les coupures de courant. C'est seulement au croisement avec l'avenue que les Madrilènes ont toujours appelée la Gran Vía malgré les baptêmes forcés imposés par la conjoncture politique (Avenida de Rusia dans les années de sang, et depuis peu Avenida de José Antonio Primo de Rivera, en l'honneur du martyr de la Phalange), qu'un immeuble osait défier et passer outre les restrictions. C'était le Secrétariat général du Mouvement, où d'un des balcons Ramón Serrano Suñer, le beau-frère de Franco, costumé en comte Ciano, avec un uniforme blanc impeccable et des lunettes noires, avait prononcé la célèbre sentence : « La Russie est coupable ! » Et, à cet appel, une multitude exaltée avait brandi une forêt de drapeaux et défilé sur l'air du *Cara al sol*, dont les paroles jaillissaient des gorges en un rugissement heureux, ivre de vengeance et de fierté retrouvée, avant de monter vers le ciel comme des offrandes votives. Exaltés par cette ardeur, des dizaines de milliers de jeunes gens s'étaient portés volontaires pour aller prendre la relève des membres de la División Azul qui participaient à la campagne militaire menée par l'Allemagne contre l'Union soviétique, et dont on croyait qu'elle serait fulminante, comme toutes celles que Hitler avait jusqu'alors lancées. Depuis, un an et demi ne s'était pas écoulé, mais en ce court laps de temps la Russie s'était révélée inexpugnable : là, l'armée allemande succombait en laissant sur le terrain un nombre de morts épouvantable ; là sc vidait lentement de son sang la División Azul, entre les escarmouches qui la décimaient, les relèves qui n'arrivaient jamais et le détachement grandissant de Franco, qui n'avait pas hésité à envoyer valser son naguère tout-puissant beau-frère, pour faire un clin d'œil aux Alliés. Seuls les phalangistes les plus butés ou les plus fervents croyaient encore à la déroute des Russes et, peu à peu, ces mêmes phalangistes s'étaient vus privés de toute autorité, ou relégués en province, ou considérés comme des marchandises avariées. Mais quelques-uns d'entre eux refusaient encore d'être déplacés et domestiqués ; quelques-uns d'entre eux croyaient encore à un revirement de fortune. Peut-être n'était-ce là que le chant du cygne d'un idéalisme attardé, ou une bravade de bravache.

– Les Français ont porté au pinacle la raison, comme si c'était une déesse. Nous, c'est la force qu'il nous faut dresser sur un piédestal.

Juste devant le porche du Secrétariat général du Mouvement s'était formé un groupe de jeunes phalangistes braillards, quinze ou vingt, peut-être, tous vêtus de la chemise de nankin bleue qui ne parvenait pas à camoufler leur extraction bourgeoise et universitaire. Toute leur vigueur passait dans leurs propos, habitude de ceux qui vivent parmi les livres ; et ils parlaient d'après ceux qu'ils avaient lus, peu nombreux et théorisants.

– La force est plus belle que la raison, disait l'un.

– Et qui sait si la véritable raison ne serait pas la raison de la force ? suggérait l'autre.

– La force est plus puissante que la raison, et plus juste, parce qu'elle surgit quand la raison a passé les bornes, ajoutait un troisième, entraîné par la joute verbale.

– La force est la véritable expression de la justice. Elle porte à la pointe des baïonnettes le jugement de Dieu.

Ils continuèrent ainsi pendant quelques minutes, empêtrés dans une logomachie ou un tournoi de sentences fleuries, rivalisant d'étalages rhétoriques pour imiter le pur José Antonio Primo de Rivera qui, lui, avait au moins défendu ces entéléchies au prix de sa vie, de même que les volontaires partis pour la Russie, ses disciples de la première heure. Mais ces jeunes gens agités devant le siège du Mouvement ne semblaient pas disposés à suivre le même chemin que le fondateur de la Phalange ; ils préféraient les sophismes et les charades de salon, les poses et les fariboles grandiloquentes. Antonio avait ralenti le pas, en attendant qu'ils se dispersent.

– Nous, les Espagnols, nous sommes forts de corps et d'esprit, insista celui qui avait une voix rauque. Le cas échéant, nous saurons mourir comme des archanges en chemise bleue et au casque d'acier. *¡ Arriba España !*

Cette invocation à la patrie sembla avoir sur eux l'effet d'un magistère, tous levèrent le bras droit et entonnèrent en chœur le *Cara al sol* qui, dans leurs bouches, prit un caractère mollasson privé de substance, semblable à une chansonnette de fin de repas à la campagne. En chantant cette version pastorale de l'hymne phalangiste, ils se dirigèrent vers le haut de la Gran Vía, du pas allègre de la paix, prêts à la ramener devant les putes du Chicote. D'autres allaient peut-être trouver la mort, là-bas, en Russie, mais pas eux, d'évidence. Leur place n'était pas à la belle étoile, arme à l'épaule, mais dans les sinécures que leur promettait un régime incliné à la neutralité. Antonio se remit à presser l'allure, après le départ du chœur. Au moment où il passait devant l'entrée du siège du Mouvement, il remarqua l'homme qui regardait avec une indifférence lasse s'éloigner les phalangistes à la rhétorique claironnante. Il semblait aussi jeune qu'eux, ou du moins n'avoir que quelques années de plus, mais sa jeunesse était grave, sinon funèbre, creusée de rides et endurcie par les déboires. Une tache de vin sur le côté gauche de son visage, sans doute une envie, lui donnait un air vulnérable. C'était une tache de la grosseur d'un poing, aux découpures de fjord, qui partait du coin de l'œil et aboutissait à la mâchoire en couvrant la moitié de la joue.

– Vous en faites de drôles d'archanges, archanges de mes deux, murmura l'homme. Vous ne méritez même pas de vous faire mettre.

Il fumait une cigarette si largement consumée qu'elle lui brûlait presque les lèvres. Quand il jeta le mégot par terre, il le fit avec une colère mal contenue, comme s'il giflait quelqu'un. Ce fut alors qu'il aperçut Antonio et, inopinément, après une première réaction de stupeur ou d'incrédulité, alla vers lui bras ouverts.

– Gabi, mon ami ! s'écria-t-il, exultant. Depuis quand es-tu à Madrid ? Je ne savais pas que tu avais été rapatrié…

Antonio sourit, à la fois intimidé et décontenancé.

– J'ai bien peur que vous ne me preniez pour un autre…

L'homme à la tache de vin dut s'approcher encore un peu plus d'Antonio pour s'assurer de son erreur. Son haleine sentait le brandy, mais c'était une odeur chaude et bienfaitrice.

– Pardonnez-moi, s'excusa-t-il. Je vous ai confondu avec un ami que j'ai laissé en Russie. Vous lui ressemblez incroyablement.

La tache sur son visage, qu'Antonio avait de prime abord prise pour une envie, était en fait un tissu fibreux mal cicatrisé, peut-être une blessure due à la mitraille.

– Non, non, ne vous inquiétez pas, dit-il, tête basse, surpris de constater que parler à cet inconnu tempérait son accablement. J'espère que votre ami, au moins, reviendra sain et sauf.

L'homme à la tache rit avec une franchise joviale qui contrastait avec la gravité de son regard.

– Ils vont devoir le traîner ! Gabriel, c'est quelqu'un ! Aussi longtemps qu'il y a une position à défendre, même Dieu ne pourrait l'en déloger, s'exclama-t-il. Mais il retrouva aussitôt après cette hyperbole un ton grave : – Et puis, mieux vaudrait qu'il ne revienne pas. Vivement les ruskovs pour nous débarrasser de cette engeance.

Sur ce, il poussa un soupir complice qui résumait son opinion sur les phalangistes rhétoriciens, que l'on n'entendait plus chanter le *Cara al sol*, peut-être parce que leurs élans mélodiques avaient succombé aux charmes des putes du Chicote.

– Il faudra bien nous en contenter… dit Antonio, inquiet.

Il voulut faire mine de poursuivre son chemin, mais l'homme au visage taché avait besoin de se débonder.

– La seule pensée que nous avons pris les armes en Espagne puis en Russie pour les engraisser me fait mal au cœur.

– Ça n'a pas été seulement pour ça, mon vieux. Et ils ne sont pas tous pareils…

– Ah, non ? fit l'inconnu, s'enfiévrant. La direction du Syndicat espagnol universitaire m'a demandé de venir leur parler de mon expérience en Russie, et je n'en ai vu que trente ou quarante. Trente ou quarante courageux, c'est mieux que rien, me suis-je dit, et je leur ai servi une harangue sur la valeur de l'esprit de corps et la gloire qui attend ceux qui combattent le communisme dans sa tanière. Pour finir, je les ai exhortés à se porter volontaires pour rejoindre la division. Et savez-vous combien ont fait un pas en avant ?

– Je n'en sais rien… Très peu, je présume.

– Pas un, mon ami ! Pas un seul ! Ils se sont dégonflés comme des mauviettes. Après quoi ils se sont gargarisé de grands mots et ont chanté à tue-tête. Mais quand il faut aller se battre, il n'y a plus personne. Que les pauvres y aillent ! Eux, ils ont à s'assurer un avenir ! Et c'est cette jeunesse de merde qui va nous gouverner. Ma main à couper, je ne leur donne pas dix ans pour s'emparer du pays et rire du sang répandu en Russie par leurs compagnons de lutte. Vous verrez ! Ils ne feront rien d'autre que se remplir la panse sur le dos des ouvriers et des paysans.

La cicatrice de son visage palpitait comme un cœur autonome, pourpre d'un sang en ébullition. Une idée peut-être suicidaire assaillit alors Antonio. Il essaya de la chasser, mais elle s'était glissée dans ses pensées et, curieusement, il croyait avoir le courage suffisant pour la mener à bien. Mourir sous la neige, là-bas, dans la lointaine Russie, lui semblait tout à coup plus rédempteur et digne que mourir sur l'échafaud. L'homme à la cicatrice continuait de s'épancher.

– Je me rappelle encore tous ces rupins et ces bourgeois qui étaient venus nous dire adieu à la gare quand nous sommes partis pour la Russie. « Allez ! Allez défendre la civilisation chrétienne ! » Salopards ! Ils savaient bien qu'en envoyant cette division l'Espagne payait sa dette envers Hitler, et que de cette façon ils s'épargneraient les périls d'une guerre. Nous n'avons été que les sacs de terre qui ont protégé leurs intérêts. Ils m'écœurent à un point ! Ces fricoteurs n'ont que Dieu et la patrie à la bouche pendant qu'ils se livrent à leurs magouilles et se réchauffent au brasero politique. Si José Antonio voyait ça, il en mourrait une deuxième fois, d'épouvante…

L'homme à la cicatrice se tut, anéanti ou aphone. Rue d'Alcalá, quelques couples enlacés sortaient des cinémas en se murmurant des mots tendres ; Antonio avait maintes fois désiré être l'amant ou l'époux d'une de ces femmes parfumées et radieuses et, par la force des choses, il s'était contenté des faveurs de petites gredines loqueteuses. Mais depuis qu'il connaissait Carmen, il n'avait plus l'ambition de conquérir aucune autre femme, et ne savait pas s'il devait en être fier ou s'il était simplement ridicule.

– Pardon, pardon, je vous ennuie… s'excusa l'homme à la cicatrice, et il plissa les lèvres en un rictus de mortification.

– Vous vous trompez complètement, monsieur, dit Antonio, sortant de son introspection. Je suis venu me porter volontaire. Il faut bien faire quelque chose pour damer le pion à ces enfoirés !

Maintenant, sa voix était pleine de résolution, quasi exultante. Il se sentait pareil au moucheron qui volette autour de la flamme d'une bougie ; il savait que ses ailes pouvaient s'embraser d'un instant à l'autre, mais plus il était près de toucher le feu, plus sûr il était d'accomplir son destin. L'homme à la cicatrice tressaillit ; en lui s'opposaient les illusions flétries et celles qui renaissent de leurs cendres, en une bataille sans la moindre trêve.

– Vous êtes sûr de ce que vous dites ? Je vous préviens qu'en Russie c'est l'enfer…

Il porta la main à son visage, où restaient sculptés ses tourments. Antonio ne flancha pas.

– Vous en êtes revenu. Et ce soir, vous avez encouragé les autres à s'y rendre. Seule une victoire en Russie peut couper l'herbe sous les pieds à ces spéculateurs et ces vendus.

Antonio avait toujours montré une facilité de caméléon à se fondre par mimétisme avec l'entourage dans lequel il évoluait, mais il était cette fois lui-même surpris par cette imitation du discours phalangiste le plus intransigeant.

– Vous ne manquez pas d'estomac, dit l'homme au visage taché. Mon ami Gabriel, avec qui je vous ai confondu de prime abord, aurait pu souscrire à ces paroles, ou à d'autres de même nature.

– C'est tout naturel. On ne peut se rendre sans se battre.

L'homme approuva, agité par une émotion qui luttait pour poindre entre les décombres des désillusions. Sans plus réfléchir, il embrassa Antonio.

– Je m'appelle Francisco Cifuentes, mais je préférerais que tu m'appelles Pacorris ; c'est le nom que m'ont donné mes compagnons d'armes en Russie, dit-il, souriant, et la partie de son visage abîmée par la cicatrice sembla se contracter en un rictus de douleur. Et toi ?

– Antonio Expósito, pour vous servir, murmura Antonio, intimidé.

– Moi, tu n'as pas à me servir, Antonio, ni moi, ni personne, tu m'entends ? le corrigea aussitôt Pacorris, dont l'haleine chaude au parfum de brandy fut de nouveau réconfortante. Et fais-moi le plaisir de me tutoyer. Nous allons de ce pas aller boire un verre ensemble, et tu me raconteras tranquillement comment tu en es venu à prendre cette décision.

De la Plaza de Cibeles arrivaient en file indienne une bonne douzaine de taxis, pour guetter comme des vautours la clientèle qui allait bientôt quitter les bals et les théâtres de la Gran Vía. En d'autres temps, avant de s'associer avec Carmen, Antonio avait rôdé du côté du Pasapoga et des autres salles de spectacle pour gagner quelques pesetas en rendant de menus services aux richards qui voulaient un taxi dans les plus brefs délais, le plus souvent parce qu'ils redoutaient d'être aperçus sur la voie publique en compagnie de la femme pendue à leur bras, poule de luxe ou maîtresse qu'ils entretenaient avec l'argent raflé au marché noir. Bien des fois, en tendant la main pour recevoir un pourboire de ces hommes qui ne le regardaient même pas et lâchaient quelques pièces comme s'ils se soulageaient de leur trop-plein, ou comme on lâche un rot après avoir fait bombance, Antonio avait senti la colère gronder dans sa poitrine. Et voilà qu'il se préparait à aller faire le sac de terre pour ces hommes dans un coin perdu de la lointaine Russie.

– Mieux vaut laisser le verre pour plus tard, dit-il pour s'excuser. Je vais d'abord m'enrôler.

Cifuentes ébaucha le geste de lui barrer le passage, mais, voyant la détermination d'Antonio, il céda, peut-être un peu peiné ou blessé.

– Je t'accompagne, mon ami.

– Ne te dérange pas. Tu peux m'attendre ici.

– Ça ne me dérange pas du tout. Je connais bien les aîtres, dit-il.

Il le précéda, sans chercher à déguiser sa boiterie, jusqu'à l'ascenseur qui avait quelque chose d'un confessionnal avec d'irrévérents miroirs sur les parois.

– Le service de recrutement est au sixième, au siège du Syndicat. Il y a toujours quelqu'un, là, précisa Cifuentes et, après avoir fermé les portes de la cabine et appuyé sur le bouton de l'étage, il continua de parler pour couvrir le silence : – J'ai combattu dans notre croisade comme sous-lieutenant provisoire, et ensuite comme sous-lieutenant dans la Division espagnole de volontaires. J'ai été blessé dans la poche de Volkhov au mois de juin, et évacué à l'hôpital de Riga, poursuivit-il, en retroussant une jambe de son pantalon pour montrer un mollet grossièrement recousu. La mitraille des ruskovs m'a rendu inapte au combat, et j'ai été renvoyé en Espagne. J'y terminerai peut-être un jour mes études de médecine !

L'ascenseur annonça son arrivée à destination par une secousse qui ébranla la cabine aussi violemment que l'eût fait le souffle d'une explosion. Cifuentes regarda longuement Antonio avec dévotion et pitié, de la même manière qu'il aurait regardé son jeune frère, et sa voix devint plus assurée, presque solennelle.

– Cette guerre ne ressemble à aucune autre du passé, Antonio. En comparaison, notre Guerre civile n'était que de la petite bière.

Il acheva cette confidence sur une grimace dont la cicatrice de sa joue fit une sorte de moue. Antonio était déconcerté, et même accablé par tant de cordialité de la part d'un inconnu dont il ne savait presque rien ; un instant, il regretta sincèrement de ne pouvoir s'ouvrir à lui et révéler la raison qui le poussait à prendre une décision aussi insensée, de ne même pas pouvoir lui demander de veiller sur Carmen, qu'il s'était résigné à avoir perdue pour toujours. Mais il ne tarda pas à repousser cette insidieuse faiblesse.

– Ma décision est prise, Pacorris. Tu viens avec moi ?

À la direction du Syndicat espagnol universitaire, le SEU, se pavanaient encore quelques phalangistes juniors, empêtrés dans leur logomachie à usage interne, les manches de leurs chemises bleues retroussées, comme s'ils se préparaient à faucher un champ. Un tube fluorescent déficient émettait, au fond du couloir, un bourdonnement de guêpier moribond et déchargeait dans la pénombre des rafales de lumière intermittentes.

– Sous-lieutenant Cifuentes ! s'exclama l'un des blancs-becs avec une allégresse feinte qui frisait la condescendance. Quel bon vent te ramène ?

Mais quelque chose dans l'expression funèbre de Cifuentes dut l'intimider, parce qu'il adopta aussitôt une attitude plus serviable, comme les autres membrillons du groupe, qui interrompirent leur bavardage en enfants surpris en train de faire une bêtise. Les éclats de lumière du tube fluorescent déglingué ajoutaient à leur air peu vaillant une patine de pâleur ou de pétoche, et on aurait dit qu'ils venaient de rendre l'âme ou allaient le faire d'un instant à l'autre.

– Eh bien, tenez, dit Cifuentes avec un air goguenard, je vous ai amené un jeune homme du peuple qui veut s'enrôler dans la division. Ce que vous n'avez pas les couilles de faire.

Sous l'offense cinglante, la colère leur monta au visage, mais ils se recroquevillèrent vite comme des prépuces en plein carême.

– Ce sont des décisions qu'il faut laisser reposer et considérer en famille, mon lieutenant...

– Surtout laisser reposer, pour faciliter la digestion. C'est comme ça que vous prendrez du ventre, mes vaillants messieurs.

Les apprentis phalangistes avaient reculé ; toutefois, leur peur n'était pas celle du couard qui se dérobe la queue entre les pattes, mais celle de la hyène patiente qui attend que tombe en disgrâce l'adversaire dont les signes d'épuisement ou d'isolement deviennent manifestes. Antonio estima que le moment n'allait plus tarder où la harde des arrivistes sans scrupule se jetterait sur les sectateurs fidèles de José Antonio tels que Cifuentes. Mais il n'était pas là pour assister à ces querelles intestines, et chaque minute qu'il perdait, avec la police à ses trousses, pouvait lui être fatale.

– Messieurs, dit-il en affectant la modestie, je vous prierais de ne pas vous chamailler à cause de moi. Je suis seulement venu me porter volontaire…

Entre les adversaires, le silence agressif que le bourdonnement du tube fluorescent détraqué lestait de mauvais présages tarda à être rompu. Finalement, le phalangiste jouvenceau qui semblait mener le chœur prit la parole :

– Suivez-moi.

Cifuentes pressa sommairement le bras d'Antonio pour l'encourager et l'accompagna, comme s'il était son parrain pour un rite initiatique, jusqu'au bureau dont les petits phalangistes avaient fait le centre de recrutement. Sur l'un des murs, près des portraits inévitables du Généralissime et de « l'Absent », José Antonio, d'un côté et de l'autre de l'emblème du Syndicat espagnol universitaire, avec le cygne blanc du cardinal Cisneros couronné par le joug et les flèches, pendaient les étendards de la División Azul, effrangés et poussiéreux, lambeaux d'un rêve qui se mitait dans les greniers de l'incurie. Sur le bureau étaient posés un crucifix et une photographie dédicacée de la main même du général Muñoz Grandes, avec sa Croix de fer sur la poitrine. L'apprenti phalangiste qui avait pris le commandement du groupe fit signe à Antonio (mais pas à Cifuentes) de s'asseoir et se mit à pérorer.

– Bien entendu, je prends pour acquis qu'en vous engageant dans la División Azul, vous le faites sous votre entière responsabilité, conscient des obligations que vous assumez, non pas envers l'État espagnol, mais envers un État étranger.

Là-dessus, il s'interrompit en attendant l'approbation d'Antonio, avant de reprendre la parole sur un ton plus protocolaire et aseptique :

– Votre enrôlement n'engage en rien, subséquemment, la position de l'État espagnol dans la guerre que se livrent les puissances européennes, position qui est celle de la stricte neutralité. Déclarez-vous vous présenter devant ce centre de recrutement libre de toute contrainte et coercition, de votre seule volonté, et sans sujétion aucune ?

Le verbiage avocaillonnant du petit phalangiste fit craindre à Antonio, un moment, qu'à cette première question ne succédât un interrogatoire plus compromettant. Mais les suivantes adoptèrent un tour de formulaire, de feuille de recensement : nom et prénoms, âge, filiation (inexistante), domicile (qu'il falsifia sur-le-champ, sans une hésitation), etc. Le phalangiste de dernière heure remplissait la fiche d'une écriture aiguë et léchée, avec une enflure notariale. Il tendit machinalement la main.

– Vos papiers accréditifs.

– Pardon ?

– Votre carte d'identité, expliqua le morveux, d'un air exaspéré.

Antonio tira de la poche intérieure de sa veste la vieille carte qu'on lui avait donnée quand il était définitivement sorti de l'hospice, maintenant élimée et pour ainsi dire déchirée en deux. Le jeune homme la prit avec appréhension, comme si elle abritait des colonies de staphylocoques.

– Il n'est pas fait mention de votre métier, dit-il en la lui rendant immédiatement. Quelle est ton occupation ?

Ce passage sans transition au tutoiement, selon la mode imposée par la Phalange, ne laissait même pas percer une ombre de fraternité, mais plutôt une agressivité dédaigneuse et inquisitrice.

– Eh bien… le commerce, répondit Antonio, en s'efforçant de garder son assurance.

– Le commerce ? Importation ou exportation ? demanda le jeunot, et sa question fut saluée par un rire étouffé de la bleusaille qui l'entourait. De gros ou de détail ? Quel genre de commerce ?

– De détail, dit Antonio, et il comprit aussitôt qu'il venait de tomber dans un piège.

– As-tu un document qui le prouve ? Une inscription au registre du commerce ? Un reçu ou une certification concernant le paiement des taxes municipales ?

Les petits rires de ses congénères se firent plus nombreux, encore en sourdine, mais toujours plus sournois. Antonio chercha des yeux le soutien de Cifuentes, sur la joue duquel le tissu fibreux semblait congestionné par l'afflux d'un sang en ébullition.

– Je suis marchand ambulant, lâcha Antonio, pour se défaire de l'impression d'être acculé.

– Tiens donc ! Vendeur ambulant ! Eh bien, montre-moi ton permis, et plus vite que ça.

Maintenant, le blanc-bec avait posé les coudes sur le bureau et s'était penché en avant. Au fond de ses yeux scintillait le soupçon.

– Allons, ça vient ? le pressa-t-il.

– Je l'ai laissé chez moi. Je vais le chercher et je reviens tout de suite.

Antonio voulut se lever, mais le phalanginet le saisit par le poignet en lui ordonnant de se rasseoir.

– J'ai l'impression que tu as beaucoup de choses à cacher, fit-il, sans plus s'amuser ni chercher le rire complice de ses acolytes. Avoue. Tu as des antécédents ? Tu as été un rouge, c'est ça ?

La peur se répandait dans le sang d'Antonio, tel un anesthésique paralysant. C'est alors que Cifuentes intervint, écumant d'une colère qui faisait palpiter la cicatrice de sa joue comme un cœur autonome. Il fit le tour du bureau et saisit au collet le petit phalangiste qu'il faillit soulever de terre.

– Comment oses-tu, saligaud ? C'est comme ça que tu traites un brave qui veut donner son sang pour l'Espagne ?

– Nous obéissons… Nous obéissons aux ordres de l'état-major de la division, mon lieutenant, bredouilla l'insolent sur un ton plaintif. On nous a demandé de redoubler de précautions. Ils ne veulent pas avoir à rapatrier un indésirable de plus.

Cifuentes le lâcha comme on se défait d'une charogne. Sa colère n'était pourtant pas retombée.

– Les indésirables, ce sont les poseurs pas encore sortis des jupes de leur mère que vous m'avez amenés cet après-midi. Quelqu'un qui se présente comme volontaire pour aller se battre en Russie ne doit pas être traité comme vous le faites, jeune homme.

Un autre phalangiste intervint, avec une prudence craintive :

– Dans les derniers bataillons qui attendent le départ on a détecté des éléments suspects, mon lieutenant, des gens avec des intentions douteuses qui essaient ensuite de passer à l'ennemi. L'état-major exige que nous les démasquions.

– Comprenez-nous, nous ne le faisons pas par plaisir, précisa un autre. Pour chaque cas de mauvaise conduite, c'est à nous que l'on passe un savon.

Cifuentes, un peu plus calme, posa les mains sur les épaules d'Antonio, pour l'encourager ou exiger de lui plus de fermeté. Mais Antonio, tête basse, commençait à regretter sa folle décision et se disait qu'en se livrant à la police il se serait peut-être épargné les mauvaises surprises.

– Eh bien, c'est moi qui réponds de cet homme, dit alors Cifuentes, coupant court à la discussion. J'en assume l'entière responsabilité.

Le petit chef du groupe, toujours circonspect, hocha pourtant la tête en signe d'acceptation. Puis, avec une expression sardonique, il tendit la feuille à Antonio pour la lui faire signer.

– Tout ça me paraît au poil, fit-il en tendant aussi la plume d'un geste faussement cérémonieux. La solde est de deux marks par jour, soit quatorze pesetas. Il va falloir spécifier à quelle famille le gouvernement allemand devra les faire parvenir.

Antonio traça un gribouillis inintelligible, signature d'un spectre qui certifie son trépas.

– Je n'ai pas de famille... commença-t-il, sachant que ces quatorze pesetas tomberaient à pic pour Carmen, qui saurait ainsi où il était, du moins aussi longtemps qu'il survivrait ; mais il savait aussi qu'il ne fallait laisser aucune trace susceptible de dévoiler leur entente, s'il voulait lui éviter d'être surveillée par la police :
– On n'aura qu'à l'envoyer au lieutenant Cifuentes, qui saura à quelle œuvre de charité la destiner.

Il remit le formulaire d'inscription au petit phalangiste qui ne se donnait plus la peine de dissimuler son contentement.

– Bien, n'en parlons plus. À six heures du matin, tu partiras en train de la Estación del Norte pour Logroño, où se trouve le casernement de la division. C'est là que tu recevras ton instruction militaire. Nous, nous ne pouvons te fournir que des provisions de bouche pour le voyage, cadeau de la Section féminine.

On jeta sur son giron un petit paquetage contenant quelques boîtes de sardines, des biscuits et une bouteille de brandy qu'un des petits compères phalangistes avait dégottée dans le fond d'une armoire. Avant qu'Antonio n'eût réagi, Cifuentes se chargea du paquetage en écuyer prévenant. Sa voix tremblait, sous l'empire de la pitié ou d'une blessure d'amour-propre.

– Je t'accompagne jusqu'à la gare, mon ami. Nous prendrons quelques verres ensemble pendant que ces buveurs d'encre dormiront paisiblement chez eux et rêveront d'archanges, dit-il, décochant son dernier trait, après quoi, en un murmure quasi paternel, il tâcha de réconforter Antonio : – Un peu d'échauffement ne te fera pas de mal, tu verras.

Mais le froid avait envahi l'âme d'Antonio, aussi étendu et enneigé que la steppe russe. Un froid sans contours ni horizon, d'une blancheur aveuglante, vorace comme la mort même.

Deuxième partie

Ce froid qui lui rongeait l'âme, prémonition des solitudes incertaines dans lesquelles sa vie allait s'engager, ne voulait plus le quitter. Même Cifuentes, au buffet de la gare, l'avertit des inclémences de l'hiver russe qui l'attendaient, en lui racontant, avec force images dantesques animées par les vapeurs éthyliques, les histoires de compagnons d'armes qui, après leur tour de garde, se retrouvaient, pour avoir voulu les frictionner, leurs oreilles à la main, aussi fragiles que le verre le plus fin et réduites en morceaux, ou d'autres qui, en enlevant leurs bottes pour se réchauffer les pieds, découvraient ceux-ci enflés et difformes, d'une couleur violette qui devenait noirâtre autour des ongles, et qui, quand ils se grattaient, trouvaient des morceaux de chair putréfiée entre leurs doigts, et voyaient pointer de leurs dernières phalanges de petits os pelés et brûlés par le froid.

Le train qui devait conduire Antonio à Logroño soufflait déjà sur la voie comme un mammouth éreinté, et la voix éméchée du sous-lieutenant Cifuentes, Pacorris pour les compagnons, devenait une psalmodie à la fois lucide et hallucinée, avant d'aller mourir comme vomie dans le fond pansu des verres de brandy.

– Le froid est le pire ennemi du soldat de garde, bien pire que les ruskovs, le prévint-il. Il est aussi plus sournois : il arrive sans prévenir, avec un fourmillement qui peut même être agréable et, quand tu t'en rends compte, le mal est fait. Les mutilations dues au froid sont largement plus nombreuses que celles dues aux balles de l'ennemi. Protège-toi contre lui.

Il pouvait difficilement se protéger du froid alors que le froid était en lui, ver rongeur qui sapait toute résistance, soufflant sur son passage les moindres lueurs d'espoir, de vigueur, de simple humanité. Mais Antonio accueillait cette condamnation à la mort prochaine avec une sorte de passivité sereine, celle de qui s'immole pour sauver l'être qu'il chérit entre tous, le peu qu'il possède, la seule chose qu'il aime. Tenaillé par la pudeur, il dit pourtant tout bas :

– Puis-je… Puis-je te demander une faveur ?

– Ne fais pas le con. Cinquante mille, si tu veux, répondit Cifuentes, qui, le nez dans le verre de brandy, pour ainsi dire, se redressa comme s'il répondait à l'appel.

Bien que son attitude pût paraître fanfaronne, Antonio sut avec certitude qu'il pouvait compter sur lui, quoi qu'il lui demandât.

– Vas-y, parle.

– Il y a une jeune femme…

– Ta petite amie, je suppose, hasarda Cifuentes.

– Ma petite amie, c'est beaucoup dire, répliqua Antonio, honteux. Elle s'appelle Carmen…

– Carmen comment ?

Antonio demeura coi et décontenancé, pareil au pauvre qui en rêve a gagné une fortune, compte avec délectation son or, et découvre au réveil que son trésor est à jamais perdu. Sur le quai le long duquel attendait le train de Logroño, un militaire de rang inférieur, sans doute un petit caporal, donna un coup de sifflet qui retentit dans la nuit comme une offense ou une mauvaise blague, pour appeler les quelques rares volontaires qui attendaient avec leur paquetage et leur peur sur le dos.

– À vrai dire, je l'ignore, reconnut Antonio et, avant que la stupeur de Cifuentes l'eût outragé davantage, il se hâta de lui confier tout ce qu'il savait : – Elle vit aux Cuatro Caminos, avec sa mère impotente et grabataire, qui souffre de sclérose. On peut aussi la trouver sur la Plaza de las Ventas, où elle vend des sucreries et des cigarettes…

Il s'avisa immédiatement qu'il était peu probable que Carmen eût repris son ancien métier, et moins probable encore que Cifuentes pût la rencontrer sur la Plaza de las Ventas, alors que lui-même avait demandé à la jeune femme de ne plus se montrer aux endroits qu'elle fréquentait auparavant.

– Merde alors, tu ne me facilites pas la tâche, dit Cifuentes, sincèrement consterné.

– Mais si tu te renseignes dans son quartier, les voisins t'aideront sans doute à la localiser, insista Antonio avec une urgence qui pouvait tenir du délire ou du caprice, à l'instar des dernières volontés d'un condamné à mort. Je t'assure que cette fille, c'est quelqu'un qu'on ne peut pas oublier, les cheveux châtain clair, de grands yeux de génisse, et...

Antonio se surprit en train de dessiner en l'air des rondeurs féminines, geste dont il eut tout de suite honte, et qu'il estima incongru et un peu ridicule, au moment où les coups de sifflet du caporal déchiraient de nouveau la nuit.

– ... Une fille du tonnerre.

Cifuentes eut un hochement de tête compréhensif, et prit le ton du conciliabule viril pour éviter à Antonio de se sentir honteux ou vulgaire.

– Oui, je vois, qui a tout ce qu'il faut là où il faut, qui n'est pas une de ces poulettes qui ressemblent à des planches à pain.

– C'est ce que je voulais dire.

– Moi aussi j'aime les femmes qui ont de quoi remplir les pognes, renchérit Cifuentes, dans son désir de le réconforter. C'est aux mères de se charger des maigres. On dirait qu'elles vont courir te dénoncer aux autorités si tu as le malheur de regarder leur cul. Non sans raison, remarque bien, parce que zieuter les fesses d'un échalas, c'est déjà un crime !

Antonio eut une expression embarrassée, en montrant le train qui l'attendait. Cifuentes laissa quelques pièces sur le comptoir, qui tintèrent comme le viatique de Charon, et le prit par l'épaule pour sceller leur accord. La tache, sur son visage, s'était remise à palpiter tel un cœur autonome.

– Ne te tourmente plus, je me charge de la retrouver et de lui expliquer pourquoi tu n'as pas pu lui faire tes adieux. Je t'enverrai son adresse par lettre, pour que tu puisses lui écrire. Un troufion se doit d'avoir une petite amie, même imaginaire !

Cifuentes se repentit ensuite d'avoir ajouté ce petit commentaire, susceptible de blesser un homme qui, dans une mauvaise passe à l'issue peut-être fatale, ne trouvait rien à quoi se raccrocher, sinon le souvenir d'une femme dont il ignorait jusqu'à l'identité. Mais ses paroles n'avaient pas blessé Antonio, sur lequel le froid maintenant niché dans son âme exerçait un effet anesthésiant bienfaiteur. Quand il monta dans le train à destination de Logroño avec une demi-douzaine de volontaires aussi taciturnes que lui, qui comme lui fuyaient peut-être un passé peu honorable, s'ils ne se fuyaient pas eux-mêmes, pendant que Cifuentes, sur le quai, s'efforçait de l'encourager, Antonio se souvint des adieux que l'on avait faits aux premiers divisionnaires, moins d'un an et demi plus tôt, quand on présumait que leur campagne en Russie serait une promenade triomphale qui les conduirait au bout du monde. Comme des milliers d'autres Madrilènes, il était descendu ce jour-là dans la rue, forêt de bras levés saluant le passage des recrues, raffut de voix chantant à tue-tête le *Cara al sol* et vivats pareils à des martinets lancés comme des flèches dans l'air chaud, bandes tumultueuses qui convergeaient vers l'esplanade de la gare, où les tendrons de la Section féminine distribuaient biscuits, fleurs et scapulaires en se laissant embrasser et tripoter le cul par les divisionnaires comme des amantes excitées. Le cadre était le même, mais là où naguère se pressait une foule en liesse, où retentissaient les discours et les joyeux flonflons que se renvoyaient cliques et fanfares, régnait maintenant un silence lugubre de hangar en ruine ou de planète condamnée, que seuls brisaient la grosse voix volontariste de Cifuentes et les sanglots étouffés d'une demi-douzaine de matrones en deuil, peut-être les mères de ces quelques volontaires qui allaient faire le voyage avec lui, peut-être leurs dulcinées sur le retour et flétries, vagues masses se fondant dans la nuit.

– Je te promets de t'envoyer au moins une lettre par semaine, troufion, dit encore Cifuentes en lui serrant une dernière fois la main. Et je demanderai à ta Carmen de te tricoter tout de suite un chandail, tu verras.

– Merci, mon ami, répondit machinalement Antonio, dont la voix se perdit entre les grincements des bielles.

– À ton retour, quand tu seras venu à bout des Russes, je te prépare une fête à tout casser, tu m'entends ? insista Cifuentes, forçant un peu la dose. À tout casser !

– Merci, mon ami.

Le train glissait sur la voie, aussi lourd qu'un tombereau de péchés et de pénitences. La nuit n'était qu'un amas d'étoiles en fuite, épouvantées par une taloche de Dieu.

– Et tes ardoises, tu les laisses ici, ajouta encore Cifuentes, qui courait presque, s'époumonait presque. Tu les oublies toutes, d'accord ? Tes dettes d'argent et les autres. On efface tout et on recommence. Un brave ne doit rien à personne.

Antonio savait pourtant qu'il laissait derrière lui un compte que la mort seule pouvait effacer, et qu'il devrait payer d'une manière ou d'une autre, s'il revenait vivant. Cifuentes et le quai rapetissaient, mais, même de loin, alors que ses traits n'étaient plus discernables, l'éclat pourpre de la tache de son visage perçait encore l'obscurité. Bientôt, une fois installé à la caserne de Logroño où étaient regroupées les troupes de relève destinées à compenser les pertes parmi les rangs des vétérans et à permettre leur rapatriement, Antonio put s'assurer que Cifuentes semblait prêt à tenir religieusement parole, peut-être sous l'effet du remords, comme on se charge d'une faute qui ne nous incombe point en un effort d'expiation insensé.

Pendant les deux mois que dura l'instruction militaire dans ce casernement, Antonio reçut chaque semaine la lettre promise par Cifuentes dans laquelle, les premiers temps, la chronique de ses recherches concernant Carmen occupait une place prépondérante ; il était apparu que la jeune femme s'appelait Panizo, qu'elle était en effet bien connue de ses voisins, qui avaient cependant perdu subitement sa trace, après qu'elle eut payé ses dettes chez les commerçants du quartier et à son logeur. Carmen n'avait laissé à personne une adresse ni la moindre indication qui eussent permis de la joindre, et Cifuentes n'avait trouvé ni parent ni connaissance qui auraient pu lui indiquer où la trouver ; et bien qu'il eût réussi à convaincre le logeur de lui laisser jeter un coup d'œil à l'appartement qu'elle avait occupé avec sa mère invalide – appartement que Cifuentes s'abstenait de décrire, mais dont le laconisme subit sur ce chapitre fit croire à Antonio qu'il s'agissait sans doute d'un misérable logis, pas très différent de son galetas de la rue de l'Amparo –, il n'y avait rien trouvé qui eût pu le mettre sur une piste, pas la moindre trace de son passage. Malgré sa déception, Cifuentes l'assurait qu'il allait poursuivre ses recherches, en faisant appel aux relations qu'il avait à la mairie, où étaient peut-être conservés la fiche d'état civil ou un extrait du casier judiciaire de la jeune femme (possibilité qui fit frémir Antonio), ou en publiant une annonce dans les journaux (Antonio frémit de nouveau, cette fois avec une angoisse accrue), ou même en prévenant la police de sa disparition, ressource ultime à laquelle il n'aurait recours que si Antonio lui donnait son accord (et cette demande de Cifuentes lui évita de sombrer dans la panique). Bien entendu, Antonio le pria par retour du courrier de n'en rien faire, pour ne pas compromettre la réserve de Carmen ou les précautions qu'elle avait pu prendre. Cifuentes suivit en tout point les instructions d'Antonio, et dans ses lettres ultérieures, s'il continua de le tenir au courant de ses dernières recherches (qui étaient plutôt des tâtonnements dans le noir), il s'étendit davantage sur d'autres questions, parmi lesquelles priorité était donnée, comme il fallait s'y attendre, aux conseils et aux admonitions du vétéran qui avertissait le bleu des rigueurs et des difficultés qui l'attendaient en Russie, et lui indiquait les noms des compagnons qui sur le front lui feraient bon accueil dès qu'ils sauraient qu'il était un ami du sous-lieutenant Cifuentes, plus connu sous le sobriquet de Pacorris. D'ailleurs, il avait déjà écrit à quelques-uns d'entre eux pour leur recommander « la bleusaille » Antonio Expósito (c'est ainsi que dans le jargon divisionnaire on appelait les nouvelles recrues), et en premier lieu, avec les plus chaleureux éloges, au sous-lieutenant Gabriel Mendoza, comme lui étudiant en médecine à la faculté de San Carlos et ardent militant du SEU, qui n'avait pas hésité à interrompre ses études « pour combattre le communisme dans sa tanière ». C'était avec ce Gabriel Mendoza que Cifuentes avait confondu Antonio, avant d'examiner ses traits de plus près, et avec lequel, insistait-il, Antonio présentait une ressemblance telle qu'elle allait sans doute donner lieu à des plaisanteries parmi les troufions, même si Mendoza – qui, comme ne manquait pas de l'égrener Cifuentes, « avait connu l'enfer de Possad, survécu aux mortiers d'Oudarnik, défendu la position de Vzvad, et participé à la libération de la garnison allemande dans la poche de Volkhov », entre autres exploits – était plus corpulent que lui et commençait à perdre ses cheveux. Antonio en avait déduit qu'ils ne se ressemblaient pas tant que ça ; on sait que l'on trouve toujours chez les autres des ressemblances avec ceux que l'on n'a plus vus depuis longtemps, que l'on aimerait bien revoir, et dont on cherche l'image sur d'autres visages, pour éviter qu'ils ne nous soient ravis par l'oubli. Antonio sentait que quelque chose de semblable ne manquerait pas de lui arriver dès lors qu'il perdrait le souvenir de Carmen : certaines femmes auraient un jour quelque chose d'elle, lui redonneraient vie – même si leurs formes étaient moins pleines ou leur chevelure moins fournie que celle de Carmen ; elles lui restitueraient pour un instant son image. S'il lui arrivait jamais de croiser de nouveau une femme sur son chemin.

Cela n'allait sans doute pas se produire pendant son instruction à Logroño, se dit-il au cours des premiers temps qu'il passa dans ce casernement qui menaçait ruine, apparemment rayé des mémorandums d'intendance et de fournitures militaires, où il ne pouvait plus trouver le sommeil, ni même obéir aux ordres des caporaux, dans sa crainte du mandat d'amener ou du procès-verbal de police qui réclamerait son retour à Madrid. Mais la monotonie de la vie de caserne, à la fois abrutissante et exténuante, réussit à le plonger dans le marasme ou dans un état de stupeur d'automate, si bien qu'avec la diminution de sa vigilance il se trouva confiné à demeure dans une indifférence où les astreintes les plus pénibles n'étaient plus qu'une routine inconsistante, mais tolérable. Les engagés volontaires dormaient sur des paillasses grouillant de poux et de punaises, dans des baraquements puant le croupi, où les coulées d'humidité descendaient du toit jusqu'au sol, en suivant les contours de cartes vert-de-gris labyrinthiques (et pourtant, l'eau courante manquait) ; on les forçait à se lever bien avant le soleil ; on les sustentait d'une infusion de chicorée qui ne parvenait même pas à leur réveiller les tripes, et la succession des exercices éreintants, infamants ou triviaux n'était interrompue que par des harangues furibondes ou évangéliques, ou les deux à la fois, en un tourbillon rhétorique délirant qui en appelait aussi bien aux puissances testiculaires qu'à l'archangélisme phalangiste que l'on sait. L'heure de la tambouille venue, les caporaux la servaient dans la cour où régnait, imperturbable, l'atmosphère joviale et contrite qu'il avait jadis connue à l'orphelinat ; on leur ordonnait de s'aligner sur trois rangs, après leur avoir distribué des gamelles en fer-blanc : à ceux de devant, on servait de la soupe pour trois (une soupe de carême aussi claire que redoutable) ;

à ceux du milieu du poisson à l'escabèche pour trois (toujours du chinchard ou du maquereau si filandreux qu'ils évoquaient leurs ancêtres fossiles), et à ceux du troisième rang, une ration de pain pour trois. C'était ainsi qu'ils mangeaient à la même gamelle, accroupis dans la cour, par petits groupes de trois, ce qui était censé renforcer entre eux l'esprit de corps, leur disait-on.

Ces divisionnaires de deuxième ou troisième fournée, qui connaissaient les défaites encaissées par les Allemands sur le front russe, ne ressemblaient guère à leurs précurseurs qui avaient répondu, exultants, à l'appel de Serrano Suñer, et l'on pourrait ajouter qu'ils ne se ressemblaient guère entre eux, ce qui rendait vain cet effort de les rapprocher les uns des autres. Ils formaient un ramassis trop hétéroclite, dans lequel ne manquaient pas quelques idéalistes retardataires qui n'avaient pu s'engager dans les premières unités parce qu'ils étaient trop jeunes ou en excédent du quota imposé à leur bureau de recrutement ; mais il y avait avec eux, en un chaos inextricable, d'anciens combattants de l'armée républicaine qui s'étaient engagés dans la División Azul pour échapper aux camps franquistes ; des rejetons de familles gauchistes, pour la plupart sans profession, qui comptaient faire ainsi oublier le stigmate qui entachait leur nom ou la procédure disciplinaire à leur encontre ; des soldats qui avaient été poussés à s'engager après avoir commis une faute grave ; des campagnards ou des analphabètes qui avaient préféré rempiler après leur service militaire pour fuir la misère qui les attendait à leur retour au village. On disait tout bas – mais Antonio préférait éviter les conciliabules d'où partaient les rumeurs – que, parmi les recrues, il en était qui venaient de casernes où après avoir en vain demandé des volontaires on avait fini par désigner du doigt les plus gueux ou les indésirables ; le bruit courait aussi que parmi les volontaires apparemment les plus ardents se camouflaient des communistes qui s'étaient enrôlés avec l'espoir de pouvoir, une fois au front, déserter et passer dans les rangs soviétiques. Tous ces hommes réunis formaient un groupe disparate dans lequel quelqu'un qui, comme Antonio, se soustrayait à la justice ou à un passé douteux ne détonnait pas, dans lequel l'esprit de la division de la première heure, encline aux élans lyriques, s'était complètement évaporé.

Mais, avec cet esprit, bien d'autres choses étaient parties en fumée. Nous l'avons vu, la División Azul, constituée alors que l'on prévoyait la déroute prochaine de l'Union soviétique, était désormais devenue un fardeau qui coûtait toujours plus cher à Franco, lequel cherchait le moyen le plus discret de la dissoudre afin de se gagner l'amitié – ou plus exactement la tolérance acrimonieuse – des Alliés ; mais, en attendant, il fallait bien couvrir les pertes en hommes toujours plus importantes et faciliter le rapatriement des vétérans dont les convictions flanchaient, ou quand des circonstances particulières l'exigeaient. Il était devenu nécessaire de former, avec des moyens dérisoires et une précipitation croissante, des unités de relève qui, après leur instruction à Logroño, iraient compléter le contingent envoyé environ une fois par mois en Allemagne. Pour Antonio, l'ordre de transport arriva peu après un Noël qu'il passa dans la même monotonie abrutissante que tous les autres jours, excepté le soir du réveillon où, après la messe de minuit, on distribua aux recrues les étrennes de l'Auxilio Social qui, bien que chiches et un peu ramollies – sablés au goût de beurre rance, touron trop suintant qui prenait comme du ciment entre les molaires, vil brandy à l'arrière-goût aigrelet –, leur permirent au moins d'interrompre le régime sempiternel de soupes aussi claires que l'onde où Narcisse se mire, et de maquereau à l'escabèche qui les laissaient sur leur faim. Chauffé comme les autres troufions par le brandy qui, tombant dans le vide de leur tube digestif, leur montait à la tête comme grimpe le mercure dans le thermomètre par un après-midi caniculaire, Antonio chanta avec eux des Noëls d'Estrémadure, des *bulerías* de Cadix, et même une *jota* navarraise, et ils conclurent tous ces cantiques de boit-sans-soif, qui retentissaient entre les baraquements de la caserne comme des aboiements destinés à repousser la mort, par le *Cara al sol*, dont les paroles leur rappelèrent brusquement que la camarde, comme les amoureuses les plus collantes, finit toujours par trouver ceux qu'elle cherche, quelque effort que l'on fasse pour la tenir à distance.

Cette certitude mélancolique l'oppressait comme une gueule de bois due au vil brandy quand il monta dans le train de marchandises qui, à une allure lente et funèbre de corbillard, devait le conduire en Allemagne. Ils franchirent les Pyrénées, pareilles à des falaises de neige, et ils pénétrèrent sur le sol français, croisant des chemins et des villages d'où les paysans saluaient le passage du train en levant le poing, ou ne l'ouvraient que pour saisir une pierre et la lancer furieusement sur les wagons dans lesquels s'entassaient, amorphes, les divisionnaires. Dans les gares où le train s'arrêtait, les gens qui attendaient le long des quais, sous la surveillance de la police militaire allemande, ne se gênaient pas non plus pour exprimer leur colère : injures indéchiffrables, gestes menaçants ou burlesques, et toujours le poing brandi dans leur direction, annonçant la revanche. Les policiers allemands, aussi rigides que des quintaines, ne s'en souciaient même pas, et continuaient d'aller d'une extrémité du quai à l'autre, d'un pas rythmé de soldat à la parade, sourds aux vitupérations et aux imprécations des Français, aveugles à leurs gesticulations et à leurs crachats, peut-être en entente tacite avec eux dans leur mépris des Espagnols, en lesquels ils ne voyaient que des tire-au-flanc, des sagouins, des bambocheurs. Antonio fut surpris que dans un pays occupé et asservi on pût jouir de cette curieuse liberté d'extérioriser ses sentiments avec une telle colère, et même de les outrer théâtralement devant l'occupant.

En Allemagne, s'ils ne se heurtèrent pas à semblable rejet, ils n'eurent droit à aucun signe d'allégresse ni de bienvenue. Quand les premiers divisionnaires avaient traversé les villages et les villes tudesques, on les avait accueillis sans grand enthousiasme, mais au moins avec cette magnanimité condescendante du grand seigneur sûr de son pouvoir, qui tolère l'arrivée de nouveaux serviteurs parmi ses domestiques, à condition qu'ils ne lui fassent aucun esclandre ; mais maintenant que ce pouvoir flanchait et se fissurait de toutes parts, les Allemands voyaient dans les Espagnols le signe funeste de la décadence aryenne ; ces sangs latins turbulents, mêlés et sans doute infestés de germes microbiens, semblaient destinés à suppléer à la décrépitude du leur. Il y avait de la peur dans le regard des Allemands, une peur doublée d'abattement, face à une guerre qui se prolongeait indéfiniment, et qui avait cessé d'apporter des victoires ; et cette peur mêlée d'abattement acquérait dans le tempérament germanique, si impassible et organisé aux yeux d'un Espagnol, l'apparence à la fois docile et grégaire des agneaux que l'on conduit à l'abattoir. Même en Bavière, où le caractère s'adoucit au contact de la lumière méridionale, on sentait cette peur partout, dominante et fatale ; et dans les villages les plus reculés, où les habitants portaient encore le costume traditionnel du Land, avec le pantalon de cuir et le chapeau de feutre orné de plumes, ces accoutrements d'origine heureuse prenaient l'apparence de déguisements ignominieux, de san-benito qui aggravaient leur humiliation.

Le train les conduisit jusqu'aux confins de la Bavière, près de la frontière tchécoslovaque. Là, près de la ville de Hof, au bord de la Saale, se trouvait le camp militaire où la División Azul avait installé son quartier général et un hôpital de campagne pour les troupes en transit, celles que l'on rapatriait, et celles qui partaient pour le front. Il s'agissait moins d'un centre destiné par le haut commandement allemand à l'instruction des combattants que d'une sorte de dépôt où étaient distribuées les tenues de combat et les armes. Du secteur de Leningrad arrivaient chaque semaine à Hof des trains pleins d'Espagnols grièvement blessés ou qui avaient la chance d'être relevés ; ils obtenaient là une attestation de restitution du fourniment qui leur permettait de prendre un autre train, à destination de Berlin, où l'on organisait leur rapatriement. Les équipements remis étaient aussitôt attribués aux divisionnaires des bataillons en transit, après un passage rapide par la buanderie et l'atelier de couture ; et en à peine deux semaines, au terme d'un entraînement accéléré au tir et à la tactique militaire, les bleus étaient envoyés au front, pour servir de pièces de rechange à un engrenage toujours plus grippé, et pourtant toujours actif. Un engrenage qui, une fois arrêté, ne devait plus être remis en mouvement.

On dirigea Antonio et d'autres enrôlés qui venaient d'arriver vers un baraquement à l'écart de celui qu'occupaient les troufions démobilisés afin d'empêcher toute communication entre eux, qui aurait pu démoraliser la bleusaille. Mais des rumeurs circulaient de bouche à oreille sur l'effondrement des lignes allemandes, dans lesquelles les assauts soviétiques ouvraient des brèches toujours plus importantes, mais aussi sur les ravages que ces assauts provoquaient dans les rangs des volontaires espagnols qui, semblait-il, avaient quitté le front de Volkhov pour se concentrer dans le périmètre d'encerclement de Leningrad, qui était de moins en moins un encerclement et de plus en plus une souricière pour les assiégeants. Des bruits terrifiants couraient aussi sur la violence des combats et des escarmouches que menaient les divisionnaires à Leningrad, face à une concentration de forces étonnamment supérieures et à une artillerie lourde qui répandait la mort dans les tranchées ; toutefois, même sans ces bruits, on aurait pu se faire une idée de la situation en voyant l'afflux des blessés à l'hôpital espagnol, un édifice dont l'architecture seigneuriale d'établissement de cure pour aristocrates phtisiques contrastait avec la fonctionnalité dépouillée des pavillons dans lesquels était logée la troupe.

L'hôpital espagnol envoya les nouvelles recrues à Hof, pour une analyse de sang et un examen médical, afin de détecter une éventuelle maladie contagieuse, mesure de prévention que les Allemands observaient avec une exigence et des scrupules extrêmes, peut-être parce qu'ils croyaient que les Espagnols étaient des viviers ambulants de microbes. Pendant qu'il faisait la queue au dispensaire, Antonio put entrevoir, au bout d'un couloir, des brancards ensanglantés, sans occupants, abandonnés ; et au silence de chambre mortuaire que l'on respirait à cet endroit se superposait l'âcre puanteur de la chair amputée, de la chair calcinée, de la chair dilacérée par la mitraille. Un peu plus tard, pendant qu'un médecin-lieutenant lui faisait une prise de sang et lui auscultait la poitrine, Antonio se risqua à demander :

– Ça chauffe, là où on nous envoie, mon lieutenant ?

Coiffés en arrière, les cheveux du médecin, plutôt rares et entremêlés de quelques poils blancs, faisaient ressortir le hâle du front dégarni, incongru en plein hiver, ce qui conduisit Antonio à se dire que cet homme revenait peut-être du front, et que ce hâle pouvait être dû à la réfraction de la lumière sur la neige.

– Je ne suis pas autorisé à vous donner cette information, répondit l'homme avec aigreur.

Mais Antonio remarqua alors que la cloison nasale du praticien semblait avoir été rognée, que son menton était trop court pour l'ovale de son visage, d'où une bande de chair avait apparemment été retirée, et il nota aussi que les lèvres étaient très fines, simple rainure dans son visage.

– C'est le gel qui vous a fait ça, non ? insista-t-il. Vous étiez en Russie. Dites-moi s'il y a du grabuge.

– Je ne suis pas autorisé à vous répondre, soldat, redit le médecin, mais cette fois avec moins d'acrimonie, peut-être à cause de l'émotion.

– Vous ne pouvez pas répondre à un homme que l'on envoie dans l'enfer d'où vous revenez ? dit Antonio, se rebellant. C'est ça l'esprit de corps que l'on nous prêche ?

Le médecin-lieutenant cligna des yeux, comme étourdi par le reproche. Ses paupières, pareilles à des muqueuses livides, n'avaient plus de cils.

– Jamais je n'ai rien vu de pareil, soldat, dit-il en un murmure pantelant. Et je me suis pourtant battu sur l'Èbre, lors de la croisade contre les forces républicaines. Pour un des nôtres, il y a vingt ruskovs, pour une de nos batteries, il y en a trente des leurs ; la Luftwaffe n'a plus de combustible pour envoyer ses avions à l'appui de l'infanterie. Que voulez-vous de plus ? Depuis des mois, la ligne de front est chancelante. Pour le moment, l'Armée rouge n'a encore lancé que des offensives mineures dans notre secteur, et pourtant le nombre de pertes dues aux ravages de leur artillerie augmente chaque jour. Alors, imaginez ce que ce sera le jour où ils décideront de passer à l'attaque décisive. Il y aura un massacre comme celui de Stalingrad. Et il y a le froid, ce froid qui vous mord jusqu'à l'âme…

Mais Antonio n'avait pas peur du froid, qui était déjà logé en lui ; il n'avait pas peur non plus que sa vie soit tronquée par une rafale de mitrailleuse ou réduite en miettes sur une mine. Mais il était révulsé par l'âcre puanteur de la chair amputée, de la chair calcinée, de la chair dilacérée par la mitraille que l'on respirait dans cet hôpital.

– Et ces foutus boches n'ont pas prévu de contre-offensive ?

– Ces foutus boches sont fichus, soldat. Ils n'ont plus de carburant, plus de tanks, plus de navires et leur moral est à zéro, répondit le médecin en se mordant la lèvre inférieure, déjà mordue avec plus d'acharnement par le froid. Tout ce qu'ils ont, ce sont les tirades grotesques de leur führer et la propagande encore plus grotesque de Goebbels. Un leurre sur le point de s'écrouler.

– Et alors ? demanda Antonio.

Le médecin avait terminé son auscultation. Il ôta les écouteurs du phonendoscope de ses oreilles, elles aussi rongées par le froid sous les pattes de cheveux.

– Alors, il ne reste plus qu'à aller mourir en brave, soldat. À s'accrocher à sa position comme un chêne, fit-il en lui donnant une tape entre les omoplates. *¡ Arriba España !*

Le lendemain, on leur distribua l'équipement pour le front, tout de récupération et empestant très fort le camphre, peut-être pour masquer l'odeur de cadavre. L'uniforme était le même que celui de la Wehrmacht, d'un vert grisâtre, avec pour seule différence le blason aux couleurs de l'Espagne brodé sur la manche droite de la vareuse et sur la capote, et collé sur le côté droit du casque. Antonio ne tarda pas à découvrir sur son pantalon, à la hauteur de la cuisse, une déchirure circulaire de balle recousue à la va-vite ; les poignets de la vareuse avaient été rapiécés avec un tissu encore plus délavé. Les bottes de combat, fendues aux articulations du pied, et aux semelles usées, gardaient encore à l'intérieur la chaleur orpheline de celui qui les avait portées. On leur distribua aussi des chemises qui auraient pu couvrir le périmètre thoracique d'un Atlante, et des caleçons longs dont l'entrejambe était orné d'une carte dessinée par des taches indélébiles comme la peur même. Ils furent aussi pourvus de cartouches, d'un fusil à canon court et d'un coutelas qui pouvait servir de baïonnette, ainsi que de tout un attirail qui semblait avoir été dégoté aux puces : une marmite cabossée dont le couvercle tenait lieu de poêle, une pelle et une pioche pliables pour creuser les tranchées et peut-être aussi les tombes, une toile de bâche aux nombreuses déchirures qui avait un jour dû servir à s'abriter de la pluie, divers adminicules et produits d'hygiène dont l'aspect rebutant incitait plutôt à l'insalubrité, et un havresac dépenaillé dans lequel ils durent tout caser.

En tenue et chargé de ces impedimenta qui leur donnaient l'apparence de colporteurs plutôt que de soldats, ils défilèrent en compagnie de leurs instructeurs dans les rues de Hof, quelques jours avant de partir pour le front. Le but de cette marche était sans doute de stimuler une population de plus en plus prostrée, en lui montrant que dans le camp voisin continuait d'affluer le sang frais méridional, venu au secours du Reich millénaire, et aussi d'encourager la troupe qui, se sentant bien accueillie et flattée par les citoyens, combattrait ensuite avec plus de brio. Mais cette parade fit l'effet contraire : les rares curieux qui sortirent de chez eux durent la considérer comme une pantalonnade, à en juger par les applaudissements lamentables qu'ils lui réservèrent, au point que ce triste accueil ne fit que ratatiner davantage l'âme des troufions, déjà plus fripée qu'un pruneau sec. Hof était – ou plus exactement avait été – une de ces ravissantes villes de Bavière qui semblaient sorties d'un conte de fées, avec ses ponts de pierre tapissés de lierre, ses rues pavées et proprettes flanquées de maisons pittoresques aux façades crépies reluisantes, ses églises aux clochers couronnés de pignons, et ses édifices publics que l'on eût dit conçus par la fantaisie d'un peintre romantique, avec leurs ogives, leurs tours crénelées et leurs horloges qui donnaient toujours l'heure exacte. Mais cette ville, maintenant privée de la joie de ceux qui lui avaient donné son apparence idyllique, accablée par l'irrémédiable désolation des devantures vides, des avis et des affiches de l'armée collés à tous les coins de rue, avait acquis l'aspect sinistre d'un décor destiné au rebut. Quelque chose de cette irrémédiable tristesse resta accroché tel un chancre dans l'esprit des bleus, qui terminèrent leur entraînement comme s'ils préparaient leurs funérailles. Le matin où ils furent convoqués au poste de commandement de la caserne, ils comprirent que leur heure était venue, et répondirent à l'appel en mécréants prêts à recevoir l'extrême-onction.

– Soldat Antonio Expósito ! brailla le sergent chargé d'organiser le passage des troufions par le bureau du capitaine. Suivez-moi.

Cette formalité s'était naguère déroulée en grande pompe sur le terrain d'entraînement du camp, où des tribunes étaient dressées pour les autorités militaires et civiles, avec un grand déploiement de bannières, des fanfares et une messe en plein air pour couronner le tout. Mais la tournure des événements ne se prêtait plus à de pareils fastes, et des ordres étaient arrivés d'Espagne qui exigeaient l'exclusion de toute publicité et l'adoption d'une discrétion à faire honte. Antonio suivit le sergent jusqu'à une salle où l'on aurait dit que des déménageurs venaient de passer. Sur le bureau du capitaine étaient posés les portraits encadrés des généraux Muñoz Grandes et Esteban Infantes, de part et d'autre d'un crucifix en bois marqueté. Sur le côté s'amoncelaient comme de vieilles chiffes les drapeaux aux couleurs de l'Espagne, de la

Phalange et du Troisième Reich, ce dernier presque enseveli sous les deux autres. Antonio fit le salut militaire.

– Repos, soldat, dit le capitaine en se levant et en lui tendant la main.

Antonio la serra craintivement, mais son interlocuteur le fit avec effusion. Le capitaine avait un visage sanguin, un nez tubéreux aussi rouge qu'une caroncule de dindon, parcouru de veinules qui annonçaient l'apoplexie. Après une seconde d'hésitation, il chercha dans un tas de dossiers et de chemises une enveloppe au nom d'Antonio, qu'il vida sur le bureau. Elle contenait un livret militaire de couleur verte, et une plaque d'identité en zinc. Dès qu'il l'aperçut, Antonio se rappela la médaille de la Virgen del Carmen dont la perte l'avait conduit où il était. Il contint un frisson.

– Voyons… Antonio Expósito, fit le capitaine en feuilletant un dossier couvert de coups de tampon dont l'encre bavait encore. Pourquoi vous êtes-vous enrôlé dans la division ?

La question pouvait être captieuse ou rhétorique, mais l'expression bénigne de l'officier n'admettait que la seconde possibilité. Antonio fit une réponse tout aussi rhétorique :

– Pour combattre le communisme dans sa tanière, mon capitaine.

– Vous allez bientôt avoir l'occasion de le faire, annonça l'officier, satisfait, avec un sourire qui tendit ses grosses joues. Comme vous le savez, la division a organisé, conformément à nos objectifs, une relève qui ne s'opère pas par unités complètes, mais selon l'âge et les circonstances : les hommes mariés, ceux qui ont perdu un frère, les blessés graves, ceux qui ont plus de trente ans et ceux qui en ont moins de vingt…

– Je n'appartiens à aucune de ces catégories, et j'espère pouvoir aller jusqu'au bout de mon engagement sans être relevé, dit Antonio pour flatter le capitaine et, avec l'impression que tous deux participaient de la même pantomime, il enfonça le clou :
– Accroché à ma position comme un chêne.

Le capitaine échangea avec le sergent un coup d'œil qui pouvait être aussi bien appréciateur que sarcastique. Il eut une sorte de gloussement.

– Bon, mais prenez garde au chêne. Il ne supporte pas l'hiver russe. Disons plutôt un sapin, suggéra-t-il en prenant la plaque de zinc et en l'examinant comme s'il essayait de la déchiffrer. Notre glorieuse division, après avoir brillamment franchi le front de Volkhov, s'est maintenant déployée face aux faubourgs de Leningrad, qui va bientôt redevenir Saint-Pétersbourg comme au temps des tsars, dit-il avec un optimisme qui semblait tout aussi rhétorique que ses questions, à moins qu'il ne fût insensé et fantaisiste. Plus exactement devant Kolpino, où les Soviétiques ont une importante fabrique de tanks et de canons. Notre mission consiste à faire en sorte que la voie ferrée entre Moscou et Leningrad, qui est de la plus grande importance pour ces fils de chienne, reste coupée.

Antonio ne savait pas très bien si l'insulte du capitaine visait les Russes ou les Allemands, ou encore avec ambiguïté les uns et les autres. Mais il ne lui revenait pas de le tirer au clair.

– Eh bien, nous la maintiendrons coupée, mon capitaine. Ne vous en faites pas.

– C'est un plaisir d'avoir affaire à un homme aussi résolu que vous, Antonio, poursuivit le capitaine, peut-être un peu confondu, cette fois, par les excès de grandiloquence de la pantomime. Vous avez été affecté à la troisième compagnie du deux cent soixante-deuxième régiment, sous les ordres du capitaine Huidobro.

Il lui tendit la plaque d'immatriculation que la plupart des troufions appelaient « la plaque de la mort », et le cordon qui allait avec. Elle était de forme elliptique, de la grosseur d'un œuf, percée d'un bout à l'autre de trois orifices losangés qui facilitaient son partage en deux. Les deux côtés portaient les mêmes indications : matricule, affectation et groupe sanguin du combattant. S'il était blessé, la plaque fournissait au médecin militaire l'information nécessaire pour une éventuelle transfusion sanguine. S'il était tué, on partageait la plaque en deux, une moitié était remise à sa compagnie pour l'enregistrement, l'autre restait au cou du cadavre pour l'identification. En passant le cordon autour de sa tête et en glissant la plaque sous son uniforme, Antonio ne put éviter de se voir sous une montagne de cadavres, raide et assailli par les mouches. Il sentit le zinc lui brûler la poitrine comme eût pu le faire une flammèche, ou une inflammation, mais surtout comme l'avait fait la médaille de la Vierge, après que Carmen l'eut embrassée, ce qui le conduisit à se dire que pour revoir la jeune femme il devrait peut-être mourir. Curieusement, cette idée le réconforta.

– Pour finir, mon ami, fit le capitaine d'une voix pudique ou contrite, le règlement m'impose de vous demander de prêter serment…

Antonio, déconcerté, tendit le bras en direction du crucifix posé sur le bureau, et le capitaine leva la main.

– Jurez-vous devant Dieu et sur votre honneur d'Espagnol obéissance absolue au chef de l'armée allemande, Adolf Hitler, dans son combat contre le communisme ?

– Je le jure.

– Jurez-vous de combattre en soldat courageux, prêt à donner sa vie à tout instant pour tenir son serment ?

– Je le jure.

S'il ne se sentait pas tenu de rester fidèle à cet engagement, Antonio ne s'estimait pas pour autant parjure ; il avait l'impression que rien de ce qui se passait n'était réel, l'impression d'être plongé dans un demi-sommeil, quand on prend conscience des insanités que nous inspirent nos rêves et auxquelles on s'abandonne un instant plus tard.

– N'oubliez pas que les responsabilités que vous venez d'assumer n'incluent pas d'autre engagement que celui de la lutte contre le communisme, précisa l'officier, pointilleux, avec une vague grimace de dégoût.

– J'en tiendrai compte, mon capitaine.

Celui-ci lança alors, presque furtivement, un regard sur le crucifix, et changea brusquement de visage. Ses traits sanguins devinrent d'une pâleur de cire.

– Ces fumiers de nazis infligent aux gens des abominations, soldat. Ce sont des foutus chacals assoiffés de sang. Conduisez-vous en digne chrétien avec les civils russes, qui ne sont pas nos ennemis.

– Comptez sur moi, mon capitaine.

Il se mit au garde-à-vous, ce qui fit de nouveau sourire l'officier, mais maintenant avec tristesse ; entre-temps, sur son nez, les veinules avaient acquis une tonalité livide.

– Que Leningrad soit prise ou pas, l'important, c'est que, quand nous partirons, les Russes se souviennent qu'ici une poignée d'Espagnols se sont battus dignement.

– On nous aura peut-être déjà oubliés, en Espagne, osa remarquer Antonio.

– Eh bien, dans ce cas, l'Espagne aura failli à sa dignité, mais pas nous.

Le capitaine se rassit à son bureau et leva les yeux au plafond, avec une expression affligée ou implorante, comme s'il cherchait un message divin camouflé dans les taches d'humidité qui s'y accumulaient telles des nuées confuses et plombées annonciatrices de tempête. Le matin du départ pour le front, Antonio leva lui aussi les yeux au ciel pour éviter de regarder, par pudeur, les expressions des instructeurs venus à la gare leur dire adieu, expressions aussi affligées et implorantes que celle qu'avait eue le capitaine après lui avoir fait prêter serment, faciès hantés par un remords qui, chaque jour, à chaque convoi qui partait pour la Russie, devenait plus mordant, plus déchirant. Le train, qui avait sans doute servi au transport du bétail, sentait le fumier, et dans le ciel se traînaient des nuages tuméfiés aux couleurs de plèvre, qui s'entre-dévoraient, se tordaient en une agonie sans fin, pareils aux viscères fumants d'un bœuf éventré. Ils se dirigèrent vers le nord-est, contre des tourmentes de neige et de grésil qui griffaient les wagons du train comme les ongles d'un cataleptique griffent le bois du cercueil dans lequel on l'a cloué par erreur. Bien que le train s'arrêtât moins fréquemment que celui qui les avait conduits à Hof, Antonio eut tout le loisir de contempler les terres épuisées, les villages écrasés par la famine et les bombes, les gens faméliques emmitouflés dans des haillons, leurs visages coagulés d'épouvante et leurs regards infiniment las d'avoir pleuré, semblait-il, à un enterrement qui aurait duré des mois ou des années. Dans les petites gares de Pologne, la police militaire allemande patrouillait sans arrêt, faisant retentir le bruit de ses bottes ferrées sur le pavé arrosé de sel où s'étiolait une neige sale en lambeaux. Sur les quais, les villageois marchaient tête basse, méditatifs, peut-être en prière, et quand ils découvraient que des Espagnols étaient transportés dans le train, ils tiraient de leurs guenilles une médaille, un scapulaire qu'ils montraient aux divisionnaires en signe de fraternité.

– Espagnols catholiques. Polonais catholiques.

Des wagons, les divisionnaires leur lançaient une partie des provisions de pain et de beurre qui leur avaient été distribuées au camp de Hof, avant leur départ. Couverts des pieds à la tête de pauvres hardes, ces Polonais miséreux semblaient porter sur leurs épaules un poids trop lourd pour eux, une douleur à l'échelle de l'univers ; et il y avait dans leurs regards meurtris quelque chose qui brûlait et se consumait, car ils n'avaient plus, depuis longtemps, de larmes pour pleurer. Pendant qu'il tendait un morceau de pain noir à une enfant qui lui montrait un scapulaire avec l'image de la Vierge, Antonio jeta un regard au bout du quai. Un gibet y était dressé où pendait, secoué par le vent et les ondées de neige fondue, la langue noire sortant du visage parcheminé, exposé par infamie aux regards de tous, le cadavre d'une femme d'une quarantaine d'années, nue, le corps couvert d'hématomes. À son cou était accrochée une pancarte qui indiquait, en allemand et en polonais, les fautes qui l'avaient conduite à la potence. L'un des divisionnaires qui baragouinait l'allemand réussit à traduire :

– Il est écrit qu'elle a donné de la nourriture à un Polonais insoumis.

Ce Polonais l'avait peut-être implorée comme ces pauvres gens agglutinés le long du train les imploraient, eux ; ou peut-être lui avait-il arraché cette nourriture en la menaçant de son arme, comme cela se produisait le plus souvent. Un quignon de pain, une tranche de viande séchée, une assiette de lentilles, voilà ce que valait la vie d'une femme sur cette terre abandonnée de Dieu. Le train se remit en marche, pendant que le vent balançait la dépouille au bout de la corde. Antonio sut alors, avec une certitude indéfectible, que l'on ne pouvait se battre dignement dans cette guerre, une guerre, comprit-il également, que l'Allemagne avait perdue.

Il affrontait maintenant le froid de l'hiver russe, un froid sans contours ni horizon, qui effaçait tout, un froid qui émanait de l'âme.

Tous les avertissements de Cifuentes n'avaient pas suffi : dès le jour de son arrivée au front, la peau de ses mains et de son visage se couvrit d'engelures ; pendant son premier tour de garde dans la tranchée, il sentit un fourmillement, sorte de torpeur agréable, qui gagnait ses membres, les invitant au repos, pour ensuite arrêter la circulation du sang dans les veines (qu'il fallait ensuite réactiver à l'intérieur du bunker, en se tenant près d'un poêle ou en trempant les pieds dans une bassine d'eau chaude, avant que ce fourmillement ne cesse dans la chair gelée) ; il avait constaté avec perplexité que la sueur, la salive, ou toute autre humeur corporelle – jusqu'à la sécrétion des glandes lacrymales –, gelait quasi instantanément au contact de l'air, couvrant son visage d'une pellicule de givre persistante ; il s'était avisé que le contact de n'importe quelle surface métallique (comme le canon de son fusil) devenait abrasif et le forçait à mettre des gants, s'il ne voulait pas s'écorcher les mains ; il avait vu la terre la plus spongieuse devenir aussi dure que la pierre, dans laquelle on ne pouvait enfoncer ni pelle ni pic. Mais, curieusement, ce froid qui engourdissait ses compagnons et les diminuait le poussait à l'activité, un vif courant nerveux le tenait dans un état d'alerte permanent et lui donnait l'impression inquiétante mais nullement désagréable d'être emporté sans retour par les événements. Le froid russe cachait à l'intérieur de sa forteresse de glace un monde viril, sauvage, où l'on pouvait faire don de sa vie avec plaisir, comme on se défait de la petite monnaie pour alléger ses poches. Antonio se sentait sous l'emprise d'une exultation étrange, parce qu'il se découvrait soudain une hardiesse qui jusqu'alors était restée si bien tapie en lui, si bien enfouie qu'il n'avait rien su d'elle. Peu de temps après son arrivée en Russie, il comprit que les héros n'ont d'autre mérite que d'échapper à leur petite personne timorée et égoïste, à leur carapace de craintes, pour se livrer au froid bienfaiteur et vorace comme la mort même.

Le siège de Leningrad avait cessé, à proprement parler, d'être un véritable encerclement. Après environ un an et demi de résistance héroïque, les Russes avaient réussi à faire entrer dans la ville, en profitant de la concentration des troupes allemandes à Stalingrad, plusieurs divisions d'infanterie et quatre bataillons de chars de combat venus en renfort des divisions blindées. Maintenant que cet intrépide mouvement des forces soviétiques était accompli, l'attaque prévisible du secteur défendu par la División Azul semblait toujours plus imminente. On savait, au commandement de la division, ne pouvoir attendre des Allemands qu'une aide insignifiante : le Groupe d'armées Nord, replié sur Stalingrad, disposait seulement dans le secteur de Leningrad d'une brigade légère de réserve motorisée, c'étaient là les seules forces terrestres que le commandement allemand pourrait envoyer – s'il le faisait –, et elles mettraient plusieurs jours à arriver, sans doute trop tard ; quant aux forces aériennes, quelques heures de vol les séparaient du secteur. La División Azul allait donc devoir affronter une attaque soviétique en ne pouvant compter sur aucun appui extérieur.

Au mois de janvier, peu avant l'arrivée d'Antonio au front, une offensive russe sur les lignes allemandes établies au sud du lac Ladoga avait réussi à ouvrir une brèche et permis aux Soviétiques de reprendre le contrôle de la route qui reliait Leningrad à la Sibérie ; mais pour rompre définitivement l'encerclement, ils devaient encore s'emparer des liaisons routières et ferroviaires entre Leningrad et Moscou. La División Azul était justement déployée sur cette ligne de chemin de fer, à seulement cent kilomètres de Leningrad, dans les faubourgs de Kolpino, près d'un hameau appelé Krasny Bor (« Bois rouge » en russe), sur une vaste étendue de glace sans élévations ni ondulations, où étaient disséminées, entre des bosquets de pins et de sapins, quelques isbas et cabanes distantes les unes des autres pour éviter les risques d'incendie. La compagnie à laquelle Antonio venait de se joindre occupait une position héritée des Allemands à peine un mois auparavant, pourvue de bunkers souterrains dont les murs et les plafonds étaient protégés par quatre couches superposées de troncs d'arbres. C'est là, à l'écart des isbas qui constituaient une cible trop évidente pour l'ennemi, que se réfugiait la troupe, divisée en deux, à tour de rôle. C'était à Antonio et aux autres bleusailles de mener une vie de taupe : après avoir passé toute la nuit à guetter les bruits des alentours, ils dînaient à l'aube, puis dormaient habillés et bottés, leur casque pour oreiller ; un troufion de garde les réveillait vers midi, ils mangeaient et se rendormaient ; à huit heures du soir, alors que la nuit était venue et que la température baissait jusqu'à trente ou quarante degrés au-dessous de zéro, ils prenaient leur petit-déjeuner et sortaient faire le travail de surveillance qui leur incombait jusqu'au matin.

La nuit du 9 février 1943, une lune en son plein brillait au-dessus de la position occupée par les divisionnaires, et son éclat rendait phosphorescente l'étendue découverte que l'on apercevait de la butte de guet, et permettait même de distinguer le bois derrière lequel les Russes, qui occupaient la route entre Leningrad et Kolpino, étaient tapis dans leurs tranchées. Un calme spectral baignait la blancheur immaculée de la neige de l'autre côté des barbelés et aiguisait les nerfs d'Antonio, déjà familiarisés avec l'animation du front, le vacarme de l'artillerie lourde et le claquement des armes automatiques. C'était un spectacle tellurique grandiose, qui invitait à l'adoration : les barbelés, la neige, la forêt, l'ennemi, et Dieu répandant sa grâce ou son indifférence sur les peines des hommes. Posté près de la mitrailleuse armée dont il n'avait pas encore eu à se servir, Antonio crut voir une masse suspecte se déplacer entre les troncs d'arbres, devant la tranchée ennemie. Il porta les jumelles à ses yeux, régla la mise au point et braqua les lentilles sur cette masse. C'était un soldat russe qui, tassé sur lui-même et progressant par à-coups dans la neige, se rapprochait d'une isba détruite entre les deux lignes de front, devant laquelle il s'arrêta, puis, se croyant sans doute protégé par la nuit et les ombres semi-mouvantes du bois, fouilla parmi les décombres, desquels il tira un long madrier qu'il chargea sur son épaule, avant de repartir en direction de sa tranchée. Antonio lâcha les jumelles, chercha le soldat dans le viseur de la mitrailleuse, le trouva. Il ne lui restait plus qu'à appuyer sur la détente, mais sa main refusait de le faire.

Ce n'était pas un soldat ennemi qu'il voyait devant lui, mais un homme frigorifié sorti chercher du bois pour entretenir le feu, en comptant sur la nuit pour couvrir le risque. Le cours de la guerre allait-il changer si cet homme cessait d'exister ? Quelle importance un soldat avait-il dans une armée qui en rassemblait des millions ? Supprimer un homme dans une guerre où on ne les comptait que par régiments ou divisions, c'était ôter une poignée de neige de cette étendue infinie qui se déployait devant lui ; en revanche, tuer cet homme, c'était tuer un père, un époux ou un fils, quelqu'un d'irremplaçable peut-être destiné à réussir quelque noble entreprise, une fois la guerre finie. Avant que le Russe n'eût été aperçu par un autre soldat de garde, Antonio tira une rafale qui souleva un rideau de poussière de neige devant le soldat ennemi, puis il visa et tira encore, soulevant cette fois un voile de neige derrière l'homme. Quand il l'eut de nouveau dans son viseur, le Russe, agenouillé dans la neige, semblait attendre la rafale qui le criblerait de balles et, comme elle ne venait pas, il se releva, prêt à la recevoir de dos ; rien de tel ne se produisit, alors, il se pencha, reprit le madrier et se remit en marche. Il avait compris que son sort ne dépendait plus que de la volonté du tireur. Ses empreintes dans la neige étaient autant de ferventes prières de gratitude, et Antonio ressentit cette sorte d'allégresse sereine qui dut combler le Dieu de la Genèse quand il avait contemplé la Création.

– Maudit sois-tu, troufion ! Tu as perdu la tête ?

Des mains vigoureuses l'écartèrent de la mitrailleuse qui, à peine une seconde plus tard, fit entendre son claquement. Le soldat russe tomba à l'orée du bois, où il dessina un gribouillis au bas d'une ligne d'écriture irréprochable, et la lune le couvrit aussitôt dans son manteau.

– Où te croyais-tu, troufion ? Au stand de tir d'une fête foraine ?

La voix était plus perplexe que furieuse. Antonio distingua l'insigne de sous-lieutenant sur la manche de la capote de l'homme qui venait de le pousser. Même si la chapka l'empêchait de distinguer clairement ses traits, Antonio eut l'impression, à la fois gratifiante et incommodante, d'apercevoir son propre visage dans un miroir, et la même impression dut s'imposer au sous-lieutenant, parce qu'il regarda Antonio avec une sorte d'incrédulité amusée. Une rafale de mitrailleuse siffla, en provenance des tranchées de l'ennemi et en réponse à celle que le nouveau venu venait de tirer. Antonio se mit à l'abri du pare-éclats.

– T'inquiète, bleusaille, ce que tu entends ne fait pas de mal ; la balle qui doit te tuer, tu ne l'entendras pas.

Ils s'examinèrent plus attentivement, et Antonio découvrit, soulagé, que parmi les traits qui les rendaient l'un à l'autre pareils, certains autres les différenciaient : la mâchoire du sous-lieutenant était moins anguleuse que la sienne, arrondie par une ébauche de double menton ; sur ses joues plutôt charnues se dessinaient des cernes bleuâtres qu'Antonio n'avait jamais eus, et la courbure des sourcils était plus prononcée chez cet homme que chez lui, mais le profil du nez légèrement aquilin, les lèvres serrées en une grimace chagrine et les pommettes saillantes semblaient avoir été coulés dans le même moule.

– Vous êtes le sous-lieutenant Mendoza, n'est-ce pas ? demanda Antonio timidement. Le sous-lieutenant Francisco Cifuentes m'a parlé de vous.

– Ce sacré Pacorris ! Il nous manque drôlement dans le coin. Il m'a aussi parlé de toi dans ses lettres. On voit qu'il t'a à la bonne, parce que depuis deux mois il n'arrête pas de me prévenir en ta faveur, et il fait pareil quand il écrit à d'autres compagnons.

– Je l'ai peu connu, reconnut Antonio. Mais on ne peut manquer de voir que c'est un excellent homme.

Gabriel Mendoza soupira, nostalgique.

– C'est ça, la guerre, fit-il. Elle met sur notre chemin un homme que nous aimons comme un frère, au point que nous pourrions volontiers donner notre vie pour lui et, brusquement, une balle ou un commandement le sépare de nous et nous ne le revoyons plus. La guerre est sans cœur.

Il haussa les épaules, peut-être pour se défaire d'une tentation de faiblesse.

– Encore heureux, elle ne dure pas toujours, dit Antonio, qui ne savait pas s'il devait le réconforter ou se contenter d'approuver sa remarque.

– Encore heureux qu'elle puisse durer ! l'interrompit aussitôt Mendoza, sur un ton tout à coup jovial, d'une jovialité qui avait quelque chose de téméraire et de brutal. La guerre, dans le fond, est le sport le plus beau. Parce qu'il est le seul qui développe également tous les muscles, mais surtout parce que la vie s'y montre nue. Tout en elle est ouvert et sincère, sans intrigues, sans hypocrisie. C'est un autre monde qui lave les péchés commis dans le monde social, si vil, et sale, et veule. Dans la guerre, chaque seconde vaut toute une vie, parce que la vie peut être perdue en une seconde. On tue sans haine et on meurt sans peine. Et les faiblesses de la chair s'éloignent de nous.

Antonio supposa que Mendoza avait laissé derrière lui une vie qui à présent le dégoûtait, une vie peut-être trop indolente ou mesquine, une vie peut-être corrompue par le vice. À moins que son credo guerrier ne fût que pure et simple camelote phalangiste.

– Et pendant que les vices s'éloignent, le froid et la mitraille se rapprochent, dit-il pour plaisanter.

– Ne te plains pas, troufion ! s'exclama Mendoza en posant le poing sur la poitrine d'Antonio pour le secouer, comme s'il voulait réactiver sa circulation sanguine. Ne te plains pas, pour le moment tu es entier. Et puis, à partir de maintenant, tu es sous ma protection, fit-il en secouant cette fois sa propre personne. Comment ne pas tenir compte des recommandations de Pacorris ! S'il apprenait que je ne t'ai pas accueilli comme il faut, il serait capable de venir me casser la figure.

Il braqua les jumelles en direction des lignes ennemies, que la lune éclairait comme un projecteur.

– Je ne pensais pas commettre une faute en laissant la vie sauve à ce Russe… Il cherchait seulement du bois pour se chauffer, expliqua Antonio.

– C'est déjà oublié, troufion, répliqua Mendoza en fronçant les sourcils et en tâchant d'améliorer la mise au point des jumelles. Laisse-moi te dire que ces gros enfoirés sont sur le point d'attaquer. Ces petits anges que tu vois là si sages nous préparent un sacré mauvais coup. Je te parie ce que tu veux que cette tranquillité ne va pas durer longtemps, ajouta-t-il avant de s'interrompre subitement et de garder en instant le silence, puis de s'écrier :

– Merde ! Regarde, regarde avec les jumelles ! Ils arrivent par milliers aux barricades.

Antonio régla la mise au point sur les confins du bois, dont le clair de lune faisait une armée de Titans sortis d'outre-tombe, et il aperçut en effet, dans la phosphorescence de l'horizon enneigé, un chapelet de petites taches noires pareil à un chemin de fourmis qui se perdait entre les tranchées.

– Il faut donner l'alarme, non ?

– Du calme, petit, dit le sous-lieutenant sur un ton dissuasif. Tu crois que d'autres guetteurs mieux placés que nous ne les ont pas déjà vus ?

En effet, sur les positions que tenaient les divisionnaires se laissait percevoir un mouvement inhabituel à cette heure et, peu à peu, la rumeur des préparatifs s'affirma et s'intensifia. Tous deux restèrent là, comme hypnotisés, à scruter la ligne de petits points sombres qui semblait ne pas avoir de fin.

– Vous croyez qu'ils vont passer à l'attaque, mon lieutenant ?

Tout à coup, Antonio éprouvait une sorte de respect religieux envers son sang, qui allait peut-être être bientôt répandu, infesté de péchés sans rémission. Il pensa à Carmen, qui ne saurait jamais que son cadavre allait être enseveli dans la neige et servir plus tard de pitance aux charognards, quand il commencerait à se décomposer avec le printemps.

– Je ne crois pas qu'ils soient venus prendre le frais, bleusaille. Ils ne vont pas laisser au père le temps de nous confesser. Foutus communistes ! Comme ils ne croient pas à l'enfer, ils ne laissent pas les autres se mettre en règle avec le Seigneur.

Ce mélange d'aplomb suicidaire et d'humour macabre suscitait l'admiration d'Antonio, qui se sentait gagné par une trépidation mystérieuse.

– Avez-vous laissé beaucoup d'êtres chers en Espagne, mon lieutenant ?

Mendoza fut déconcerté par le caractère confidentiel de la question. Il laissa tomber les jumelles sur sa poitrine comme on laisse tomber sa dernière réserve.

– Je me suis enrôlé juste après la mort de ma mère, dit-il, et son ton prit un accent accablé et contrit. Je crois que je suis en partie responsable de sa mort ; c'est du moins mon sentiment :

ma frivolité, mon manque d'envergure, ma fainéantise et mes idioties l'ont tuée. Dès mon plus jeune âge, elle a mis en moi de nombreux espoirs, mais je les ai tous déçus. On n'y peut rien, je suis devenu aussi tête brûlée et débauché que mon père ! Lui, oui, il lui a fait beaucoup de mal, à la pauvre femme...

Il se servait peut-être d'Antonio pour soulager sa conscience, à défaut d'un prêtre qui eût absous tous ces manquements au quatrième commandement. Antonio décida de tempérer cet embarras en recourant aux lieux communs.

– Elle doit maintenant, au Ciel, se sentir fière de vous, mon lieutenant.

– Tutoie-moi, merde, tout le monde se tutoie dans la Phalange, sans se soucier du grade ni du rang, fit Mendoza, et Antonio hocha la tête, intimidé. Et appelle-moi Gabi. C'est comme ça que mes amis m'appellent et, sous peu, nous serons plus que des amis, si la mort ne vient pas nous trouver avant... J'ai aussi laissé ma petite amie là-bas, Amparo, une très belle et très brave fille. Trop bonne pour moi ! C'est une volontaire de l'Auxilio Social de la Section féminine.

Il fouilla la poche intérieure de sa capote et en sortit une photographie gondolée qu'il gardait comme une relique. Amparo était une jeune fille aux yeux bleus et un peu bovins, pareille aux Vierges mélancoliques des icônes russes.

– Elle est vraiment belle, dit Antonio, sans savoir s'il mentait ou sans se demander s'il disait la vérité.

– Et plus précieuse que l'or. On peut dire qu'elle n'a jamais souffert à cause de moi ! Elle ne laisse pas passer un jour sans m'écrire. À mon retour, je ferai d'elle ma femme.

Antonio sourit, humilié par une jalousie de démuni. Rien au monde ne lui aurait fait plus plaisir à cet instant-là que de pouvoir montrer une photo de Carmen, qui était beaucoup plus belle qu'Amparo.

– Et comment se fait-il que tu ne sois pas rentré en Espagne ? On relève constamment des combattants...

Gabi ne dit rien, apparemment pris dans les replis d'un souvenir qui le blessait, mais il retrouva aussitôt sa bonne humeur.

– Mieux vaut ne plus poser de questions, mon ami. Nous sommes en guerre, et il en est qui doivent payer pour le mal qu'ils ont fait, dit-il en faisant claquer sa langue, croyant chasser ainsi l'ombre du découragement. Et toi ? Pas de petite amie qui t'écrive ?

Antonio secoua la tête, d'une manière un peu trop appuyée, peut-être.

– Non, mais moi j'ai Cifuentes, qui n'arrête pas de m'écrire.

Gabi eut un léger rire, d'une désinvolture cordiale.

– Bon, mieux vaut être sans amoureuse que *karovo*.

– *Karovo ?*

– Cocu, dans le jargon divisionnaire, expliqua Gabi, qui repoussa la manchette de son gant gauche pour regarder l'heure à sa montre. Eh là ! Il faut que je poursuive ma ronde. Ne relâche pas la surveillance, bleusaille.

Il disparut dans la tranchée, sans plus se soucier du mouvement des lignes ennemies, d'où venait à présent une rumeur sourde, nettement audible dans le silence pénétré par l'éclat de la lune. Antonio essaya de voir si la progression des troupes était accompagnée d'une concentration de chars de combat et d'artillerie lourde, mais ses yeux étaient maintenant fatigués de rester rivés sur cette blancheur resplendissante, et le cadavre du Russe abattu par le sous-lieutenant Mendoza le tourmentait autant que l'aurait fait une arête de poisson fichée dans sa gorge. Il avait dû rester ainsi absorbé en lui-même, parce qu'il ne vit pas approcher un sergent qui le réprimanda, furieux.

– Allez, allez, radine, le bleu ! À ton poste, et plus vite que ça ! Bouge-toi !

Antonio saisit en toute hâte son casque, son fusil et son barda qu'il avait posé contre le mur du pare-éclats. Le petit jour s'annonçait avec cette discrétion d'où germent les miracles ; dans les tranchées, en revanche, régnait le tohu-bohu qui accompagne l'alerte générale. Antonio courut jusqu'au poste du troisième peloton, où il avait la charge de fournir en munitions les fusils-mitrailleurs. La fumée des bunkers montait dans un ciel coloré des premières roseurs du jour, lente et aussi rectiligne qu'une colonne ou un tronc calciné, et l'ensemble de ces colonnes formait un massif de hauts fûts noirs qui disaient adieu au monde. Pas la moindre brise ne soufflait et, à mesure que le ciel s'éclaircissait, le froid acquérait le tranchant d'une lame de couteau ou le pointu d'une aiguille qui perçait les tempes. À côté de lui passa en courant le sous-lieutenant Mendoza, aussi impétueux qu'un taureau au sortir du toril. La lumière douteuse de l'aurore accentuait les différences de leurs physionomies.

– On est prêt, troufion ? demanda-t-il en arrivant à sa hauteur.

– On est prêt ! lança Antonio avec élan, presque avec exultation.

Le soleil se montra sur la plaine enneigée, fleuve de lave coulant de l'inflexion de l'horizon. Des tranchées montèrent des cris de joie et des chansons allègres, comme si la mort était une festivité, et la nature, tout à l'entour, parut se joindre à la célébration en tigre assoiffé de sang. À sept heures, provenant des tranchées russes, une fusée rouge s'éleva très haut dans le ciel puis disparut, après quoi le silence s'épanouit aux confins de la plaine tel un printemps précoce que les divisionnaires peuplèrent d'un *Notre Père* aux accents brutaux, provocateurs, rugissants. Alors se déchaînèrent toutes les légions de l'enfer : huit cents pièces d'artillerie se mirent à cracher le feu sur les tranchées de la division comme un marteau-pilon s'abattant sur de la porcelaine. La détonation perça les tympans de quelques-uns des bleus alignés à côté d'Antonio et couvrit le vacarme de l'explosion des bombes lancées du côté espagnol, réduit à un éclatement inoffensif de fruit mûr. La terre tremblait, telle une femme dans les douleurs de l'enfantement, sous la pluie de projectiles qui arasait le périmètre de tir, soufflait le manteau de neige de la plaine, détruisait les défenses des divisionnaires, ouvrait dans le sol des cratères où les Espagnols cherchaient aussitôt refuge, quand leurs bunkers étaient détruits et leurs tranchées ensevelies. L'éclat des explosions était aussi aveuglant que le fléau de mille éclairs, et l'air brûlant s'emplissait d'un épais brouillard, auquel se mêlaient des vapeurs de glace brûlée, de la terre pulvérisée, les fumées de mille incendies et un nuage de poudre qui s'accrochait comme la diphtérie aux muqueuses et coupait le souffle. Obus, projectiles antichars et bombes que l'aviation soviétique larguait sur les positions espagnoles se conjuguaient en un ouragan épileptique qui pendant plus d'une heure ravagea inlassablement la zone, provoquant une boucherie d'une ampleur épouvantable. Antonio apercevait autour de lui des compagnons déchiquetés par la mitraille, qui agonisaient dans d'horribles grimaces, défigurés par l'onde de choc des explosions, ou hurlant, affolés, en essayant désespérément de remettre dans leur corps brisé les viscères palpitants qui luttaient pour en sortir. Les proches étendues de neige n'étaient plus qu'un bourbier sanguinolent, une aire marécageuse et calcinée d'où pointaient, çà et là, les fleurs putrides des cadavres méconnaissables, des membres amputés, des lambeaux de chair et de vêtements confondus dans une même masse répugnante. Et le bombardement avait été encore plus violent dans d'autres zones du secteur, surtout dans celles tenues par les cinquième et sixième compagnies, directement responsables du contrôle de la voie ferrée Leningrad-Moscou. Pendant que l'air se remplissait de sifflements d'obus mortifères, de cette zone commencèrent à arriver une multitude de soldats évacués par leurs officiers dans des conditions déplorables, plus morts que vifs. Les caporaux et les sergents patrouillaient, de poste en poste, pour apporter aux blessés du brandy et quelques premiers secours improvisés qui le plus souvent se révélaient inutiles.

– Fermes sur vos positions ! vociférait le sous-lieutenant Mendoza, qui parcourait les tranchées défoncées pour encourager les combattants : – Du calme, les gars ! On va administrer à ces salopards une bonne dose de leur propre purge.

Mais ils allaient encore devoir subir, après l'intense bombardement de l'artillerie lourde, l'effet dévastateur et démoralisant de ce qu'on appelait « les orgues de Staline », les fameuses Katiouchas, une arme soviétique conçue pour tirer quinze projectiles à la fois qui, combinées avec les mortiers, les missiles antichars et les lance-roquettes, continuèrent de pilonner pendant un bon moment les barricades démantelées de la division. Enfin, l'artillerie espagnole contre-attaqua, avec infiniment moins de puissance, mais pourtant des plus stimulantes pour le moral des troupes, qui accueillirent en sautant de joie et avec des cris d'allégresse l'explosion des projectiles tombés sur les positions ennemies. Le bois de pins qui masquait les tranchées russes fut bientôt étêté et en proie aux flammes, tandis qu'au-dessus d'elles les obus se croisaient en sifflant. Enfin, le calme revint, mais tous savaient qu'il s'agissait du silence qui précède les grandes catastrophes.

– Les ruskovs vont passer à l'assaut, les gars, dit le sous-lieutenant Mendoza. Avant tout, du sang-froid, et beaucoup. *¡ Arriba España !*

Le nuage de fumée, de poussière et de neige pulvérisée qui occultait les positions ennemies commença à se dissiper, et alors apparut, entre ses derniers lambeaux, l'infanterie soviétique, pareille à la forêt de Birnam avançant, impavide mais avec des hurlements furieux, en colonnes compactes. Le spectacle de la marche au pas des Russes, coude à coude, leurs longues tenues de camouflage blanches ondoyant au rythme de leur progression, était d'une tragique beauté. Ils étaient des milliers et, tout en marchant, ils tiraient d'intermittentes rafales de semi-automatiques, fusils de moyen calibre qu'ils calaient ensuite sur leur hanche pour lancer des hourras frénétiques aussi retentissants que des décharges d'armes à feu. Il paraissait incroyable qu'un tel nombre d'hommes eût été envoyé à l'assaut d'un seul régiment espagnol. Antonio était paralysé d'horreur.

– Du calme, ils sont saouls comme des barriques, lui souffla Mendoza à l'oreille, en plaçant sur un trépied la mitrailleuse qu'Antonio devait pourvoir de munitions. Avant de les envoyer au combat, on les remplit de vodka, ajouta-t-il, puis il se retourna pour hurler en direction de la troupe : – Chargez vos armes !

Les hourras des Russes devenaient plus proches et plus éclatants. Leur première avalanche réussit à piétiner les barbelés qui protégeaient la ligne de la division ; alors, les mines semées sur le terrain firent leur travail : à mesure que cette marée humaine y posait les pieds, elles explosaient en faisant un nombre de victimes inconcevable. Les corps des Russes volaient en l'air par dizaines, par centaines, aussitôt changés en loques dégouttant de sang qui allaient se fondre dans le bourbier. Mais cette première vague arrêtée par les mines fut suivie d'une autre, irrépressible, ivre de vodka et de vengeance, qui foula les restes de la précédente.

– Feu !

Les armes automatiques claquèrent, répandant la mort dans les rangs russes les plus proches ; les grenades à main explosaient au contact de leurs corps, qui retombaient dans les positions les plus grotesques, les uns sur les autres, en un informe salmigondis gémissant. Le sous-lieutenant faisait tourner sur le trépied la mitrailleuse qu'Antonio alimentait, couchant l'un après l'autre les rangs ennemis, jusqu'à ce que le canon se mette à fumer.

– Continue de la gaver, bleusaille ! N'arrête pas !

La mitrailleuse engloutissait les bandes de cartouches à une vitesse si boulimique qu'elle finit par éclater. Les Russes qui avaient survécu au massacre se servaient des cadavres de leurs compagnons pour se mettre à l'abri et appuyer sans arrêt sur la détente de leurs semi-automatiques. Le sous-lieutenant Mendoza passa alors aux grenades, qu'il lança comme un possédé, debout au bord de la tranchée, indifférent aux rafales ennemies, avec un enthousiasme contagieux qui s'empara des survivants, dans les rangs des Espagnols décimés. Le capitaine Huidobro, qui commandait la compagnie, avait été abattu d'une balle entre les deux yeux qui l'avait envoyé au fond de la tranchée, bras en croix. Après un instant de désarroi, Mendoza assuma la défense de la position, qui n'était plus qu'un îlot de résistance entre les lignes submergées. Mais celles-ci n'en continuaient pas moins à cribler de balles les Russes qui, face à l'inutilité de leurs efforts, prirent le parti de battre en retraite, laissant derrière eux le terrain couvert d'une montagne de cadavres qui empêchait de leur tirer dans le dos. L'artillerie cessa pendant quelques minutes de se faire entendre ; les combattants indemnes allèrent se terrer, épuisés et en piteux état, dans les tranchées.

– Occupez-vous des blessés ! ordonna Mendoza. Et ne baissez pas la garde !

Les secours se déployèrent immédiatement, cherchant parmi les cadavres les soldats qui respiraient encore. On demanda aux blessés légers d'aller à pied jusqu'au plus proche poste de secours, situé sur les arrières de la compagnie, à Krasny Bor ; les blessés graves furent évacués sur des brancards jusqu'aux décombres des bunkers, pour y attendre l'arrivée des ambulances, et c'était beaucoup espérer. Entre-temps, la trêve avait touché à sa fin : des files russes monta dans le ciel en sifflant une fusée signal rouge et aussitôt se déchaîna une nouvelle tempête d'artillerie, encore plus violente que la précédente, mais cette fois dirigée contre la cinquième et la sixième compagnie qui, on s'en souvient, étaient chargées de garder le contrôle de la voie ferrée. Ils réussirent à ouvrir une brèche dans ce secteur, annihilant complètement les soldats qui tenaient encore sur la ligne, sans reculer d'un pas, après quoi les Russes lancèrent une soixantaine de chars lourds suivis de quelques régiments d'infanterie, tous pourvus d'armes automatiques, avec lesquelles ils comptaient pénétrer dans le camp des divisionnaires afin de prendre à revers les compagnies qui résistaient encore, les piéger entre deux feux. Le sous-lieutenant Mendoza devina aussitôt l'intention des Russes.

– Des volontaires pour m'accompagner ! cria-t-il.

Nul ne savait quel stratagème désespéré lui était venu à l'esprit mais, malgré le courage vacillant de ce qui restait de la troupe, une douzaine de soldats valeureux, auxquels se joignit inconsciemment Antonio, se présentèrent à lui. La voix de Mendoza semblait aussi rêche que du papier-émeri, bien qu'il fût presque aphone dans le vacarme des détonations.

– Prenez des grenades ! Nous allons arrêter ces monstres coûte que coûte ! Les autres, vous nous couvrez !

Il se mit à courir dans la tranchée, suivi des volontaires qui obéissaient aveuglément à ses ordres, peut-être parce que l'obéissance aveugle, quand on sait qu'on va mourir, est la manière la plus radicale d'en finir au plus vite. Les tanks russes avancèrent dans le bourbier sanglant, entre des amas de fer fumants, jusqu'aux avant-postes divisionnaires, où ils s'arrêtèrent momentanément, comme pour les renifler, redoutant peut-être que dans la boue et la neige fondue fussent encore tapies quelques mines. Puis ils se remirent en marche, et leurs chenilles commencèrent à recracher des éclats de bois, des lambeaux de tissu et des restes de chair, telles des gueules de carnivores. D'entre les décombres, quelques soldats moribonds de la cinquième et de la sixième compagnie s'élançaient avec une mine entre les mains et se jetaient sous les roues des tanks, pour les faire exploser tout en disant adieu à la vie.

– Vous avez vu ce courage ? demanda Mendoza, exalté. Eh bien, nous allons faire quelque chose d'à peu près pareil. Courez jusqu'aux chars ; si vous vous baissez, ils ne pourront pas vous toucher. Quand ils seront sur le point de vous écraser, jetez-vous à terre entre les roues. Sous leur ventre, il y a assez de place pour un homme couché. Glissez une grenade dans la chenille, elle éclatera quelques mètres plus loin, et le tank restera immobilisé dans

la boue. Alors, montez jusqu'à la tourelle et jetez une autre grenade dans le conduit de ventilation, expliqua-t-il, puis il regarda, anxieux, les expressions confondues et désorientées des soldats :
– Vous m'avez compris ?

Il semblait impossible d'arrêter ces mastodontes. Mais Mendoza, dominé par une magnifique indifférence envers la mort, sauta par-dessus le parapet de la tranchée et courut à leur rencontre, tout en déchargeant son fusil-mitrailleur sur l'infanterie russe qui suivait les blindés. Quand le tank fut sur le point de l'écraser, il se glissa sous son ventre, et il resurgit de la boue dans laquelle il avait été entièrement plongé au moment où l'explosion de la grenade faisait éclater les tripes du colosse. L'infanterie russe fut figée de stupeur devant cet élan d'audace, et, avant qu'elle n'eût pointé sur lui ses semi-automatiques, Mendoza avait grimpé sur la tourelle du char, dans laquelle il jeta une autre grenade, après quoi, comme mû par un ressort, il sauta dans la boue. De ce qui restait des rangs des divisionnaires montèrent des vivats et des salves en l'honneur de la prouesse et de la folie de Mendoza, qui avait trouvé refuge dans un cratère quand la seconde grenade éclata dans le blindé, le mettant définitivement hors de combat. De son cratère, Mendoza encourageait ses volontaires :

– Allez-y, les gars ! Pas de quartier !

Galvanisés par l'exemple de leur officier, les soldats escaladèrent le pare-éclats, mais seulement deux d'entre eux réussirent à esquiver les balles de l'artillerie russe et à arriver jusqu'aux tanks, entre les chenilles desquels ils périrent, soufflés par l'explosion des grenades. Antonio, moins téméraire ou moins inconscient qu'eux, resta dans la tranchée, d'où il couvrit le repli de Mendoza avec une mitrailleuse restée sans tirailleur, après l'annihilation de la cinquième compagnie.

– Je te dois la vie, soldat, reconnut Mendoza, à qui le fracas de cette escarmouche inutile avait assombri les traits. Mais je croyais que tu aurais plus de couilles que ça.

Pendant ce temps, les tanks avaient atteint l'arrière-garde de la division et, derrière eux, la horde désireuse de venger ses innombrables morts se précipita vers l'endroit où se trouvaient les quelques batteries et le poste de communications. C'est ainsi que le résidu de la División Azul fut pris entre deux feux ; les survivants durent orienter les rares mitrailleuses encore disponibles dans deux directions : celle du bois étêté par l'artillerie et celle de l'arrière-garde où l'ennemi venait de s'infiltrer. Les meilleurs tireurs ne tardèrent pas à tomber, touché par les feux croisés, et durent être remplacés par des bleus comme Antonio. Mais les bandes de cartouches s'épuisaient, et les mitrailleuses incandescentes refusaient de tirer encore. Mendoza examina ce qui restait de la compagnie, quelques dizaines d'hommes parmi lesquels il n'y avait plus d'autre officier que lui, si bien que, accablé, il donna le signal de la retraite.

– On se retire ! Divisez-vous en petits groupes et courez en direction de Krasny Bor !

Il se chargea de diriger l'évacuation de la tranchée, où il n'y eut bientôt plus que lui et Antonio, qui tirait encore ; alors, Mendoza le rejoignit, et après avoir déboîté la mitrailleuse de son trépied il lui fit signe de prendre une caisse de munitions. Avant d'abandonner la position, il leva les yeux au ciel, tout crépitant de flammeroles qui emportaient peut-être des âmes d'Espagnols et de Russes, insoucieuses des rivalités terrestres et fraternellement enlacées dans leur soif d'immortalité. Au loin, des nuages de fumée qui s'étendaient jusqu'à Kolpino jaillit une escadrille de Stuka allemands qui piquèrent et larguèrent leurs bombes sur l'arrière-garde ennemie.

– Mais il ne fallait pas vous presser ! marmotta Mendoza, exaspéré. Avec un peu de patience, vous seriez arrivés pour le jugement dernier.

Ils se mirent à courir dans le bourbier semé de cadavres fumants qui s'étendait devant le village de Krasny Bor. Mendoza pointait la mitrailleuse sur les Russes qui surgissaient à leur passage, en criant comme un sauvage (le manteau de sang et de boue qui le couvrait depuis son attaque du char en solitaire accentuait cette ressemblance) ; et Antonio poussait lui aussi des cris de rage et d'exultation, en se laissant envelopper dans la douce inconscience ou l'ébriété de son premier bain de sang. Oublieux de la peur et de la mort qui lui semblait maintenant lointaine et inoffensive, il fournissait Mendoza en munitions, s'emparait parfois de l'arme pour arroser de balles les loques humaines qui criaient grâce dans la boue, en dirigeant le viseur vers leur crâne, qu'il faisait disparaître d'une rafale. L'odeur âcre du sang et de la chair brûlée par ces tirs à bout portant le noyait dans une sorte de béatitude désaxée ; il comprenait maintenant que la guerre pût être considérée comme le plus beau des sports, parce que d'elle surgit l'homme dépouillé des mollesses et des duplicités de la civilisation, l'homme nu et sincère qui tue sans haine et meurt sans peine, dans une joie de tuer et de mourir semblable à celle des jeux de l'enfance. Il se rappela avec une sorte de suffisance condescendante le petit détrousseur qui, peu de mois auparavant, était allé se réfugier dans sa tanière de la rue de l'Amparo bouleversé par la mort du malabar entre les buissons du Retiro, et il considéra la fripouille qu'il avait été avec une pitié accablée et un dégoût soulagé, de la même manière qu'un papillon pourrait regarder la chrysalide où il a un jour été enfermé dans un corps de chenille. Il ne devait pas être plus de trois heures de l'après-midi, mais le crépuscule du soir tombait déjà sur la plaine.

L'objectif de Mendoza était d'attendre la nuit pour se glisser entre les troupes russes et rejoindre les nouvelles positions de la División Azul, en comptant que les soldats de sa compagnie devaient alors s'être regroupés à Krasny Bor, d'où il conduirait la retraite, secondé par ceux sur lesquels il pouvait encore s'appuyer. Mais Krasny Bor avait été pris par les Russes qui, à l'abri des isbas, attendaient les Espagnols de pied ferme, prêts à en découdre. Dans la caisse de munitions ne restaient plus que quelques balles orphelines.

– Que faisons-nous, maintenant ? demanda Antonio, exténué.

Ils s'étaient pelotonnés derrière un mur à demi écroulé qui les protégeait des francs-tireurs. Antonio passa la main sur son visage et découvrit qu'il était couvert d'une pellicule de glace dans laquelle se mêlaient sa propre sueur et un sang qui n'était pas le sien. Plus épaisse encore était la couche de boue gelée couleur de grès qui couvrait Mendoza.

– Il faut sortir du village d'une façon ou d'une autre. Si nous restons ici, ils vont nous flamber à la vodka.

Les ombres des arbres étêtés rampaient et s'étiraient sur la neige sale, poussées par le soleil déclinant.

– Vas-y seul, Gabi, bredouilla Antonio. Je n'en peux plus.

Moins d'une demi-heure plus tôt, tandis qu'il canardait, euphorique, les Russes blessés qui se levaient sur son chemin, il s'était cru pendant un moment maître d'une énergie inépuisable ; mais il avait suffi que le ciel s'obscurcisse pour le décourager brusquement, tandis qu'une profonde détresse le gagnait. Tous les morts qu'il avait laissés derrière lui pesaient maintenant aussi lourd qu'un chargement de ferraille.

– Ne déconne pas, fit Mendoza, en ajoutant sur un ton pondéré, comme s'il n'y croyait pas lui-même : – Tant qu'il y a de la vie, il y a de l'espoir.

Mais il resta, comme Antonio, affalé contre le mur, laissant le froid étendre ses tiges de lierre sur ses membres épuisés. Un ronronnement de moteur qu'ils ne purent identifier, au loin, vint les bercer, jusqu'au moment où il devint évident qu'il s'agissait des tanks qui avaient percé leur ligne de front et revenaient pour encercler les divisionnaires en débandade. Les Russes postés dans les isbas sortirent de leurs cachettes et se rangèrent de part et d'autre des blindés, lesquels s'ouvraient un passage dans les rues du village à coups de canon. Un des projectiles toucha, à quelques mètres d'eux, le mur contre lequel Antonio et Gabriel étaient appuyés, et la main cyclopéenne du choc les fit voler, avant de les ensevelir sous des gravats. Antonio n'éprouva pas la moindre douleur, mais quand il essaya de se lever il s'aperçut que de sa tête nue – le choc l'avait privé de son casque – du sang coulait en abondance, imbibant son uniforme. À côté de lui, Mendoza avait à l'épaule une déchirure, qui découvrait la chair à vif. Tous deux, complètement sonnés, vidés de leur substance, pareils à des marionnettes, étaient également incapables de contrôler leurs bras et leurs jambes. Au cœur de l'ombre, une sorte d'assemblée de lucioles sembla soudain se dissoudre, et un groupe de soldats russes enveloppés dans leurs tenues de camouflage blanches les encercla.

– Malheur à nous, nous sommes prisonniers, souffla Mendoza, cette fois résigné à son sort.

Antonio chercha la mitrailleuse parmi les gravats, mais son mouvement fut aussitôt intercepté par les Russes, qui resserrèrent le cercle et braquèrent sur eux leurs semi-automatiques, en un tourbillon de paroles auxquelles les deux blessés ne comprenaient rien.

– Que vont-ils nous faire ? demanda Antonio en levant les mains et en les croisant sur sa nuque.

– Je le devine, et ça me fait frémir. Mieux aurait valu y rester.

Comme pour illustrer ses paroles s'abattit sur eux une grêle de coups de pied et de coups de crosse que les Russes célébrèrent avec des rires et des injures. Avant de perdre connaissance, Antonio vit pour la dernière fois l'étendue désolée de Krasny Bor, éclairée par des bûchers où s'entassaient des morts noirs de poudre et de lune.

Pour eux deux venait de tomber la nuit sans fin de la captivité.

Avec trente-quatre autres prisonniers, ils partirent en direction des lignes russes, situées à environ deux kilomètres de Kolpino. C'étaient tous des divisionnaires du deux cent soixante-deuxième régiment, les survivants de la bataille dans laquelle le reste de leurs compagnons – beaucoup plus chanceux – avaient succombé à l'assaut dévastateur des forces soviétiques, encore à l'œuvre, si l'on en jugeait d'après les décharges d'artillerie dont les feux illuminaient la ligne d'horizon. La plupart des prisonniers étaient blessés plus ou moins gravement ; presque la moitié d'entre eux ne pouvait pas marcher, et ceux qui tenaient encore debout, comme Antonio et le sous-lieutenant Mendoza, devaient les porter sur leurs épaules, poussés par les baïonnettes de leurs gardiens, dont les grosses voix rocailleuses et les rires avinés profanaient la nuit.

– *Davaï ! Davaï !*

On avance ! Et on avançait, encore et encore. Autour du groupe des prisonniers privés de toute espérance, les soldats russes s'étaient disposés en deux files ; ces hommes aux yeux bridés et aux traits tartares avaient sans doute été recrutés dans quelque lointaine région hyperboréenne, là où les froids polaires ne permettent pas à la vie de s'épanouir, ou ne le lui permettent que dans ses expressions les plus rudimentaires ou rachitiques, quasi minérales. Ils étaient vêtus de pelisses blanches à long poil, comme les Esquimaux, et coiffés de capuches garnies de la même peau, qui laissaient à peine entrevoir leurs traits, d'où semblait avoir été effacé tout signe de vivacité, des visages de totems dans lesquels luisaient des regards allumés par la vodka ou par la haine. Il devenait évident qu'ils auraient préféré mitrailler leurs prisonniers là où ils s'étaient emparés d'eux ; mais ils devaient obéir aux ordres du commandement, qui comptait sans doute soutirer quelques renseignements aux officiers des compagnies divisionnaires et, par la ruse et de fausses promesses, pousser à la défection de simples soldats peu valeureux, qu'ils pourraient ensuite utiliser à des fins de propagande pour démoraliser l'adversaire.

– *Davaï ! Davaï !*

Mendoza marchait devant Antonio, son épaule lacérée couverte du manteau d'un de ses compagnons morts ; il était visiblement honteux et accablé par le sort qui attendait ses hommes, maintenant gagnés par l'amère conscience de la déroute. Il leur était interdit d'élever la voix, aussi était-ce entre leurs dents qu'ils proféraient des malédictions ou se plaignaient : les uns évoquaient en sanglotant leur famille, qui n'entendrait peut-être jamais plus parler d'eux ; d'autres reniaient l'idéalisme stupide ou les raisons prosaïques, alimentaires, qui les avaient conduits à s'engager dans la División Azul, et les casse-cou ne manquaient pas, qui proposaient de se retourner contre les gardiens, pour se faire abattre sur place et mettre ainsi fin aux souffrances intolérables qui, pressentaient-ils, les attendaient. Mais pas un n'envisageait, même de loin, la possibilité d'une évasion, et moins encore d'une libération, tant leur prostration était extrême et leur confiance dans le pouvoir des Allemands diminuée. Antonio, qui portait sur ses épaules un jeune artilleur agonisant auquel une balle explosive avait détruit la mandibule, ne prenait aucune part à ces conciliabules étouffés : dès l'instant où il s'était enrôlé dans la División Azul – unique chance qui s'offrait à une bête acculée –, il avait accepté de livrer son sort à des mains étrangères, et ce projet fataliste l'affranchissait des élucubrations sombres aussi bien que des vains espoirs. Toutefois, il ne pouvait s'empêcher de songer à ce qu'aurait pu être sa vie s'il avait refusé de participer au dernier coup dans le parc du Retiro voulu par Carmen (mais alors, il se serait livré à d'autres truanderies, sans doute tout aussi dangereuses, ou à des trafics illicites qui ne manquent pas de très mal tourner) ; ces imaginations semblaient lui confirmer que son sort ultime, dans tous les cas très peu différent de celui qu'il subissait maintenant, l'aurait inévitablement conduit à la mort réservée aux hommes de sa trempe et de sa condition. Pour connaître un autre sort, il eût fallu être un autre homme, mais à qui est-il permis de devenir quelqu'un d'autre ?

– *Davaï ! Davaï !*

Ils avançaient sur des terrains inhospitaliers, retournés par les obus et les bombes et qui, après avoir été changés en bourbiers pendant le jour, gelaient de nouveau à la tombée de la nuit, renfermant en leur sein mille corps déchiquetés sur lesquels n'allait pas tarder à se poser un pieux manteau de neige, leur viatique posthume. Aux abords de Kolpino, ils atteignirent les lignes russes que le sous-lieutenant Mendoza et Antonio avaient scrutées avec leurs jumelles, la nuit précédente, du haut de leur position ; le chemin de fourmis qu'ils avaient alors cru voir se dévoilait maintenant dans toute sa dimension effrayante : des milliers de soldats, parmi lesquels des femmes, occupés à fêter la victoire en une sorte de sabbat immémorial que la chaleur des brasiers et de la vodka rendait orgiastique et, derrière eux, formant une muraille de fer inexpugnable camouflée sous des branches de pin, des centaines de batteries de tous les calibres dont les bouches encore fumantes béaient dans le soli, des centaines de camions sur les remorques desquels s'alignaient, pointées obliquement vers le ciel, les orgues de Staline, leurs rampes encore chargées de roquettes, apparemment prêtes à tirer de nouveau. À peine virent-ils apparaître les prisonniers espagnols que les soldats russes les entourèrent de leur essaim vociférant et les prirent pour cible de leurs invectives, de leurs crachats, en braquant leurs fusils sur eux, tout disposés à ouvrir le feu s'ils donnaient le moindre signe de vouloir répondre à leurs provocations. Quelques-uns des prisonniers, surtout parmi les blessés graves, virent dans cette vile soldatesque une occasion providentielle de mettre glorieusement fin à leurs souffrances et, avant que le sous-lieutenant Mendoza eût pu les en empêcher, sans même s'être consultés, ils se jetèrent sur les fusils ennemis en lançant des exclamations patriotiques et des malédictions contre le communisme. Une fusillade nourrie les coucha à terre et leur mort fut accueillie avec des hurlements de cruauté, des coups de feu tirés en l'air et autres manifestations de joie.

– On devrait faire comme eux, marmotta Antonio, en cherchant l'approbation de Gabriel.

Celui-ci, morne, tête basse, semblait en prière. Quand il eut terminé, il se tourna vers Antonio avec détermination, apparemment sous le coup d'une profonde colère.

– Je te l'ai déjà dit, troufion. Tant qu'il y a de la vie, il y a de l'espoir. Un peu de patience, tu verras, on réussira à s'enfuir.

Antonio porta son regard sur les canons des batteries qui menaçaient les étoiles et demanda, incrédule :

– Fuir ? On peut savoir comment ? Et où ?

– Une occasion se présentera, répliqua Mendoza à voix basse, exaspéré. Les Allemands peuvent encore se réorganiser. On tâchera de rejoindre leurs lignes.

Il serrait les dents, peut-être pour empêcher ses paroles de paraître trop chimériques, ou pour contenir la rage et la nausée que lui donnait le chahut de la soldatesque, maintenant occupée à détrousser les cadavres des divisionnaires abattus, auxquels elle arrachait bagues et montres, ainsi que les médailles, les chaînes en or ou en argent qui, peut-être, leur avaient été offertes avant leur départ par une mère ou une amoureuse désireuse de les protéger des balles.

– Et si aucune occasion ne se présente ? insista Antonio.

– Celle de nous faire tuer ne nous manquera jamais, t'inquiète.

Étrangement, Antonio considérait maintenant que son destin était lié à celui de cet homme, qui lui ressemblait tant. Aussi longtemps que ce dernier estimerait qu'il fallait sauver sa peau, lui-même devrait tromper la mort ; de même, quand Mendoza aurait quitté ce monde, lui-même ne devrait plus s'accrocher à la vie. Gabriel l'avait dit dès les premiers moments de leur rencontre : la guerre met sur notre chemin des hommes que nous aimons à l'instant comme des frères.

– Et s'ils ne nous tuent pas ? souffla-t-il, et ce n'était pas la peur qui le tourmentait et lui inspirait ces paroles, mais le désir de faire siennes les intentions de Mendoza, de fondre fraternellement la volonté de Gabriel avec la sienne. Tu te suicideras ?

Mendoza secoua résolument la tête comme pour chasser cette tentation, à moins que ce ne fût la vision horrible des cadavres profanés.

– Jamais je ne mettrai fin à mes jours pour me soustraire aux souffrances de cette vie, aussi terribles qu'elles puissent être, répondit-il en un murmure de confessionnal, tel un pénitent qui a enfreint tous les commandements et implore une absolution peut-être impossible. Je n'ai pas le courage d'affronter la sentence divine.

Antonio leva les yeux au ciel, pour y chercher un signe de ce jugement, indiscernable parmi les constellations d'étoiles épouvantées.

– Tu n'as pas le courage ? J'ai toujours entendu dire que le suicide est de la lâcheté.

– Pour un mécréant, peut-être. Pour un catholique, c'est renoncer au Ciel, à la vie éternelle. Il faut pour ça un courage que je n'ai pas...

Mais l'expectative de la vie éternelle tremblait comme un chiot transi de froid devant le spectacle qui s'offrait à ses yeux. Dans la troupe russe, quelques femmes échevelées et repues de vodka, vêtues avec outrecuidance et un sans-gêne grossier de l'uniforme de l'Armée rouge, furetaient comme des pies entre les cadavres des Espagnols qui venaient de s'immoler. Le jeune artilleur qu'Antonio avait porté sur ses épaules pendant la marche et que les balles n'avaient pas tué était là, dans l'amas informe des corps sans vie. De sa bouche éclatée d'où pendaient des lambeaux de chair et de tendons sanguinolents montait un gémissement plaintif et guttural à peine audible. L'une de ces harpies, après avoir décelé d'où venait ce bruit, introduisit dans la cavité buccale béante du jeune artilleur une grenade, puis elle s'écarta en bondissant de joie, fière de dispenser de façon aussi expéditive les passeports pour la vie éternelle. L'explosion réduisit le blessé en une bouillie de chair palpitante, à la grande joie de la troupe, de laquelle montèrent hourras et applaudissements ; ainsi encouragée, encore plus excitée, la virago grimpa sur les cadavres des Espagnols, brandit le poing gauche et déboutonna de l'autre main sa vareuse pour exhiber un sein pendant, nullement turgide, pantomime que les Russes accueillirent avec des spasmes de furieuse allégresse. Le sous-lieutenant Mendoza bondit, incapable de supporter plus longtemps ce spectacle, prêt à tordre le cou à l'hommasse ; Antonio et les autres prisonniers purent à peine le retenir.

– Immonde salope ! hurla-t-il, je t'étriperai, je le jure, et je donnerai tes entrailles à bouffer aux chiens !

Il y eut autour de lui une bousculade, et les soldats russes pointèrent de nouveau leurs fusils sur les Espagnols, prêts à refaire feu. Dans le tumulte qui se déclencha, une femme d'aspect plus méridional et beaucoup plus féminin que la furie s'ouvrit un passage ; bien que couverte d'un manteau en peau de mouton au col et aux poignets retournés qui cachait ses formes, on devinait en elle une opulence massive et brute de fruit succulent. Une chapka, qui ne laissait voir de sa chevelure que deux mèches blondes décolorées, ne l'avantageait pas davantage ; mais le regard de ses grands yeux, ses lèvres voluptueuses et son nez pugnace avaient quelque chose de troublant. En l'apercevant, Antonio sentit une faiblesse dans ses jambes, et des afflux de sang lui martelèrent les tempes. C'était la première jeune femme qu'il voyait d'aussi près depuis des mois et, comme il l'avait prévu, ses traits lui rappelèrent Carmen.

– Que vous imaginiez-vous, matamores ? Que vous alliez pouvoir violer impunément nos femmes ? lança-t-elle aux prisonniers en espagnol, avec un indéniable accent français. Vous croyiez qu'elles ne se vengeraient pas à la première occasion ?

Avant que Mendoza n'eût pu répliquer, elle s'était tournée vers les soldats, auxquels elle s'adressa en russe, pour les calmer. De toute évidence, elle employait exactement les paroles qu'il fallait, à moins qu'elle ne fût investie d'une autorité dont les prisonniers ne pouvaient avoir idée. Elle conclut sa harangue avec une apostille cocasse qui provoqua l'hilarité parmi les chacals, et leurs rictus trahirent la docilité des bêtes matées. Toutefois, le sourire qu'elle adressa aux Espagnols exprimait plus de dédain que de mansuétude.

– Vous voyez, si on sait les prendre, ce sont de vrais agneaux, dit-elle. Je m'appelle Nina Duquesne, interprète au service de l'administration pour les prisonniers de guerre. Y a-t-il un officier parmi vous ?

Mendoza, encore frémissant de colère, fit un pas en avant. Au dédain de l'interprète, il répondit par la froideur.

– Sous-lieutenant Gabriel Mendoza, de la troisième compagnie du deux cent soixante-deuxième régiment. Aucun autre officier de ma compagnie n'a survécu, dit-il, et il ajouta avant que l'interprète n'eût pu poursuivre l'interrogatoire : – J'exige que vous retiriez les accusations portées contre mes hommes. Aucun soldat de la Division espagnole de volontaires n'a jamais violé de femme russe.

Ils n'en violeraient aucune, parce que ce sont d'honnêtes chrétiens, et d'autant moins des chiennes galeuses pareilles, parce que ce sont des hommes de goût sainement constitués.

L'interprète cligna des yeux, amusée et perplexe face à l'insolence du sous-lieutenant. Elle avait les sourcils épilés et, en une imitation fruste des divas du septième art, s'en dessinait d'autres au crayon noir, fins et arqués, qui accentuaient son étonnement.

– Eh bien, eh bien, lieutenant Mendoza, je vois que la réputation de petits coqs que l'on prête aux Espagnols n'est pas usurpée, fit-elle avec une grimace de défi, lèvres ouvertes comme une racoleuse. Nous avons les moyens de vous faire baisser le ton, ne vous inquiétez pas.

Mendoza fit la sourde oreille.

– Si ce que vous attendez de moi c'est que je vous livre des informations sur les positions espagnoles, vous pourrez me torturer autant que vous voudrez, je ne dirai rien.

Nina éclata alors d'un rire chantant et sensuel, auquel succéda une mimique de commisération, presque consternée. Avant de répondre à Antonio, elle s'adressa de nouveau aux soldats russes sur un ton burlesque qui déclencha aussitôt un éclat de rire général. Après quoi elle gratta le menton de Mendoza.

– Réveille-toi, pauvre innocent. Les positions espagnoles ont été rayées de la carte. Je me moque comme d'une guigne de ce que tu veux dire ou ne pas dire. Mais, bien sûr, si tu refuses de parler, je me chargerai personnellement de te donner ce que tu mérites.

Ces dernières paroles, elle les avait dites presque en un murmure, comme si elle lui faisait une confidence, avec une sorte de raffinement sadique. Entre-temps, d'un des bunkers alignés derrière eux était sorti un officier de l'Armée rouge qui arborait sur sa capote l'insigne distinctif des commissaires politiques. Il portait la barbe, une élégante barbe noire, soignée, et se déplaçait avec des gestes plutôt distingués, au regard de l'allure de la racaille qui l'entourait. Après s'être chauffé consciencieusement les mains à l'un des feux qui lançaient vers le ciel leurs mitrailles de flammèches, il ordonna d'un geste brusque à l'un de ses assistants de lui amener un soldat recroquevillé dans l'ombre, apparemment honteux des excès auxquels se livraient ses camarades. Quand l'éclat des flammes permit de distinguer ses traits, une rumeur chargée de réprobation et de répugnance se fit entendre parmi les prisonniers : ils venaient de reconnaître le sous-lieutenant Camacho, un déserteur de la Phalange passé à l'ennemi au commencement de cette année-là – pendant qu'Antonio attendait encore son départ pour la Russie au camp de Hof – et qui, depuis lors, n'avait pas cessé de faire de la propagande à la radio sur le front de Kolpino, exhortant chaque soir les combattants de la División Azul à rejoindre les corps de l'Armée rouge où, selon ce qu'il assurait, ils seraient reçus à bras ouverts et pourraient jouir des délices du communisme. C'était un homme maigre et dégingandé, au teint pâle et aux traits bien découpés, peut-être un peu féminins ou, en tout cas, inadaptés aux rudesses de la vie militaire, et dont le sourire – de chien qui renifle les reliefs laissés par le maître – dévoilait une denture impeccable, seulement gâtée par une couronne en or qui couvrait une de ses incisives supérieures. Il était tête nue, malgré le froid, et portait l'uniforme du simple soldat, orné d'une étoile rouge sur la poitrine.

– Dis donc, Camacho, tu es bien maigre ! l'apostropha Mendoza sans s'inquiéter de la réaction des soldats russes. On dirait que les Russes ne te nourrissent pas précisément de jambon ! Et qu'ils ne t'ont pas accordé d'avancement pour prix de ta trahison !

Les divisionnaires acclamèrent l'audace de leur officier en lançant au traître d'autres vannes, plus grossières et plus blessantes. Ce fut surprenant : personne – pas même Nina, l'interprète, et pas davantage le commissaire politique – ne fit le moindre geste pour les arrêter, omission que le déserteur accueillit, résigné, en tâchant de camoufler l'outrage sous le masque de l'indifférence. Debout devant le feu, à la gauche du commissaire qui claqua impérieusement du doigt sans même lui accorder un regard, Camacho commença son discours.

– Espagnols ! L'heure redoutée de votre déroute est venue ! Pendant des mois, nous vous avons offert le pardon, à condition que vous renonciez à l'odieuse doctrine fasciste…

Un soldat espagnol, mettant ses mains en porte-voix, l'interrompit.

– Mets-toi-le au cul, ton pardon, tapette, tu verras quel petit frisson il va te donner !

Maintenant, les Soviétiques s'amusaient des gracieusetés que lui servaient les divisionnaires, comme s'ils s'unissaient à eux en un mépris commun du traître. Camacho regarda le commissaire politique avec des yeux larmoyants qui réclamaient miséricorde. Le Russe dégaina avec douceur et tira un coup de pistolet en l'air.

– La prochaine balle sera dirigée sur vos têtes si vous m'interrompez de nouveau, les prévint Camacho avec un sourire de hyène, et il reprit son exhortation : – Le peuple russe, dans sa trop grande bonté, a dû se résoudre à recourir aux armes contre vous, dès lors que les paroles n'ont pas suffi à vous faire reconnaître vos erreurs. Nous espérons que la dérouillée que vous avez essuyée a fini par convaincre les plus obstinés d'entre vous que Hitler vous a payés en monnaie de singe, dans cet affrontement avec les tanks du colosse soviétique. Un dur châtiment vous attend ; mais il est encore temps de vous y soustraire. Rien de plus facile ! lança-t-il et, sur ce, il fit devant le commissaire une courbette de laquais qui lui valut une averse de quolibets de la part des soldats russes. Monsieur le commissaire m'assure que tous ceux d'entre vous qui sont prêts à reconnaître leur défaite et à adresser par radio quelques mots à leurs compagnons pour les exhorter à déposer les armes seront les bienvenus en Union soviétique, qui est le paradis des travailleurs. Soldats ! Demain, il sera trop tard ! Mais vous pouvez maintenant vous repentir et obtenir le pardon. Sinon, vous purgerez pour la vie vos fautes dans des camps de prisonniers…

La harangue fut reçue par les huées unanimes des divisionnaires, pour lesquels la peur des tourments était moins vive que le mépris que leur inspirait Camacho, vendu à l'ennemi pour des prunes véreuses. Antonio y alla comme ses compagnons de quelques injures et invectives, par esprit imitatif ou instinct grégaire, mais aussi par loyauté envers le sous-lieutenant Mendoza, au sort duquel il se sentait lié ; toutefois, en son tréfonds, quelque chose lui disait qu'il s'agissait là d'une réaction viscérale et par conséquent versatile, dont l'apparente vigueur ne tarderait pas à s'étioler. Et il supposa qu'il ne devait pas être le seul, de toute la compagnie, à avoir cette impression. Le commissaire à la barbe soignée ordonna à Camacho de se retirer, pour éviter de porter à son comble l'exaltation des divisionnaires, et Camacho se retira servilement, non sans avoir auparavant dirigé sur ses compatriotes un regard lourd de rancune. Antonio sut alors que cet homme allait leur faire payer cher l'humiliation subie.

– Vous l'avez entendu, dit alors Nina, qui avait pris la relève du déserteur. L'Union soviétique vous prouve sa clémence. Ceux qui renient à présent le fascisme y seront reçus à bras ouverts. Il suffit de faire un pas en avant.

Pas un ne bougea un seul muscle. La crépitation du feu s'avivait par moments, avide de martyrs anonymes. Nina eut une moue de lassitude que l'éclat des flammes colora de perfidie.

– Ah, ces Espagnols ! Toujours esclaves de l'honneur ! fit-elle, sarcastique. Ne venez pas dire ensuite qu'on ne vous a pas avertis.

On les regroupa tous en terrain dégagé avec deux ou trois cents autres prisonniers divisionnaires, comme des brebis dans un enclos assiégé par les loups. Bien que la nuit ne permît guère de se reconnaître, ils se réjouirent de retrouver des compagnons de tranchée qu'ils n'avaient plus vus depuis des mois, et ils se palpèrent en aveugles, en revenants qui peinent à croire en la résurrection de leur prochain. Parmi les prisonniers, il y avait quelques officiers responsables des positions les plus rudement touchées par l'offensive russe de la veille au matin, des hommes qui, comme le sous-lieutenant Mendoza, au lieu de se retrancher derrière un pare-éclats, avaient été les premiers à offrir leur poitrine aux balles, de sorte que l'exemple donné et l'émulation leur permettaient maintenant de soutenir le moral de la troupe. Ils n'avaient pour ainsi dire même pas eu le temps d'échanger leurs impressions quand un peloton de soldats russes vint organiser leur marche vers Leningrad ; à la pointe des baïonnettes, ils rangèrent les prisonniers en deux files parallèles ; quant au peloton de surveillance, il était de nouveau formé de ces hommes aux yeux bridés et aux traits tartares, peut-être membres d'un corps expéditionnaire, qui les avaient conduits jusqu'ici. La colonne traversa les lignes ennemies, où les vaincus essuyèrent une nouvelle fois railleries et humiliations, puis elle s'engagea sur la route de Leningrad, couverte d'une épaisse couche de verglas et flanquée d'arbres écimés aux branches défeuillées d'où pendaient des chandelles de glace pareilles à des épées. Avancer sur ce sol gelé avec des bottes de combat cloutées était pénible, et chaque fois que l'un des divisionnaires affaiblis par le froid et l'inanition tombait et se répandait en lamentations, il était immédiatement relevé par ses compagnons, pour ne pas éveiller la colère des gardes. Ceux qui ne pouvaient se remettre debout étaient exécutés à même le sol sans autre forme de procès ; le claquement des semi-automatiques retentissait sous la voûte céleste tel un bruit de crécelles blasphémateur.

– *Davaï ! Davaï !*

Ils traversèrent des bourgades détruites d'où émanait encore la puanteur caractéristique de la chair calcinée, pestilence qui infestait les poumons. De temps en temps, ils croisaient des unités de relève qui, sur le chemin du front, campaient dans d'anciennes églises orthodoxes transformées en caravansérails. Aux abords de Kolpino, la ville la plus touchée par les bombardements allemands, une bande de chiens faméliques s'acharnait en glapissant sur un tas de cadavres de soldats russes empilés comme des troncs abattus ; mais leurs coups de crocs restaient sans effet parce que le froid avait changé ces cadavres en gisants aussi durs que la pierre. Ils passèrent dans des rues encombrées de gravats, entre des édifices bombardés dont les contours édentés se découpaient sur des nuages de fumée et faisaient songer à des squelettes de dinosaures qui se seraient échappés d'un musée en liquidation. Il y avait maintenant cinq heures qu'ils marchaient ; les gardes leur donnèrent l'ordre de s'arrêter, puis les parquèrent dans un hangar dont une partie du toit était miraculeusement restée intacte. Ils les firent s'asseoir en cercle, tout en prenant eux-mêmes des positions stratégiques dans l'abri. Les divisionnaires, qui commençaient à montrer des symptômes de gelure, s'accrochèrent les uns aux autres dans des postures que la décence aurait répudiées en des circonstances moins déshonorantes, pour essayer de préserver le reliquat de chaleur de leur haleine. Jusqu'alors, ils n'avaient pas eu le temps de récapituler et de rétablir l'ordre des faits qui les avaient conduits jusqu'à cet endroit, mais le silence sans failles de la nuit, tombé comme un catafalque sur leurs esprits ébranlés, leur permettait enfin de se livrer à leurs réflexions, qui étaient évidemment très sombres. Le hangar fut envahi par la pauvre odeur de fermentation du désespoir.

– Jamais je n'aurais cru que ça se terminerait ainsi, souffla Gabriel, collé contre le dos d'Antonio comme un frère siamois, en chien de fusil. Quand je me suis engagé, je savais à quoi je m'exposais : les rigueurs de la vie militaire, les inclémences du temps, toutes les calamités imaginables. Je savais aussi que les occasions de tomber au combat ne manqueraient pas. Mais jamais l'idée ne m'est venue que je pourrais un jour être fait prisonnier par les rouges.

Il avait prononcé cette dernière phrase avec une sorte d'humour étonné. Antonio se frotta les yeux : l'haleine qui s'échappait fébrilement de sa bouche gelait au contact de l'air et lui enneigeait les paupières.

– On nous a promis la liberté contre le reniement de notre camp, osa-t-il rappeler timidement.

– De quelle liberté crois-tu qu'il s'agisse ? l'interrompit Mendoza. Tu as vu Camacho ? Il n'est plus qu'un pauvre guignol réduit à mendier un croûton de pain. On ne lui a même pas laissé son grade, à ce faux-jeton. Je te parie ce que tu veux qu'il finira dans un camp de travail, comme nous. À jouer le rôle du palefrenier pour l'étalon communiste.

– Je suppose qu'il préfère mendier plutôt que mourir de faim par orgueil, dit Antonio, se faisant l'avocat du diable, mais de sorte à ne faire entendre aucun reproche. Nous n'avons pas tous la chance d'être ici par idéal, Gabi.

Un silence épineux s'installa entre eux, dans lequel on aurait cru pouvoir entendre le sang battre dans les veines.

– Et toi, pourquoi es-tu venu en Russie, bleusaille ?

Antonio prit un bol d'air glacé, pour s'anesthésier un peu et pouvoir lever la pierre qui protégeait son secret.

– J'ai tué un homme.

Il n'avait pas dit : « J'ai aidé quelqu'un à tuer un homme », ni « J'ai participé à un assassinat », ni donné aucune autre précision qui eût pu mitiger sa responsabilité dans le crime. Peut-être par superstition, il se disait qu'en assumant sans ambages toute la faute il contribuerait à la sauvegarde de Carmen, où qu'elle fût, comme s'il lui délivrait un sauf-conduit ou un certificat d'exemption. Mendoza n'osait plus desserrer les lèvres, moins parce qu'il était surpris et scandalisé que pour accompagner pudiquement la confidence d'Antonio.

– Je dépouillais les rupins, tu comprends ? poursuivit-il en s'avisant tout à coup que son crime était insignifiant, au milieu de l'hécatombe à laquelle ils assistaient depuis des heures et des heures, et en constatant qu'il n'éprouvait même pas le besoin de faire taire des scrupules pour évoquer les méfaits de son passé. Un jour, je n'ai pas senti mes forces. J'ai cru pouvoir me débarrasser du cadavre sans laisser de traces, mais je me suis trompé. Il m'a fallu quitter l'Espagne en catastrophe, avant que la police ne mette la main sur moi. Depuis que je suis dans la division, je redoute de voir arriver l'ordre de rapatriement, poursuivit-il, et il s'interrompit, après quoi il conclut cette reconnaissance des faits par un trait d'humour, pour en effacer la gravité : – Tu vois, maintenant, on ne pourra plus m'appréhender.

Il n'avait pas vraiment l'impression d'avoir soulagé sa conscience, parce que sa conscience n'avait jamais été accablée de remords, si tant est qu'il en eût jamais eu une ; mais il sentit une étrange chaleur s'immiscer dans les conduits les plus désolés de son âme. Mendoza ne disait toujours rien.

– Pardon de t'avoir offensé ou déçu, Gabi. Il fallait que je le dise à quelqu'un.

– Ne t'inquiète pas, mon ami, dit Mendoza, rassurant, d'une voix qui n'était qu'un murmure ténu, filtré par les alambics de la culpabilité. Nous fuyons tous quelque chose.

Le vent ululait parmi les ruines de la ville, d'une voix de fou échappé de l'asile. Un frisson parcourut leur corps, pinçant chacun de leurs nerfs comme les arpèges d'un pianiste frappent les cordes d'un piano.

– Toi aussi, Gabi ? demanda Antonio, pressé par la curiosité et, comme l'autre ne répondait pas, il insista : – Toi aussi tu fuis quelque chose ?

Mendoza se plaqua plus étroitement contre lui, cherchant sa chaleur vacillante, brusquement submergé par une peur incommensurable. Aucun des deux ne put trouver un sommeil réparateur, cette nuit-là, mais leurs paupières tombèrent lourdement, peut-être sous le coup de l'épuisement, ou sous celui de la peur de s'aventurer plus avant dans le cœur putride du passé.

Au matin, ils se réveillèrent, comme le reste des divisionnaires, dévorés par la soif ; mais ils eurent beau supplier les gardes, ils n'obtinrent pas une goutte de l'eau de leurs gourdes et durent se contenter de porter à leurs bouches des poignées de neige, qui ne firent que leur ulcérer les lèvres, livides à cause du froid. Défaillants et assoiffés, ils se remirent en marche sur la route gelée, où ne cessaient d'affluer les troupes de relève, et vers midi ils entrèrent dans Leningrad, la ville des tsars, dont la splendeur de naguère avait cédé place, après un an et demi de siège, à une étendue de décombres où déambulaient des sortes de spectres, gens faméliques soumis à une cure d'amaigrissement forcée, en haillons, qui s'approchaient des patrouilles pour demander de quoi manger, ou du moins de quoi occuper leurs dents et tromper leur estomac : un morceau de bourre ou de cuir tanné. Ils dépassèrent la statue de Pierre le Grand, ornée de crêpes rouges, et ils traversèrent l'imposante Neva (qui, gelée à cette époque de l'année, comme bien d'autres fleuves russes, faisait office de route, sur laquelle circulaient même les véhicules les plus lourds) en passant un pont qui les conduisit directement sur la place du palais d'Hiver, où se dressait une fière et imposante statue de bronze, effigie cyclopéenne de Lénine, saisi dans une attitude déclamatoire. Le palais, qui arborait sur sa façade l'aigle à deux têtes des tsars, avait été touché par les bombes allemandes, mais il conservait son apparence majestueuse et solennelle de marquise ruinée qui évente ses vapeurs avec des avis d'expulsion. De tous côtés, entre des monticules de débris et de rebuts, d'innombrables enfants – de terrible apparence, comme contaminés par la rage ou souffrant d'hydropisie – cherchaient un peu de bois pour se chauffer, pendant que leurs mères faisaient la queue devant des magasins où l'on échangeait leurs tickets de rationnement contre un morceau de pain noir qu'elles allaient devoir distribuer comme l'eucharistie à leur progéniture.

On les fit passer par une avenue le long de laquelle se succédaient les édifices les plus somptueux de la ville, anciennes résidences d'été de l'aristocratie moscovite devenues depuis des casernes ou des bureaux de l'administration communiste, couverts d'affiches de propagande où l'on reconnaissait immanquablement les moustaches d'ogre de Staline, entre d'éclatantes consignes en alphabet cyrillique. Devant la façade du musée de l'Ermitage s'alignaient une demi-douzaine de camions sur la remorque desquels un groupe de soldats chargeait des tableaux et autres œuvres d'art soigneusement emballés, sous la surveillance d'un commissaire politique qui allait et venait dans un traîneau tiré par deux hommes âgés, épuisés, sans doute des victimes d'une purge ou d'un programme de rééducation. Les gardes qui encerclaient la colonne des divisionnaires criaient aux quatre vents la provenance de leurs prisonniers, pour redonner du cœur au ventre à la population de Leningrad en claironnant une victoire imminente ; mais les habitants de la ville ne semblaient pas disposés à partager ces élans d'enthousiasme, et ils préféraient presser le pas, tête basse, l'air contrarié, comme s'ils redoutaient que cette victoire imminente ne leur apporte plus de calamités que la guerre. La colonne fit halte devant un bâtiment de brique rouge frappé par l'artillerie, qui ressemblait à une usine métallurgique ou à l'un de ces pavillons psychiatriques où étaient broyées les âmes des dissidents ; dans l'une des plus vastes salles, éclairée par des baies pourvues d'épais barreaux, on les enferma à double tour, sans leur donner ni eau ni la moindre nourriture. Les officiers divisionnaires, conscients de l'état de prostration des hommes, allèrent se joindre à leurs unités respectives pour tâcher de leur insuffler fermeté de cœur et esprit de corps. Il y avait, parmi les trois cents soldats enfermés là, plusieurs dizaines de blessés qui n'avaient reçu aucun soin depuis la bataille de la veille. Bon nombre d'entre eux n'avaient même pas conscience de la gravité de leurs blessures, anesthésiés comme ils l'étaient par le fourmillement de la gelure ; d'autres, en revanche, n'arrêtaient pas de gémir, tourmentés par des douleurs qui ne faisaient qu'empirer à mesure que la chaleur les dégourdissait. Le sous-lieutenant Mendoza essaya d'organiser une équipe chargée de porter secours aux blessés, en sachant pourtant que, faute de médicaments et de désinfectants, l'entreprise était vouée à l'échec.

– Nous allons au moins essayer de les panser, dit-il pour chasser ces augures funestes. Soldats, faites des bandes avec les doublures de vos manteaux !

L'ordre fut exécuté dans la promptitude générale. Mais les bandes ainsi obtenues étaient imprégnées de sueur et parfois tachées de graisse et de sang.

– N'allons-nous pas infecter leurs blessures comme ça, mon lieutenant ?

– Peut-être. Mais si nous n'arrêtons pas les hémorragies, ils vont se vider de leur sang.

On suivit les indications de Mendoza avec plus de résignation que d'enthousiasme ; de nombreuses plaies étaient déjà gangrenées, entourées d'une tuméfaction pestilente d'où sourdaient du pus et d'autres humeurs visqueuses, et elles provoquaient une fièvre écrasante qui se manifestait par des sueurs froides, des hyperthermies et des délires. Des divisionnaires mouraient après une longue agonie angoissante : leurs narines s'effilaient peu à peu, jusqu'à laisser voir par transparence la cloison nasale ; leurs yeux, harcelés par les hallucinations les plus tenaces, semblaient vouloir sortir de leurs orbites ; leur souffle, qui devenait oppressé et tumultueux, annonçait le râle ; ils levaient compulsivement les bras en l'air, les agitaient comme s'ils cherchaient à écarter des toiles d'araignée ou croyaient pouvoir se raccrocher à un crampon imaginaire pour amortir leur chute dans les bras de la mort. Après avoir consulté les autres officiers, Mendoza se mit à cogner comme un sourd à la porte de la salle, prêt à l'enfoncer. À ces coups accoururent les gardes aux traits asiatiques, auxquels s'était joint Camacho, le déserteur, qui avait fait le trajet jusqu'à Leningrad avec un convoi militaire. Dans ses petits yeux affligés d'un léger strabisme pointait la nervosité et bouillait la rancune.

– On arrête ça, soldats ! Je vous rappelle que vous êtes prisonniers. On peut savoir ce qui se passe ?

Mendoza remarqua sur les épaulettes de sa vareuse l'insigne

de caporal de l'Armée rouge. Il ravala son mépris, et ce fut aussi agréable que d'ingurgiter de l'huile de ricin.

– Nous avons de nombreux hommes grièvement blessés. J'exige que des soins médicaux leur soient administrés.

Camacho eut un bref sourire qui découvrit sa dent couronnée d'or. Il regarda Mendoza avec une condescendance calculée, comme si du haut d'un piédestal il découvrait un mendiant dans une attitude abjecte.

– Tu exiges, dis-tu ? N'as-tu pas encore compris que vous êtes maintenant aussi insignifiants, sinon moins encore, que des vers de terre ?

– Je vous prierais de ne pas me tutoyer, Camacho, fit Mendoza sans se laisser démonter. Nous sommes des prisonniers de guerre, et le pays que vous servez à présent a signé les accords de Genève, qui nous garantissent…

– Voyez-vous ça ! On s'y connaît en traités ! Camacho pouffa de rire, et ce rire ressemblait plutôt à un feulement, apparemment contagieux, auquel se joignirent les gardes : – Et qui va venir s'assurer que les termes de ces traités sont respectés, pouvez-vous me le dire ?

Mendoza ne broncha même pas. Il regarda fixement Camacho, cherchant dans les replis de sa forfanterie un résidu d'humanité.

– Dans ce cas, sortez votre pistolet et abattez-les sur-le-champ. Mais s'il vous reste encore une bribe de pitié, donnez l'ordre de sortir d'ici ces malheureux et de les confier à un médecin.

Camacho fronça les sourcils et se raidit, refusant apparemment l'émergence de ce reste de pitié. Finalement, il concéda, avec un grognement :

– Très bien. Je vais demander qu'ils soient conduits à l'hôpital le plus proche.

Il donna alors aux gardes qui l'entouraient l'ordre d'évacuer les blessés. Quand ils se retrouvèrent seuls, les soldats poussèrent deux vivats en l'honneur du sous-lieutenant Mendoza, qui fut également félicité par ses supérieurs, mais Gabriel aurait préféré se passer de ces congratulations, parce qu'il soupçonnait à présent que la destination des blessés n'était peut-être pas l'hôpital. Ce qu'il confia à Antonio.

– Qui sait si à cette heure ils ne sont pas devant le poteau d'exécution.

– Ils seront au moins morts plus glorieusement que nous. Et d'innombrables souffrances leur auront été épargnées.

Peu après, on leur apporta un infâme rata : une tranche de pain noir et en guise de soupe un brouet de feuilles de betteraves, tout à fait insipide, qui ne fit que leur retourner l'estomac, vide depuis un jour et demi de jeûne imposé. Ils venaient de finir de manger quand Camacho revint dans la salle où ils languissaient, et leur donna l'ordre de se ranger en deux groupes : d'un côté les officiers et les sous-officiers, de l'autre le reste de la troupe, en vue de procéder à leur identification. On conduisit les premiers dans un autre local, afin d'éviter qu'ils pussent préparer les simples soldats aux arts captieux de l'insubordination ; ils ne revinrent dans la salle commune que le lendemain, au terme d'interrogatoires exténuants pendant lesquels ne manquèrent ni les mauvais traitements ni les menaces. Les troufions furent expédiés plus sommairement, sans autre intention que de distinguer les plus faibles, qui pouvaient être disposés à collaborer, de ceux qui risquaient de donner du fil à retordre, et qu'il allait falloir placer sous étroite surveillance. Les Soviétiques savaient par expérience que, quand ils sont soustraits à l'influence de leurs officiers, les soldats recrutés finissent par négliger les obligations qu'impose la discipline militaire et par renier leur camp contre quelques promesses illusoires de bénéficier d'un meilleur traitement ; ce qu'ils semblaient ne pas savoir, c'était que les divisionnaires n'avaient pas été recrutés mais s'étaient portés volontaires, ou peut-être ne l'ignoraient-ils pas et disposaient-ils de moyens pour les faire plier. Quand on convoqua Antonio, l'obscurité se répandait dans l'usine qui leur servait de prison, dépourvue d'électricité (à moins que l'on eût décrété qu'il ne devait pas y en avoir, pour rendre la tâche plus difficile aux Stuka allemands) ; on le fit passer dans une dépendance lugubre, qui servait de séchoir et d'entrepôt de cuirs et autres peaux, où une lampe à acétylène dessinait un cercle de faible lumière sur une table de bois non dégrossi. Il eut tout d'abord quelques difficultés à distinguer les traits de celui qui allait l'interroger et se tenait dans l'ombre ; mais une voix féminine et gutturale, à l'indéniable accent français, exerça bientôt sur lui une sorte d'enchantement.

– Approchez. Comment vous appelez-vous ?

Sa voix chevrota quand il répondit.

– Antonio Expósito.

Nina s'accouda alors à la table et leva la lampe à acétylène, pour scruter son visage. Antonio remarqua ses ongles soignés au vernis rouge, signe de coquetterie qui contrevenait à la répudiation des habitudes bourgeoises prônée par les Soviétiques. Elle portait l'uniforme des gardiens de prison, d'un vert olivâtre, avec un liséré rouge au cou et un képi plat de couleur bleue. Maintenant, les volumes de son corps se laissaient deviner ou se révélaient insidieusement avec un défi un peu outré. Nina l'examinait avec une sorte de lassitude professionnelle quand, tout à coup, son expression changea et fit place à l'étonnement.

– Seriez-vous le frère de ce sous-lieutenant... Mendoza ? demanda-t-elle et, voyant Antonio remuer timidement la tête d'un côté à l'autre, elle reprit : – Son cousin, alors, un de ses parents ?

– Je sers seulement dans sa compagnie. La ressemblance est fortuite.

Nina haussa les épaules, peu convaincue, mais elle glissa sur un ton goguenard :

– Il est vrai qu'avec le nom que vous portez, Expósito[1], tout est possible.

– Je suppose que oui, madame.

Nina se renversa sur son siège et se massa la nuque, sans doute ankylosée après toutes ces heures d'interrogatoires. Les peaux et les fourrures empilées contre les murs, telles des morues au temps de la salaison, donnaient à l'endroit un aspect de bunker et répandaient une odeur âcre et agreste de tannerie. Quand Nina s'accouda de nouveau à la table, elle avait ôté son képi ; sa chevelure décolorée aux ondulations peu naturelles ne cadrait pas non plus avec les préceptes communistes.

– Tu es venu en volontaire te battre contre l'Union soviétique, ou le gouvernement de Franco t'y a forcé ?

– Personne ne m'y a forcé, madame.

1. Littéralement, *Exposé*, abandonné.

Elle poussa un soupir, sans doute lassée d'entendre toujours la même réponse. Ce qu'elle dit ensuite, « Vous êtes tous de lamentables saloperies de fascistes », ne parut pas hargneux, mais seulement condescendant.

Elle avait commencé à remplir une fiche en caractères cyrilliques.

– Tu es affilié à la Phalange ?

– Non, madame.

– On t'a tiré de prison ?

– Non, madame.

Exaspérée, elle croisa les bras. Ses seins renflaient son uniforme, pugnaces et peut-être trop opulents, eu égard à la frugalité imposée par les tickets de rationnement.

– Alors, qu'es-tu venu foutre dans ce trou perdu ?

Elle avait dit ce mot grossier avec la sorte de plaisir un peu puéril que les gens prennent à montrer qu'ils dominent bien une langue étrangère. Antonio l'imagina enfouie dans les peaux empilées contre les murs, imprégnée de leur odeur âcre et agreste.

– Faire mon devoir de patriote, prétendit-il.

– *Merde, tu es vraiment un imbécile fini**, gloussa-t-elle. Ton devoir de patriote, c'est de combattre le fascisme, comme je l'ai fait, moi, pendant votre Guerre civile, et libérer ton peuple de la servitude.

– Je ne me suis jamais mêlé de politique, dit Antonio, avec la légèreté de qui a trempé dans des affaires d'un autre calibre.

Nina ignora cette déclaration certes peu compromettante avec la suffisance charitable que l'on réserve aux insanités d'un débile mental. Elle se pencha soudain en avant au-dessus de la table en un geste quasi belliqueux.

– Franco tombera, Antonio. Quand nous aurons vaincu les Allemands, nos troupes se répandront dans toute l'Europe, pour y apporter le communisme. L'Espagne sera la première servie. Déniaise-toi et anticipe les faits.

Elle s'enflammait, enhardie par sa jactance. La lumière presque ténébriste de la lampe creusait la ligne de ses pommettes et ajoutait à ses lèvres une sorte de palpitation. Brusquement, elle se leva et fit quelques pas dans l'entrepôt, s'approcha d'une pile de peaux tannées qu'elle caressa comme en jouant, comme si elle avait deviné les pensées d'Antonio. Elle lui lança alors une question imprévue :

– Tu as une camarade ?

Nina s'appuyait maintenant sur les peaux, avec une expression plus attentive que voluptueuse. Antonio fit la bête.

– Je ne comprends pas ce que vous voulez dire...

Elle eut un rire affecté et se coucha sur une fourrure, bras en croix. Maintenant, son expression était plus voluptueuse qu'attentive.

– Ah, c'est vrai, j'oubliais. Pour vous, les fascistes, le mot camarade vous paraît dégradant et de mauvais goût. Vous préférez dire fiancée, n'est-ce pas ? Une fiancée vierge que vous respecterez jusqu'au soir de vos noces, en allant entre-temps faire vos armes avec les putes. Entre-temps et après, bien entendu, remarqua-t-elle, s'efforçant de paraître blessante tout en cherchant à se distinguer des deux types de femme qu'elle venait de brosser sommairement. Alors, dis-moi, as-tu une fiancée ?

Antonio aurait aimé lui répondre qu'il n'avait pas de fiancée, et même qu'il ne dédaignait pas de faire ses armes avec des putes comme elle, mais il se dit que cette grossièreté risquait de la flatter plus que de la mettre en colère.

– Non.

– Et tu n'aimerais pas en avoir une ?

Comme il ne pouvait voir son expression, il se demandait si elle se moquait de lui et l'appâtait pour le ridiculiser ensuite devant le reste de la troupe, ou si elle lui faisait vraiment une proposition. De nouveau, il eut les jambes en coton, comme la première fois qu'il l'avait vue, et le sang se mit à lui marteler les tempes.

– Je préfère me réserver pour mon retour en Espagne.

Nina préféra ne pas continuer le jeu des promesses voilées ; d'un mouvement résolu, elle se dirigea vers la porte, qu'elle ouvrit à Antonio sans même le regarder, et donna en russe quelques indications aux sentinelles. Pendant qu'on le poussait à coups de crosse en direction de la salle où attendaient les simples soldats de la division, la voix de Nina le suivit dans le couloir, à la fois insinuante et effrayante.

– Entrer en Russie n'est pas facile, Antonio... *Mais en sortir... Mon cher ! Ce sera très difficile**.

Ils passèrent sept jours dans cette grande baraque, à écouter gronder les canons allemands et siffler les bombes larguées toujours plus avaricieusement par les Stuka sur les faubourgs de Leningrad ; à attendre en vain leur libération. Ce furent sept jours d'incertitude, pendant lesquels ils croyaient parfois être engloutis par un cauchemar dont il faudrait bien sortir à un moment ou à un autre comme on se réveille dans un hôpital de campagne quand l'effet du chloroforme s'est dissipé. Ils avaient beau demander avec insistance à leurs geôliers des informations sur ce que l'on comptait faire d'eux, ils ne pouvaient en tirer un mot, et un bleu qui revendiqua avec une certaine emphase leur droit de savoir, en invoquant les traités en vigueur, reçut une bonne dégelée de coups de poing et de torgnoles. Pendant cette attente qui n'en finissait plus, on les employa à retirer les décombres qui entouraient le bâtiment et à tendre tout autour un triple rang de barbelés, censé le protéger d'une attaque ennemie toujours plus improbable. Cette vieille usine se trouvait dans un quartier prolétaire des environs de Leningrad, environnée d'isbas misérables construites avec de frêles troncs, apparemment inhabitées. La température, qui chutait jusqu'à moins trente une fois la nuit tombée, rendait très pénible leur travail sur les barbelés, qui les brûlaient comme s'ils étaient chauffés au rouge, aussi ne pouvaient-ils l'exécuter qu'après s'être enveloppé les mains de bandes de tissu, qu'ils arrachaient à la doublure de leurs manteaux, comme ils l'avaient fait pour panser leurs compagnons blessés. Bien que pénible et humiliant, ce travail servait au moins à activer leur circulation sanguine, aussi certains divisionnaires l'exécutaient-ils avec zèle, sinon avec une joie intempestive. C'était ce qui arrivait au sous-lieutenant Mendoza, qui était toujours le premier à se présenter au turbin, et le dernier à l'abandonner.

– Quiconque te verrait si occupé dirait que gale qui plaît ne pique pas, lui reprocha Antonio sans acrimonie.

Mendoza poussa un soupir de contentement. Son haleine monta dans l'air comme les fumées légères de la victoire.

– C'est que ces barbelés serviront bientôt à défendre les positions allemandes, tu verras.

Antonio se demanda si cet étalage d'optimisme ne révélait pas un dérèglement cérébral. Il avait entendu des vétérans dire que le froid peut percer les méninges et faire du cerveau un chiffon mité.

– Que Dieu t'entende.

– Il m'a déjà entendu, Antonio, déclara Gabriel en jubilant. Les ruskovs qui m'ont interrogé l'autre jour m'ont gardé six heures d'affilée et ont étalé devant moi des cartes du champ de bataille. Ils voulaient des renseignements sur les positions de la division, les emplacements de l'artillerie, des postes de secours et des dépôts de munitions. Il semblerait que les nôtres aient reculé jusqu'à la rivière Izhora, où ils se sont renforcés et repoussent les attaques ennemies, expliqua-t-il, avant de lui administrer une grande claque dans le dos, qui le fit osciller. Le siège de Leningrad continue, mon gars !

Antonio balbutia :

– Tu es… tu en es sûr ? Les ruskovs affirment que la division a été balayée de la carte. Même Nina, l'interprète française, nous l'a dit quand on nous a faits prisonniers…

Pendant ses nuits sans sommeil, grelottant dans son manteau, Antonio l'avait mille fois imaginée nue ; il chassait le froid qui le poignait entre les seins opulents de Nina, tous deux étaient pelotonnés dans une peau tannée depuis peu qui les emmitouflait de son odeur âcre et agreste, et tandis qu'il l'imaginait, sa chair se déployait, gagnait d'incroyables étendues, telle la toundra dans les régions polaires.

– Ne me dis pas que tu accordes le moindre crédit à cette pute, s'indigna Mendoza. Je te le répète : les nôtres se sont remis de leur surprise initiale et ont rétabli l'encerclement. Sinon, pourquoi les Russes auraient-ils tellement insisté, avec leurs cartes ? Je me suis encaissé de sacrées claques pour n'avoir pas voulu leur répondre.

Il considérait que ce n'était pas cher payé, pour un renouveau d'espoir, ou du moins l'expectative chimérique d'une avance allemande. Antonio préféra ne pas le détromper et continua de dérouler le fil de fer barbelé que Mendoza disposait ensuite entre les piquets plantés dans la glace.

– Nous verrons bientôt les ruskovs fuir comme des lapins, troufion.

Antonio acquiesça avec l'incrédulité de l'enfant déjà grand qui opine de la tête aux balivernes que ses parents lui racontent sur le Père Noël.

– Bon, tu l'as dit toi-même : on fuit tous quelque chose, lança-t-il et, avec une sorte d'innocence malsaine, il demanda : – Que fuis-tu, toi, Gabi ?

La question parut peut-être déplacée ou seulement affligeante à Mendoza ; mais il savait que, en juste contrepartie des confidences qu'Antonio lui avait faites à Kolpino, il lui devait une explication. Il leva les yeux vers le ciel de Leningrad, dans lequel flottaient des particules de suie en suspension qui souillaient les bâtiments et les âmes, comme si Dieu avait décidé d'enfermer ses légions d'anges dans un four crématoire, pour incompétence et insensibilité.

– L'homme que j'étais, dit-il avec une expression subitement assombrie. On a tous le droit de refaire sa vie, non ? J'ai été un enfant gâté et un débauché : femmes, alcools, nuits blanches… enfin, tout ce que l'argent de mon père pouvait me payer.

La perplexité s'afficha sur le visage d'Antonio.

– Mais c'est ce qu'on voudrait tous, si on pouvait se l'offrir. Tu ne vas pas me dire que c'est pour ça que tu es venu en Russie. Entrer dans les ordres aurait suffi.

Un instant, Mendoza fut tenté de l'envoyer paître et de lui rappeler le respect dû à un officier. Quand il reprit la parole, ce fut comme si une angine de poitrine gênait sa respiration.

– Le problème, c'est comment on gagne l'argent avec lequel on mène la grande vie. Mon père a monté une compagnie de transport à la fin de la Guerre civile ; à première vue, une affaire parfaitement légale, avec toutes les bénédictions administratives de rigueur. Il a commencé avec un camion d'occasion, qu'il conduisait lui-même ; en un peu plus d'un an, il disposait d'une flottille de six véhicules flambant neufs.

Sur ces mots, il fit une grimace de dégoût et de répulsion. Antonio ne comprenait toujours pas.

– Ce qu'on appelle un homme entreprenant.

– Très entreprenant, sans doute. Si ce n'était que nous n'assurions pas seulement le transport de marchandises légales…

Antonio ne s'en émut guère.

– Tu veux dire que vous vous livriez au marché noir ? Ma foi,

Gabi, la moitié de l'Espagne en vit. Vous ne faisiez que répondre à la demande.

Gabriel remua la tête, contrit. Les larmes lui vinrent aux yeux et sa voix se fêla au point qu'elle faillit se briser.

– En effet, nous avons commencé par apporter à Madrid les produits de première nécessité qui manquaient : des œufs, du lait, de la viande… On avait fait installer dans la remorque de nos camions un compartiment étanche qui passait inaperçu aux contrôles des marchés publics, et quand un inspecteur le découvrait, on lui graissait la patte, et ça n'allait pas plus loin, fit-il, puis il déglutit, comme si ce qu'il avait encore à dire lui restait en travers de la gorge. Mais on n'a pas tardé à découvrir qu'il y avait aussi une demande pour d'autres marchandises avec lesquelles on pouvait gagner beaucoup plus d'argent…

– Le tabac, par exemple ? demanda Antonio avec une ingénuité de petit malfrat.

– Les vaccins, par exemple. On s'est vite avisé que, pour soulager la douleur de ceux qu'ils aiment, les gens sont prêts à payer tout ce qu'on leur demande. Et puis, j'ai lu un jour dans les journaux que plusieurs dizaines d'enfants atteints de poliomyélite étaient entre la vie et la mort à cause de vaccins adultérés achetés au marché noir… C'étaient les vaccins que mon père avait vendus, les vaccins avec lesquels ma famille faisait fortune. C'était avec l'argent de ces vaccins adultérés que j'allais faire la noce, Antonio, insista-t-il en se fustigeant. Comment crois-tu que je me sois senti ?

C'était une question rhétorique, mais Gabriel semblait attendre une réponse, même rhétorique.

– Brisé, j'imagine.

– Brisé, c'est peu dire. J'ai voulu mourir. Ce qui me révoltait et m'humiliait plus que tout, c'était d'avoir, d'une manière ou d'une autre, participé au crime, expliqua-t-il, sur quoi Antonio voulut l'exonérer de toute culpabilité, mais Mendoza l'en empêcha : – Oui, mon vieux, on peut être complice par omission, vivre tranquillement dans l'ignorance, en profitant des bénéfices du crime, et c'est la pire des complicités. J'ai voulu le dénoncer, me dénoncer devant les autorités sanitaires, mais je me suis heurté à des obstacles dont je n'avais pas idée : mon père n'était qu'un pion dans l'organisation de la contrebande de médicaments adultérés, des gens très puissants étaient impliqués, il n'y a même pas eu d'affaire, tout a été enterré. Je ne pouvais plus vivre avec cette culpabilité. Par l'intermédiaire de quelques amis du SEU, parmi lesquels Cifuentes, je me suis affilié à la Phalange ; je croyais qu'elle seule pouvait mettre un terme à la corruption qui couvrait des abus comme ceux dans lesquels trempait mon père. C'est ainsi que, quand on a demandé des volontaires pour la División Azul, j'ai été l'un des premiers à m'enrôler. Cifuentes disait qu'une victoire en Russie mettrait fin au siège de la Phalange que mènent les cumulards et les cyniques, lui permettrait de reprendre le pouvoir et de donner un grand coup de balai dans toute cette corruption…

Tous ces espoirs phalangistes n'étaient pas l'affaire d'Antonio et, depuis qu'il avait vu le cadavre de la Polonaise pendue au gibet sur un quai de gare, non seulement ils n'étaient pas son affaire, mais ils lui semblaient en outre chimériques ou, plus que chimériques, tragiquement fallacieux.

– Et c'est aussi ton avis ? demanda-t-il sans oser exprimer son point de vue.

– J'avais besoin d'y croire. J'avais surtout besoin de quitter l'Espagne, de m'éloigner de toute cette pourriture dans laquelle j'étais plongé, d'oublier que j'étais le fils d'une crapule, d'un criminel, et que j'avais profité de ses infamies et de ses crimes. Je devais être absous, reconnut-il, après quoi il s'interrompit et ajouta, en un murmure accablé : – Je crois que je cherchais la mort, symbolique ou physique, mais si je voulais mourir, c'était pour pouvoir renaître.

Bien entendu, il s'était donné entièrement à ce projet, en renonçant au rapatriement. Désormais, sa quête se prolongeait en un sursis à l'issue incertaine.

– On sortira tous d'ici morts et ressuscités, Gabi, dit Antonio sans une ombre de sarcasme.

Morts d'inanition, peut-être bien. Pendant la semaine qu'ils passèrent dans cette bâtisse des faubourgs de Leningrad, ils eurent tout le loisir de se familiariser avec le rata qui allait devenir le régime immuable de leur captivité : à l'heure du déjeuner, un gobelet de soupe insubstantielle, au goût de thé âcre, une sardine saurette et un morceau de pain noir à la croûte brûlée et à la mie spongieuse ; le soir, un peu de chou-fleur bouilli. Avec un tel régime, ils ne tardèrent pas à brûler le peu de graisse qui tenait encore à leurs maigres chairs et, dès lors, la sous-alimentation et la dystrophie trouvèrent le chemin tout tracé ; ils en constatèrent les progrès, encore timides, le jour de leur transfert, où les sentinelles les réveillèrent à coups de crosse et à coups de pied pour les conduire sans ménagements, par groupes de vingt ou de trente hommes, au baraquement de désinfection, simple masure délabrée en planches vermoulues où, dans une antichambre noircie par la fumée d'une lampe à pétrole pendue au plafond, on leur donna l'ordre de se déshabiller, puis de s'asseoir sur deux rangées de tabourets. Peu après apparurent trois matrones d'aspect rébarbatif, aussi pansues et rutilantes que des jarres, qui tenaient des ciseaux à tondre les moutons. Elles étaient pilotées par Nina, qui resta un long moment à examiner d'un regard froid la nudité des divisionnaires, avec l'air d'inspecter des nippes d'occasion à la revente. Les soldats, rougissants, baissèrent les yeux et cachèrent leurs parties intimes.

– Il va falloir vous habituer à montrer avec naturel votre nudité devant une femme, déclara Nina sur un ton didactique, tout en les passant en revue. La honte avec laquelle vous couvrez ce qui pend entre vos jambes est un résidu écœurant de l'éducation catholique qui vous lave le cerveau depuis des siècles. N'auriez-vous jamais lu qu'Adam et Ève étaient nus au paradis ? Ils n'en ont eu honte que quand le maudit Yahvé est venu leur gâcher le plaisir. Mais au paradis communiste, Yahvé ne peut entrer, et vous pouvez exhiber tranquillement ce avec quoi vous êtes venus au monde.

Elle se tourna vers les matrones et leur dit en russe quelque chose qui provoqua de gros rires, aussi retentissants que des braiements. Une fois remises de leur crise d'hilarité, elles allèrent se placer derrière les soldats et se mirent à les tondre sans plus de considérations, leur laissant le crâne couvert de hachures.

– Ces Espagnols, toujours si jaloux de leur corps, continuait Nina qui, en tournicotant dans la masure, passait la main sur la tête rasée des soldats afin de s'assurer que les matrones avaient bien fait leur travail. Même quand ils font l'amour, ils demandent qu'on éteigne. Dans l'ombre, l'amour, toujours dans l'ombre !

Comme dans les cachots de l'Inquisition ! C'est contre tout cet obscurantisme que nous nous battons.

Elle s'arrêta devant Antonio, dont elle contempla le trouble avec délectation. Elle lui leva le menton et le força à la regarder dans les yeux, luisants de fièvre ou de désir.

– À la gare vous attend un train qui va vous conduire à Tchérépoviets, où vous profiterez de *très très longues** vacances. Vous pourrez y améliorer votre connaissance du russe, mais aussi de l'allemand, et du roumain, du finlandais… bref, de toutes les langues du monde, parce que Tchérépoviets est un centre touristique international de première grandeur, dit-elle, après quoi elle poussa un soupir d'admiration, ostensiblement fière de son sadisme. Et si vous rencontrez quelque problème de compréhension que ce soit, dans toutes ces langues, vous me trouverez toujours prête à les résoudre.

Dans la masure, on n'entendait que les cliquetis des ciseaux qui taillaient les espoirs, rasaient les illusions, tondaient les derniers surgeons de force de caractère, comme une machinerie rodée à l'élagage des vies. Les trois viragos vinrent à bout de leur tâche et regardèrent Nina d'un air interrogateur. L'interprète leur fit un geste d'invitation.

– Vous permettrez, messieurs, dit-elle aux divisionnaires, que ces dames se paient de leurs services en s'offrant un petit cadeau.

Les trois matrones arrachèrent alors du cou des soldats les chaînes ou les cordons avec les croix, les médailles de la Vierge et du Sacré-Cœur qu'elles mordirent entre leurs molaires déchaussées par la pyorrhée pour éprouver la consistance du métal, puis elles quittèrent la bicoque, satisfaites de leur butin. Nina frappa dans ses mains, et les sentinelles restées devant la porte entrèrent et poussèrent les Espagnols dans la pièce voisine, où ils leur distribuèrent des morceaux de savon aussi durs que de la pierre ponce. Alors, un des Russes déroula le tuyau d'une lance à eau et ouvrit un robinet. Un jet sous pression jaillit, qu'il dirigea sur les divisionnaires, lesquels se retrouvèrent plaqués contre un mur. C'était une eau glacée qui leur donnait la chair de poule.

– Allez, allez ! Frottez-vous au savon ! cria Nina en essayant d'éviter les éclaboussures. Ne me dites pas que les grands mâles que vous êtes ont peur de l'eau !

Les divisionnaires ne se souciaient plus de cacher leurs parties, à présent ; ils se servaient de leurs mains pour se protéger de l'impact du jet, qui semait des gnons là où il les frappait. Nina riait comme une gamine à une naumachie.

– Frottez, frottez ! Mais faites bien attention où vous le faites, n'allez pas faire se dresser le petit oiseau !

Bientôt, sur un geste d'elle, le gardien coupa le jet. Meurtris et grelottants, les divisionnaires s'étaient entassés dans un angle de la baraque, en chiots perdus face à un prédateur. C'étaient des hommes sur le point de renier leur virilité, presque en larmes, auxquels on avait arraché jusqu'au dernier vestige de dignité, là où se réfugie la pudeur. Les sentinelles les firent mettre en rang et les ramenèrent dans la pièce où on les avait tondus. Les gouttes d'eau commençaient à geler sur leur corps. Antonio eut l'impression que ses entrailles entraient en combustion, ou avaient été frottées de l'intérieur avec des tiges d'orties, et cette brûlure le forçait à respirer profondément, pour ne pas suffoquer, mais pour expulser cet air il devait crier, brailler, vomir son désespoir. Nina, en revanche, allait et venait dans la pièce, tout entière à son bonheur, en examinant les plaques d'identification pendues au cou des prisonniers.

– On vous a numérotés comme du bétail, dit-elle. Voilà ce que vous étiez pour les nazis : du bétail conduit à l'abattoir et, pour ne pas avoir voulu vous démarquer d'eux, bétail vous resterez.

Elle s'arrêta devant Mendoza, qu'elle regarda de la tête aux pieds insolemment, avec une infinie aversion.

– Vous voyez, lieutenant, n'importe qui peut se faire passer pour un galant homme, dit-elle en pointant le doigt sur le pénis de Gabriel rétracté par le froid. Je ne m'étonne plus que vous ne vous soyez pas employé à violer nos femmes. En voyant ce petit pois chiche, elles seraient mortes de rire.

Mendoza demeura de marbre, trop digne, peut-être, pour se laisser offenser par de blanches mains. Mais Antonio, lui, incapable de contenir davantage la houle de feu de la rage qui le brûlait de l'intérieur, sortit du rang et se précipita sur la Française, emporté par la colère.

– Sale garce de grenouille ! Boucle-la une bonne fois ! Fous-nous la paix, salope, on ne veut rien de toi !

Il ne put continuer de cracher des injures, parce que les trois gardes se jetèrent sur lui ; le premier lui asséna sur la nuque un tel coup de crosse qu'il s'écroula ; les autres lui décochèrent une volée de coups de pied dans les côtes, l'estomac et les testicules qui le laissa souffle coupé sur le plancher, comme une chiffe. Nina le regarda de très haut et lui posa sur le cou un pied chaussé d'une botte de feutre, cherchant la jugulaire, et elle pesa comme si elle écrasait un mégot ou un cafard.

– Tu me le paieras, Antonio, dit-elle en prononçant son nom très lentement, peut-être pour le distinguer de toutes ses autres victimes. Je te jure que tu me le paieras. Je te verrai implorer ma clémence. Tu ramperas dans la boue, tu pleureras et tu mangeras de la merde.

Elle écarta le pied avant qu'il n'étouffe et quitta la baraque, laissant les soldats face aux gardes qui les menaçaient de leurs fusils. De la rue, hors d'elle, elle cria en espagnol, ce que les Russes ne pouvaient comprendre :

– Rendez-leur leurs vêtements et conduisez-les à la gare !

Ils furent transportés à Tchérépoviets dans un train aux wagons peints en vert – couleur distinctive signalant les convois de prisonniers en route vers les camps de travail – et aux fenêtres barrées. Bien que Mendoza, dans un élan d'optimisme, eût assuré que l'encerclement de Leningrad était rétabli, c'était en fait chose impossible pendant l'hiver. Au nord-ouest, sur la surface gelée du lac Ladoga, les Russes avaient ouvert une route qui leur permettait de pourvoir en troupes, en vivres et en matériel la ville assiégée ; le train alla jusqu'au lac, dont ils traversèrent l'immensité dans des camions-remorques découverts, sous des tempêtes de neige qui coûtèrent la vie à plusieurs divisionnaires, hors de portée de la rive que défendaient encore les Allemands et les Finlandais, puis on les fit monter dans un autre train qui les conduisit à leur destination, entassés comme des bêtes. Bien que ce fût un trajet d'à peine six cents kilomètres, il leur prit plus de quatre jours, pendant lesquels ils furent encore nourris de thé amer et de sardines salées et fumées. La soif ne tarda pas à faire des ravages parmi les prisonniers les plus faibles : leur langue se collait au palais, leurs glandes salivaires ne donnaient plus de salive, leur gorge se couvrait d'engelures dont le gonflement annonçait une fièvre qui leur faisait perdre connaissance. Le froid étendait ses brûlures blanchâtres sur le visage des soldats et, quand ils le frottaient pour tenter de rétablir la circulation du sang, ils provoquaient l'apparition d'ampoules qui déformaient leurs traits, répandaient en éclatant un liquide purulent et laissaient des cicatrices ineffaçables. Ces lésions superficielles étaient les moins terribles, parce qu'elles affectaient seulement l'irrigation sanguine épidermique : sous l'effet du froid, les veines se contractaient, ralentissant peu à peu le flux jusqu'à l'arrêt complet ;

mais l'organisme humain est si prodigieux qu'après quelques frictions les veines se dilataient de nouveau, et le sang se remettait en mouvement. Les lésions définitives se produisaient quand le froid arrivait à geler les os : alors, le calcium ne se renouvelle plus, pas plus que ne se renouvellent les tissus compacts, conjonctifs et spongieux, ni le périoste, ce qui ne tarde pas à entraîner la gangrène. Il faut dans ce cas amputer.

Pendant plus d'un an et demi de campagne en Russie, Mendoza avait senti en maintes occasions ses pieds et ses mains geler, mais une cure de chaleur les avait toujours sauvés. Pourtant, pendant la traversée du lac Ladoga, le froid avait réussi à pénétrer jusqu'aux os de deux doigts de sa main droite, qui gonflèrent comme des saucisses. La perspective de l'amputation n'assombrissait pourtant pas son état d'âme et, pendant les quatre jours que dura encore le voyage, il ne cessa de soutenir le moral des soldats, toujours plus déprimés et conscients de leur sort funeste. Au sud-est de Leningrad, Tchérépoviets était une ville d'arrière-garde, entièrement vouée à la production industrielle et énergétique, un grand gisement de minerai où l'on travaillait d'arrache-pied pour alimenter les hauts fourneaux de la guerre. Tandis qu'ils traversaient un pont sur la Cheksna, en direction du camp de travail, les divisionnaires purent voir se découper à l'horizon le profil ferrugineux de la ville, vague succursale non cataloguée de l'enfer, avec ses usines métallurgiques dont les cheminées vomissaient une fumée plus noire que la poix et déversaient sur les rives un torrent tumultueux de scories ou de péchés mortels restés sans rémission. Au-dessus de Tchérépoviets se déployait un ciel dont la grisaille semblait vouloir imiter la couleur du béton des constructions, et on aurait dit que les nuages fuyaient cette forteresse de pollution, dont les ultimes effilochures délétères allaient se perdre au loin, vers les bords de la « mer » de Rybinsk, retenue d'un barrage de dimensions colossales dont Staline avait ordonné la construction en pleine région d'abattage forestier, afin d'assurer les réserves d'électricité nécessaires sur le front, au prix du déplacement de quelques centaines de milliers de paysans considérés comme de simples épouvantails dans l'organisation scientifique de ses plans quinquennaux. Ce panorama effrayant d'œuvres d'ingénierie titanesques, d'industrie lourde implantée n'importe où et de béton irrespectueux de la nature constituait la plus écrasante réfutation des espoirs flatteurs auxquels Mendoza voulait encore croire. Sa voix parut éteinte, presque épuisée, quand il entonna les premiers vers de l'hymne divisionnaire :

Avec ma chanson
la gloire va
par les chemins de l'adieu,
car en Russie m'attendent
les compagnons de ma division…

Ils tournèrent le dos à la ville monstrueuse, formant une colonne qui se voulait martiale, flanqués de leurs gardiens rendus moqueurs par cet élan lyrique intempestif. Aux environs de Tchérepoviets se succédaient des bicoques de brique et maçonnerie que séparaient des jardins et des vergers où quelques arbres rachitiques s'agitaient dans les rafales. Les divisionnaires se joignirent au cantique de Mendoza.

D'Espagne j'apporterai
le ciel bleu dans la steppe,
la neige fondra sous nos pas,
mon capitaine.
Que par moi retournent
le marteau à l'atelier
et la faucille au blé.
Que brillent au soleil
les flèches dans le joug[1]*,*
pour toi,
qui dois attendre dans la joie
mon retour.

Mais ils n'avaient pas apporté le ciel bleu dans la steppe, ni fait fondre la neige, ni rendu le marteau à l'atelier et la faucille au blé ; c'étaient des ombres d'hommes réduits à l'esclavage, spoliés de leurs ardeurs juvéniles, rejetés comme de la vieille ferraille

1. Emblème de la Phalange.

sur le bord du chemin, dans l'attente de leur anéantissement. Ils passèrent devant une énorme centrale électrique, dont les pylônes de haute tension ressemblaient à des lances pointées contre Dieu, qui semblait bien battre en retraite. La rengaine finale prenait un tour sarcastique dans le matin pâle.

Je vais de l'avant ;
à un monde sombre
nous apportons le soleil.
Je vais de l'avant ;
à un ciel vide
nous apportons Dieu.

Les autochtones qu'ils croisaient en chemin, enfouis dans leurs vêtements ouatés et leurs chapkas, les regardaient avec une peine infinie ou un ennui sans borne, sans doute habitués à ce défilé de soldats vaincus qui arrivaient à Tchérépoviets comme le grain vient au moulin pour être broyé. Devant leurs yeux se dressait maintenant le camp de prisonniers, dont le pourtour était ceint de quatre rangs de barbelés ; environ tous les cent mètres s'élevait une tour de surveillance dont les guérites, chaires d'une religion barbare, étaient juchées sur des piliers de bois auxquels étaient attachés avec de longues laisses des chiens rageurs aux yeux injectés de sang, l'écume à la gueule, dressés pour se jeter sur l'improbable prisonnier qui oserait fouler leur territoire. L'arrivée des divisionnaires fut saluée par un concert d'aboiements assourdissant, qui fit déguerpir une bande de corbeaux nichés dans un bois de pins décharnés. Leurs croassements, mêlés aux abois des chiens, couvrirent le chant des divisionnaires.

– Bienvenue à Tchérépoviets. J'espère que vous avez fait bon voyage.

Celui qui avait parlé n'était autre que Camacho, le déserteur ; avec l'officier responsable du camp, il était à la tête du comité d'accueil. La colonne des prisonniers franchit le portail devant le poste de garde, où on les compta avec le dédain habituel, comme on compte les pièces d'un inventaire dépourvues de valeur.

– *Adine ! Dva ! Tri !*

Et ainsi de suite, vingt, trente, cent, jusqu'à deux cent cinquante hommes décavés, qui pénétrèrent dans le camp d'un pas craintif, tels des enfants perdus dans la maison de l'ogre. Devant eux s'étendait une vaste aire de terre aplanie, avec deux alignements de baraques immondes et délabrées où étaient logés les captifs ; dans le fond, sur une butte, d'autres baraques plus avenantes hébergeaient les magasins, les bureaux des geôliers, les bains et les écuries, la cuisine, l'infirmerie et l'hôpital. Une morne tristesse de cimetière profané ou de léproserie se répandait de toutes parts.

– Vous allez pouvoir jouir ici des délices de l'hospitalité russe, dit Camacho, crâneur.

Quelques prisonniers du camp en haillons, même pas rasés, s'étaient décidés à sortir de leurs baraques pour voir qui arrivait et saluer les nouveaux venus. C'étaient des radiographies d'hommes, qui avançaient à une allure d'escargot, comme s'ils craignaient de se briser au moindre mouvement.

– Pourquoi ne nous fusille-t-on pas une bonne fois ? lança un soldat, révolté.

– Parce que, en Russie, on ne fusille pas, on anéantit, répondit laconiquement Camacho.

On les conduisit à l'hôpital, pour l'inspection médicale. Ils y étaient attendus par un conseil suspect, composé de trois femmes présumées doctoresses aux traits champêtres, chargées de décider quels étaient les prisonniers aptes au travail et ceux qui devaient d'abord passer par l'infirmerie ; on n'y envoyait, bien entendu, que ceux qui étaient presque des cadavres ambulants, les autres étaient classés selon leur robustesse, de la même manière que l'on sélectionne les bêtes de trait sur les marchés aux bestiaux. Cet aréopage était présidé par Nina, que les douteuses praticiennes traitaient avec révérence et consultaient sur chacune des décisions à prendre, de peur que, si elles y manquaient, une erreur de diagnostic ne leur valût un bannissement en Sibérie. La division des tâches de ce conseil était celle d'une chaîne de montage intensif : une des prétendues doctoresses se chargeait d'ausculter les arrivants sans stéthoscope, en collant simplement l'oreille contre la poitrine des prisonniers ; une autre palpait les muscles de leurs bras et de leurs jambes et, si elle trouvait un résidu de chair collée aux os, opinait du bonnet, satisfaite ; la troisième, nantie de pansements et d'un flacon de teinture d'iode, désinfectait sommairement les plaies. Selon leurs observations et leurs commentaires, Nina remplissait de son écriture menue des fiches qu'elle complétait ensuite en y portant les renseignements relatifs à l'identité du soldat. Pendant qu'il attendait dans la file des prisonniers devant ce conseil sommaire, Antonio se demanda pourquoi les Soviétiques employaient toujours des femmes pour ces fonctions sanitaires et les fouilles au corps, si c'était parce qu'ils y voyaient un travail subalterne ou indécent qui répugnait à leur virilité, ou plutôt pour infliger aux prisonniers la plus profonde humiliation en les réduisant encore davantage à la condition d'eunuques livrés à la merci des railleries féminines. Quand vint le tour de Mendoza, qui n'était qu'à quelques pas de lui, Nina leva les yeux de la fiche qu'elle achevait de remplir.

– Salut, lieutenant, dit-elle avec la familiarité ou le culot de qui connaît vos hontes les plus intimes. C'est toujours un plaisir de rencontrer un… honnête chrétien.

Mendoza évita de répondre à la provocation. Après l'auscultation sommaire, il se laissa palper par la deuxième des supposées praticiennes qui, quand elle remarqua la tuméfaction de ses doigts gelés, brandit devant Nina la main droite de Gabriel comme un trophée. Les deux femmes échangèrent quelques paroles en russe, qui d'évidence mêlaient au diagnostic alarmant de sinistres plaisanteries.

– J'ai bien peur, lieutenant, qu'il ne nous faille vous opérer.

Ce fut fait sans anesthésie ni prévention aseptique d'aucune sorte. Pendant que deux des viragos de l'art lui maintenaient le bras sur une table pour l'empêcher de bouger, la troisième, armée de tenailles, lui amputa l'annulaire et l'auriculaire jusqu'au métacarpe, avec la même indifférence que si elle avait enlevé une croûte sèche ou pressé une pustule. À chaque doigt qu'on lui amputait, Mendoza étouffa un cri, tandis que se faisaient entendre des craquements bien distincts de bois cassé ; pendant que l'on désinfectait les blessures avec de la teinture d'iode et qu'on lui bandait la main, il ne quitta pas des yeux Nina, qui approuvait d'un mouvement de tête cette démonstration de chirurgie sauvage. Dans le regard de Gabriel bouillait la haine ; celui de Nina n'était que détachement presque angélique, indifférence.

– Et voilà, lieutenant, les progrès de la médecine viennent de vous prémunir contre de plus graves affections, fit-elle, puis elle s'adressa aux prisonniers qui attendaient encore, à la queue leu leu, et demanda sur un ton jovial, comme si elle les conviait à un banquet : – Quelqu'un d'autre a des doigts gelés ?

Alors, elle ramassa avec un chiffon ceux que l'on venait de couper à Mendoza, rognures orphelines, et les jeta dans un seau en laiton, sur des bandages sanguinolents et autres déchets. Un murmure d'effroi courut parmi les divisionnaires. Nina reconnut Antonio, qui se faisait tout petit dans le rang.

– Soldat Antonio ! Tu ne bondis pas pour défendre ton compagnon, aujourd'hui ? Si tu veux, ces dames peuvent te couper deux doigts, pour que votre ressemblance soit parfaite.

Elle traduisit sa plaisanterie à l'intention des présumées praticiennes, qui brandirent les tenailles et le flacon de teinture d'iode de la même manière qu'elles auraient présenté des plats succulents, en riant de la bonne blague de Nina avec un enthousiasme unanime et soumis. Par la suite, les divisionnaires devaient apprendre que ces médecins étaient en fait des sages-femmes amenées à Tchérepoviets d'un autre camp de travail, où elles purgeaient les peines que leur avait values leur refus d'accepter les déplacements de population décrétés par Staline pendant la construction du barrage de Rybinsk. C'est à l'aune de ce profit tiré de la contrainte que s'évaluait l'efficacité des camps de travail soviétiques : comme il n'y avait aucun budget prévu par l'État pour assurer leur fonctionnement, sinon ce que rapportait la besogne fournie par les condamnés, l'administration pénitentiaire ne pouvait s'offrir le luxe d'entretenir des milliers de surveillants, sans parler du personnel qualifié. C'est pourquoi leur organisation ne reposait que sur une poignée de cadres chargés de veiller à leur bonne marche et au rendement des prisonniers, tous les autres postes étant confiés à des détenus, qui les acceptaient par lâcheté, ou avec l'intention (toujours irréalisée) d'obtenir en compensation une réduction de peine, ou encore par un besoin obscène et égoïste de se distinguer. Ainsi les geôliers obtenaient un double bénéfice : les esclaves se surveillaient entre eux, fustigés par la suspicion et le ressentiment, en même temps qu'ils assuraient à leurs maîtres une vie facile. Une hiérarchie d'esclaves responsables était ainsi créée : d'un côté ceux qui assuraient l'intendance (comptables, soignants, cuisiniers et barbiers), de l'autre les brigadiers et les contremaîtres chargés de contrôler le travail de leurs compagnons de captivité et de dénoncer aux autorités tout manquement à la « norme » – charge de travail assignée quotidiennement à chaque détenu. Dans les camps de prisonniers de guerre, ces places de surveillant n'étaient attribuées qu'aux condamnés qui, par faiblesse de caractère, par ruse ou conversion soudaine, abominaient publiquement le fascisme et se proclamaient communistes fervents de dernière minute, seul moyen de se soustraire à la mort lente dans un monde régi par la lutte féroce et primaire pour la survie. Ainsi s'expliquaient le climat de suspicion dans lequel les captifs devaient s'accoutumer à vivre, et le manque de solidarité et de camaraderie qui se faisait jour entre eux, malgré la disposition à l'entraide toujours prête à se manifester au sein de chaque groupe de même nationalité. Ce climat entretenait entre les prisonniers une dissension permanente dont leurs gardiens profitaient, jouant même les arbitres bénévoles quand un conflit éclatait. Les nouveaux arrivés n'allaient pas tarder à être confrontés malgré eux à un dilemme déchirant : résister à leurs risques et périls aux tentatives des geôliers visant à les corrompre, ou devenir leurs séides, pour des prunes.

Les baraques du camp étaient en piteux état. Comme il fallait s'y attendre, elles étaient dépourvues de poêles, et par les fenêtres aux vitres brisées, par les crevasses des murs soufflait le vent chargé de poussière de neige, laquelle fondait ensuite sur le plancher, formant des mares d'eau non potable, contaminée par les émanations sulfureuses des usines de Tchérépoviets. Ces bicoques étaient également dépourvues d'électricité et d'eau courante ; mais elles étaient équipées de deux rangées de bat-flanc sans matelas ni couvertures, d'un seul tenant et encastrés dans le mur, où les prisonniers devaient dormir serrés comme des sardines, sur un espace réduit à pas plus de vingt centimètres, ce qui les protégeait du froid, mais les obligeait aussi, chaque fois qu'ils voulaient changer de position, de réveiller tous les compagnons de captivité qui dormaient dans la même file pour qu'ils se tournent tous en même temps. Inévitablement, ils finirent par avoir aux hanches une sorte de croûte violacée provoquée par le frottement contre le bois des bat-flanc et la pression de l'os sur la peau. La nuit, après l'extinction des feux, et avant que le sommeil ne se fût emparé de leurs corps exténués, la baraque se remplissait de plaintes et de gémissements.

– Quand je pense que chez moi les cerisiers sont en fleurs ! s'écriait l'un, en sanglotant.

– Qui dira à nos familles ce que nous sommes devenus ? se demandait un autre… Sauront-elles que nous avons été faits prisonniers ? Leur annoncera-t-on que nous sommes tombés au combat ?

– Pourquoi suis-je venu ici, mon Dieu ? se lamentait un autre. Pourquoi as-tu permis que je sois ainsi trompé ? Pourquoi ne les as-tu pas laissés me tuer d'un coup de fusil ?

Les lampes à pétrole creusaient leurs traits émaciés tout en répandant une fumée noire qui les faisait tousser et graillonner. Leurs crachats, saturés de bacilles et de suie, coulaient dans les mares d'eau polluée du plancher comme des âmes précipitées dans les limbes. Mendoza s'efforçait de soutenir leur moral.

– Ne vous laissez pas aller au désespoir, soldats. Nous avons eu plus de courage qu'il n'en fallait pour encaisser les calamités du front, il nous en faut maintenant autant pour supporter la captivité. Nous devons continuer de nous battre.

À ces mots, un murmure accablé courut sur les bat-flanc, comme un gaz profite d'une valve mal fermée pour fuir. Antonio se rebella.

– Nous battre ? Contre qui ?

Mendoza se retourna, faisant basculer toute l'enfilade de divisionnaires.

– Contre qui ? La guerre n'est pas finie, Antonio. On peut venir d'un jour à l'autre nous libérer. Il nous faudra être prêts, à ce moment-là. Voilà pourquoi, en attendant, il faut maintenir la discipline militaire.

– C'est ça, l'interrompit Antonio, peu enclin aux rêveries. Et si l'on ne vient jamais ?

– Raison de plus pour poursuivre la lutte. Il dépend de notre attitude et de notre conduite que nous restions des hommes dignes ou que nous devenions des marionnettes dont les Russes tireront les ficelles à leur guise. Il faut résister, Antonio. N'as-tu pas entendu ce qu'a dit Camacho, quand nous sommes arrivés au camp ? En Russie, on ne fusille pas, on anéantit. Voilà ce qu'ils cherchent : à nous anéantir. Il est de notre devoir de les en empêcher à tout prix.

Ce n'était pas tâche facile, parce qu'il s'agissait d'un effacement progressif, scientifiquement gradué, qui resserrait peu à peu son lacet sur le cou de la victime. Cette stratégie d'annihilation incluait les châtiments les plus atroces et le martèlement incessant de la propagande, mais reposait pour l'essentiel sur une distribution parcimonieusement calculée de la nourriture en fonction du rendement. L'objectif n'était autre que de laisser le prisonnier moyennement affamé, de sorte que le risque d'inanition devienne une incitation au travail. Les Soviétiques savaient que plus maigre était le rata, plus on pouvait tirer du prisonnier, et que récompenser son rendement en augmentant ses rations engendrait en lui une célérité instinctive dans le travail, ce qui lui donnait encore plus faim. Ils avaient ainsi établi une graduation du rationnement alimentaire qui leur permettait d'accroître incessamment la productivité des prisonniers, sans les laisser tomber d'inanition et sans jamais assouvir leur faim, en les réduisant à la semi-famine : il y avait les rations punitives pour ceux qui n'atteignaient pas la « norme », les rations courantes pour ceux qui l'atteignaient, et les rations de gratification pour ceux qui la dépassaient ; toutes étaient rigoureusement mesurées, au gramme près, avec une précision mathématique. Cette stratégie d'effacement, fondée sur l'économie de la faim, avait pour résultat de centrer toute l'activité mentale des détenus sur l'obtention d'un morceau de pain, si bien que le désir de survivre régnait en maître sur leur âme, au point de faire d'eux des pantins.

Ils trimaient du lever au coucher du soleil, divisés en brigades de travail de vingt ou trente hommes, sous le commandement d'un renégat, ou surveillés par des gardiens qui lâchaient sur eux leurs chiens aussitôt qu'ils voyaient fléchir leur effort. Les Espagnols furent destinés aux travaux de construction du port fluvial de Tchérépoviets, où ils devaient creuser des trous profonds dans la terre, gelée pendant l'hiver et changée au printemps en un bourbier infesté de moustiques qui les criblaient de piqûres, pompant le peu de sang qui circulait encore dans leurs veines. Ils transportaient ensuite la terre ainsi extraite dans des voitures à bras qu'ils tiraient eux-mêmes jusqu'à un terrain vague des environs. Ils finissaient la journée éreintés, incapables de se baisser ou de soulever le moindre poids, et même incapables de tenir sur leurs jambes, si affaiblis que les plus légers efforts – lever la main pour saluer quelqu'un, dire quelques mots – devenaient aussi pénibles que désespérants. Vers le soir, au moment où leur épuisement était à son comble, ils voyaient venir, ensemble ou séparément, pour s'assurer que la « norme » avait été respectée, Camacho et Nina, dont la rumeur avait fait des amants. Ils notaient dans un répertoire le travail réalisé par chaque prisonnier, et la ration de nourriture correspondante leur était distribuée le lendemain.

– Allez, allez, on se bouge un peu, les Espagnols ! lança Nina, allant et venant entre les prisonniers comme un papillon volette entre les fleurs sans se poser sur aucune. Comme disait saint Paul : Si quelqu'un ne veut pas travailler, qu'il ne mange pas non plus. Eh bien, suivez ce précepte, en honnêtes chrétiens.

Suivit un rire acrimonieux de femelle insatisfaite, revenue des hommes, qui a sublimé en cruauté son insatisfaction – une insatisfaction que Camacho ne faisait sans doute qu'exacerber.

– On ne vous veut aucun mal, ici. On exige seulement de vous que vous reconstruisiez ce que vous avez détruit, dit-elle, fidèle à sa logique sarcastique. Qui vous a demandé de venir ici ? Pendant votre Guerre civile, l'Union soviétique n'a fait que vous aider à vous libérer de l'emprise du fascisme.

Tout en plantant son pic dans le sol impénétrable, Mendoza, tirant force de faiblesse, dit entre ses dents :

– Sainte Vierge, protégez-moi de mes amis, et laissez-moi me défaire de mes ennemis.

– Quelles litanies dites-vous si bas, lieutenant ? Nous, les communistes, avons toujours aimé l'Espagne, et nous nous sommes efforcés de la régénérer, après des siècles d'oppression. Vos rois et vos curés vous ont tenus dans l'ignorance ! clama-t-elle, les mitraillant de catéchisme bolchevique avec l'enthousiasme qu'un enfant met à répéter ses tables de multiplication. Quand j'étais en Espagne avec les Brigades internationales…

– Qui vous avait demandé d'y aller ? l'interrompit Mendoza.

Nina ne réagit pas sur-le-champ, comme cela se produit quand on coupe la parole à quelqu'un qui récite sa leçon.

– C'était mon devoir de prolétaire ! répliqua-t-elle enfin.

– Eh bien, nous sommes ici parce que le nôtre est de lutter contre le communisme, dit Mendoza, lui renvoyant la balle.

Les divisionnaires n'eurent alors qu'une crainte : que le toupet de leur lieutenant ne leur retombât dessus. Mais Nina prit la chose à la rigolade, et rit d'ailleurs sans arrière-pensée, apparemment surprise dans un moment de bonté. Peut-être ce jour-là se sentait-elle magnanime, peut-être en avait-elle assez de son rôle de harpie. Les divisionnaires auraient peut-être fait de même, sans les gargouillis de leur ventre qui leur rappelait qu'il était vide.

– Vous voilà bien, vous, les Espagnols ! Butés et fiers jusqu'au bout, dit-elle et, chassant la tentation de se montrer cordiale, elle les quitta en ces termes : – Rappelez-vous que ceux qui ne terminent pas le travail demandé doivent rester ici jusqu'à ce qu'ils l'aient fini. À vous de voir ce que vous préférez.

Ils préféraient le terminer, tout en sachant que, quelque décision qu'ils pouvaient prendre, la stratégie d'anéantissement se poursuivrait, inflexible, les maintenant dans une inanition inexorable. En quelques mois, les divisionnaires étaient devenus des sacs d'os, et bien que le rata contînt toujours le même nombre de calories, qui leur permettait de rester en vie, les premiers signes de la malnutrition commençaient à se manifester : ventres gonflés, diarrhées, yeux brillants qui semblaient vouloir sortir de leurs orbites, torpeur ou léthargie qui effaçait leur sens de l'orientation ou aveuglait leur raisonnement. Avec l'arrivée du printemps, ces symptômes s'aggravèrent, et les premiers cas de dysenterie et de tuberculose se déclarèrent. Les moustiques qui les martyrisaient sur le port fluvial aidèrent à la propagation des maladies ; en quelques semaines, les brigades de travail furent réduites de moitié, et à l'infirmerie ne cessèrent d'affluer chaque jour de nouvelles vagues de prisonniers malades, dévorés par la fièvre et de terribles infections intestinales. Les médicaments se faisaient de plus en plus rares, les décès se succédèrent et, comme les victoires de l'Armée rouge s'enchaînaient sans répit, la population du camp doubla avant l'été. Les geôliers décidèrent alors que pour éviter les entassements dans les baraques, le manque d'aliments et de médicaments, le meilleur moyen était de laisser mourir les malades en les abandonnant à leur sort, programme qu'ils mirent en œuvre avec le zèle scientifique qui caractérisait toutes leurs stratégies d'anéantissement.

Le premier mai était le seul jour de l'année où toute activité cessait dans les camps de travail soviétiques, pour fêter le triomphe de la classe prolétarienne sur le capitalisme. On distribua aux prisonniers une double ration de nourriture, c'est-à-dire une double ration de pas grand-chose, et on leur permit d'aller et venir librement dans le périmètre du camp, sans autre limite que celle des barbelés surveillés par les chiens, seules créatures qui osaient contrevenir aux décrets de Staline et jouer les briseurs de grève, puisque même les sentinelles des tours de surveillance avaient abandonné leur poste pour aller se joindre aux réjouissances qui se déroulaient dans les dépendances occupées par les officiers. Le tintamarre de la bringue, porté par le vent, s'entendait dans tout le camp : grosses voix avinées, accords de balalaïkas, chants qui se voulaient joyeux mais laissaient pourtant percevoir la mélancolie millénaire que seule la langue russe sait exprimer et, avec les rumeurs de la fête, le vent apportait aussi l'odeur des grillades dont les geôliers se goinfraient, une odeur qui frappait la pituitaire des prisonniers comme une offense, et dans laquelle se mêlaient des parfums qu'ils avaient cru ne plus jamais sentir (mais leurs sucs gastriques toujours en éveil les accueillaient pourtant avec joie) : celui, fort, des viandes rôties, qui véhiculait une vague réminiscence de sacrifices sylvestres ; celui, crépitant, des œufs au plat, qui évoquait une petite place ensoleillée ; l'arôme suave des gâteaux sortis du four. Dans la baraque des Espagnols, par les fentes des parois et les vitres brisées des fenêtres se coulaient des tourbillons de ces parfums mêlés, débandade de souvenirs d'une autre vie et, en passant par les bat-flanc où gisaient les divisionnaires, parmi lesquels des convalescents qui essayaient de soigner leur dysenterie avec des lavements d'eau savonneuse et des purges à base de feuilles de bouleau, ils avaient un effet de tord-boyaux et emplissaient les yeux de larmes, silencieuses, extraits de rage noyée dans l'impuissance. Le soir tombait sur la baraque des Espagnols, lentement, drapé dans ses violets de carême.

– Je vais voir si ces salopards ont jeté des restes, dit tout à coup

Antonio, incapable de supporter plus longtemps la salivation provoquée par l'odeur des rôtis.

– Tu es devenu fou ? fit Mendoza en lui barrant le passage. Rien ne leur ferait plus plaisir que de te surprendre en train de fouiller dans les reliefs de leur repas. Ce serait pour eux la plus satisfaisante des victoires.

Nina avait prédit à Antonio qu'il se traînerait un jour dans la boue, pleurerait et mangerait de la merde. Peut-être ce jour était-il venu, et la conscience de son abjection ne le blessait pas ; peut-être que pour un homme qui a été vidé de toute substance n'importe quelle abjection n'est plus qu'une routine insignifiante.

– J'en ai plus rien à foutre. Qu'ils se moquent de moi, me crachent dessus et m'insultent, si ça leur fait plaisir. Mais je n'en peux plus ! cria-t-il comme un énergumène en se frappant la poitrine à coups de poing, avant de pointer le doigt sur les autres troufions, hâves et déguenillés, qui le regardaient avec un mélange de stupeur et d'effroi : – Et eux non plus, Gabi. Tu ne comprends pas ? On ne peut plus continuer à mener cette vie dont même les chiens ne voudraient pas, pour respecter je ne sais quel maudit code d'honneur. Ils s'en foutent tous, qu'on soit humiliés, qu'on mendie les restes d'un banquet, tous, Franco, tes amis de la Phalange, et ces enfoirés de boches qui nous ont mis dans la merde. Pourquoi faudrait-il que je m'en fasse, moi ?

D'une poussée Antonio écarta Mendoza, qui courut à la porte pour l'empêcher de sortir.

– Je t'ordonne de rester ici. Et je te rappelle que tu es toujours sous mes ordres.

Antonio aurait voulu l'étrangler, mais c'eût été étrangler le meilleur de lui-même, l'ultime résidu de grandeur qui subsistait encore, enseveli sous les décombres, dans les bas-fonds de son humanité.

– Écarte-toi, Gabi, je t'en prie. Si un jour nous retournons en Espagne, tu pourras me faire passer devant le conseil de guerre, si tu y tiens.

Mendoza s'écarta, dérouté, comme détaché de lui-même. Antonio sortit dans la nuit qui estompait les contours de toute chose, sous la lune décroissante de la peur. Des nuées de moustiques pullulaient encore dans l'atmosphère, et le vent d'Est emportait des aigrettes plumeuses qui frôlaient son visage d'une caresse d'invite. Au sommet d'une petite butte, dans le casernement des officiers, la fête avait atteint le degré de marasme précurseur de la dispersion des fêtards quand, échauffés par l'alcool et l'indécence, ils éclatent en vociférations intempestives mères de l'insulte ou du blasphème. Antonio s'approcha des barils de tôle alignés près d'une porte, fouilla dans les déchets et en tira un morceau de viande déchiré à coups de dents, un os dont on pouvait encore faire un bouillon, des épluchures de fruits et un quignon de pain tartiné de saindoux. Il fit de sa chemise un sac de fortune dans lequel il mit les reliefs de la grande ripaille communiste et, comme il se préparait à partir, il distingua, entre les voix emportées par la vodka et les éclats de rire aussi discrets que des meubles qui dégringolent, une respiration haletante en laquelle se reconnaissait toujours plus nettement celle du plaisir, bientôt entrecoupée de gémissements bousculés par quelques mots de français, des mots dépourvus de tendresse, sans doute obscènes, dont les sonorités devenaient de plus en plus impérieuses. Antonio grimpa discrètement sur l'un des barils pour pouvoir atteindre la lucarne d'où venait ce déferlement de paroles qui, tout en l'intimidant, attisaient en lui le désir ; une fois encore, sa chair se déployait, gagnait d'incroyables étendues, telle la toundra dans les régions polaires. Il se dressa autant qu'il le put, la pointe des pieds sur le rebord du baril et, s'accrochant au rebord de la lucarne, il réussit à se hisser à la force du poignet, la faiblesse cédant brusquement place à la curiosité, ou à la concupiscence. Alors, il découvrit un logement étroit aux murs noircis par la fumée d'une lampe à pétrole qui éclairait très timidement une scène dont l'indécence lui faisait presque honte. Sur un lit de sangles aux draps en désordre Camacho était couché, gringalet muet à la pâleur mortuaire, traits crispés, dents serrées, et il s'efforçait de rester en érection, tandis que Nina le chevauchait avec une frénésie de bacchante en plein emportement dionysiaque, oublieuse de l'homme ou de l'avorton qui subissait ses élans, pareille à une mante religieuse fécondée par un mâle déjà anéanti avant d'être dévoré. Elle avait des seins plantureux, plus plantureux encore qu'Antonio ne les avait imaginés, des seins lourds qui vacillaient sur leurs axes, soulevés par les mains de Camacho, trop menues pour les contenir. Antonio fut captivé par leurs mamelons aux contours nets de médailles cuivrées, par les fossettes de sa chute de reins, au bas d'un dos tendu comme un arc dont la flèche va être décochée, à la naissance des fesses, elles aussi plantureuses, et tremblantes à chaque secousse, contrairement à la chair ferme des cuisses, aussi fortes que des tenailles. Antonio regarda longuement le visage de Nina, aux couleurs d'incendie des temps barbares ; ses cheveux décolorés, cascade furieuse que la sueur bouclait ; ses lèvres froncées en une moue avide et bestiale ; sa gorge, ravin qu'il eût aimé rafraîchir de sa salive, parcourue de veines, coulées profondes de lave rugissante ; ses clavicules pareilles à des arcs-boutants de cathédrale gothique ; son ventre convulsé et houleux d'océan, qui semblait vouloir jaillir de son nombril ; ses bras indolents, qui tantôt se levaient pour dévoiler la noirceur fourmillante de ses aisselles, tantôt prenaient appui sur les bords du lit de sangles, en évitant tout contact avec le corps de Camacho ; pour voir les mollets de Nina, qu'il imaginait durs et nerveux, pour voir ses pieds, dont il croyait deviner les ongles vernis, de la même couleur que ceux de ses mains, Antonio voulut se hisser encore un peu, mais ses jambes le trahirent, le sang cogna à ses tempes, ses pieds glissèrent, poussèrent malgré lui le baril, qui tomba avec fracas. Alors, Nina tourna la tête du côté de la lucarne avec une promptitude féline, son visage enflammé par une luxure qui se changea aussitôt en alarme.

– *Qui est là** ? demanda-t-elle et, reconnaissant le visage collé à la lucarne, elle ajouta, rassérénée : – *Quel saligaud** !

Elle ne fit qu'un bond, abandonnant sur le grabat l'emplâtre de Camacho avec son érection rampante. Antonio se laissa tomber à terre et se releva au milieu des immondices qu'il venait de répandre ; comprenant qu'il n'avait pas le temps de prendre la fuite, il se tapit derrière les barils, qui exhalaient une puanteur aigre et pestilentielle. Par bonheur, la réaction quasi réflexe de Nina n'avait alerté ni les gardes, ni les officiers qui, arrivés aux derniers râles de la fête, se réjouissaient à présent d'un concours de rots.

– Où t'es-tu fourré, petit cochon ?

Nina était sortie dans la nuit tiède où pullulaient les aigrettes duveteuses, qui semblaient descendre sur terre comme la neige ou la manne. Elle avait jeté sur ses épaules le manteau en peau d'agneau qu'elle portait l'hiver, pour tempérer sa nudité, mais l'effet obtenu disait le contraire : cette parure animale qui découvrait selon ses mouvements ses seins maintenant apaisés, son ventre à la plénitude de lune, pour lors absente du ciel, et son pubis broussailleux ne faisaient que renforcer, peut-être avec préméditation, sa nudité. Elle alla jusqu'au bord de la butte d'où l'on apercevait les baraquements des prisonniers, aussi tassés que des crapauds, se laissa un instant caresser par le duvet des aigrettes, puis retourna très lentement en direction des dépendances sans pouvoir empêcher la plante de ses pieds d'absorber l'humidité du sol et sa chaleur indigène. En passant près des barils derrière lesquels Antonio était accroupi, elle s'arrêta et, sans se tourner de son côté, sans daigner le regarder, elle dit :

– Je t'avais averti que tu finirais par manger de la merde, Antonio. Mais parce que tu le veux bien. Si tu n'étais pas un lâche, tu serais à la place de Camacho.

Puis, refermant sur elle les pans du manteau, elle rentra dans le logement des officiers.

Les paroles de Nina n'allaient pas cesser de retentir dans sa mémoire au cours des semaines suivantes, et ce poison enflammait son sang pendant les nuits d'insomnie, que hanta dès lors jusqu'à l'obsession ce qu'il avait vu par la lucarne. Et l'image de Nina semblait chaque jour se dédoubler, lui présenter ces facettes changeantes, différentes, des kaléidoscopes. Il se remémorait les lèvres froncées en une moue avide et bestiale, les fesses plantureuses et tremblantes, les aisselles velues, chaque bribe ou pli de son corps, et ces images qui se succédaient tumultueusement fustigeaient sa raison en déroute. Car le désir de posséder Nina était devenu aussi impérieux que celui de porter de la nourriture à sa bouche, et il arrivait en quelque sorte à anesthésier sa faim, au point que les effets de l'inanition furent bientôt soumis à cette passion dévastatrice. Chaque fois qu'il croisait Nina dans le camp, chaque fois qu'il poussait les charretées de terre extraites du port fluvial sous sa surveillance, il sentait que son instinct de survie ne tenait plus qu'à son désir de la posséder, et que ce désir l'avait totalement envoûté. Pendant ce temps, Nina regardait avec une curiosité et une expectative amusées se débattre l'insecte pris dans sa toile.

Les travaux du port fluvial avançaient malgré le rythme de travail toujours plus lent des prisonniers, diminués par l'épuisement et un scepticisme croissant sur la capacité de l'Allemagne à gagner la guerre. Les excavations une fois creusées, on y avait dressé les piliers qui devaient supporter les murs et les toitures des hangars, et les Finlandais, maîtres charpentiers, avaient construit toute une succession d'entrepôts en bois. Mais on arrivait à tenir la cadence grâce à l'accroissement de la population des prisonniers, accéléré par l'enchaînement des déroutes de l'armée allemande sur le front russe : sa capitulation à Stalingrad avait livré aux Soviétiques des dizaines de milliers de captifs, auxquels s'étaient ajoutés ceux des poches de résistance qui s'étaient rendues ou d'autres capitulations, au point qu'il devenait presque impossible de les héberger tous. Trois mille hommes bondaient déjà le camp de Tchérépoviets quand, avant le milieu de l'année, leur nombre fut quintuplé, avec le durcissement des conditions de vie consécutif, et l'augmentation du nombre de malades qui, même s'ils étaient mieux soignés – c'étaient maintenant des médecins allemands qui tenaient l'hôpital du camp –, alimentaient une mortalité aux proportions épouvantables : cent cinquante à deux cents d'entre eux mouraient chaque jour.

La baraque des Espagnols était inévitablement devenue une tour de Babel où s'entassaient, sur quatre alignements de bat-flanc superposés, des prisonniers venus des horizons géographiques les plus improbables, tous confondus dans une atmosphère irrespirable qui combinait aux puanteurs les plus nauséabondes les miasmes du typhus et de la dysenterie. L'arrivée des nouveaux occupants dans les baraquements avait, de plus, relâché la discipline militaire que les officiers espagnols s'étaient ingéniés à instaurer avec beaucoup d'efforts et de persévérance ; car de nombreux Allemands, qui quelques années auparavant avaient adhéré avec une ferveur unanime aux sermons de Hitler, les reniaient maintenant avec la même facilité et la même inconséquence, à l'instar du maréchal Von Paulus qui, après sa déroute à Stalingrad, était devenu un pantin au service de la propagande soviétique et allait d'un camp à l'autre accomplir sa mission apostolique consistant à faire de nouveaux adeptes de la cause stalinienne. Toutefois, malgré la marée de conversions généralisées, les officiers phalangistes gardaient encore un certain ascendant sur la colonie espagnole, qui restait la plus rebelle et la plus réfractaire à l'apprentissage du catéchisme communiste. C'était sans doute ce qui poussait les geôliers de Tchérépoviets à destiner aux Espagnols les tâches les plus ingrates et les plus répugnantes, parmi lesquelles le transport quotidien des cadavres dans une baraque où on les entreposait quelques jours pendant l'été, quelques semaines pendant l'hiver, avant d'aller les jeter dans une fosse commune aux environs du camp, ou de les transporter à Tchérépoviets dans des usines où la rumeur voulait que leurs os servissent à fabriquer du phosphate ou du superphosphate ensuite épandus dans les champs. Pour l'économie de guerre, tout est bon, comme dans le cochon.

Environ une fois par quinzaine, Antonio faisait partie du groupe chargé, sous les ordres du sous-lieutenant Mendoza, de ce transport macabre. Même si la répétition conduisait à la routine, Antonio était chaque fois secoué par les grosses charretées de cadavres jetés les uns sur les autres comme des vieux chiffons, le ventre marqué d'un barbouillage à l'encre rouge, signe qui accréditait peut-être leur condition de victimes du communisme. Antonio esquivait leurs regards absents, environnés de mouches, stupeur coagulée dans les orbites du crâne qui luttait pour percer la peau émaciée, et il retenait son souffle, de peur de respirer les effluves de leur pestilence.

– Pas tant de manières, Antonio ! le tança Mendoza lors d'un de ces transports. Qui sait si, un de ces jours, nous n'aurons pas à te porter dans cette charrette.

Depuis leur affrontement, Mendoza n'épargnait guère les vannes à Antonio, encore qu'il fût toujours uni à lui par la fraternité née sur le champ de bataille. Mais il ne lui échappait pas que ce frère putatif, peu respectueux de la discipline militaire, était depuis ce jour devenu un homme différent, toujours plus défiant et secret, absorbé dans des rêveries insondables, dont il ne pouvait percer la nature. Bien que rien n'indiquât que son sosie eût cédé aux instances et aux arguments de leurs geôliers, il sentait qu'Antonio perdait pied ou qu'un conflit intérieur le rendait plus vulnérable à leurs sollicitations.

– Dis-toi que bien d'autres sont passés par là avant toi, lui glissa-t-il un soir, tandis qu'ils tiraient la charrette. Bon nombre d'entre eux ont fini par céder. Et qu'ont-ils obtenu en échange ? Quelques grammes de pain supplémentaires, et l'honneur douteux de commander les brigades de travail en sbires serviles. C'est ce que tu veux devenir ? Un laquais du communisme ?

Antonio ne voulait rien de tel, mais il aurait tout aussi bien pu devenir un sbire servile pour pouvoir, en contrepartie, prendre la place de Camacho et posséder Nina, serrer entre ses mains son corps tremblant, boire à ses lèvres avides et bestiales. Il n'aspirait même pas à posséder son âme, parce qu'il la soupçonnait de n'en avoir aucune. Peut-être en avait-elle eu une, jadis, quand elle ne s'était pas encore vendue au parti, comme lui-même aussi en avait eu une, avant de venir en Russie, quand il rêvait d'aimer Carmen, pour toujours. Mais qui donc avait une âme, dans ce monde sans âme ?

– Au moins, ils ne feront pas de moi du phosphate, ce qui va leur arriver, à eux, dit-il tout bas en montrant leur chargement.

Les roues de la charrette grinçaient en cadence, comme la roue d'une noria dont les godets auraient puisé l'eau trouble de la mort.

– Il y a bien des façons de mourir, répartit Mendoza, avant de citer une sentence évangélique : – « Ne craignez pas ceux qui tuent le corps, mais ne peuvent tuer l'âme ; craignez bien plutôt celui qui peut faire périr âme et corps dans la géhenne[1]. »

Antonio esquissa un rictus sarcastique. Il y avait longtemps, bien trop longtemps que son âme brûlait dans la géhenne.

– Nous ne sommes pas tous faits de la même étoffe, Gabi. Je ne crois pas que tu puisses exiger autant de moi. Je n'ai pas la vocation d'un héros, ni d'un saint.

– Il ne s'agit pas d'avoir une vocation de héros ou de saint, mais de faire son devoir, lui répliqua Mendoza. Et, ce qui est encore plus important, de conserver le respect de soi-même, sa dignité. C'est la seule chose qu'ils n'ont pas encore pu nous arracher.

Ils étaient arrivés devant la baraque où ils devaient décharger les cadavres. La nuit tombait lentement, et une lumière funèbre éclairait l'immense charnier.

– Qui te dit que j'aie jamais eu quelque dignité que ce soit ? se rebella Antonio. J'ai toujours été une fripouille de vile étoffe.

– Cifuentes me l'a dit dans ses lettres. Et j'ai pu m'assurer que tu as ta dignité. Laisse-moi veiller sur elle.

Cette charité insidieuse et persistante de Gabriel, qui cherchait obstinément à lui ouvrir les voies de la rédemption que jamais il n'avait voulu voir, le blessait. Ils allumèrent une lampe à pétrole pendue à un piton, au bas de la porte. La lumière mit en fuite une

1. Matthieu 10, 38, traduction œcuménique TOB, Paris, Éditions du Cerf, 2000.

multitude de rats gros comme des lapins, qui bondirent parmi les cadavres avec des couinements épouvantés. À droite, à gauche, face à eux s'étendait un paysage angoissant de morts en vrac, empilés les uns sur les autres tête-bêche, formant trois monticules qui atteignaient presque le toit de la baraque. On aurait dit des arbres lugubres taillés à la hache, sans racines et sans sève, d'une vague forme humaine. Quand la sarabande des rats se fut calmée, Antonio et Mendoza se mirent à décharger la charrette dans un silence de deuil, en prenant garde, lorsqu'ils posaient les nouveaux cadavres sur les monticules, de ne pas faire s'effondrer le tout, avec une attention d'arrimeurs aguerris qui accorent des sacs dans la cale d'un navire en prévision des fortes houles. Les cadavres n'étaient plus que des sacs de peau parcheminée, illustrée de taches livides, olivâtres, jaunâtres, violettes ou brunes, tout l'arc-en-ciel de la décomposition, contenant les os ; ils renversaient leurs têtes rigides avec une grimace de mâchoire déboîtée et un regard suppurant de vers. La plupart avaient les cartilages du nez et des oreilles rongés par les rats, ainsi que les parties molles de leur anatomie, en particulier la zone génitale, où les coups de dents s'étaient acharnés avec délice. Il régnait là une atmosphère de cloaque ou de catacombes infestées de péchés.

– Gabi, fit soudain Antonio, surpris par quelque chose qu'il n'arrivait pas à bien voir, viens, donne-nous un peu de lumière, de ce côté.

Mendoza décrocha la lampe du piton et l'approcha de l'endroit qu'Antonio lui indiquait, là où étaient empilés les cadavres les plus anciens, aplatis comme des morues. Les parties les plus charnues du corps, les cuisses et les fesses, surtout, présentaient des mutilations qui n'étaient pas dues aux rongeurs ; on reconnaissait très bien les coupures nettes faites par une lame de couteau. Le spectre du cannibalisme voleta dans l'obscurité comme une chauve-souris étourdie.

– Qui, par l'enfer, a pu commettre une telle bestialité ? s'écria Mendoza, épouvanté, sans encore en croire ses yeux.

Antonio promena la lampe devant le tas de cadavres, dont certains avaient subi les mêmes mutilations.

– Bienvenue dans la réalité, Gabi, dit-il avec une sorte de raillerie consternée. Tu sais parfaitement qui a commis cette bestialité :

des prisonniers affamés, capables de n'importe quoi pour pouvoir survivre. Des prisonniers comme ceux qui fouillent tous les jours dans les poubelles de la cuisine et se disputent les épluchures des patates et les peaux de betteraves pourries. Des prisonniers comme ceux qui la nuit se glissent dans les latrines des officiers et cherchent dans leurs excréments des pois ou d'autres aliments qui n'ont pas été complètement digérés. Tu crois qu'un homme qui s'abaisse à faire de telles choses a une quelconque dignité ?

Mendoza recula, éperdu d'horreur, en balbutiant une prière ou une malédiction. Antonio crut qu'il avait réussi à ébranler sa rigueur morale, mais il se trompait.

– Je ne permettrai pas que mes hommes tombent aussi bas… Non, je ne le permettrai pas.

Les cadavres lui adressèrent pour toute réponse une grimace d'incrédulité. Antonio se joignit à leur avis.

– J'aimerais que tu me dises comment tu comptes t'y prendre. L'unique solution, Gabi, c'est de céder aux Russes. Renier Franco, la nation espagnole s'il le faut… et épouser le communisme, suggéra-t-il, et pour que son défaut de toute conviction ne parût pas insolent, il ajouta : – Ce qui pour moi équivaudrait à embrasser des barbelés.

Mendoza parut vaciller. La lumière de la lampe dessinait des cercles ivres sur les tas de cadavres, multipliant leur nombre et leur tristesse sans rémission.

– Es-tu sûr que ce soient les Espagnols qui ont fait ça ?

Antonio fut tenté de mentir, parce qu'il savait qu'avec ce mensonge il ne manquerait pas de saper la vigueur de Gabriel, mais il n'avait pas le cœur de tromper cet homme qui conservait encore sa dignité.

– Non, je n'en suis pas sûr, reconnut-il à contrecœur. Je crois qu'ils ne feraient jamais une chose pareille, du moins aussi longtemps que tu auras un ascendant sur eux. Mais il ne s'agit pas…

– Alors, il est encore temps, l'interrompit Mendoza, se relevant de sa faiblesse. Nous allons organiser une grève de la faim.

Cette idée semblait aussi incongrue que d'annoncer une course de grabataires.

– Tu as perdu la boule ou quoi ? Comment ça, une grève de la faim ?

– Tu m'as parfaitement entendu : une grève de la faim, insista Gabriel, en voyant qu'Antonio ne comprenait toujours pas. Nous demanderons aux officiers du camp une amélioration de notre alimentation et, s'ils refusent, nous refuserons de manger.

– Et nous tomberons raides morts en quatre jours. Excellente solution. Au moins, nous abrégerons nos souffrances.

Les cadavres du charnier, qui avaient connu des souffrances beaucoup plus atroces avant de rendre leur dernier soupir, les regardaient avec une envie offensée. Mendoza manifestait une allégresse irrévérente en pareil endroit.

– Erreur, mon ami. Les communistes sont très sensibles à ce genre de revendication. De plus, ils savent que si nous arrêtons de manger ils manqueront de main-d'œuvre. Il s'agit de convaincre non seulement les nôtres, mais aussi les Finlandais et les Allemands... Si nous obtenons que la plus grande partie des prisonniers se joigne à la grève, ces salopards devront céder.

Perplexe et dépassé par l'élan de Mendoza, dont il n'aurait pu dire s'il le trouvait noble ou téméraire, Antonio n'ajouta pas un mot. Mais, quelques jours plus tard, après avoir exposé sa stratégie aux autres officiers divisionnaires, Gabriel avait réussi à rassembler les volontés des prisonniers espagnols, encore prêts à s'immoler pour des idéaux dignes de l'antique Numance. En une quinzaine, il avait gagné la complicité des Allemands qui ne s'étaient pas encore vendus aux communistes. En reconnaissance de l'initiative des Espagnols, le commencement de la grève fut prévu pour le 18 juillet, anniversaire du soulèvement nationaliste de 1936 dans la péninsule ibérique ; mais Antonio, peu disposé à s'y joindre, fut sauvé au dernier moment par une infection intestinale qui dégénéra très rapidement en dysenterie impitoyable, conséquence d'une épidémie dont la recrudescence força même les responsables à mettre le camp en quarantaine, et à interdire aux prisonniers d'aller travailler à l'extérieur, de peur de contaminer la population civile. À sa surprise, Antonio fut aussitôt envoyé à l'hôpital, sans devoir passer par l'infirmerie, douane quasi infranchissable pour la plupart des prisonniers, où les geôliers soumettaient les patients à un examen très rigoureux et décrétaient dans la plupart des cas qu'il s'agissait de « simulateurs », nom que l'on donnait à ceux qui feignaient d'être malades pour échapper au dur travail. L'hôpital de Tchérépoviets était un baraquement comme les autres, toutefois en meilleur état de conservation et divisé en secteurs, dans chacun desquels s'amoncelaient les malades, répartis selon la gravité de leur cas. Antonio fut placé dans la section des patients réclamant des soins particuliers, alors qu'il était loin d'être à la dernière extrémité, et on lui donna un lit dans le fond du baraquement, à l'abri d'un paravent ; il était ainsi en partie dispensé d'assister à l'agonie des autres malades, qui mouraient en se vidant par le haut et par le bas, en vomissements et diarrhées fluviales. L'hôpital sentait le cloaque pudibond et moyennement nettoyé, le cimetière de spectres.

– On voit que vous avez un sacré piston, lui dit le médecin allemand qui le soignait, sur un ton de reproche à peine voilé. On nous a donné l'ordre de vous traiter avec des sels de bismuth.

Le bismuth était réservé à quelques privilégiés, presque exclusivement aux officiers et aux détenus dont la soumission servile poussait jusqu'à l'abnégation. Même la nourriture que l'on donnait à Antonio était différente du rata distribué au reste des malades ; elle incluait de temps à autre des morceaux de viande et des soupes qui, en refroidissant, se couvraient d'une savoureuse pellicule de graisse ; de plus, un breuvage acide, issu de farine fermentée et destiné à combattre l'avitaminose, accompagnait ses repas. La dysenterie, ainsi enveloppée d'une douce langueur, se manifestait sans trop grandes souffrances et l'affaiblissement dégénérait en prostration. Mais, aussi longtemps qu'elle persistait, on aurait dit que l'infection dissolvait les organes internes du patient dont elle faisait une source d'évacuations ininterrompues, lesquelles accroissaient le risque de déshydratation. Antonio, qui avait connu la faim dans sa pire rigueur découvrait inopinément que l'ingestion de nourriture lui donnait la nausée, et cette inappétence due à la perte de l'habitude était accompagnée de rêveries tempétueuses qui le conduisaient à un état quasi végétatif de suspension des sens. Dans ces rêveries surgissait immanquablement, tel un démon ou un ange gardien, l'image du corps nu de Nina, l'invite de ses seins lourds, de son ventre de lune nubile, de ses cuisses dont il croyait sentir, sous ses doigts, la consistance de papier bible. Curieusement, dans ces rêves n'apparaissaient jamais la Nina despotique au sadisme acharné qu'il avait connue, et pas davantage l'amazone déchaînée qu'il avait surprise en pleine fornication avec Camacho ; et ce n'était pas non plus la Nina acerbe, l'inhumaine gardienne des prisonniers qui lui apparaissait, mais une Nina qu'il inventait du tout au tout – ou peut-être découvrait dans son intimité la plus secrète, à laquelle ni prisonniers ni déserteurs ne pouvaient avoir accès –, une Nina maternelle et digne de confiance, dépouillée des consignes communistes, qui rougissait comme une gamine de ses espiègleries. C'était une Nina qui avait en même temps les traits de Carmen, une combinaison de l'une et de l'autre, qui se superposaient. Il lui en coûtait de lever les paupières pour suivre les instructions du médecin, parce que la vision, alors, se dissipait, mais pas immédiatement ; elle mettait quelques minutes à disparaître, pendant lesquelles le visage de Nina ou de Carmen flottait encore en l'air, tel un voile de gaze ou une âme errante (mais qui avait une âme, dans ce monde sans âme ?), déformant les traits du médecin. Alors Antonio tendait les mains, pour saisir ce visage ou cette âme qui flottait devant lui.

– Pardon, docteur, s'excusa-t-il, je rêvais.
– Je ne suis pas le docteur, et tu ne rêvais pas.

Il reconnut la voix gutturale et féminine, l'accent qui ne pouvait tromper, ouvrit enfin les yeux et regarda Nina comme il eût contemplé une apparition. Elle était vêtue d'un chemisier blanc de paysanne aux manches bouffantes, et d'une jupe de serge bleue qui descendait jusqu'à ses bottines. C'était la Nina qu'il avait vue en rêve, plus réelle que toutes celles qui l'avaient précédée. Il se sentit aussitôt lavé des fièvres et des miasmes, des infections et des déjections, de même que les âmes sont lavées de leurs péchés après avoir connu les flammes purificatrices du purgatoire.

– Je suis venue te dire adieu, dit-elle, et ses lèvres se froncèrent en un rictus de contrariété. Et je vois que je peux partir tranquille, tu es remis.

Elle s'assit à ses pieds, au coin du lit – qui émit une légère plainte de plaisir en cédant sous le poids de ses fesses. On n'entendait plus gémir les autres malades, qui tâchaient peut-être de déchiffrer leur conversation, ou qui avaient été évacués, transportés dans un autre baraquement, un autre camp, un autre pays ou un autre continent, pour ne pouvoir surprendre ce qu'ils allaient se dire. Antonio se redressa légèrement en repliant les jambes, de peur de la frôler, de sentir la chaleur de son corps, contre-indiquée pour sa convalescence.

– Où vas-tu ? put-il enfin lui dire.

– On m'a demandé d'organiser un camp de prisonniers, en amont, sur la rivière.

Ses mains aux ongles polis, mais sans vernis, lissèrent le drap, faisant apparaître les contours des pieds d'Antonio, qui sentit aussitôt l'agréable chatouillis de la résurrection de la chair.

– En amont ? Je ne... comprends pas.

– Dans l'île de Tolbos, à une centaine de kilomètres à l'ouest. On a besoin de combustible à la centrale thermique de Tchérépoviets. Et dans l'île, il y a beaucoup de bois. J'emmène avec moi un groupe de Finlandais.

Antonio nota que les cheveux de Nina avaient perdu leur blondeur et retrouvé leur couleur naturelle, cuivrée.

– Pourquoi des Finlandais ?

Le rire de Nina fut très franc, et l'hilarité gagna son ventre, qui se disait maternel et docile sous la jupe, tel qu'il l'avait rêvé.

– Tu ne voudrais pas que j'emmène des Espagnols, tout de même ! Vous êtes des drôles de bourriques ! Vous mettre à faire la grève de la faim ! Heureusement, les autres prisonniers se sont finalement défilés, et vous ont laissés seuls. (Antonio ne sut s'il devait s'en réjouir ou le regretter, et il préféra ne pas se prononcer.) Les Finlandais sont pacifiques, pas comme vous. Et ce sont de bons bûcherons.

Il la regarda avec un mélange de mélancolie et d'abattement. Ses sourcils qui avaient repoussé et remplacé le trait de crayon noir au-dessus de ses yeux donnaient à l'ovale de son visage un air de fraîcheur. Nina lui avait pris un pied qu'elle massait par-dessus le drap. Antonio sentit sa chair croître doucement, en animal qui sort de sa léthargie. Le monde avait cessé de tourner sur son orbite, cessé de tourner sur son axe, avait peut-être même cessé d'exister, et le visage de Nina comblait ce vide.

– Emmène-moi avec toi, dit-il, suppliant presque. Je veux... Je veux prendre la place de Camacho.

Elle l'emmena avec elle, sur une des barcasses dont les Russes se servaient pour le transport fluvial sur la Cheksna qui, à mesure qu'ils s'éloignaient de Tchérépoviets, devenait plus limpide et amène, comme si elle laissait derrière elle, abandonnés dans le limon de ses fonds, les résidus toxiques des usines, de même qu'Antonio avait laissé à l'hôpital du camp les effluves de la dysenterie et la défroque de sa loyauté à une cause vaine que le sous-lieutenant Mendoza s'acharnait à défendre. Peut-être avait-il aussi laissé derrière lui l'ultime vestige ou l'arrière-goût désagréable de la raison ; mais c'était une perte libératrice qui lui permettait de voyager sans bagage, maintenant qu'il ne désirait plus que se livrer à Nina, même au risque d'être dévoré. Dans la barcasse qui les conduisait à l'île de Tolbos, une cinquantaine de Finlandais anémiés et chagrins étaient surveillés par seulement trois ou quatre gardes, chacun accompagné de son chien-loup, et ces bêtes ne cessaient d'aboyer et de tirer sur leurs chaînes, dans leur hâte de se jeter sur les prisonniers. Nina s'était installée à la proue de la barcasse, son profil fendant l'air encore estival qui faisait ondoyer ses cheveux, et c'était à peine si elle se tournait vers les prisonniers, comme si elle avait honte de s'offrir ainsi à leur vue, d'éveiller leur désir, de leur imposer ce supplice, et elle ne regardait Antonio que du coin de l'œil, marquant envers lui une distance qui à première vue pouvait passer pour du rejet. Antonio, en revanche, ne la quittait pas des yeux, essayant de deviner ses pensées, qui paraissaient rester prises entre les hauts peupliers des rives, ou entre les algues de la rivière qui tendaient des bras ondulants de noyés réclamant du secours ; mais c'étaient des pensées hiéroglyphiques, trop alambiquées ou hermétiques pour un homme aussi nature qu'Antonio.

L'île de Tolbos, d'à peine dix kilomètres carrés, était couverte d'une forêt impénétrable, dont la verdeur exubérante s'étendait jusqu'aux rives, fourmillant d'oiseaux et de bestioles qui saluèrent l'arrivée de la troupe des prisonniers par un charivari aussi retentissant qu'une peau de tambour. Ils s'installèrent dans une des rares clairières de l'île, où ils montèrent quelques tentes sous lesquelles ils s'abritèrent les premiers jours, jusqu'à ce que les Finlandais, bons charpentiers, eussent abattu les premiers arbres, qu'ils débitèrent en planches avec lesquelles ils construisirent trois cabanes : une, la plus spacieuse, grande baraque très rustique, dans laquelle furent logés les prisonniers ; une deuxième au centre de la clairière, pour les gardes et leurs chiens, destinée à servir à la fois d'habitation et de poste de garde, et une troisième, un peu à l'écart et quasi camouflée dans la forêt, pour Nina. Les premiers jours dans l'île de Tolbos, pendant lesquels Antonio dut se familiariser avec le rôle ingrat de contremaître en organisant deux brigades de travail, furent particulièrement pénibles pour lui, parce que, à la haine sans réserve que lui vouaient les Finlandais dont il était responsable s'ajoutait le détachement déchirant de Nina qui, soucieuse de sauver les apparences, l'évitait devant les prisonniers et les gardes.

– Tu es fou ou tu veux qu'ils nous dénoncent au commissaire politique ? l'admonestait-elle. Presse-les un peu, pour qu'ils terminent rapidement ma cabane, et alors tu pourras venir me trouver la nuit.

Non seulement Antonio pressait les Finlandais, mais il participait à la tâche avec un élan qui ne lui venait pas du morceau de pain noir et du bol de soupe quotidiens, mais de son désir de la posséder avant la fin de l'été. Nina le regardait scier les planches, ébrancher les troncs à coups de hache, planter les poteaux dans le sol, assujettir les poutres qui allaient soutenir la charpente de sa cabane, disposer les branchages qui devaient couvrir le toit ; elle le regardait travailler avec une fière stupéfaction, flattée par sa diligence. Quand les abris furent enfin construits commença l'abattage : comme Nina l'avait prévu, les Finlandais, à la différence des Espagnols, étaient d'un naturel pacifique, peu enclins au désordre et à la rébellion, résignés à leur sort avec fatalisme, et ils maîtrisaient à la perfection l'art du bûcheronnage, qui était pour eux une sorte d'héritage ancestral. Ils abattaient les arbres avec des scies passe-partout pourvues d'une poignée à chaque extrémité, qu'ils maniaient en cadence, avec une synchronisation parfaite ; ils les étêtaient et les ébranchaient avec la prestesse de l'équarrisseur qui écorche un bœuf, puis ils portaient les troncs à dos d'homme jusqu'à l'embarcadère de l'île, où ils les empilaient en pyramides, en attendant l'arrivée de la barcasse qui, une fois par semaine, apportait la nourriture et emportait les grumes. La

« norme » exigeait de chaque homme le transport de dix mètres cubes de bois par jour. Antonio essayait d'y mettre du sien, mais les Finlandais, retranchés derrière la barrière de la langue, faisaient tout leur possible pour l'exclure : bientôt s'ajouta à la haine sans voile que lui valait sa fonction de chef de brigade une jalousie tordue impitoyable, parce qu'ils savaient que la nuit Antonio abandonnait sa litière dans la baraque des prisonniers pour aller retrouver Nina à sa cabane, et que, à son retour, au matin, peu avant que ne sonne la diane, il était le faux-jeton de gigolo qui revenait parmi eux après avoir tenu une femme entre ses bras et bu à ses lèvres.

– Si leurs regards étaient des pistolets, ces foutus Finlandais me cribleraient de balles, souffla Antonio en refermant la porte de la cabane de Nina avec des précautions superflues.

– Qu'ils ragent.

C'était à peine si elle le laissait parler. Elle se jetait sur lui, avide et, comme étrangère au monde qui les entourait, elle le couvrait de baisers violents, lui arrachait ses vêtements, l'encourageait à ne pas la ménager non plus, et le conduisait jusqu'à la couchette dont les Finlandais jaloux avaient dégrossi et façonné le bois. Alors, Antonio et Nina s'aimaient sans retenue et sans arrière-pensée, comme s'aiment les animaux qui oublient leurs griffes ou s'en servent pour exacerber leurs sens. Tout d'abord, Antonio la laissait prendre l'initiative, mais quand il la voyait, assise sur lui à califourchon, le chevaucher avec une frénésie de bacchante en plein emportement dionysiaque, le souvenir de Camacho et de la scène qu'il avait épiée le soir du premier mai devenait trop déshonorant. Alors, maîtrisant sa résistance, il la saisissait par les poignets et la forçait à s'allonger sur la paillasse, il bloquait ses coups de pied furieux et les cabrements de son dos, puis la matait lentement, en la laissant gaspiller inutilement ses forces, comme on dompte une pouliche sauvage, après quoi il entrait en elle, tel un vainqueur en pays soumis, pour explorer les canaux profonds de son plaisir, sur lesquels il voguait en batelier qui connaît les courants et leur cède, toujours à leur merci – ce dont Nina ne savait rien. Parfois, il contemplait son visage pendant la transe de l'orgasme, et ce n'était plus un incendie des temps de barbarie qu'il croyait y voir, mais un humus nourricier et spongieux, prêt pour les semailles.

Quand le ventre de Nina fut apaisé, après ses ultimes spasmes, Antonio lui souffla à l'oreille :

– Ils finiront par me dénoncer au commissaire politique de Tchérépoviets.

Mais c'était elle, à présent, qui semblait indifférente aux conséquences funestes que cette relation interdite pouvait leur réserver. Elle avait découvert qu'en chaque homme et en chaque femme subsiste un paradis intime, un jardin clos dans lequel les souffles de la mort ne peuvent pénétrer, où les rumeurs de la guerre ne se font pas entendre, que même la menace d'une expiation ou d'un châtiment n'affecte pas, où le lion et l'agneau peuvent se côtoyer en paix, livrés à mille colloques délicieux, absorbés dans un trésor de bonheurs dont les éclats ne peuvent ternir. C'était là qu'elle voulait vivre à jamais.

– Peu m'importe qu'on nous dénonce. *Je m'en fous comme de l'an quarante**.

Ce n'était plus la femme qu'il avait découverte après sa capture à Krasny Bor, et le changement qui s'était opéré en elle et avait purgé son âme de la cruauté et de la perfidie (simples moyens défensifs, sans doute, mis en œuvre pour survivre dans un monde impie) se reflétait curieusement en son corps : son ventre était maintenant du pain blanc chaud ; ses côtes, sous la peau, pareilles à des sillons ; ses seins n'étaient plus plantureux mais lovés sur leur douceur, et la base de son cou était la combe au creux de laquelle Antonio aimait chercher le repos quand son sang cognait trop fort, murmurer des mots tendres ou malicieux.

– Imagine Camacho, quand il l'apprendra… Il va en devenir fumasse.

– C'est quoi, une fumasse ? Une *tafiole** ? demanda Nina, qui n'avait pas saisi le sens du mot. Mais Antonio, lui, par l'expression qu'il afficha, lui fit savoir qu'il était bien loin de comprendre le français, aussi traduisit-elle aussitôt : – Fiotte ? Tapette ?

Antonio s'amusait de ces quiproquos, de ces salmigondis linguistiques.

– Non, ma beauté. Camacho est bien entendu un désarmé de la

braguette ou une *tafiole**, comme tu dis, mais quand il apprendra où nous en sommes, nous allons voir ce que nous allons voir.

Le jeu des équivoques reprit, jusqu'à ce que Nina comprenne que ce qu'ils allaient voir, quand Camacho aurait été mis au fait, ce serait peut-être une relégation en Sibérie ; mais ils constataient que cette menace ne les intimidait pas, ou plus exactement ne les concernait pas, comme plus globalement avait cessé de les concerner l'immense monde qui se déployait à l'extérieur de leur jardin clos. Le jour vint où Antonio renonça même à quitter la cabane avant la diane, pour mieux profiter de ces instants précédant l'aube où les corps s'étreignent afin de se soustraire à la fraîcheur de cette heure, comme s'étreignent la main et le gant, le boulon et la charnière, la pierre et le lichen. Antonio serrait Nina dans ses bras en potier qui modèle entre ses mains la glaise ; il se fondait dans sa chaleur, enfouissait son visage dans sa chevelure emmêlée, où ne restaient plus que des traces de décoloration, respirait l'odeur de sa peau, une odeur matinale d'étable propre, de four encore tiède. Il se redressait dans la couchette pour admirer l'harmonie fragile de son corps, le souffle paisible de son sommeil, et il tendait la main pour la couvrir de très subtiles caresses, avec la délicatesse qu'il aurait eue pour écarter la crème d'un bol de lait fumant. Nina, en sentant ces effleurements, creusait les reins, étirait les jambes et faisait entendre des ronronnements inintelligibles.

– Lève-toi, paresseuse ! Jusqu'à quand vas-tu rester couchée ?

Elle avait toujours eu du mal à se tirer du lit, comme elle le reconnut, et plus encore après avoir commencé à travailler, dès sa quatorzième année, aux usines Renault de Billancourt ; c'était là, dans les environs de Paris, qu'elle avait grandi. Le matin, la sirène de l'usine retentissait pour appeler les ouvriers au travail, mais pour pouvoir réveiller Nina, sa mère devait venir la secouer dans le lit et l'inquiéter avec des propos alarmistes, de peur que l'on ne finisse par la renvoyer, avec pour conséquence le chambardement de l'économie familiale. Chez Renault, Nina était entrée en contact avec des syndicalistes communistes, alors réduits à la semi-clandestinité, et, à dix-huit ans, elle était déjà une des plus actives militantes de l'usine, qui réclamait la réduction du temps de travail et l'augmentation des salaires. Le communisme était alors pour elle un élan de jeunesse, mais aussi une promesse de revanche, qui tenait dans le désir de rédimer le monde par un allègre bain de sang. Quand le Front populaire de Léon Blum avait pris son essor, en 1936, elle s'était avisée que si la France ne semblait pas prête au grand renouveau dans l'allégresse, sa voisine, l'Espagne, loin de reculer devant les bains de sang, s'y précipitait même avec une désinvolture turbulente. Profitant des connaissances acquises à Billancourt, Nina s'était inscrite aux Brigades internationales en tant que conductrice d'ambulance ; envoyée sur le front d'Aragon, elle avait travaillé dans un hôpital de campagne pendant la bataille de l'Èbre, et ensuite dans divers autres hôpitaux mobiles, mis en place pour porter secours aux blessés de l'armée républicaine en déroute. Gavée, pendant ces âpres années de lutte désespérée pour la survie, de consignes doctrinaires et d'atrocités guerrières, Nina avait senti s'éveiller en elle une mauvaise bête toute disposée, sous prétexte de combattre le fascisme, à se délecter dans le crime. Quand Daladier, de connivence avec Chamberlain, signa les accords de Munich qui reconnaissaient à Hitler les droits sur la Région des Sudètes, Nina comprit que la menace qu'elle était venue combattre en Espagne allait bientôt s'abattre sur son pays, ce que confirmèrent les réticences du gouvernement français et les embarras qu'il fit pour rapatrier les volontaires espagnols blessés des Brigades internationales. À son retour en France, après la chute de Barcelone, Nina décida que ce pays pusillanime n'était pas le sien ; ou c'est du moins ce que décida la sale bête qui étendait en elle son empire, tout au désir de se dédommager de la déroute qui venait d'être infligée au communisme. Elle n'avait alors que vingt-deux ans, mais il ne restait pas en elle le moindre vestige de l'élan juvénile qui l'avait poussée à s'enrôler dans les Brigades internationales ; en revanche, depuis lors, son désir de revanche n'avait cessé de gagner du terrain, comme les champignons prolifèrent sur le fumier. Il lui sembla que toute cette retenue de haine qui empoisonnait son sang pourrait se donner libre cours et s'abandonner à sa pente naturelle dans la seule Russie soviétique. Elle y alla, et trouva bientôt ses aises dans l'appareillage nomenclaturé de la mort.

– Tu t'en repens ? lui demanda Antonio, à qui les vieilles flammes communistes de Nina étaient aussi étrangères, chimériques et tragiquement fallacieuses que les espérances phalangistes de Mendoza.

– M'en repentir ? Pourquoi ? dit-elle en évitant son regard inquisiteur.

Antonio se souvint de ce que Gabriel lui avait dit, une fois : qu'on a tous le droit de refaire sa vie ; mais il l'avait fait en citant saint Matthieu.

– S'il y a un dieu… commença-t-il.

Nina protesta, avec plus de consternation que de colère.

– Dis-moi un peu quel dieu pourrait tolérer que les hommes s'écharpent comme ils le font ?

Ils profitaient de la nuit pour faire quelques pas dans la forêt. Tout là-haut, les étoiles continuaient d'émettre leurs clignotements, immuables, et ni la clameur du sang, ni les tragédies de l'homme, qui pour elles devaient être encore plus infimes et insignifiantes que des affaires de fourmis, ne les atteignaient.

– Un dieu qui nous aurait laissés libres de nos choix, hasarda Antonio, surpris par son intuition théologique. Et qui n'interférerait pas dans nos actions, même quand nous préférons le pire.

– Eh bien, s'il existe un tel dieu, j'espère qu'il pourra nous pardonner. Mais je ne crois pas en une telle bonté.

Antonio l'embrassa, pour la consoler de cette solitude métaphysique. Parfois, quand il la serrait contre lui, quand il sentait palpiter son cœur emballé, quand sa langue cherchait un passage vers la salive de Nina, il se demandait si ce qu'ils faisaient était bien ou mal, mais il écartait aussitôt ces scrupules, et il se demandait encore si cette sale bête qui un jour s'était emparée de Nina était morte ou seulement en sommeil, ou encore toujours là, bien éveillée, déguisée en agneau ; mais quand il la prenait, quand il pénétrait dans le jardin clos, le paradis de leur amour aveugle, il n'apercevait nulle part ses crocs et, les eût-il vus, il les aurait pris pour des dents de lait, et se serait laissé dépecer sans accorder la moindre chance au repentir.

– Allez viens, lui dit-il en la prenant par la main. Retournons à la cabane. Là, même Dieu ignore ce que nous faisons.

L'été avait déjà plié bagage et quitté l'île de Tolbos ; les hirondelles qui rayaient le ciel semblaient irritées et affairées, comme si la perspective de leur long vol migratoire les accablait. Antonio avait commencé à négliger ses obligations de chef de brigade, ce qui faisait de plus en plus râler les gardes, que seule leur peur de l'influence de Nina au sein du parti empêchait de lâcher les chiens sur lui. Pendant les absences de Nina, convoquée à Tchérépoviets, il passait son temps à tendre des pièges dans les arbres avec une glue obtenue à partir de suc de gui, pour attraper des oiseaux qu'il faisait ensuite rôtir à la broche. Il rôdait aussi dans les mares envahies de plantain et tapissées par les premières feuilles d'automne, à la recherche de grenouilles qui subissaient le même sort. Avec ces mets il accueillait Nina, surprise, à ses retours de Tchérépoviets, où elle allait périodiquement rendre compte de sa mission dans l'île de Tolbos. À en juger par ses grimaces mornes et le peu d'enthousiasme qu'elle mettait à goûter les grenouilles et les oiseaux rôtis, il se disait que les choses allaient en empirant ou que les gardes avaient fini par se décider à la dénoncer au commissaire politique.

– Quelque chose ne va pas ? demanda-t-il pour chasser la peur. Tu n'aimes pas ce que je t'ai préparé ?

Pendant qu'il le faisait, pendant qu'il enfilait les grenouilles ou les oiseaux sur des broches et préparait les braises, Antonio s'était laissé bercer par des rêveries d'utopiste sylvestre ou de compositeur d'églogues, dans lesquelles Nina et lui étaient des bergers qui vivaient d'airelles et autres baies, de cuisses de grenouilles et de filets d'oiseaux, pour toujours enfermés dans leur jardin ou prison d'amour. Mais ces songes arcadiens, il le savait, ne pourraient jamais se réaliser.

– Tout est sens dessus dessous au camp de Tchérépoviets, dit Nina avec une ombre de sourire qui voulait féliciter Antonio pour ses talents culinaires. Ton ami Mendoza continue de faire des difficultés. Après avoir organisé une grève de la faim, il s'est entendu avec d'autres officiers espagnols pour exiger l'application des conventions de Genève.

– Et que disent-elles, ces conventions ?

– Apparemment, les officiers ne doivent pas être soumis aux travaux forcés, répondit-elle, et elle haussa les épaules, pour indiquer qu'elle ne connaissait rien à ces chapitres de la loi : – Ce qui en Union soviétique nous passe sur la tête.

Un triste pressentiment, vaguement mélancolique, s'empara d'Antonio. Il sentit qu'ils seraient bientôt séparés et que, entre-temps, il n'aurait rien fait pour améliorer l'espagnol de Nina.

– Par-dessus la tête, ou au-dessus de la tête, dit-il.

– C'est ça, au-dessus de la tête. Les conventions internationales et nous, ça fait deux ! Ce Mendoza, dans le fond, est un type digne d'admiration. Je regrette de l'avoir si mal traité.

Une jalousie insensée étreignit Antonio et, avec cette jalousie, la conscience pesante de sa trahison. Il fallait qu'il y ait des types dignes d'admiration, comme disait Nina, pour rendre plus manifeste la faiblesse des types comme lui. Mais pourquoi se repentir ?

– Que vont-ils faire de Mendoza ?

– Pour le moment, on l'a mis au trou. Mais il est prévu de l'envoyer dans un autre camp, expliqua Nina en se mordant la lèvre inférieure, sèche et gercée, qui semblait avoir oublié le rouge et les baisers d'Antonio. La nouvelle tactique, avec les prisonniers qui refusent de renier le fascisme, consiste à les isoler, puis à les mêler à d'autres prisonniers plus… *souples**.

Antonio n'eut pas besoin de traduction. Des prisonniers plus malléables, plus perméables à la propagande et plus réceptifs à la flatterie, plus aveuglés par les passions et plus réfractaires au sens du devoir, comme lui.

– Mais… à quoi bon ? demanda-t-il, hésitant. La guerre sera bientôt terminée et les prisonniers rendus à leurs pays respectifs.

Une rafale de vent fit ployer au loin les cimes des peupliers que les Finlandais n'avaient pas encore abattus, et qu'incendiaient les couleurs de l'automne, puis sur l'île de Tolbos tomba l'ombre d'un nuage énorme aussi pansu qu'un galion.

– J'ai bien peur que non, murmura Nina, oppressée par ce qui ressemblait fort à un sanglot. Les Allemands et les Italiens, peut-être, parce que les Alliés devront se conduire correctement avec les gouvernements qui viendront au pouvoir dans ces pays après la guerre. Les Hongrois, les Bulgares, les Roumains, sûrement, parce que l'Union soviétique va les dominer. Mais vous, les Espagnols, vous resterez prisonniers. À la fin de la guerre, Franco sera le seul chef d'État gênant de la nouvelle Europe. Les Anglais et les Yankees le traiteront par le mépris, même si je ne crois pas qu'ils se risqueront à le dévisser et, pour les Soviétiques, il restera toujours celui qui a empêché le communisme de triompher en Espagne, ajouta-t-elle en le regardant avec un peu de honte, ou avec peine. Vous, les Espagnols, vous crèverez sans sépulture.

Quand le verdict fut tombé, une odeur de marécage envahit l'île. On aurait dit que toute l'humidité de la terre venait à la surface, pour participer à la putréfaction des cadavres en plein air.

– Même si nous renions Franco ? demanda Antonio, révolté.

– Il se peut que dans ce cas on vous libère, mais vous ne sortirez jamais de Russie.

Une nuit anticipée se refermait sur cet endroit du monde que les cartographes ont refusé de cataloguer. Un endroit que les hirondelles avaient maintenant abandonné, chassées par l'arrivée imminente de l'hiver et par les fantaisies arcadiennes d'Antonio. Un endroit de l'ombre où les bêtes féroces se déguisent en agneaux.

– Et qu'allons-nous devenir ?

Ce pluriel eut alors quelque chose d'incongru, d'insidieux, de ridicule, peut-être même. Nina parla comme un oracle : il fut impossible de déceler dans sa voix les inflexions tendres ou pieuses qu'Antonio avait pu susciter quand il voguait en elle comme un bateleur emporté par le courant, à sa merci.

– Moi, on m'envoie dans l'Oural, mon travail ici n'a pas dû les satisfaire, dit-elle à voix basse, sans rien spécifier de plus. Toi, tu es destiné aux mines de charbon du camp de Borovitchi, avec Mendoza. Leur projet, c'est d'organiser à la fin des hostilités des groupes antifascistes parmi les Espagnols, afin d'attirer les plus faibles et de les utiliser dans leur propagande antifranquiste. Ils comptent sur toi pour convaincre Mendoza.

C'était donc là que se cachait le lapin. On voulait faire de lui un sbire du communiste, comme Gabriel l'avait prévu, un vil pantin qui, après avoir succombé aux charmes de Nina, se résigne à un sort reptilien abject. La nuit tombée avant l'heure se remplit d'ululements et de criaillements sinistres, de geignements sifflants et visqueux, véritable charivari des voix les plus immondes de la faune qui lui souhaitait la bienvenue au royaume de la fange et du croupissement.

– On veut que tu deviennes son ombre, précisa Nina.

Et ses yeux brillaient dans l'obscurité, subitement irisés comme ceux des félins. Antonio avait assumé son destin de reptile, et aucune réticence ne l'entravait ; peu lui importaient Mendoza, le sort des prisonniers de guerre espagnols et la nouvelle fichue Espagne. Il ne voulait qu'être dépecé par la sale bête que Nina hébergeait en elle, cachée ; il ne voulait rien d'autre que voir le visage de Nina redevenir un incendie des âges de la barbarie, la voir une dernière fois possédée par une frénésie de bacchante en plein emportement dionysiaque, oublieuse du pantin qui subissait ses assauts, pareille à la mante qui ne sait plus ce qu'est le mâle qui la féconde un instant avant de le dévorer.

Dans le train qui les conduisait à Borovitchi, tous deux entassés avec des prisonniers de nationalités et de provenances diverses, Antonio put constater les dégâts que la grève de la faim et le passage par la cellule disciplinaire avaient faits sur la santé du sous-lieutenant. Mendoza avait eu jusqu'alors une corpulence supérieure à la sienne ; à présent, on aurait dit que les rôles avaient été inversés : la sveltesse constitutive d'Antonio ressemblait à une vigueur enviable et étoffée, comparée à l'état d'extrême dénutrition, avec d'évidents symptômes de dystrophie, dans lequel se trouvait Mendoza. Ses cheveux, par exemple, qui avaient toujours été un peu rares, tombaient maintenant par poignées, effet d'une alopécie due à l'avitaminose, et aux endroits où ils résistaient encore – les tempes et la nuque, principalement – ils avaient une texture chétive et fragile de pilosité qui ne voit jamais le soleil. En le regardant, Antonio retrouvait l'impression à la fois gratifiante et gênante qu'il avait eue en l'apercevant pour la première fois dans les tranchées de Krasny Bor : celle de découvrir son propre reflet dans un miroir, similitude que ne modifiait qu'un examen plus approfondi permettant de déceler certaines différences. Toutefois, ces différences étaient maintenant accentuées par l'état déplorable de Gabriel : sa mandibule était devenue plus anguleuse que celle d'Antonio, ses pommettes plus saillantes laissaient transparaître le crâne squelettique, tout comme l'ossature du front, en surplomb au-dessus du creux profond des orbites. Une défiance mutuelle se dressait maintenant entre eux comme un mur qui barrait passage à la cordialité spontanée : Antonio savait que Gabriel ne céderait jamais sur ses points d'honneur, même après que la División Azul eut été dissoute et rapatriée, et que le front de l'Est se fut effondré sans recours ; et Gabriel savait qu'il ne pouvait se fier à Antonio qui, pendant son exil doré dans l'île de Tolbos, s'était laissé séduire par les chants de sirène et de bacchante qui avaient fait de lui un déplorable séide des communistes. Autour d'eux, les prisonniers entassés dans le wagon échangeaient à voix basse des propos apparemment réjouissants qui plongeaient Antonio dans un vif malaise, parce qu'il s'imaginait qu'ils commentaient ses ébats avec Nina, ou plutôt avec la bête tapie en elle.

– Ils se demandent si nous sommes des jumeaux, dit Gabriel pour le tranquilliser. Notre ressemblance les amuse.

Mais Antonio savait bien que, au-delà de leurs similitudes physiques, ils étaient en réalité aux antipodes l'un de l'autre : deux hommes de caractères opposés et irréconciliables, fatidiquement liés par un mécanisme occulte de poids et de contrepoids, d'actions et d'omissions, de fautes et de pénitences. L'avers et le revers d'une seule et même médaille, le reflet inversé de l'un sur l'autre, de telle sorte que si l'un était lâche, l'autre était intrépide, si l'un était irréfléchi, l'autre était résolu, et si l'un était dépourvu de scrupules, l'autre les cultivait jusqu'à l'immolation. Peut-être le fait d'être aussi diamétralement opposés les unissait-il plus étroitement que leur ressemblance physique ; peut-être, se dit Antonio, ne pourraient-ils plus exister si la nature ou Dieu mettait fin à leur complémentarité.

– Pardonne-moi, Gabi, dit-il spontanément, sans avoir réfléchi, mais la contrition le soulageait du poids de sa faute. Je ne sais quel diable m'a poussé. Cette femme m'a fait perdre la boule.

Le train parcourait les quelque trois cents kilomètres qui séparaient Tchérépoviets de Borovitchi avec une lenteur de charrette, s'arrêtait le long de chaque quai, et souvent au milieu de nulle part, comme si les machinistes donnaient à la guerre toutes les chances de s'arrêter avant leur arrivée à destination. Mendoza l'examina longuement, sans doute pour évaluer la sincérité de son repentir, puis, avec un sourire dubitatif, il relativisa l'affaire.

– C'est notre pierre d'achoppement, Antonio : les satanées femmes. Elles ondulent un peu de la croupe, et nous leur filons le train comme des toutous à leur mémère, dit-il de la même manière qu'il aurait parlé d'un processus infaillible, testé en laboratoire. D'Ève à nos jours, l'histoire se répète et nous ne pouvons y échapper. De plus, comme si ce n'était pas suffisant, nous confondons l'excitation du désir avec l'amour, poursuivit-il, regardant par la fenêtre barrée l'immensité de la terre en friche. Heureusement, ça nous passe vite.

Il avait au moins raison sur ce point, en soulignant le caractère passager de l'affection : quinze jours à peine s'étaient écoulés depuis qu'Antonio avait quitté l'île de Tolbos, le jardin clos de la cabane où ses appétits les plus fougueux s'étaient boursouflés au point de prendre l'apparence de l'amour, et ces jours n'étaient déjà plus pour lui qu'un épisode aboli de sa vie, aussi aboli que ses frasques d'adolescent, dans les lointaines années de sang, quand il délestait de leur argenterie et de leur or les maisons vidées de leurs occupants partis grossir la population des tchékas. Ces lointains épisodes faisaient honte à Antonio, tout comme lui faisait honte son passage par l'île de Tolbos, de cette honte pure, sans recours ni atténuants, qu'inspirent les tares héréditaires, dont on sait que l'on ne pourra jamais les effacer, que leur tache indélébile nous accompagnera jusqu'au sépulcre, et peut-être même au-delà.

– Eh bien, moi, ça m'a déjà passé, dit-il, peut-être avec arrogance. Et j'espère que ça ne m'arrivera jamais plus.

Mendoza eut un rire douloureux, qui sembla malmener des articulations en piteux état.

– Pour notre malheur, on ne peut changer sa nature. Il ne nous reste qu'à la brider, la dompter, ce que nous ne pouvons faire sans véritable soutien.

– Et tu en as un, toi, de soutien ? s'enquit Antonio, peut-être envieux.

– Il me semble te l'avoir montré, non ? répondit Gabriel en tirant de la poche de sa vareuse râpée la photo de sa fiancée, Amparo, qu'il lui avait effectivement déjà mise sous les yeux dans les tranchées de Krasny Bor.

À présent, près de deux ans plus tard, la jeune femme du portrait était à peine visible, décolorée par trop d'épreuves et de manipulations, et sa beauté un peu mélancolique et bovine de Vierge d'icône russe semblait avoir été comme lui affectée par l'inanition et la dysenterie.

– Amparo a été mon soutien. Et ne crois pas que ça ne m'ait rien coûté : j'aimais les filles plus que les chats aiment le lait, et je m'en donnais de bon cœur avec elles. J'ai lu quelque part que cultiver une vertu attire à soi, comme un aimant, d'autres vertus que l'on n'avait même pas cherché à cultiver. Il en va de même des vices. Aussi longtemps que j'ai travaillé avec mon père et trempé dans ses magouilles, j'ai été outrecuidant, emporté, cupide, prétentieux et luxurieux ; quand je lui ai tourné le dos, j'ai découvert que toute cette perdition m'assommait et me dégoûtait. Et Amparo était là, pour m'aider à m'en sortir. Une femme peut nous conduire en enfer, mais il en est toujours une autre pour nous mener au Ciel. Il faut rester vigilant.

Sur ces mots, il frappa du poing la poitrine d'Antonio, et ce fut un coup faible, mais pourtant réconfortant : il semblait signifier que leur amitié était renouée, assainie, quoi qu'il eût pu faire ou laisser faire dans l'île de Tolbos. Antonio se sentit absous et l'en remercia d'une mimique discrète ; il ne lui restait plus, à présent, qu'à découvrir la vertu à cultiver qui attirerait les autres vertus. Mendoza avait trouvé la sienne dans la fidélité envers sa fiancée ; mais lui n'avait pas de femme à qui vouer son amour, sinon – en admettant que Carmen pût combler ce vide – de façon illusoire et purement platonique. Or, les vertus reposent sur des réalités concrètes, pas sur de vaines illusions.

– Et quel pourrait être mon soutien ?

– Dans l'immédiat, m'aider à encourager les Espagnols qui se trouvent à Borovitchi, répondit aussitôt Mendoza. D'après ce que j'ai entendu dire, ils sont complètement démoralisés et livrés à la propagande communiste. Il va falloir les secouer rudement !

Le train s'était de nouveau arrêté, précipitant encore une fois les uns contre les autres les prisonniers, qui essayèrent de se rapprocher de la lucarne la plus proche, dans leur lutte pour aspirer avidement un peu d'air pur. Il s'était mis à neiger, encore timidement.

– Et voici le général hiver de retour, dit Mendoza, que même la perspective d'une autre saison glaciale ne semblait pas décourager. En voilà un qui ne manque jamais au rendez-vous. C'est curieux. En Espagne, on attend les flocons comme la manne. Ne dit-on pas que neige qui tombe engraisse la terre ? Vacherie de dicton.

Ils rirent ensemble, avec la joie de la camaraderie retrouvée. Nina lui avait ordonné de devenir l'ombre de Mendoza, et c'était ce qu'il allait faire : il serait son ombre, pour l'aider, le protéger, le seconder dans ses plus nobles et ses plus folles entreprises, pour l'admirer.

– Quand j'étais à l'hospice et qu'il neigeait, on nous disait que les anges refaisaient leur plumage, se souvint Antonio avec une sorte de nostalgie ironique. On voit qu'ici il y a beaucoup d'anges, ou qu'ils n'arrêtent pas de muer.

Ce fut ainsi, entre évocations de la terre d'Espagne où ils ne mettraient peut-être jamais plus les pieds et blagues inoffensives, qu'ils réussirent à rendre le pénible voyage un peu plus supportable. La nuit était tombée quand ils arrivèrent à Borovitchi, ankylosés et assoiffés ; bien que la neige n'eût pas encore réussi à couvrir la terre changée en bourbier, un vent furieux soufflait, qui faisait claquer leurs haillons. Fusils braqués sur eux, les gardiens les obligèrent à s'asseoir pour attendre que tous les prisonniers fussent descendus des wagons et que l'on se fût assuré que le numéro de leur plaque correspondait bien à celui porté sur les registres. Parmi les déportés, il n'y avait pas que des prisonniers de guerre, mais aussi des condamnés de droit commun, d'aspect plus rustre et revêche, aussi barbus et secs que des Raspoutine voyageant incognito. Auprès de ces hommes, les prisonniers de guerre ressemblaient à des squelettes accroupis.

– On nous mélange à eux pour nous empêcher de nous serrer les coudes, c'est la nouvelle consigne, mais même comme ça, ils n'y arriveront pas.

On les laissa un moment sur le quai, comme si l'on avait voulu que leurs visages fussent suffisamment imprégnés de suie – celle que crachait encore sur la voie la cheminée de la locomotive – pour les faire passer inaperçus dans la nuit sans étoiles. Puis, avec les coups de crosse et les bourrades habituelles, on les fit avancer en longeant la voie ferrée, avant de les pousser sur un terrain investi par la prospection minière, hérissé de terrils et de déblais, creusé de puits et de fosses qui, après avoir subi les effets de la dynamite, avaient encore été ravinés par les précipitations ; ces fortes pluies et les fontes avaient aussi tissé dans le sol sablonneux un réseau de ruisseaux semblables à un vaste système cardio-vasculaire qui rendait la progression des captifs plus difficile et leur faisait perdre à tout moment leurs chaussures, pendant que les gardes y allaient de leur rengaine.

– *Davaï ! Davaï !* braillaient-ils.

– *Davaï* toi-même, se rebellait Mendoza, que les tourments des derniers mois à Tchérépoviets semblaient avoir immunisé contre toute manifestation de prudence. Tu ne vois donc pas, enfant de pute, que je remets ma chaussure ?

Grandement soulagés de savoir que le front s'éloignait des terres russes, les gardiens, de leur côté, n'étaient plus les implacables molosses de naguère. Les mines de Borovitchi avaient été exploitées au temps des tsars, puis abandonnées parce que leurs veines étaient rares et les méthodes d'extraction vétustes et déficientes. Mais les puits étaient toujours là, et Staline avait donné l'ordre de les rouvrir, et de creuser plus en profondeur de nouvelles galeries. Sans doute l'extraction de la houille maigre de Borovitchi était-elle difficile, et la combustion du charbon obtenu, de médiocre qualité, ne produisait-elle pas une puissance de chauffe suffisante pour l'industrie lourde, mais le travail des prisonniers était gratuit, et leur « norme » très supérieure à celle exigée des libres citoyens, ce qui rendait l'exploitation du gisement de nouveau rentable. Comme les pertes humaines qu'entraînait le très dur travail étaient trop massives, l'administration des prisons envoyait là les criminels les plus endurcis, les prisonniers de guerre les plus hostiles à la rééducation, et les paysans ukrainiens et biélorusses qui avaient fraternisé avec l'envahisseur allemand. Arriver au camp de Borovitchi, établi à plus de quinze kilomètres des mines, par ce terrain inhospitalier et dans le noir leur prit toute la nuit ; quand ils aperçurent enfin les barbelés surmontés dans les angles de guérites de surveillance, et les patrouilles avec leurs chiens puceux et colériques, l'aube poignait. À Borovitchi, la lumière était voilée de suie et l'air aussi nocif qu'une émanation de grisou.

Comme ils traversaient le camp pour se rendre à l'infirmerie et aux douches, où leur tête serait de nouveau tondue et leurs vêtements envoyés à la désinfection, ils assistèrent à un spectacle qui leur navra le cœur et l'esprit. Dans la zone des baraquements, le terrain présentait une légère ondulation qui s'étendait en pente douce jusqu'aux barbelés, et sur cette pente un groupe de prisonniers, à genoux sur l'herbe, avançait très lentement. Il s'agissait des habituelles radiographies d'hommes en haillons qui peuplaient les camps et, à leurs mouvements, on voyait bien qu'ils se traînaient péniblement, comme s'ils avaient eu les jambes brisées et étaient forcés de baiser le sol. Antonio demanda par signes aux prisonniers qui étaient près de lui ce que faisaient ces hommes à ramper ainsi, et ils lui répondirent en portant non sans ironie la main à leur bouche, pour faire le geste de gens qui mangent. En approchant de ces hommes agenouillés, Antonio constata que cette réponse qui lui avait paru grotesque était exacte : ces malheureux broutaient comme des ruminants, avec une voracité qui ne laissait sur leur passage pas le moindre brin d'herbe. Il vit derrière eux la terre nue, où ne restait même plus une radicelle, et il frissonna d'horreur et de peine.

– Voilà à quoi ils veulent nous réduire, Antonio, dit Gabriel. Nous ne pouvons le leur permettre.

Ces hommes squelettiques continuaient de paître, changés en têtes de bétail percluses et faméliques. Il y avait longtemps qu'ils avaient perdu toute décence et toute dignité, et peu leur importait ce que les autres pouvaient penser d'eux. Peut-être même s'empressaient-ils de paître l'herbe restante avant que les nouveaux venus ne la leur disputent.

– Ce ne sera pas facile, Gabi. Ils ont prévu de former des groupes antifascistes pour semer la zizanie entre nous. C'est ce que m'a dit la garce grenouillarde.

Il se rendit compte que malgré son dépit et sa rage sourde, malgré la honte qu'il éprouvait en se rappelant cet épisode aboli de sa vie, il était déchirant de parler de Nina en ces termes.

– Qu'ils le fassent. Nous nous chargerons de leur saper le travail. Et s'ils réussissent à tromper un niais, nous le détromperons, répliqua Mendoza avec un sourire optimiste en lui donnant une tape sur l'épaule. Les hommes peuvent renaître, tu t'en souviens ?

Antonio opina d'un signe de tête, sans grande conviction, encore bouleversé par le spectacle des prisonniers ruminants. Au camp de Borovitchi, le travail dans les mines était organisé en continu, par roulement de trois équipes de vingt-cinq prisonniers. Dès qu'ils eurent mis les pieds hors des barbelés du camp, quand on les eut affectés à une équipe destinée à la mine, ils découvrirent que les mesures de sécurité à Borovitchi étaient beaucoup plus draconiennes qu'à Tchérépoviets : si les gardiens chargés là-bas de les surveiller sur le chemin entre le camp et le chantier n'étaient que deux, ici, ils étaient une demi-douzaine, et si à Tchérépoviets on les transportait dans des camions ouverts, ici on le faisait dans des remorques fermées pareilles à des fourgons de police. Le trajet jusqu'à la mine, sur un chemin sinueux et accidenté, était rendu encore plus difficile par la neige qui tombait toujours plus drue et commençait à tenir sur le sol. Quand on ouvrit enfin la remorque, ils se trouvèrent pour ainsi dire nez à nez avec des tourelles de bois au pied desquelles se dressaient d'énormes tas de terre noire, houille provenant des wagonnets qui sortaient de la mine. Des gaillardes coiffées de toques et rhumatisantes fouillaient parmi les résidus à la recherche de morceaux de charbon pour se chauffer.

– Bienvenue au paradis des prolétaires ! lança Mendoza, railleur.

À mesure qu'il découvrait les conditions infamantes et indigentes dans lesquelles devait se dérouler leur travail, l'enthousiasme semblait grandir en lui, sans doute parce qu'il croyait que plus elles étaient épouvantables plus fécond serait son prosélytisme parmi les captifs espagnols. Leur descente dans la mine commençait quand ils croisèrent, dans le puits, les prisonniers de l'équipe précédente qui remontaient, éreintés et abattus par l'effort, n'attendant plus que le repos et considérant avec une goguenardise miséricordieuse l'équipe de relève. Puis, peu à peu, ils s'enfoncèrent dans les profondeurs lugubres où mouraient chaque année des milliers d'hommes ; un écheveau inextricable de rails les cernait, attendant la force de bras frais pour pousser les bennes. Les chefs de brigade les répartirent par équipes de trois et montrèrent à chaque groupe l'endroit qui lui était dévolu ; on joignit à Gabriel et Antonio un Allemand qui avait remplacé les signes distinctifs de son uniforme par des étoiles rouges et autres emblèmes soviétiques. Mendoza regarda l'homme avec le plus clair dédain et lui cracha sur les bottes.

– Tu devrais avoir honte, femmelette, poule mouillée, abruti ! lui lança-t-il avec délectation, devant l'expression contrainte de l'Allemand, qui ne pouvait le comprendre, à moins qu'il ne considérât ces insultes comme un ajout à son châtiment. Après s'être ainsi défoulé, Gabriel se tourna vers Antonio : – Regarde-moi ce crétin : il s'est vendu à l'ennemi qui, en juste compensation, le met plus bas que terre. Moscou ne paie pas les traîtres.

Ils prirent les pics et les pelles, dont les manches étaient encore chauds et mouillés de la sueur de l'équipe précédente. En quelques minutes à peine, les profondeurs retentirent du vacarme des pics et du roulement sur les rails des wagonnets qui allaient déverser la houille dans les bennes. Antonio et Gabriel s'employèrent à dégager de la terre, qui s'émiettait facilement, la maigre veine de houille ; l'Allemand accrochait les chargements au câble qui les hissait sur un plan incliné jusqu'au haut des tourelles de bois. Pour chaque wagonnet qu'il accrochait ainsi, l'Allemand prenait un des bons que l'on échangeait en fin de journée contre une ration de nourriture équivalente. Pendant les premières heures, le travail restait supportable et même revigorant, dans le froid, sous la caresse de la neige. Mais à mesure que la journée s'écoulait, la fatigue pesait sur eux, leur faisant sentir des courbatures aux endroits les plus inattendus, des crampes dans les muscles atrophiés, des douleurs profondes qui vrillaient jusqu'à la moelle des os ; l'amputation des deux doigts de la main droite ne facilitait pas la tâche à Mendoza, quand il devait se servir de la pelle. Il finit par demander à l'Allemand de permuter, parce qu'il pouvait s'appuyer sur le wagonnet quand il le poussait, et pour ainsi dire se coucher dessus quand la configuration du terrain le permettait. La neige se posait sur la houille telle une hostie sur la langue noircie d'un agonisant.

– Ça me met en boule de devoir demander une faveur à un boche repenti ! râlait Mendoza, avec un air de contrition qui faisait rire l'Allemand, dont on ne savait encore s'il ne comprenait rien ou si, discipliné, il accueillait les insultes sans broncher. Quand je pense à toutes les fois où je leur ai tenu tête, sur le front !

Mais avec cet Allemand-là, qui avait apparemment un tempérament pacifique, à moins qu'il ne fût niais, il valait mieux ne pas se fâcher, puisqu'il détenait les bons à échanger contre de la nourriture. La distribution du rata s'effectuait sur une esplanade à ciel ouvert, au milieu de laquelle il y avait une estrade sur laquelle défilait une procession d'individus éteints et tremblants, parmi lesquels nombreux étaient ceux qui allaient devoir retourner à la mine, parce qu'ils n'avaient pas atteint les quatre-vingts pour cent de la « norme », ce qui les obligeait à se joindre à l'équipe suivante. Ces déchets d'humanité s'agglutinaient devant les marmites fumantes, avec les yeux qui leur sortaient de la tête, en se bousculant dans leur désir d'être servis les premiers, parce qu'ils supposaient que les premières gamelles contenaient un peu plus de matière solide, même s'il ne s'agissait que de morceaux de chou ou de peaux de betterave. Il y avait trois files, et il fallait se ranger dans celle qui correspondait au nombre de bons obtenus selon le nombre de wagonnets de houille parvenu aux tourelles de concassage ; quand un prisonnier tentait de s'approcher d'une marmite sans le nombre de bons adéquat, les serveurs le dénonçaient aussitôt aux gardes, qui le rouaient de coups et le mettaient à jeun jusqu'au lendemain. Tous ces pauvres hères mangeaient comme des sauvages, des primates, humaient la soupe à même l'écuelle, et déchiraient leur morceau de pain noir à coups de dents, avant de se battre pour les miettes tombées dans la neige. Mendoza allait devoir accomplir des prodiges s'il voulait retrouver l'esprit guerrier en ceux qui avaient même renoncé à leur condition humaine.

– Avec de la constance et de la persévérance, on arrive à tout, déclara Gabriel, sentencieux, fort d'un volontarisme peut-être délirant. On pourrait commencer par lui.

Il désigna du menton l'Allemand qu'on leur avait adjoint pour compléter le groupe de travail. C'était un homme de grande taille qui devait friser la trentaine, mais dont l'attitude irrésolue indiquait qu'il n'avait pas l'expérience de la guerre, et avait sans doute fait partie de ces levées de dernière heure opérées parmi les pères de famille et décrétées par le Troisième Reich afin d'approvisionner en chair fraîche la broyeuse du front de l'Est. Il les regardait avec toujours le même étonnement souriant.

– *Brüder ? Zwillinge ?* demanda-t-il, les désignant tous deux, puis joignant les index des deux mains.

– Que veut-il savoir ? s'inquiéta Mendoza, surpris, en cherchant des yeux l'avis d'Antonio. Si nous sommes mariés ?

– Je crois plutôt qu'il demande si nous sommes frères.

Sur ce, l'Allemand opina de la tête, content d'avoir franchi la première barrière linguistique. Mendoza lui parla alors en détachant bien les syllabes, cherchant une simplicité qui ne fit que compliquer les choses.

– Frères de sang, *nicht*. Frères d'armes, *ja*.

Mais l'Allemand n'y vit pas plus clair. Les gardes les pressaient de rendre les écuelles et de grimper dans les camions.

– Nina a été la première à me poser cette question, quand nous étions à Leningrad, dit Antonio, mortifié par le souvenir. Elle s'est même permis de faire une lourde plaisanterie sur mon nom de famille, Expósito.

Mendoza s'arrêta un instant, comme si une idée venait de lui passer subrepticement par la tête, une idée trop brutale et ignominieuse pour être exprimée crûment. Il opta pour une circonlocution.

– Connaissant les frasques de mon père, je me demande si je n'aurais pas quelque part au monde des frères et des sœurs dont j'ignore l'existence, dit-il, avant de faire claquer sa langue comme si ces frasques notoires le plongeaient dans une colère irrésistible. Mais il serait vain de le lui demander. Toute réponse, de sa part, ne pourrait être que mensonge.

Visiblement, la pensée que son père était un menteur le tourmentait davantage que tous les maux de la captivité. On leur donna l'ordre de remonter dans la remorque blindée qui les avait amenés. Au démarrage, les roues patinèrent sur la nouvelle neige.

– Tu as des frères et sœurs ? lui demanda Antonio alors que le camion avait repris la route sinueuse qui devait les ramener au camp.

– Une sœur, plus âgée que moi, Margarita. Elle vit à Saint-Sébastien, répondit Mendoza. C'est là que nous allions passer nos vacances, avant la guerre, et qu'elle a connu un Basque, un grand gaillard, propriétaire du meilleur cinéma de la ville, dont elle est tombée amoureuse. Ils ont une fille adorable, Consuelito, un vrai rayon de soleil. Elle avait sept ans la dernière fois que je l'ai vue, elle doit maintenant en avoir dix, poursuivit-il, et son visage afficha une certaine fierté, à cette évocation. Si tu savais à quel point elle est dégourdie ! Et la cinéphile qu'elle est devenue ! Elle connaît sur le bout des doigts tous les acteurs espagnols et étrangers. Et elle a une de ces façons de raconter les films ! Malheureusement, elle te dévoile toujours la fin…

Le camion s'était arrêté sur un grincement de frein plaintif au milieu de la route, comme si le conducteur avait perdu le contrôle du véhicule. Les soldats qui gardaient les prisonniers quittèrent la remorque pour se diriger vers la cabine, où ils eurent une vive discussion avec le chauffeur, que l'un des prisonniers, un Italien, traduisit par bribes pour les autres captifs, tandis que dehors la neige redoublait, tombait en un rideau épais dans les ravins et sur les plateaux.

– Apparemment, les freins ne répondent pas. Je ne sais quel liquide a gelé, un truc que je ne connais pas, expliqua-t-il. Le conducteur n'ose pas continuer, avec ce qui tombe. Le problème, c'est que les autres camions sont pleins, et qu'à Borovitchi d'autres prisonniers attendent d'être transportés.

Mendoza s'impatienta.

– Et alors ?

– Alors, il semble qu'il va falloir attendre l'arrivée d'un mécanicien, ou rentrer à pied au camp. C'est pour ça qu'ils s'engueulent, parce que le mécanicien, on peut l'attendre jusqu'à la saint-glinglin.

Parmi les prisonniers courait maintenant un murmure de désapprobation, presque de révolte. Ni une solution ni l'autre ne semblaient leur convenir, avec le froid engourdissant, et elles convenaient encore moins aux gardes, qui s'en prenaient au conducteur à grands cris menaçants. Sur un ton très calme, comme investi d'une mystérieuse autorité, Mendoza s'adressa à l'Italien.

– Dis-leur que je peux conduire le camion jusqu'au camp sans difficulté. Je suis transporteur et j'ai souvent dû me débrouiller sans freins, dans des conditions semblables, et sur des routes encore plus mauvaises que celle-ci.

L'Italien le regarda, stupéfait, mais Mendoza insista, avec des arguments si convaincants que, finalement, l'homme se décida à en faire part aux gardes.

– Demande-leur aussi de me laisser jeter un coup d'œil sous le camion. Je connais ces engins comme si je les avais fabriqués.

Antonio suivait la conversation, aussi impressionné qu'alarmé. Il avait confiance en Mendoza, et il ne croyait pas qu'il plastronnait, mais il connaissait sa témérité, que le passage en cellule, à Tchérépoviets, n'avait fait qu'exacerber. Pour tout homme dans un état de faiblesse pareil au leur, le trou, c'était la mort. Ceux qui en sortaient vivants n'avaient plus toute leur tête, ce qui l'amena à se demander si Mendoza ne se lançait pas dans cette aventure au péril de sa vie, et de la vie de ceux qui l'accompagnaient.

– Du calme, Antonio, merde, lança Gabriel comme s'il avait deviné ses pensées. Pour moi, c'est comme si c'était fait.

L'Italien revint accompagné des deux gardes, qui s'adressèrent d'abord à Mendoza sur un ton exaspéré et méprisant, mais ses explications les calmèrent et les incitèrent à courir le risque. Les talents persuasifs de Gabriel, qui savait donner à son audace et son sang-froid les apparences de l'aplomb et de l'équanimité ne laissaient pas de surprendre Antonio.

– Ils disent qu'ils sont d'accord, mais qu'à la moindre entourloupe ils nous abattront, dit le prisonnier italien.

Mendoza hocha la tête, prit une profonde inspiration de plongeur qui se prépare à faire un sous-l'eau en apnée, et il descendit de la remorque au milieu des démonstrations de soutien des autres prisonniers tout à coup enhardis et absurdement optimistes.

– D'accord. Mais dis aux ruskovs que j'ai besoin de mon ami comme copilote.

Antonio, qui ne savait même pas conduire, trouva la proposition bien hasardeuse ; mais les Russes durent se dire que lui aussi était un conducteur avisé – association que leur inspirait sans doute leur ressemblance –, ou alors ils étaient prêts à tenter le tout pour le tout. Mendoza se glissa sous le camion, où il resta un moment à batailler, tandis que la neige tombait, toujours plus épaisse, couvrant les jantes des véhicules, et il en sortit taché de graisse, en demandant un chiffon pour s'essuyer les mains.

– Fichu, le liquide de frein, déclara-t-il, mais sans la moindre inquiétude. Un sabotage dans les règles. Mais c'est raté, ajouta-t-il avec une certaine fierté.

Il grimpa dans la cabine, où l'attendait un Antonio intimidé par le semi-automatique de l'un des gardes, qui s'interposait entre eux comme un chaperon acariâtre. La remorque fut refermée et Mendoza mit le contact.

– Je ne sais pas ce que tu attends de moi, marmotta Antonio, qui sentait sa chemise lui coller au corps. J'en connais moins, sur ce chapitre, qu'une nonne cloîtrée.

Mendoza rit, en essayant de caler au mieux ses maigres fesses sur le siège, saisit le volant d'une main sûre et le levier de vitesse.

– Attention aux bonnes sœurs, elles réservent des surprises auxquelles on ne s'attend pas ! J'en connais qui conduisent un camion comme un rien sans même enlever leur cornette, fit-il avec la loquacité joyeuse que lui donnait le plaisir de conduire. Sérieusement, j'avais juste envie de t'avoir là pour jacasser un brin, ça me détend. La vache ! Quel pied de reprendre le volant !

À en juger par son exultation, il avait dû lui en coûter de quitter l'entreprise de son père, après avoir découvert les combines dans lesquelles celui-ci marchait. La route n'était guère qu'un chemin gravillonné et sinueux qui longeait les fosses et les puisards des mines, et elle était aussi tellement étroite que dans les tournants les roues arrière du véhicule frôlaient le vide. La neige en faisait une piste de patinage.

– Tu ne vas pas un peu trop vite ? demanda Antonio, aussi pâle que le soldat qui les surveillait et avait d'ailleurs préféré écarter le canon de son fusil de la nuque du conducteur pour ne pas l'irriter.

Mais Mendoza avait des nerfs d'acier, ou d'un alliage encore plus résistant.

– Ça, c'est ce que croient les gens qui n'y connaissent rien : ils pensent que, quand la neige couvre le sol, il faut rouler doucement, en première, mais quand tu n'as pas de chaînes, en première, tes roues collent davantage à la route, lui expliqua-t-il, tel un moniteur d'école de conduite. Et comme le sol est glissant, le risque de patiner est plus grand. Si tu contrôles bien ton volant, le mieux, c'est de rouler en troisième, comme ça, tu vois ?

Et il prit un tournant sans réduire la vitesse d'un iota, comme s'il jouissait des plaisirs d'une balade en traîneau. L'épaule d'Antonio pesa sur celle du soldat qui, par inertie, s'appuya contre Mendoza.

– Allons, allons, un peu de retenue ! dit Gabriel en rigolant. On a de la chance, le terrain monte légèrement, alors, on ne risque pas de s'emballer. Il m'est arrivé de conduire sur de bien plus mauvais chemins, sans freins, avec des pneus lisses et sans chaînes. Alors, pas de souci.

La neige effaçait en grande partie les contours du terrain ravagé par les excavations minières, et Antonio ferma les yeux pour les effacer complètement.

– Et tu n'as jamais eu aucun accident ?

– Une fois, bien sûr, mais pas grave, répondit Gabriel, sans même chercher à mentir. Je revenais de Despeñaperros quand le camion est resté en équilibre au-dessus d'un ravin, comme une balançoire...

Antonio voulut avaler sa salive, mais il s'aperçut que sa gorge refusait toute tentative de déglutition.

– Arrête, épargne-moi les détails.

– Alors, comme ça, tu es superstitieux ? Dans ce cas, laisse-moi te dire que tu ne sais pas t'y prendre : une petite prière à saint Christophe, et tous les maux trouvent leur remède.

Il continua sur ce ton sans plus s'arrêter, tantôt cherchant l'approbation d'Antonio, tantôt le prenant pour cible de ses railleries, mais, tétanisé par la frousse, son compagnon ne les entendait même pas. Conduire un camion, lui confiait Gabriel, était la meilleure manière de se détendre, de garder l'esprit dispos et de reprendre confiance en ses propres forces.

– C'est comme maîtriser un cheval ou une femme, si tu vois ce que je veux dire.

Alors, Antonio se souvint, non sans un pincement de chagrin, du domptage de Nina dans l'île de Tolbos, du temps qu'il avait pris pour bloquer les coups de pied et les coups de reins de la Française, pendant qu'il voguait en elle, pareil à un batelier profitant des courants, ou à leur merci.

Ils étaient arrivés au camp de Borovitchi, dans lequel Mendoza entra au point mort, avant de braquer en direction d'une légère élévation, où la grosse bête poussive qu'était devenu le camion s'arrêta.

– Tu as vu, homme de peu de foi ?

Mendoza s'était gagné le respect des soldats russes, à commencer par celui qui s'était trouvé dans la cabine, et qui l'embrassa presque fraternellement en présence des prisonniers de la remorque ; ceux-ci acclamèrent Gabriel et le portèrent en triomphe entre les baraquements comme ils l'auraient fait d'une effigie de saint lors d'une procession. L'exploit du sous-lieutenant espagnol ne tarda pas à faire le tour du camp, l'auréolant d'un héroïsme devant lequel même les gardes relâchaient leur rigueur, si bien que ses efforts de prosélytisme furent dès lors plus aisés et redoublés, voire bénignement tolérés par certains surveillants, en lesquels subsistait, bien qu'étouffé par les consignes du parti et les rancunes inhérentes à la guerre, un reste de bonne volonté qui les poussait à respecter le mérite de l'ennemi. Les commissaires politiques du camp montraient moins de considération, parce qu'ils s'étaient aperçus que, du jour au lendemain, les prisonniers espagnols jusqu'alors aussi prostrés et perméables à leurs suggestions que les autres captifs, avaient trouvé en Mendoza une sorte de meneur ou de messie qui relevait leur moral et pansait leurs meurtrissures ; d'ailleurs, cet effet apaisant et revigorant qui devint notoire parmi les Espagnols cet hiver-là ne tarda pas à s'étendre, telle une onde concentrique, à d'autres groupes de nationalités diverses, dont certains éléments, pendant les rares moments de loisir que leur laissait le travail à la mine, se rendaient au baraquement de Mendoza, moins pour apprendre à défigurer quelques mots d'espagnol que pour se mêler à des conversations plus sérieuses que creuses, plus sensées qu'insignifiantes, dont Mendoza était souvent le moteur ou l'épicentre, et Antonio, que tous s'entêtaient à confondre avec son sosie, l'animateur le plus actif. Ces discussions, où l'on déguisait les questions politiques et les réflexions sur le cours de la guerre pour que les autorités du camp ne pussent trouver prétexte à les interdire, finirent pourtant par inquiéter vivement les commissaires politiques, qui demandèrent à Tchérépoviets un rapport sur Mendoza. Celui-ci ne céda pourtant rien de sa détermination, peut-être parce qu'il ne tenait pas tellement à la vie, ou parce qu'il croyait à une autre vie, plus pleine, après la mort.

– Vous croyez vraiment à une vie d'outre-tombe ? demanda à Gabriel un prisonnier allemand, dans un espagnol guttural et guindé. Croyez-vous vraiment à l'immortalité de l'âme ?

Mendoza souffla, amusé, faisant celui que l'importance de la question dépasse.

– Et aussi à celle du corps ! lança-t-il, et les prisonniers ne surent s'ils devaient prendre sa réponse à la plaisanterie ou attendre un éclaircissement. Voyons, vous êtes chrétien ? voulut savoir Mendoza, question à laquelle l'Allemand répondit en acquiesçant presque martialement. Fils de l'Église apostolique et romaine ou suppôt de Luther ? Bon, peu importe, ajouta-t-il, voyant l'autre dépisté par sa perfide nuance. Nous, nous croyons que Dieu s'est fait chair et a enduré de bien plus terribles tourments que ceux dont nous souffrons dans ce foutu camp, ce qui n'est pas peu dire, remarqua-t-il, et les captifs rirent de nouveau, cette fois de façon plus sereine et révérencieuse. Il l'a fait pour nous laver de nos fautes, est mort sur la croix et a ressuscité trois jours plus tard. Si Dieu avait voulu sauver seulement nos âmes, il lui aurait suffi de dire, comme lors de la Création : « Que les âmes des hommes montent au Ciel et se fondent dans la lumière divine », tout simplement, non ? Mais il a choisi de subir dans sa chair les souffrances des hommes, et de mourir comme sont morts les plus infortunés d'entre eux. Parce qu'il voulait sauver aussi nos corps, nous montrer que tout ce que nous subissons s'achèvera en gloire, là où ses tourments l'ont conduit : à la résurrection de la chair.

Une rumeur courut entre les prisonniers, en laquelle se confrontaient les résistances de l'incrédulité et l'obstination de l'espérance.

Antonio s'écria :

– Je me demande bien comment !

– On ne le sait pas, parce que « à présent, nous voyons dans un miroir et de façon confuse, mais alors, ce sera face à face », lui répondit Gabriel en y allant d'une citation paulinienne qui passa inaperçue. Dans cette vie, notre esprit est soumis aux obstacles et aux limitations de la matière, ce qui nous épuise, nous fait endurer la faim, et quelle faim ! et nous fait vieillir, pendant que notre âme doit se résigner à partager les souffrances de la chair. Dans l'autre vie, l'âme commandera le corps, qui ne souffrira aucune sorte de limitation, ni dans le temps, ni dans l'espace. Au poil ! On pourrait satisfaire à la « norme » en un tournemain, se passer de camions pour aller à la mine, sauf que, dans cette autre vie, il n'y aura ni « normes » à respecter ni houille à extraire. Non. L'autre vie ne sera que réjouissances ininterrompues.

La rumeur s'était calmée et changée en un murmure inspiré par le désir de jouir de ces délices.

– Et si nous ressuscitons maigres et décatis comme nous sommes ? demanda un soldat connu pour ses bouffonneries.

Mendoza prit l'expression de qui savoure sa revanche.

– Non, mon vieux, nous ressusciterons en Adonis. Tous nos défauts seront corrigés, celui qui bégayait aura une bouche d'or, celui qui boitait sautera comme un cabri, et celui qui a perdu deux doigts parce qu'ils ont été gelés, ajouta-t-il en brandissant sa dextre comme un étendard, retrouvera sa main entière et vigoureuse. Celui qui meurt maigre renaîtra avec un poids adéquat, celui qui meurt obèse reviendra à la vie sans bedaine, et toutes nos blessures, tous les tourments que l'on nous a infligés seront effacés d'un trait, fit-il encore tandis que son regard s'attardait sur les visages émaciés et meurtris des prisonniers. C'est pourquoi tous les efforts des matons qui cherchent à nous briser, tout leur zèle à nous battre et à nous blesser sont vains et seront vengés ; nous ressusciterons sans une seule cicatrice, et nous les verrons pourrir en enfer.

Il avait élevé la voix sur sa péroraison, afin d'aviver la ferveur de ceux qui l'écoutaient, auxquels il donnait pour la première fois des raisons transcendantes de supporter les supplices de la captivité ; des raisons que, cependant, seule la foi pouvait soutenir, et qui troublaient le scepticisme d'Antonio. Parce que l'élan exultant que Mendoza pouvait transmettre était plus fort que ce scepticisme, et donnait à Antonio l'envie d'être fait de la même pâte que lui, d'être véritablement son frère jumeau, comme la fantaisie des prisonniers le prétendait.

– Tiens, tiens, lieutenant Mendoza, je constate que ce n'est pas pour rien que l'on m'a demandé de venir vous remettre dans le droit chemin.

Les captifs réunis dans la baraque se tournèrent pour voir qui proférait ces paroles. Antonio n'eut pas besoin d'en faire autant, parce qu'il avait reconnu la voix flûtée et ophidienne de Camacho, une voix d'impuissant ou de *tafiole**.

– Alors, dites-moi, comment préférez-vous que l'on vous tue, lieutenant ? demanda-t-il avec délectation. Je ne vous dis ça que pour vous faciliter la résurrection. Pendant votre sommeil, peut-être ?

Camacho arborait maintenant l'insigne de sergent de l'Armée rouge, que lui avait peut-être valu son action couronnée de succès contre la grève de la faim, à Tchérépoviets, ou son idée de diviser les Espagnols. Mendoza soutint son regard.

– Ce doit être plutôt moche de quitter ce monde sans voir venir la mort. Je préfère la regarder en face, comme je te vois toi, maintenant, lui faire savoir qu'elle ne me fait pas peur, et me livrer docilement à elle, ce que je n'ai pas l'intention de faire avec toi, bien entendu.

Le visage de Camacho, aussi fin que celui d'un lézard, se contracta comme si on lui avait craché dessus.

– Je vois que tu as envie de retourner au trou.

– Pas autant que de te voir brûler en enfer, Camacho.

Le silence vibrait comme une corde de guitare sur le point de casser. Camacho se tourna vers les captifs qui attendaient, suspendus à l'issue du conflit.

– Salut, les amis ! Je vous recommande de ne plus fréquenter les réunions de ce genre, à moins que vous ne vouliez abréger votre vie pour vous assurer que toutes les calembredaines que débite le sous-lieutenant Mendoza sont paroles d'évangile, dit Camacho avec son sourire torve, et il ignora le murmure de protestation qui s'éleva, accompagné d'insultes dans des langues qu'il ne connaissait pas. Vous avez causé un grand dommage à l'Union soviétique, et il est tout naturel qu'elle exige de vous discipline et travail. Si vous obéissez, cela vous sera plus favorable que vous ne le croyez. Nous savons récompenser les bons et châtier les méchants, comme ce Dieu en lequel vous croyez.

Antonio savait que Camacho avait certaines difficultés d'érection, et il est bien difficile de respecter et de craindre un homme dont la virilité ne tient pas droit. Avec une hardiesse qui ne lui ressemblait pas, il cria :

– Moins de bla-bla et plus de bouffe !

– Vous en aurez si vous vous comportez comme je l'attends de vous, repartit Camacho sans se troubler. Je vous annonce que je viens d'être nommé ici à la direction de la propagande. Sachez que vous me devez considération.

Derrière lui, Mendoza gronda :

– Oui, la considération que mérite un déserteur et un traître à son pays.

Camacho se mordit les lèvres de rage. Toutefois, il n'oubliait pas que Mendoza était apprécié, même parmi les gardes du camp, et savait qu'il ne devait pas prendre immédiatement des mesures répressives contre lui, aussi préféra-t-il laisser retomber sa colère. Il poursuivit donc comme s'il n'avait rien entendu.

– Ma mission, au camp, va consister à vous démontrer les avantages du marxisme. Je vous apprendrai l'histoire du parti communiste, et vous découvrirai les raisons de notre révolution. Quand vous les connaîtrez, j'espère que vous renierez la lamentable erreur qui vous a fait combattre l'unique peuple qui pouvait vous libérer de l'oppression du capitalisme et du fascisme, dit-il encore en allant et venant entre les prisonniers comme un coq, mais un coq dont on aurait coupé la tête. Pour aujourd'hui, je ne vous importunerai pas davantage. Les cours commenceront ces jours-ci. Bonsoir à tous.

Un grabuge monta derrière lui et le suivit tandis qu'il quittait le baraquement en direction des dépendances des officiers. Antonio avait encore honte de l'épisode de sa vie enseveli dans l'île de Tolbos, mais des puissances dont il n'avait pas conscience, dans les profondeurs de la boue bâtarde avec laquelle il avait été modelé, subjuguaient sa volonté. Il courut après Camacho et le saisit par le bras.

– Pardon. Qu'est devenue Nina ?

Camacho, tout d'abord, ne le reconnut pas, mais il finit par faire le rapprochement.

– Tu dois être… le petit joujou qui l'a distraite dans cette île… En quoi ça te regarde ?

– Le français nous aiderait beaucoup à nous entendre avec les prisonniers d'autres nationalités, improvisa-t-il sans réfléchir, et une interprète tomberait bien.

– Vous n'en aurez pas, parce qu'il s'agit justement, pour nous, d'empêcher que vous vous entendiez, dit Camacho avec beaucoup de hauteur. En outre, d'après ce que je crois savoir, elle purge sa peine.

Nina abritait peut-être en elle une sale bête, mais l'idée que l'on eût pu la dénoncer à la Loubianka l'effrayait.

– Que lui a-t-on fait ? demanda-t-il, paniqué.

Camacho éclata d'un rire retors en se perdant dans l'obscurité.

– T'inquiète, soldat, ne te chie pas dessus, ta petite poulette s'en tire. On lui a seulement donné une leçon et on l'a envoyée dans un endroit un peu moins confortable pour avoir fraternisé avec les prisonniers.

Un endroit un peu moins confortable, sur l'échelle des mesures soviétiques, pouvait être aux confins d'une cruauté inexplorée. Pendant un instant, Antonio sentit au bout de ses doigts un chatouillis insidieux, lointaine réverbération des petits matins dans l'île de Tolbos, quand il caressait très délicatement le corps nu de Nina comme on écarte la crème d'un bol de lait fumant. La présence de Mendoza, à côté de lui, le fit sursauter.

– Cette Nina te trotte encore dans la tête, Antonio.

Il n'y avait rien d'accusateur dans ces paroles, seulement une constatation mélancolique, une légère déception.

– Je crains pour sa vie.

– Alors, laisse-moi te donner un conseil : rappelle-toi les tours de cochon qu'elle nous a joués, lui recommanda Gabriel, impitoyable. Tu en pinces tout simplement pour cette franchouille. Normalement, le mieux à faire, en pareil cas, c'est de trouver quelqu'un d'autre à aimer, mais ici, ce n'est pas si facile, dit-il de telle sorte qu'il réussit à faire sourire Antonio, avec pourtant une certaine lassitude. Peut-être devrais-tu te contenter d'un amour ancien, que tu croyais avoir oublié.

Mais retrouver un amour ancien imposait de s'aventurer dans des pièces noires trop inquiétantes ; c'était sonder un étang et y trouver un cadavre en décomposition. Ensemble, pour toujours, lui avait dit Carmen, en un jour très lointain ; pendant un certain temps, il s'était répété ces mots comme une litanie, mais ils lui semblaient maintenant illusoires et mordants. Les barbelés de Borovitchi étaient désormais sa seule et unique perspective.

– Je ne crois pas pouvoir retrouver quelque ancien amour que ce soit, pour autant que je m'y efforce.

– Pour croire en quelque chose, il faut le vouloir, Antonio. Ne l'oublie pas.

Mendoza voulait vivement croire à des choses qui semblaient inconcevables à Antonio, et ce vif espoir qui ne déclinait point lui permettait de se tenir droit. D'autres, comme Camacho, ne voulaient croire en rien, peut-être parce qu'ils ne le pouvaient pas et, de même que le renard de la fable devant les raisins qu'il ne peut atteindre, il se persuadait que l'on peut se passer de ce qui est inaccessible, et par conséquent illusoire ; mais comme les raisins étaient toujours là, au même endroit, pour lui rappeler implacablement sa petitesse et son échec, il finissait, après avoir dédaigné ce à quoi il ne pouvait atteindre, par le détester, lui vouer une haine si inflexible et si tenace qu'elle ne trouvait d'exutoire que dans la destruction. Camacho haïssait tous les prisonniers du camp, qui lui rappelaient sa trahison, mais il réservait une rancune et une férocité particulières aux Espagnols, qu'il désirait plus que tout au monde réduire à sa merci et, croyant connaître le tempérament espagnol, il s'efforçait de trouver le bon moyen de les briser et de les asservir. Il commença par les intégrer à des brigades de travail placées sous le commandement des prisonniers de la pire espèce, matons ou criminels de droit commun. En même temps, il constitua des escadrons de traîtres, choisis parmi les captifs les plus dépourvus de morale ou les plus désireux de faire la preuve de leur soumission empressée, et il leur montra comment corrompre leurs compagnons de captivité. Bientôt, Camacho se conduisit en seigneur et maître du camp, parce qu'il avait été dépêché en connaissance de cause à Borovitchi sur la demande des commissaires politiques qui ne savaient plus comment freiner le prosélytisme de Mendoza, et parce qu'il savait pouvoir compter sur l'appui des autorités soviétiques. Bientôt, il donna l'ordre de réveiller les Espagnols à coups de ceinture, il leur imposa des journées de douze heures et une « norme » supérieure à celle appliquée aux autres prisonniers ; il recommanda aux gardes de fouetter les distraits qui cessaient un instant de travailler. Sous prétexte que leur rendement était insuffisant, il fit réduire leur ration de soupe et supprimer leur supplément de pain, qu'il donnait à des déserteurs comme lui, avec lesquels il finit même par commercer. Il prit des décisions d'une injustice flagrante, en ordonnant des fouilles confiscatoires dans le baraquement des Espagnols, razzias impies qui les dépouillaient de leurs misérables possessions, sans autre valeur que sentimentale ; et, de temps à autre, il faisait procéder tout aussi arbitrairement à des arrestations, alors que les victimes n'avaient pas commis la moindre faute, à seule fin d'assouvir sa haine. Toutes ces brimades étaient accompagnées, comme il l'avait promis, de cours d'initiation au catéchisme communiste, qui eut peu à peu de plus en plus d'adeptes (contraints et forcés), de lectures commentées de la *Pravda* et de l'*Izvestia* où l'on faisait au jour le jour, dans des chroniques flamboyantes de boniments, le récit des déroutes des nazis sur tous les fronts et du bombardement inlassable des villes allemandes. Ce fut ainsi que passa cet hiver, moins rigoureux que les précédents, mais plus dévastateur pour les espoirs agonisants des Espagnols que Mendoza s'efforçait encore de rassembler.

Avec le printemps, aussi gris et lugubre qu'une procession de lépreux, arriva la capitulation de l'Allemagne. Au cours des mois précédents, les prisonniers espagnols avaient encore osé espérer que le ton triomphaliste des journaux bolcheviques était menteur ou outré, mais la nouvelle rompit en eux la dernière fibre de résistance et les plongea dans la plus écrasante décrépitude morale. Ce jour-là fut jour de fête à Borovitchi comme dans tous les autres camps de travail soviétiques : les gardes se livrèrent aux plus frénétiques agapes, et les captifs convertis au communisme, en chiens perdus qui cherchent un maître, organisèrent dans le camp une manifestation au cours de laquelle ils acclamèrent Staline et la dictature du prolétariat, en oubliant que quelques mois auparavant ils servaient encore dans l'armée qui venait de se rendre. Vers le soir, la bringue devint plus grossière et violente ; des bandes de prisonniers ivres firent irruption dans les baraquements où étaient restés, dans un silence de tombe, ceux qui s'étaient refusés à fêter la défaite allemande, et ils les prirent aigrement à partie, provoquant des bagarres dans lesquelles ne tardèrent pas à apparaître les couteaux et le sang répandu. Aucune de ces bandes déchaînées n'osa pourtant pénétrer dans le baraquement où Mendoza s'était réfugié avec ses fidèles en vue de mettre au point la stratégie à laquelle il allait maintenant falloir se tenir pour affronter la colère des convertis et la nouvelle puissance des geôliers. L'effondrement des divisionnaires était pour ainsi dire complet et, plus qu'à sauver leur peau, ils pensaient avec une horreur anticipée au sort hasardeux de leurs familles, si les Russes poussaient jusqu'en Espagne. Vers minuit, quelqu'un ouvrit à coups de pied la porte de la baraque ; au loin, le ciel était incendié de feux d'artifice, qui s'égrenaient dans sa noirceur, tentaient d'imiter les étoiles, puis retombaient en pluie de larmes.

– On ne va pas se joindre à la fête ? dit Camacho d'une voix avinée.

La lumière fluctuante et phtisique de la lampe à pétrole qu'il tenait à la main accentuait ses mouvements gauches et ses faux pas, projetant sur les murs des ombres gothiques oscillantes.

– Nous n'avons rien à fêter, répondit laconiquement Mendoza.

Camacho rit, d'un rire étouffé. De la main qui ne tenait pas la lampe, il s'accrochait à une bouteille de vodka, à laquelle il buvait à même le goulot ; puis, d'un geste magnanime, il la tendait, poisseuse de bave, aux divisionnaires silencieux.

– Bien vu, Mendoza ; pour toi, il n'y a rien à fêter. Il ne te reste que la honte de la déroute, dit-il en enchaînant avec peine ses paroles, qui jaillissaient de sa bouche comme des aboiements. Et c'est pareil pour tes acolytes, précisa-t-il en tournant sur lui-même au risque de perdre l'équilibre et de s'étaler par terre. Et pour Franco. Pensez-vous qu'il reste beaucoup de temps à ce militaire séditieux ?

Il vacillait, complètement saoul, tel un boxeur sonné par son ombre.

– Peut-être plus qu'à toi, murmura Mendoza.

– Que dis-tu, salopard ? brama Camacho, en se dirigeant vers son adversaire, de manière telle qu'il sembla vouloir le frapper avec la lampe. En Espagne, les ouvriers sont en grève, le maquis reprend le dessus, la République sera bientôt de retour…

– Permets-moi d'en douter.

Mendoza demeurait de marbre malgré l'haleine éthylique de Camacho qui, en parlant, lui envoyait des postillons à la figure.

– Franco est isolé, soutint-il en se tournant vers les divisionnaires : – Vous m'entendez ? Complètement isolé. Dans quelques jours sera instaurée la Troisième République, avec Dolores Ibárruri à la tête du gouvernement.

La mention de la Pasionaria réussit à relâcher la tension et la méfiance que ses paroles avaient semées parmi les prisonniers espagnols.

– Putain, Camacho, vous auriez pu faire un petit effort et trouver une gonzesse moins moche. Drôle de perspective que tu nous ouvres là ! Avec la Pasionaria à la tête du gouvernement, plus moyen de lever la queue, même avec une poulie.

Le commentaire cocasse de Mendoza provoqua un bref accès d'hilarité parmi les soldats. Camacho montra les dents, que les caries n'avaient pas épargnées pendant ces années de guerre ; même l'or qui couronnait une de ses incisives semblait attaqué.

– Riez ! Riez, bande d'imbéciles, parce que, demain, vous pleurerez ! Quand la Pasionaria sera au pouvoir, je serai nommé préfet de police. C'est moi qui rirai alors de vous, en me souvenant des traîtres qui sont restés ici, à travailler comme des esclaves. Alors, oui, ce seront de brillantes réjouissances !

– Brillantissimes, Camacho. N'oublie pas de les passer dans les bras d'une grande dame, la Pasionaria en personne, si possible.

Les divisionnaires rirent de nouveau et, cette fois, Camacho se joignit à eux, comme s'il savourait déjà le plaisir de la vengeance. Tandis qu'il reculait en direction de la porte, chancelant de nouveau, il menaça Mendoza.

– Mais toi, tu ne seras plus en vie, à ce moment-là. Je te le jure par mes morts. Avant mon départ, on aura fait du phosphate avec tes os.

Le baraquement fut de nouveau silencieux, comme si le retentissement de ce serment était empreint de l'atmosphère d'une veillée funèbre anticipée. Mendoza savait bien que les rires apparemment vaillants des divisionnaires n'avaient été qu'une effusion passagère, pour soulager leur désolation. Il leur parla franchement.

– Il n'y aura pas de gouvernement communiste en Espagne, soyez tranquilles, et moins encore avec cette mocheté de Pasionaria. Les Américains et les Anglais ne sont pas bêtes, ils savent qu'ils auront en Franco un allié beaucoup plus sûr que n'importe quel gouvernement satellite de Staline. Ne vous inquiétez pas pour vos familles, elles sont sauves, leur dit-il sur un ton résolu qui bientôt se lézarda. Ce dont nous devons nous inquiéter, ce sont des calamités de notre captivité. Justement parce que Franco ne va pas tomber, ces misérables vont nous faire payer leur impuissance de façon implacable. Je ne puis vous demander de vous conduire en martyrs ; je vous demande seulement de ne pas vous conduire en femmelettes. Si la captivité est dure, rappelez-vous vos compagnons morts sur le front. Si parce que nous avons perdu la guerre vous sentez que votre force de caractère vous trahit, pensez que vous n'avez pas perdu votre honneur. Si les Russes essaient de semer la zizanie entre vous, rappelez-vous que nous avons été frères dans les tranchées. Qu'aucun de vous ne perde son calme, ni sa raison.

Les divisionnaires accueillaient sa harangue avec tristesse, pourtant reconnaissants de ne pas les avoir bercés de vains espoirs.

– Ils ne nous libéreront jamais, je le sais, intervint Antonio, qui se rappelait ce que Nina lui avait annoncé là-bas, dans l'île de Tolbos. Ne devrions-nous pas tenter de nous évader ?

Un heurt d'avis opposés se fit entendre, et Mendoza lui lança un regard sévère.

– Je ne conseillerais la fuite que dans une situation désespérée, dit-il, conscient que cette situation pouvait être imminente. Entretemps, je vous le redis, gardez votre calme. Bien des angoisses et des misères nous attendent, les surmonter avec endurance les rendra moins intolérables. Et n'oubliez pas qu'en Espagne, on n'aura de cesse d'avoir obtenu notre libération. Je vous parie ce que vous voulez que Franco est en train de la négocier avec les Alliés.

Peut-être était-il en train de négocier, mais tout aussi calmement et patiemment que Mendoza demandait aux captifs d'endurer les mauvais traitements. Au cours des mois suivants courut dans le camp une rumeur : les libérations allaient bientôt commencer, comme l'indiquaient certains signes encourageants ; il fut permis aux Allemands, aux Italiens, aux Hongrois et aux Roumains d'écrire à leurs proches, pour leur faire savoir qu'ils étaient encore en vie, et seuls les Espagnols furent privés de ce régime de faveur. Entre-temps, Camacho avait réussi à attirer à lui, par peur des représailles, un groupe de divisionnaires ingénus, ignares ou impressionnables qui, sans avoir mauvais fond, faisaient tout pour s'attirer sa sympathie, au cas où il deviendrait, comme il l'avait annoncé dans un élan de vanité inspiré par l'alcool, préfet de police d'un gouvernement présidé par la Pasionaria. Ils formèrent ce qui fut appelé le « Groupe artistique espagnol », qui présentait le soir des farces puisées dans le répertoire de l'une ou de l'autre des compagnies chargées de divertir les troupes sur le front républicain pendant la Guerre civile, saynètes dont les principaux personnages étaient des capitalistes croque-mitaines et des évêques inquisiteurs qui avaient partie liée pour opprimer le prolétariat et abuser des vierges tendres. Ces spectacles simplets et schématiques obtinrent tout d'abord un certain succès, à cause de la nouveauté, mais le nombre de spectateurs ne tarda pas à décroître, et déclina plus rapidement encore quand Mendoza résolut de leur faire concurrence en inaugurant des séances de « cinéma parlé », pendant lesquelles, à l'imitation de Consuelito, sa nièce de sept ans, il racontait avec un luxe de détails les grands succès de l'écran, qu'il n'avait même pas vus, pour la plupart.

Quand il ne pouvait puiser dans sa mémoire, Gabriel recourait à son imagination, et le silence pénombral du baraquement se remplissait de mondes chimériques, qui resplendissaient comme l'or des mythologies : étendues sauvages où s'affrontaient en charges épiques les peuples de l'Inde et la septième brigade légère ; déserts ardents dont les dunes engloutissaient les aventuriers les plus intrépides, quand elles ne les conduisaient pas, par des passages secrets, à la cité ensevelie de l'Atlantide ; décors portuaires embrumés où des gangsters de haut vol se disputaient les faveurs d'une jeune fille d'apparence fragile qui finissait par dévoiler sa nature d'insatiable vampire ; châteaux lugubres de Transylvanie habités par un comte maléfique qui s'alimentait du sang de ses hôtes pris au dépourvu ; forêts pullulant de bandits au grand cœur qui combattaient les rois usurpateurs et distribuaient leur butin aux pauvres. Et des bretteurs gracieux comme des cygnes, des pharaonnes baignées dans du lait d'ânesse, des vagabonds besace sur l'épaule et la cinglante badine de bambou à la main, des chanteuses de cabaret qui ôtaient leurs chaussures à talon pour suivre d'un pas martial une patrouille de légionnaires, des amants tragiques qui se jetaient sous un train, des félons qui par leurs machinations cherchaient à devenir les maîtres du monde et des femmes éprouvées qui invoquaient ou accusaient Dieu en jurant qu'elles n'auraient plus jamais faim se rencontraient dans ces réunions comme pour comploter, à l'appel de Mendoza, dont la voix changeait d'inflexion en un exercice de mimétisme ininterrompu, devenait retentissante ou discrète, ingénue ou avertie, grave ou criarde, brisée ou hautaine, selon le caractère du personnage. Il arrivait ainsi à tenir dans l'expectative son auditoire par un numéro d'illusionniste toujours renouvelé, toujours nouveau. Ces séances de « cinéma parlé » finirent par être connues même des prisonniers d'autres nationalités, et les membres de la compagnie théâtrale créée par Camacho vinrent aussi les écouter, quand le public leur fit défaut.

– Demain, si Dieu le veut, un autre film vous sera raconté, disait Mendoza en conclusion, quand la salive lui manquait.

Les prisonniers le récompensaient d'un applaudissement nourri, en essuyant furtivement une larme quand il avait donné dans le drame, ou en éclatant d'un dernier rire quand il y était allé d'une comédie. Un soir, alors que l'ovation s'éteignait et que les captifs se préparaient à regagner leur chambrée, Camacho apparut et les exhorta à rester assis encore quelques minutes. Il était accompagné d'une demi-douzaine de gardes.

– Bravo, Mendoza ! Je vois que vous savez éblouir les troupes, dit-il. Mais ce que je viens vous raconter vous intéressera sans doute davantage que ces effets déclamatoires.

– Parle, Camacho, nous sommes tout ouïe, concéda Mendoza, narquois.

Camacho hocha la tête, très énigmatiquement satisfait, et brandit une liasse de papiers qui portaient un en-tête officiel.

– Vous avez de la chance, les amis. Vos souffrances ont pris fin.

Il s'interrompit pour guetter d'un air sadique les réactions que son annonce provoquait parmi les hommes qui étaient là rassemblés : incrédulité et frayeur, mais aussi germination d'un espoir timide, insensé. L'un d'eux osa demander :

– Vous nous laissez enfin rentrer chez nous ?

Cette question fut suivie d'une acclamation trépidante. Les plus crédules se donnaient l'accolade ; d'aucuns pleurèrent, relâchant la tension accumulée pendant des années. Camacho réclama le retour au calme d'un geste qui se voulait bienveillant, puis il savoura ses paroles comme des berlingots.

– Bien mieux que ça : le camarade Lavrenti Beria, ministre de l'Intérieur, ancien commissaire du peuple aux Affaires intérieures, nous a envoyé cette circulaire, commença-t-il en agitant de nouveau les papiers, tel un camelot vantant sa marchandise avariée. Dans cette circulaire, la liberté est offerte à tous les prisonniers qui renonceront à leur nationalité et solliciteront un permis de résider en Union soviétique. Vous n'aurez qu'à signer cette demande et, dans une quinzaine de jours, vous serez des hommes libres.

Il distribua aux prisonniers un formulaire en cyrillique, aux caractères très serrés. La liesse initiale s'était changée en désarroi et en suspicion ; mais Camacho savait que son offre s'adressait à des hommes frappés par l'adversité en lesquels ne survivait que l'instinct égoïste de survie. En prenant un de ces formulaires, Antonio chercha du regard Mendoza, en quête d'un conseil et d'un guide. Mais Mendoza méditait, les yeux baissés.

– Certains de vos camarades ont déjà signé la demande et attendent une réponse positive, poursuivit Camacho. Suivez leur exemple, et vous verrez que l'Union soviétique est une bonne mère qui sait pardonner.

Il faisait allusion à quelques membres du « Groupe artistique espagnol » présents en cette occasion, tristes et honteux. La plupart de ces garçons s'étaient engagés dans la División Azul pour des raisons très différentes de celles qui avaient contraint Antonio à le faire ; c'étaient des culs-terreux abrutis au point de croire que la solde payée en marks les tirerait de la misère, des miliciens anarchistes qui avaient cru laver ainsi leurs péchés de jeunesse, des coquins sans feu ni lieu, ou experts dans l'art de Cacus, l'insigne voleur.

– Ces hommes pourraient mieux que moi vous en apprendre sur les avantages de cette offre généreuse, reprit Camacho quand il eut fini de distribuer les formulaires. Tiens, Faustino, dis à tes camarades si tu as subi la moindre pression.

Celui qu'il interpellait, Faustino Vidal, était un gars de la campagne, timide et imberbe, qui dans les représentations théâtrales antifascistes tenait immanquablement le rôle de la demoiselle harcelée par les évêques lubriques et les capitalistes dépravés. Ses yeux étaient dépourvus de cils, parce que la captivité avait eu pour lui comme conséquence une manie irrésistible de se les arracher, et sa lèvre inférieure lippue lui donnait l'air d'un demeuré. Il récita sa leçon.

– Personne ne nous a contraints, compagnons, dit-il comme un perroquet, sans conviction ni enthousiasme, mais avec honte. Trompés, nous nous sommes battus pour le fascisme et, repentants, nous voulons rendre, en bien, tout le mal que nous avons fait à l'Union soviétique. Staline sera pour nous comme un père : il nous rendra liberté et honneur, et nous pourrons travailler ensemble à la construction d'un véritable paradis pour les ouvriers...

– Très bien, Faustino, dit Camacho, avec aigreur. C'est le bon sens qui parle par ta bouche. J'espère que tes camarades ne se laisseront pas duper par des oiseaux de mauvais augure, et qu'ils suivront ton exemple.

Vidal, après avoir répété la leçon apprise par cœur sous la contrainte, recula de deux pas, recroquevillé sur sa honte. Un lourd silence affligé suivit. Tous les regards convergeaient sur Mendoza, duquel ces hommes attendaient quelque contestation, mais la séance de « cinéma parlé » semblait l'avoir délesté de tout argument. Camacho le provoqua.

– Je tiens cependant à vous avertir que tout recours à un quelconque prosélytisme hostile à la circulaire du camarade Beria sera considéré comme une manœuvre séditieuse, un outrage à l'autorité suprême du Politburo, et sévèrement punie. Jusqu'à présent j'ai toléré vos insolences et fermé les yeux sur vos infractions, mais c'en est fini de ces égards. M'avez-vous bien compris, Mendoza ?

S'il avait eu de tels égards, ce n'était sans doute pas par bienveillance, mais parce que, aux yeux des autorités du camp, il était encore considéré comme un suspect, un ruffian qui, après avoir trahi son pays, s'efforçait de déguiser en rigueur disciplinaire une aversion vis-à-vis de ceux qui lui rappelaient quotidiennement sa trahison. Mais, à présent, il disposait d'un alibi parfait pour se venger des humiliations subies.

– Parfaitement, Camacho, répondit enfin Mendoza. Il n'y aura pas de prosélytisme. Mais dans cette requête, il est clairement spécifié que les demandeurs renoncent à toute forme de rapatriement. Ceux qui signeront ce torchon ne reverront jamais l'Espagne.

Camacho sourit, ivre de plaisir.

– Je n'en espérais pas moins de toi, Mendoza. J'informerai de ton attitude le tribunal du camp. Tu vas perdre les quatre poils qui te restent sur le caillou.

Un irrésistible désir de partager le sort de Mendoza s'empara alors d'Antonio. S'il intervint, ce fut moins par hardiesse que par besoin de se prouver à lui-même que dans les décombres de ce qu'il avait été avant de s'avilir survivait une once de dignité.

– Le lieutenant a raison ! Si vous signez, vous ne reverrez jamais celle que vous aimez, ni vos parents, ni vos frères et sœurs. Jamais.

Parmi les divisionnaires les plus hésitants, la déception gagnait du terrain. Camacho applaudit, très agréablement surpris de faire d'une pierre deux coups.

– Tu peux être fier de ton sosie, Mendoza. Le pauvre imbécile veut se précipiter avec toi dans la gueule de l'enfer.

Mais le dédain de Camacho ne fit qu'enhardir Antonio. Les gardes se précipitèrent pour s'emparer des deux insoumis, sur un signe impératif du déserteur. Luttant pour se dégager, possédé d'une fièvre expiatoire, Antonio cria encore, tandis qu'on le traînait hors du baraquement :

– Souvenez-vous de vos mères ! Vous vous êtes battus comme des lions dans les tranchées ! Ne vous laissez pas manipuler par ce traître !

Un coup de crosse sur la tempe le fit taire.

La dénonciation de Camacho fut transmise au simulacre de tribunal qui statuait sur les questions de discipline au camp de Borovitchi. Ils furent condamnés pour la forme à vingt-cinq ans de détention en camp de travail et destinés, trait d'ironie appuyé, à une mine proche du camp que les prisonniers ne connaissaient que par ouï-dire et que l'on n'évoquait jamais, avec une peur révérencielle ou un pressentiment d'horreur, que sous le nom de Puisard du Diable. Il s'agissait en fait d'une mine d'extermination, sans rentabilité aucune, que l'on gardait ouverte dans l'unique but de jeter dans sa gueule les criminels les plus odieux, les récidivistes et les derniers survivants de la grande purge organisée par Staline avant la guerre, bref, des gens que le régime soviétique avait décidé d'éliminer, mais pour lesquels la simple mort par exécution était un châtiment trop bénin. On ne connaissait personne qui eût survécu à son passage par le Puisard du Diable, et l'on racontait que ceux qui descendaient dans ce puits d'épouvante ne restaient jamais en vie plus de quatre ou cinq mois : certains mouraient exténués par l'effort, ou noyés dans les galeries inondées ; d'autres, quand ils n'étaient plus bons à tenir une pelle ou une pioche, étaient abattus par les gardes dans la mine, devenue un hypogée de fortune, et il y avait aussi ceux qui, plutôt que de subir les outrages et les abus qui peu à peu ruinaient leur énergie, mettaient fin à leurs jours.

Dans le Puisard du Diable ne travaillaient guère, tour à tour, que deux équipes d'une vingtaine de prisonniers, auxquels on réclamait une « norme » qu'ils ne pouvaient jamais atteindre, ce qui leur valait des représailles sans nombre de la part des gardes, choisis parmi les plus dénués de scrupules et les plus patibulaires du camp. On descendait dans le puits principal de la mine par un étroit escalier de bois plaqué contre la paroi, aux traverses pourries, dont les premières marches se couvraient en hiver d'une épaisse couche de glace ; plus bas, la glace disparaissait et les marches devenaient encore plus glissantes et dangereuses, tapissées de la même moisissure verte qui couvrait la pierre des parois, le long desquelles coulaient en permanence des filets d'eau, ruissellements qui se transformaient en cascades dans le dernier tronçon, avant d'atteindre les galeries souterraines, inondées pour la plupart jusqu'à hauteur de genou. Les condamnés descendaient cet escalier à la lueur d'une lampe à pétrole qui arrivait rarement au fond du puits encore allumée ; comme ils devaient se retenir des deux mains aux rampes (ils descendaient à l'aveuglette et de dos) afin d'éviter de glisser, ils accrochaient la lampe à leur ceinture ; ces précautions n'empêchaient pas leur lampe de se détacher parfois, dans les mouvements qu'ils faisaient, de tomber et d'aller casser la tête d'un de ceux qui les précédaient, et il arriva à plus d'un, après le choc, de tomber au fond du terrier, où il mourait le crâne fracturé, disloqué, s'il ne profitait pas de ce choc pour se précipiter dans le vide et abréger son infortune.

Quand, ruisselants, ils touchaient enfin le sol de la mine, on leur distribuait des pics, des pelles et des marteaux-piqueurs, sous le regard vigilant des gardes qui, une fois la distribution faite, regagnaient la surface en attendant le changement d'équipe. Alors commençait pour les forçats un véritable supplice : à l'intérieur du Puisard du Diable, l'air que l'on respirait, chargé d'une humidité et d'une puanteur de cadavre poisseuse, provoquait par moments l'asphyxie ; les galeries se ramifiaient en un dédale indéchiffrable, et débouchaient toutes dans le puits d'extraction, où les wagonnets remplis de charbon étaient conduits jusqu'aux ascenseurs. Nombre de ces galeries étaient si basses qu'elles obligeaient les condamnés à travailler dans les positions les plus invraisemblables, mais jamais debout ; souvent, elles étaient brusquement inondées par des trombes d'eau contre lesquelles on ne pouvait se prémunir, parce que les pompes d'exhaure ne fonctionnaient plus depuis longtemps. Antonio et Gabriel virent disparaître à jamais plusieurs hommes, emportés par ces trombes ; ceux qui échappaient à la noyade mais sortaient du puits avec des fractures dues aux chocs qui les empêchaient de continuer de creuser étaient aussitôt abattus par les gardes d'un tir de fusil-mitrailleur. On laissait parfois passer quelques jours avant d'enlever les cadavres ; censés impressionner les captifs, ils leur faisaient plutôt envie.

– Combien de temps crois-tu que nous tiendrons dans ces conditions, Gabi ? demanda Antonio, du fond d'une galerie.

Les marteaux-piqueurs, en perforant la veine de houille, faisaient résonner les parois de la mine et, de temps en temps, on entendait craquer les boisages qui cassaient sous le poids de la terre.

– Pas plus que les autres malheureux. La seule chose que je regrette, c'est de n'avoir pu t'empêcher de parler, ce soir-là. Que j'encaisse seul ce coup dur aurait été suffisant.

Antonio, couché dans la galerie, remplissait à l'aide d'une pelle au manche très court une caisse en bois où était attachée une corde sur laquelle Mendoza tirait, pour ensuite déverser la houille dans le wagonnet qui était poussé dans la file en attente devant l'ascenseur.

– Tu m'as dit qu'il fallait que je t'aide, à Borovitchi, que ce devait être mon stimulant. Tu te rappelles ? Je l'ai fait avec grand plaisir.

Mendoza s'en souvenait, et il était affligé de voir qu'Antonio avait pris ses paroles au pied de la lettre.

– C'est une chose de m'aider, mon ami, et c'en est une autre de partager mon sort.

– Pour moi, c'est un honneur de mourir à tes côtés.

Cette affirmation semblait grandiloquente à l'excès, mais elle était sincère, peut-être parce que devant la mort sincérité et grandiloquence vont de concert sans voile, main dans la main.

– Avant de mourir, nous allons essayer, Antonio, dit Mendoza en vidant la caisse dans le wagonnet.

– Essayer quoi ?

Antonio avait rampé jusqu'à l'ouverture de la galerie. Tous deux à l'abri d'une barbe non taillée, le visage couvert de poussière de houille et d'éclaboussures d'eau, ils ressemblaient plus que jamais à des jumeaux, des jumeaux identiques, dépenaillés et au bord de la consomption.

– De nous évader. Je ne veux pas mourir dans cette souricière et je n'ai pas l'intention de me suicider. Et si je dois être tué par une de leurs balles, je préfère tenter le coup. Tu es partant ?

– Bien entendu, mon ami, s'empressa de répondre Antonio avec une exaltation tout aussi sincère. Ensemble jusqu'à la mort.

S'enfuir du camp de travail était, bien entendu, une idée insensée, d'autant plus qu'ils ne pouvaient compter sur l'appui de quelqu'un qui, à l'extérieur, leur aurait fourni les documents nécessaires pour quitter le pays, ou procuré une cachette ; mais le désir d'en finir avec l'existence infrahumaine qui les condamnait à brève échéance pouvait conduire aux idées les plus incongrues. Quand ils avaient atteint la « norme », souvent avec quelques heures de retard sur le changement d'équipe, Mendoza et Antonio étaient conduits à la pointe des baïonnettes vers un baraquement au milieu d'un terrain vague, très éloigné du camp de Borovitchi, où languissaient les forçats du Puisard du Diable. On ne leur permettait pas de se changer et, bien avant d'avoir atteint le baraquement, leurs vêtements trempés avaient gelé et leur faisaient une sorte d'armure de glace ; arrivés à la cabane transis et couverts d'engelures, ils les mettaient ensuite à sécher sur un étendoir que les condamnés avaient fabriqué de bric et de broc, à la maigre chaleur des lampes à pétrole.

– Nous fuirons vers le nord, en direction des étangs, dit Mendoza, et Antonio s'avisa brusquement que Gabriel devait avoir planifié leur évasion depuis plusieurs jours. Quand ils s'apercevront que nous nous sommes enfuis, ils enverront des gardes à la gare de Borovitchi, et ils surveilleront la voie ferrée. Il va falloir survivre pendant une quinzaine de jours dans la forêt qui s'étend au-delà des étangs, en continuant d'aller vers le nord. Alors, la surveillance se sera relâchée et nous pourrons monter dans un train de marchandises.

Gabriel parlait en un murmure étouffé et monotone. On l'aurait cru en train de dire une prière qu'il connaissait par cœur et, pendant ce temps, les autres prisonniers sombraient dans le sommeil.

– Pour aller où ?

– À Leningrad. Nous descendrons du train avant d'arriver en ville, et nous essaierons d'atteindre la frontière finlandaise.

Leurs vêtements, ou plutôt leurs haillons, étendus dans la baraque à la lueur des lampes, avaient quelque chose d'un chœur de fantômes occupé à exorciser l'hiver. Antonio objecta :

– Mais ils lâcheront les chiens, pour retrouver nos traces…

– Nous choisirons une nuit pluvieuse, et tu verras que les chiens s'embrouilleront. Et avant de partir pour la mine, nous échangerons les couvertures de nos lits avec celles de n'importe lesquels de ces malheureux. Quand on les leur aura fait sentir, les chiens ne bougeront pas. Résultat : ils devront déployer les gardes au hasard, dans toutes les directions. Plus ils seront divisés, moins ils auront de chances de nous trouver.

Il avait établi son plan dans les moindres détails, tel un cartographe qui doit indiquer sur son relevé jusqu'aux accidents de terrain que même le regard le plus attentif ne remarque pas, mais un cartographe d'une région d'utopie.

– Ils finiront par devoir en référer à Beria. On se lancera à notre poursuite en voiture, et même en avion, s'il le faut, insista Antonio.

– Oui, mais ils ne le feront pas pendant les deux premières semaines. Ils savent parfaitement que si Beria entend parler de l'affaire, les têtes tomberont à la pelle. Pendant quinze jours, ils tâcheront de tout dissimuler comme ils le pourront, et ils ne donneront l'alerte qu'une fois à bout de ressources.

Gabriel continua d'égrener jusqu'aux moindres circonstances de l'évasion avec une exactitude détachée, comme s'il expliquait le fonctionnement d'une machine. Tous deux savaient qu'il y a loin de l'exposition théorique d'un projet à sa réalisation ; tous deux savaient n'avoir que d'improbables et rachitiques chances de réussir, mais ils ne voulaient pas rester confinés dans cette tanière suffocante, comme les autres prisonniers semblaient l'accepter avec une fatalité routinière, jusqu'à ce que mort s'ensuive, par éboulement, inondation, exténuation ou simple exécution. Vers la fin de l'hiver, au moment du dégel, les conditions favorables à l'évasion se présentèrent enfin : il tombait des pluies torrentielles qui faisaient croire que le Ciel avait décrété un nouveau déluge universel, et ils furent placés dans l'équipe de jour, qui travaillait de midi à la nuit tombée. Avant de quitter la cabane, ils purent discrètement faire l'échange des couvertures, comme prévu. Pour tout bagage, ils avaient un sac imperméable qu'Antonio portait pendu à son cou, avec à l'intérieur une douzaine de boîtes d'allumettes et deux couteaux rudimentaires faits avec des mèches de marteau-piqueur. Volontairement, ils ne remplirent pas les exigences de la « norme », et quand ils remontèrent à la surface avec les autres prisonniers, les gardes les firent redescendre à coups de pied avec force insultes, puis laissèrent sur place un soldat pour les surveiller, tandis que les autres condamnés retournaient au baraquement sous la garde du reste de la brigade. Pendant près d'une heure, Antonio et Gabriel feignirent de s'attaquer avec vigueur à une veine de houille ; la pluie avait grossi les infiltrations, et le sol boueux était couvert d'une cinquantaine de centimètres d'eau, qui leur permettait à peine d'avancer dans les galeries.

– C'est le moment, Antonio. Que Dieu nous aide.

– T'inquiète. Ma main ne tremblera pas, dit Antonio, en empoignant le manche de la pelle.

Mais il mentait : sa main tremblait, la peur le pénétrait jusqu'à la moelle des os, qui lui semblaient aussi tendres que du beurre. Mendoza s'appuya au wagonnet, comme s'il s'était blessé, et poussa un cri déchirant dont l'écho monta jusqu'à la surface par la cage d'ascenseur. Le garde resté pour les surveiller se montra, tout en haut du puits, intrigué.

– Il y a eu un éboulement dans une galerie ! cria Antonio. Mon camarade est blessé !

Pour que la feinte fût plus convaincante, Mendoza continua de gueuler et de lancer des jurons. Le soldat commença par rouspéter et par jurer lui aussi, dubitatif, mais comme les lamentations souterraines ne cessaient pas, il se décida enfin à descendre dans la mine, le semi-automatique prêt à administrer son extrême-onction de plomb. Antonio s'approcha du bas de l'escalier pour le recevoir ; c'était un jeune gringalet aux traits rustauds, qui n'avait peut-être même pas participé aux campagnes contre les armées allemandes. Avec une sorte de pitié consternée, Antonio remarqua qu'il flottait dans son manteau, comme s'il l'avait hérité d'un soldat beaucoup plus étoffé que lui.

– Par ici ! Je vous accompagne.

Le soldat répugnait à s'aventurer dans l'eau boueuse qui lui arrivait au-dessus des genoux, mais il finit par se décider, entraîné par un élan dont Antonio ne sut jamais s'il était de nature charitable ou meurtrière, quand Mendoza poussa un autre cri sur lequel il semblait rendre l'âme. Le soldat leva son semi-automatique et se dirigea vers l'endroit où Mendoza s'était réfugié ; les pans de sa capote s'ouvrirent dans l'eau, comme soutenus par une crinoline. Antonio, resté légèrement en arrière, brandit et abattit sa pelle, dont le tranchant frappa violemment le crâne du gringalet, qui tomba lourdement. Avant qu'il n'eût repris connaissance, Mendoza se jeta sur lui et lui serra le cou, les mains en tenaille ; tandis qu'il l'étranglait, le soldat russe n'opposa guère de résistance, se contenta de le regarder, éberlué, avec des yeux qui clamaient l'épouvante, ou le martyre, et que Mendoza fit disparaître en lui enfonçant la tête dans l'eau boueuse. Alors le garde agita désespérément bras et jambes, mais Mendoza ne lâcha pas prise avant l'arrêt des convulsions. Le chapelet de bulles du dernier soupir leur apprit que tout était fini. Mendoza écarta les mains comme si le contact du cadavre l'avait brûlé. Peut-être avait-il tué des dizaines d'hommes sur le front, mais ces ennemis tués au hasard des armes n'étaient rien, comparés à ce meurtre à mains nues d'un homme que l'on prive de son souffle. Il se signa.

– Que Dieu ait pitié de son âme, dit-il en une prière lapidaire, et il ajouta : – Et de la nôtre.

Ils n'échangèrent plus un mot, montèrent en hâte l'escalier changé en cascade, tâtant les marches du bout des pieds, et ils sortirent dans la vaste nuit, où craquaient et roulaient les coups de tonnerre, dont les retentissements semblaient être ceux de l'artillerie lourde des légions de damnés. Ils se mirent à courir sous la pluie inlassable qui avait fait de l'espace sauvage des alentours un bourbier, à courir en direction du nord (ou ce que Mendoza estimait être le nord, parce que pas une étoile ne brillait au ciel), jusqu'à un cours d'eau dont ils suivirent le lit pendant environ deux kilomètres, pour mieux dépister les chiens, puis ils reprirent leur course vers le nord, à travers un terrain marécageux dans lequel ils s'enfonçaient parfois jusqu'à la taille. Après avoir pataugé pendant des heures dans le limon mouvant, rompus de fatigue, ils atteignirent une forêt épaisse où ils purent s'abriter de la pluie et ramasser un peu de bois sec. Ils allumèrent un modeste feu dans une petite clairière entourée d'arbustes aux branches entrelacées qui formaient une sorte de voûte naturelle, écran qui les protégeait des regards, et ils purent faire sécher leurs vêtements trempés, tandis que la pluie faiblissait.

– Il y a combien d'heures que nous avons quitté le Puisard du Diable ? voulut savoir Antonio, qui avait complètement perdu le sens de l'orientation et la notion du temps.

– Six, peut-être sept heures. Il fera bientôt jour.

À mesure que le tambourinement de la pluie sur la voûte végétale diminuait apparaissaient entre les frondaisons quelques chétives étoiles, qui clignotaient au loin comme des lampes à huile sur le point de s'éteindre.

– Tu crois qu'ils ont commencé les recherches ?

– N'en doute pas, répondit Mendoza, qui parlait avec un calme étrange, au point que l'on aurait cru que cette poursuite ne le concernait pas. Ils ont sans doute envoyé un détachement à la gare de Borovitchi et posté des gardes sur tous les chemins et les routes. Mais il ne faut pas nous en inquiéter.

L'attitude flegmatique ou évasive de Gabriel exaspéra Antonio.

– De quoi faut-il nous inquiéter, alors ?

– De filer vers le nord, toujours vers le nord, en évitant d'être vus, et en restant autant que possible à l'écart des villages et des endroits habités. Ils doivent avoir diffusé la nouvelle de notre évasion à quelques centaines de kilomètres à la ronde, en promettant une récompense à qui leur fournira une information, et en rappelant à la population que venir en aide à un évadé est puni de mort.

Antonio était harcelé par une séquelle de questions. Comment allaient-ils se procurer des aliments, s'il leur était interdit de s'approcher des habitations ? Quelle distance avaient-ils mis entre eux et leurs poursuivants ? Combien d'hommes, et de quelle sorte, avait-on lancés à leurs trousses ? Les chiens étaient-ils parvenus à flairer leur piste ? Si finalement on les arrêtait, quel sort leur réserverait-on ? Les fusillerait-on sur place en laissant leurs dépouilles aux corbeaux, ou les ramènerait-on au camp pour les écorcher vifs publiquement avant de leur donner le coup de grâce ? Il comprenait qu'il ne leur restait peut-être que quelques heures à vivre, et qu'il les employait à de vaines devinettes qui n'étaient que temps perdu. La voix de Mendoza se fit entendre, accablée, altérée par la froidure de l'aube.

– Qu'en sera-t-il, à présent, de nos compagnons de captivité ?

– On va tâcher de leur faire signer ces demandes de naturalisation, leur renoncement au rapatriement, répondit Antonio avec dureté. J'imagine qu'ils vont être dispersés dans divers camps, entre-temps, pour qu'ils ne puissent pas être influencés par les officiers.

Mendoza poussa un lourd soupir peiné (qui était plutôt un sanglot), apparemment submergé par une vague de remords, à l'heure du bilan.

– J'ai souvent été en proie au même doute : tous les efforts accomplis pour les maintenir unis ont-ils eu le moindre sens ? N'aurait-il pas mieux valu céder aux pressions ? Ne nous serions-nous pas épargné ainsi bien des tracas ?

– Céder n'aurait servi à rien, Gabi, tu me l'as dit cent fois, répondit Antonio, qui éprouvait un certain malaise à invoquer l'autorité de son ami au moment même où elle semblait se déliter. Qu'aurions-nous obtenu ? Un morceau de pain, des vêtements de rechange, quelques sévices de moins... en échange d'une vie d'humiliation. Au moins, de cette manière, quand ils rentreront en Espagne, ils pourront devant leur famille se faire gloire d'avoir gardé la tête haute. Et c'est à toi qu'ils le devront.

Mendoza ne fit pas grand cas de la flatterie.

– S'ils y retournent jamais...

– Ils y retourneront, Gabi. Et nous aussi.

L'abattement de Mendoza l'offensait tout autant que l'eût été un néophyte qui aurait découvert que son précepteur a perdu la foi. Il prêta attention à sa voix, à la fois lourde de présages et instante.

– S'il advenait que je meure et que tu réussisses à t'évader, je te demande d'aller voir Amparo. Jure-moi que tu le feras.

– Je te le jure, Gabi, bien sûr, mais...

– Dis-lui que je n'ai pas laissé passer un seul jour sans penser à elle. Dis-lui que quand je souffrais de la faim et des mauvais traitements, c'est son souvenir qui m'a permis de tenir. Dis-lui que j'aurais aimé vivre auprès d'elle, et avoir avec elle de nombreux enfants...

Maintenant, sa voix n'était plus lourde de présages funestes ni instante, mais hallucinée et fébrile. En d'autres circonstances, ces demandes auraient pu être considérées comme des fariboles sentimentales : on avait probablement annoncé à Amparo la disparition de son fiancé à Krasny Bor, et elle, après avoir gardé le deuil pendant quelques années, devait maintenant vivre auprès d'un autre homme, être mère de quelques enfants qu'elle n'avait pu avoir avec Mendoza. Mais, devant l'imminence de la mort, la grandiloquence va sans voile de concert avec la sincérité, main dans la main.

– Ça suffit, Gabi, dit Antonio, tranchant. Ce que tu me demandes est absurde. Nous allons mourir ensemble ici ou nous en sortir ensemble. Tu pourras dire toi-même tout ça à Amparo. Et maintenant, repose-toi, s'il te plaît.

Sur ces mots, il réprima un sanglot et crut sentir dans sa gorge le goût acide et abrasif d'un reflux gastrique. Bien des fois, quand le courage lui manquait, il s'était appuyé sur Mendoza ; bien des fois il avait trouvé en son ami la force de résister ; et maintenant que Mendoza se montrait vulnérable, il se découvrait désarmé et aussi fragile qu'un château de cartes. Ils dormirent, ou firent semblant de dormir, jusqu'au lever du soleil. Tous deux étaient couverts de la tête aux pieds d'une épaisse couche de boue et de cendre qui leur donnait une apparence d'hommes des bois et, en hommes des bois, ils s'échinèrent à trouver de quoi se nourrir. Ils comprirent vite que ça n'allait pas être tâche facile : bien que le printemps s'annonçât, les arbres n'avaient pas encore reverdi, les animaux étaient encore tapis dans leurs repaires. Ils mâchonnèrent quelques racines, réussirent à attraper un écureuil qu'ils écorchèrent, puis mangèrent rôti à feu vif, avant de reprendre leur marche à travers la forêt qui allait en s'épaississant. De temps en temps, ils grimpaient à un arbre pour jeter un regard aux alentours et savoir à quoi s'en tenir, mais le bois s'étendait à perte de vue, aussi hermétique qu'une sphinge. En s'orientant sur la course du soleil, ils marchèrent pendant plusieurs jours dans des conditions extrêmement pénibles, les jambes souvent plongées dans le bourbier du dégel, avec pour seule nourriture ce que la forêt pouvait leur fournir, et qui ne suffisait pas à combattre l'épuisement. Au cinquième jour, ils s'aperçurent que les clairières devenaient de plus en plus nombreuses ; Mendoza monta sur un pin et découvrit, à moins de deux kilomètres de l'endroit où ils se trouvaient, un hameau qui paraissait abandonné : pas la moindre fumée ne montait des toits de chaume de quelques isbas, aux appentis délaissés.

– L'endroit semble désert. Il se pourrait que ses habitants aient été déplacés, expliqua-t-il à Antonio. C'est comme s'ils avaient dû partir en vitesse. Avec un peu de chance, on trouvera là quelque chose à se mettre sous la dent.

– Mais tu as dit qu'il fallait éviter les habitations, objecta Antonio, tout en désirant que cette objection fût écartée par Gabriel, parce que l'inanition lui coupait les jambes.

– Et je le maintiens, mais si on ne trouve pas rapidement des vivres, on ne pourra bientôt plus avancer. Mieux vaut prendre le risque.

Ils firent le tour du hameau, sous le couvert, et purent constater qu'il était effectivement inhabité. Puis ils se glissèrent furtivement dans les isbas, et y trouvèrent les placards encore pleins d'effets et d'ustensiles domestiques, preuve que les occupants étaient partis avec l'espoir de revenir bientôt ; mais ils ne virent pas trace de nourriture, et pas davantage dans les appentis voisins, où les instruments de labour étaient rangés à côté d'armes en attente d'un improbable soulèvement paysan. Ils s'engagèrent dans la rue principale du hameau comme dans l'allée d'un cimetière dont les morts auraient émigré, à l'appel des trompettes du jugement dernier ; le ciel sans nuages, au-dessus de leurs têtes, était aussi inhospitalier qu'une nef couleur de gangrène. Au bout de la rue, derrière des billes de bois, dans un enclos circulaire, les attendait une succursale de l'arche de Noé : poules et lapins, oies et dindons fouillaient la paille, le fumier ou, tête plongée dans leur mangeoire, étaient très occupés à becqueter. Antonio et Gabriel se regardèrent, perplexes et transportés de joie, puis se précipitèrent, sautèrent la clôture et coururent derrière les animaux affolés, au milieu d'une explosion de cacardements et de caquetages.

– Tu avais raison, Gabi ! s'exclama Antonio, quand il eût réussi à attraper une poule, à laquelle il tordit le cou. On a bien fait de prendre le risque.

Mais il fut sidéré par le simulacre de rire de Mendoza, qui

regardait en direction des isbas qu'ils avaient laissées derrière eux. Une demi-douzaine de soldats, sortis de leurs cachettes, vinrent encercler l'enclos en pointant sur eux leurs semi-automatiques.

– Ils nous ont piégés, mon ami, murmura-t-il.

Antonio lâcha la poule et tourna sur lui-même, cherchant une échappatoire.

– Laisse, c'est inutile. Tout ce que tu vas obtenir, c'est une balle dans le dos.

Là-dessus, à titre d'exemple, il resta sans faire un geste au milieu de l'enclos, les yeux levés au ciel – en prière, aurait-on dit. Antonio se rappela alors le propos que Gabriel avait tenu : « C'est pourquoi tous les efforts des matons qui cherchent à nous briser, tout leur zèle à nous battre et à nous blesser sont vains et seront vengés ; nous ressusciterons sans une seule cicatrice, et nous les verrons pourrir en enfer. » Mais, pour le moment, les fusils restaient braqués sur eux. Par la rue principale du hameau venait dans leur direction un camion de l'armée, avec une autre demi-douzaine de soldats dans la remorque découverte ; le véhicule s'arrêta devant l'enclos, son moteur continua de tourner, et Camacho descendit de la cabine, aussi fier qu'un maréchal de camp.

– Pour moi, depuis le premier moment, ç'a été l'évidence même, dit-il, montrant les dents avec délectation. Comment chasser le renard affamé ? En lui ouvrant la porte du poulailler.

Il poussa d'un coup de pied la porte de l'enclos, qui céda mollement, provoquant pourtant la débandade épouvantée des volailles, et il vint vers eux, en prenant garde de ne pas poser les pieds dans le fumier. Il hésita un instant à reconnaître Mendoza, qui fut trahi par son attitude, plus vaillante que celle d'Antonio.

– La partie est terminée, dit-il. Comme tu le vois, la loyauté à tes principes ne t'a servi à rien. Tu vas mourir comme un chien galeux.

Mendoza le regarda avec un dégoût infini, ou une infinie miséricorde.

– Changer de camp ne t'a pas mieux servi. Tu resteras ce que tu as toujours été : un rat d'égout.

Le visage en lame de couteau de Camacho pâlit et se défit, agité par un tremblement en lequel se confondaient la colère et la haine. Il dégaina et pointa son pistolet sur Mendoza.

– Recommande-toi à Dieu. Ta vie s'achève ici.

Mendoza sourit avec un soulagement proche de la gratitude. Il regarda une dernière fois Antonio pour l'encourager, et cracha au visage de Camacho, juste entre les sourcils.

– Cette vie est la seule chose que tu puisses me prendre. Tout ce que j'ai d'autre, tu ne peux même pas l'imaginer.

Le coup partit, alla retentir dans les greniers du ciel, éveillant mille oiseaux fugitifs. La balle traversa le crâne de Mendoza et le fit tomber à la renverse sur la fiente de volaille, mollement, avec aux lèvres un sourire à jamais figé. C'était maintenant tout le corps de Camacho qui tremblait, comme saisi par un froid sidéral ; il se pencha sur Mendoza pour s'assurer qu'il ne respirait plus, et lui arracher la plaque d'identité de la División Azul. Puis il se tourna vers Antonio qui, incapable de se soutenir plus longtemps, était tombé à genoux en cachant la tache honteuse qui s'étalait sur son pantalon. Camacho lui caressa la nuque de la bouche encore chaude de son arme, se délectant en son tréfonds.

– À toi, nous te réservons un autre sort, ordure, lui dit-il.

Il donna aux soldats l'ordre de le conduire dans le camion. Ils le traînèrent jusqu'à la remorque, face contre terre, puis ils l'attachèrent à la roue de secours de sorte qu'il ne puisse faire le moindre mouvement. Quand le camion démarra, la nuit tombait, telle une religion noire qui s'emparerait de la Terre.

Le cadavre de Mendoza resta où il était tombé, en attendant la résurrection de la chair. Sa bouche n'allait pas tarder à se remplir de fourmis.

On l'enferma dans une cellule exiguë et puante, de cinquante centimètres de large sur un mètre et demi de long, sorte de casier où l'on mettait à pourrir lentement les hommes. Les murs de béton étaient couverts de givre et, s'il ne voulait pas geler, il devait éviter de s'asseoir ou de se coucher par terre. Aucune lucarne ou grille de ventilation ne s'ouvrait dans les murs, aussi devait-il, pour respirer de l'air propre, coller sa bouche aux fines rainures entre la porte et son cadre. Tous les deux jours, le geôlier lui apportait une cruche d'eau et un trognon de pain, dont il devait se contenter pendant les quarante-huit heures suivantes. Plongé dans une obscurité permanente, contraint de se soulager dans ce cachot, Antonio ne pouvait trouver le repos qu'en appuyant ses bras croisés sur la porte et en posant la tête dessus ; dans cette position, il lui arrivait parfois de s'endormir, ou de sombrer dans une torpeur proche de la léthargie, pendant laquelle le sang cessait de lui irriguer la tête. En le jetant dans cette cellule, Camacho lui avait dit :

– Voyons un peu combien de temps tu tiendras avant de crier pitié. Jusqu'où ira ton arrogance.

Aussitôt, Antonio s'était dit que jamais il ne lui ferait ce plaisir. Il découvrit que s'il arrivait à plonger son esprit dans un état de semi-conscience, en essayant avant tout de ne pas se remémorer les aléas qui l'avaient conduit où il en était, il pouvait arriver à une certaine ataraxie et mieux encaisser l'enfermement. La faim, qui l'avait d'abord fait se tordre de douleur, en lui donnant l'impression que ses nerfs étaient frictionnés à la paille de fer, finit par lui devenir de plus en plus légère, malgré étourdissements et nausées, comme si le simple fait de respirer l'enivrait. Au bout de quinze jours sans nourriture, l'autophagie, ou inversion métabolique du processus digestif, commença ; son organisme se nourrit de lui-même, du fer de son sang, du calcium de ses os, en un ultime effort pour rester en vie. De temps en temps, le judas de la porte s'ouvrait et un œil immobile le scrutait pendant un long moment avec une curiosité scientifique, guettant peut-être l'instant où l'ultime fil auquel tenait sa raison se romprait et où, brisé, il appellerait à l'aide. Mais ce dernier fil s'était depuis longtemps rompu, et son esprit exténué était une aigrette dans le vent, un papillon aux ailes effilochées qui, après avoir pondu, se résigne à mourir sans avoir pu reprendre son vol. Quand il essayait de remuer un de ses membres pour en chasser l'ankylose, il entendait s'entrechoquer ses os comme des osselets dans une bourse de cuir, et claquer ses muscles fondus, sans plus aucune flexibilité, pareils à du bois mort et vermoulu. Il aurait voulu crier, mais sa langue lacérée par des pustules, festonnée d'une écume jaunâtre, ne lui permettait plus d'articuler un mot, et ses cordes vocales avaient renoncé à leur fonction. Sa nuit perpétuelle se peuplait de petites formes incertaines, pareilles à un essaim de mouches phosphorescentes, et son appareil auditif, sourd à tous les sons venus de l'extérieur, donnait dans son esprit d'horribles concerts tonitruants. Il aurait préféré mourir comme était mort Mendoza, debout, un sourire de gratitude et de soulagement aux lèvres ; il aurait préféré ne pas se voir réduit en bouillie, une informe bouillie vaguement humaine, vaguement végétale, qui se brésillait progressivement au point de lui faire perdre la raison, de le dépouiller même de ses facultés purement sensitives, jusqu'à l'annihilation. Il n'entendit pas les serrures jouer, ni le grincement des gonds de la porte, mais il entendit une voix féminine, avec un accent français qui ne pouvait tromper, qui lui murmurait :

– Mon Dieu, Antonio, que t'ont fait ces brutes. Ne meurs pas, Antonio, ne meurs pas encore.

Avant de sombrer dans le marasme de l'inconscience, Antonio se sentit immergé dans une odeur matinale d'étable propre, de four encore tiède, qui chassait la puanteur de sa cellule, et il enlaça l'ange qui venait le sauver, chercha son corps comme la main cherche le gant, le boulon la charnière, la pierre le lichen, certain de trouver un asile en son giron. Dès cet instant, le temps fut aboli, de même que les perceptions des sens, qui se confondirent avec une vacuité indistincte, un trou sourd dans lequel il se jetait sans jamais en atteindre le fond, comme s'il s'était penché sur l'abîme des confins de l'univers. Mais dans cette chute quelque chose le retint, ralentit sa précipitation, quelque chose le soutint dans sa descente, et le hala, pour le ramener à la surface. Pendant ces jours ou ces semaines au cours desquels ses organes recouvrèrent leurs fonctions, son sang se remit à circuler, ses muscles dystrophiques et ses os décalcifiés rétablirent leur intégrité, Antonio resta dans un état semblable au coma, avec d'occasionnelles et déconcertantes reprises de conscience que la fièvre dissipait aussitôt. Ces instants de lucidité ne duraient que quelques secondes, ou quelques dixièmes de seconde, mais pendant ces infimes laps de temps Antonio parvint à reconnaître des mains qui l'apaisaient amoureusement, rafraîchissaient avec abnégation ses lèvres gercées et son front où perlait la sueur, et caressaient son visage avec la délicatesse que l'on met à écarter la crème d'un bol de lait fumant. Il en alla ainsi jusqu'au jour où il ouvrit enfin les yeux.

– Où suis-je ? demanda-t-il.

Il se trouvait dans une pièce aux murs couverts de carreaux de céramique, chauffée par un poêle de laiton, dans laquelle étaient alignés six lits inoccupés. Il crut un instant que son évasion avait réussi, et qu'il était soigné dans un hôpital finlandais, où il se remettait de l'épuisement de longues années de captivité, mais peu après se présenta à son esprit, en un éclair, l'image de Mendoza abattu d'un coup de pistolet en plein front, un sourire figé aux lèvres. Il eut honte de n'avoir pas subi le même sort.

– Bravo, Antonio. Ils t'ont laissé plus de vingt jours sans nourriture. Un autre, à ta place, n'aurait pas résisté.

C'était Faustino Vidal, l'un des divisionnaires que Camacho avait réussi à attirer dans la troupe de théâtre qui interprétait des farces antifascistes. On l'employait comme aide-soignant à l'infirmerie de Borovitchi, aumône dédaigneuse qui lui avait été faite, ou récompense pour services rendus. Il vint vers le lit, plein de sollicitude, avec un bol de bouillon bien chaud duquel s'exhalait, chose incroyable, un fumet de viande.

– Qu'est-ce que je fais là ? demanda Antonio d'un ton revêche, pour marquer ses distances vis-à-vis de Vidal.

– On t'a amené ici après t'avoir tiré du trou dans un état déplorable. Tu n'avais que la peau sur les os, et tu es arrivé avec une fièvre de cheval.

Antonio but avec avidité le bouillon, qui répandit dans son estomac une chaleur perplexe, celle avec laquelle on accueille un hôte à qui l'on a en vain offert l'hospitalité pendant des années et qui se présente à l'improviste. Il ne pouvait ignorer que de tels mets étaient interdits aux captifs, comme l'étaient aussi les médicaments posés sur la table de nuit, à côté de son lit, parmi lesquels il remarqua un flacon d'Atabrine. Tandis qu'il humait le bouillon, Vidal le regardait avec une sorte d'envie mélancolique ; sa lèvre inférieure, lippue, remuait convulsivement pour tâcher d'endiguer un flot de salive.

– C'est vrai ce qu'on raconte dans le camp ? demanda-t-il.

– Quelle connerie raconte-t-on encore ?

– Que Mendoza et toi vous êtes enfuis du Puisard du Diable, dit-il avec l'admiration révérencielle qui accompagne le récit des prouesses que seuls accomplissent les héros des mythologies. Jamais personne ne l'avait fait, ajouta-t-il, avant de reconnaître, ému : – Je t'envie.

Cette sollicitude adulatrice indisposa Antonio.

– Je ne vois pas pourquoi.

Vidal fit la moue, et son visage de crétin devint d'un pathétisme repoussant.

– Tu te souviens qu'on nous a offert la liberté à condition que nous adoptions la nationalité soviétique ? On a été nombreux à signer, mais pour la liberté, peau de balle. C'est vrai qu'ils ont amélioré les conditions de détention : certains ont été envoyés à la cuisine, d'autres aux ateliers, moi à l'infirmerie. Mais de la liberté promise, on n'a jamais plus rien su. Et ils continuent de nous traiter comme des chiens.

– Et à quoi t'attendais-tu, espèce de cruche ? le tança Antonio. Estime-toi pourtant heureux : au moins, tu es vivant.

Mendoza avait refusé de croire aux mensonges et aux leurres de leurs geôliers, et il mangeait maintenant les pissenlits par la racine, ou plus certainement avait été la proie des charognards. Comme il allait bientôt l'être, lui aussi.

– On m'a interdit, sous menace de mort, de dire à qui que ce soit que tu es encore vivant, lui confia alors Vidal, sur un ton qui n'était plus envieux mais insidieux. On voit que tu es drôlement pistonné, toi.

– Pistonné ? s'écria Antonio, fâché. Tu trouves que c'est être pistonné de passer je ne sais combien de temps au trou sans nourriture ? On va me tirer d'ici pour me conduire au poteau d'exécution…

Vidal le regarda avec un effarement offensé, presque avec ressentiment. Sa lippe trahissait un tremblement presque obscène.

– Oui, le poteau d'exécution, à coup sûr… Mais alors, explique-moi un peu pourquoi la grenouillarde est venue te soigner de ses mains tous les jours, pourquoi elle se prive de sommeil pour veiller sur toi.

– Nina ? fit Antonio, en un sursaut, pendant que quelque chose, venu des ténèbres de l'inconscience, lui soufflait que Vidal ne mentait pas. Où est-elle ?

– Elle a dû aller à Moscou, en me laissant la charge de te traiter comme un roi, répondit Vidal en se frottant convulsivement les paupières. Dis-moi, tu te l'es faite ? Tu as un sacré bol, putain, cette fille a une telle croupe que, quand on la voit marcher, on n'a plus qu'une envie : la lui mettre au cul.

Il laissa Vidal se défouler, proférer toutes les énormités et les insanités dont peut être capable un pauvre diable qui ne trouve de soulagement que dans sa main. Antonio en était venu à croire que son aventure avec Nina était un épisode d'un passé honteux définitivement enseveli, mais le passé nous revient toujours, comme les hirondelles. Aussi, pendant que Faustino donnait libre cours à sa logorrhée libidineuse, retourna-t-il par la pensée à la cabane de l'île de Tolbos, où Nina s'était attendrie entre ses bras et l'avait laissé voguer dans ses entrailles, en batelier qui connaît les courants et leur cède, toujours à leur merci. Mais il ne pouvait pas non plus oublier que les bêtes féroces se déguisent en agneaux pour accomplir leurs plus pervers desseins.

– Ça suffit, Vidal, je ne veux plus entendre une seule cochonnerie.

Il avait parlé sur un ton revêche et tranchant qui, toutefois, ne cherchait pas à intimider Faustino, mais celui-ci dut se dire qu'un avertissement de la part d'un homme si bien pistonné équivalait à une menace, et il cessa dès cet instant de l'importuner avec ses bavardages et sa curiosité, se bornant, pendant les quinze jours qu'Antonio passa encore dans cette salle à l'écart de celles où l'on soignait les captifs moins privilégiés, à satisfaire les besoins les plus élémentaires de son patient et à lui apporter une nourriture abondante, tellement abondante qu'Antonio se sentait parfois coupable en l'ingérant. Lui non plus n'osa rien demander d'autre à Vidal, malgré l'inquiétude très profonde qui le tourmentait, parce qu'il était évident qu'une tentative d'évasion telle que celle dont il s'était rendu coupable avec Mendoza ne pouvait être punie que de mort, châtiment incompatible avec les soins que Nina avait donné l'ordre de lui dispenser. Il espérait qu'elle viendrait lui expliquer cette discordance, mais les deux semaines de sa convalescence s'écoulèrent sans qu'elle franchisse le seuil de l'infirmerie.

Vidal le réveilla, avec des égards minaudiers ; il apportait du linge propre et un message qu'il lui glissa à l'oreille comme s'il s'agissait d'un secret qu'il avait à peine le droit de lui confier.

– Deux soldats t'attendent à la porte. Ils ont ordre de te conduire au bureau du commissaire du camp.

Sur ces mots, avant de s'éclipser, il lui lança un clin d'œil ambigu, qui pouvait exprimer aussi bien la commisération que la lubricité. Antonio s'habilla sans hâte, avec le renoncement du moribond que l'on force à se lever du lit et à s'envelopper lui-même dans un suaire. Avant de quitter l'infirmerie, il alla jusqu'au lavabo se rafraîchir le visage, et il aperçut dans le miroir un ressuscité émacié à la barbe longue. Il était étonnant, avec toutes les attentions qui lui avaient été prodiguées, que l'on ne se fût pas soucié de le raser ; mais, tout au fond de lui-même, il n'en était pas mécontent, parce que la barbe accentuait sa ressemblance avec Mendoza, et que le souvenir de l'ami qui avait regardé la mort en face avec vaillance allait sans doute le soutenir quand le commandant du camp prononcerait son arrêt de mort, quand les fusils du peloton d'exécution le mettraient en joue, quand les balles déchireraient sa chair et libéreraient son âme. Mais pourquoi s'était-on donné la peine de le soigner avant de le fusiller ?

On le fouilla et on le conduisit menotté chez le commissaire. Le jour ne s'était pas encore levé, les baraquements dans lesquels dormaient les prisonniers faisaient songer à des entrepôts de casse. Le bureau était dépourvu de tout élément de décor qui eût pu humaniser son occupant : sur un mur pendaient deux drapeaux soviétiques, entre lesquels étaient accrochés les portraits de Lénine et de Staline, que couronnaient dans un médaillon la faucille, le marteau et l'étoile rouge à cinq branches ; les portes étaient matelassées d'ouate et de cuir, pour empêcher que l'on pût entendre de l'extérieur les conversations qui se déroulaient dans cette pièce ; le siège sur lequel on lui ordonna de s'asseoir avait été rivé au sol, peut-être pour épargner aux visiteurs la tentation de le jeter à la tête du commissaire, et le bureau qui occupait le centre de la pièce juché sur une estrade comme un catafalque. Cinq à dix minutes avaient passé quand d'une antichambre ou d'un cabinet contigu entra le maître des lieux, un grand gaillard aux allures pachydermiques et aux mains calleuses d'avoir trop longtemps conduit la charrue, embusqué sous les grosses moustaches que le petit père des peuples avait mises à la mode. Auprès de lui, Camacho, qui très servilement l'avait fait entrer, donnait l'impression d'être un avorton. Tous deux s'assirent derrière le bureau et tournèrent la tête du côté de l'antichambre, d'où vint Nina. Elle portait le chemisier blanc à manches bouffantes qu'Antonio lui avait déjà vu, et elle serrait un calepin sur sa poitrine, d'un geste pudibond ou timide.

– Bonjour, Antonio, lui dit-elle avec un sourire forcé.

La politesse avait semblé spontanée, peut-être même déplacée, à en juger par les regards acrimonieux que lui lancèrent Camacho et le commissaire. Antonio ne répondit pas, moins par manque de courtoisie que parce que le cœur lui manquait ; il craignait, s'il ouvrait la bouche, que sa voix en jaillît brisée ou étouffée, et que dans son chevrotement on remarquât le tremblement qui l'agitait. Un tremblement qui confondait étrangement la peur de la mort et le désir de trouver refuge dans les bras de Nina.

– Lève-toi, ne sois pas grossier, ordonna Camacho.

Antonio obéit comme un automate. Il fixa son regard sur une

carte de la Direction générale des prisons suspendue au mur, où sur l'étendue blanche de l'Union soviétique étaient signalées les enclaves des camps, sorte d'archipel de ténèbres. Le commissaire parla sur un ton monocorde et expéditif. Nina traduisit.

– Comme vous pouvez l'imaginer, votre crime ne peut qu'être puni de mort. Vous avez défié l'autorité légalement constituée, en déjouant la sécurité du camp et, ce qui est pire, en assassinant un de nos soldats.

Nina semblait avoir honte de son rôle de comparse, et elle donnait à sa voix des inflexions bienveillantes qui ne correspondaient nullement à la nature de la réunion. Elle n'avait pas terminé que le commissaire reprit la parole, avec le même dédain routinier ; cette fois, Nina eut davantage de peine à traduire.

– Aujourd'hui même va se réunir le tribunal qui doit vous juger. Cependant… la camarade Nina Duquesne, ici présente, m'a fait savoir que par le passé, il n'y a pas si longtemps, vous vous êtes montré…

Nina ne trouvait pas le mot juste en espagnol, ou n'avait peut-être pas le courage de le dire à haute et intelligible voix. Camacho, moins délicat, suppléa à cette défaillance.

– Souple et dévoué à notre cause.

Nina, vexée, poursuivit :

– … au point de nous avoir rendu de précieux services en tant que chef de brigade dans l'île de Tolbos.

Antonio regarda enfin Nina, pour chercher dans son expression la présence de la sale bête cachée ; mais il ne vit qu'une femme blessée qui le suppliait de se montrer compréhensif. Le commissaire reprit la parole, cette fois négligemment, pour céder l'initiative à ses subalternes. Nina semblait être sur le point de défaillir.

– En considération des services rendus, nous vous offrons la possibilité de racheter votre crime, en vous faisant une proposition que vous devrez accepter ou refuser avant la fin de cette réunion, traduisit-elle, puis elle déglutit de telle sorte qu'elle parut refouler un sanglot. Un refus, bien entendu, impliquerait *ipso facto* la peine capitale.

Camacho intervint, exaspéré.

– Sais-tu ce que c'est ?

Il montrait, pendu à son cordon, la plaque d'identification de

Mendoza, qu'il avait arrachée de ses mains à l'homme qu'il venait d'abattre.

– Bien sûr, balbutia Antonio. Tous les membres de la División Azul en ont une. Moi aussi...

Il porta la main à sa poitrine, pour montrer sa plaque, et découvrit aussitôt qu'on la lui avait enlevée, sans doute pendant les jours où il était resté inconscient à l'infirmerie.

– Inutile de la chercher, nous te l'avons prise et nous l'avons détruite, dit Camacho avec un dédain de bureaucrate. Antonio Expósito a cessé d'exister.

Antonio cligna des yeux sans comprendre. Il chercha Nina du regard, pour obtenir une explication, mais elle avait baissé les yeux sur son calepin, le sang au visage. Camacho éclaircit les choses.

– Ce que notre commissaire t'offre, dans sa générosité, c'est que désormais tu te fasses passer pour le sous-lieutenant Mendoza, si tu veux avoir la vie sauve.

Un silence oppressant se fit, comme dans les rêves, quand notre raison se refuse à admettre les aberrations que notre inconscient nous présente. Antonio secoua la tête, pour revenir de sa surprise.

– Qu'avez-vous dit ? J'ai cru comprendre...

– Tu as cru comprendre ce que tu as entendu, ne tourne pas autour du pot, fit Camacho, qui s'impatientait. C'est à prendre ou à laisser.

– Mais... ça ne tient pas debout, protesta Antonio. Par-delà notre ressemblance, Gabriel est bien connu de ses compagnons de captivité... pour son intrépidité, et son autorité. Moi, auprès de lui, je ne suis qu'un fantoche.

– Sur ce point, nous sommes bien d'accord, concéda Camacho avec délectation. Mais ce Mendoza dont tu parles n'était pas encore passé par le Puisard du Diable ni n'avait enduré les tortures de notre cellule disciplinaire. Les prisonniers comprendront parfaitement qu'après ces vacances en enfer, Mendoza ait perdu son arrogance d'antan.

Nina intervint alors, pour tenter de contrebalancer le ton faraud de Camacho.

– Les prisonniers espagnols ne savent pas que Mendoza est mort. Ils ne savent pas non plus que pour vous évader vous avez tué un soldat. On les a maintenant séparés de leurs officiers, pour éviter d'autres révoltes et d'autres troubles... Les officiers vont être envoyés très loin, à l'écart de leurs hommes...

– Et ce que nous allons faire, c'est te faire partir avec eux. Tu seras une sorte d'agent itinérant. Nous voulons que tu nous tiennes au courant de l'activité des officiers espagnols dans les divers camps, expliqua Camacho en tâchant de se montrer persuasif, mais il méprisait trop Antonio pour prendre la peine d'argumenter davantage : – La plupart d'entre eux n'ont plus vu Mendoza depuis longtemps, et ils n'ont probablement jamais fait attention à toi. Jamais il ne leur viendrait à l'idée que celui qui dit être le sous-lieutenant Mendoza n'est en fait qu'un pantin comme toi.

Un pantin, voilà ce qu'il était. Un gueux sans feu ni lieu qui s'était engagé dans la División Azul pour échapper à la justice ; un guignol qui s'était laissé duper par Nina, en échange de ses faveurs ; un bélître qui, si Mendoza n'avait pas été tué, aurait pleuré et bramé pour implorer le pardon, se serait tordu comme un ver dans la fange et aurait même mangé de la merde pour sauver sa peau. Camacho le connaissait peut-être mieux qu'il ne se connaissait lui-même, et ce seulement parce qu'ils étaient des semblables, des frères.

– Jamais Gabriel ne me pardonnerait... marmotta-t-il lugubrement.

– Gabriel n'a rien à te pardonner, parce qu'il est tout ce qu'il y a de plus mort, fit Camacho, lui coupant la parole.

Le commissaire, d'un haussement de sourcils, exigea une réponse. Antonio s'adressa alors à Nina.

– Vous ne pouvez pas me demander d'outrager sa mémoire en faisant de lui... en faisant de moi un délateur.

– On ne te demande pas d'être un délateur, Antonio, dit-elle avec quelque chose d'affecté dans sa tempérance, comme si sous ses paroles caressantes, condescendantes, ronflait un incendie des temps de barbarie. Et pas davantage d'outrager sa mémoire. On veut seulement que tu nous préviennes de toute tentative de révolte de la part des officiers espagnols. Nous cherchons à aider ceux qui parmi eux désirent demander la nationalité soviétique, et éviter que quatre fanatiques cinglés les en empêchent. Tu seras un informateur, pour le bien de tes compagnons, pas un mouchard.

Il sentait le venin de la trahison s'infiltrer dans son sang comme un médicament bénin, une anesthésie qui effaçait la souffrance.

– Et si on découvre la supercherie ?

– Tu crois que nous allons les laisser te faire du mal ? poursuivit Nina, avec encore plus de douceur. Si quelqu'un découvrait qui tu es réellement, nous te mettrions aussitôt à l'abri… Je m'en chargerai personnellement. Je l'ai déjà fait en d'autres occasions, tu ne peux douter de ma sincérité.

Il se rappela son odeur matinale d'étable propre, de four encore tiède, qui le lavait de la puanteur de son passage en cellule, et leurs réveils dans la cabane de l'île de Tolbos, au lever du soleil ; il se rappela aussi les propos salaces de Vidal.

– Mais quelqu'un le sait : Faustino Vidal. Il m'a soigné à l'infirmerie.

– On peut compter sur lui, affirma Nina. Ne t'inquiète pas, je veillerai à ce qu'il ne parle pas.

Elle n'aurait aucune peine à y parvenir, il lui suffirait de tendre la croupe. Il l'estimait capable de n'importe quelle turpitude, mais sans se scandaliser qu'elle pût agir ainsi, c'était même pour lui une consolation, tordue et tortueuse, parce que sa propre ignominie en était atténuée, semblait bénigne, par comparaison. De l'autre côté du bureau, Camacho le pressait, mais Antonio ne l'écoutait même pas : il voulait que le mérite de sa capitulation revînt à Nina, que ce fût un pacte entre sales bêtes, qui diluerait sa vilenie dans une autre, plus grande.

– C'est ça ou la mort ? demanda-t-il encore, comme s'il essayait de se justifier devant sa conscience éteinte.

– C'est ça ou la mort, Antonio, acquiesça-t-elle.

Il examina une nouvelle fois la carte des camps de prisonniers, qui allait désormais être le guide de sa mission transhumante. Son regard se perdit dans l'étendue blanche qui représentait le territoire soviétique, étendue dans laquelle il aurait aimé se dissoudre comme à cette heure devait se décomposer le cadavre de Gabriel dans l'enclos d'un hameau lointain, sous un ciel rayé d'oiseaux fugitifs. Ce fut ainsi qu'il s'imagina l'éternité : une immense tache blanche sans châtiments ni récompenses, sans résurrection de la chair, sans rien d'autre qu'une lente, anonyme, indolore désagrégation dans l'oubli.

– J'accepte, dit-il.

Nina approuva, avec un soulagement affligé.

– Tu verras que tout ira bien.

– J'en doute fort, dit-il, avant d'ajouter, en une sorte de justification superflue : – Il faut bien continuer à vivre.

Il ne concevait pas que quelqu'un pût jamais le confondre avec Gabriel qui, en réalité, au-delà de leur ressemblance, était tout à l'opposé de lui. Mais comme Mendoza l'avait dit un jour, pour croire aux choses les plus invraisemblables, il suffit de le vouloir. Le commissaire s'inclina du côté de Nina pour lui dire quelque chose à l'oreille. Elle se remit à traduire.

– Une dernière chose, Antonio : le commissaire me rappelle que nous avons dû amputer deux doigts gelés à Mendoza. J'ai bien peur...

Il ne la laissa pas terminer sa phrase. Il rit, d'un rire hystérique.

– D'accord, Nina. Tu peux compter sur moi, fit-il, et il la regarda dans les yeux en levant vers elle la main dont il agita les doigts : Et si je te demandais de me les couper, toi, en serais-tu capable ?

Troisième partie

On venait de retirer le portrait de Staline du bureau. Antonio contempla le rectangle de blancheur muette que dessinait sur le mur la trace de crasse de ce qui avait été le pourtour du cadre, et il se dit que c'était l'image même de sa vie : une forme en creux, vide, un néant dévorateur, délimité par la saleté morale et l'opprobre.

Huit années s'étaient écoulées depuis qu'il avait accepté de courir les routes sous l'identité de Mendoza. À son étonnement, il rencontrait bien moins de difficultés et d'inconvénients que prévu : en effet, il constatait chaque jour que les gens peuvent en arriver à croire les choses les plus invraisemblables, les plus improbables, dès lors qu'elles nourrissent leurs espoirs les plus fragiles, leurs illusions les plus insensées. Ce fut ainsi que la présence d'un Mendoza rescapé des cachots où tant d'autres avaient succombé, des tortures et des châtiments les plus effroyables, même si c'était un Mendoza déchu et diminué, un pâle reflet de l'homme d'antan, insuffla beaucoup d'énergie à ceux qui n'avaient plus d'autres perspectives qu'une captivité sans rémission, un travail monotone et l'isolement. Pendant huit ans, on l'avait déplacé de camp en camp sur tout le territoire soviétique, en quête des officiers espagnols les plus héroïques ou les plus turbulents, qu'il devait épier et faire parler, après avoir gagné leur confiance. Mais ces officiers avaient maintenant compris que la confrontation acharnée avec leurs gardiens était aussi vaine que se taper la tête contre les murs, et ils se contentaient de faire respecter la discipline militaire, la loyauté envers la patrie et, autant qu'on leur en laissait la possibilité, d'exercer leur ascendant sur des troupes de plus en plus dispersées. En outre, les conditions de la captivité s'étaient notoirement améliorées depuis la fin de la guerre, même si elles demeuraient dures, et le rapatriement constant des prisonniers d'autres nationalités laissait penser aux officiers espagnols que leur tour finirait par venir, bien que Franco fût une épine au pied des communistes. Si l'Union soviétique désirait maintenir le fragile équilibre des forces dans la guerre froide, il lui fallait assurer son emprise sur les pays satellites, trouver des appuis et des complicités parmi ceux qui n'avaient pas encore adhéré au communisme mais ne voulaient pas s'aligner sur les Américains, et il lui fallait aussi renforcer les positions de ses sympathisants dans les pays où était instaurée la démocratie ; or, le maintien de ces camps de prisonniers où les vaincus survivaient sous une férule esclavagiste entravait cette stratégie. Un processus d'adoucissement progressif avait commencé après le règne de Staline et était devenu officiel à la suite de l'exécution du tout-puissant Beria et de la promulgation d'un décret d'amnistie qui permit de rendre leur liberté à la moitié des civils en détention. Les prisonniers espagnols furent alors destinés à des camps de repos (qui n'étaient autres que des camps de travail reconvertis), où ils étaient tenus de manger et dormir sans travailler, en vue de les rendre présentables et pimpants pour l'heure de leur rapatriement.

Au camp de Vorochilovgrad, à l'est de l'Ukraine, plus de deux cent cinquante prisonniers espagnols, pour la plupart d'anciens divisionnaires, avaient été regroupés afin de faciliter les formalités administratives de leur retour. Ils étaient nombreux à avoir fait partie des groupes antifascistes organisés dans les camps pour contrecarrer le prosélytisme des officiers espagnols, et même à avoir renié leur nationalité, mais la politique d'ouverture voulait que l'Union soviétique se montrât magnanime aux yeux du monde, en leur offrant à eux aussi la possibilité de retourner dans leur pays (peut-être avec la perfide intention d'exposer ces renégats aux représailles des autorités franquistes). Toutefois, avant de procéder à leur rapatriement, on soumettait les prisonniers à un interrogatoire devant une commission destinée à sonder leurs intentions, savoir quelle opinion ils s'étaient faite de la Russie, interrogatoire pendant lequel on n'écartait jamais la possibilité que l'un d'eux voulût rester au pays de l'avenir radieux, ou retourner en Espagne en tant qu'agent communiste infiltré. Pour ces interrogatoires, la commission avait choisi un bureau situé hors de l'enceinte des barbelés, signe de bienveillance sans doute factice ; devant elle défilaient toutes sortes de prisonniers, des plus intransigeants – auxquels on préférait ne pas poser trop de questions – aux plus faibles de caractère, en passant par ceux qui, pour avoir endossé une responsabilité dans les camps – en tant que brigadiers, chefs de cantonnement, ou informateurs comme Antonio –, pouvaient présenter le plus grand danger, car c'étaient eux qui connaissaient le mieux les procédés employés par les geôliers. C'est sur ce dernier groupe qu'étaient exercées les plus vives pressions, parce qu'une renonciation au rapatriement pouvait être exhibée pour démontrer l'excellence du paradis communiste.

La décoration du bureau claironnait le changement que le régime soviétique s'efforçait d'introduire, alors que le cadavre de Staline était encore chaud. Le portrait du tyran avait disparu des murs, ainsi que tout autre signe qui eût pu évoquer, même de façon lointaine, la répression industrialisée et scientifique qui avait pendant des décennies caractérisé son règne : nulle carte n'affichait fièrement les emplacements du Goulag, les portes n'étaient plus matelassées, ni les bureaux juchés sur des estrades ; à leur place, on avait placardé çà et là des planches et des photographies qui exaltaient sous des formes et des couleurs épiques l'abnégation du travailleur russe, et disposé un mobilier de salle d'attente de dentiste de fantaisie : fauteuils recouverts de cretonne et tables basses en Bakélite sur lesquelles étaient posées, avec un respect scrupuleux de la symétrie, des revues clinquantes et hautes en couleur aux contenus d'une aridité confondante : inaugurations de silos et de barrages, constructions de routes et de grands ensembles pareils à des ruches de béton, engins hydrauliques, hauts fourneaux, locomotives, défilés militaires, avec toujours une marée humaine en toile de fond.

Antonio attendait l'entrée de la commission qui, d'après ce qu'on lui avait dit, serait présidée par un colonel venu tout exprès de Moscou. Il fut aussi surpris de le voir arriver en civil que par son comportement, qui était celui d'un bureaucrate plutôt que d'un militaire. Il avait dû accorder un moment de détente à ses assistants, sans doute lassés d'entendre toujours les mêmes réponses, et il n'était accompagné que d'une seule interprète, Nina, qu'Antonio avait à peine vue au cours des dernières années. Elle était vêtue d'un manteau d'astrakan qui mettait en valeur ses formes de matrone, plutôt généreuses, que la jeunesse semblait avoir définitivement désertées. Son visage pugnace était devenu plus rond, plus serein, ou peut-être seulement plus las. Ils échangèrent un regard à la fois hostile et complice de vieux ennemis qui regrettent le temps où ils avaient assez d'énergie pour se déchirer.

– Voici le sous-lieutenant Gabriel Mendoza, dont je vous ai parlé, dit Nina au colonel, lequel hocha machinalement la tête, en serrant la main d'Antonio.

Nina fit de même, mais en la serrant la retint un instant, pour caresser la cicatrice de l'amputation qu'elle lui avait elle-même infligée, huit ans auparavant ; puis, en la lâchant, elle en caressa le dos du bout des doigts, en un frôlement très délicat.

– Vous pouvez vous asseoir, Mendoza, dit le colonel à Antonio qui, encore incapable de parler russe, pouvait cependant le comprendre en partie. Nous commencerons par les questions habituelles.

Nina se chargea de les formuler, en remplissant une fiche ; elle le faisait sans lever les yeux, en affichant une indifférence qui se voulait provocante. Antonio répondait un peu de la même manière, sans s'inquiéter de paraître convaincant.

– Quelle impression garderez-vous de l'Union soviétique ?

– La meilleure.

– Prendrez-vous de nouveau les armes contre l'Union soviétique ?

– En aucun cas.

– Dans quel pays désirez-vous être rapatrié ?

– L'Espagne.

– Pourquoi l'Espagne ?

– Parce que ma famille m'y attend.

Nina le regarda alors avec une sorte d'ironie lasse. Le colonel prit la relève.

– Êtes-vous sûr de vouloir retourner en Espagne ? Je ne crois pas que les autorités de votre pays, si elles reçoivent une copie du dossier que nous gardons dans nos archives, vous feront bon visage. Pendant les premières années, c'est vrai, vous vous êtes comporté en brave ; mais par la suite...

– Il fallait rester en vie, dit Antonio en guise d'excuse, sans attendre la traduction. J'espère que ce dossier restera dans vos archives. On m'a promis que tout le travail que j'ai fait pour vous resterait confidentiel.

Nina se pencha à l'oreille du colonel, pour lui traduire ou pour paraphraser ce qu'il venait de dire. Le colonel fronça les lèvres, un peu contrarié, mais il finit par se rendre aux raisons de Nina, qui intercédait peut-être en faveur d'Antonio.

– Il peut compter sur la discrétion de l'Union soviétique, affirma-t-il. Ce que nous ne pouvons lui garantir, c'est qu'aucun de ses compagnons de captivité ne le dénoncera. Il ne courrait pas ce risque s'il demeurait auprès de nous. Nous lui offrons, s'il obtient la nationalité soviétique, un séjour d'un mois tous frais payés dans une de nos meilleures stations balnéaires, où il pourra reprendre des forces ; une récompense de mille roubles, et la possibilité de choisir son lieu de résidence et de travail. L'Union soviétique sera généreuse envers lui.

Il exposait ces conditions avec une sorte de déférence lasse, tel un voyageur de commerce usé de chanter les louanges de sa marchandise, qu'il sait suspecte.

– Non, mon colonel. Je vous en sais gré, mais je préfère courir le risque.

Le colonel s'éclaircit la gorge, impatient de voir la fin de la pantomime.

– Une autre possibilité s'offre à vous, compte tenu de votre... reprit-il, avant de s'interrompre pour chercher un euphémisme :

– ... profil, c'est de collaborer avec le parti au-delà de nos frontières. Nous avons organisé en Espagne un réseau clandestin, dans lequel on vous trouvera une fonction de tout repos. Vous recevrez nos instructions, nous recevrons vos renseignements, et vous aurez toujours de l'argent disponible sur un compte à l'étranger...

– Non, sincèrement, mon colonel. Je désire retourner dans mon pays et m'occuper de mes affaires, dit Antonio docilement, en tâchant de ne pas laisser voir sa répugnance.

Le colonel passa la main sur ses cheveux coupés en brosse et se désintéressa de son sort, à moins qu'il ne s'avouât vaincu par son obstination.

– Bon, vous êtes maître de vos actes et vous pouvez faire ce que bon vous semble ou ce que votre conscience vous dicte, conclut-il en feuilletant de nouveau le récapitulatif du dossier, pour y chercher en vain trace de la conscience de cet homme, aurait-on dit. Ce qui en tout cas ne vous manquerait pas, en Russie, si vous restiez, ce sont les belles femmes.

Ce dernier commentaire était tacitement adressé à Nina, qui le reçut comme un compliment, alors qu'il y avait peut-être là de la duplicité.

– *Vous êtes très gentil, mon colonel**, dit-elle en remerciement, penchant légèrement la tête de côté avec une expression malicieuse.

– Et maintenant, si vous le permettez, je vais vous laisser seuls un moment, annonça-t-il, souriant d'un air complice qui parut à Antonio outrageusement leste ; un air de mère maquerelle. D'après ce que j'ai cru comprendre, mademoiselle Duquesne est pour vous une amie de longue date, qui désire vous faire ses adieux.

Ils se levèrent poliment pendant que le colonel quittait le bureau ; et, quand il eut refermé la porte derrière lui, ils restèrent debout, indécis comme des imbéciles. Antonio regarda de nouveau le rectangle de mur blanc, à l'endroit où avait été accroché le portrait de Staline.

– Et toi, que vas-tu faire, maintenant ? se risqua-t-il à demander.

Nina lui prit la main, la main aux doigts amputés, et elle lui donna l'impression de vouloir compter ceux qui lui restaient. Il faillit la retirer, mais céda, un peu malgré lui, à la caresse de Nina qui courait le long de ses os, ravivait le poison de son sang.

– Depuis un certain temps, je prépare le terrain pour retourner en France. Mes activités au service du communisme s'arrêtent là. Maintenant que Staline est mort et que Beria a été exécuté, je ne crois pas qu'on me fasse beaucoup de difficultés. C'est le dégel ! fit-elle avec un rire dédaigneux et le scepticisme frivole de ceux qui sont revenus de toutes les glaciations et de tous les dégels.

Puis elle se tut, émue, et serra la main d'Antonio.

– Je regrette tellement…

– Quoi donc ? demanda-t-il, affectant le désintérêt ou l'ignorance.

– Que tu aies dû faire tout ce que tu as fait ces dernières années. Je le regrette du fond du cœur, insista-t-elle, d'une voix rauque et peinée. J'imagine que ça a dû être très dur. Mais il n'y avait pas d'autre moyen de te sauver la vie. Maintenant, je me réjouis que tu aies accepté.

Antonio se décida enfin à la regarder droit dans les yeux. Il y vit des larmes, il vit aussi sa peau ridée, plus ridée qu'elle n'aurait dû l'être à son âge, flétrie, eût-on dit, par une douleur qui ne pouvait dire son nom, et ce fut sans doute pour cela – parce que les affections vont toujours de pair – qu'il la trouva encore plus désirable.

– Ne te tourmente pas, on se fait à tout, dit-il en minimisant les détresses et les faux pas du passé. Heureusement, les choses ont beaucoup changé, après la mort de Mendoza. Camacho aurait été enchanté d'avoir des arguments de poids pour liquider tous les officiers espagnols, mais ils n'ont plus jamais montré la résistance acharnée des premiers temps, dit-il, ajoutant, pour atténuer sa trahison : – Je dois reconnaître que mes informations ont toujours été très édulcorées. Je suis peut-être un lâche, mais j'ai toujours admiré les courageux.

Il arrivait que le spectre de Mendoza hantât ses pensées, les couvrît d'un suaire de reproches et de condamnations. Nina voulut le réconforter.

– Si tu as faussé ces informations, tu n'es pas aussi lâche que tu le prétends. Pour bien moins que ça, Camacho t'aurait arrosé de plomb. Il en avait envie, terriblement envie, tu sais ?

– Fausser, c'est beaucoup dire ; je faisais simplement comme si je ne comprenais pas ce que Camacho désirait entendre. Après tout, j'étais censé être un Mendoza diminué, et il est tout naturel qu'un homme aussi épuisé soit un peu dur de la comprenette, poursuivit-il, et Nina ne saisit pas l'expression, mais le temps des leçons d'amour était passé. À propos, qu'est devenue cette pourriture ?

– La chute de Beria l'a emporté, comme tant d'autres, dit Nina avec plus d'indifférence que de mépris. On l'a remercié et envoyé dans une usine de tracteurs.

Antonio s'en réjouit, avec plus de mépris que d'indifférence.

– Bonne nouvelle. Il se pourrait que, avec l'aide d'un tracteur, on puisse la lui faire dresser, à cet invalide de la queue… Comment disais-tu, en français ?

– *Tafiole**.

Ils rirent ensemble, comme d'une blague connue d'eux seuls, mais le temps des ris et des jeux en commun était passé, de trop nombreuses générations de feuilles mortes étaient tombées sur la pierre tombale de leurs amours, ou sur leur repaire de sales bêtes, si bien que le silence se fit entre eux, cette fois presque funèbre. Antonio retira sa main amputée de celles de Nina.

– Que feras-tu en Espagne ? demanda-t-elle. Je veux dire : redeviendras-tu Antonio Expósito, ou resteras-tu Gabriel Mendoza ?

– Ni l'un ni l'autre, je crois. Antonio a des comptes à rendre en Espagne, et tous les comptes de Gabriel ont été réglés ici, répondit-il, sans être très sûr de ce qu'il avançait concernant Mendoza, mais il passa outre. J'essaierai de tout recommencer, sans plus rien à rendre ni à régler. Je me débrouillerai, en homme de ressources.

Mais nul n'a jamais rien réglé en changeant d'endroit sans changer de vie ni d'habitudes. Il ne voulut pas embrasser Nina, parce qu'il savait qu'au seul frôlement de ses lèvres, il s'effondrerait. Elle ne le lui demanda pas non plus. Alors qu'il se dirigeait vers la porte, devant laquelle l'attendait le soldat qui devait le ramener au camp, Nina l'appela.

– Antonio !

Il se retourna, pour la regarder une dernière fois. Le sang se mit à cogner à ses tempes.

– Oui ?

– Ce qui s'est passé dans l'île de Tolbos, c'était vrai. Du moins pour moi.

– Pour moi aussi, dit-il.

Et il partit.

Le jour du départ vint, après plus de onze ans de détention pour Antonio, treize pour ceux des prisonniers qui avaient été capturés pendant les premières opérations de la División Azul. Ils furent accompagnés à la gare de Vorochilovgrad par quelques soldats qui, pour la première et la dernière fois de toute leur détention, ne portaient pas d'armes ; et les Espagnols, qui ne pouvaient croire que l'heure de leur libération était enfin venue, marchaient vite sans un regard en arrière, de peur qu'il leur arrivât ce qui était arrivé à la femme de Loth. Le train qui devait les conduire à Odessa, sur la côte de la mer Noire, n'était plus un train de prisonniers avec des barreaux aux fenêtres et l'entassement bien connu dans les wagons, mais un confortable express qui devint, pendant les trois jours que dura le voyage, le théâtre de bringues et de célébrations. Brusquement, le monde qui se déployait de l'autre côté des vitres n'était qu'un étonnement ininterrompu, comme s'il venait d'être créé : les terres d'Ukraine, noires de suie et récemment labourées ; les vaches maigres qui pendant tout l'hiver n'avaient pas mangé autre chose qu'un peu de foin sec ; les villages sans clochers ni églises, aussi tristes qu'un printemps sans soleil ou une semaine sans dimanche ; les silos pareils à des falaises d'ombre au bas desquelles lèvent le blé et l'ivraie ; les usines aux cheminées brunes, colonies lunaires ou bagnes où les âmes sont moulues ; les barrages, véritables cimetières de béton ; toutes ces étendues dantesques et grises prenaient à leurs yeux l'éclat et la prestance d'un printemps de soleil après la pluie. Le cahotement du train était la musique de fond de cet éblouissement, et les câbles qui longeaient la voie les portées de sa partition. Ils étaient enfin libres ! Le plaisir de cette impression nouvelle était tel qu'ils ne pouvaient pas plus le contenir que l'on ne peut embrasser l'univers.

Dans le port d'Odessa les attendait le bateau qui devait les ramener en Espagne. C'était le *Semiramis*, ainsi baptisé en l'honneur de la reine qui avait fondé Babylone ; il naviguait sous pavillon libérien, appartenait à un armateur grec et avait été affrété par la Croix-Rouge française, parce que les Soviétiques refusaient encore toute négociation officielle avec le gouvernement de Franco ; il pouvait bien s'agir d'une coque de noix prête à sombrer à la moindre grosse houle, pour les Espagnols, c'était le plus luxueux des transatlantiques. Un officier soviétique, posté au bas de la passerelle, fit l'appel des prisonniers, qui montèrent un par un à bord, où les attendait la délégation de la Croix-Rouge, avec des couvertures qu'on leur jetait sur les épaules. Quelques hommes s'agenouillaient sur le pont, pour dire une prière jubilatoire que les criaillements des mouettes, aussi agitées que des chauves-souris diurnes, rendaient inintelligible ou macabre. Le printemps recommençait à rire dans le ciel, d'un rire édenté, avec cette pyorrhée des hommes qui ont laissé leur jeunesse ensevelie dans un cimetière sans croix, sous un manteau de neige sale. Mais, au moins, ils étaient vivants pour le raconter.

– Gabriel Mendoza ! cria l'officier chargé de faire l'appel.

En franchissant la passerelle, il se jura que ce serait la dernière fois qu'il profiterait de cette identité usurpée. Sur le pont continuait la liesse des prisonniers libérés, que les membres de l'équipage répartissaient dans les cabines du bateau ; sur les couchettes, on leur avait laissé, lavés et repassés depuis peu, des vêtements sans doute venus d'une vente de bienfaisance, qui n'en étaient pas moins pour eux des parures princières, comparés aux haillons des camps. Quand mugit la sirène, pour annoncer l'appareillage, et que le bateau se détacha du quai où se tenaient immobiles – peut-être envieux de leur sort – les gardes qui les avaient escortés jusqu'au port, la liesse éclata en une clameur d'enthousiasme et de débordements d'émotion que même les mouettes ne purent ternir. Les hommes lancèrent à la mer leur calot d'esclave et chantèrent en chœur des chants martiaux, patriotiques et phalangistes, qui se ramifièrent ensuite en chansons régionales et nostalgiques des contrées natales ; Antonio songea alors que Mendoza aurait avec plaisir mené cette apothéose mélodieuse et il voulut une fois encore faire ce que son ami défunt aurait fait, pour lui rendre hommage, mais sa voix n'était qu'un filet d'imposture, étrangère à lui-même. Il alla chercher refuge dans la cabine qu'on lui avait assignée, pour se changer ; tandis qu'il se dépouillait des haillons aigres de sueur qui pendant des années avaient été sa seconde peau, il se sentit pareil au serpent qui mue, mais n'en reste pas moins un serpent, résigné à sa condition abjecte et maudite par le Seigneur. Un peu plus tard, dans la salle à manger où on leur servit des lentilles et du bifteck, avec un verre de vin de Rioja, cette impression de n'être qu'un serpent devint encore plus vive, tandis que les aliments – si douloureusement savoureux – faisaient irruption dans un appareil digestif qui semblait avoir hiberné, telle une marée imprévue qui lui dégourdissait les tripes.

Le *Semiramis* faisait route en longeant par tribord la côte, vers le détroit du Bosphore ; au cours de leur première nuit à bord, on jeta l'ancre dans le port d'Istanbul, où les attendait sur le quai une délégation du gouvernement espagnol composée de divers ministres, médecins, journalistes, et de deux aumôniers de l'armée, anciens membres de la División Azul. Un dispensaire provisoire fut improvisé dans la cale, où défilèrent les divisionnaires libérés, pour un examen médical ; tous avaient souffert ou souffraient encore de dysenterie, de typhus, de dénutrition et d'un long chapelet de maladies atroces ou infamantes, mais en cette heure de liesse, tous leurs microbes et leurs problèmes de santé semblaient avoir disparu comme par enchantement. Les aumôniers rôdaient dans le dispensaire, pour accomplir l'ingrate mission qui leur avait été confiée : celle de communiquer personnellement aux soldats les décès survenus dans leur famille pendant la longue décennie de leur captivité.

– Sous-lieutenant Mendoza ?

Il s'était juré de ne plus répondre à l'appel de ce nom, mais il allait apparemment devoir attendre d'être arrivé en Espagne pour pouvoir adopter l'anonymat. L'aumônier, homme sec et maigre d'une cinquantaine d'années, débordait d'une énergie juvénile qui lui avait valu d'être très apprécié sur le front russe. Antonio remarqua son insigne de commandant, l'étoile à huit branches, cousu sur la soutane à la hauteur de la poitrine, et se mit au garde-à-vous.

– Présent !

– Repos, mon fils, le pria l'aumônier, troublé. J'ai beaucoup de peine à vous faire part d'une pareille nouvelle, mais votre père…

Comment Mendoza aurait-il réagi à l'annonce de la mort de son père ? Le sang aurait-il parlé plus haut que les désaccords ineffaçables ? L'aurait-il reçue avec fermeté, et même avec un certain soulagement, comme une manifestation de la justice divine ? Aurait-il pleuré, en supposant la perdition éternelle de cette âme ? Ou bien aurait-il exulté, confiant dans la résurrection de la chair ? Il conclut que la perplexité aurait précédé toutes les réactions possibles.

– Vous n'allez pas me dire que…

– Malheureusement, oui, mon fils. Il repose dans le sein du Seigneur depuis à peine une semaine. On lui avait annoncé votre retour, et il est mort en regrettant de ne pouvoir, de si peu, vous embrasser de nouveau, dit l'aumônier, en faisant claquer sa langue, dans son dépit de ne pas trouver une leçon édifiante sur ce hasard funeste. J'ai su qu'il luttait depuis des années contre un cancer. Il est mort en chrétien, après avoir reçu les sacrements, entouré de ceux qu'il chérissait.

Son fils, en revanche, n'avait reçu que le sacrement du plomb, dans la solitude et la dévastation ; Antonio fut lui aussi incapable d'en tirer une leçon profitable, mais il n'était pas féru en théologie.

– Merci, mon père. Que Dieu ait pitié de son âme, dit-il.

– Si vous en avez la force, nous pourrions prier pour son repos en faisant quelques pas sur le pont.

Il accepta docilement. À tribord, éclairés par des myriades de lumières, se découpaient les contours d'Istanbul hérissés de minarets et de coupoles byzantines qui déguisaient sa crasse de souk et de bric-à-brac. La mer avait un aspect oléagineux, visqueux, quasi putrescent, de grand collecteur dans lequel se déversent les péchés de la moitié du monde. Appuyé sur le bordage du *Semiramis*, tandis que les prières de l'aumônier se succédaient en une psalmodie inintelligible, Antonio se sentit plus à l'aise que jamais dans l'identité qu'il avait usurpée : maintenant, Mendoza était à son tour, comme lui-même l'avait été dès sa naissance, un orphelin sans dettes de sang, et cette solitude nouvelle lui donnait, paradoxalement, une vigueur renouvelée. Le serpent qui venait de se réveiller de son long sommeil et de changer de peau semblait s'être enfin adapté à son nouvel être et se remettait à ramper sinueusement, prêt à répandre son venin. Pourquoi ne resterait-il pas pour toujours dans cette nouvelle peau ? Mendoza lui avait dit que sa mère était morte depuis des années, probablement tuée par les contrariétés que lui infligeait un époux insensible et putassier ; il lui avait également parlé d'une sœur qui vivait à Saint-Sébastien et ne voyait que toutes les quelques années, laquelle, avec un peu de chance, ne remarquerait même pas la substitution ; et, bien entendu, il lui avait surtout parlé, d'une façon obsessionnelle, de sa fiancée, Amparo, son encouragement et sa consolation depuis que, treize ans auparavant, il s'était engagé dans la División Azul. Mais quelle fiancée peut attendre pendant treize ans ?

– Compagnons ! cria un soldat, de l'écoutille de poupe. Le capitaine Palacios nous convoque dans la salle à manger ! Les divisionnaires uniquement. Les membres de l'équipage et de la délégation sont priés de s'abstenir !

Le capitaine Teodoro Palacios était un de ces officiers qui, comme Mendoza, avaient soutenu de leur dévouement et de leur courage le moral des troupes, de sorte à ce qu'elles pussent résister aux pièges et aux intimidations des communistes ; c'était aussi un de ces officiers qu'Antonio avait surveillés de très près, dans sa tournée des camps les plus lointains, au cours de la honteuse période pendant laquelle il avait été un informateur. Il y eut sur le pont un remue-ménage de sauve-qui-peut.

– Allez-y, Gabriel. Je continuerai de prier pour votre père, dit l'aumônier.

Devant la porte de la salle à manger le capitaine Palacios avait posté un de ses hommes de confiance, chargé de refouler tous ceux qui n'étaient pas des divisionnaires. À l'intérieur, l'atmosphère houleuse, tendue, était celle des jours de grand serment, ou des pactes de sang. Il y avait là tous ceux dont le courage n'avait jamais fléchi dans la nuit sans étoiles de la captivité, et il y avait aussi ceux qui, sous la pression de la faim et des calamités, avaient succombé et baissaient maintenant la tête, abattus par la peine et le remords. Les uns et les autres fumaient cigarette sur cigarette, pour rattraper des années de privation. La fumée s'épaississait au plafond, tel un brouillard de mauvaise conscience.

– Compagnons ! s'exclama le capitaine Palacios en montant avec difficulté sur l'une des tables. Silence, s'il vous plaît !

C'était un homme au front pâle et dégagé, avec des cheveux très collés au crâne et qui en soulignaient le relief. La faim et la maladie avaient pour ainsi dire fait de lui un squelette ambulant, mais sans parvenir à briser sa trempe. Aussitôt que le chahut se fut calmé, les divisionnaires ne se firent pas prier pour l'écouter. Près d'Antonio était venu s'asseoir, cherchant peut-être une complicité entre renégats, Faustino Vidal, le soldat aux paupières sans cils et à la lèvre lippue de dégénéré qui l'avait soigné à l'infirmerie de Borovitchi et connaissait sa véritable identité.

– Voyons quelles fanfaronnades il va nous servir, maintenant, dit-il tout bas, chafouin.

Le capitaine Palacios avait à peine assez de souffle pour respirer, et son discours fut d'un bout à l'autre menacé par l'ombre de la suffocation, qui nimbait d'émotion ses propos.

– Nous avons tous beaucoup souffert, compagnons, commença-t-il. Quelques-uns plus que d'autres, sans doute ; mais à quoi bon chercher à savoir lesquels d'entre nous remportent la palme de la souffrance ? Chacun sait bien, en son for intérieur, ce que son courage lui a permis d'endurer, et Dieu, qui le sait aussi, nous jugera. Au demeurant, il nous incombe seulement de nous pardonner les uns les autres, en ne tenant pas compte de toutes les erreurs que nous avons pu commettre, sans doute nombreuses. Toutes nos fautes et nos insuffisances, nos lâchetés et nos défaillances se sont produites dans des circonstances déplorables. Si des conflits nous ont opposés, tout contentieux doit être dès à présent effacé, oublié, et personne ne devra jamais en entendre parler, dit-il en appuyant sur ces mots avant de s'interrompre, pour chercher du regard le consentement unanime de son auditoire. Nous retournons aujourd'hui en Espagne, où nous sommes attendus comme des héros. Si certains d'entre nous n'ont pas eu le cœur bien accroché, s'ils n'ont pas pu supporter les sacrifices ou ont prétendu saper notre résolution, ils ont fini par se repentir et ont désiré rentrer au pays, poursuivit-il, et même s'il ne regarda pas Antonio en disant ces derniers mots, celui-ci les prit pour lui, en s'attribuant sans doute une bien trop grande importance. Ne serait-ce que parce qu'ils ont pris cette décision, ils méritent nos congratulations et notre respect. Nous allons retourner en Espagne la conscience tranquille et aussi unis que les doigts de la main. Et celui qui essaierait, par esprit de lucre ou pour régler ses comptes en égoïste, de jeter l'opprobre ou de dénigrer l'un de ses compagnons serait considéré comme un parjure et méprisé par tous les autres. J'exige de vous qu'à l'instant même vous me donniez votre parole que jamais vous ne formulerez la moindre accusation contre l'un de ceux qui sont aujourd'hui rapatriés. Nous entrerons tous en Espagne la tête haute ! Vive l'Espagne !

On applaudit Palacios, on lui fit une ovation unanime et l'on répondit d'une seule voix à sa demande, avec beaucoup de flamme. Puis le raffut reprit, dans une atmosphère de congratulations, verres levés, auxquelles se mêlèrent avec un plaisir redoublé par l'absolution les divisionnaires qui, quelques minutes auparavant, se réfugiaient encore, honteux, dans l'abattement. Vidal, en confiance, donna un coup de coude à Antonio.

– Alors, qu'est-ce que tu dis de ça ? La tête haute ! Ça nous inclut tous, même toi et moi… sous-lieutenant Mendoza.

Antonio le détesta de toutes les fibres de son être, d'une détestation chimiquement pure de cristaux de soude, mais les serpents savent se confondre avec leur environnement.

– Mais bien entendu, Vidal, la tête haute, dit-il avant de demander très onctueusement : – Et toi, où vas-tu aller chercher ton bonheur, si on peut savoir ?

– Dans le village où j'ai toujours vécu, où on m'a mis au monde et où je mourrai un jour, si Dieu veut, répondit-il. On va voir si, maintenant que je suis couvert de lauriers, je trouverai une brave petite pour veiller sur mes vieux jours.

Ils montèrent sur le pont, poussés par d'autres divisionnaires qui acclamaient le capitaine Palacios. La nuit turque apportait des senteurs de sérail et de traquenard.

– Et comment s'appelle ton village ?

– Arquillinos. C'est un tout petit patelin de la province de Zamora, la « terre du pain ». Tu parles ! On n'en a jamais eu beaucoup, de pain ! s'exclama-t-il en riant, sans rien deviner des pensées troubles d'Antonio. Par contre, pour la San Isidro, il y a des fêtes à tout casser ! Tu devrais venir voir ça ! Quoique, j'imagine, comme tu es de Madrid, tu dois en avoir là d'autrement plus grandes.

Antonio se regarda dans le miroir de la mer oléagineuse, où flambait sa haine. Puis il rit, insoucieux, cherchant en vain du regard la lune qui brasille, comme le dit le poème d'Espronceda qu'on lui avait appris à l'hospice.

– Plus grandes, oui, sans doute, mais tu sais, moi, les fêtes, comme les femmes, je ne les aime pas grandes mais menues. Quand il s'agit de les culbuter, je veux dire.

Vidal éclata d'un rire niais ou libertin.

– Eh bien, viens à Arquillinos, tu t'en dégotteras bien une. Elles sont toutes un peu regardantes, mais pour la San Isidro, elles cassent la tirelire.

Antonio se perdait un peu dans les expressions imagées de Vidal, comme Vidal se serait sans doute perdu dans celles que lui même employait avant de partir pour la Russie, le jargon de la racaille madrilène auquel il avait décidé de renoncer.

– Eh bien, on leur défoncera gaiement le troufignon ! s'écria-t-il en se joignant aux éclats de rire de Vidal, qui croyait sans doute que son invitation serait aussi vite oubliée que le sont toutes celles que l'on lance sans y penser, quand on est porté par l'enthousiasme ou échauffé par le vin.

Mais Antonio ne savait rien de l'enthousiasme et goûtait à peine au vin. Dans le ciel de boue d'Istanbul ne brillaient même pas les étoiles. Il aurait aimé que, dans la nuit de la San Isidro, les étoiles ne brillent pas non plus dans le ciel d'Arquillinos, que ce ciel soit une chape de boue, un tumulus dépourvu d'épitaphe, un ciel vide, sans Dieu. Voilà ce qu'il aurait aimé.

Quand le *Semiramis* franchit l'entrée du port de Barcelone, une semaine plus tard, la joie éclata de nouveau à bord. Des dizaines, peut-être des centaines de barques, de chaloupes, de vedettes, de canots et toutes sortes d'embarcations improvisées vinrent à leur rencontre, en faisant retentir leurs sirènes, leurs cornes et leurs sifflets, pendant que deux Junkers de l'armée de l'air pirouettaient dans l'azur pour se joindre à la célébration. Le soleil qui descendait sur l'horizon semblait s'être figé comme à l'appel des trompettes de Josué et cabriolait dans l'eau du bassin, tandis que les rapatriés entassés devant le bastingage agitaient un mouchoir en essayant de reconnaître leurs proches dans la multitude agglutinée le long du quai et qui s'étendait de tous côtés jusqu'au débouché des Ramblas, les alentours de la Merced et le bas des pentes de Montjuich. Dans la gare maritime, on lançait des pétards, on brandissait des drapeaux et des pancartes, et les haut-parleurs faisaient retentir les accords du *Cara al sol*, auxquels la multitude ajoutait les paroles, bras levé, à l'instar des rapatriés, qui ne pouvaient plus distinguer personne parce que les larmes leur brouillaient la vue.

Face au soleil avec ma nouvelle chemise
que tu brodas de rouge hier,
si la mort me cherche elle me trouvera
et je ne te reverrai plus jamais.

Ils revenaient avec de vieilles chemises rapiécées, mais la mort ne les avait finalement pas trouvés, comme elle en avait trouvé tant d'autres qui montaient la garde sous les étoiles en attendant, impassibles, la résurrection de la chair prédite par Mendoza.

Quand le bateau s'éloigna de la jetée et s'approcha de la gare maritime, la marée humaine s'entassa dangereusement sur le bord du quai, en un mouvement irrépressible, et sa clameur se confondit avec le beuglement des sirènes du *Semiramis*, qui accostait. Quelques impatients audacieux grimpaient sur le flanc du navire en s'accrochant aux aussières ou aux échelles de corde que les rapatriés leur lançaient par-dessus bord ; les évanouissements et les tachycardies ne manquaient pas, parmi les plus sensibles, quand ils réussissaient enfin à reconnaître l'être chéri qu'ils avaient cru mort pendant une décennie. Les cloches des églises de Barcelone sonnaient à toute volée, en un tintamarre de bronze, et le délire collectif parut tout submerger quand sur le quai apparut la passerelle que devaient emprunter les autorités venues, le général Muñoz Grandes à leur tête, accueillir les rapatriés. Jouant des coudes et forçant le passage malgré ceux qui voulaient descendre, ceux qui montaient finirent par poser les pieds sur le pont dans un formidable tumulte d'accolades et de larmes, pendant que quelques divisionnaires qui avaient réussi à sauter sur le quai se jetaient frénétiquement à genoux pour baiser la terre d'Espagne. Les haut-parleurs crachaient la voix d'un commentateur de radio, peut-être celle de Matías Prats Cañete, qui vibrait à l'unisson avec la rumeur de la fourmilière humaine dans laquelle les mères vieillies pouvaient enfin poser la main sur leurs fils revenus d'entre les morts, les fiancées flétries par l'absence couvrir de baisers leurs joues desquamées par le froid, les pères leur donner l'accolade jusqu'à les étouffer en mettant quelques larmes viriles à l'abri de leurs épaules osseuses. Bousculé, étourdi par les uns et par les autres, étranger aux uns et aux autres, Antonio se dirigea vers l'accès au quai, avec l'intention de se perdre dans la foule. Il crut distinguer dans le tumulte une voix de femme.

– Gabi ! Gabi ! Nous sommes ici !

Sans se tourner, il pressa le pas, espérant être bientôt englouti par la foule, mais une grosse main le prit au collet, l'obligeant à s'arrêter.

– Gabi ! Mon ami ! J'ai toujours su que les rouges ne pourraient pas t'avoir !

C'était un homme de son âge, ou qui avait peut-être quelques années de plus que lui, mais qui devait faire deux fois son poids ; pourtant, il n'était pas obèse, bien qu'il commençât à être un peu ventru. Antonio ne manqua pas de remarquer la tache pourpre de sa joue gauche, de la taille d'un poing, aux découpures de fjord, qui allait de la commissure externe de l'œil à la mandibule, couvrant presque la moitié du visage.

– Tu ne me reconnais pas, ou quoi ? lui demanda l'homme, très légèrement offensé.

Bien sûr qu'il le reconnaissait, malgré la bonne quinzaine de kilos qu'il avait pris et son expression plus joviale que celle de jadis, parce que cette tache de tissu fibreux mal cicatrisé, résultat d'une blessure de mitraille, ne pouvait s'oublier.

– Comment ne te reconnaîtrais-je pas, Pacorris...

– Viens que je t'embrasse, champion.

Et il le fit, tout aussi étourdiment qu'il l'avait fait douze ans plus tôt, en croyant embrasser quelqu'un d'autre devant le siège du Secrétariat général du Mouvement de la rue d'Alcalá. Puis il le saisit par les bras et le secoua, en l'écartant un peu de lui, peut-être parce que la presbytie faisait ses premiers dégâts.

– Je sais, inutile de me le dire, j'ai pris pas mal d'embonpoint, fit-il sur un ton d'excuse. Il est vrai que toi non plus on ne te reconnaît pas si facilement, avec cette barbe... ajouta-t-il, et il se tourna vers la foule pour hurler, en agitant la main : – Amparo ! Viens un peu par ici ! Regarde le poisson que je t'ai pêché !

Une femme aux yeux bleus et un peu bovins, aussi délicatement mélancolique que les Vierges des icônes, s'ouvrit un passage dans la fourmilière humaine, mais c'était maintenant une Vierge tardive, usée par trop d'années d'attente. Que faire en présence d'une fiancée qui vous est restée fidèle pendant treize ans ? Avant qu'il n'eût réagi, elle s'était jetée sur lui, et il ne put faire autrement que de l'embrasser et de poser des baisers dans ses cheveux.

– Que tu sens bon ! s'exclama-t-il pour dire quelque chose.

Amparo rit. Les larmes avaient fait couler son Rimmel, laissant sur ses jours deux ruisselets noirs.

– C'était ton parfum préféré. Tu te rappelles ?

Il allait devoir réapprendre à jouir du sens de l'odorat, après n'avoir senti pendant des années que la pestilence du baraquement où s'entassaient les prisonniers de guerre. Il emplit ses poumons de ce parfum dont, bien entendu, il ne se souvenait pas.

– Bien sûr que si, comment ne m'en souviendrais-je pas.

Amparo l'embrassa de nouveau, et cette fois Pacorris se joignit à eux, sanglota comme sanglotait Amparo, pendant qu'Antonio essayait en vain de faire de même. Avant de desserrer son étreinte, Amparo murmura :

– Gabi, ton père…

– Oui, je sais, l'interrompit-il. On me l'a appris sur le bateau. Que Dieu ait pitié de son âme.

Sur ces mots, par quelque absurdité du sort, il remarqua que les larmes, si longtemps contenues, coulaient aussi sur ses joues, peut-être parce que le décès du père de Mendoza lui rappelait la mort de Gabriel, que ni Amparo ni Pacorris ne pourraient jamais pleurer. Il était écœuré de lui-même ; mais on peut vivre en étant écœuré de soi-même, comme d'autres vivent boiteux, ou aveugles, ou dans un fauteuil roulant.

– Tu sais, ces dernières années, il avait beaucoup changé, dit Amparo, consolatrice. Il s'est sans doute repenti de ce qu'il avait fait.

– Ou, du moins, il faisait comme s'il s'était repenti, intervint Cifuentes, moins tolérant que la fiancée de Mendoza. Il ne laissait pas passer un jour sans aller à la messe, et il était de toutes les œuvres de charité. Peut-être croyait-il s'assurer ainsi une place au Ciel.

Amparo lui lança un regard d'admonestation. Ils restèrent quelques instants sans plus savoir quoi dire, submergés par les clameurs de la foule et le vacarme des haut-parleurs, qui répercutaient la voix de Matías Prats croulant sous les fleurs de rhétorique.

– La foule est exaltée et impatiente d'embrasser ceux qui, il y a maintenant treize ans, sont partis pour le front de l'Est, ont été faits prisonniers par les communistes, et nous reviennent aujourd'hui sous les ovations et les applaudissements fracassants ; assourdissants, mesdames et messieurs… Ils reviennent nimbés d'une forêt de drapeaux et de pancartes, des douzaines, des centaines de drapeaux et de pancartes qui flamboient sur la mer de bras levés d'une multitude qui s'étend de la gare maritime jusqu'à l'hôpital du Généralissime, situé aux environs du Tibidabo... Barcelone tout entière n'est aujourd'hui que ferveur patriotique, vibration émotionnelle indescriptible !

On avait annoncé qu'une prière solennelle d'action de grâce aurait lieu dans la basilique de la Merced, devant la Vierge rédemptrice des captifs ; pour faciliter le transport des rapatriés et de leurs familles, on avait prévu divers autocars qui attendaient devant la gare maritime. Ils se dirigèrent vers les véhicules en nageant pour ainsi dire dans la foule répandue sur les Ramblas, qui bloquait la circulation. Le conducteur de l'autocar dans lequel ils étaient montés essayait en vain de sortir de l'engorgement, sans pouvoir éviter coups de freins et secousses que les passagers accueillaient avec autant de plaisir et de frayeur que des enfants sur les montagnes russes. Pacorris, qui s'était assis derrière Amparo et Antonio, se rapprocha d'eux pour dire :

– Chaque fois que je suis à Barcelone, je me rappelle le voyage que j'ai fait avec Gabi pour assister à un congrès du SEU en 1940, je crois bien. Tu t'en souviens ? Nous étions venus en camion, parce que tu devais rapporter un chargement de serviettes, je crois.

Antonio frissonna, sans répondre. Il prit la main d'Amparo, en espérant que sa mutilation provoquerait en elle une réaction qui détournerait la conversation, mais Amparo ne desserra pas les dents, tout à son effort de contenir ses larmes.

– Allons, Gabi, ne me dis pas que tu ne t'en souviens pas aussi bien que moi. Il était tombé une sacrée neige, insista Cifuentes, guilleret.

– Tu veux parler des freins qui ne répondaient plus, hasarda Antonio.

– Tout juste ! s'écria Pacorris, radieux. Je vois que tu n'as pas perdu la mémoire. Nom de Dieu ! Je n'ai jamais eu aussi peur de ma vie, et ce gars-là, Amparo, au lieu de rouler en première, a fait tout le trajet en troisième.

Amparo s'efforça de sourire, pendant qu'Antonio lui serrait la main et répétait la leçon que Gabriel, en conduisant la remorque sur le chemin sinueux qui menait des mines de charbon au camp de Borovitchi, lui avait apprise.

– Ça, c'est ce que croient les gens qui n'y connaissent rien ; mais en première, les roues collent davantage à la route, et quand la neige couvre le sol, le risque de patiner est plus grand.

– Oui, c'est ce que tu m'avais dit. Mais la peur que j'ai eue, personne ne me la fera oublier. Sainte Mère du Bel Amour !

Cifuentes agita la main en une simagrée très expressive et desserra son nœud de cravate. Antonio ne l'avait jamais vu aussi joyeux et bavard, mais peut-être en rajoutait-il un peu, pour apaiser les tensions des retrouvailles. Amparo, en revanche, ne disposait pas de pareils moyens, et elle finit par éclater en sanglots.

– Allons, Amparo, ne pleure pas, l'encouragea-t-il, en l'aidant à essuyer ses larmes avec le mouchoir parfumé qu'elle avait sorti de son sac. Aujourd'hui, c'est un jour de joie.

– C'est qu'il y a eu tant d'années de tourments, Gabi, essaya-t-elle d'expliquer. Parce que la pire des croix, c'est le doute, l'incertitude : ne pas savoir ce que tu étais devenu, se lever tous les matins en se demandant si tu es vivant ou mort, ou si tu es vivant mais si tu ne vas pas mourir ce jour-là, voilà ce qui a été horrible.

Antonio finit d'essuyer les larmes d'Amparo et garda son mouchoir en gage. Il se sentit misérable en se rappelant la mission que lui avait confiée Gabriel pendant qu'ils s'enfuyaient du Puisard du Diable.

– Sache, Amparo, que je n'ai pas laissé passer un seul jour sans penser à toi. Quand je souffrais de la faim et des mauvais traitements, c'est ton souvenir qui me donnait le courage de tenir.

Il n'osa pourtant pas lui affirmer qu'il voulait vieillir à ses côtés et avoir avec elle de nombreux enfants, comme Mendoza l'avait alors affirmé, parce que le mensonge lui sembla par trop grinçant, même pour un imposteur comme lui, et aussi parce que Amparo montra certains signes d'accablement, confrontée au rôle de protectrice qu'Antonio venait de lui assigner.

Ils arrivèrent à la basilique de la Merced avec assez de retard sur l'horaire prévu, et ils durent encore attendre pendant deux bonnes heures les autorités qui, finalement, ne vinrent pas, prises dans les embouteillages ou plus probablement peu enclines à s'afficher en grande pompe dans les solennités d'accueil des divisionnaires, qui étaient en fin de compte des reliques d'un temps sur le déclin, des témoins vivants d'idéaux destitués ou chimériques que le pragmatisme de l'heure présente préférait reléguer dans les greniers de l'incurie.

Une fois la cérémonie terminée, Amparo, Pacorris et Antonio allèrent au pas de promenade jusqu'à la gare de Francia. Un train était prévu pour les rapatriés et leurs familles qui désiraient se rendre à Madrid ou dans l'une des localités qui se trouvaient sur la ligne. Après une semaine de traversée et plus de onze ans de captivité, Antonio prenait autant de plaisir à flâner que s'il découvrait une planète nouvelle. C'était un après-midi clément, d'une transparence de verre, suffoquant de moiteur et de femmes.

– Tu auras remarqué que Franco ne veut plus rien savoir de la División Azul, dit Cifuentes, aussi rongé par la déconvenue politique que douze ans auparavant. Il n'assiste pas à la cérémonie de votre retour, il ne daigne même pas vous adresser un message par le truchement d'un de ses ministres, rien. C'est le grand absent.

Antonio était beaucoup moins intéressé par l'absence de Franco que par la circulation dans les rues, les terrasses des cafés avec leurs monticules de carapaces de gambas, les bonneteries et les épiceries, véritables trésors de Marco Polo, les femmes qu'il croisait, aux allures de grues qui tortillaient des hanches, et sur lesquelles il aurait aimé se retourner, pour soupeser du regard leur cul empaqueté dans leur robe, ou leur donner une tape sur les fesses, mais il devait s'en tenir à son rôle.

– Au cul, Franco, Pacorris ! s'exclama-t-il, par une association d'idées très élémentaire.

– Ce salopard a lu comme nous toutes les chroniques de Torcuato Luca de Tena, dans l'*ABC*, qui retracent les avanies que vous ont fait subir les Russes, et il devrait baiser le sol que vous foulez.

Luca de Tena était l'un des journalistes qui, à Istanbul, étaient montés à bord du *Semiramis*, où il n'avait pas arrêté d'interroger les divisionnaires libérés. Mais une chronique ne suffit pas à dresser la carte des terres d'épouvante, heureusement abolies.

– Laissons tomber, dit Antonio, en échangeant avec Cifuentes un regard affligé. Je préférerais que vous me parliez un peu de vous. Racontez-moi ce que vous avez fait, pendant tout ce temps.

Ils entrèrent dans la gare de Francia en passant par les arcades de l'entrée principale, ces sortes de bâillements modernistes ; dans le vestibule les attendait une agglomération chaotique de gens en mouvement, paradis des aigrefins et des voleurs à la tire. Antonio eut une pensée nostalgique pour son ancienne occupation.

– Alors, dis-nous par où tu veux que nous commencions, demanda Cifuentes, en jetant un regard furtif, subreptice, peut-être coupable sur Amparo.

– Eh bien, par toi, Pacorris, dit Antonio en feignant de ne pas avoir remarqué ce regard. J'espère que tu as enfin terminé tes études de médecine, non, quand tu n'as plus eu de guerres pour te servir d'excuses ?

Cifuentes rit avec plaisir.

– La bonne blague ! Oui, elles sont terminées, grâce à Dieu ! Je me suis spécialisé en gynécologie.

– Oh ! Le petit cochon ! blagua Antonio.

Puis il se dit que ce ton était peut-être déplacé, devant Amparo, mais il s'aperçut qu'elle n'était pas bégueule, et en rajouta un peu :

– Je te laisse seul un moment, et te voilà livré à tes instincts bestiaux.

– J'ai réussi à faire mon trou dans le département de la faculté et à l'hôpital San Carlos ; mais l'hôpital va bientôt fermer, pour être déplacé du côté de Moncloa ; et comme à la faculté on ne m'aime pas beaucoup parce que je ne suis pas un soutien du régime, je vais me présenter à l'université de Valladolid.

Il ne semblait pas trop contrarié, ou alors la contrariété d'être ignoré était devenue pour lui routinière, au fil des années et des ouvertures successives du régime, qui était alors en plein dégel, tout comme l'Union soviétique.

– Ne me dis pas que tu vas nous laisser tomber ! s'exclama Antonio. Que dis-tu de ça, Amparo ?

Elle qui n'avait pas rougi un peu plus tôt à son allusion grivoise fut curieusement décontenancée par cette question sommaire d'Antonio.

– La belle affaire ! Valladolid est à deux pas, dit-elle, confuse. Nous pourrons continuer de nous voir.

Antonio trouva ce pluriel un peu ambigu, car il ne spécifiait pas qui était censé rester à Madrid et qui allait à Valladolid. Cifuentes les avait devancés, pour voir de quel quai partait le train des divisionnaires. Antonio ne fut pas inquiet de se trouver seul avec

Amparo, signe qu'il s'adaptait toujours mieux à son personnage (ou qu'Amparo n'avait pour lui aucune espèce d'importance).

– Et toi, Amparo, que fais-tu ? lui demanda-t-il.

– Eh bien, toujours la même chose, je me bats, dit-elle en haussant les épaules, embarrassée. Ma mère est très souffrante, et je vis toujours avec elle, à Aravaca.

Aravaca était l'endroit idoine pour conserver une virginité dans la saumure. Il lui demanda encore :

– Et qu'en est-il de la Section féminine ?

Amparo eut alors une grimace de dégoût et agita la main, comme pour nier ou effacer quelque chose. Elle chercha des yeux la complicité de Cifuentes, revenu de son exploration.

– J'ai quitté la Section féminine, Gabi, comme Pacorris a quitté la Phalange. Les gens ne sont plus ce qu'ils étaient, ils sont devenus des larbins et des arrivistes.

Cifuentes opina de la tête, avec l'envie de dire son mot. Mais Antonio le devança, tandis qu'ils se dirigeaient vers le quai.

– Tu travailles quelque part ?

– Pacorris m'a trouvé une place d'infirmière à l'hôpital San Carlos, mais s'il s'en va, je ne sais pas si je pourrai rester.

Sur le quai, quelques vieilles filles de la Section féminine accueillaient les rapatriés avec des cigarettes, du chocolat, des tourons et un peu d'argent qu'Antonio refusa, pour sauver l'honneur. Il se dit que c'étaient peut-être les mêmes femmes qui avaient jadis accompagné les premiers divisionnaires lors de leur départ pour le front de l'Est, et les avaient laissés les embrasser et leur peloter le cul ; il ignorait si, avec le temps, elles s'étaient elles aussi adonnées au larbinisme et à l'arrivisme, mais leur cul était visiblement devenu catastrophique, malgré l'ampleur de leurs jupes. Sur le quai étaient apparus quelques agents de police armés qui empêchèrent les rapatriés de monter dans le train. Le chahut ne tarda pas à éclater.

– Faut-il qu'ils soient… fit Cifuentes, mais il ravala l'invective. Il paraît qu'on a annulé le voyage.

– Comment ça ? demanda Amparo, qui n'avait pas encore compris.

La stupéfaction initiale des divisionnaires et de leurs proches se traduisait maintenant en grossièretés ; l'affrontement paraissait imminent. Hors de lui, Cifuentes se mit à hurler.

– Ce qui se passe, c'est qu'on n'a pas les couilles pour recevoir à Madrid, comme ils le méritent, les hommes de courage qui se sont battus sous l'uniforme du Troisième Reich ! clama-t-il, et il prit encore de plus grands risques : – Ce qui se passe, c'est que le prix du pacte avec les États-Unis et l'entrée de l'Espagne à l'ONU, c'est le sacrifice des divisionnaires ! Au diable toute cette saloperie !

Quelques bureaucrates de la Délégation nationale des anciens combattants parlementaient avec les familles offensées par l'annulation du voyage ; apparemment, ils avaient réussi à compenser l'affront en les dirigeant vers diverses pensions de la ville, où ils s'engageaient à leur payer le gîte.

– Nous ne sommes pas des morts de faim et nous n'avons pas besoin de vos aumônes ! vociféra encore Pacorris.

Antonio essaya de le calmer.

– Peu importe que nous n'en ayons pas besoin, qu'ils aillent se faire mettre et qu'ils casquent. Demande-leur deux chambres.

Encore vibrant de colère, Cifuentes fit ce qu'Antonio lui demandait. On les orienta vers une pension située dans le Barrio Gótico, en face de l'église del Pi, tout près des Ramblas. Ils dînèrent frugalement dans un bistrot retentissant d'accents de l'Espagne profonde, et Antonio déclara finalement qu'il avait hâte d'aller à la pension, en alléguant la fatigue (mais, bien que ce fût un prétexte pour éviter une de ces conversations qui suivent immanquablement les repas, et qui pouvaient l'embarrasser, il était réellement épuisé). Pacorris et lui laissèrent à Amparo la chambre qui avait la plus belle vue, et Antonio se demanda s'il était vrai que Mendoza n'avait jamais couché avec elle, ou si, à défaut de Mendoza, elle avait couché avec un autre homme, et il chercha sur son visage à l'expression un peu simplette ou timide une réponse qu'il ne trouva point. En lui souhaitant une bonne nuit, il lui donna sur le front un baiser chaste, qui n'engageait à rien.

– Amparo a plus souffert que tu ne te l'imagines, Gabi, lui dit ensuite Cifuentes, quand ils furent dans leur chambre, tandis qu'Antonio tâtait la souplesse des lits qui, bien que pourvus de lourds matelas jamais aérés, lui semblèrent dignes d'un empereur, comparés aux bat-flanc des baraquements. Pense qu'en 43, on nous a annoncé que tu étais tombé au combat, par une lettre signée du général Esteban Infantes, rien de moins. Puis, quelques années plus tard, nous avons reçu la nouvelle que tu étais peut-être vivant, après la libération de quelques prisonniers allemands qui avaient été détenus dans le même camp que toi. Depuis, Amparo ne vit plus, fit-il avant de s'interrompre, et d'ajouter avec emphase : – Nous ne vivons plus.

– Je me l'imagine, Pacorris, je me l'imagine.

Cifuentes avait fermé les rideaux et allumé une lampe de chevet qui diffusait un halo de lumière ambrée. Il commença à se déshabiller sans gêne, dévoilant son corps massif et velu, un peu empâté à la taille ; bien qu'il ne fût pas bancroche, son mollet droit portait toujours les cicatrices des déchirures de la mitraille. Il posa une question directe :

– Point essentiel à éclaircir : tu éprouves toujours la même chose pour Amparo ?

Cette manière expéditive de se renseigner devait l'angoisser. Antonio vit que la tache de son visage palpitait comme un cœur autonome, dans l'attente de sa réponse.

– Ma foi, je crois que oui, fit-il en restant entre deux eaux. Depuis treize ans, je pense à elle, mais treize ans ne passent pas comme un rien, pour qui que ce soit. Maintenant, je dois reprendre contact avec la réalité, renouer avec elle, et ensuite prendre une décision.

Cifuentes se glissa dans le lit en caleçon. Antonio se déshabilla à son tour, honteux de montrer son corps décharné, et en proie à la crainte que Cifuentes ne remarquât l'absence ou la présence d'une particularité anatomique – des poils sur la poitrine, une envie ou un grain de beauté – qu'il avait pu voir ou ne pas voir sur Mendoza. Mais la virilité de Cifuentes lui interdisait de jeter un regard sur la nudité de son compagnon.

– Treize ans ne passent pas comme un rien pour qui que ce soit, bien entendu, dit-il à mi-voix, sur un ton contrit et comme peiné de ne pouvoir ou de ne pas oser être plus explicite.

Il resta un moment silencieux, puis recouvra sa loquacité :

– Ce qu'il faut que tu fasses, pour le moment, c'est te réhabituer au plus vite à la vie quotidienne. As-tu l'intention de terminer tes études ?

Antonio s'empressa de répondre, en se mettant au lit.

– Pas question, mon vieux. Chaque chose en son temps. Je suis trop âgé pour ça. On verra si je peux m'occuper de l'entreprise de transport de mon père. S'il me l'a léguée, bien entendu.

– Il me semble que c'est une décision très intelligente, dit Cifuentes en tendant le bras pour éteindre la lampe de chevet. L'important, c'est que tu te réhabitues rapidement aux obligations sociales, ça te fera beaucoup de bien et, dans quelques mois, tu sauras où tu en es.

Tandis qu'ils parlaient ainsi dans l'obscurité, Antonio eut l'impression paradoxale, chimérique, sans doute grotesque, de s'entretenir avec un vieil ami retrouvé.

– Oui, Pacorris, j'ai envie de tirer un trait sur le passé, lui confia-t-il en un soupir.

– Nous avons été des songe-creux, dit Cifuentes d'une voix chargée de souvenirs. Qui ont cru pouvoir sauver l'Europe de la putréfaction des démocraties et du communisme.

Antonio suivit le sens du courant.

– Je me suis souvent demandé si ça en valait la peine.

Cifuentes remua dans le lit comme si les ressorts du sommier opprimaient une partie tendre de son âme.

– Et moi aussi, Gabi. En fin de compte, je me suis dit : oui, ça en valait la peine, parce que la vraie vie était là, affirma-t-il après avoir chassé les idées noires. Il y a quelque chose que jamais les lâches et les parvenus ne pourront nous arracher : la camaraderie. C'est ce que la guerre nous a donné de plus beau, Gabi. Ne serait-ce que pour ça, nous battre comme nous l'avons fait a valu la peine.

Antonio redouta alors que ce débordement sentimental n'amenât des confidences sur la période que Pacorris avait passée avec Gabriel sur le front russe, ce qui pouvait le conduire à se trahir, aussi attisa-t-il, pour éviter ce risque, la passion politique frustrée de Cifuentes.

– Pour ça, peut-être, parce que pour le reste, ç'a été le désastre le plus complet. Nous aurions mieux fait de nous consacrer entièrement à la révolution dans le pays, plutôt que d'aller brûler dans cet enfer. C'est ainsi que nous avons fait le lit des spéculateurs, qui voulaient se débarrasser de la jeunesse révolutionnaire de la Phalange en l'envoyant se faire massacrer au diable vauvert.

– C'est ça, c'est tout à fait ça, et les rouges ont fait en Russie ce qu'eux-mêmes n'osaient faire en Espagne, gronda Cifuentes. Ils ont eu peur de nous, Gabi, peur de cette génération enthousiaste qui aurait pu sortir le pays de la misère et de la corruption, et envoyer en taule tous les agioteurs, les technocrates, les capitalistes et les faux jetons qui désormais s'en mettent plein les poches. Le front de l'Est est tombé à pic : d'innombrables divisionnaires y sont restés, sans doute les meilleurs, et les autres en sont revenus bons pour la refonte. On nous a épinglé quatre médailles sur la poitrine, on a dit pour notre retour quatre messes d'action de grâce, et, pendant ce temps, ces ordures se partageaient le gâteau.

Pacorris s'enfonça dans un mutisme désespéré. Antonio tenta de l'en tirer.

– Il doit bien rester quelque chose à préserver.

– Bof, s'il y avait au moins quelques justes... Mais l'Espagne est devenue le paradis des bureaucrates, des syndicalistes serviles et des professionnels de la rapine. La Phalange ressemble à un cirque d'animaux en cage dressés, et je ne te parle pas de ce qui en est sorti, d'elle ou de ses débris : les parasites de la démocratie chrétienne, les béni-oui-oui pro-Yankees... vile mitraille !

Il était exaspéré, quasi virulent. Antonio temporisa.

– D'accord, mais on ne sait jamais. Aux grands maux les grands remèdes. Qui te dit que de tout ce mal ne sortira pas un bien.

Cifuentes, sceptique, poussa un soupir. Maintenant, sa voix sourde, née de l'obscurité qui les entourait, était fille des ténèbres.

– Non, détrompe-toi, Gabi. Aucun bien n'est jamais venu du mal. Tu te rappelles quand on lisait Shakespeare ? demanda-t-il, et Antonio qui, depuis qu'il avait quitté l'hospice, n'avait pour ainsi dire lu que les journaux, frémit et se contenta d'émettre un vague grognement d'assentiment. Souviens-toi de Macbeth : il se dit qu'entre lui et la couronne d'Écosse il n'y a que le corps endormi de Duncan, et il décide de le tuer, croyant ainsi obtenir ce qu'il considère comme un plus grand bien. Mais la vie est tout une, nous finissons toujours par payer le prix des conséquences de nos actes, et il en va de même pour ce qui est des sociétés et des nations. Non, Gabi, on n'obtient rien de bien en faisant le mal. Le mal finit toujours par avoir raison de nous, comme dans l'histoire de cet homme qui, enfermé dans une pièce, pense qu'en enfonçant la porte il sera enfin libre, et qui, une fois la porte enfoncée, se trouve dans une pièce encore plus petite, et ainsi de suite ; plus tu fais de mal, plus de portes tu enfonces, plus tu es à l'étroit, jusqu'à ce que tu meures étouffé. C'est sans remède.

Cifuentes parlait de l'Espagne, mais Antonio ne put s'empêcher d'appliquer la leçon à lui-même, à cette folle aventure sans doute suicidaire dans laquelle il s'était lancé. Il exorcisa sa peur en donnant un coup de poing dans l'oreiller.

– À la grâce de Dieu, Pacorris. Mieux vaudrait essayer de dormir, maintenant.

Mais le souffle de Cifuentes n'était ni celui de la somnolence, ni celui de l'épuisement ; il était oppressé par une angoisse dont il n'osait parler.

– Bonne nuit, Gabi. Je voulais te dire que ta famille a attendu ton retour pour ouvrir le testament de ton père. Je crois que le rendez-vous chez le notaire est pour la semaine prochaine. Comme ça, tu sauras à quoi t'en tenir, tu verras s'il t'a légué ou pas son entreprise de transport routier, dit-il encore, sans se priver de faire sentir son exécration envers le défunt. Au moins, tu en feras un meilleur usage que lui.

– N'en doute pas, mon ami.

Mais, tandis qu'il écoutait la respiration agitée de Cifuentes, Antonio naviguait sur un océan de doutes. Un océan abyssal où serpentaient les sargasses, peuplé d'une faune visqueuse et carnivore.

Amparo était blessée par le silence, par les silences de Gabi, qui ne voulait rien lui raconter de ce qu'il avait vécu pendant sa captivité en Russie, pas plus qu'il ne cherchait à savoir ce qu'avait été la sienne durant toutes ces années, comme si le silence pouvait panser les blessures qui s'étaient ouvertes depuis lors. Elle comprenait qu'il ne fût pas encore remis d'une expérience inconcevablement destructrice, mais elle voulait l'aider à la surmonter, à la digérer, à s'en remettre. Et elle aurait aussi voulu – parce que tout partage spirituel implique la réciprocité – lui expliquer comment l'incertitude l'avait pendant tout ce temps usée au point de la briser, et comment l'attente sans espoir était devenue un désert affolant où même les joies les plus inimaginables comme les plus infimes lui étaient interdites, si bien que, quand une de ces joies arrivait malgré tout à lever dans ce désert, elle se changeait aussitôt en un remords déchirant, en un enfer de la conscience au fond duquel l'idée s'imposait inévitablement que, pendant qu'elle échappait, bien malgré elle, à son chagrin, Gabi endurait, là-bas, des souffrances sans nombre. Elle aurait aimé lui dire ce qu'avaient été ces affres quotidiennes pendant treize interminables années, avec leurs nuits qui s'écoulaient aussi lentement qu'une distillation d'alambic, leurs jours aussi amers que l'huile de ricin, lui dire que cet échange de confidences aurait fait renaître l'amour qu'il y avait eu entre eux, l'amour qui était resté pris dans les ronces. Elle aurait même préféré à ce silence une humeur de chien, comme elle aurait préféré des reproches à la sorte de laconisme hermétique dans lequel il trouvait refuge chaque fois qu'elle essayait d'évoquer les années pendant lesquelles elle s'était tant de fois sentie atrocement seule, et pourtant toujours amoureuse de lui ; pendant lesquelles elle avait tant de fois désiré mourir, tandis que se fanaient sa vertu et son corps, et qu'elle continuait pourtant de l'aimer ; pendant lesquelles elle lui avait offert en sacrifice le moindre instant de découragement, chaque tentation écartée, chaque plaisir refusé et chaque désir repoussé, sans pourtant cesser de l'aimer. Et elle aurait aussi aimé lui avouer que quelque part dans cette espérance sans espoir, par une nuit d'insomnie ou de fièvre, par un jour de défaillance ou de lassitude, elle avait cessé de l'aimer, mais que, bien qu'elle eût cessé de l'aimer, son amour n'était pas mort, et que, s'il le voulait, elle pourrait l'aimer de nouveau, parce que cet amour était prêt à renouer leurs engagements. Encore aurait-il fallu qu'il le veuille.

Sans doute n'avait-il pas manqué de lui téléphoner tous les jours, sans doute lui demandait-il presque tous les jours de passer le voir dans la maison familiale de la rue Claudio Coello, devenue depuis la mort de ses parents une sorte de bâtisse inhospitalière, pleine d'objets importuns et agaçants, à laquelle il n'avait pas encore réussi à se réadapter, pareil à un enfant qui ignore le fonctionnement des mécanismes les plus élémentaires, ou à un vieillard qui a oublié les automatismes de sa jeunesse. Gabi lui demandait de l'accompagner pour aller faire les courses les plus banales, ou pour régler les affaires les plus ennuyeuses, et elle acceptait volontiers, ou du moins avec un empressement pétri d'abnégation ; mais dès qu'elle orientait la conversation vers les continents obscurs du passé, Gabi se renfermait aussitôt comme une huître, préférant d'évidence lécher ses plaies dans l'intimité de sa coquille. Quand elle lui proposait de sortir pour aller chez des amis, au restaurant ou à la campagne, il se dérobait toujours, en alléguant qu'il n'était pas encore prêt à affronter les gens, qu'il lui fallait encore du temps pour recommencer une vie à laquelle il avait renoncé jadis, du temps pour se retrouver lui-même, parmi les débris qu'il avait rapportés de Russie. À chacun de ces refus, ou de ces subterfuges, elle sentait son cœur – son cœur en suspens, tout disposé à basculer une nouvelle fois vers l'empire de celui auquel il s'était soumis – se révolter, mais, tout révolté qu'il fût, demeurer prêt à attendre encore, malgré tout, à attendre aussi longtemps qu'il le faudrait.

Gabi lui avait demandé de l'accompagner chez le notaire où

était déposé le testament de son père. Il reconnaissait que ces retrouvailles avec ses cousins, ses neveux, sa sœur et les autres membres de la famille étaient pour lui une épreuve, après d'aussi nombreuses années d'absence, et que sa compagnie lui serait un réconfort ; mais elle ne voyait pas très bien ce qu'elle avait à faire dans une réunion de nature strictement familiale, de caractère juridique et peut-être litigieux, si le testament rencontrait des oppositions. Bien qu'elle lui eût fait part de ses réserves, elle avait fini, face à son insistance poussée jusqu'au mélodrame, par transiger, prête à tout pour que son cœur égaré reconnût son ancien maître.

– Il y a un bon moment que je t'attends, lui dit-il dès qu'il lui eût ouvert la porte. Entre, entre, tu es ici chez toi.

Mais Antonio savait que ce n'était pas vrai ; cette maison n'avait pas été la sienne avant le départ de Mendoza pour la Russie, pour la bonne raison que chacun d'eux vivait alors dans sa famille (et parce qu'ils avaient décidé d'un commun accord d'éviter certaines effusions avant leur nuit de noces), et elle n'allait pas l'être maintenant qu'Antonio avait décidé qu'il ne la conduirait jamais devant l'autel, non seulement parce que Amparo ne lui plaisait pas, mais surtout parce que se substituer à Mendoza jusque dans le mariage lui semblait être une canaillerie par trop cynique, même pour un homme aussi dépourvu de scrupules que lui.

– Attends-moi un instant, je vais mettre une cravate et un veston.

Amparo s'assit dans le salon sur un canapé à oreilles, et son attention fut attirée par un morceau de laiton de forme elliptique et de la taille d'un œuf posé sur le guéridon.

– C'est l'unique souvenir que j'aie rapporté de Russie, dit avec désinvolture Antonio, qui était déjà de retour et, en s'asseyant près d'elle sur un bras du canapé, il lui expliqua : – De ce côté figurent le numéro d'immatriculation du soldat et celui de l'unité à laquelle il appartient ; de l'autre, son groupe sanguin, pour le cas où l'on devrait lui faire une transfusion.

Le groupe sanguin de Mendoza était B positif ; c'était une des différences entre Gabriel et lui. Amparo croisa les jambes, peu intéressée par la plaque d'identification, ou vaguement provocante, même si Antonio ne trouvait presque rien de stimulant à ses provocations. Elle avait les genoux trop saillants à son goût, des chevilles trop fines. Sans doute Mendoza aimait-il les femmes aux attaches fines et aux os saillants, mais lui avait des goûts plus frustres ou plébéiens.

– Les amis m'ont appelée, dit Amparo. Voyons un peu si nous arriverons à te faire sortir de chez toi.

– Quels amis ? demanda Antonio.

L'indétermination d'Amparo lui permettait toujours de recueillir de nouvelles informations en n'ayant à craindre ni de paraître captieux ni de dévoiler son ignorance. Sans compter que, en treize ans, certains amis pouvaient avoir disparu pour quelque raison naturelle, ou par détachement.

– Mais enfin, de quels amis veux-tu qu'il s'agisse ? Pacorris et toute la bande, répondit-elle sur un ton qui se voulait condescendant mais trahissait de l'irritation. Tous, Gabi, tous me demandent de tes nouvelles et meurent d'envie de te voir. Nous pourrions rester dîner avec eux.

– Peut-être dans quelque temps, Amparo, s'excusa-t-il, avec une expression inquiète. Tu sais que j'ai beaucoup de mal à sortir le soir ; je ne peux plus fermer l'œil, après, et tout ce dont j'ai besoin, c'est d'une bonne cure de sommeil. Et puis, voir les gens bâfrer et s'en mettre jusque-là me blesse, je n'y peux rien. C'est d'avoir manqué de nourriture pendant toutes ces années, je suppose.

Amparo ravala son irritation et en vint même à se dire que l'impatience qui la dominait était due à son égoïsme.

– D'accord, admit-elle, résignée. Mais tu ne peux tout de même pas repousser constamment leurs témoignages d'affection, ajouta-t-elle pourtant avant de proposer avec une obstination candide :
– Dis, et si nous allions faire avec eux une excursion à Sigüenza ou aux *cigarrales* de Tolède, en souvenir du bon vieux temps ?

Antonio ne pouvait savoir que les phalangistes de la première heure avaient pris l'habitude de fréquenter ces anciennes résidences de campagne seigneuriales converties en auberges, qui étaient devenues pour eux des hauts lieux de pèlerinage quasi religieux depuis que José Antonio Primo de Rivera, le fondateur de leur mouvement, en avait fait ses séjours de prédilection.

– Tu ne vas pas me croire, Amparo, mais l'idée de conduire me panique, avoua-t-il sans mentir, pour une fois, parce qu'il n'avait jamais su le faire. Je crois que j'ai oublié comment on s'y prend.

Il eut une expression d'étonnement, comme s'il n'en revenait pas lui-même. Amparo souffla, souriante.

– Allons, Gabi, tout ça, ce sont des appréhensions. Comment pourrais-tu avoir oublié, alors que tu conduis comme tu respires ? fit-elle, puis, songeant à tout le temps qu'il avait passé dans un camp de prisonniers de guerre, elle changea de ton : – Quoi qu'il en soit, peu importe. Je peux conduire, si tu veux. Telle que tu me vois, je suis une fille à la page !

Sur ces mots, ses jambes s'animèrent, et elle mima les mouvements de la conductrice qui freine, embraye, passe les vitesses. Ses mollets, trop osseux, ne lui plaisaient pas davantage que le reste.

– Dis donc ! Tu es devenue drôlement délurée !

– Délurée, mon beau, je l'ai toujours été, répliqua-t-elle, jouant les offensées, mais Antonio était satisfait de l'avoir menée là où il le voulait. Tu ne te rappelles pas les pantalons de cheviotte que je mettais pour aller aux cours ? Et à quel point ils excitaient le vieux prof d'anatomie ? Et toi, tu ne voyais pas ça d'un bon œil !

Antonio rit, à l'idée du vieux croulant du cours d'anatomie qu'il n'avait jamais eu le plaisir de connaître, mais aussi d'Amparo, qui était bien trop chétive pour exciter quiconque, même en pantalon de cheviotte.

– C'est que j'ai toujours été un peu macho, concéda-t-il, sans savoir si Mendoza avait jamais été jaloux d'Amparo. Et si tu m'apprenais à conduire, qu'en dis-tu… je veux dire, si tu me rappelais comment on conduit, jusqu'à ce que je cesse d'avoir peur ? Ce doit être une affaire de quelques jours, je suppose. Après, on pourrait aller à Sigüenza et aux *cigarrales* de Tolède ou partout où il le faudrait. Je ne vais pas laisser les amis me voir occuper le siège du passager dans une voiture conduite par unc fille à la page !

– Marché conclu, dit Amparo, mais sois sûr que je considère ça comme une idiotie. Dès que tu mettras les mains sur le volant, adieu les cours de conduite !

Il lui donna une tape sur la cuisse, qu'il trouva également trop chétive à son goût, et il dit, sur le ton de la plaisanterie :

– Et en gratification pour ces cours de conduite…

Il ne fit qu'un bond jusqu'à la commode, dans un tiroir de laquelle il avait rangé un flacon acheté dans une parfumerie de la rue Serrano, après avoir fait sentir à la vendeuse le mouchoir subtilisé à Amparo pendant qu'ils se rendaient à la basilique de la Merced.

– *Joy*, de Patou, dit-elle, lisant l'étiquette de son parfum préféré, qui était apparemment aussi celui de Mendoza. C'est incroyable ! Tu es toujours aussi attentif et attentionné…

Antonio haussa les épaules.

– Pourquoi aurais-je dû cesser de l'être ?

Comme ils se rendaient chez le notaire, Amparo lui fit remarquer que son veston était trop large aux épaules, et elle le lui dit avec une délicate timidité, sans doute inquiète de lui rappeler que les pénuries de la captivité avaient diminué sa corpulence. Mais Antonio savait bien que pour autant qu'il s'étoffât (et il commençait à se remplumer), il ne remplirait jamais les costumes de Mendoza, surtout aux épaules. Une fois arrivés à l'étude du notaire, on les introduisit dans une salle d'attente, ou une antichambre du cabinet, où se trouvaient déjà, en petits groupes, les membres de la famille Mendoza et leurs proches parents, ainsi que des employés de longue date de l'entreprise de transport routier à la veille de la retraite. Quand Amparo et Antonio entrèrent, les groupes se dissocièrent, et un lourd silence se fit, comme si un mort venait de se lever de sa tombe. C'était l'inévitable réaction, à la fois respectueuse et bienveillante, qu'entraînaient les apparitions publiques d'Antonio, que tous traitaient avec la déférence exquise, ou quasi craintive, qu'ils auraient témoignée à un ressuscité venu réclamer ses droits, quand on le croyait en train de purger sans rémission ses peines en enfer. Antonio ne tarda guère à se rendre compte que cette attitude facilitait extraordinairement son imposture, parce qu'elle le dispensait de s'épuiser en feintes ; c'étaient toujours les autres qui s'adressaient à lui, se présentaient ou s'efforçaient de se montrer agréables, ainsi qu'on le fait avec un parent atteint d'une maladie incurable ; les autres qui toujours débordaient de sollicitude et toujours étaient disposés à lui expliquer les choses les plus élémentaires avec une sorte de délicate componction. Ils lui parlaient à mi-voix, croyant peut-être qu'il souffrait d'hyperesthésie, et c'était à peine s'ils osaient le toucher, l'estimant sans doute aussi fragile que le verre, fait d'un cristal très fin et, bien entendu, ils ne le contrariaient en rien, et manifestaient le plus vif intérêt pour tout ce qu'il pouvait dire ou taire, lui laissant tout loisir de tranquillement faire l'éponge, d'absorber et de déchiffrer l'information qu'ils lui livraient, et ses silences ne manquaient pas d'être interprétés comme des symptômes de sa convalescence. Bien évidemment, il lui fallait parfois abandonner cette passivité.

– Regarde, ta sœur est là, lui annonça Amparo.

Antonio s'était placé dos à la porte, pour être averti de l'arrivée d'autres membres de la famille. Margarita, la sœur de Gabriel, montrait un allant intrépide et jovial, trait assez fréquent chez les Basques de naissance ou d'adoption ; elle était accompagnée d'une jeune fille de toute beauté, éclatante de jeunesse, en laquelle Antonio reconnut aussitôt Consuelito, la nièce dont Mendoza lui avait parlé, qui à sept ans connaissait sur le bout des doigts les acteurs espagnols et étrangers, et racontait à son oncle tous les nouveaux films avec un luxe de détails qui lui en gâchait la fin. Si Gabriel avait évoqué la fillette de sept ans en termes laudatifs, la jeune fille de vingt ans qui venait d'entrer en aurait mérité d'autres, encore plus laudatifs, mais pour des raisons toutes différentes.

– Margarita ! s'écria Antonio en allant d'abord vers la mère, pour respecter le protocole.

Il avait déjà eu avec elle deux entretiens téléphoniques, pendant lesquels elle s'était excusée de n'avoir pu aller l'accueillir à Barcelone, à l'arrivée du *Semiramis*, parce qu'elle devait veiller sur son mari, qui venait d'être opéré d'une hernie. Il avait également pu découvrir, sur les photos des albums de famille trouvés dans l'appartement de la rue Claudio Coello, l'évolution de son anatomie : comme de nombreuses femmes, elle avait commencé anchois et était devenue baleine.

– Gabi, Gabi chéri ! s'exclama-t-elle en l'enlaçant et en l'embrassant avec une effusion salivaire peut-être un peu excessive. Combien nous t'avons pleuré, et quelle joie de te voir de retour ! Pardonne à César de n'avoir pas pu venir, mais les médecins lui ont interdit tout déplacement jusqu'à la plus complète cicatrisation.

– Mon Dieu, Margarita, il n'a pas à s'excuser et, de plus, votre famille est merveilleusement représentée…

Il regarda Consuelito de la tête aux pieds avec une admiration telle que, de la part de tout homme autre qu'un oncle, elle aurait semblé lubrique, sinon graveleuse. Bien que ses goûts fussent plus rustres ou plébéiens que ceux de Mendoza, il se dit que devant cette femme-là, ils se seraient accordés. Mais il se souvint que le fruit était défendu.

– Quand je suis parti en Russie, tu étais une fillette qui ne devait pas faire plus d'un mètre, dit-il, encore ému. Et maintenant, Sainte Mère de Dieu ! Tu es une pouliche à couper le souffle !

Tout le monde, autour de lui, rit de son mot en le flattant, autre avantage d'être un ressuscité : ce qui sort de votre bouche devient sur-le-champ aussi indiscutable qu'une sentence oraculaire.

– Toi, en revanche, tu es exactement le même que quand tu es parti, tu sais, dit Consuelito d'une voix douce, coquette. Enfin, beaucoup plus beau, en réalité. Cette barbe te va très bien.

Antonio sourit, flatté. Elle aussi était avantagée par une chevelure savamment décoiffée, un chemisier qui moulait sa poitrine et une jupe cloche froncée pareille à une corolle prête à éclore.

– Je ne suis pas d'accord, Antonio, tu dois la raser, intervint Margarita, jetant un froid. On pourrait te prendre pour un rouge.

Le commentaire fut aussitôt désapprouvé avec des regards censeurs, parce que, en la circonstance, c'était comme parler de corde dans la maison d'un pendu. Antonio minimisa le délit en continuant de flatter sa fausse nièce.

– J'espère bien que, avec ou sans barbe, tu vas me parler de tous les films qui sont sortis ces dernières années. Tes revues d'actualité cinématographique m'ont beaucoup manqué en Russie.

– Tu peux compter sur moi, tu le sais.

Le satiné de sa peau sans maquillage, son visage à la fois espiègle et d'une perfection de studio de photographie, la fermeté de son buste et la sveltesse de sa silhouette plongeaient Antonio dans une agréable euphorie ; mais ce qui lui plaisait par-dessus tout, en elle, c'était son regard, de prime abord sûr de lui, presque effronté, mais qui semblait à deux temps : au premier, elle vous regardait avec aplomb pendant quelques instants ; au second, ses yeux révélaient une légère confusion, comme si avait retenti en elle un signal d'alarme, que corrigeait immédiatement un clignement des paupières. Il se décida enfin à l'embrasser, en la saisissant par la taille, dont ses mains pouvaient presque faire le tour.

– Telle que tu la vois, cette petite est partie pour devenir une vedette de cinéma, intervint encore Margarita.

Antonio adressa un regard apaisant à Amparo, qui observait la scène avec l'indifférence défiante ou jalouse qu'affichent la plupart des femmes, quand elles sont en présence d'une autre femme qui les éclipse.

– C'est vrai ? demanda-t-il.

– Rafael Gil, le metteur en scène, est passé par Saint-Sébastien pour présenter son dernier film, que nous projetions dans notre cinéma, et il s'est entiché de Consuelito, expliqua Margarita. Il va lui donner un premier rôle.

Il n'avait pas la plus petite idée de qui était ce Rafael Gil, mais il estimait que ce type ne pouvait qu'avoir bon goût.

– Allons, maman, ne va pas si vite. La protagoniste sera María Asquerino, je n'ai qu'un rôle secondaire, précisa Consuelito, comme lasse de s'opposer aux propensions de sa mère à l'hyperbole. Mais très amusant, c'est vrai.

– Et il sortira quand ? demanda Antonio, enthousiasmé.

Consuelito rit de bon cœur, et ses seins, à l'étroit dans son chemisier, partagèrent sa joie.

– Comme tu y vas, toi alors ! Il va d'abord falloir le tourner. Pour le moment, on en est encore à chercher un producteur.

– Et vous le tournerez à Madrid ?

– À Madrid et dans les environs.

Antonio s'adressa alors à la mère de Consuelito, en évitant cette fois le regard accusateur et offensé d'Amparo.

– Fais-moi le plaisir d'envoyer cette petite chez moi quand viendra le moment du tournage. Je l'hébergerai. On ne peut pas se fier à ces gens de cinéma, pour moins que rien, ils te la pervertissent.

Consuelito se remit à rire, mais cette fois avec un certain sarcasme. Il lui suffisait de rire pour obtenir ce que les autres femmes ne remportent, ou pas, qu'en se déshabillant.

– Oh là là ! Il ne manquait plus que ça ! Comme si ma mère ne me tannait pas assez…

– Je ne tanne personne, lui reprocha Margarita, tout à son rôle de gardienne jalouse de la vertu de sa fille. Ton oncle a raison, déclara-t-elle et, se tournant vers Antonio : – Je te prends au mot.

Une secrétaire vint les introduire dans le bureau du notaire, tapissé de rayonnages sur lesquels s'alignaient protocoles et répertoires de jurisprudence. Le notaire, retranché derrière des piles de dossiers et de documents, se leva pour saluer très obséquieusement les divers membres de la famille, mais réserva à Antonio une froideur polie qui jurait avec la déférence de tous les autres à son égard. Antonio supputa qu'il devait s'agir de l'homme chargé de donner une apparence légale aux magouilles et aux embrouilles du père de Mendoza, et il se dit aussi que Gabriel avait dû se confronter avec lui par le passé. Le notaire avait des mains fines, onctueuses et très soignées, et il se coiffait en arrière avec de la gomina, en laissant dans ses cheveux les traces du peigne, ce qui donnait à son crâne l'aspect des labours. Il avait toutes les caractéristiques des accapareurs venus au pouvoir avec le régime national-catholique, ceux-là mêmes qui exaspéraient tellement Cifuentes. Ils se retrouvèrent tous autour d'une table ronde et s'observèrent pendant que le tabellion donnait lecture du testament, très compliqué de prélegs, de legs, de fidéicommis, de réserves héréditaires, de préciputs et autres arguties d'avocaillon. Le testament parut satisfaire tous ceux qui étaient assis autour de la table, en particulier les collatéraux, très avantagés dans le partage à titre de compensation différée pour les trahisons et les avanies que l'épouse du défunt avait dû souffrir, comme le lui avait un jour confié Gabriel. Aux deux enfants du couple était réservée la part du lion : divers comptes courants et actions, une maison de campagne et d'autres propriétés pour Margarita ; pour Gabriel, l'immeuble de la rue Claudio Coello et l'entreprise de transport routier. Antonio chercha la main d'Amparo, qui la lui donna avec beaucoup de tiédeur, encore fâchée par les attentions qu'il avait déployées devant Consuelito. La peau d'Antonio fut aussitôt imprégnée de ce parfum si cher et si tenace dont Amparo usait en vain. Il se dit que Consuelito ne devait avoir besoin d'aucun artifice pour sentir bon.

– Tel est le testament de don Amadeo qui, comme vous avez pu le constater, s'est montré très équitable et n'a oublié personne, conclut le notaire avec une fierté très circonspecte, parce qu'il avait sans doute supervisé dans les moindres détails le partage, en se réservant une délicieuse petite part du gâteau. Bien évidemment, cette étude reste à votre écoute, au cas où quelque doute ou quelque difficulté subsisterait.

Il y eut du côté des héritiers de stridentes approbations d'estomacs reconnaissants. Le notaire sortit cérémonieusement une enveloppe d'un classeur.

– Il reste encore ceci. Don Amadeo m'a prié, la veille de sa mort, de remettre cette enveloppe à son fils Gabriel. Son plus grand désir était de l'accueillir à son retour de Russie, mais la fatalité, ou la volonté divine, ne le lui a pas permis, dit-il en tendant le bras comme à regret. Je suppose que dans cette lettre il vous aura écrit ce qu'il aurait aimé pouvoir vous dire de vive voix mais qu'il n'a pu faire.

Il y eut un silence expectatif pendant qu'Antonio prenait l'enveloppe ; ils s'attendaient peut-être à ce qu'il l'ouvrît aussitôt, mais, après l'avoir soupesée, il la plia et la glissa dans la poche intérieure de son veston. Il avait senti du bout des doigts que l'enveloppe contenait, avec la lettre, un objet métallique plat, peut-être une médaille ou une clef. Le notaire s'était levé, ainsi que tous ceux qui avaient été conviés à cette réunion, et qui ne pouvaient dissimuler la déception que leur causait la réserve d'Antonio. Seule Consuelito, que les mécontentements de sa famille et de ses proches amusaient, souriait avec espièglerie, à moins qu'Antonio n'eût eu d'yeux que pour ce sourire. La voix d'Amparo lui parut aussi malvenue et lassante qu'une rengaine.

– Bon, alors, tu es maintenant d'accord pour partir en excursion avec toute la bande cette fin de semaine ?

– Je t'ai dit que je n'étais pas encore d'humeur à le faire, chérie, répondit Antonio, mettant une fois de plus la patience d'Amparo à l'épreuve. Mais je te promets de vous accompagner dès que j'en aurai envie. N'oublie pas que tu dois d'abord me réapprendre à conduire.

Consuelito avait quitté le bureau sur les instances de ses casse-pieds de cousins, une marmaille gâtée même pas bonne à se faire mettre. Antonio aurait voulu aller la rejoindre, pour la défendre de leur baratin et de leurs bavassages (il se demanda même si le gringue entre cousins ne devait pas être considéré comme incestueux), mais il se rappela que sa priorité, pour le moment, était d'apprendre à conduire.

– Allons, fille à la page ! Tu m'as entendu ? Je veux que tu sois ma monitrice. Quand je n'aurai plus peur de conduire, tu m'auras ôté toute peur.

Il lui prit de nouveau la main, qu'elle lui abandonna sans réticence, et même avec un plaisir longtemps attendu. Elle se contentait de très peu, en chiot sans maître.

– Tu veux que je te forme, c'est ça ? demanda-t-elle en donnant à ce mot un sens concupiscent qui échappa à Antonio. Tu es devenu un drôle de rigolo, toi. Comme si on ne savait pas tous les deux que, quand tu n'auras plus peur, c'est toi qui me donneras des leçons. Et quand veux-tu que nous commencions, cher élève ?

– Dès demain, madame.

Auparavant, il voulait prendre connaissance du contenu de cette enveloppe, qui lui brûlait la poitrine comme un ulcère ou un stigmate. Et qu'il imaginait à la fois louche et plein de promesses.

Sans doute le contenu était-il louche, et pas qu'un peu, mais d'une façon cryptique, hiéroglyphique, qu'il ne pouvait déchiffrer. Il était aussi chargé de promesses, flatteuses à l'extrême, au point que, pour la première fois, il se sentit pleinement acquitté des angoisses et des tracas que lui coûtait son imposture ; mais c'était une promesse dans le genre de celles de l'Ancien Testament, par trop nébuleuses et remises à un avenir dans lequel il lui faudrait en premier lieu, pour qu'elles pussent se réaliser, avoir la chance de trouver le bon enchaînement de faits qui lui permettrait de l'éclaircir. Il lut cette lettre au moins une douzaine de fois, mais chacune de ces lectures ne fit qu'attiser sa curiosité. Elle disait :

Cher Gabriel,

Je t'écris avec les dernières forces qui me restent. Il y a deux jours, nous avons reçu une notification du ministère des Armées, nous annonçant que tu es vivant, et que tu attends dans un camp de Vorochilovgrad le règlement des dernières formalités de ton retour. Je te laisse imaginer l'étonnement dans lequel nous a tous plongés cette nouvelle. Et, dans une plus ou moins grande mesure, la joie de savoir que tu allais nous revenir, et la mienne a été grande, même si tu te permets d'en douter.

J'aurais aimé pouvoir rester en vie jusqu'au moment où je t'aurais revu, ici, mais je ne sais si ce sera possible : les médecins m'ont confirmé qu'il n'y a plus moyen de blanchir ce cancer et ils m'ont dit que mon décès n'était plus qu'une question de jours, sans doute moins nombreux que ceux que demandera ton retour en Espagne. Je sais bien que rien au monde ne te ferait moins de plaisir que de me revoir, alors que tu es justement parti pour m'ôter de ta vue. Mais, même si c'était pour endurer encore et toujours ton mépris, je voudrais pouvoir t'expliquer bien des choses et éclaircir de nombreux malentendus qui, sans cela, ne seront jamais dissipés. Et je voudrais aussi te redire ce que je t'ai dit un jour : il est très commode de renier un père que l'on considère comme un indigne criminel, après avoir profité pendant des années des avantages de ces supposés crimes. Parce que toi, Gabriel, si tu as vécu comme tu l'as fait, si tu as étudié dans les meilleurs collèges, et si tu t'es passé tous les caprices qu'aucun autre garçon de ton âge n'aurait pu s'offrir, c'est grâce à l'argent de ton père. Tu me diras maintenant que j'ai été un suborneur, et que tu ignorais ce que nous transportions dans nos camions, mais cela, pardonne-moi de te le dire, n'est pas vrai.

Tu ne savais pas, bien sûr, que ces vaccins étaient adultérés, et je ne le savais pas non plus. Depuis l'instant où je l'ai appris, j'ai arrêté de travailler avec ces gens, ce que tu ne peux ignorer. J'ai été le premier à déplorer ce qui est arrivé à ces enfants, qui ont tous été sauvés, ce pour quoi j'ai fait tout mon possible, en finançant la recherche pour le traitement de la poliomyélite. En t'écrivant cela, je ne cherche pas, bien entendu, à apaiser ma conscience comme tu as voulu le faire de ton côté, en me reniant et même en tentant de me dénoncer.

Enfin, ce qui est fait est fait, et disons-le sans plus de détours, rien ne pourra l'effacer. Ce n'est pas pour cette raison que je t'écris. Dans l'enveloppe, tu trouveras la clef de l'appartement de Paloma, qui est toujours à l'endroit que tu connais bien, en face du Retiro. Je sais que, après ta subite conversion, tu as désapprouvé ma liaison avec elle, et même que tu as essayé de lui soustraire cet appartement que je lui avais offert, parce que tu considères qu'elle et moi sommes responsables de la mort de ta mère – qu'elle repose en paix ; il y aurait bien des choses à dire, à cet égard, car ta mère a toujours accepté que j'aie mes petites commodités, alors qu'elle a souffert plus qu'aucune autre mère de tes incartades de jeunesse. Je ne veux pas dire qu'elle aurait aimé savoir que j'entretiens Paloma, mais je l'ai vue pleurer, inconsolable, quand tu rentrais à des heures indues, saoul comme une barrique, ou quand il fallait aller te chercher dans un bordel, parce que tu ne tenais pas sur tes jambes. Oui, si j'ai ma part de responsabilité dans le décès de ta mère, la tienne n'est pas négligeable. Je ne veux pas non plus te reprocher à présent d'avoir cherché à diverses reprises, avant ta conversion, et en vain, à coucher avec Paloma, ce à quoi elle s'est toujours refusée, non parce qu'elle ne te trouvait pas à son goût, mais parce que faire l'amour avec le fils de son amant lui paraissait sordide. Tu l'as toujours considérée comme une pute, mais il y a des putes qui obéissent à certains principes dont toi, à cette époque, tu ne savais rien. Je me suis souvent demandé s'il n'y a pas eu, après ton retournement, dans la haine que tu as depuis montrée envers Paloma, par exemple, un peu de la fureur du nouveau converti.

Tu reproches à Paloma d'être une poule ? Si l'on s'en tient au sens le plus courant et le plus malveillant du terme, sans doute, oui. Mais je n'ai jamais accordé d'importance au fait qu'elle couche avec d'autres hommes, dès lors qu'elle me donnait ce que je lui demandais. Je n'ai jamais exigé autre chose d'elle, et pour ce que je voulais, elle n'a jamais manqué de me le donner. J'aimais sa compagnie parce que c'est une femme heureuse, tout le contraire de ta mère, qui pour le reste a toujours été une femme modèle, exceptionnelle, mais qui n'a jamais su me donner ni plaisir ni joie. En Paloma, je les ai toujours trouvés, et au cours de ces dernières années de veuvage et de maladie, son soutien et sa compagnie ne m'ont jamais fait défaut. Je ne parle pas du fait qu'elle n'a jamais rechigné à nous prêter son appartement pour les transactions que tu connais bien, ni que nous n'avons jamais eu à nous inquiéter d'être compromis, puisque le titre de propriété est à son nom. Tu diras qu'elle l'a fait par intérêt ? Je connais d'autres femmes qui auraient accepté, elles aussi, mais je n'en connais aucune qui, comme Paloma, n'aurait jamais posé la moindre question, ne se serait jamais mêlée de rien, n'aurait jamais cherché à en tirer le moindre avantage. Tu diras qu'elle n'est que trop rétribuée avec cet appartement et la rente que je lui verse tous les mois ? Ne me fais pas rire. L'appartement et la rente ne sont que des broutilles, si on les compare à l'argent que sa discrétion nous a permis de gagner ; j'emploie le pluriel parce que tu as participé pendant un certain temps à la combine, et parce que, d'une manière ou d'une autre, tu y participeras encore.

J'ai pris mes dispositions pour que cet appartement lui soit à jamais acquis, ainsi que sa petite rente, ce dont je n'ai évidemment pas laissé trace dans le testament, parce que je ne suis pas tout à fait idiot, et qu'il m'a fallu prendre certaines précautions contre un fils devenu un paladin de la vertu comme toi. J'imagine que tu ne voudras pas poursuivre les transactions qui se sont déroulées dans son appartement pendant toutes ces années. Personne n'en sait rien, et encore moins Paloma, qui a toujours préféré rester à l'écart de nos affaires ; peut-être n'a-t-elle pas le génie de la manigance et de la magouille, mais c'est de loin la plus intelligente des femmes en ce qui concerne sa sécurité et sa tranquillité personnelle. Au cours de ces dernières années, j'ai été plusieurs fois tenté d'abandonner ces arrangements, mais je n'ai pas eu le courage de rompre avec notre associé ; les pactes, même entre criminels indignes, entraînent des obligations. Toi qui es un homme probe et de grande dignité, et qui es encore jeune, tu pourras sans doute les rompre ; compte tenu de tes antécédents de divisionnaire glorieux, je ne crois pas que notre partenaire cherchera à te mettre des bâtons dans les roues, ni à te faire des difficultés. Si quelque chose caractérise les criminels, c'est le flair qui leur permet de savoir où il vaut mieux ne pas mettre les pieds, et là où ils flairent la puanteur de la vertu, ils sortent en sifflant un petit air.

Enfin, tu as la clef de l'appartement pour faire ce que bon te semblera. Et là, dans la cachette que nous avons bricolée, toi et moi, il y a l'argent gagné pendant ces longues années, en liasses. J'y ai à peine touché, de sorte qu'il n'a cessé de s'accumuler, et tu devras bientôt trouver une cachette supplémentaire. Tu peux en faire ce que tu voudras ; si tu le gardes, vous aurez largement de quoi vivre, toi, tes enfants et tes petits-enfants ; si tu veux t'en débarrasser, emploie-le à quelque œuvre de bienfaisance ; tu peux aussi le brûler, si tu crois qu'il souillera même les pauvres. Je n'ai rien à objecter à aucune de ces trois options.

Je t'avoue tout de même que j'aurais aimé vivre encore un peu pour voir ce que tu en feras. Quel que soit ton choix, n'oublie pas que mon baiser de père sera le même et que, si la vie ne me quittait pas, j'aurais donné l'ordre de tuer le veau gras, comme dans la parabole évangélique.

Ton père qui t'aime,

Amadeo.

L'écriture de la lettre était un peu tremblée, hésitante, et il était évident que la rédaction avait été interrompue à plusieurs reprises, comme si le malade avait dû reprendre son souffle, que le mal devait lui couper de paragraphe en paragraphe, ou si les arguties auxquelles il recourait devenaient, à mesure qu'il les couchait sur le papier, indigestes même pour lui, tout cynique et corrompu qu'il fût. Antonio était déjà persuadé, du temps où il vivait relégué avec les autres parias, que les riches familles cachent, derrière une façade enchanteresse, des sous-sols ténébreux et des greniers où nichent les aspics ; ce que Mendoza lui avait confié pendant leur captivité n'avait fait que renforcer cette conviction. Mais l'atmosphère de cachot privé d'air de cette lettre laissait deviner des complicités sordides, des perfidies secrètes, fétides de ressentiments enkystés, qu'il n'avait pu imaginer et, maintenant qu'il les découvrait, ses vieilles combines de marlou et même ses nouvelles astuces d'imposteur lui semblaient être, en comparaison, des enfantillages. Une impression ambiguë s'imposait à lui ; d'une part, il y avait un de ces frissons d'horreur que donnent parfois les articles effrayants de la presse à sensation, qui éveillent à la fois la répugnance et la fascination ; d'autre part, une sorte de plaisir ou de trépidation jubilatoire due au dévoilement d'une énigme qui excitait tout aussi bien sa curiosité et son intelligence que sa convoitise. La plupart des énoncés de la devinette lui manquaient : il ne savait ni qui était Paloma, ni où se trouvait l'appartement que le père de Mendoza avait offert à sa maîtresse, contre la permission d'en faire une planque où traiter des affaires dont le caractère délictueux et frauduleux ne faisait pour lui aucun doute ; il ne savait pas non plus ce que pouvait être cette cachette dans laquelle le père de Mendoza gardait les gains de ces transactions, suffisants pour permettre à trois générations d'en vivre. Antonio n'imaginait pas avoir jamais des enfants ou des petits-enfants, mais l'absence d'une descendance ne faisait qu'amplifier l'importance du butin. Il se rappela avec une sorte de miséricorde honteuse le petit malfrat qu'il était avant de partir pour la Russie, toujours craintif que ses mauvais coups pussent mal tourner, toujours prudent dans le choix de ses victimes, de ses méthodes, de ses complices et de ses alibis. Mais ces craintes et cette prudence d'alors n'avaient été que la manifestation déguisée et humiliante de ses scrupules. Il lui avait fallu endurer l'expérience annihilante de la captivité pour faire disparaître le pauvre diable qui le lestait et devenir ce qu'il était à présent : un homme sans qualités, un reptile qui change de peau, et cette métamorphose venait enfin de se trouver un but qui valait les risques courus : il se jura de mettre la main sur ce butin, tôt ou tard, et garda la clef qui devait ouvrir la grotte au trésor. Mais, pour y parvenir, il allait devoir faire preuve de sang-froid et de pragmatisme.

Il ne tarda pas à annoncer aux employés des Transportes Mendoza qu'il prendrait la tête des affaires après la San Isidro, parce que, même s'il n'y connaissait rien, il comprenait que l'imposture dans laquelle il s'aventurait ne pourrait réussir que s'il assumait au plus vite ses obligations quotidiennes, comme le lui avait conseillé Cifuentes (qui lui avait également dit qu'en faisant le mal on n'obtenait rien de bien, mais il n'avait pas non plus l'intention de faire de Pacorris son directeur spirituel). Entre-temps, il dut s'acquitter de quelques corvées et formalités épineuses, indispensables à l'établissement définitif de sa nouvelle identité. Il lui fallut remplir les conditions requises afférentes à l'acceptation de l'héritage, puis il fut convoqué au siège de l'état-major de la région, où les rapatriés étaient soumis à un interrogatoire, parce que les autorités militaires voulaient s'assurer qu'il n'y avait pas parmi eux d'agent soviétique infiltré, et aussi déterminer en quelles circonstances ils avaient été faits prisonniers ou s'étaient rendus à l'ennemi, afin de faire comparaître les déserteurs devant le conseil de guerre. Le colonel qui interrogea Antonio semblait avoir honte de la mission qui lui était confiée ; en fait, il ne s'estimait pas digne de lacer les chaussures de ces hommes qui avaient sacrifié leur jeunesse sur les autels de la patrie ingrate, et moins digne encore de devoir juger de leur conduite. En cette occasion, Antonio découvrit que les exploits accomplis par le sous-lieutenant Mendoza s'étaient propagés jusqu'à son livret militaire, qui ne laissait rien paraître, en revanche, des défaillances des années suivantes. Le colonel, tenant pour acquis l'héroïsme de Mendoza, s'intéressa surtout à ce qu'avait été le comportement de la troupe et, sans dissimuler la répugnance que lui inspirait cette investigation, essaya d'obtenir de lui qu'il dénonçât un déserteur.

– Détrompez-vous, mon colonel, dit Antonio sans rien vouloir entendre. Vous n'obtiendrez pas de moi l'information que vous cherchez. Sur le *Semiramis*, nous avons fait le serment que jamais nous n'accuserions aucun de nos compagnons. Nos éventuelles faiblesses sont restées ensevelies en Russie.

Le colonel baissa la tête, contrit, comme si on lui reprochait d'avoir veillé sur sa petite santé pendant que d'autres se battaient dans les tranchées.

– Cette attitude vous honore, lieutenant, conclut-il, après avoir écarté d'un geste de la main la fiche de son rapport intacte. L'armée a besoin d'hommes comme vous. Avez-vous l'intention de demander à être réintégré ?

Antonio s'éclaircit la gorge, puis répondit sèchement.

– Nullement, mon colonel. L'idée de faire carrière dans l'armée ne m'est jamais venue à l'esprit. Je me suis porté volontaire, en interrompant mes études, parce que je considérais qu'il était de mon devoir d'aider la patrie à lutter contre le communisme, déclara-t-il, sans même s'inquiéter que la sécheresse de son ton pût être légèrement blessante. Je crois les services rendus amplement suffisants, et j'espère que la patrie m'en est reconnaissante.

– Je l'espère aussi, lieutenant, dit le colonel en se renversant dans sa bergère, peut-être pour suggérer qu'il vaudrait mieux attendre cette reconnaissance assis.

Antonio fut également convoqué à l'Office national des anciens combattants, où l'on s'inquiéta de son état de santé, de sa situation économique et de ses perspectives d'obtenir bientôt une occupation, en lui proposant de l'inscrire à l'Institut national pour l'emploi, mais Antonio refusa toute aide, alléguant qu'il avait les moyens suffisants pour se réintégrer à la vie civile – et il comptait en avoir plus encore, quand il aurait résolu le rébus de la lettre. En attendant, il avait un rendez-vous qu'il ne pouvait manquer, à la San Isidro ; mais, pour s'y rendre, il lui fallait apprendre à conduire, et le faire sans éveiller les soupçons de sa monitrice, convaincue qu'il s'agissait seulement pour lui de retrouver une vieille habitude temporairement oubliée. Il se dit qu'il devait bien y avoir, dans le garage de l'entreprise, une voiture qui appartenait à la famille et, quand cette supposition se révéla exacte, il demanda que l'on mît le véhicule à la disposition d'Amparo, qui passa alors le chercher tous les après-midi rue Claudio Coello, pour le mener sur les routes secondaires proches d'Aravaca qu'elle connaissait bien, parfaitement adaptées aux leçons de conduite, parce que peu fréquentées. La regarder appuyer sur les pédales et passer les vitesses suffit à Antonio pour l'encourager à prendre le volant ; il découvrit bientôt que conduire une voiture était aussi simple que suivre le cours d'une pensée, sinon plus simple et, une fois entré en symbiose avec la machine, la conduite lui fut aussi naturelle qu'une fonction physiologique. L'apprentissage était d'ailleurs facilité par la mécanique de premier ordre du resplendissant cabriolet Pegaso de fabrication nationale, qui marchait à merveille et, à mesure qu'il prenait de la vitesse, la capote escamotée, lui donnait un très agréable frisson, quasi érotique, en même temps qu'un sentiment de puissance et l'impression d'appartenir à la haute société.

– Hé ! Ne t'emballe pas ! lui cria Amparo, en riant, quand il prit un tournant sans lever le pied de l'accélérateur. Tu ne m'avais pas dit que tu voulais être pilote de course.

Avec ses cheveux ondoyant dans le vent et ses lunettes de soleil en guise de diadème, elle n'avait plus l'apparence d'une Vierge niaise, et pouvait même prendre celle d'un modèle de magazine. Antonio se risqua même à lâcher d'une main le volant pour lui peloter les cuisses, tout de même plus chétives que celles d'un mannequin.

– Et voilà, je conduis comme je respire, se vanta-t-il.

Il arrêta le cabriolet sur le bas-côté. Il aimait entendre le ronronnement du moteur au point mort, cœur d'un cheval emballé qui s'arrête pour reprendre haleine.

– Tu vois ? Je t'avais dit que tu apprendrais ça en quatre jours.

Amparo s'était renversée sur le siège et avait relevé très ostensiblement sa jupe pour faciliter l'exploration d'Antonio, qui s'arrêta à l'élastique des bas, intimidé par la chaleur intacte tapie plus haut. Il écarta la main comme s'il s'était brûlé.

– Ne crois pas ça, j'ai encore un peu peur.

– Peur de quoi ? demanda-t-elle, froissée.

– Mais de conduire, tiens. De quoi d'autre veux-tu que j'aie peur ? Il m'arrive de me dire que je vais finir dans le fossé.

Son regard se porta sur les cuisses d'Amparo, peu appétissantes, bonnes pour le carême. Elle baissa sa jupe jusqu'aux genoux.

– Ne dis pas de bêtises. J'espère que tu vas maintenant m'emmener en excursion à Sigüenza, comme tu me l'as promis.

Antonio feignit l'allégresse, celle que l'on éprouve en payant une taxe autoroutière.

– C'est comme si c'était fait. Quand voudrais-tu y aller ?

– On pourrait profiter de la San Isidro, dit-elle, puis elle se mordit la lèvre inférieure. Ou plutôt, non, attends, je crois bien que Pacorris nous a réservé des places aux arènes, ce jour-là, et nous n'allons pas lui faire faux bond. Il me semble que c'est Rafael Ortega qui torée, et un jeune, qu'on appelle Antoñete, l'idole du moment…

– Ce jour-là, je ne vais pas pouvoir… commença Antonio, en jouant la contrariété.

– Quoi ? Les taureaux ou l'excursion ? lança Amparo, l'interrompant, lasse de ses excuses.

– Ni les taureaux ni l'excursion, ma chérie. En Russie, j'ai promis à un compagnon, qui s'appelle Isidro, que si nous survivions et que nous rentrions chez nous, nous fêterions ensemble son premier anniversaire après notre libération, improvisa-t-il, surpris par le naturel avec lequel il mentait, comme il respirait ou comme il conduisait. Il a une petite propriété dans la province de Jaén, où je suis invité, avec un groupe d'amis. Ce sera mon premier déplacement seul en voiture, j'espère que tout ira bien.

Amparo protesta, sans trop d'élan.

– Tu ne peux pas y aller avec ta fiancée ?

– C'est une fête entre hommes, chérie, répondit-il en s'avisant qu'il employait ce terme d'affection chaque fois qu'il lui mentait. On va parler des années pendant lesquelles on a enduré toutes ces souffrances, précisa-t-il, en se tournant vers elle pour lui caresser la joue. Mais je te promets que ça ne se reproduira plus. La prochaine fin de semaine, nous allons à Sigüenza, aussi sûr que je m'appelle Gabriel.

La mimique de déception d'Amparo menaçait de devenir chronique ; des ailes de son nez partaient des rides profondes qui allaient mourir, plus bas, aux commissures des lèvres, qu'elles entraînaient en quelque sorte dans leur chute.

– Bon, que tu t'appelles Gabriel, au moins, j'en suis sûre, pour le reste…

– Pour le reste, tu peux en être sûre aussi, ma chérie, dit-il sans le moindre soupçon de cynisme.

De son côté, il n'était plus sûr de rien, hormis des objectifs qu'il devait atteindre coûte que coûte, s'il ne voulait pas être piégé dans le réseau de mensonges qu'il tissait.

Le jour de la San Isidro, dans l'après-midi, il quitta un Madrid infesté de beautés artificielles et d'autres, plus jeunes et plus naturelles qui, avec leurs mantilles, se dirigeaient d'un pas pressé vers la Plaza de las Ventas, comme à l'appel d'un mugissement tribal couleur de sang, et il se dit, dans un moment de faiblesse, qu'aux environs des arènes il y avait peut-être, en train d'essayer de refiler à la foule des grands jours des sachets de pépins de courge ou des pralines aux amandes, Carmen, dont il ne manquait jamais de se souvenir quand le flux de ses pensées tendait à la divagation ; mais c'étaient là des instants de faiblesse, qu'il bannissait aussitôt. Il prit la route de La Corogne, comme le lui indiquait la carte, car s'il n'avait plus le moindre mal à conduire, le sens de l'orientation lui faisait encore défaut. Quand il arriva à la sortie de la ville, sur la route de Puerto de Navacerrada, le couchant était aussi ensanglanté que la pierre du sacrifice, et pendant qu'il s'enfonçait dans la meseta castillane, la nuit devenait aussi tendue qu'une peau de tambour de résonance sombre, ou d'une résonance de cloche dont le battant a été emmailloté dans des chiffons. Il traversa des hameaux flétris, figés dans le temps et dans un isolement bestial. Sur la « terre du pain », les villages d'adobe, fouettés par les intempéries, semblaient cacher sous chaque toit des morts dans l'attente de la résurrection de la chair, tandis que les vers les dévoraient et que les matrones en deuil veillaient sur les tombes. Avant d'arriver à Arquillinos, il quitta la route pour s'engager sur un chemin tracé entre des champs de blé rachitiques saupoudrés de coquelicots et des colombiers en ruine d'une architecture aventureuse, ziggourats d'un dieu qui aurait pris la poudre d'escampette, lassé de recevoir des fientes sur la tête. Dans l'un de ces colombiers en partie ruiné, proche du village voisin de Villalba de la Lampreana (il avait appris par cœur ces toponymes aussi sonores et évocateurs que ceux des îles lointaines d'un roman de chevalerie), il cacha la voiture sous une sorte d'auvent que formait contre un mur la toiture à demi effondrée. Il partit ensuite à pied en direction d'Arquillinos, par des sentiers poussiéreux, entre des chardons et des cardères de plus de deux mètres de haut, épouvantails des terres sèches. Le ciel nocturne était boueux, sans étoiles, voûte d'un tumulus sans épitaphe, et du village venait une rumeur de fête tirant sur sa fin, quand la musique s'est tue et que les poivrots restés sans cavalière vitupèrent le saint patron en lui reprochant leur solitude et leur misère. Antonio se posta parmi les laîches des marais qui suivaient le lit d'un arroyo presque à sec, où pullulaient les insectes et les couleuvres vipérines ; face à lui, sur l'aire du village, une bande de conscrits cherchait querelle à Vidal qui, apparemment, était allé un peu trop loin avec la petite amie de l'un deux, en se vantant de son passé de divisionnaire.

– Casse-toi, saloperie de nazi ! Va baiser une chèvre, si tu en as tellement envie.

Vidal reculait sous les bourrades, jusqu'au moment où il préféra prendre ses jambes à son cou, en voyant qu'il allait recevoir une raclée. Il titubait et bafouillait d'avoir beaucoup levé le coude, de toute évidence.

– C'est votre putain de mère qui est nazie, bande de merdeux, lança-t-il en levant la tête, quand il fut assez loin d'eux. Je suis communiste, si vous voulez savoir, et quand le vent aura tourné, vous viendrez me demander pardon à genoux.

Bien qu'il voulût paraître provocateur, il pleurnichait presque. Antonio sortit d'entre les laîches pointées vers le ciel comme des lances.

– Faustino, mon ami ! lui dit-il en allant à sa rencontre. Tu ne vas pas me croire, mais j'ai crevé, j'ai dû laisser la voiture par là-bas et faire un bon bout de chemin à pied.

Vidal mit un moment à le reconnaître, après quoi il le regarda, intrigué, comme s'il avait oublié son invitation.

– Tu arrives un peu tard, Antonio… La fête est finie.

– Ce n'est pas grave, Faustino. J'avais envie de te voir, de savoir ce que tu deviens, répondit Antonio en lui donnant quelques tapes dans le dos, malgré sa répugnance ; la chemise de Vidal était moite et poisseuse, peut-être de vin et de vomi. Que te disaient ces fripouilles ?

Vidal parlait en rouspétant, la lèvre inférieure pendante, et il bavait.

– Beuh, que les divisionnaires sont tous des assassins nazis, et que nous sommes allés en Russie liquider les Juifs. Faut se les faire, ces merdeux ! D'abord, je dois encaisser le mépris de mes compagnons, qui me taxent d'antifasciste, et maintenant, me faire traiter de nazi !

– N'y fais pas attention, Faustino. Ça n'en vaut pas la peine.

Ils s'étaient mis à faire quelques pas, qui les éloignaient du village ; ils dépassèrent le cimetière, à l'abri de ses murs chaulés, où les morts faisaient leur dernière bringue, en criant à Faustino de venir les rejoindre.

– Ne pas y faire attention, hum, c'est facile à dire, gémit-il, animé d'une sourde rancune. Faut bien croûter. Je travaille comme journalier et maintenant plus personne ne veut m'employer, parce qu'on raconte que je suis un nazi. Mais merde, à la fin ! Quand je suis parti, être nazi, c'était être un soldat de Dieu, et maintenant, on te traite de nazi pour t'insulter. Comment je vais bien pouvoir faire pour vivre, moi ?

Antonio, lui, se demanda si Vidal ne préparait pas le terrain pour lui extorquer de l'argent. Mais ce ne serait pas nécessaire : au banquet céleste, jamais aucun convive n'est de trop.

– Demande un emploi à l'Office national des anciens combattants, Faustino. Ils se chargeront de te trouver une place.

– Et mon cul. On a classé tous ceux qui sont revenus sur le *Semiramis* selon leur comportement pendant la captivité, et moi, on m'a mis dans le groupe des soldats qui se sont mal conduits, avec les déserteurs. Attends, viens par ici.

Faustino avait quitté le chemin pour se diriger vers un étang d'apparence écœurante, véritable crachat de Dieu au milieu de la campagne. Il oscillait en marchant, tel un orang-outang atteint de fièvre maligne. Pendant un instant, un dixième de seconde, Antonio perçut l'approche insidieuse de la pitié.

– Où m'emmènes-tu ? demanda-t-il.

– Je vais voir si je ne pourrais pas dégotter une nichée de canetons dans les joncs, lui confia Vidal sur un ton plaintif de mendigot. Faut bien que je me nourrisse d'une manière ou d'une autre. Ça vaut mieux que de voler des poules.

À mesure qu'ils approchaient de l'étang, le terrain devenait plus mou et glissant. Mais peu importait à Antonio de salir ses chaussures.

– Avec les déserteurs, disais-tu ? Je n'arrive pas à y croire… C'est sans doute qu'un fils de pute aura eu la langue trop longue.

Vidal se penchait maintenant sur les joncs, qu'il prenait en brassée, comme des javelles à l'époque de la moisson. Il finit par trouver un nid de canards dont il chassa la mère d'un coup de pied.

– C'est exactement ce que je dis. Un ou des fils de pute, précisa-t-il, et il sembla à Antonio que ce pluriel cherchait peut-être à l'incriminer. Mais on va un peu voir ! s'exclama Faustino, montant sur ses grands chevaux. On n'a pas juré sur le *Semiramis* que tout le monde la bouclerait, peut-être ? On dirait que certains ont manqué à leur serment.

– Quelle racaille, Sainte Vierge.

Vidal avait ôté sa chemise, pour en faire une gibecière où mettre les canetons. Ses côtes et son sternum saillaient, *souvenirs** du Goulag. Les canetons s'agitaient maintenant dans la chemise, où ils faisaient des excroissances pareilles à des bubons.

– Et maintenant, on me convoque à Valladolid, à l'état-major, pour une déclaration.

Antonio essaya de le tranquilliser.

– Ne t'inquiète pas. J'ai été convoqué, moi aussi. C'est une simple formalité de routine.

Mais tout peut être considéré comme une routine, même le crime et l'assassinat, pour peu que l'on se soit tanné le cuir. Vidal ne se contentait pas de la nichée qu'il avait trouvée et continuait de chercher entre les joncs, en évitant non sans peine de tomber dans l'étang.

– De routine tant que tu voudras, mais moi, j'ai bien l'intention de cracher tout ce que je sais. Et de donner des noms, tu m'entends ! Les noms et les prénoms de ceux qui ont été brigadiers, qui se sont joints comme moi au groupe de théâtre, qui ont demandé la nationalité soviétique et qui ont été des délateurs. Tous vont y passer jusqu'au dernier.

La perspective de cette dénonciation lui donnait du cœur au ventre ou le consolait des humiliations subies au cours des dernières années. Antonio promena un regard résigné sur les champs qui s'étendaient au loin et se confondaient presque avec le ciel de boue, en attendant que les anges viennent prêter main-forte à San Isidro pour creuser les sillons. Mais ces terres arides pouvaient toujours attendre le secours de leur saint patron, comme les divisionnaires attendaient la reconnaissance de leurs peines. Il parla d'une voix absente, détachée.

– Tu as l'intention de me dénoncer moi aussi ?

– Non, pas toi, non, répondit Vidal précipitamment, avant d'ajouter : – Et pourtant, auprès de toi, avec tout ce que tu as fait, les autres ne sont que de petits santons. Mais j'ai juré à la grenouillarde que je ne te dénoncerai jamais, et je ne vais pas manquer à ma parole. Elle m'a grassement payé, la grosse cochonne !

Il eut un rire lubrique, qui dévoila des gencives largement édentées, puis il prit l'expression béate de la jouissance, à moins que ce ne fût là le faciès habituel du crétin qu'il était. Antonio sentit bouillir son sang.

– Nina ? Tu veux dire que Nina t'a grassement payé, toi ?

– Et comment ! fit l'autre en fronçant les lèvres jusqu'à leur donner une forme obscène. Elle a un de ces croupions, l'oiselle. À s'en lécher les babines. Cent fois je la lui ai mise au cul. Mais qu'est-ce que je raconte ? Tu te l'es farcie, toi aussi.

Antonio ne s'attarda pas à démêler si c'était là une calomnie ou si cette larve disait vrai, sans doute parce que la vérité était infiniment plus blessante, car elle signifiait que Nina s'était livrée à Vidal pour le protéger, lui. Le sang lui montait à la tête, l'enserrant dans son réseau sournois pendant que Vidal se penchait entre les joncs pour s'emparer d'une autre couvée.

– Tu es un sale malade, Vidal. Et tu ne te rendras pas à l'état-major. Je te déclare décédé.

Il avait sorti de sa poche un lacet de chanvre, qu'il passa prestement autour du cou de Vidal, comme un chirurgien pose un garrot au moribond qui se vide de son sang. Vidal lâcha la chemise changée en gibecière et agita les mains désespérément, tandis que les canetons s'échappaient en secouant leurs plumes comme font les âmes du purgatoire pour se débarrasser de leurs derniers péchés. Le lacet s'enfonça dans le cou, scia la trachée et la jugulaire. Un sang immonde aussi puant que celui d'un porc saigné s'écoula sur sa poitrine maigre, glissant sur les côtes et le sternum. La tête s'inclina, tel un jonc brisé, pendant que les dernières convulsions secouaient son corps.

– Que Dieu ait pitié de ton âme, dit Antonio, à l'imitation de Mendoza.

Mais, tout là-haut, Dieu restait immuable dans son ciel de boue, son atelier où il modelait la glaise. Antonio jeta dans l'étang le cadavre qui sombra très lentement, peut-être à l'appel des poissons qui, tapis dans le limon, attendaient leur pitance comme les carpes du Retiro. Quand le corps eut disparu, une grenouille se mit à coasser avec impétuosité et exultation, d'autres lui répondirent aussitôt, et la lune daigna apparaître dans le ciel, qui éclaira son chemin et découpa, au loin, les contours de ziggourat du colombier où il avait caché la voiture. Le roucoulement nuptial des pigeons réveillés l'appelait.

Antonio frotta ses mains dans la poussière de la « terre du pain » pour en effacer le sang.

En lisant les journaux, il se rendait compte qu'il avait douze ans de retard sur un monde qui courait aussi vite que possible après d'absurdes chimères ; un monde devenu inintelligible pendant qu'il était détenu en Russie, à moitié ou tout à fait mort : les Américains se vantaient de leur arsenal atomique comme les gamins jouent à qui pissera le plus loin ; les Russes se faisaient gloire d'une bombe à l'azote qu'ils étaient en train d'expérimenter ; la France se traînait dans l'arène de l'histoire en laissant derrière elle les débris de son empire colonial comme un cheval éventré par le taureau laisse un flot de tripes sur le sable ; l'Allemagne offrait des parcelles de sa souveraineté aux Américains, pour qu'ils pussent, après lui avoir rempli le ventre de la maïzena et de la colle de farine du plan Marshall, y construire des bases militaires ; l'Espagne s'ouvrait également à la colonisation des Yankees sans même demander de maïzena en échange, comme une pute qui se laisse enfiler gratis en fournissant encore le lit ; l'Athletic de Bilbao n'était plus l'équipe favorite du Généralissime, qui lui préférait maintenant le Real Madrid, moins local, plus cosmopolite, et la nouvelle étoile du cinéma était un garçon eucharistique appelé Pablito Calvo, que le pape avait reçu en audience. Trois jours s'écoulèrent avant que n'apparaisse la nouvelle de la mort de Faustino Vidal, à laquelle ne fut consacré qu'un entrefilet perdu dans les pages des faits divers, avec une autre nouvelle, dont on parlait beaucoup plus, qui occupait tout le reste de la page et racontait l'émouvante histoire d'un chien berger qui avait parcouru l'Espagne d'un bout à l'autre pour retrouver son maître. L'embryon d'article consacré à la mort de Vidal était de surcroît truffé d'erreurs : on donnait à son village le nom d'Aquilones, au bateau qui l'avait ramené de Russie celui de *Sirimiri*, et le prénom du défunt était devenu Fausto ; ensuite, on affirmait que sa mort (d'après les déclarations de la Guardia Civil) était due à un suicide. Ces vingt courtes lignes mettaient en évidence le désintérêt du régime à continuer de monter en épingle, et moins encore quand elles étaient suspectes, les vicissitudes du sort des divisionnaires, qui allaient bientôt devenir, pour le fielleux populaire, les sicaires de Hitler, comme le proclamaient les conscrits d'Aquilones ou d'Arquillinos. Parce qu'il sautait aux yeux que Vidal ne s'était pas suicidé, Antonio supposa que la Guardia Civil avait conclu qu'il était mort pour s'être fait détester de ses voisins, après quoi on avait jeté sur le cas le voile de l'oubli, et sur le cadavre de Vidal la terre de la fosse commune.

Antonio se rappela avec un mélange de honte et de vague peine les tourments qui l'avaient harcelé, douze ans auparavant, quand Carmen et lui avaient tué – en fin de compte dans le cadre de la légitime défense – le malabar assez futé pour deviner le piège qui lui était tendu dans le Retiro. Maintenant, ces tourments lui paraissaient aussi dérisoires que le sont, aux yeux de la tenancière d'un bordel, les minauderies d'une protégée qui vient d'être déflorée. Si l'assassinat de cette armoire à glace avait été le catalyseur funeste de son destin, le meurtre de Vidal ne l'effleurait même pas, n'était qu'un rien, un épisode d'une vie antérieure ou rêvée, aussi étranger à sa vie véritable que la maïzena ou la colle de farine qu'avaient avalées les Allemands pour être absous de leurs péchés véniels. Si l'entrefilet du journal l'exaspérait, ce n'était pas parce qu'il publiait ce qu'il aurait préféré que l'on tût, mais parce qu'il était froissé de trouver décrit aussi banalement ce qu'il avait prémédité et réalisé avec tant de soins, comme le créateur qui a mis tout son talent dans une œuvre se sent insulté de la voir critiquée dans la presse par un Béotien ou un Zoïle dépourvu du moindre don qui l'expédie en quatre phrases mal tournées et mal lunées sans même avoir deviné son intention.

Le jour où parut dans les journaux l'entrefilet sur la mort de Vidal l'*ABC* publia également une annonce des employés des Transportes Mendoza, qui se déclaraient réjouis d'accueillir leur nouveau patron. S'il n'avait pas été un homme sans qualités, Antonio aurait été touché par l'hospitalière bienvenue que lui réservaient publiquement ses employés, mais il fut seulement mécontent que le typographe se fût servi pour cette annonce des mêmes caractères que ceux employés pour la rubrique nécrologique, si bien qu'il lui semblait lire un faire-part de son décès (ou de celui de Gabriel Mendoza, plus exactement). Il tâcha pourtant de ne pas laisser voir son mécontentement aux travailleurs, qu'il remercia un par un, avant de les réunir dans le garage, pour leur demander leur « collaboration sans prix » pendant les premières semaines où il allait sans doute remplir ses obligations avec la balourdise d'un novice. Il annonça qu'il allait consacrer ces premiers jours à l'étude du fichier des clients de l'entreprise et des livres comptables (où il espérait trouver quelque indice de la nature des mystérieuses transactions qui s'effectuaient dans l'appartement du Retiro), en laissant la gestion et l'administration de l'entreprise au contremaître, un grand gaillard rude et loquace, au large visage sanguin, dont il avait fait la connaissance chez le notaire, une quinzaine de jours auparavant, et qui avait l'air de connaître sur le bout des doigts les dessous de l'affaire, parce que ce n'était pas par bonté d'âme que don Amadeo l'avait couché sur son testament. Bien entendu, en confiant cette responsabilité au contremaître (qui en fait l'exerçait déjà depuis quelque temps), il l'appela par son prénom et lui flatta l'oreille de toutes sortes de compliments, ce qu'il fit aussi aux autres vieux employés qu'il avait également rencontrés au notariat lors de l'ouverture du testament. Dans les jours qui suivirent, dès qu'il eût fait leur connaissance, il ne traita pas autrement les camionneurs aussi bien que les cadres, pour gagner leur estime et leur confiance.

Le garage et le siège social des Transportes Mendoza se trouvaient sur le Paseo de Extremadura, dans la partie de l'avenue occupée par les bâtiments de l'armée, entre les casernes construites sur les décombres des zones bombardées pendant la guerre et des terres labourables toujours plus négligées et improductives, proies faciles pour la spéculation immobilière. L'entreprise occupait le corps principal d'une ancienne fabrique de farine en brique rouge, de forme rectangulaire, réaménagée en garage sur toute sa superficie, les bureaux installés sur une galerie intérieure en encorbellement et fer à cheval, dont les piliers de soutien servaient aussi à délimiter les places où se garaient les camions. Le bureau où Antonio s'installa dès ce jour-là était situé au milieu de ce fer à cheval, et la paroi qui faisait face au mur auquel il était adossé était entièrement vitrée, ce qui lui permettait de surveiller tous les mouvements des camions. C'était un bureau sans luxe ni ornement aucun, d'une austérité quasi monacale, un cagibi envahi de tiroirs pleins de vieux papiers amoncelés dans tous les coins, formant des obélisques penchés qui menaçaient de s'écrouler, et de tout un bazar des plus hétéroclites, avec des pièces de moteur rouillées et des bascules hors d'usage. Entouré de cet attirail, dans cette brocante menacée de submersion, Antonio se sentait à l'abri d'un parapet beaucoup plus sûr que ceux qu'il avait connus sur le front russe, et la multitude d'odeurs qui montait jusqu'à lui – diesel, huile de vidange, caoutchouc des pneus –, à laquelle se mêlait celle des marchandises que l'on chargeait dans les camions et déchargeait en permanence, ne faisait que renforcer cette impression de sécurité et de protection. Il demanda les livres de comptabilité de l'entreprise avec l'intention de se perdre dans la forêt des chiffres pendant quelques semaines, afin de découvrir les transactions escamotées, mais il se rendit vite compte, dès le premier jour, qu'il allait lui être presque impossible de se concentrer sur sa tâche.

L'annonce que les employés avaient fait paraître dans l'*ABC* ne tarda pas à avoir des effets inattendus, peut-être inévitables. Les clients les plus fidèles des Transportes Mendoza, les fournisseurs les plus assidus, les grossistes, les magasiniers, les fonctionnaires des marchés publics désiraient se joindre aux souhaits de bienvenue des employés, avec toutes sortes de félicitations et de présents : certains l'appelaient pour lui dirent à quel point ils se réjouissaient d'apprendre le retour du rejeton qui, après avoir survécu à l'enfer russe, reprenait l'affaire en main ; d'autres lui envoyaient par coursier, avec des mots très flatteurs, des bouquets de fleurs et des cadeaux hétéroclites, qu'Antonio empilait sur l'attirail inutilisable et envahissant de son bureau. Outre les appels et les envois des compagnies et des particuliers liés à l'entreprise, il y avait ceux, suffoqués de ferveur patriotique, des voisins et des commerçants du quartier, d'ex-divisionnaires qui, sans lésiner sur la pommade du compagnonnage, lui demandaient un emploi. Antonio répondait à tous avec une déférence plus ou moins sommaire, selon leur importance, tout en engrangeant les informations qu'ils lui livraient quand il les estimait propres à soutenir son imposture, en gardant toujours l'attitude de réceptivité passive qui avait donné d'emblée de si bons résultats. Au siège de l'entreprise défilèrent bientôt des charlatans farfelus qui s'obstinaient à entraîner Antonio dans des associations d'anciens combattants, ou caritatives, ou magouilleuses et prétendues lucratives, qu'il repoussait sans exception, toujours avec un sourire de convalescent et une vague promesse pour un vague avenir. Parmi les visites les plus révoltantes (et d'autres qui provoquèrent en lui la plus grande répugnance), il y eut celle d'un éditeur qui avait tout du marchand d'orviétan, à la fois maigre et mou, qui donnait la désagréable impression d'être invertébré. Il semblait beaucoup tenir à lui faire écrire ses mémoires de captivité.

– Vous avez vécu une véritable Odyssée sur ces terres abandonnées de Dieu, je me trompe ? demanda-t-il.

Antonio adopta aussitôt un ton dissuasif.

– J'ai été prisonnier de guerre, en effet

L'éditeur essaya de prendre une position plus confortable sur l'unique chaise décollée réservée aux visiteurs dans le bureau. Avant d'orner ses effets oratoires de quelques gestes expressifs, il regarda à droite et à gauche, de peur de faire tomber les monticules de paperasses et d'objets divers qui le cernaient.

– Imaginez votre livre sur les panneaux d'affichage de la Gran Vía : « Treize ans d'enfer dans le Goulag » ; ou « J'ai survécu à la terreur rouge ». Ce serait un succès assuré, déclara-t-il et, devant l'attitude indolente d'Antonio, il poursuivit : – Vous n'auriez même pas à l'écrire. Il vous suffirait de nous donner quelques pages, et nous confierons le travail à un nègre.

Antonio ignorait tout du jargon éditorial.

– Pourquoi à un nègre ? Vous les tenez encore en esclavage ?

– Mais non, voyons, où allez-vous de ce train-là, fit l'invertébré en souriant avec la plus vaine des condescendances. Nous appelons comme ça un écrivain qui ne signe pas. Vous nous fournissez quelques indications, et il se charge de mettre la sauce, voyez-vous, pour que l'histoire soit palpitante et cinématographique… Eh oui ! Il se peut qu'on l'adapte pour le cinéma !

La proposition était si énorme qu'elle l'amusait. Mais rien ne pouvait le détourner de ses intentions.

– Je crois que vous vous trompez dans vos prévisions, dit-il en ouvrant le tiroir du bureau où il avait rangé le numéro de l'*ABC* relatant la mort de Faustino Vidal, et en le tendant à l'éditeur, l'index posé sur l'article. Comme vous le voyez, le décès de cet homme n'a mérité qu'un entrefilet. Les histoires des divisionnaires, aussi tragiques qu'elles soient, n'intéressent plus personne.

Son interlocuteur prit rapidement connaissance de l'entrefilet avec un déplaisir évident, comme s'il devait lire un manuel sur la désinfection des latrines.

– Mais ce type-là était un paria quelconque, décréta-t-il. Il s'est sans doute porté volontaire pour manger à sa faim, ou pour se soustraire à la justice. Le public ne s'intéresse pas à ces traîne-savates.

Il le disait avec une allègre férocité. Antonio se retint de le chasser comme un malpropre.

– Ah bon ? Et à quoi s'intéresse-t-il, alors ?

– Aux riches qui ont des malheurs, répliqua l'éditeur, en bon connaisseur des mécanismes psychologiques du ressentiment. Aux histoires des gens comme vous : un homme fortuné, à qui la vie sourit et qui ne manque de rien, argent, femmes, divertissements… Et voilà que cet homme se met en tête de se porter volontaire dans la División Azul, en croyant que la campagne sera une promenade militaire. Mais il tombe aux mains des rouges, qui lui infligent toutes sortes de sévices. Voilà ce que les gens veulent lire, voilà de quoi vous les privez.

Antonio hocha la tête, absorbé en lui-même.

– C'est-à-dire un fils à papa plein aux as qui en voit de dures.

– Plus ou moins. Je vois que vous avez saisi le concept.

On frappa à la porte et Antonio donna la permission d'entrer. C'était Cifuentes qui, le voyant occupé, voulut se retirer, mais Alberto l'en empêcha et chassa insolemment l'éditeur.

– Tu arrives à point nommé, Pacorris. J'étais à deux doigts de casser la figure à ce monsieur, annonça-t-il, ce que l'éditeur prit pour une plaisanterie entre amis ou une blague.

Mais il découvrit alors l'air furieux d'Antonio, et quitta le bureau sans demander son reste. Antonio le suivit sur la galerie, jusqu'à l'escalier que l'homme dévala comme s'il avait tous les diables de l'enfer à ses trousses.

– Si je te revois ici, je t'étripe, racaille ! lui cria-t-il encore, avant de regagner le bureau, où l'attendait un Pacorris stupéfait. Un sale charognard, qui cherche à tirer du fric de la souffrance des autres, lui expliqua Antonio laconiquement. Quel bon vent t'amène, Paco ?

Après cet éclat de colère, il se sentait de bonne humeur, comme débarrassé de ses toxines. Cifuentes s'assit sur la chaise qu'avait occupée l'éditeur.

– Nous vivons dans un pays de charognards sans rémission, murmura-t-il, taciturne. Puis, sur un ton affable ou distrait, il dit en souriant : – Ce matin, j'ai lu dans le journal l'annonce de tes employés. Tu ne peux pas savoir à quel point je suis content que tu m'aies écouté et que tu te sois remis au travail.

– Si on me le permet. J'ai passé toute la matinée à répondre à des appels et à recevoir des visites. Les gens confondent courtoisie et harcèlement.

Il décrocha le combiné du téléphone et le posa sur la table, pour que leur conversation ne fût pas interrompue.

– Tu ne donnes pas de cours, aujourd'hui ?

– J'ai réussi à me faire remplacer pour quelques jours. Je pars à Valladolid passer mon diplôme. On verra si j'ai de la chance ; la concurrence est rude, et le piston n'a jamais mieux marché. Les bigots et les démocrates chrétiens accaparent tout.

Antonio se permit une petite plaisanterie.

– Même en gynécologie ? Ils sont drôlement futés, ces oiseaux-là…

– C'est que pour tout le monde, l'appétit vient en mangeant, tu sais, dit Cifuentes avec un rire un peu forcé. (Ce matin-là, la tache sur sa joue était plutôt pâle.) Tu permets que je fume ?

Antonio fouilla l'attirail de la brocante et dénicha un cendrier.

– Je t'en prie. Il me semblait que tu avais arrêté.

– J'aimerais bien ! Je n'avais pas encore fumé devant toi, parce que, te trouvant si diminué, je me disais… Mais je vois que tu reprends peu à peu du poids. Il ne te manque plus qu'à raser cette barbe pour être celui que tu étais.

Antonio n'avait aucunement l'intention de la raser. C'était son masque, le voile qui le protégeait de toute tentative d'exploration physionomique. Il la lissa.

– Ne t'imagine pas que je vais le faire. Elle me rappelle d'où je viens. Et aussi que je ne veux pas être un de ces messieurs bien rangés comme on en voit tant par ici, qui mènent une vie routinière, leurs habitudes en bandoulière.

– Je sais moi aussi ce que c'est, de revenir de guerre, et ce que ça coûte, de se faire à la paix, dit Cifuentes en tirant sur sa cigarette. Je sais que c'est dur de se sentir seul au milieu de gens que l'on ne comprend pas, ou que l'on méprise, même sans le vouloir ; de retourner à la routine inexorable, aux compromis et aux servitudes de tous les jours. Tu vas devoir te bagarrer souvent avec toi-même, pour les raisons les plus insignifiantes : quand un policier, dans la rue, t'ordonne de t'arrêter pour laisser passer une voiture, à toi que n'arrêtaient pas les balles des Russes ! Tu voudrais lui donner une bonne trempe ! Ou quand quelqu'un te sermonne et te donne des conseils, à toi qui as dû prendre des décisions immédiates dont dépendait la vie de tes hommes ! Tu voudrais bien lui régler son compte… Je suis passé par là. On a l'impression d'être dans une camisole de force, mais on finit par s'y faire.

– Bah, je ne sais que te dire, fit Antonio qui, en vérité, se demandait où Cifuentes voulait en venir. Le premier jour où j'ai mis un costume et une cravate, j'ai eu l'impression d'être un épouvantail, et je ne m'y suis pas encore habitué, continua-t-il en montrant le nœud de cravate sur lequel il avait tiré pour le faire glisser jusqu'au deuxième bouton de la chemise, et les manches qu'il avait retroussées. Et les draps, la nuit ! On dirait un linceul ! Il m'arrive de regretter les poux.

Cifuentes tirait de plus belle sur sa cigarette, apparemment désireux de s'asphalter les poumons. Il rit de nouveau, cette fois encore sans plaisir.

– Eh oui, on s'habitue même à dormir sans poux, fit-il, avant de s'interrompre, dérouté. Écoute, Gabi, Amparo me dit qu'elle te trouve distant, comme si tu l'évitais ; qu'avec tous les autres, tu te conduis normalement, mais que, quand tu es seul avec elle, tu deviens apathique, abattu…

Antonio s'agita sur son siège, pour la première fois mal à l'aise dans ce cagibi.

– C'est que, avec elle, je n'ai pas besoin de faire semblant, je peux être exactement comme je me sens, mentit-il. Mais, rassure-toi, je me remettrai peu à peu. Je l'ai invitée à dîner ce soir, et en fin de semaine, on fera une escapade à Sigüenza. Tu vas nous manquer, bien sûr.

– Je ne te dis ça, Gabi, que parce qu'elle se sent très mal, reprit Pacorris en protégeant d'un nuage de fumée son expression accablée. Il tira de nouveau sur sa cigarette, si fort que la braise faillit atteindre le filtre : – On ne se remet pas toujours, Gabi ; il arrive parfois que notre caractère change, tout simplement, et nos goûts, nos aspirations. Beaucoup d'ex-combattants sont revenus de la guerre tout à fait différents de ce qu'ils étaient avant de partir ; le venin du danger, de la vie sauvage, leur est entré dans le sang, et les règles qui pour la société sont sacrées leur semblent ridicules. Ils ne supportent plus les devoirs familiaux, ils ne peuvent plus souffrir leur fiancée, ils refusent de travailler dans un bureau…

– Au bureau, je suis revenu sans problème, l'interrompit Antonio.

Il crut alors sentir d'où venait le vent, et cette intuition lui procura une très agréable sensation de soulagement. Mais c'était à eux de faire le premier pas. Gabriel lui avait confié qu'Amparo était son stimulant, que pas un seul jour de sa captivité n'était passé sans qu'il pensât à elle, et il n'avait pas l'intention de leur servir sur un plateau l'alibi qui devait justifier devant le tribunal de leur conscience la trahison de l'ami absent. Il n'allait pas non plus leur faire des difficultés, bien évidemment ; mais ils devraient payer pour leur faute.

– Oui, oui, je ne dis pas que tu es un inadapté, répartit Cifuentes, reculant. Tout ce que je te demande, si tu as cessé d'aimer Amparo, c'est de le reconnaître et de le dire. Elle saura le comprendre. Il n'y aura ni reproches, ni dépit, entendu ?

Antonio eut un sourire sardonique.

– Entendu, Pacorris. Mais ce serait peut-être à elle de le reconnaître, tu ne crois pas ?

Il se fit entre eux un grand silence, dans lequel s'engouffra en trombe le vacarme des camions qui manœuvraient, en bas, dans le parking. Cifuentes alluma une autre cigarette ; ses mains tremblaient, son visage était défait, mais la nicotine l'apaisait.

– Tu as lu dans les journaux l'horrible affaire de ce divisionnaire de Zamora ? On dit qu'il est revenu sur le *Semiramis*.

Antonio le scruta à travers la fumée, imperturbable.

– C'est exact, répondit-il sans se départir de sa dureté.

Cifuentes n'allait pas oser faire le pas qu'Antonio attendait de lui. Du moins pour le moment.

– Et comment était-il ?

– Comme tous les autres engagés de dernière minute, fit-il en déversant sa dureté sur ceux qui n'étaient nullement responsables des comptes qu'il avait à régler avec Cifuentes et Amparo. Il emprunta même un peu de son langage de flibustier à l'éditeur qu'il venait d'expulser avec fracas : – Un paria qui s'est enrôlé pour manger à sa faim, ou pour se soustraire à la justice. Un traîne-savates sans le moindre intérêt.

En d'autres circonstances, Cifuentes aurait sans doute été révolté par les propos méprisants que tenait Antonio, mais les remords le rendaient plus conciliant.

– Pourtant, il paraît qu'ils ont honorablement combattu… À la bataille de Krasny Bor, pendant laquelle tu as été fait prisonnier, bon nombre d'entre eux, d'après ce que…

– Oui, oui, tout ce que tu voudras, l'interrompit Antonio, acerbe. Face aux balles, même les lâches réagissent comme de véritables taureaux, l'instinct de survie pousse les gens à agir de la façon la plus imprévisible. Mais ensuite, dans les camps de prisonniers, quand chacun devait montrer la pâte dont il est fait, ils ont flanché. Ils se sont laissé emberlificoter par les ruskovs, et leur attitude a contribué à démoraliser bon nombre de nos compagnons, précisa-t-il.

Cifuentes, accablé par son intransigeance, évita son regard et baissa la tête.

– Ce Vidal, pour tout dire, était un minable ; je ne serais pas étonné que ce soient ses compagnons de captivité qui lui aient fait la peau. On aurait pu éviter ce genre de chose si l'on n'avait pas laissé la populace se porter volontaire.

Le choix de ce terme était trop outré pour un phalangiste orthodoxe comme Cifuentes.

– Permets-moi de te dire que nos avis divergent sur ce point, Gabi. Je ne trouve pas correct que tu parles ainsi des humbles.

Nous sommes là pour nous opposer à la lutte des classes, certes, mais aussi à la société de classes, dit-il sur un ton pénétré, encore respectueux d'un catéchisme que les apôtres mêmes avaient laissé tomber. Et puis, des jeunes appartenant à ce que tu appelles la populace sont venus combler les brèches laissées par de nombreux phalangistes de façade qui, quand ils ont vu que les choses tournaient mal, n'ont plus voulu entendre parler des relèves, précisa-t-il, après quoi il resta un instant songeur, comme s'il fouillait des gisements de souvenirs qu'Antonio croyait à jamais ensevelis :
– J'ai connu un de ces gars qui se sont engagés à la dernière heure. Il s'appelait Antonio Expósito. Et il te ressemblait beaucoup, oui.

Un camion fit trembler les vitres, quand il entra au garage en donnant un coup d'avertisseur. Antonio sentit son sang se figer dans ses veines, mais il réussit à n'en rien laisser paraître.

– Oui, maintenant que tu m'en parles… Je crois me rappeler que tu m'as parlé de lui dans une de tes lettres, en me demandant de le protéger. À moins que je ne confonde avec quelqu'un d'autre.

– Non, non, c'est bien de lui que je parle, dit Cifuentes, qui paraissait tout à coup ému. Il a dû arriver sur le front quelques jours avant la bataille de Krasny Bor, et il ne m'a jamais plus écrit. Tu as fait sa connaissance ?

Antonio grimaça. L'avantage, quand le sang se fige dans les veines, c'est que l'on devient encore plus froid.

– Non, jamais. J'imagine qu'il a dû revenir en Espagne quelques mois plus tard, quand la division a été dissoute.

Cifuentes remua la tête d'un côté à l'autre, prêt à le contredire. Il avait dû prendre des renseignements.

– Il n'est jamais revenu. Il a dû mourir à Krasny Bor, en février 43, avec tant d'autres volontaires qui ont été fauchés, ce jour-là, précisa-t-il, et la tache de son visage s'empourpra tout à coup. En défendant la civilisation chrétienne, nous a-t-on dit ! Bordel de merde ! En s'exposant aux balles comme des poupées de jeu de massacre, pendant que les fils à papa se collaient ici au brasero politique. Si Jose Antonio revenait parmi nous, il mourrait une seconde fois, horrifié…

Antonio avait déjà entendu ce couplet d'exécration douze ans plus tôt, devant le siège du Secrétariat général du Mouvement, mais José Antonio ne revenait pas d'entre les morts, et personne n'allait en revenir.

– Bon, mais considère un peu le bon côté de la chose. Au moins, il a échappé à la captivité, dit-il avec un détachement feint.

– Pauvre gars ! gémit Cifuentes. J'ai appris par la suite, en prenant quelques renseignements, des années plus tard, qu'il s'était engagé pour échapper à la police. Il était recherché pour avoir tué un type dans le Retiro.

Le vacarme des camions se confondit avec le frisson qui parcourut Antonio, et il feignit de se scandaliser.

– Pauvre gars, dis-tu ? Tu appelles pauvre gars un assassin ?

– Va savoir pourquoi il a fait ça, dit Cifuentes en poussant un soupir qui expulsa la fumée filtrée par ses poumons, et il écrasa le deuxième mégot dans le cendrier avec une véritable hargne. Moi, c'est sûr, si j'étais au désespoir, comme beaucoup doivent l'être, je n'aurais pas trop de scrupules à descendre une des tiques ou des sangsues au pouvoir. Ce gars n'avait pas l'air d'un assassin ni d'un mauvais bougre. Il m'avait demandé de chercher une fille dont il était amoureux, une certaine Carmen, sa petite amie.

La voix de Pacorris s'était attendrie, comme abîmée dans la nostalgie. Antonio s'était levé et fouillait les monticules de papier sans rien y chercher, seulement pour dissimuler son inquiétude croissante.

– J'espère que tu ne la lui as pas soufflée, blagua-t-il. Vous, les gynécologues, vous êtes des dangers publics.

– Comme il ne m'avait pas laissé d'autres indications que son prénom et son quartier, je n'ai pas pu la retrouver, tout d'abord, reprit Cifuentes sans même se donner la peine de rire, cette fois. Elle venait de partir sans laisser d'adresse. Qui sait si elle n'avait pas participé à cet assassinat du Retiro. Mais, quelques années plus tard, je suis tombé sur elle par hasard. Bon, je ne suis pas tout à fait certain que ce soit elle, mais je jurerais que oui, d'après sa réaction… C'était au Pasapoga.

Un des échafaudages de papier s'était écroulé, soulevant dans son avalanche un nuage de poussière et d'acariens qui remplit le bureau d'une odeur de poudre mouillée ou de passions mitées qui luttaient pour reprendre vie. Antonio s'agenouilla par terre, sous prétexte de réparer les dégâts, mais l'effroi lui avait coupé les jambes, et il ne pouvait plus tenir debout.

– Au Pasapoga ? demanda-t-il en toussant pour dissimuler le tremblement de sa voix. Je ne te voyais pas fréquenter ce genre d'endroit.

– Je crois que je venais d'obtenir ma licence, et que je fêtais ça. C'était environ deux ans après mon retour de Russie, calcula Cifuentes, en essayant de relativiser l'intérêt que pouvaient avoir pour lui ces virées nocturnes. La fille était seule au bar et je l'ai abordée. Elle m'a dit qu'elle s'appelait Carmen et…

– Va savoir comment elle s'appelait réellement, fit Antonio, lui coupant la parole, révolté par la possibilité, par ailleurs tellement vraisemblable, que Carmen eût fini en entraîneuse… La première chose que font ces filles, c'est se donner un nom de guerre.

– Eh bien, celle-ci ne s'en était pas donné un, je peux te l'assurer. De plus, je ne suis pas du tout sûr qu'il s'agissait d'une fille dans le sens où tu l'entends, dit Cifuentes que son refus de la société de classes portait à la candeur. Je lui ai dit, pour lier conversation, que j'avais essayé en vain, quelques années auparavant, de retrouver une certaine Carmen Panizo, et elle a aussitôt changé de visage. Quand j'ai ajouté que je l'avais fait parce qu'un divisionnaire de mes amis, Antonio Expósito, me l'avait demandé, elle m'a laissé le bec dans l'eau et elle a quitté la salle en courant.

Antonio voulut desserrer son nœud de cravate, pour garder les mains occupées, et s'aperçut qu'il l'avait déjà fait, un peu plus tôt. Il refoula autant qu'il le put son anxiété.

– Mon vieux, en voilà une, d'histoire déchirante… Je ne savais pas que tu avais une telle expérience des bas-fonds, intervint-il en tâchant de donner à sa voix un ton désinvolte, et même un peu frivole, avant de glisser, comme négligemment : – Et tu ne l'as pas revue ?

Cifuentes alluma une troisième cigarette, et s'il avait grillé les précédentes rapidement, presque avec angoisse, il savoura celle-là avec un plaisir songeur de pénitent qui a fini par confesser les fautes qui le tourmentaient et savoure les avantages de l'absolution.

– Non, jamais plus. Je suis retourné au Pasapoga plusieurs fois, mais elle avait disparu sans laisser de traces, reconnut-il en caressant la tache de son visage, peut-être pour soulager quelque névralgie profonde. Je me suis renseigné sur son compte auprès des autres filles de l'établissement, mais elles n'avaient plus eu aucune nouvelle d'elle. Comme si la terre l'avait engloutie.

Cifuentes jeta un coup d'œil à sa montre et se leva un peu à contrecœur comme si, en même temps qu'il mettait fin à sa visite sous la contrainte de ses obligations universitaires, il reconnaissait que l'objectif qu'il avait visé en venant dans ce bureau n'était pas vraiment atteint. Quant à Antonio, il se sentait comme détaché de la terre sans lest et sans boussole, libéré de la prison dans laquelle il s'était lui-même enfermé en usurpant l'identité de Mendoza, en même temps que désireux de reprendre la recherche de Carmen que Cifuentes avait abandonnée. Panizo. Elle s'appelait Panizo. Les investigations de Pacorris avaient au moins donné ce résultat.

– Avec ces éléments, Rafael Gil te ferait un drame du tonnerre, dit-il, se prévalant de connaissances cinématographiques d'emprunt. Tu t'en vas déjà ? Bonne chance, pour tes examens. Tu vas t'en tirer comme un chef, tu verras, ajouta-t-il, et il conclut, sur un ton burlesque qui jurait avec l'expression taciturne de Cifuentes : – On ira fêter ça au Pasapoga.

Cifuentes fit celui qui n'avait pas entendu, mais il marmotta, en quittant le bureau :

– Quelqu'un devrait un jour écrire l'histoire des épouses et des fiancées des divisionnaires, de ces femmes qui sont restées ici à attendre dans l'angoisse les nouvelles du front.

Il s'arrêta un instant sur le seuil, et dit encore, avec une expression suppliante, qui était presque une moue de chagrin :

– Ne fais pas de mal à Amparo, Gabi. Je te le demande, ne lui fais pas de mal.

– Ne t'inquiète pas, mon vieux.

Cifuentes s'en alla, sans rien savoir du mal qu'il avait fait en réchauffant l'affaire douloureuse qu'Antonio croyait à jamais ensevelie, et qui recommençait à le ronger. Mais il n'est de mal dont un bien n'advienne, se dit-il pour se rassurer. Il reposa le combiné sur la fourche du téléphone et, à peine l'eut-il fait que l'appareil se mit à sonner, le faisant sursauter et chassant tout ce à quoi il était en train de gamberger.

– Oui.

– Enfin ! Il y a une heure que j'appelle. Devine qui je suis.

C'était une voix féminine allègre et d'un narcissisme quasi insolent. Antonio envisagea un instant que ce pouvait être Consuelito, la nièce de Mendoza, mais il écarta aussitôt cette possibilité : la joie de Consuelito était plus fine et plus ouverte ; dans celle de l'inconnue, il y avait un petit quelque chose de plébéien, ou d'épicé par le vice.

– La Belle au bois dormant ?

Il écouta attentivement l'éclat de rire que sa plaisanterie avait provoqué.

– Froid, froid, dit ensuite la voix, à l'autre bout du fil.

– Le Petit Chaperon rouge ?

– Toujours aussi froid… sauf que tu es maintenant devenu le grand méchant loup.

Elle rit de nouveau, prise au jeu des devinettes dans lequel ils s'étaient lancés. Antonio se souvint alors de la lettre du père de Mendoza, qui chantait les louanges de la mystérieuse Paloma, cette femme heureuse et désinvolte qui faisait oublier l'ennui conjugal. Il risqua donc :

– Alors, tu dois être Blanche Colombe.

Le rire devint crépitant de grésillements, comme s'il excédait les capacités acoustiques de l'appareil.

– Bravo ! Je vois que tu n'as pas si mauvaise mémoire. Ton père m'a assuré que tu prendrais contact avec moi, mais comme tu ne le faisais pas…

– Pardon, ma belle, s'excusa-t-il, sans plus songer aux idées noires que lui avait données le récit de Cifuentes et tout à son principal objectif. Depuis que je suis revenu, on ne m'a pas lâché d'une semelle.

– Je l'imagine bien, concéda Paloma, nullement convaincue, et sa voix se fit moins joueuse. Je n'ai pas l'intention de me mêler de tes affaires, tu sais que ce n'est pas mon genre. Mais depuis une quinzaine de jours, ils n'arrêtent pas d'appeler pour te demander. Ils me semblent un peu nerveux. Que dois-je leur dire ?

Cette urgence le fustigea, et il supposa aussitôt que ceux qui le demandaient avec tant d'insistance et d'impatience ne pouvaient être que les partenaires avec lesquels le père de Mendoza s'occupait des transactions illégales.

– Écoute, Paloma, je préférerais ne pas aborder le sujet au téléphone. Je pourrais passer chez toi pour en parler tranquillement, qu'en dis-tu ?

Il y eut à l'autre bout de la ligne un silence dû à la prudence ou à la stupéfaction.

– Tranquillement ? Tu m'épates, mon beau, fit Paloma, et sa voix était de nouveau allègre. Les communistes t'auraient-ils rendu à toi-même ?

L'allusion pouvait être impitoyable ou offensante, mais Antonio entra dans le jeu.

– Disons que toutes ces années de captivité m'ont appris à ne pas refuser les roses de la vie… quand elles se présentent.

– Ça va, arrête ton char ! s'exclama-t-elle, mais le rire enthousiaste qui accompagnait ces mots était plutôt encourageant. Et quand passeras-tu chez moi ? Ce soir, veux-tu ?

Il voulut accepter, dans un premier mouvement éloquent, mais il se rappela avoir promis à Amparo qu'il l'emmènerait dîner.

– Ce soir, malheureusement, je ne peux pas. Que dirais-tu de…

Mais en fin de semaine il n'était pas libre non plus. Avant qu'il n'eût pu trouver un jour, Paloma l'avait devancé.

– Écoute, tu peux venir le soir, à ton gré, avant vingt et une heures, tu me trouveras à la maison. Plus tard aussi, peut-être, mais il se pourrait que tu me trouves occupée…

Et elle rit, d'un rire qui était maintenant vaguement égrillard ou indécent, à moins qu'il ne l'eût été dès le premier moment. Antonio feignit de ne pas avoir saisi l'allusion de caractère sexuel.

– Parfait, redonne-moi le numéro.

– C'est toujours au 20 de la rue Alfonso XII, quatrième droite, juste en face du Retiro.

Antonio la remercia intérieurement pour cette précision : elle venait de lui tendre le fil susceptible de le conduire au butin. Il prit un nouveau risque, mais cette fois sans crainte d'y aller au flanc.

– Paloma, le croiras-tu ? Mon père pensait que, malgré mes avances, tu n'as jamais voulu me céder.

– Je le lui ai juré, et plutôt deux fois qu'une, dit-elle tranquillement, peut-être inconsciente de sa félonie. Mon beau, les dames doivent défendre leur prestige, et tu le méritais bien. Après t'être fiancé avec cette godiche, tu étais devenu insupportable. Et ton père était rassuré de savoir qu'il n'y avait jamais rien eu entre nous. On vit aussi d'illusions.

– Comme on en meurt, ajouta Antonio, avec un sarcasme macabre.

Paloma devint brusquement sérieuse, mais c'était une pose peu convaincante.

– Le pauvre. Ne sois pas si expéditif, mon beau. On vient à peine de l'enterrer.

Antonio y alla franchement.

– Comment dit-on ? Le roi est mort…

– Vive le roi, compléta Paloma, abandonnant toute réserve. Allez, crapule, viens rue Alfonso XII, et tu verras ce qui t'attend.

Dans une vie antérieure, Antonio avait rôdé devant les portes de locaux tels que le Pasapoga, pour trouver un taxi aux nantis qui sortaient sur la Gran Vía en compagnie d'une pute de luxe ou d'une cocotte qu'ils entretenaient en toute discrétion, comme le père de Mendoza avait entretenu Paloma (et s'était même débrouillé pour continuer de le faire après son décès). En recevant leurs pourboires, qu'ils lui tendaient comme on se débarrasse des miettes d'un festin, Antonio avait senti grandir en lui une rage sourde, à l'idée que ces rupins s'envoyaient fièrement en l'air dans du drap de Hollande avec leurs garces hors de prix, pendant que lui devait se consoler seul dans son gourbi de la rue de l'Amparo ou, au mieux – si la moisson des pourboires avait été exceptionnellement bonne –, avec une traînée en haillons. Il n'avait encore jamais mis les pieds au Pasapoga, entre autres raisons parce que les portiers l'auraient empêché d'entrer et lui auraient même donné une raclée dans les règles, s'il avait insisté. Treize ans auparavant, le Pasapoga venait d'ouvrir en dépit des ordonnances municipales qui interdisaient les maisons closes, même quand elles étaient déguisées en cafés-concerts de luxe où se rassemblaient les propriétaires terriens en goguette, les acteurs à la moustache filiforme et à la taille de guêpe, les figures de proue du régime au gland enhardi et les choristes de la danse et du chant aux paillettes et aux gambettes éblouissantes qui, après leur numéro, se mêlaient à la clientèle, à laquelle elles s'accrochaient en dignes goules d'amour, dans une atmosphère de bordel sélect. Pourtant, avec les années, comme il advient toujours de ce type d'établissement, le clinquant s'était terni ou piqué, les choristes engraissaient, pendant que leurs atours perdaient leurs paillettes et, côté public, commençaient à se multiplier les cocottes sans autres ressources que leur dèche, leur vison synthétique et leur collier de fausses perles, les viveurs de peu, les écrivailleurs serviles, les ronds-de-cuir des ministères – qui dépensaient là leurs quatre sous de pots-de-vin ou de coulages comptables, en profitant d'une absence de leur femme, partie au village assister une parente moribonde –, les mauvais toreros, pâles épigones de Manolete ou de Dominguín, et quelques flics en civil venus là incognito, que l'on laissait boire et tâter gratis en contrepartie d'un discret escamotage des plaintes pour tapage nocturne.

Peu disposé à se voir confondu avec cette vile engeance, Antonio préféra arriver tôt dans l'après-midi, quand le local n'avait pas encore ouvert ses portes au public.

– Excusez-moi, monsieur, dit un portier d'apparence un peu rustique ou sylvestre, en lui barrant le passage. Nous ne sommes pas encore ouverts.

Antonio lui glissa un billet de cent pesetas.

– Désolé, je venais apporter un cadeau à l'une des filles.

Le portier le laissa alors passer et le guida même sur un grand escalier de faux marbre sur lequel tombaient de lourds rideaux de velours froissé qui semblaient disposés tout exprès pour faire trébucher les ivrognes et leur fracasser le crâne. Ils traversèrent le premier étage, orné de stucs et de strass doré, et arrivèrent à la grande salle, où le portier prit congé.

– Vous pouvez l'attendre ici. Elles ne vont pas tarder à sortir.

Il ne lui demanda pas d'où elles allaient sortir, et il redouta une apparition thaumaturgique, un effet de trappe ou de balancelle de revue. Derrière le comptoir du bar, il y avait un serveur à l'aspect de girafe asthénique, qui essuyait négligemment les verres, afin que les traces de rouge ne fussent pas trop visibles dans la pénombre.

– Où sont les filles ? lui demanda-t-il.

– Elles se refont une beauté dans les loges, avant l'arrivée des artistes, lui répondit le garçon, un peu surpris de voir un client d'aussi bonne heure.

Antonio commanda un cognac et laissa sur le comptoir un pourboire généreux, de loin plus généreux que ceux que lui donnaient jadis les rupins auxquels il trouvait un taxi. Le grand salon du Pasapoga était une apothéose du mauvais goût : du plafond pendaient des lustres de métal étincelant, peut-être du bronze surdoré, très surchargés et baroquisants ; les murs étaient ornés de peintures aux tons pastel qui représentaient des scènes mythologiques ou galantes, et du sol, encore tapissé de mégots, montaient ici et là des colonnes qui prétendaient donner à l'endroit le caractère d'une salle hypostyle de villa romaine, mais qui semblaient plutôt avoir été soustraites à un décor de théâtre. On y respirait un air chargé d'odeurs de fonds de bouteilles, de nicotine vétuste, de sperme fumigé à la javel ou au Crésyl. En humant cette atmosphère d'étable à la fois voluptueuse et répugnante, Antonio éprouva une sensation semblable à celle d'une gueule de bois, et eut l'impression d'avoir absorbé les effluves d'une bringue faite par d'autres que lui.

– Salut, loustic, qu'est-ce qui t'arrive ? Tu nous invites à prendre un verre ?

Les putes du Pasapoga étaient sorties des loges, aussi bruyantes qu'un sérail pendant le ramadan. La salutation lui avait été adressée par celle qui semblait être la plus aguerrie de toutes, et qui pourtant ne devait pas encore avoir atteint la trentaine, bien que sa peau eût les pores dilatés et la sécheresse que donnent la tabagie et les nuits blanches. Les autres rirent de sa boutade ; après les avoir regardées, Antonio aurait pu parier sur leur origine : provinciale mal dégrossie au teint encore pastoral sous le maquillage, montée à Madrid pour travailler dans un atelier de couture ou une fabrique de savon ; banlieusarde arrivée dans le centre pour ne plus devoir glaner à la traîne des marchés ; mère célibataire venue au plus vieux métier du monde pour payer la pension de sa fille chez les sœurs ; rêveuse qui se réveillait prisonnière d'un cauchemar récurrent ; arriviste qui a choisi la prostitution pour apprendre à pêcher le micheton fortuné (mais qui ne prenait le plus souvent dans ses filets que des benêts sans moyens suffisants pour la conduire devant l'autel).

– Je cherche une fille qui a travaillé ici, dit Antonio. Elle s'appelle Carmen.

Il avait élevé la voix, pour que toutes pussent l'entendre, mais seule l'ancienne semblait autorisée à s'entretenir avec lui, comme si une règle corporatiste accordait à la plus âgée le privilège de disposer du premier client qui se présentait.

– Des Carmen, mon joli, il y en a des centaines. Tu veux dire Carmen comme prénom ou Carmen comme nom de nuit ?

– Carmen comme prénom ; Carmen Panizo, pour être plus précis, répondit Antonio.

La pute avait une voix pâteuse et ensommeillée. Son visage au teint terreux n'était pas avantagé par de petites granulosités, de vieil acné, peut-être. Elle se hissa sur un tabouret, à côté d'Antonio, et commanda un jus d'orange avec une goutte de vodka, qu'Antonio régla aussitôt, bien que la vodka éveillât en lui les plus noirs souvenirs.

– Ça ne me dit rien du tout. Quand était-elle ici ?

– Il y a environ dix ans.

Elle éclata d'un rire qui se voulait sympathique ou communicatif, mais seules ses pattes-d'oie vinrent s'y joindre.

– Toi alors ! Dix ans, rien que ça ! Mais, il y a dix ans, je faisais ma première communion, mon gaillard. Non, mais que t'imagines-tu ?

Antonio admit de bon gré l'hyperbole, et essaya de la flatter.

– Pardon, ma belle. Je ne voulais pas t'offenser.

Mais elle l'était. Elle se tourna vers ses compagnes, qui commandaient elles aussi leurs boissons, voyant peut-être en Antonio un benêt fortuné.

– En voilà un qui me demande si je ne connaîtrais pas une certaine Carmen Panizo, qui est passée par le Pasapoga il y a une dizaine d'années ! Ça vous dit quelque chose, à vous ? demanda-t-elle, et toutes s'en défendirent avec promptitude, quasi scandalisées. Vous voyez, personne n'en sait rien, dit-elle à Antonio en le prenant par le bras. Mais cette Carmen que tu cherches doit être plus vieille que Mathusalem ! Ici, pas une fille ne reste plus de cinq ans, les clients se lassent vite de voir les mêmes têtes. Tu ne préférerais pas quelqu'un de plus jeune, dis ?

Au bout de cinq ans, elles se faisaient vieilles, comme les taurillons et, alors, soit elles avaient trouvé un micheton avec de l'argent plein les poches, soit elles devaient s'établir à leur compte, pour être toréées dans des endroits de deuxième ou de troisième ordre, en dévalant toujours la pente jusqu'à l'abattoir.

– C'est que je ne suis pas venu pour ça aujourd'hui, ma poule, s'excusa-t-il en se libérant de son étreinte. Les bouffées de son parfum, bien meilleur marché que celui d'Amparo, lui retournaient l'estomac : – N'y aurait-il pas quelqu'un, ici, qui pourrait l'avoir connue ? Un serveur, un maître d'hôtel, ou quelqu'un d'autre ?

– Tente ta chance auprès de don Ricardo, le directeur, lui conseilla-t-elle, déçue par le recul d'Antonio. S'il peut te recevoir, bien sûr.

– Il est ici ?

– Il est toujours dans son bureau, dit-elle en pointant le doigt vers le fond de l'hémicycle de la grande salle. Tu sais bien : il n'est pour voir que l'œil du maître.

Antonio se sépara d'elle avec une autre gentillesse, la laissant sur le tabouret lestée de toute sa tristesse, telle une cariatide sans architrave, ou soutenant l'architrave du temps, aussi lourde qu'une pierre tombale. Il monta l'escalier et s'engagea dans un couloir qui menait à des pièces exiguës plongées dans l'ombre, peut-être réservées aux clients les plus illustres ou les plus prodigues, qui pouvaient s'y ébattre avec leurs petites chéries ou y discuter leurs fricotages. Tous les quelques pas, des appliques ornées de grotesques imprégnaient d'une lumière visqueuse le velours bordeaux qui couvrait les murs. Sur une porte, dans le fond, une plaque annonçait « Direction » ; il frappa.

– Peut-on entrer ?

Avant qu'on lui eût répondu, il avait tourné la poignée et glissait la tête entre le battant et le chambranle. Le mobilier très massif et pansu du repaire de Ricardo Aguilar, le propriétaire du Pasapoga, avait des prétentions notariales et cardinalesques. Derrière un bureau amplement pourvu de coupe-papiers, de presse-papiers et d'autres bricoles de bronze parfaitement inutiles, Aguilar trônait tel un satrape des déserts. C'était un homme ventripotent à barbe courte et à dégaine de séducteur automnal ; vêtu d'un costume croisé qui soulignait son embonpoint, il avait un regard insistant d'hypnotiseur ou de rabbin qui exprima un instant la colère face à cette violation d'intimité.

– Qui êtes-vous ?

Antonio se dit que cet homme devait avoir connu Mendoza,

ou plus exactement le Gabriel de la période crapuleuse d'avant la conversion. Mais une éternité était passée, depuis lors.

– Excusez-moi, don Ricardo. Je suis Gabriel Mendoza, le fils de…

Sans le laisser terminer sa phrase, Aguilar porta la main à son front, sur lequel il tapa pour réactiver le fonctionnement des neurones, se leva, cérémonieux, et s'écria :

– Ça alors, merde, le fils d'Amadeo ! C'est bien toi ! Viens, entre, ne reste pas planté là comme ça. Je ne t'avais pas reconnu, avec cette barbe.

Ils se serrèrent la main en vieilles connaissances. Celle d'Aguilar, robuste et tubéreuse, avait des veines semblables à des racines d'arbre.

– J'espère que je ne vous dérange pas…

– Pas la moindre chance que tu me déranges, fiston ! On m'a annoncé, à l'enterrement de ton père, que tu revenais sur le *Semiramis*. Drôle d'aventure que la tienne, mon garçon ! Tu as dû arriver à moitié mort, dit-il sur un ton à peine interrogateur, compatissant ou serviable. Assieds-toi, assieds-toi.

– Je suis venu vous demander…

– Et par-dessus le marché, à peine débarqué, le coup de massue de la mort de ton père ! l'interrompit Aguilar en se grattant la barbe. Je sais, vous étiez à couteaux tirés, lui et toi, mais un père reste toujours un père, déclara-t-il, cherchant l'assentiment d'Antonio, à défaut duquel il y alla de son apologie : – Ton père, c'était quelqu'un ! Je lui devais certaines faveurs, du temps où l'alcool manquait, et les cigarettes, juste après la guerre ; mais je crois que je l'ai largement remboursé… même si ç'a été en nature, précisa-t-il avec un clin d'œil pour indiquer qu'il était bien question de nature charnelle. Sans doute, ces dernières années, était-il plutôt effacé, le gaillard. Il faut devenir veuf pour se mettre du plomb dans la cervelle ! lança-t-il en riant. Tu es marié, mon garçon ?

Antonio le regarda des pieds à la tête d'un air légèrement réprobateur, pour arrêter sa faconde.

– Non, monsieur, je ne le suis pas, encore heureux. Imaginez ce qu'il en aurait été si j'avais dû laisser ma femme seule pendant treize ans…

– C'est juste, fiston. Pardon, je ne voulais pas te bassiner, fit-il, décontenancé, mais son regard d'hypnotiseur ou de rabbin étincela aussitôt. Maintenant, ce que tu dois faire, c'est rattraper toutes ces années de jeûne et d'abstinence. Inutile de te dire que les filles du Pasapoga sont à ta disposition. C'est la maison qui régale.

Satisfait de sa magnanimité, il se renversa dans son fauteuil et glissa les pouces dans les échancrures de son gilet, en attendant la réaction d'Antonio. Lequel prit une expression timidement lascive. Aguilar sortit d'un tiroir une boîte à cigares, l'ouvrit et la lui tendit.

– Non, merci je ne fume pas, dit Antonio, déclinant l'offre sur un ton d'excuse. Je suis venu vous demander si vous ne vous souviendriez pas d'une fille qu'un de mes amis a vue ici, au Pasapoga, en 44 ou 45, et qui s'appelle Carmen Panizo.

Aguilar coupa le bout d'un cigare d'un coup de dents, l'enduisit copieusement de salive, puis l'alluma.

– Carmen, Carmen, Carmen. Laisse-moi quelques instants de réflexion, dit-il, et il se mit effectivement à réfléchir en fumant comme une cheminée jusqu'à obtenir une belle braise. De nombreuses Carmen sont passées par ici.

– Celle dont je vous parle a dû partir du jour au lendemain, peut-être même sans vous prévenir, précisa Antonio pour essayer de raviver les souvenirs d'Aguilar, qui tirait sur le cigare à en perdre le souffle. C'est ce que mon ami m'a dit.

Il tut, cependant, la raison de cette disparition. Aguilar le regarda avec une légère défiance, sans doute surpris de voir ce ressuscité s'intéresser après tant d'années à une vieille morue, alors qu'il pouvait disposer de tout un étalage de chair fraîche. Mais il haussa les épaules. En fin de compte, l'homme est une bête d'habitudes.

– J'y suis ! Je vois maintenant de qui tu parles. Comment l'oublier, celle-là ! s'exclama-t-il, sans rien laisser entendre de ce qu'étaient les raisons pour lesquelles il s'en souvenait si bien. De fait, mon garçon, ça n'a jamais vraiment été une fille du Pasapoga au plein sens du terme. Elle est venue me voir pour que je lui procure une carte de rationnement. Au ravitaillement, on n'avait pas voulu lui en donner une, m'a-t-elle dit, parce que ses papiers n'étaient pas en règle, ou pour je ne sais quelle autre raison et, au marché noir, elles coûtaient alors trois cents pesetas. Comme elle était fauchée, elle m'a demandé si elle ne pourrait pas travailler ici, en échange d'une carte.

Cette précision fut aussi cuisante que si l'on avait arrosé de soude caustique un ulcère qu'il croyait cicatrisé dans une vie antérieure. Carmen aurait-elle proposé cet arrangement honteux si lui-même ne l'avait pas poussée, auparavant, à accepter de pareils marchés, en l'utilisant comme appât pour conduire les godelureaux à l'endroit du Retiro où il les dépouillait ? En tout cas, il avait été le premier à l'avilir, et cette certitude le tourmentait, vrillait insidieusement sa conscience… Mais depuis quand avait-il une conscience ?

– De travailler ici comme pute, vous voulez dire ? s'enquit-il, écrasé par l'évidence.

– Comment ? Comme pute, non, pas du tout ! fit Aguilar avec un rire de glotte qui fit un bruit de samovar ou de bouilloire. Ici, il n'y a pas une ombre de pute. Nous avons des danseuses, des entraîneuses, des consolatrices d'affligés ; mais de putes, Gabriel, nenni. Rien d'aussi radical. Une fille du Pasapoga a un petit quelque chose d'une hôtesse de l'air, d'une noceuse, un brin de psychologue, un zeste d'allumeuse… c'est une combinaison très savante, tu sais. Et celle qui réunit toutes ces qualifications ne tarde pas à se trouver un bon parti. Combien de ministres et de millionnaires n'ont-ils pas déniché ici la femme de leur vie ! Si je te racontais…

Mais il était inutile qu'il racontât quoi que ce fût, parce que Antonio avait pu jeter un coup d'œil à son sérail, et il savait que toute ressemblance avec ce bavardage complaisant était pure coïncidence, aussi ne le laissa-t-il pas aller plus loin.

– Et Carmen ? Que lui est-il arrivé ?

Aguilar mordit son cigare et fronça les sourcils. Il n'aimait pas être interrompu.

– Ta Carmen n'a pas été fichue de faire son beurre. Elle était encore plus raide qu'un manche à balai avec les clients, lâcha-t-il en regardant son cigare comme s'il avait perdu tout intérêt, et il semblait s'en être lassé de la même manière qu'il se lassait des femmes difficiles ou farouches. Elle n'aimait pas les faire danser, ni les faire parler, ni les flatter. Comme elle avait besoin d'argent, quand un client l'abordait, elle lui proposait de l'accompagner chez lui, ou dans un hôtel où l'on ne pose pas de questions, pour qu'il jette sa gourme et sorte son pognon, raconta Aguilar, en s'interrompant pour écraser avec hargne le cigare dans le cendrier, jusqu'à le réduire en miettes. Mais, comme tu t'en doutes, il s'agit ici, avant de conduire le gogo au lit, de lui faire dépenser son argent en consommations, sans quoi, quel bénéfice tirerais-je des filles, moi ?

Antonio demeura immobile. Il aurait voulu se lever de sa chaise et lui envoyer son poing dans la figure, mais il se retint.

– Aucun, bien sûr.

– Aucun, tu l'as dit. Une fille froide comme un glaçon n'a pas sa place ici.

Antonio savait pourtant que Carmen aurait pu exciter la lubricité des sales types qui fréquentaient le Pasapoga si elle l'avait voulu, parce que lui-même lui avait appris à le faire, pour piéger d'autres sales types. Si elle l'avait voulu, elle aurait pu les enjôler avec des minauderies mêlées de sans-gêne, de candeur et d'impudeur, en faisant semblant de rougir ou d'être complaisamment surprise pour masquer le dégoût que lui inspiraient leurs avances. Mais elle n'avait pas voulu le faire, et ce renoncement à la pantomime mitigeait un peu la souffrance d'Antonio.

– Finalement, elle est partie, dit-il pour aiguillonner Aguilar.

– Elle est partie sans se recommander ni à Dieu ni au diable, en effet. Sans vouloir entendre raison ni m'en donner une seule. Si son travail ne lui plaisait pas, on aurait pu lui en trouver un autre, je ne sais pas, moi, de femme de chambre, de femme de ménage, enfin, autre chose. Mais elle s'est tout simplement volatilisée.

Sur ce, Aguilar haussa les épaules, pour faire entendre qu'il s'en lavait les mains. C'était peut-être ainsi, en mettant sur le dos de la fatalité ou des sautes d'humeur les calamités réservées à ses protégées, qu'il s'épargnait les remords. Bien entendu, pour que les remords puissent nous tourmenter, il faut encore avoir une conscience.

– Et vous n'avez jamais plus entendu parler d'elle ?

– Un jour, on m'a dit qu'on l'avait vue dans un bar d'entraîneuses de deuxième ordre, dit Aguilar avec un détachement las. Tu sais ce que c'est, ce métier-là ; une fois que tu as perdu ton petit boulot confortable, tu dégringoles, encore et encore, jusqu'à ce que tu sois devenu un vieux débris. Mais, qui sait ? Cette Carmen avait beaucoup de ressources, il se pourrait qu'elle ait réussi à sortir la tête de l'eau.

Antonio connaissait mieux que personne les ressources de Carmen ; il l'avait vue emportée comme une bacchante, les mains gantées de sang armées d'une navaja avec laquelle elle frappait sans s'arrêter la nuque du balèze qui avait failli l'étrangler dans le Retiro. Mais les ressources ne sont pas suffisantes, quand le monde devient une prison entourée de barbelés.

– Espérons qu'il en soit ainsi, dit-il à mi-voix, tenaillé par l'angoisse, en se levant. Je vous remercie beaucoup…

– Je vais te donner un conseil, mon enfant, lui dit alors Aguilar sur un ton pénétré. Ces filles sont bonnes pour passer un moment, pour se détendre, se distraire et se défouler, mais s'attacher à elles est la pire des erreurs que l'on puisse commettre, et plus grave encore pour un homme de ta sorte et de ta condition. Je m'inquiète de voir qu'après toutes ces années d'enfer tu veuilles encore retrouver une putain qui, pour aussi pleine de ressources et de charmes qu'elle ait été, doit à cette heure être une ruine. Sois prudent, Gabriel. Ce qu'il y a de pire, dans les obsessions, c'est qu'elles deviennent parfois des réalités.

Mais, dans sa vie livrée à l'imposture, cette obsession était peut-être tout ce qu'il y avait de réel et de vrai – l'unique survivance d'un être pleinement humain. Cifuentes avait entrouvert une porte qu'Antonio ne pouvait refermer et, même si ce qui se devinait derrière elle était un monde atroce et déchirant qu'il aurait préféré ne pas connaître, il savait qu'il devait laisser entrer la lumière et s'y aventurer, tôt ou tard, pour affronter la vérité, fût-ce au prix d'être changé en pierre ou anéanti. Il frissonnait à la pensée que Carmen fût devenue une ruine, comme l'affirmait Aguilar, une de ces vieilleries hors d'usage que l'on met au rebut après les avoir abîmées en tirant d'elles tout ce qu'elles pouvaient donner, et qui finissent irrémédiablement mises en pièces dans une décharge ; parce qu'il avait été à l'origine de sa déchéance, en lui proposant une association de filoutage. Et il frissonnait aussi à la pensée que cette porte entrouverte par Cifuentes pouvait un jour laisser filtrer leur secret et démolir son refuge, l'imposture qui devait le conduire, s'il ne perdait pas de vue son objectif, à ce butin largement suffisant pour toute une vie – et pour celles de ses enfants et de ses petits-enfants, comme l'avait écrit le père de Mendoza dans sa lettre posthume –, au pactole qui lui permettrait de sortir indemne de cette embrouille et de repêcher Carmen. Il croyait encore, peut-être à tort, que par le mal on peut atteindre à un plus grand bien, et c'est un peu pour cette raison qu'après sa désolante conversation avec Aguilar au Pasapoga, il partit dans la direction de l'appartement de Paloma, rue Alfonso XII, où le père de Mendoza avait mené ses transactions illégales et entassé dans une cache des liasses et des liasses de billets – comme il l'avait écrit –, fortune salvatrice.

Il s'était fait un peu tard, s'il tenait compte de l'avertissement de Paloma qu'il ne la trouverait peut-être pas chez elle après vingt et une heures, ou la trouverait occupée et dans l'impossibilité de le recevoir, mais il décida de tenter tout de même sa chance. Avec ses balcons aux balustres aussi massifs que des garde-corps d'un pont qui donnaient sur le Retiro, la façade de l'immeuble était superbe, très hautainement satisfaite de la prospérité qui régnait entre ses murs. Sous la large voûte de l'entrée éclairée par des lustres en cristal de roche qui n'auraient pas déparé le foyer d'un théâtre, le sourire que le portier lui adressa, d'abord inquisiteur, devint finaud quand il lui eût dit où il se rendait. Antonio préféra monter à pied les quatre étages, pour s'assurer que la vie douce des derniers mois n'avait pas amenuisé ses forces, et aussi pour mettre tranquillement au point la stratégie à adopter. Il se demanda s'il allait tout bonnement introduire dans la serrure la clef que le père de Mendoza avait laissée à son fils, pour vérifier si elle ouvrait bien la porte, mais il préféra s'en assurer ultérieurement, en une autre occasion. Il appuya donc sur le bouton de sonnette, et le petit air qui retentit sembla aller se perdre dans des grottes sous-marines, d'où vint une voix insinuante.

– J'arriiive…

Après quelques minutes d'attente (que Paloma dut employer à se refaire une beauté ou à ranger quelque désordre), il entendit des claquements pressés de chaussures à talon sur le parquet.

– Qui est là ? fit une voix au timbre malicieux.

– C'est Gabi, Paloma. Je tombe mal ?

Les verrous jouèrent, la porte s'ouvrit. Âgée d'un peu moins de quarante ans, d'une beauté d'odalisque de bazar, avec de bonnes joues et de petits yeux que le Rimmel n'agrandissait pas, c'était une femme purement physique, pour ainsi dire, qui n'aurait peut-être pas été des plus présentables, si l'on s'en tenait aux exigences mondaines, sans un brin de dégrossissage et de polissage, mais d'une féminité absolue et tangible. Sa tenue un peu particulière était encore plus tapageuse que son anatomie : elle était en sous-vêtements, à peine couverte, ou plutôt harnachée d'une culotte et d'un soutien-gorge quasi orthopédiques surchargés de dentelles, de picots, d'agrafes et de lacets, et de bas à couture retenus par un porte-jarretelles. Elle portait aussi des mitaines de velours noir, assorties à la lingerie churrigueresque, qui montaient jusqu'aux coudes. Antonio rougit.

– Pardon, je vois que je te dérange. Je reviendrai.

Il voulut faire volte-face, mais Paloma le retint, en sortant presque sur le palier.

– Ça ne va pas la tête ? Je t'ai dit que tu pouvais venir quand ça te chantait. Si tu étais mal tombé, je ne t'aurais pas ouvert.

Elle le précéda jusqu'au salon, et Antonio en profita pour la détailler à loisir. Paloma avait un cul opulent, mortifié par les élastiques de la culotte qui s'enfonçaient dans ses chairs comme les roues d'une voiture dans la boue, et des cuisses dont les débordements de tendresse étaient contenus par les bas à couture qui les comprimaient et les rendaient encore plus appétissantes. Son pas, malgré les chaussures à talon, n'était ni celui de l'aigrette ni celui du pékinois, mais plutôt celui d'une pouliche à la croupe majestueuse.

– J'attendais une visite, mais n'en parlons plus, dit-elle en s'arrêtant devant la porte du salon pour l'inviter à passer le premier, avec les honneurs réservés à l'invité illustre. Du moment que je suis avec toi, que les vieux se débrouillent.

– Tu as trouvé un remplaçant à mon père ? demanda-t-il, pour la blesser, bien que son humeur fût plutôt joueuse.

– Ton père ne m'a jamais demandé l'exclusivité, tu le sais bien… sauf avec toi, répliqua-t-elle, lui renvoyant sa pique.

Le parquet du salon était couvert d'un tapis très moelleux de couleur turquoise, et le décor, balançant entre luxueux et bordélisant, voulait reproduire une atmosphère tropicale de prospectus touristique. Les lampes, qui donnaient une lumière également turquoise de récif de corail, avaient des abat-jour coniques en chapeau chinois, et aux murs étaient accrochés des tableaux très colorés représentant des oiseaux exotiques, dans des cadres de bambou. Au-dessus d'un sofa d'apparence orientale, encombré de polochons et de coussins, pendait du plafond une cassolette qui répandait des arômes réputés relaxants, pourtant excitants pour Antonio. Dans un angle du salon, un meuble laqué aux motifs chinois abritait à la fois radio et tourne-disques. Mais la musique qui en venait n'avait rien d'oriental, elle était plutôt jazzy-africaine.

– Tu as là un seau à glace, dit Paloma, en lui montrant une table basse, devant le sofa. Sers-toi ce que tu veux. Les boissons sont là, dans ce meuble bar, je vais me changer, annonça-t-elle en prenant une pose de modèle de calendrier, une jambe en avant, les mains sur les hanches. À moins que tu ne me préfères comme ça ?

Elle souriait, fière de son anatomie.

– Non, penses-tu, va te changer.

Paloma s'éclipsa dans les profondeurs de l'appartement, sans le priver, en s'éloignant, de quelques déhanchements.

Antonio prit alors le risque d'aller soulever légèrement les cadres de bambou, pour voir s'ils ne masquaient pas un coffre, en se disant qu'il n'allait pas être facile de découvrir la cachette du trésor.

– Tu ne peux pas imaginer, mon chéri, le calvaire que c'est, de marcher avec ces échasses, lui lançait Paloma du fond de l'appartement, comme d'un autre continent. Et ces mitaines ! Tu as déjà vu des trucs pareils ?

Antonio souleva un coin du tapis, s'attendant à trouver une trappe ou un quelconque mécanisme ; en fait, il ne savait pas ce qu'il cherchait.

– Franchement, non. Tu m'as pris au dépourvu.

Il résolut de laisser là ces recherches superficielles, en attendant une meilleure occasion, et il se dirigea vers le meuble bar qui, avec ses portes d'acajou ciré, avait tout d'une penderie.

– C'est que je ne sais plus ce qui vous arrive, à vous les hommes, surtout à partir d'un certain âge ; il vous faut les choses les plus bizarres pour vous exciter, poursuivait Paloma, apparemment moqueuse. Moins vous avez la trique, plus vos fantaisies se compliquent.

– Ça, c'est ce qui doit arriver aux impuissants ! lança Antonio, soucieux de rétablir certaines catégories.

– Les uns, c'est la lingerie fétichiste, les autres la danse des sept voiles, il y en a même un qui apporte des choux à la crème, me demande de m'asseoir dessus pour les écraser, puis qui me lèche les fesses. Tu trouves ça normal ?

Il ne trouvait pas normal non plus que, pour se mettre à l'aise, elle eût ôté ses sous-vêtements churrigueresques et enfilé une nuisette transparente qui dévoilait sa nudité. Mais Antonio s'était juré de ne plus s'étonner de rien, après avoir survécu au choc du décor tropical. Paloma avait des seins en livre ouvert, mais encore fermes, et un mont-de-vénus très touffu et agreste, épargné par l'élagage.

– Ces choses-là t'arrivent parce que tu t'acoquines avec des anormaux, lui déclara-t-il. Je ne voudrais surtout pas voir se pointer maintenant le fétichiste aux mitaines, qui serait très déçu par ma faute.

– T'inquiète, je t'arrange ça en un tournemain.

Sur ces mots, elle appela le portier et lui demanda, quand il verrait arriver un monsieur âgé qui la demanderait, de lui dire qu'elle avait dû sortir régler une affaire urgente, et qu'elle ne manquerait pas de lui faire signe. Tout en parlant au portier, vautrée sur le sofa, elle examinait ses orteils aux ongles vernis nacrés, et leur imprimait un mouvement d'anémones de mer bercées par les vagues.

– Anormal neutralisé ! annonça-t-elle, exultante, après avoir raccroché. Tu n'as plus à t'en inquiéter, fit-elle, avant d'ajouter avec un grognement : – L'ennui, c'est que je vais lui devoir une petite compensation.

À ce qu'il voyait et en déduisait, Paloma avait découvert la formule magique pour arrêter le processus inexorable qui faisait en quelques années des filles du Pasapoga de vieilles ruines, en se vouant à des dépravés, des larves ou des gogos aux tendances sexuelles scabreuses, trop perverses ou alambiquées pour les professionnelles qui s'en tenaient, dans les coucheries, à deux ou trois positions canoniques.

– Dis-moi, devais-tu faire un de tes petits numéros pour mon père ? demanda Antonio, blagueur.

– Avec ton père, c'était autre chose, t'occupe, dit-elle, et il comprit qu'il avait mis les pieds dans le plat. Sers-toi un verre et arrête de déconner.

Quand il ouvrit la porte du bar, quelques ampoules s'allumèrent qui révélèrent d'innombrables bouteilles alignées sur une demi-douzaine de tablettes de verre, et sur plusieurs rangs. Il y en avait des pansues et des stylisées, des vertes, des ambrées, des opalescentes et des dépolies, une véritable pentecôte d'alcools. Il ne put s'empêcher d'y aller d'un sifflement admiratif.

– Mon Dieu ! s'exclama Paloma, on dirait que tu ne sais pas que c'était la seule manie de ton père : surtout ne jamais manquer d'abondantes réserves, comme si s'annonçaient famines, pénuries et vaches maigres, et ça valait aussi pour les cosmétiques, les médicaments, la bouffe… j'ai une dépense et une pharmacie de transatlantique.

Il fallait que le père de Mendoza eût trouvé en elle quelque chose de très précieux qui justifiait tous ces frais ; quelque chose d'une valeur incalculable, qui lui faisait ignorer son commerce avec les tarés.

– Et il t'approvisionnait aussi en hommes ?

– Ne fais pas le salaud, Gabi, dit-elle en croisant les jambes, et la nuisette remonta jusqu'à la naissance des cuisses. Les hommes, je me les suis toujours procurés seule.

Antonio se servit un verre de cognac, parce qu'il savait que c'était l'alcool préféré de Gabriel, et il alla s'asseoir à côté d'elle sur le sofa. Leurs yeux étaient maintenant à peu près à la même hauteur ; ceux de Paloma étaient bruns, et ils s'assombrissaient sur le bord de l'iris. La lumière des lampes, turquoise, les faisait étinceler.

– Ça, je n'en doute pas, fit-il en goûtant l'alcool.

Paloma lui caressa légèrement le menton, pour sentir le chatouillement des poils dans le creux de sa main.

– J'avais parié avec ton père que tu ne remettrais jamais les pieds ici. Je suis heureuse de m'être trompée.

– Merde, alors ! Pourquoi aurais-je fait ça ?

Après lui avoir caressé le menton, Paloma suivait maintenant le contour des lèvres d'Antonio du bout de l'index, qu'elle finit par lui plonger dans la bouche. C'était maintenant elle qui s'en prenait aux absents.

– Après tes fiançailles avec cette potiche, tu étais devenu un véritable hérisson, déclara-t-elle en sortant son index de la bouche d'Antonio et en y introduisant le pouce. Ça ne m'étonne pas, bien sûr, tu devais en avoir plein les burettes, toi qui aimes tant baiser.

Elle ronronna légèrement, Antonio défendit Amparo sans grande conviction.

– N'exagère pas, je me suis seulement dit que le temps de m'assagir était venu.

Paloma ôta sa main de devant la bouche d'Antonio et la porta à sa braguette.

– Oui, mon joli, mais pour autant que tu te mettes du plomb dans la tête, ton petit oiseau, lui, se met au garde-à-vous, pas vrai ? C'est ce qui arrive toujours aux hommes.

Malgré lui, il sentait son membre durcir sous la caresse de Paloma, qui bientôt adopta un ton clinique fondé sur une excellente mémoire tactile.

– Mon chéri, on peut dire que la Russie t'a réussi, à toi. Elle est plus grosse que jamais.

Antonio se recula, mais compensa ce réflexe par un compliment.

– C'est toi. Qui peux tout.

– Non, non, sérieusement, insista Paloma, qui se révélait meilleure observatrice que tous les membres de la famille et les proches de Mendoza. Elle est plus grosse. Et quand tu es entré, j'ai remarqué que tu avais plus de cheveux qu'avant. C'est vrai, le sommet de ton crâne se dégarnissait, tu avais presque une tonsure, et maintenant tu as une superbe tignasse.

Antonio se leva, pour se soustraire à l'examen qui le mettait au pied du mur.

– Il fait une de ces chaleurs, ici ! Je peux sortir un instant sur le balcon ? demanda-t-il et, tout en se battant avec l'espagnolette, il essaya de se calmer. Les Russes ont dû me faire bouffer des hormones…

Il sortit sur le balcon. La nuit se faisait plus noire dans la végétation du Retiro, et l'enveloppait dans sa chaleur moite.

– Dans ce cas, il va falloir tirer parti de ces hormones, avant que leur effet ne se dissipe, dit Paloma, en l'enlaçant par-derrière, les bras autour de sa taille. Antonio ne broncha pas : – Ai-je dit quelque chose qui t'a fâché ? Si c'est ça, pardon, je n'en avais pas l'intention. Ce dont tu as besoin, maintenant, c'est d'une femme qui te donne un peu de joie.

Ses seins pesaient sur son dos, et elle avait posé la joue sur son omoplate.

– Et tu crois être celle dont j'ai besoin ?

Antonio savait parfaitement que la femme dont il avait besoin avait disparu douze ans auparavant dans l'épaisseur de la végétation du Retiro, et que depuis lors plusieurs générations de feuilles étaient tombées sur leur crime. Mais, en attendant de l'avoir retrouvée, un amour purement physique mettrait un baume sur sa peine.

– Je crois que je sais rendre la vie plus agréable à un homme, répondit Paloma avec conviction. Ce dont ne peuvent se targuer la plupart des femmes.

Ses mains avaient arrêté leur inspection clinique ; elles s'étaient lovées avec langueur sur sa poitrine.

– Ah bon ? Et pourquoi ?

– Parce qu'elles sont comme des éponges et veulent leur homme pour elles seules, dit-elle avec le ton impersonnel d'une sagesse millénaire et secrète. La nature féminine repose sur la curiosité et le contrôle, si bien que, quand une femme s'attache à un homme, elle veut savoir ce qu'il fait, ce qu'il pense, et même ce à quoi il rêve ; elle veut connaître ses goûts, pour pouvoir les monopoliser, bref elle veut investir l'homme, ce qui est pour vous le pire danger. Ceux d'entre vous qui cèdent deviennent des eunuques, ou des dégénérés comme ceux qui passent par ici ; mais les hommes véritables se révoltent, ce que ton père a fait avec ta mère, et ce que tu feras avec ta cruche de fiancée, si ce n'est pas déjà fait.

– Et alors ? Tu crois que tu n'es pas comme les autres ?

– Je l'ai peut-être été en un autre temps, répondit-elle sans regret et sans fierté. Mais j'ai appris qu'il ne faut jamais savoir des hommes que ce qu'ils veulent te dévoiler d'eux-mêmes, sans les harceler, sans vouloir les contrôler. Que de malheurs les femmes ne s'épargneraient-elles pas si elles agissaient ainsi ! Et que de bien n'en tireraient pas celles qui se plaignent d'avoir tout perdu !

Antonio se demanda si les propos que tenait Paloma avaient un sens qu'il ne pouvait deviner, ou si elle était simplement en train de lui faire une proposition désincarnée et pragmatique.

– Pourquoi me dis-tu ça ? lui demanda-t-il.

– Pour que tu saches que je ne vais pas me mêler de tes affaires. Je ne l'ai pas fait avec ton père, je le ferai d'autant moins avec toi.

Elle devait songer à la liaison purement physique qu'elle avait eue avec le défunt, et qu'elle comptait maintenant avoir avec lui, aussi en profita-t-il pour mettre sur le tapis ce qui l'avait conduit dans cet appartement.

– Et toi, que mijotes-tu, Paloma ? fit-il d'une voix légèrement agressive, qu'il s'efforça d'adoucir. Tu veux me faire gober que pendant quinze ans mon père a traité ici ses affaires inavouables et que tu t'es toujours tenue à l'écart ?

Paloma, déçue, s'écarta un peu de lui.

– Ce n'est pas à ça que je pensais, mais ce que je t'ai dit vaut aussi pour ce dont tu parles. C'est parfaitement exact : jamais je ne me suis mêlée de ces histoires.

– Vraiment ? demanda-t-il encore en l'attirant à lui, de façon à voir ses yeux de plus près : l'obscurité, sur le balcon, avait dilaté ses pupilles, lui faisant presque des yeux noirs. La curiosité de savoir ne t'a jamais piquée ?

– Bien sûr que si, mais je me suis grattée jusqu'à ce que ça passe, répliqua-t-elle avec un humour qui n'appartenait qu'à elle. Ton père m'a assuré que si je ne m'y intéressais pas, je ne serais jamais impliquée, d'aucune manière… Mais que si je m'approchais du feu, je pouvais me brûler.

Antonio, lui, s'était trop approché du feu. Sa main glissa le long du dos de Paloma, jusqu'à sa chute de reins, qui se cambra instinctivement, prête à décocher sa flèche.

– Tu es restée à l'écart pendant tout ce temps… Tu n'as jamais su ce qui se passait ici ?

– Écoute, Gabriel, puisqu'il ne voulait pas que je sache, pourquoi l'aurais-je contrarié ? L'arrangement entre nous était très clair : je lui cédais l'appartement deux samedis par mois pour ses magouilles et, en échange, je menais la grande vie. Il faudrait être complètement idiote pour risquer son bien-être dans le seul but de satisfaire sa curiosité, tu ne crois pas ? dit-elle, et il trouva son propos d'une logique implacable et d'une sournoiserie intéressée typiquement espagnole. Alors, deux samedis par mois, je disparaissais, tout simplement. J'en profitais pour faire quelques excursions et me cultiver un peu : Aranjuez, Bobadilla, Illescas, Tolède, Ségovie, Sigüenza, et il s'est toujours trouvé un anormal pour m'y conduire. Tu n'aimes pas voir du pays, toi, Gabi ?

Elle rit, comme s'il s'agissait d'un jeu innocent et dangereux, et il empoigna ses seins écartés et lourds de désir, aux larges aréoles sombres et aux tétons durs. Il se dit qu'il fallait bien qu'elle présentât une similitude avec Amparo, et c'était dans ce goût des excursions.

– Ça dépend avec qui, répondit-il, élusif. Tu n'aurais pas préféré empocher ta part du gain de ces magouilles ?

– Pourquoi ? J'ai tout ce que je peux désirer : une superbe maison à mon nom, une rente viagère, et les gratifications de ces anormaux.

– Des anormaux aux goûts un peu particuliers, dit-il en levant la nuisette et en essayant en vain de refermer les doigts sur ses fesses.

– Plus bizarres ils sont, moins d'efforts ils me coûtent, dit-elle, alors même qu'elle s'efforçait d'obtenir de lui ce que les anormaux ne pouvaient lui donner. Allez, viens, rentrons. Inutile de nous donner en spectacle.

Elle le prit par la main et le conduisit dans la chambre où elle présentait peut-être ses numéros aux dégénérés qui lui demandaient de mettre des mitaines et des culottes orthopédiques, ou d'écraser des choux à la crème en s'asseyant dessus. Antonio était excité, mais encore contraint par une once de répugnance, le rejet chrétien de la promiscuité.

– Resteras-tu dormir ? demanda-t-elle en lui défaisant le nœud de cravate. Je peux te préparer ma petite spécialité. Ou dis-moi ce qui te ferait plaisir.

C'était lui démontrer que même si elle ne se mêlait jamais de ce qui ne la regardait pas, elle était aussi popote que la plupart des potiches qu'elle dépréciait. Antonio ne savait pas encore très bien s'il allait rester, mais il ne voulait pas perdre le fil de la conversation qui l'intéressait.

– Tu m'as dit qu'ils t'avaient appelée...

– Ils veulent savoir s'ils peuvent compter sur toi, et aux mêmes conditions qu'avec ton père, dit Paloma en lui déboutonnant la chemise.

Le plumard était aussi interminable qu'un après-midi de dimanche, avec une tête de lit d'ébène et un baldaquin d'où tombaient, comme une moustiquaire, des rideaux de gaze assortis au couvre-lit. L'armoire à glace aux portes coulissantes occupait toute la longueur d'un mur, et à ses cintres pendaient des tenues trop provocantes ou farfelues pour que Paloma pût les porter dans la rue. Sur la coiffeuse s'étalait une considérable panoplie de parfums et de laits de beauté dans des flacons en verre moulé. Antonio plongea son visage dans la chevelure ébouriffée et impétueuse de Paloma, et son odorat se perdit dans un tourbillon d'arômes aussi délicieux qu'indéfinissables.

– Que leur as-tu répondu ?

– Combien de fois faudra-t-il te le dire ? s'écria-t-elle, fugacement exaspérée, et elle détacha les syllabes : – Je-ne-veux-pas-d'his-toi-res. Pigé ? Ils viendront te voir samedi. Non, pas celui-ci, le prochain. Comme ça, tu sauras à quoi t'en tenir. Mais avant, il nous reste beaucoup de temps, tu ne crois pas ?

Il leur en restait peut-être même trop, pour un homme inventé comme lui qui chaque jour devait coûte que coûte pousser à la roue son misérable simulacre. Il se laissa tomber sur le lit, qui l'invitait plus au repos qu'à l'exercice. Entre les voiles de gaze, il voyait Paloma flirter avec elle-même devant les glaces de l'armoire.

– Dis, murmura-t-il en sentant son sexe durcir, où est-elle, cette petite spécialité promise ?

Amparo aimait fuir le Madrid plébéien des dimanches, envahi par les multitudes que vomissait le métro, les musiciens aveugles et autres filous. Comme José Antonio, le prince charmant assassiné qui l'avait subjuguée dans sa jeunesse, du temps où ses disciples ne se juchaient pas sur le char de l'opportunisme, elle abominait le pittoresque de mauvais aloi et recherchait dans la pierre des villes vénérables et dans le vol des gerfauts l'Espagne intemporelle, aussi inflexible et infrangible qu'un sonnet. Mais là où elle voyait cette Espagne irréductible, Antonio ne voyait que des décors qui lui parlaient de la mort, cette vaste patrie où plus rien n'importe. Leurs excursions devenaient inévitablement lassantes et mélancoliques, parce que l'enthousiasme un peu forcé d'Amparo se heurtait à l'inertie d'Antonio, qui ne se donnait même pas la peine de dissimuler son ennui, si bien que cet enthousiasme finissait immanquablement par se changer en aigre dépit.

Dans la cathédrale de Sigüenza, dont les rouges avaient fait un fortin pendant la Guerre civile et où les balles avaient laissé leur écriture de vérole ineffaçable, ils étaient entrés main dans la main ; mais à peine Amparo s'était-elle dirigée vers un bénitier pour se signer qu'Antonio en avait profité pour la lâcher, comme s'il redoutait une éclaboussure d'eau bénite, dont le seul frôlement l'eût marqué au fer rouge, et il était allé l'attendre devant la grille de la chapelle du Doncel, baignée d'une lumière pouilleuse et sale, une lumière de friperie ou de pourrissoir de péchés fossiles.

– José Antonio disait que le Doncel a été un phalangiste du quinzième siècle, un noble qui a arrêté de jouer à la pelote contre les murs du palais de l'évêque, un de ses parents, pour aller se battre dans la Vega de Grenade contre les Maures, où il reçut un coup d'épée mortel, lui apprit-elle.

Toute cette camelote le débectait, et il se disait, peut-être sans s'égarer outre mesure, que ces petits messieurs phalangistes devaient avoir conçu la División Azul pour se livrer à leur propre guerre de Grenade, et mourir au combat non pas entre vergers et potagers, mais dans la toundra et la neige. Antonio, lui, voyait en ce Doncel un nobliau resté dans la tranchée à lire des poèmes pendant que sifflent les balles, et il trouvait que son visage d'albâtre avait la couleur du congre bouilli.

– Il est parti pour la guerre avec les gars du village, les rustres et les simples guerriers descendus de Soria encore vêtus d'agnelin, poursuivait Amparo, comme en extase.

– C'étaient des courageux, ces types-là ; maintenant, il n'y a plus que des suceurs de sang et des arrivistes, déclara-t-il en empruntant la rhétorique expéditive de Cifuentes.

Ils montèrent ensuite au château, une ancienne casbah que l'on reconstruisait pour distraire le touriste, parce qu'il n'en était resté qu'un tas de décombres après les batailles contre les armées napoléoniennes, celles des guerres carlistes et de la Guerre civile. Les rues très pentues et populaires se prêtaient aux confidences, aussi bien qu'aux reproches d'Amparo.

– Gabi, on t'a vu dans des endroits mal famés, lui dit-elle sans faire de scandale ni de drame, comme si elle avait renoncé aux larmes, ou comme s'il ne lui restait plus de larmes pour pleurer. Des endroits fréquentés par les putassiers et les ivrognes.

C'était vrai. Depuis qu'Aguilar, le patron du Pasapoga, lui avait dit que Carmen aurait été reconnue dans un bar d'entraîneuses de deuxième ordre, d'où il ne lui restait plus qu'à dégringoler la pente, encore et encore, jusqu'à ce qu'elle fût devenue un vieux débris, Antonio s'était mis à fréquenter ces bars, en quête de la piste qui le conduirait jusqu'à elle.

– Eh bien, c'est que ceux qui m'y ont vu les fréquentent aussi, fit-il, sarcastique.

Ils montaient vers le château comme des automates, les yeux baissés, chassés du ciel que fendaient les cigognes héraldiques et les anges aux épées de flammes.

– Et alors ? C'est tout ce que tu trouves à me dire ? Ta seule excuse c'est que d'autres font comme toi ?

– Je n'ai pas parlé d'excuses, Amparo.

Elle avait pris les devants, peu avant le sommet. Ses mollets, trop fins au goût d'Antonio, dévoilaient des muscles cachés, gisements de forces occultes sous son apparence de Vierge niaise. Sa voix devint provocante.

– Tu vas maintenant me dire que tu fréquentes ces endroits parce que tu t'es donné pour tâche de rédimer les putes de Madrid ?

Il n'allait rien lui dire de tel, même si elle était moins loin de la vérité qu'elle ne pouvait l'imaginer.

– Je le fais pour me saouler et pouvoir raconter mes peines à quelqu'un, dit-il sans non plus mentir tout à fait.

– Tu préfères les raconter à des putes que tu ne connais ni d'Ève ni d'Adam plutôt qu'à moi ?

Elle lui avait posé cette question en s'engageant sur un sentier qui contournait les barbacanes du château, le long d'un ravin. En contrebas, un arroyo ou un ruisseau chuchotait entre les rochers, en douce.

– Je préfère les raconter à n'importe qui plutôt qu'à toi, Amparo, dit-il charitablement. Je n'ai pas le droit de t'accabler de mes peines. Tu as déjà assez souffert.

Elle s'était arrêtée devant une poterne et, dans sa fièvre, appuyait son front contre une pierre effritée, pour chercher dans le froid humide un soulagement.

– Mais j'ai souffert pour toi, murmura-t-elle, se retenant de pleurer. Et j'aurais aimé souffrir avec toi.

Un vent s'était levé qui faisait presque claquer ses paroles comme claque dans les rafales le linge étendu.

– Je suis un chien galeux, Amparo, essaya-t-il de lui expliquer avec autant de sincérité que son imposture le lui permettait. Je ne veux pas que ma purulence t'infeste, qu'elle souille ton âme.

Elle releva le front, que le vent découvrit en secouant sa chevelure.

– Pourquoi, Gabi ? Ceux qui comme toi sont revenus de Russie ne font aucune difficulté à parler de leur aventure.

– Tu l'as dit, Amparo. Une aventure se raconte avec plaisir ;

une souffrance aussi, peut-être. Mais il y a une limite au-delà de laquelle on ne peut plus rien dire à personne, sauf peut-être à ceux qui ne comptent pas pour nous. Comment dire à quelqu'un auquel on tient que l'on a perdu son âme, que l'on est vidé, que l'on n'a plus rien à donner, même pas un peu de tendresse ?

Il mentait, à ce moment-là, mais pas sur la nature du mal qui le rongeait. Amparo se tourna vers lui. Il eut l'impression qu'elle allait perdre connaissance et tomber dans ses bras, mais elle leva brusquement les poings et se mit à lui taper sur la poitrine, emportée par le désespoir ou l'hystérie.

– Alors, si tu ne peux pas me donner de tendresse, traite-moi au moins comme tu traites tes putes ! Si tu ne peux m'aimer, au moins, désire-moi ! cria-t-elle, et ses larmes coulèrent alors en abondance, de même que ses imprécations insensées, à peine compréhensibles entre ses sanglots : – Maudit ! Sois maudit ! Maudite soit la Russie qui t'a à jamais ravi à moi, et moi, moi qui t'ai attendu, que je sois maudite !

Antonio la saisit par les poignets, pour arrêter les coups qui les faisaient chanceler tous les deux et menaçaient de les précipiter au fond du ravin.

– Ça suffit, Amparo. Regarde-moi dans les yeux, lui ordonna-t-il en faisant de son côté ce qu'il lui demandait, mais il ne vit dans le regard d'Amparo que de la fureur et de la déconvenue. Il se peut que tu ne le saches pas toi-même, mais tu ne m'aimes plus. Et c'est normal, je ne te le reproche pas.

Il fallait que ce soient eux qui fissent le premier pas ; il n'allait pas leur tendre le moindre piège, bien évidemment ; mais ils allaient devoir battre leur coulpe pour sa faute.

– Je t'ai trop aimé, Gabi, gémit-elle. Au point que j'ai parfois cru devenir folle. Quand on m'a annoncé que tu étais mort, j'ai voulu t'oublier, pendant des années, mais je n'ai pas pu, jusqu'à ce que…

Les cigognes héraldiques de Sigüenza glottoraient au loin, et le bruit de leurs becs était celui des cosses vides. Les anges aux épées de flammes frappaient d'estoc et de taille dans le vent, incapables de contenir leur allégresse.

– Jusqu'à ce que…

– Jusqu'à ce que Pacorris me sorte de l'abîme, Gabi. Jusqu'à ce qu'il me prenne dans ses bras. J'étais minée.

Et le remords, de son ver rongeur qui prenait tout son temps, n'avait depuis cessé de la miner. Mais, maintenant qu'elle avait enfin dit la vérité, une étrange quiétude semblait la gagner.

– J'étais prête à t'aimer de nouveau, Gabi. Et il était prêt à me perdre et à se sacrifier. Nous l'avions décidé d'un commun accord. Mais on ne peut pas continuer comme ça...

– Tu as raison, Amparo. On ne peut pas continuer comme ça.

Il l'embrassa avec un infini soulagement et avec miséricorde, honteux d'avoir provoqué cet accouchement douloureux, qui allait lui permettre de couver plus commodément son mensonge.

– Mais je te jure que jamais nous ne t'avons trompé. Jamais nous n'avons... balbutia-t-elle.

– Laisse tomber, Amparo. Laisse tomber. Tu n'as pas à te justifier, ajouta-t-il en lui tapotant doucement le dos. Je désire de tout cœur que vous soyez heureux. Tu ne pouvais mieux trouver. Pacorris est bien meilleur que moi.

Il les voyait, pendant toutes ces années, incapables de mener leur amour à son aboutissement naturel, tourmentés par le spectre de l'ami mort depuis des années, pris aux rets d'interminables fiançailles endeuillées. Peut-être, s'ils étaient allés jusqu'au bout de la trahison, s'ils avaient succombé à la faible chair, leur passion, après avoir flamboyé, se serait-elle éteinte ; mais cette passion captive n'avait fait que gagner en prix et en force, comme cela ne manque jamais de se produire quand les énergies vitales ne peuvent librement s'épancher.

Amparo le tenait encore dans ses bras, et ses derniers sanglots s'apaisaient.

– J'ai encore une chose à te demander, Gabi : quand tu m'as dit, en descendant du *Semiramis*, que pas un seul jour n'avait passé sans que tu penses à moi, tu mentais ?

– Absolument pas, affirma-t-il éhontément.

– Mais alors ? demanda Amparo, sans pouvoir comprendre.

– J'étais amoureux de l'idée de toi que j'ai emportée en Russie, comme tu étais amoureuse de l'idée que tu te faisais de moi quand je suis parti. Mais aimer une idée, c'est tout le contraire d'aimer quelqu'un de chair et de sang. Quand nous nous sommes retrouvés, les idées que nous nous faisions l'un de l'autre n'ont plus du tout coïncidé avec ce que nous étions devenus. En Pacorris, tu as quelqu'un de chair et de sang qui est réellement quelqu'un de bien.

Il lui sembla que son discours avait paru convaincant, même à ses propres oreilles. Tellement convaincant qu'il fut déconcerté à l'idée que l'image qu'il s'était faite de Carmen pendant toutes ces années n'avait probablement plus rien à voir avec la femme qu'il retrouverait peut-être changée en vieille ruine. Les créneaux du château, qui se découpaient sur le couchant rutilant, lui montraient, moqueurs, leur sourire cynique auquel manquaient quelques dents.

– Pacorris a obtenu son doctorat à Valladolid, lui annonça Amparo tandis qu'ils redescendaient en direction de la cathédrale.

– J'ai toujours su qu'il l'obtiendrait, il est le meilleur, répartit Antonio, flatteur. Il faut que je l'appelle pour le féliciter. Plutôt deux fois qu'une.

C'était aussi pour lui un moment en quelque sorte faste, même si tout ce qui lui arrivait dans sa vie d'emprunt, jusqu'aux choses les plus encourageantes et libératrices, revêtait inévitablement les oripeaux de la plus misérable tristesse, comme il devait en aller pour quelqu'un qui ne pouvait avoir que des relations superficielles ou crûment sexuelles et ne pouvait s'autoriser avec autrui guère plus que des échanges tronqués sans affection véritable, ou des échanges de fluides dépourvus de tout réel sentiment.

C'étaient ces derniers qu'il trouvait dans l'appartement en face du Retiro où il commença à se rendre assidûment, navrant les dégénérés qui se disputaient les faveurs de Paloma parce que, dès lors, elle les négligea, remit à plus tard leurs visites en présentant des excuses rocambolesques (pas aussi rocambolesques, toutefois, que les services qu'ils lui demandaient). En d'autres circonstances, le côté louche et intéressé de ce simulacre d'amour aurait pu le dégoûter, mais dans la vie d'emprunt qu'il menait l'expérience lui semblait appréciable, et même vaguement réparatrice. S'ils n'illuminaient pas son existence d'ombre, les moments passés avec elle parvenaient toutefois à revêtir un certain éclat, celui du voyant témoin qui s'allume en cas de panne et n'éclaire qu'un périmètre limité autour de lui, laissant le reste de la pièce dans une sorte de sfumato. Mais, pour sa vie d'ombre dans l'inconnu, ce pâle halo pouvait être une compensation satisfaisante. Il lui arrivait de trouver inopinément dans ses échanges avec Paloma un vestige de tendresse, trace d'humanité à peine perceptible, honteuse d'elle-même, comme si tout n'était pas corrompu en lui, et que subsistait dans la poussière une ultime réserve d'élan spirituel guettant le miracle du printemps. Paloma ne pouvait la découvrir, parce qu'elle ne s'y intéressait guère, mais une autre femme pourrait le faire, plus tard, peut-être Carmen, même si elle n'était plus qu'une ruine, ou justement pour ça.

Tout en avançant à tâtons, il trouvait dans la routine le moyen de savoir où il mettait les pieds, et il acquérait ainsi une certaine étoffe qui comblait, ou du moins lui donnait l'impression de combler le vide de ses jours. Peu à peu, il se faisait au métier de transporteur : après avoir étudié la comptabilité de l'entreprise (dans laquelle il n'avait rien trouvé qui l'eût alerté) et le fichier des clients (resté quasi inchangé depuis l'immédiat après-guerre), Antonio commença à en assurer le fonctionnement, en se découvrant des dons d'organisateur insoupçonnés, peut-être issus de sa vie antérieure régie par les ruses et les précautions qu'impose l'instinct de conservation ; mais, tout compte fait, assurer le bon fonctionnement d'une entreprise et pouvoir disposer des fonds nécessaires en temps voulu n'a jamais été autre chose qu'un moyen de survivre. Bientôt, il connut parfaitement les circuits des camionneurs, les dates auxquelles étaient effectuées les livraisons, les marchandises transportées, les horaires des équipes, et il octroya des primes d'encouragement aux employés les plus efficaces et les plus soucieux de l'avenir de la compagnie. Il ne quittait le garage du Paseo de Extremadura qu'à la tombée de la nuit, après une journée de douze heures (il n'est pour voir que l'œil du maître) et, avant d'aller se coucher, il s'attardait dans l'un des endroits mal famés qui lui avaient valu la réprobation d'Amparo, avec l'espoir – toujours plus déclinant – d'y obtenir une information sur le sort de Carmen en abreuvant des entraîneuses que l'infortune avait réduites à moins que rien, et auxquelles il ne restait plus d'autre ressource que de dégringoler et de dégringoler encore la pente. Pas une ne lui fournit le moindre renseignement qui eût pu le guider, et il commença à se dire que Carmen avait dû fuir Madrid après sa rencontre avec Cifuentes au Pasapoga. Il se plaisait à l'imaginer dans une province lointaine de la meseta, un patelin isolé où elle aurait réussi à échapper au destin fatidique qu'Aguilar lui avait tracé, et ce sans se cacher que, si elle avait refait sa vie, il lui faudrait se résigner et renoncer pour toujours à elle. Se résigner également à refaire la sienne, à languir dans l'ombre ou tout juste éclairé par la pâle lueur que lui dispensait Paloma.

Il prit l'habitude de se rendre chez elle après sa journée de travail et ses recherches infructueuses dans les bordels et les maisons closes ; comme il était toujours bien accueilli, il restait dormir avec elle presque toutes les nuits. Paloma n'était effectivement pas possessive et n'éprouvait pas le besoin de savoir ce qu'il faisait ou ne faisait pas ; par ailleurs, elle lui rendait la vie plus facile, comme elle l'avait fait pour le père de Mendoza pendant des années. Elle n'éprouvait pas non plus la moindre gêne à tenir auprès de celui que l'on prenait pour son fils le rôle qu'elle avait tenu auprès du père. Au contraire, elle semblait considérer cette transition comme toute naturelle, peut-être parce qu'elle estimait que la rente viagère que le père de Gabriel lui avait assurée impliquait certaines obligations à vie, bien que, en vérité, elle ne semblât pas voir dans ses ébats avec Antonio des obligations, mais plutôt d'agréables faveurs. Antonio, qui dans sa vie antérieure avait été régi par les lois du milieu, n'aurait jamais pu concevoir l'existence de semblables amoralités et anormalités, et moins encore que l'on pût les revêtir d'admonestations et de respectabilité. Il découvrait que les codes bourgeois sont beaucoup plus crapuleux et sournois que ceux des délinquants et des marlous qui, à côté d'eux, paraissent presque respectables. S'il était vrai que, comme le prétend le dicton, qui vole un voleur a cent ans de pardon, alors, se disait-il, qui vole une crapule pharisienne doit en avoir au moins mille, et il justifiait ainsi son imposture. Il lui arrivait, après leurs étreintes, d'essayer de découvrir en Paloma quelque trace de scrupule.

– Dis, franchement, ça ne te rebute pas un peu d'être avec moi après avoir été tant d'années avec mon père ?

Du fond des brumes chaudes de la somnolence, elle lui répondit d'une voix pâteuse :

– Ne dis pas de bêtises ! Tant que ça ne te rebute pas, toi… Puis elle se pelotonna contre lui, et posa la tête sur sa poitrine : – Vous êtes mes protecteurs, chargés de veiller sur moi de génération en génération.

Et elle s'endormit, d'un paisible sommeil animal, en glissant une jambe sur celles d'Antonio, qui attendit que sa respiration devienne régulière et sonore, presque un ronflement. Alors, il écarta la jambe de Paloma qui, par quelque mystère de la physique, pesait presque autant que Paloma tout entière, et il se glissa subrepticement hors du lit, pour aller chercher le magot décrit par le père de Mendoza, et dont il commençait à se demander s'il était bien réel. Les cachettes ne manquaient pas dans l'appartement, mais il était difficile de croire que Paloma ne l'eût pas découvert, même par hasard. L'endroit avait quelque chose d'un bunker où l'on aurait tout prévu pour tenir pendant tout un hiver, ou pendant la durée d'un siège aussi long que celui de Leningrad : le vestiaire était plein de vêtements pour les quatre saisons ; sur les rayonnages de la dépense s'alignaient, comme dans un économat, les vivres les moins corruptibles, des kyrielles de bocaux et de boîtes de conserve, ainsi qu'une réserve de vins d'années et de provenances diverses ; dans une chambre froide aussi grande qu'un catafalque et qui émettait un bourdonnement insomniaque viandes et poissons attendaient le dégel. Les placards et les tiroirs de la cuisine regorgeaient de vaisselle, de couverts et d'ustensiles dont certains restaient pour lui des énigmes ; et dans la pièce la plus fraîche et la moins grande de la maison, il y avait une pharmacie qui aurait pu rendre jaloux bien des dispensaires et des services des urgences, avec une panoplie complète de médicaments : à usage externe, à administrer par voie orale, ou intraveineuse ; les analgésiques les plus puissants et les antibiotiques les plus contrôlés et soumis aux restrictions les plus sévères. Seul un hypocondriaque doublé d'un accapareur compulsif avait pu avoir l'idée de rassembler autant de marchandises aussi hétéroclites, sans doute subtilisées parmi toutes celles que l'entreprise expédiait et recevait quotidiennement ; et Antonio allait devoir dénicher ce qu'il cherchait dans ce bric-à-brac de pie voleuse.

– On peut savoir ce que tu fais ? Allez, viens te recoucher.

Paloma se frottait les yeux et se déplaçait comme un pantin somnambule, sans plus penser à rouler des hanches.

– Je ne peux pas dormir. Je cherchais un somnifère, répondit Antonio. Tu sais s'il y en a, et où ?

Entre deux bâillements, Paloma se dirigea vers la pharmacie et presque à l'aveuglette prit un flacon de comprimés de couleur dissuasive et le lui tendit. Le sommeil alourdissait ses traits et engourdissait sa langue.

– Viens, allons dormir, insista-t-elle en cherchant sa main pour se laisser guider.

Antonio ne voulait pas la réveiller complètement. Il parla d'une voix sereine et posée.

– C'est insensé, cette quantité de bouffe, de médicaments et d'ustensiles de cuisine que tu as ici. Pourquoi mon père gardait-il tout ce bazar ? Pour l'écouler au marché noir ?

Paloma se secoua, pendant qu'ils regagnaient la chambre.

– Pff, Gabi, toujours cet esprit mal placé… Ton père avait ses bons côtés, tu sais. Tout ce bazar, comme tu dis, ce sont des cadeaux que lui ont faits ses clients, et avec ça, il rendait service.

– Quels services ?

– De petits cadeaux à ses employés, chaque mois une livraison à l'évêché, pour les pauvres. Ce que tu peux être soupçonneux, tout de même.

Là-dessus, elle bâilla une nouvelle fois, avalant ses derniers mots. Antonio se dit avec malveillance que si les dégénérés qui désiraient la regarder aller et venir en petite tenue hyperbaroque ou poser son cul sur des choux à la crème l'avaient surprise sous ce jour, les traits bouffis par le sommeil et l'haleine lourde, ils auraient vite été guéris de leurs perversions, à moins qu'elles ne s'en fussent aggravées ; comment savoir, avec eux ?

– Mais il doit y avoir dans la dépense de la nourriture périmée depuis belle lurette, dit-il encore, alors qu'ils venaient de se recoucher. Il faudra faire un tri sérieux.

– Ne compte pas sur moi pour ça, gémit Paloma de nouveau lovée contre lui, qu'elle avait coincé sous sa jambe pour l'empêcher de repartir vadrouiller. Mais samedi, quand tu seras seul ici, tu auras de quoi t'occuper.

Ce tri, qu'il considéra avec résignation comme un moyen de

désencombrer un peu l'endroit afin de pouvoir ensuite chercher plus facilement le magot, lui prit toute la journée. Il remplit une douzaine de grands sacs de nourriture, de médicaments dont la date de péremption était largement dépassée, d'une pléthore d'affaires inutiles ou superflues, ce qui décongestionna un peu les placards, la pharmacie et la dépense. Il était si absorbé dans son examen minutieux qu'il ne vit pas la nuit venir ; quand retentit la mélodie sous-marine de la sonnette, ses mains étaient noires de poussière et sa chemise trempée de sueur. Mais il se dit que les types auxquels le père de Mendoza avait eu affaire ne devaient pas être des chichiteux susceptibles de s'inquiéter de son aspect. Il courut ouvrir la porte.

– Bonsoir, Gabriel. Enfin, nous nous rencontrons.

Antonio s'était imaginé une arrivée en groupe, mais il ne vit sur le palier qu'un seul homme, bien enveloppé, en costume, qui avait tout d'un inspecteur des finances ou d'un contrôleur de gestion. Il était rasé de frais, ses joues luisaient comme s'il venait d'y appliquer une lotion, pareilles à ses fesses de bébé. Ses petits yeux trop rapprochés n'étaient pas proportionnés au large ovale rosé de son visage.

– Vous me pardonnerez de vous recevoir comme ça, s'excusa Antonio. Je faisais un peu de rangement.

L'homme le regarda un instant avec une sorte de perplexité dédaigneuse, apparemment surpris que l'on pût s'occuper de tâches domestiques aussi subalternes, ou pensant peut-être que s'en charger était une offense à la dignité masculine, mais cette perplexité initiale fut effacée par un sourire qui allait rester inaltéré tout au long de leur entretien.

– Mais non, mais non, il n'y a rien à pardonner, fit-il en tendant une main jaune de nicotine qu'Antonio serra après avoir essuyé les siennes sur son pantalon. Ma femme me demande toujours de lui donner un coup de main, à la maison, mais j'essaie autant que possible de me défiler ; bien sûr, ça ne marche pas à tous les coups, surtout quand elles ont de la suite dans les idées.

Il parlait sans faire de pause, avec une désinvolture sympathique, comme s'il passait un examen d'aménité et considérait qu'il avait déjà son diplôme en poche.

– Asseyez-vous, je vous en prie, lui dit Antonio quand il l'eut conduit dans l'abominable salon tropical. Aimeriez-vous boire quelque chose ?

L'homme demanda du cognac, peut-être impressionné par le nombre et la diversité des bouteilles alignées sur les supports de verre. Il ouvrit un étui à cigarettes en argent et se servit en redonnant libre cours à sa loquacité.

– Peut-être ne te souviens-tu pas de moi, mais ton père nous a présentés l'un à l'autre, il y a de nombreuses années. À cette époque, j'étais détaillant, et dans la dèche, soupira-t-il, évoquant avec une douce mélancolie le temps de ses débuts. Ton père m'a appris que, dans les affaires, il ne faut jamais être à court d'ambition, et sans son aide je ne m'en serais jamais sorti.

Il jouait avec la fumée de sa cigarette sans l'avaler, dessinant en l'air volutes et arabesques. Bien qu'il n'eût pas spécifié ce qu'il vendait au détail dans sa jeunesse, ni quel genre d'ambition commerciale lui avait donné le père de Mendoza, Antonio perçut immédiatement le caractère délictueux de ce dont il parlait avec une sorte de frivolité, parce que cette manière de faire allusion à des activités illicites en se servant d'euphémismes plaisants était pareille à celle qui était de rigueur dans le milieu des petits délinquants et des marlous, même si le code des grands scélérats était beaucoup plus sibyllin.

– Il est vrai que vous me rappelez beaucoup quelqu'un... dit Antonio, en adoptant l'attitude du convalescent à la mémoire un peu troublée qui lui avait si bien réussi jusqu'alors. Mais je n'arrive pas à mettre un nom sur votre visage.

– Demetrio, un nom inoubliable, fit l'homme avec un rire de ventriloque qui le fit se tordre, et sa bedaine mollassonne tressauta. Mais quand on nous a présentés, j'étais filiforme, aussi ne puis-je t'en vouloir de ne pas me remettre. Et puis, après treize ans en Russie, tu dois avoir oublié bien des choses...

– Pas toutes. Mais c'est du passé, et n'en parlons plus, fit-il pour s'épargner les embarras des remémorations.

En général, les conversations d'affaires commencent par des considérations sur le temps, le coût de la vie, ou autres vétilles qui servent à introduire les discussions purement commerciales, mais Demetrio parla d'emblée d'une manière énigmatique des

Américains, et Antonio mit quelques minutes à comprendre que l'affaire qu'il était venu lui proposer était sur le tapis.

– Tu as dû lire dans les journaux de la semaine passée que la sixième flotte américaine a fait escale à Barcelone, mais sais-tu combien ces grands paillards ont dépensé en putes ? demanda-t-il.

Antonio fronça les sourcils pour lui indiquer qu'il n'en savait rien ou qu'il ne voyait pas où il voulait en venir.

– L'équivalent d'un million de pesetas ! On n'avait jamais vu ça, au Barrio Chino. Ces polissons ont de l'argent plein les poches, et ils aiment le dépenser pour se passer tous leurs vices. Alors, qu'en dis-tu ?

– J'en dis qu'ils auraient pu laisser quelque chose pour les missions, répondit Antonio, provoquant l'hilarité de Demetrio et, comme il ne comprenait pas encore très bien de quoi il retournait, il fit un nouvel emprunt à Cifuentes : – Comme Franco est décidé à donner à Eisenhower tout ce que celui-ci voudra et plus encore, nous finirons par être le bordel des Yankees.

Demetrio se mit à transpirer ; les diatribes antiaméricaines lui portaient visiblement sur les nerfs.

– Arrête ton char, Gabriel. Pour nous, c'est pain béni que les Américains veuillent nous faire entrer dans la danse, affirma-t-il, après quoi sa voix claironnante devint brusquement douce et discrète : – Les États-Unis sont une grande démocratie qui veut renforcer ses échanges commerciaux avec l'Espagne. Et quand je parle d'échanges commerciaux, je pense aux nôtres, bien entendu.

Antonio cligna des yeux, stupéfait. Avant que Demetrio ne le prenne définitivement pour un crétin, il voulut en avoir le cœur net.

– Voyons si je comprends bien, parce qu'il y a très longtemps que je suis hors circuit. De quoi parlons-nous exactement ?

Demetrio épongea la sueur de son front et de ses joues avec son mouchoir, en regardant à droite et à gauche comme pour s'assurer qu'ils étaient bien seuls. Puis il reprit la parole d'une voix pleine de fougue et pourtant enveloppée d'une sorte de mystérieuse émotion.

– D'héroïne. Tu me reçois ?

C'était beaucoup dire, aussi prit-il la tangente.

– D'héroïne, rien que ça !

– C'est un dérivé de la morphine, que l'on extrait de l'opium, expliqua Demetrio, qui n'était pas tombé de la dernière pluie, avec une certaine condescendance. La morphine, tu la connais bien, inutile de te faire un dessin. Mais on devient beaucoup plus vite dépendant avec l'héroïne, les Américains en sont fous et sont capables de payer n'importe quoi pour s'en procurer, affirma-t-il, et ses yeux brillèrent de l'éclat que donne le sens des affaires. Ces dernières années, ce sont les Français qui s'en sont mis plein les poches : l'opium leur arrive du Moyen-Orient, ils le synthétisent dans leurs laboratoires clandestins, puis ils l'expédient aux États-Unis via les ports de Nantes et du Havre, bases des grands transatlantiques. Mais, ces derniers temps, Interpol et la gendarmerie française ont intercepté des envois importants et démantelé un réseau primordial. C'est là que nous entrons en scène.

– Il faut faire entrer l'héroïne en Espagne ?

Demetrio parut enchanté qu'Antonio eût tout interprété aussi facilement.

– Pas seulement. Il faut arriver à l'envoyer aux États-Unis. Un kilo d'héroïne coûte en France cent mille pesetas ; les mafias américaines sont prêtes à le payer le triple. Voilà ce que sera, à peu près, notre marge bénéficiaire. Bien entendu, là-dessus, il faut décompter les frais de transport, de fret et de pots-de-vin, qui sont à notre charge. Mais la marge reste alléchante.

Pour le démontrer, il saisit un journal qui traînait sur la table, fit quelques calculs, nota dans les marges certains chiffres qui durent lui sembler prometteurs, parce qu'une nouvelle euphorie s'inscrivit sur ses traits.

– Les plus grosses dépenses courent sur mon compte, puisque je me charge d'affréter le bateau et de graisser la patte aux autorités portuaires de Vigo. Toi, tu devras transporter l'héroïne de Nice, où se trouvent les laboratoires, jusqu'à Vigo, et t'assurer qu'à Hendaye, à la frontière, on ne nous fera aucun ennui.

Antonio s'efforçait de partager son optimisme, mais il n'y voyait pas encore très clair, un peu saoulé par les jongleries de chiffres de Demetrio.

– À Hendaye, nous avons un agent des douanes sur lequel on peut compter.

– Et dont on me dit qu'il fait très bien son travail. Mais je t'avertis que les Français ne font pas de cadeau, et ton agent devra arroser les deux côtés de la barrière. Compte qu'entre une chose et l'autre, la moitié de ton gain va y passer, annonça-t-il en recommençant à suer, mais maintenant sous le coup de la cupidité. Il te restera tout de même une jolie marge, à peu près dix mille pesetas par kilo. Cette fois, nous allons faire passer cent kilos, ce qui te rapportera un million net. En dollars, de plus, avec moins de risques de dévaluation.

Il laissa le chiffre flotter dans l'air, bercé par les volutes de fumée de sa cigarette. Antonio supposa que Demetrio y gagnait bien davantage, mais il ne voulut pas marchander ; toutefois, pour ne pas avoir l'air de se laisser convaincre trop facilement, il émit une objection.

– Mais je suppose que tous les fonctionnaires des douanes ne se laissent pas suborner aussi facilement…

Demetrio écrasa le mégot dans le cendrier et agita ses doigts, se complaisant dans ses dons divinatoires.

– Il y en a d'incorruptibles, aussi incroyable que ce soit. Mais pour être incorruptible, il faut aussi être un peu niais, et les niais se laissent avoir plus facilement, remarqua-t-il en cherchant l'assentiment d'Antonio avec un sourire suffisant. L'héroïne sera cachée dans des poupées.

– Des poupées ? répéta Antonio, déconcerté.

– Oui, d'horribles poupées de carton que fabriquent les grenouillards, s'esclaffa Demetrio, dont la bedaine tressauta de plaisir. Tu sais, dans le fond, les Américains sont des parvenus qui ouvrent des yeux comme des soucoupes devant la moindre merde qui leur vient de France. En ce moment, les gamines des familles américaines aisées sont folles de certaines poupées fabriquées là-bas, et elles les collectionnent ; il y a une Chinoise avec un chapeau comme ces abat-jour, un petit nègre qui se fend la gueule, un Mexicain avec son sombrero, et ainsi de suite, il leur faut tous les modèles, et comme elles ont une très grosse tête et qu'elles sont creuses, on ne pourrait trouver mieux pour cacher l'héroïne.

Demetrio resta un moment silencieux à contempler d'un air moqueur la décoration de la pièce. Antonio fit de son mieux pour se montrer professionnel et expéditif.

– Où et quand faudra-t-il aller chercher ces poupées ?

– À Nice, le 15 septembre. Le bateau partira de Vigo le 17 au matin, de très bonne heure. On te précisera tout ça bientôt. Pendant ce temps, prépare tout.

Antonio sentit qu'il s'aventurait en terrain mouvant, dont il ignorait tout.

– Faut-il mettre les camionneurs au courant ?

– À toi de voir, mon garçon, dit Demetrio. Ton père ne leur a jamais rien dit, mais chacun son truc. Tu dois savoir à qui tu peux te fier.

– Je vais m'en tenir à la recette de mon père, dans ce cas, décida Antonio.

Demetrio acquiesça, satisfait. Il se tapota le ventre des deux mains, imita un petit roulement de tambour, et avala d'un trait son verre de cognac, comme s'il scellait ainsi le pacte. Antonio fit de même.

– Sage décision, Gabriel. Moins de gens sont au courant, plus les chances de réussir sont grandes. Sur ce chapitre, ton père était un véritable lynx, et je vois que tu prends le même chemin.

Antonio sourit, flatté.

Bon sang ne peut mentir, fit-il, vantard.

– Dans ces affaires, comme en toute chose, le respect des traditions familiales est le plus important, décréta Demetrio, les mains croisées sur sa bedaine comme un prélat. Il fut un temps où tu te payais de grands mots en répétant que dans la vie il faut être intègre et en traînant ton pauvre père dans la boue, mais je vois que le séjour en Russie t'a remis les idées en place.

Il se leva pesamment du sofa, et sa tête heurta la cassolette dans laquelle Paloma brûlait ses résines orientales.

– Complètement, lui confirma Antonio en se levant à son tour, prêt à le raccompagner.

– Et, pour ne pas déroger aux traditions familiales, tu t'es mis à la colle avec la maîtresse de ton père, pas vrai, vaurien ? demanda-t-il en envoyant un coup de coude dans les côtes d'Antonio. Sacrée femelle, cette Palomita. Elle faisait grimper ton père au rideau. Je crois que s'il pouvait te voir, d'où il est, il serait fier de toi.

Antonio le regarda fixement, en essayant de discerner, à l'expression de Demetrio, si c'était là de la sincérité sordide ou du cynisme encore plus sordide, mais le visage poupin de son visiteur était brusquement devenu impénétrable.

– Ça ne fait pas le moindre doute, Demetrio.

Il le regarda descendre l'escalier en oscillant comme un plantigrade, puis il sortit sur le balcon pour le voir partir. Sur le trottoir d'en face l'attendait un chauffeur du même gabarit que lui, qui courut lui ouvrir la portière d'une voiture aussi somptueuse qu'un carrosse et aussi silencieuse qu'un reptile. Quand la rue fut de nouveau déserte, Antonio leva les yeux sur le parc du Retiro où avait été enterré le minable larron de jadis, esclave de ses craintes et de ridicules codes d'honneur. Et tandis qu'il songeait à ce pauvre petit malfrat, il se sentit comme porté au pinacle, aseptiquement coupé du monde, possédé de l'euphorie sereine du criminel parvenu sur les hauteurs olympiennes d'où, quand il essaie d'examiner ses victimes, il n'aperçoit plus que de petits points noirs, aussi minuscules que des fourmis.

Son euphorie n'avait fait que croître pendant les semaines suivantes, tandis que se rapprochait la date à laquelle il était prévu d'aller chercher la drogue, et que les préparatifs avançaient. C'était une sensation qu'il n'avait encore jamais éprouvée, une sorte d'ivresse de lucidité (si la contradiction est admissible) qui le maintenait dans un perpétuel état alerte, où toute fatigue était suspendue, proche de cette trépidation intérieure qui anime le joueur quand, après être resté enfermé dans un tripot pendant des jours, sans dormir ni faire un vrai repas, il sent son intelligence s'émanciper de son corps las, devenir plus pénétrante et plus aiguë que jamais. Et, comme il arrive au joueur à qui seule importe la partie de cartes dans laquelle il est engagé, cette nouvelle forme de clairvoyance dont Antonio n'avait encore jamais fait l'expérience était entièrement centrée sur le plan qui prenait forme lors des réunions du samedi avec Demetrio, tandis que la réalité environnante se perdait dans les brumes. Il avait l'impression d'être entré dans un long tunnel où, à mesure que l'obscurité se faisait plus épaisse, son attention se concentrait sur la ligne discontinue qui défilait dans la lumière des phares, à l'exclusion du reste du monde.

Tout se déroula comme prévu : l'héroïne traversa la frontière à Hendaye, cachée dans les poupées dont s'étaient toquées les fillettes américaines de famille aisée, devant des fonctionnaires impassibles aveuglés par un arrosage généreux, et elle poursuivit sans encombres son voyage jusqu'à Vigo, où elle fut remise à temps comme convenu aux acolytes de Demetrio chargés de régler les formalités portuaires. Pendant toute la durée du transport, Antonio resta collé au téléphone, veillant aux moindres vicissitudes, et quand enfin Demetrio lui confirma que le bateau dans lequel on avait embarqué la came venait d'appareiller pour l'Amérique, l'euphorie tranquille qui l'avait jusqu'alors enivré se changea en une sorte de satiété magnanime : il passa auprès de Paloma tout le temps qu'il put, après le lui avoir mesuré strictement pendant cet épisode ; il accorda une augmentation à ses employés (et une gratification spéciale aux camionneurs qui avaient transporté la drogue en croyant qu'il s'agissait de simples poupées), et il eut même le courage d'appeler Cifuentes pour le féliciter d'avoir obtenu son doctorat à l'université de Valladolid, et pour ses fiançailles officielles avec Amparo, ce qu'il n'avait pas encore eu l'aplomb de faire. Le succès de l'opération lui donnait un enthousiasme insolent, que n'arrêtait même pas le respect dû à autrui, et il n'éprouva pas le moindre embarras à accepter l'invitation à dîner de Cifuentes le jour où Demetrio devait passer le voir chez Paloma pour lui remettre sa part des gains.

– Détrompe-toi, Gabi, ici tout a commencé à aller de travers quand, la croisade à peine couronnée de succès, on a omis d'imposer les trois postulats fondamentaux de la doctrine économique de José Antonio : nationalisation des banques, nationalisation du sol, et nationalisation de l'industrie, énuméra Cifuentes avec son ardeur guerrière habituelle. Il n'y a pas d'autre moyen de démonter le système capitaliste. Tous les autres ne sont que chansons et demi-mesures.

Cifuentes lui avait donné rendez-vous à la Gran Peña, un club privé dont il était membre, où on leur avait réservé une table dans une bibliothèque qui croulait sous des pavés que personne ne lisait jamais. On sait que le meilleur moyen de garder un secret, en Espagne, est de le publier dans un livre.

– J'ai bien peur qu'il ne soit trop tard, Pacorris, rétorqua Antonio. Je me demande qui aurait le culot de s'y coller maintenant que les Américains font la loi. Ici, tout le monde préfère enfouir sa tête dans le sable et s'en mettre plein les poches.

Le repas, qui était supposé dissiper les malentendus et restaurer la vieille amitié, avait commencé grippé et claudiquant, les deux convives campés sur leurs positions, peu fiers d'eux-mêmes et suspicieux, mais la discussion politique avait vite mis de l'huile dans les rouages. Cifuentes croyait encore à la vigueur du phalangisme originel.

– Il suffirait de reconnaître ses erreurs et de s'amender, il est encore temps de faire marche arrière.

– Il faudra d'abord savoir ce que sont ces erreurs, ironisa Antonio, et il me semble que si on les dénombrait, cette bibliothèque n'y suffirait pas.

Un serveur pâle aussi raide qu'une momie vint changer leurs assiettes et leur verser du vin. Antonio avait à peine touché à la nourriture ; Cifuentes, en revanche, semblait atteint d'une voracité pantagruélique.

– C'est là que tu te trompes, Gabi, elles pourraient être ramenées à trois erreurs majeures.

– Trois seulement ! Mais tu es un maître de la synthèse !

Cifuentes essuya les commissures de ses lèvres avec la serviette qu'il avait nouée à son cou, en bavoir. La tache de son visage semblait s'être étendue, comme chaque fois que la conversation le stimulait.

– Il faudrait en premier lieu remettre en activité le SEU et le Front des jeunes du Mouvement national. Ce sont les viviers de la Phalange, et les ennemis de l'intérieur et de l'extérieur qui ont tout fait pour hâter leur agonie le savent bien.

– Franco les a laissés faire.

– Avec lui, on a fait entrer le renard dans le poulailler, fulmina Cifuentes. Tout ce qu'il voulait, c'était rétablir les relations politiques et commerciales avec les vainqueurs, et il a peu à peu relégué les plus loyaux, pour faire place à toute cette racaille de monarchistes, de démocrates chrétiens et de bigots dont nous avons parlé en d'autres occasions, lança-t-il avec une grimace de dégoût. Ils aiment se donner le nom de « technocrates » mais ne sont que les dynamiteurs du régime au service des puissances étrangères et, pour parvenir à leur fin, ils doivent faire barrage à ceux qui pourraient encore défendre les postulats de José Antonio. Il faudrait que tu voies ce que ça donne dans les deux milieux que je connais, l'université et le corps médical. Les associations des étudiants sont contrôlées par les rejetons monarchistes et les fils à papa républicains, et l'enseignement est mis entre les mains de cryptocommunistes et de fayots pseudo-catholiques. Un véritable désastre.

– Et tu as pourtant obtenu ton doctorat…

– Oui, au prix de quitter Madrid, ne t'y trompe pas. C'est un exil dans les règles, affirma-t-il, passant brusquement de la colère à la gravité. Ils ne supportent pas d'avoir dans leur département un type qui a été sous-lieutenant pendant la croisade de libération nationale, puis dans la División Azul. Ils considèrent que c'est une tache sur leur blason. Et tu verras qu'à Valladolid on va me faire une vie impossible.

Antonio se souciait de toutes ces combines et ces querelles politiques comme de sa première chemise, mais il ne pouvait s'empêcher d'éprouver une sorte d'admiration pour Cifuentes, qui s'entêtait à défendre des couleurs dont les notabilités se servaient pour se torcher, après les avoir revêtues avec pompe, quand leur profit personnel l'avait exigé.

– Alors, la première erreur du régime est d'avoir laissé les technocrates refouler les forces vives et loyales de la nation. Et la deuxième ?

– La deuxième, c'est la corruption. Partout où il y a encore un homme honorable, le système le flatte, lui octroie quelques privilèges en lui faisant comprendre que sa prospérité matérielle et professionnelle dépend de sa soumission. Ceux que l'on a subornés et asservis sont légion…

Ce n'était pas nouveau pour Antonio, qui avait dû distribuer des dessous-de-table à droite et à gauche pour que son camion ne fût pas intercepté au poste frontière d'Hendaye. Peut-être Cifuentes était-il en train d'attribuer la décomposition du régime à ce qui n'était qu'une des tares de la nature humaine.

– Et tu crois qu'il n'y avait pas de corruption avant ? lui demanda-t-il, sceptique.

– Il y en a toujours eu, Gabi, mais celui qui y trempait devait le cacher, s'il ne voulait pas être montré du doigt dans la rue, répondit Cifuentes en faisant un sort à son morceau de filet sans lui laisser le moindre répit. Alors que maintenant, on s'en vante et on parade en faisant étalage des richesses obtenues aux dépens de la prospérité des autres. Ces parvenus sont désormais des modèles à suivre pour les plus démunis, qui croient que s'ils ne s'en mêlent pas à leur tour ils n'auront jamais voix au chapitre. On a réussi à donner aux honnêtes gens le sentiment qu'ils sont des perdants.

Antonio s'agita sur son siège. S'il ne tenait pas particulièrement à faire la roue comme un paon, il tenait encore moins à être montré du doigt. Il tenta de couper court à la leçon de Cifuentes.

– J'ai compris. Et la troisième erreur ?

– Elle est la conséquence naturelle de la deuxième. Le régime a permis que l'on brime et que l'on écarte ceux qui ne se laissent pas acheter. Ou tu passes par où ils le veulent, ou tu ne passes pas, trancha Cifuentes qui, comme la plupart des incorruptibles, finissait par tenir le langage des victimes. En fait, ces trois erreurs tiennent à l'histoire de Caïn et d'Abel : les méchants finissent par détruire tout ce qu'ils trouvent de bon sur leur chemin, parce qu'ils savent qu'aussi longtemps que survit le moindre vestige de bonté, la seule existence d'un tel vestige les accuse.

Il ne se trompait pas. À mesure que le repas se déroulait, Antonio sentait grandir en lui la même haine qu'avait nourrie Caïn.

– Mais ces erreurs ne peuvent plus être réparées, Pacorris. Même si José Antonio revenait parmi nous, ce ne serait plus possible, dit-il abruptement.

Cifuentes le regarda avec une commisération abasourdie.

– Qui l'eût cru. Tu es devenu un défaitiste, Gabi.

Mais Antonio ne pouvait souffrir d'être sali par cette commisération, pas plus qu'il ne pouvait souffrir la présence accusatrice de Cifuentes, sa probité, sa bonhomie, sa loyauté envers des idéaux en déclin. Il s'efforça de ne pas trop laisser transparaître son ressentiment.

– Tu as peut-être raison. Peut-être est-ce pour ça que j'ai préféré qu'Amparo soit tienne. Je crois qu'elle mérite le meilleur, et tu es de loin meilleur que moi, concéda-t-il, mais sans pouvoir s'empêcher de lui porter un coup bas : – Même si, comme tu le sais sans doute, c'est celui qui aime le plus qui est le plus prompt au renoncement.

Le poids de la culpabilité fit tomber sur le visage de Cifuentes un rideau livide.

– Gabi, je t'assure que…

– Non, non, ne dis rien, l'interrompit-il sans hésiter, de peur que son odieux reproche ne le poussât à se dédire. Les choses sont arrivées comme elles devaient arriver. Mon renoncement a été sincère, je crois que le bonheur d'Amparo est plus important que tout, et qu'elle n'avait pas à supporter l'épave qui est revenue de Russie, déclara-t-il en froissant sa serviette et en feignant une amabilité onctueuse. Mais oublions les peines. Quand pensez-vous vous marier ?

Son sourire froid semblait être produit par deux fils qui auraient tiré sur ses joues. Cifuentes se contenta de ce simulacre.

– À Noël, si tout va bien. Je vais aller à Valladolid, où je dois prendre la semaine prochaine possession de ma chaire, et je reviendrai à la fin du trimestre pour les noces, expliqua-t-il, avant de pincer les lèvres, embarrassé, et de balbutier : – Tu es invité, bien entendu, aussi bien Amparo que moi aimerions beaucoup que tu sois notre témoin…

Antonio ne fit pas un geste, alors que la proposition candide de Cifuentes aurait mérité, à son avis, un poing dans la gueule, s'il avait jamais éprouvé quelque chose pour Amparo.

– Je vous remercie, mais non, ne m'en veuillez pas, répondit-il, le front toujours serein. Je crains de passer un mauvais moment. Mais, c'est promis, je vous enverrai un cadeau. Et, quand vous serez installés à Valladolid, je vous ferai une petite visite à l'improviste.

Il se doutait bien que cette visite n'aurait jamais lieu, parce qu'il n'avait pas la moindre envie d'approcher de trop près une vie conjugale qu'il subodorait odieusement heureuse. Cifuentes hocha la tête avec un chaleureux soulagement et la conscience tranquille. Ils se quittèrent dans la rue, sur une accolade dans laquelle Cifuentes essaya de caser d'innombrables années d'amitié avec Gabriel, juste devant le siège du Secrétariat général du Mouvement, où il avait rencontré Antonio. Avant que Cifuentes eût pu ajouter un mot, Antonio s'était éloigné sans se retourner en esquivant, bousculant, devançant des dizaines de passants, noyé dans le tumulte de tous ceux qui rentraient chez eux, pressés et anxieux, population en déroute accablée ou frustrée de ne pouvoir partager la prospérité instaurée par les technocrates, noyé également dans le tumulte de ceux qui sortaient alors des théâtres, aussi imbus d'eux-mêmes que des paons qui font la roue, satisfaits de s'être laissé corrompre. Des prémices de l'automne se répandaient dans l'atmosphère d'une tiédeur bénigne, après un été ravageur qui avait fait de Madrid un véritable four. Il pressa le pas, pour arriver le plus tôt possible avant Demetrio, qui devait passer vers minuit, comme convenu ; bien qu'il continuât, en l'absence de Paloma, d'employer ses samedis à chercher le magot caché du père de Gabriel, cette tâche commençait à lui paraître aussi absurde et exaspérante que la chasse à la tarasque. Il avait déjà vidé et remis en ordre placards et armoires, tiroirs et étagères, et maintenant il démontait les meubles et les têtes de lit, en espérant trouver un double fond ou une cache, mais c'étaient de vains espoirs, doublés de l'obligation de tout rappareiller. Malgré lui, il devenait un bricoleur expert. La sonnette se fit entendre.

– Je ne sais comment tu te débrouilles, Gabriel, mais je te trouve toujours en train de briquer l'appartement, lui dit Demetrio en guise de bonjour, et avec un sarcasme certain. Quand ce n'est pas du nettoyage, c'est du bricolage. Je commence à me dire que Paloma t'a réduit en esclavage.

Antonio le fit passer dans le salon au décor tropical. Demetrio se laissait piloter avec la majesté d'un prince en tournée d'inspection dans les domaines de ses sujets. Il s'affala sur le sofa oriental comme un paquetage fatigué par des traversées transatlantiques.

– Elle a un contingent d'esclaves plus que suffisant, dit Antonio, d'humeur blagueuse. Il faudrait que je me mette dans la file d'attente et, pour comble, ils la paient pour être enchaînés.

Demetrio rit, et sa bedaine se joignit aussitôt aux réjouissances, en une sorte d'applaudissement sourd. Il tira de la poche intérieure de son veston une enveloppe de papier kraft qu'il lança à Antonio sans crier gare.

– Prends ça, et trêve de jérémiades. Tu vas toi aussi pouvoir lui donner ce qu'il faudra.

Antonio ouvrit l'enveloppe et y trouva une épaisse liasse de billets de cent dollars, avec la binette campagnarde et maçonnique de Benjamin Franklin.

– Tu peux compter, si tu veux, dit Demetrio, encourageant.

– Arrête, je te fais confiance, prétendit Antonio.

Il n'avait jamais vu de sa vie des billets américains, et il était surpris de les découvrir si petits, comme s'ils avaient rétréci au lavage.

– Alors, c'est pour quand, le prochain coup ? demanda-t-il en lui servant un verre du meilleur des cognacs du meuble bar, comme il le faisait chaque fois qu'ils se retrouvaient.

Demetrio l'examina avec curiosité, essayant apparemment de découvrir en lui les symptômes d'une fièvre non répertoriée.

– Mollo, Gabriel ! Ne sois pas anxieux comme ça, on dirait que tu es en manque, s'exclama Demetrio en avalant d'un trait le contenu de son verre, selon son habitude. Il ne faut pas non plus saturer le marché. Laisse courir le bruit que les Espagnols sont des gens sérieux auxquels on peut se fier, et dans quelques mois les Américains nous mangeront dans la main. Dans ce genre d'affaire, un peu de patience paie toujours.

Bien qu'il n'osât pas les compter en présence de Demetrio, il ne pouvait s'empêcher de jouer avec les billets, de les déployer en éventail comme des cartes à jouer.

– Dis-moi, Demetrio, pendant toutes ces années, vous avez toujours travaillé, mon père et toi, avec de telles marges bénéficiaires ?

Demetrio sourit en affichant la condescendance que l'on réserve aux néophytes, puis il ferma les yeux pour retrouver le passé en songe.

– Non, loin s'en faut, ne dis pas de bêtises. Pour en arriver là, il a d'abord fallu s'appuyer des petits boulots. Comme dans toutes les autres corporations, on commence par des emplois sans grande envergure et l'on gravit ensuite les échelons, déclara-t-il en prenant un plaisir presque angélique à apparenter le trafic de drogue aux professions décentes, pour en atténuer le caractère criminel. Pour commencer, à l'époque du marché noir, nous avons traficoté avec de la morphine volée dans les hôpitaux. Puis nous avons transporté de la cocaïne en provenance du Chili et à destination de la France, mais ces salauds de grenouillards ne nous ont jamais payés correctement, ils devaient prendre les Espagnols pour des bêtes de somme, comme les Algériens. La bonne occase s'est annoncée quand l'héroïne est devenue à la mode aux États-Unis et qu'Eisenhower a rétabli les relations commerciales avec l'Espagne, fit-il en tapant sur le genou d'Antonio, avec une franche gaieté. Des années de gloire nous attendent, petit.

Antonio lui retourna la politesse en lui tapotant le genou, confiant.

– Mais comme ça, à vue de nez, combien mon père a-t-il gagné avec toi ?

Demetrio fronça les sourcils, pas très content de l'effort de calcul qu'Antonio lui demandait, ou peut-être rendu un peu soupçonneux par ces questions.

– Pff, je ne sais pas, répondit-il de mauvais gré. Vingt, vingt-cinq millions de pesetas ? Un peu plus, un peu moins, ma foi... J'imagine qu'il a dû en dépenser une partie avec Palomita, il a toujours aimé se montrer généreux avec elle, et la pouliche sait se faire payer, dit-il, quand il s'interrompit brusquement et se tourna vers Antonio, alarmé : – Que se passe-t-il ? Il ne t'a rien laissé ?

Antonio balaya ces soupçons.

– Non, non, que vas-tu imaginer ? C'était pour me faire une idée. Mais nous allons gagner beaucoup plus, n'est-ce pas ?

Ils éclatèrent de rire au même instant. Puis Demetrio lui raconta les petites guerres de sa jeunesse, cohorte d'anecdotes sordides et flibustières auxquelles il s'efforçait pourtant de donner un panache épique d'épisodes de chanson de geste. Antonio le laissa parler tout son saoul, n'intervenant que quand il l'estimait indispensable, pour ne pas trop laisser deviner son ennui, jusqu'au moment où Demetrio dut avoir pitié de son chauffeur, qui l'attendait dans la rue, ou avoir honte de sa faconde. Une fois seul, Antonio éteignit les lumières pour mieux écarter le tourbillon des pensées qui cherchaient à s'imposer et centrer ses facultés sur une détermination qu'il lui fallait préserver du découragement : trouver au plus vite le butin du père de Mendoza et disparaître de la circulation.

Ce fut alors que le téléphone sonna. La première sonnerie faillit lui donner un infarctus ; il laissa les suivantes retentir dans les cavernes de la nuit jusqu'à ce que les battements de son cœur fussent revenus à la normale. Alors, il décrocha.

– Oui ?

À l'autre bout de la ligne, dominant un silence crépitant de friture, il lui sembla entendre une respiration haletante, peut-être un rire étouffé.

– Oui ? insista-t-il.

Mais personne ne répondit. Maintenant, le silence était présent et pesant. Il se dit qu'il s'agissait peut-être de l'un des détraqués qui se disputaient les faveurs de Paloma, incapable de trouver le sommeil et furieux d'avoir été repoussé dans un avenir indéfini, peut-être en panne de consolation ou de ravitaillement pour ses fantasmes pervers. Il se défoula avec plaisir.

– Qu'est-ce qui t'arrive, taré ? Tu te la secoues ? Désolé de te décevoir, mais j'ai de la barbe et des couilles au cul.

Il entendit, sec et malicieux, un petit rire, puis le déclic du combiné que l'on raccroche. Ensuite, ce fut de nouveau le silence, qui creusait plus profondément les cavernes de la nuit.

Il réprima un frisson. Il allait lui falloir quelques heures avant de pouvoir s'endormir.

Antonio avait commencé à faire des cauchemars. Il rêvait que pendant son sommeil Mendoza, ressuscité et nu, allait et venait secrètement dans l'appartement du Retiro avec en plein front, aussi brillant qu'un stigmate de lumière, l'orifice d'entrée de la balle que Camacho lui avait tirée à bout touchant. Il rêvait que Mendoza entrait dans la chambre où lui-même dormait auprès de Paloma, écartait les voiles de gaze qui tombaient du baldaquin comme une moustiquaire et, après avoir épié son sommeil comme s'il se contemplait dans un miroir, se jetait sur lui et lui serrait le cou jusqu'à lui couper le souffle, pour lui arracher l'ombre de vie surgie d'un mensonge macabre avec laquelle Antonio avait prétendu le supplanter. Alors, il se réveillait en sueur, au bord de l'asphyxie, le cœur dans la gorge palpitant tel un oiseau pris à la glue.

La sonnerie du téléphone retentissait de nouveau, là-bas, à l'autre bout de l'appartement ; stridente, elle faisait voler en éclats le silence funèbre de la nuit. Paloma s'était levée avant qu'il n'eût pu réagir.

– Allô ?

Il imagina le crépitement de la friture sur la ligne et, à l'autre bout du fil, le souffle abominable peut-être venu du passé, revenu peut-être d'un continent de l'ombre, comme le Mendoza de ses cauchemars. La voix de Paloma devenait implorante, presque éperdue.

– Qui êtes-vous ? Pourquoi appelez-vous à cette heure ?

Antonio se leva et courut lui ôter le combiné des mains, mais le rôdeur de ligne intempestif avait raccroché.

– Il faut en parler à la police, Gabi, c'est la sixième ou la septième fois que ça arrive.

Elle tremblait, comme secouée par une prémonition ou réchappée d'un puits très profond dont les eaux glacées se seraient à jamais coulées jusque dans la moelle de ses os. Antonio la prit dans ses bras, pour arrêter ce tremblement, mais il tremblait lui aussi.

– C'est un des dégénérés que tu vois, lui dit-il sans grande conviction. Tu devrais tous les virer une bonne fois.

– Oui, mais en attendant, il faudrait prévenir la police, insista-t-elle.

– Je vais m'en occuper. Dès demain, j'irai porter plainte.

Mais se rendre au commissariat était la dernière des choses qu'Antonio avait l'intention de faire, même si ces appels devaient se répéter. Ils décidèrent de débrancher le téléphone pendant la nuit, pour s'épargner les réveils en sursaut et ce souffle angoissant, parfois accentué d'un petit rire sec et mal intentionné qui semblait venir de très loin, peut-être des décombres ou des catacombes dans lesquels Antonio avait enseveli ses remords. Mais le poison de l'insomnie avait fait son chemin et se répandait, aussi torrentueux que son sang, dans ses nuits anxieuses ; pendant le jour, avec la fatigue du manque de sommeil, planait sur ses moindres mouvements une sombre angoisse, la peur de se savoir surveillé, tourmenté par une présence qui nous souffle dans le cou et que l'on ne parvient pourtant pas à reconnaître. Chaque fois que le téléphone sonnait dans son bureau du Paseo de Extremadura, Antonio sursautait, et il saisissait l'écouteur avec l'appréhension d'entendre de nouveau cet inextricable silence de caveau sans lumière infesté de cadavres.

– Oncle Gabriel ! Enfin je réussis à te joindre ! Il y a des semaines que j'appelle chez toi, et personne ne répond.

Il y avait en effet des semaines ou des mois qu'il ne mettait plus les pieds dans l'appartement de la rue Claudio Coello, qui était pourtant son domicile. Il mit quelques instants à réagir.

– Pardon ? Je n'ai pas bien entendu.

La voix juvénile se fit de nouveau entendre, intrépide, aussi merveilleuse qu'un rayon de soleil qui serait brusquement entré dans une pièce à l'abandon et crasseuse, en aurait chassé les miasmes de la peur.

– Tu ne te souviens plus de ta nièce, ou quoi ?

– Consuelito ! s'exclama-t-il, sincèrement transporté de joie, avant de trouver une excuse qui n'était, une fois de plus, qu'un mensonge : – Je suis désolé, je bosse comme un forçat et je rentre très tard chez moi.

Consuelito prit alors un ton chagrin, ou peut-être coquettement résigné.

– Ne t'inquiète pas. Dans ce cas, je chercherai un hôtel. J'arrive demain à Madrid. Le tournage devrait commencer dans une quinzaine de jours, mais le réalisateur veut d'abord nous faire répéter les dialogues.

– Es-tu devenue folle ? Je m'en voudrais de ne pas tenir parole. Tu viens à la maison, et n'en parlons plus.

En réalité, c'était lui qui lui demandait une faveur. Superstitieux, il se disait que l'arrivée de Consuelito allait chasser les angoisses des dernières semaines.

– La productrice me paie l'hôtel. Il n'y a pas de raison de te déranger...

– Plus un mot, je t'ai dit ! l'interrompit-il en tâchant de se montrer à la fois autoritaire et tendre. Que dirait ta mère, si je te laissais dans les griffes de ces vautours ? Arrête de faire des chichis. Comment viens-tu à Madrid ?

– Par le train, dit Consuelito en riant.

– J'irai t'attendre à la gare. Donne-moi simplement l'heure d'arrivée.

Il était gagné par une exultation intempestive, la subite éclosion d'énergie vitale jusqu'alors endormie qui galvanise le moribond auquel on annonce la découverte d'un médicament qui pourrait lui rendre la santé. Il s'empressa d'appeler les employés chargés de l'entretien de son appartement pour leur demander de faire la chambre d'amis, de tout nettoyer et de ne pas oublier les provisions. Le soir même, il annonça à Paloma qu'il devait déménager pour une quinzaine de jours, afin de recevoir convenablement sa nièce (de fait, ce qu'il voulait, avant tout, c'était que Consuelito ne sût pas qu'il vivait avec sa maîtresse). Paloma ne fit aucune difficulté, ne formula aucune plainte, comme le voulait son statut de femme dont le charme consiste à rendre la vie facile à ses amants, sans se mêler de leurs affaires ni exercer le moindre contrôle sur leur vie, mais elle ne lui cacha pas qu'elle était effrayée à l'idée de rester seule exposée au harcèlement téléphonique d'un malade mental.

– Promets-moi de laisser le combiné décroché la nuit, lui demanda Antonio en la prenant par les épaules. Et de m'appeler si tu découvres quoi que ce soit de suspect. J'essaierai de passer tous les jours, pour voir si tout va bien.

Il n'était pas sûr de tenir cet engagement ou, plus exactement, pas sûr que la sorte de trépidation de plaisir que lui donnait l'arrivée de Consuelito lui permettrait d'exercer les responsabilités en lesquelles il ne voyait plus, tout à coup, que d'ennuyeuses corvées. Peut-être Paloma le sentit-elle, parce que son sourire exprima une grande lassitude docile ou sceptique.

– Va. Occupe-toi de ta nièce, je me débrouillerai comme je le pourrai. Peut-être vais-je demander à mes anormaux de se relayer pour veiller sur moi la nuit.

Il se demanda si son ironie ne cachait pas un reproche, mais ne s'inquiéta pas de le savoir. En revanche, quand il vit Consuelito descendre du train le lendemain matin, dans la foule balourde et grise qui encombrait le quai, il sut aussitôt que les nuages sombres qui avaient couvert son ciel au cours des dernières semaines allaient être immédiatement chassés comme des diables de peu par la litanie d'un exorciste. Elle était tout à fait fidèle à l'image qu'il gardait d'elle : souriante et débordant de vie, pareille à la quille d'un navire qui fend la mer des contrariétés. Consuelito courut vers lui pour l'embrasser, en laissant ses valises sur le quai ; l'élan de sa course fut tel qu'elle faillit le renverser.

– Hé là, doucement, chérie. Ton oncle n'est pas le colosse de Rhodes.

Et il la soutint, pendant qu'elle l'embrassait, pendue à son cou telle une enfant qui cherche refuge dans le giron familial – mais Consuelito n'était plus du tout une enfant, ce que clamaient ses formes pleines, et Antonio n'était pas de sa famille, ce que lui seul savait.

– Pour moi, c'est comme si tu l'étais, mon oncle. Tu ne peux pas savoir à quel point je suis contente de te retrouver.

Ce contentement était visible dans la vivacité de son expression, le rose de ses joues, sa façon de le regarder, qui le subjuguait, et qui n'appartenait qu'à elle : avec d'abord une assurance et un aplomb désarmants, puis une légère confusion, comme si elle prenait conscience du trouble et de l'émoi que sa beauté produisait sur les hommes. Tout en conduisant en direction du centre-ville, Antonio s'intéressa au film qu'elle allait bientôt tourner sous la direction de Rafael Gil, un mélo sur fond politique qui racontait l'histoire d'un enfant de la guerre évacué par les autorités républicaines en Russie, revenu en Espagne quinze ans plus tard en rescapé du régime soviétique, mais en réalité espion au service de ceux qui l'ont soumis à un consciencieux lavage de cerveau, mais qui finira par se racheter grâce à l'amour d'une jeune modiste, preuve vivante que l'Espagne de Franco n'est pas l'enfer d'injustice sociale que lui ont peint les Soviétiques, et également grâce à l'abnégation et aux prières de sa jeune sœur, qui vient d'entrer dans les ordres et dont les prières miraculeuses amènent à résipiscence son frère corrompu par la propagande bolchevique qui, malgré sa conversion, finira criblé de balles par un autre agent soviétique infiltré en Espagne, lequel sera à son tour abattu par la police, tout comme les autres membres de l'organisation que le héros a dénoncés avant de mourir.

– Bouf ! Quelle ratatouille ! estima Antonio. Et toi, qui joues-tu ? La fiancée modiste ou la sœur religieuse ?

La tête à la fenêtre de la portière, Consuelito laissait le vent agiter sa chevelure nullement monacale.

– La sœur moniale, dit-elle d'un ton de défi. Pourquoi ? Tu ne me vois pas dans ce rôle, ou quoi ?

– Je t'y vois on ne peut plus parfaitement. Avec l'habit et la coiffe, tu seras magnifique, s'empressa-t-il de répondre, avant d'être assailli par des pensées libidineuses. Et quel rôle as-tu dans la distribution ?

– Le troisième. Mais Rafael Gil m'a promis que mon nom apparaîtrait en fin de générique, isolé, avec la mention : « Et pour la première fois à l'écran… tatatatatan ! Consuelo Mendoza », fit-elle en se gondolant. Enfin, tout ce qu'il faut quand un acteur débute. Qu'en dis-tu ?

– Eh bien, que je me réjouis beaucoup pour toi, et que j'espère que ton nom apparaîtra en gros caractères, dit-il, et comme sa vie d'emprunt l'obligeait à ne jamais relâcher sa vigilance, un détail ne lui avait pas échappé : – Alors, tu y figureras sous le nom de ta mère ?

– Pas moyen de faire autrement. Rafael dit que celui de mon père, Guerrica Echevarría, n'est pas fait pour le cinéma et, de plus, je crois qu'il serait trop long pour les affiches.

Ils rirent, heureux de la complicité qui venait de s'établir entre eux et semblait remonter à la nuit des temps. Consuelito donna encore quelques précisions concernant le tournage, qui devait se dérouler en grande partie aux studios de Chamartín, mais il était aussi prévu de filmer en extérieur dans diverses localités de la sierra. Antonio gara la voiture à deux pas de l'entrée de l'immeuble et se chargea des valises, résistant à Consuelito qui voulait en prendre une partie. La matinée de novembre s'était parée de la tiédeur d'un été convalescent et de la lumière hospitalière des dimanches pour célébrer la beauté radieuse de la jeune fille.

– Où as-tu vu une étoile du cinéma porter ses bagages ? dit Antonio en lui ouvrant la porte de l'ascenseur et, tandis qu'ils montaient, il l'avertit : – Tu sais, l'appartement est resté tel que l'a laissé ton grand-père. Il n'est pas digne d'une belle fille comme toi, mais suffisant pour un célibataire comme moi.

– Célibataire parce que tu le veux bien, bandit.

Et elle lui fit un clin d'œil timide ou désinvolte. Il ouvrit la porte de l'appartement, lui céda le passage, remarqua de nouveau sa taille, qu'une jupe cloche mettait en valeur, et eut cette fois encore l'impression agréable et troublante que ses mains pourraient en faire le tour. Une jeune servante des montagnes de la comarque de León, à la taille moins fine que celle de Consuelo, vint aussitôt les accueillir. Elle avait mis le tablier et la coiffe qu'Antonio lui avait demandé de porter tant que sa nièce serait là.

– C'est la pièce la plus claire de l'appartement, et elle a sa propre salle de bains, dit-il en faisant entrer Consuelito dans la chambre qu'il avait fait préparer pour elle. Comme elle est au fond du couloir, tu peux y être aussi indépendante que tu le voudras.

Sur la table de toilette, il avait lui-même posé un bouquet de roses blanches, pour lui souhaiter avec des fleurs la bienvenue et, prévoyant qu'elle n'allait pas pouvoir apporter beaucoup d'affaires, il lui avait acheté des produits cosmétiques et des vêtements d'intérieur pour rendre son séjour auprès de lui plus confortable : un kimono en soie, un peignoir en velours avec des mules assorties, et même une chemise de nuit en satin, beaucoup plus chaste que les *négligés* de Paloma. Pour parer à toute éventualité, un crucifix accroché au mur au-dessus de la tête de lit prévenait toute infraction au septième commandement. Consuelito semblait accablée.

– Et voilà, finalement, maman avait raison, se lamenta-t-elle. Elle m'a demandé de ne surtout pas te déranger, mais je vois qu'il n'y a pas moyen de l'éviter.

Elle avait parlé avec une sorte de résignation flattée.

– Dis à ta mère de s'occuper de ses affaires, suggéra-t-il en manière de plaisanterie. Aussi longtemps que tu seras ici, on s'occupera de toi mieux qu'on ne s'occupe d'Ava Gardner au Hilton de la Castellana.

Il avait lu dans les journaux que l'actrice américaine séjournait dans cet hôtel depuis quelques semaines, apparemment invitée par le directeur pour attirer la clientèle. Dans cette nouvelle, on insinuait que « le plus bel animal du monde » était une bringueuse, pute comme pas deux.

– Hou ! Ava Gardner, quelle horreur ! s'exclama Consuelito, alarmée. S'il te plaît, dis-moi que tu n'aimes pas cette femme tellement vulgaire !

Antonio avait voulu la flatter, en oubliant que les femmes qui excitent la concupiscence masculine attirent sur elles les foudres et les anathèmes de la gent féminine. Il essaya de se rattraper.

– Comment une telle garce pourrait-elle me plaire, auprès d'une princesse comme toi ! déclara-t-il en reculant jusqu'à la porte. Il vaudrait mieux que tu te reposes, maintenant, tu dois être éreintée par le voyage. Détends-toi, parce que j'ai l'intention de t'emmener dîner dans un endroit qui t'enchantera.

Consuelito eut un sourire qui anticipait le plaisir et illuminait l'ovale parfait de son visage, un sourire à faire se retourner les hommes sur son passage, y compris les plus illustres et les plus disciplinés, même accompagnés de leur épouse, comme Antonio put le constater le soir même à la Villa Romana, un établissement somptueux de la Cuesta de las Perdices, à la fois restaurant et salle de bal, avec orchestre et serveurs cérémonieux en habit à queue-de-pie, qui semblaient évoluer selon les dispositions d'un chorégraphe obsédé par la symétrie. Le décor de l'endroit, qui voulait imiter les architectures de Pompéi et d'Herculanum, donnait une impression d'ordre et de rigueur païens qui, on le sait, ne sont que des faux-semblants qui cèdent vite à la dissipation et à l'orgie. Mais, quand ils entrèrent, les convives en étaient encore à la modération et aux politesses de rigueur, à moins qu'ils ne fussent tétanisés par les prix figurant sur la carte, qui frôlaient l'attaque à main armée. L'apparition de Consuelito attira sur eux tous les regards : les femmes la toisaient avec une haine ancestrale, sombre, bitumineuse, et leurs compagnons avec un saisissement humilié, en jetant de temps à autre sur Antonio un coup d'œil d'admiration soumise.

– J'ai bien peur de devenir la bête noire de tous les jouvenceaux de Madrid, murmura Antonio en dépliant la serviette sur ses genoux.

Consuelito avait relevé ses cheveux en un chignon dans lequel était glissée une des roses blanches qu'Antonio avait posées sur sa table de toilette, mais elle n'avait pas touché aux cosmétiques, et son visage lavé et détendu par un sommeil réparateur était d'une douceur resplendissante.

– Tu ne crois pas si bien dire, fit-elle en regardant avec une sorte de dégoût compatissant les jeunes gens présents dans la salle, rejetons gâtés des technocrates corrompus qui se taillaient impunément la part du lion. Je ne peux pas souffrir ces blancs-becs. Ils sont dépourvus de tout intérêt. Ils ne savent parler que de football et, à la moindre inadvertance, ils abattent leur grosse patte sur toi. Et plus ils ont été élevés dans du coton, pires ils sont.

Elle étouffa un éclat de rire et creusa les épaules, couvertes d'un châle, pour atténuer les rondeurs de ses seins dévoilées par sa robe bustier (qui scandalisait surtout les filles sans beauté des technocrates, dont les regards la criblaient de leurs flèches).

– Et quel genre d'homme aimes-tu ? osa-t-il demander.

– J'aime les hommes plus âgés que moi, de dix ou quinze ans au moins, répondit-elle franchement, avec un certain plaisir. En particulier s'ils ont quelques rides et quelques cheveux blancs. Il faut aussi, bien sûr, qu'ils aient l'expérience du monde. Et qu'ils ne parlent surtout pas de football !

Antonio approuva, un peu intimidé ; bien qu'il n'eût pas encore de cheveux blancs, il correspondait au portrait, si sa captivité en Russie pouvait être considérée comme une « expérience du monde ». Il décida qu'il pouvait dîner ce soir-là en oubliant les précautions qu'il prenait chaque fois qu'il se trouvait en présence d'un membre de la famille ou d'un proche de Mendoza. Après tout, les contacts que Consuelito avait pu avoir avec son oncle remontaient à son enfance et, malgré la complicité qui les avait alors liés, le souvenir qu'elle gardait du vrai Mendoza ne pouvait être que vague et fragmentaire. Il décida également qu'ils parleraient surtout d'elle, de manière à dégager davantage le terrain et à flatter sa vanité.

– Dis-moi, as-tu un autre projet, après ce film ?

Mais Consuelito n'était pas perméable à la vanité ; elle profitait de l'instant sans trop se casser la tête.

– Tu es bien pressé ! s'exclama-t-elle avec son sourire désarmant. Voyons d'abord si je vaux quelque chose dans ce métier, et s'il me convient vraiment. Rafael est enthousiaste, il dit que je suis faite pour l'écran, mais quant à la réussite, je dois encore faire mes preuves.

– Ce qu'il te faut, c'est un bon agent, lui conseilla-t-il, mais elle fit une grimace de dégoût, peut-être échaudée par ceux qui avaient voulu la filouter. Et si tu n'en trouves pas un qui te convienne, je suis là, moi, prêt à tuer pour défendre ma nièce ! lança-t-il en se disant que son exagération, qui l'amusait, pouvait inquiéter les autres. Sérieusement, regarde ce gamin, Pablito Calvo, c'est un débutant, et il vient de signer un contrat pour jouer dans trois autres films…

– Mais Pablito Calvo est un prodige ! protesta Consuelito. C'est le meilleur acteur enfant que l'on ait eu depuis Shirley Temple. Comme Audrey Hepburn, c'est un de ces phénomènes qui n'apparaissent qu'une fois tous les cinquante ans. Je ne vise pas aussi haut. Je connais mes limites.

Antonio protesta à son tour.

– Tes limites ! Avec une beauté comme la tienne…

Consuelito repoussa la flatterie d'un mouvement de tête, et son visage fut empreint de mélancolie.

– J'aimerais pouvoir être appréciée pour autre chose, hormis mon physique. Quand tu vois nos grandes actrices, d'Aurora Bautista à Amparo Rivelles, tu dirais que ce sont des beautés, ou qu'elles ont quelque chose de plus ?

Mais Antonio ne pouvait répondre à cette question, sans autre référence que la beauté de Consuelito, parce qu'il ne connaissait pas les actrices qu'elle mentionnait, aussi se promit-il de combler ces lacunes pour ne pas passer pour un ignorant devant elle.

La table voisine était occupée par trois couples – les hommes arboraient l'insolence des pharisiens parvenus, les femmes d'opulentes masses adipeuses et une denture supplémentaire faite de gros colliers de perles – rassemblés autour d'un loustic aux allures de pope ou d'arbitre des élégances, un de ces critiques d'art mi-chochotte mi-batracien qui vivent fastueusement des conseils qu'ils donnent, pour l'acquisition de tableaux et d'autres œuvres d'art, aux sangsues intronisées du régime, auxquelles ils ne fourguent, bien entendu, que des croûtes et des rossignols. Ce pope ou cet arbitre des élégances avait une voix criarde ou désaccordée, séquelle probable d'une ablation des gonades, et ses laïus prétentieux ne cessaient d'interférer dans la conversation qu'Antonio essayait de tenir avec Consuelito. Aussi, quand le vin l'eut désinhibé, Antonio se prit-il à orner ce bavardage snob d'apostilles béotiennes qui firent les délices de sa nièce. Il était question d'un barbouilleur dont la cote grimpait chez les marchands d'art.

– ... son regard sur la réalité multiplie le segment sensoriel. Chacun de ses portraits dédouble le modèle, le convertit en une entité multidimensionnelle et pluricorporelle...

– Pauvre de nous, comme si nous n'étions pas assez nombreux !

Consuelito riait sans se soucier de savoir ce qu'en pensaient les parvenus et leurs compagnes. Le pope, ou l'arbitre des élégances, un peu piqué, ne s'arrêta pas pour si peu.

– C'est un créateur de géométries de l'âme, un découvreur d'angles inédits...

– Obtus, sans doute, non ? Ou aigus ? Certes pas droits, j'en jurerais, disait Antonio, et Consuelito s'esclaffa en se tenant le ventre comme si elle avait une envie pressante.

À la table voisine, le pope avait compris qu'il était la cible de ces moqueries, mais il refusa d'en rabattre et poursuivit sur sa lancée superfétatoire.

– Il restaure les espaces tridimensionnels et l'on entre dans ses tableaux comme dans une maison inconnue…

– Ça me paraît très bien, intervint Antonio. On va enfin pouvoir résoudre le problème du logement.

Consuelito lui caressa légèrement la main, et il se demanda si c'était pour lui demander de cesser ses provocations ou, au contraire, pour l'encourager à poursuivre.

– Tu es toujours aussi drôle, exactement comme dans mon souvenir, lui dit-elle, presque avec vénération.

– Je te les enverrais tous en Russie creuser des tranchées, lança-t-il, méprisant, avec peut-être un peu trop d'émotion. Toutes ces fariboles et cette sottise me révulsent.

L'orchestre avait commencé à jouer une mélodie doucereuse, et sur la piste les jouvenceaux dansaient avec les jouvencelles, auxquelles ils grignotaient les oreilles et écrasaient les orteils en regardant Consuelito du coin de l'œil. Peut-être se demandaient-ils s'ils allaient ou pas l'inviter à danser ; mais Antonio ne le leur aurait pas permis. Consuelito, qui semblait avoir deviné ses pensées, prit les devants.

– On danse ? J'adore *Cheek to Cheek*.

Et elle le prit par la main, laissant sur la chaise le châle qui jusqu'alors avait voilé ses épaules, marbre émergé d'une blancheur intacte. Il la prit par la taille, et ce fut comme saisir le cœur d'un oiseau, puis ils dansèrent ensemble, parfaitement accordés. Consuelito avait niché sa joue sur la poitrine d'Antonio, et lui murmurait les paroles de la chanson, qu'il ne pouvait comprendre.

Heaven,
I'm in heaven,
And my heart beats
So that I can hardly speak,
And I seem to find
The happiness I seek,
When we're out together
Dancing cheek to cheek.

Mais, bien qu'il ne pût comprendre ces paroles, il sentait la vibration de sa voix, la palpitation de sa poitrine, qui semblait lutter pour s'échapper du bustier.

– Fred Astaire et Ginger Rogers dansaient sur cet air dans *Top Hat*, dit-elle.

Son front chercha le chatouillis de la barbe qu'Antonio avait taillée au cours de l'après-midi, et qui piquait peut-être un peu trop, mais Consuelito ne semblait pas s'en plaindre. Ils dansaient étroitement serrés l'un contre l'autre, Antonio sentait les cuisses de Consuelito contre les siennes, comme une seconde peau.

– Sais-tu, mon bel oncle, que tu danses comme un dieu ? Où as-tu appris ?

Antonio avait appris à danser dans les bals populaires de La Bombilla, en tripotant les servantes fessues et les gredines scrofuleuses, jadis, dans les « années de sang », avant de partir pour la Russie.

– J'ai fréquenté une école de danse.

– Eh bien, tu n'y as pas perdu ton temps. C'est un plaisir d'être ta cavalière, dit-elle, et elle ajouta, mutine : – Tu es un vrai faune de dancing.

Antonio, qui faisait glisser sa main droite le long de la colonne vertébrale de la jeune fille, fronça les sourcils.

– Dois-je prendre ça pour un compliment ou est-ce une vanne ?

– Comme un compliment, bêta ! s'exclama-t-elle, un peu comme si elle lui demandait de faire ce qu'il fallait pour qu'elle puisse, un jour, le lui dire comme une vanne. Je le dis sans arrière-pensée.

Antonio garda pendant quelques instants un silence de pénitent : la décence n'avait rien à voir avec sa vie d'emprunt, cette comédie vile et abjecte à laquelle il se livrait pour se substituer à l'homme qu'il avait un jour admiré, cet homme que Consuelito adorait depuis son enfance, le héros de ses rêveries virginales. Et Consuelito était maintenant pendue à son cou, dans un de ses songes restés en suspens. Il dut résister au désir de poser sa bouche sur la peau douce pour sentir le sang battre dans cette jeune gorge.

– Tu sais, ton veston est trop large aux épaules, dit-elle tout à coup, brisant l'enchantement.

– Je suis moins fort que je ne l'étais, répliqua-t-il, blessé par l'observation. Je suppose qu'une fille belle comme toi doit aimer les types carrés.

La musique s'était arrêtée, les musiciens faisaient une pause. Consuelito le prit par la main, tandis qu'ils regagnaient leur table.

– Les types carrés ? Quelle horreur ! Quand je t'aurai dit que mon acteur préféré est Gary Cooper, je t'aurai tout dit. J'aime les grands types dégingandés aux épaules étroites, lui confia-t-elle, et l'émotion n'avait pas encore gagné Antonio, à cette confidence, qu'elle ajoutait : – Mais je n'aime pas qu'ils portent des vêtements trop grands pour eux. Tu devrais demander à ton tailleur de le retoucher.

Antonio se promit de ne plus jamais mettre un des costumes de Mendoza. Pendant que l'on apportait le café et les liqueurs aux tables de la Villa Romana, un Gitan austère vêtu de noir, sec, aux rides pareilles à des balafres, allait de table en table en proposant aux convives de leur lire les lignes de la main. Quand il vint vers eux, Antonio voulut le chasser, et il affichait l'expression adéquate quand Consuelito tendit sa main, intriguée et tout heureuse. Le Gitan s'inclina respectueusement devant elle, pour demander la permission d'Antonio, apparemment ; il avait quelque chose d'un totem ou d'un devin.

– La demoiselle est née pour être heureuse dans la vie et en amour, dit le chiromancien en scrutant la paume de la jeune fille, et Antonio lança à Consuelito un regard d'avertissement amusé. Mais ce n'est pas ici qu'elle trouvera le bonheur. Vous n'êtes pas de Madrid, n'est-ce pas, mademoiselle ?

– Non, je viens de Saint-Sébastien, s'empressa-t-elle de répondre, impressionnée.

– Il faut y retourner au plus vite ; là, près de vos parents et de vos amis, le bonheur vous attend. Ce que vous cherchez, vous ne le trouverez pas ici.

Consuelito sourit, affectant l'incrédulité, mais il était visible que les propos du Gitan l'avaient troublée.

– En êtes-vous sûr ? balbutia-t-elle.

– Les lignes de la main ne peuvent mentir, mademoiselle, dit le Gitan, s'accrochant à sa supercherie et apparemment désolé de ne pouvoir lui complaire. Notre destin y est inscrit, et l'on ne peut rien y changer. Je ne dis que ce que je vois, assura-t-il sous le regard d'Antonio, réprobateur, presque criminel. Il m'arrive, pour ne pas paraître odieux, d'éviter de révéler certaines choses, mais je ne mens jamais. Vous êtes une femme magnifique, un ange descendu du Ciel, et votre avenir pourrait être resplendissant, mais il faut pour cela que vous retourniez auprès des vôtres, à Saint-Sébastien.

– Bon, j'espère tout de même pouvoir au moins terminer ce que je suis venue faire à Madrid, murmura Consuelito, qui se repentait déjà de s'être soumise à cet examen. Dans deux mois, tout sera terminé. Est-ce tout ?

– Oui, mademoiselle, c'est tout, répondit le Gitan en se redressant, cérémonieux. Et maintenant, si monsieur le permet…

Antonio ne chercha pas à réprimer sa contrariété.

– Il n'en est pas question. Tu peux filer, et bon vent !

Mais Consuelito avait recouvré toute sa jovialité, ou espérait peut-être que la mauvaise impression que lui avait laissée l'interprétation des lignes de sa main pouvait être mitigée par une autre.

– Allez, ne fais pas le grincheux. Pourquoi ne le laisserais-tu pas…

– Parce que les devins m'horripilent. Je ne crois pas à leurs fadaises, dit-il, tranchant.

Le Gitan ne s'estima pas offensé. Il s'exprimait avec un aplomb circonspect, apparemment endurci contre les moqueries et le mépris de sa clientèle.

– Pardonnez-moi, monsieur, mais je ne suis ni un devin ni un charlatan. Jamais je n'ai prétendu prédire l'avenir ; je me contente de lire ce que je vois dans les lignes de la main, elles sont tout ce qui de nous ne change jamais pendant la durée de notre vie. Nos traits, notre façon d'être et de penser se modifient, mais les lignes de la main restent inaltérées de notre naissance à notre mort. Me permettez-vous ?

Cette insistance tranquille commençait à exaspérer Antonio, mais Consuelito l'encouragea, curieuse.

– Ne me dis pas que tu as peur ! Regarde-moi : il vient d'envoyer à l'eau ma carrière cinématographique, et me suis-je fâchée ? Il faut prendre ces choses-là à la rigolade.

Mais l'expression du Gitan n'avait rien de rigolo, et la réticence d'Antonio ne venait pas d'un mépris de la chiromancie, qu'il ne considérait comme une pantomime ou une idiotie que pour s'en défendre mais, au contraire, d'une crainte superstitieuse : il redoutait que ce Gitan austère, de noir vêtu, ne devinât en lui ce que jamais personne n'y avait encore décelé, et qui pouvait dévoiler son imposture. Conscient toutefois de se laisser entraîner par des appréhensions ridicules, il tendit négligemment sa main gauche.

– À la bonne heure ! s'écria Consuelito en applaudissant. Je savais que tu n'allais pas me décevoir.

– L'autre main, s'il vous plaît, dit le Gitan, imperturbable. C'est toujours la droite que l'on lit.

Antonio voulut résister, parce qu'il avait honte d'exposer ses amputations devant Consuelito, mais il finit par céder.

– On m'a confisqué deux doigts en Russie, souffla-t-il ironiquement.

Consuelito regarda la main mutilée avec une pure pitié, presque avec douceur. Le Gitan en examina les lignes pendant près d'une minute, pendant laquelle Antonio se livra à quelques simagrées de fausse impatience.

– Monsieur a les lignes les plus intéressantes et les plus mystérieuses que j'aie vues de ma vie, dit-il sur un ton plus impressionné qu'adulateur. Vous êtes un homme aux multiples facettes, à la personnalité très complexe…

– Une entité multidimensionnelle, comme disait la chochotte qui nous pompait l'air tout à l'heure, l'interrompit Antonio, badin, mais dont l'humeur plaisante dissimulait une inquiétude profonde.

– Brillant, sans doute, capable de courir des risques qui épouvanteraient plus d'un. Les richesses, les plus belles femmes sont à votre portée, mais la victoire remportée par des moyens impies finit toujours par coûter très cher…

Antonio se rappela que Cifuentes lui avait un jour dit que d'un mal ne pouvait jamais venir un bien, et il regarda Consuelito avec une sorte de résignation consternée.

– C'est une prédiction ou une menace ? demanda-t-il au Gitan, à bout de patience.

– J'ai déjà dit à monsieur que je ne prédis pas l'avenir, et je profère encore moins des menaces. Ce n'était qu'une considération générale, dit le Gitan astucieusement.

– Eh bien, laisse tomber les considérations générales et viens-en au fait.

Le Gitan acquiesça, morose et sombre. Ses ongles en deuil suivirent le parcours en segments brisés des lignes de la main d'Antonio qui, à ce contact, éprouva un vague écœurement.

– Je vois aussi dans votre main une aptitude particulière pour les activités qui exigent beaucoup de sang-froid : soldat, acteur, et même chef d'entreprise, dit le Gitan, avec une pénétration telle qu'Antonio dut réprimer un frisson, mais il se tranquillisa en se disant qu'il avait énuméré trois activités auxquelles il avait été conduit par le hasard. Il est évident que si vous vous étiez consacré aux affaires, vous auriez gagné beaucoup d'argent, mais vos talents d'acteur sont encore plus grands, et vous ne devez pas regretter votre choix.

Consuelito éclata de rire, tandis qu'Antonio, ébranlé, gardait le silence.

– J'ai dit quelque chose de drôle ? demanda le Gitan, déconcerté.

– Et comment ! s'exclama Consuelito. C'est moi qui voudrais devenir une vedette de cinéma, et vous dites que c'est mon oncle qui a des dons d'acteur !

Sur ces mots, elle secoua le bras d'Antonio, attendant de le voir se joindre à son hilarité.

– Dans ce cas, vous me pardonnerez de m'être trompé, dit le Gitan, qui ne semblait pourtant pas contrit le moins du monde. La main de monsieur montre une tendance dominante à l'invention, et une capacité étonnante à se glisser dans la peau des autres, pour vivre d'autres vies que la sienne, expliqua-t-il, et Antonio aurait bien aimé lui tordre le cou sur-le-champ, mais le Gitan le regardait avec perplexité, complètement dérouté : – C'est vrai que monsieur n'est pas acteur ?

– C'est vrai. J'ai été soldat, maintenant je suis chef d'entreprise, répondit-il sèchement.

– Quel dommage, fit le Gitan. Vous auriez été un acteur incomparable.

Consuelito s'amusait beaucoup. Antonio retira sa main avec brusquerie.

– C'est bon, tu peux filer. Je te dois combien ?

– Ce que vous voudrez, monsieur.

Le Gitan prit le splendide billet de cent pesetas qu'Antonio lui tendit comme on accepte un dessous-de-table, certain que l'on venait d'acheter son silence.

Ils retournèrent sans tarder à Madrid, tous deux conscients que cette lecture des lignes de leur main avait détruit l'enchantement né entre eux sur la piste de danse, mais Consuelito semblait en être plutôt satisfaite, parce qu'elle évitait ainsi de se plonger dans d'ennuyeuses réflexions sur la nature de l'attirance qu'elle éprouvait pour son oncle supposé ; afin de chasser complètement cette gêne, elle n'arrêtait pas de bavarder.

– Alors, comme ça, te voilà promu José María Rodero en puissance ! Et moi qui ne m'en doutais même pas ! s'exclama-t-elle et, voyant qu'elle n'arrivait pas à le dérider, elle ajouta : – Mais que dis-je ! J'aurais dû m'en douter : tu danses mieux que n'importe quel acteur !

Le cabriolet filait à toute allure, ses phares éclairaient fugacement les troncs d'arbres alignés sur les bas-côtés, semblables à une armée de ressuscités.

– Tu dis ça sérieusement ?

– On ne peut plus sérieusement, je le jure.

Antonio appuya sur l'accélérateur, avec l'ardeur qu'il aurait mise à la prendre dans ses bras. Quand il porta la main droite sur le levier de vitesse, la caresse de Consuelito l'attendait. Il sentit le contact léger du bout des doigts de la jeune fille sur la cicatrice de l'amputation, et ce fut le plus délicat des baumes.

– On voit que j'ai un corps de pauvre, estima Antonio en se regardant dans le miroir en pied du tailleur.

Consuelito tira sur les manches du veston de cheviotte et lissa les revers avant de se planter elle aussi devant le miroir, avec un sourire satisfait.

– Excuse-moi, mais je dirais plutôt que tu es fait au moule. Ça te va comme un gant.

Il avait commandé une demi-douzaine de costumes pour ce qui restait de l'hiver et laissé Consuelito choisir les tissus et les patrons, beaucoup plus hardis que ceux des tenues de Mendoza, qui révélaient un goût presque trappiste. Maintenant, les épaules n'étaient plus flottantes, le veston ne pochait plus à l'aisselle et, s'il ne pouvait se comparer à Gary Cooper, son côté dégingandé était devenu une sorte d'élégance gauche, peu consciente d'elle-même, qui enchantait visiblement Consuelito. Lui aussi appréciait la métamorphose qu'apportait le changement de garde-robe et sentait que le pauvre diable qui s'efforçait de ressembler à un monsieur accédait enfin à la dignité requise. Il boutonna les trois boutons du veston.

– Nc fais pas le plouc, je t'en prie, ne boutonne que celui du milieu, lui reprocha Consuelito. Tu me laisses aussi choisir les cravates ?

– Je t'en prie, mon petit.

Il la regarda se pencher sur le présentoir que le tailleur avait posé sur le comptoir. Elle portait un sweater en angora très moulant qui épousait le galbe de ses seins fermes et souples. Il l'avait déjà vue avec ce pull en d'autres occasions, quand elle partait pour se rendre sur les lieux du tournage ou en revenait, et chaque fois la même jalousie insensée l'avait assailli, suscitant une sorte de haine généralisée envers tous les hommes de la terre susceptibles, en l'apercevant, de l'imaginer nue, comme il le faisait. Pendant la semaine, ils avaient à peine le temps de se voir : les horaires de tournage de Consuelito étaient exténuants, et jamais les mêmes ; le plus souvent, ils allaient bien au-delà de ce qui était prévu, si bien qu'ils ne pouvaient s'accorder aux siens ; mais ils passaient ensemble les fins de semaine. Antonio, qui projetait avec Demetrio un nouveau transport d'héroïne de Nice au port de Vigo, avait commencé à négliger ses réunions du samedi, pendant lesquelles, maintenant qu'il avait appris les rudiments du métier, il ne faisait guère que supporter la loquacité plutôt indigeste de son associé, le récit de ses exploits en compagnie du père de Mendoza, que le gros ne manquait pas de présenter sous les couleurs de l'épopée. Heureusement, Demetrio se montrait compréhensif : du moment que tout était prêt et réglé pour la date fixée (entre Noël et le jour de l'An), peu lui importait qu'Antonio employât ses fins de semaine à des affaires sentimentales (qui n'étaient pour lui que des affaires de cul). Mais Antonio savait que Consuelito était le fruit défendu, du moins aussi longtemps que durerait ce simulacre de vie, aussi longtemps qu'elle continuerait de croire que son obséquieux compagnon était son vénéré, adoré, divinisé oncle Gabriel.

– Alors, que penses-tu de mon choix ?

Consuelito levait les deux bras, sur chacun desquels pendaient trois cravates, toutes d'une discrétion légèrement provocante, ironiquement provocatrice, si l'on préfère. Quand elle levait ainsi les bras, ses seins acquéraient un volume qui semblait réclamer le creux de deux mains, de ses deux mains.

– Que veux-tu que j'en pense ? Je n'ai jamais connu personne qui ait autant de goût que toi pour les vêtements.

Consuelito se rebella.

– Seulement pour les vêtements ?

– Mais non, que vas-tu croire ? Avec toi, tout fait plaisir.

Il avait plaisir à l'attendre tous les jours, même quand elle ne rentrait qu'à l'aube, pour l'embrasser et lui souhaiter bonne nuit ; plaisir à aller en pleine nuit jusqu'à la porte de sa chambre afin d'épier son souffle apaisé, sans péché, et ses formes lovées sous les couvertures ; à lui préparer le petit-déjeuner et à l'accompagner jusqu'à la porte de l'immeuble, où attendait la voiture qui devait la conduire aux studios de Chamartín, et à se séparer d'elle en agitant la main comme un benêt. Il aimait qu'elle l'appelât à des heures indues pour l'avertir que le tournage se prolongeait et l'assurer en passant que toutes les avances des producteurs, des techniciens et des autres acteurs de la distribution se soldaient par des échecs. Il aimait surtout, quand venait la fin de la semaine, aller faire des courses avec elle, lui passer ses caprices et lui montrer les environs de Madrid. Comme Amparo, Consuelo adorait les excursions, mais elle n'était pas Amparo, et les dispositions d'Antonio étaient tout à fait différentes, même s'il lui fallait inévitablement recourir, pour ne pas passer pour un Béotien devant Consuelito, aux enseignements que lui avait dispensés son ex-fiancée pendant leurs sorties ennuyeuses et ratées. Il lui montrait les vols de gerfauts au-dessus des collines, qui étaient moins importants en hiver, peut-être parce que quelques-uns avaient migré vers d'autres terres ou parce qu'ils avaient été décimés par les chasseurs furtifs, et il la conduisait à des villes de pierre et de lichen qui, en décembre, ressemblaient à de hautes falaises de glace.

– Tu ne vas pas me dire que tu n'as jamais vu le Doncel de Sigüenza ? faisait-il, feignant de se scandaliser. Il faut remédier à ça immédiatement.

– Très bien. Je ne sais pas ce que tu attends. Allons-y.

Quand ils y entrèrent, la cathédrale de Sigüenza était une glacière où Dieu claquait des dents. Consuelito plongea les doigts dans le bénitier, mouilla ensuite ceux d'Antonio, et tous deux se signèrent avec onction ou, plus précisément, Consuelito le fit avec une onction candide, pendant qu'Antonio se contentait d'une de ces onctions onctueuses empruntées aux démocrates chrétiens qu'il avait vus faire dans les actualités cinématographiques, maintenant qu'il ne redoutait plus que l'eau bénite pût laisser sur son front un stigmate sulfureux.

Devant la grille de la chapelle du Doncel, Antonio répéta mot pour mot et sans rougir ce qu'Amparo lui avait appris.

– José Antonio disait que le Doncel était un phalangiste du quinzième siècle. Un fils de famille qui avait un beau jour cessé de jouer à la pelote sur les murs du palais de l'évêque, un de ses parents, pour aller à Grenade se battre contre les Maures et mourir d'un coup d'épée dans un verger.

Consuelito buvait ses paroles.

– Mon Dieu que c'est beau.

La lumière de décembre, qui annonçait la neige de coton et l'étoile des bergers scintillante, inondait les vitraux et perçait la pénombre de la chapelle à seule fin que Consuelito pût mieux contempler le Doncel, qui maintenant n'avait plus un visage de congre bouilli mais le maintien et la vaillance du noble guerrier qui se ligue avec les gens du village, oubliant la lutte des classes, comme les divisionnaires partis pour la Russie.

– Il est parti pour la guerre avec les gars du village, les rustres et les simples guerriers descendus de Soria encore vêtus d'agnelin.

Consuelito se serra contre lui, frileuse, ou transportée. L'angora de son sweater se hérissait au contact du veston de cheviotte d'Antonio, et l'électricité statique crépitait entre eux.

– Que crois-tu qu'il soit en train de lire ? lui demanda-t-elle.

Sa curiosité était plus vaste que les connaissances d'Antonio, qui demeuraient celles du perroquet.

– Ma foi. Un livre de prières ?

– Et pourquoi pas de la poésie ? proposa-t-elle, plus fantaisiste ou plus hardie. Ou l'un de ces romans byzantins que l'on lisait alors, pleins de rencontres incroyables et de séparations forcées, d'amours contrariées et de réconciliations finales, comme dans les films de Rafael Gil. Le cinéma d'aujourd'hui c'est le roman d'hier.

Ils avaient quitté la cathédrale et montaient vers les ruines du château par la même ruelle pentue qu'Antonio avait empruntée en compagnie d'Amparo. Au-dessus de leurs têtes dormait dans le vent un aigle qui était peut-être celui de saint Jean, flanqué de légions d'archanges armés de trompettes et de clairons qui proclamaient la gloire de l'Agneau. Cette vision béatifique encouragea Antonio à pousser plus loin son imposture.

– Tu te souviens que quand tu étais petite tu me racontais les films nouveaux ?

Consuelito en profita pour faire une halte ; elle avait le souffle court et ses seins, comprimés par le sweater, accusaient sa respiration haletante.

– Bien sûr que je m'en souviens. J'ai dû te gâcher le plaisir de les voir.

Antonio osa lui donner une tape sur les fesses, serrées et quasi juvéniles, pour l'encourager à se remettre en marche.

– Absolument pas ! Ton « ciné parlé » était infiniment mieux que les films mêmes, affirma-t-il en regardant de nouveau le ciel, mais les archanges restaient insensibles à ses bobards. Plus tard, j'ai raconté ces films aux soldats, pendant notre captivité en Russie. Quand nous en bavions, quand la faim nous tourmentait, quand les geôliers nous battaient et que nous étions sur le point de flancher, les films que tu m'as racontés faisaient la nuit douce à ces pauvres malheureux.

Ils étaient arrivés au sommet. Les créneaux qui se découpaient sur les nues infestées d'archanges ressemblaient à des épitaphes dans la neige. Consuelito sauta sur un des blocs de pierre qui bordaient le ravin, aussi imposants que ceux des gués.

– Tu parles sérieusement ? s'exclama-t-elle, folle de joie. Tu me rends très fière de moi ! Quels films leur racontais-tu ?

– Oh ! Des tas ! Un par nuit. Tous ceux que tu m'as racontés, s'enferra-t-il, mais Consuelito voulait plus de précisions : – Eh bien, par exemple, celui de la chanteuse de cabaret qui enlève ses chaussures à talon pour suivre les légionnaires…

– *Morocco*, de Josef von Sternberg, l'interrompit Consuelito, aussi prompte qu'un félin. Avec Marlene Dietrich et Gary Cooper.

– Ou cet autre, sur la pharaonne qui se baignait dans du lait d'ânesse…

– *Cleopatra*, de Cecil B. DeMille, avec Claudette Colbert.

– Ou celui du bandit qui combattait l'usurpateur du trône et se cachait avec ses hommes dans…

– *The Adventures of Robin Hood*, de Michael Curtiz, avec Errol Flynn, Olivia de Havilland et Basil Rathbone.

Elle donna ainsi les titres de tous les films que Mendoza avait racontés à ses compagnons de captivité avec une voix retentissante ou discrète, ingénue ou avertie, grave ou criarde, brisée ou hautaine, en un exercice de mimétisme ininterrompu qui émerveillait les soldats. Mais le mimétisme d'Antonio était encore plus poussé car, comme l'avait soutenu le chiromancien de la Villa Romana, ses talents d'acteur étaient sans pareils. À tel point que même le vent qui fouettait habituellement cette hauteur s'était calmé, et que les cigognes avaient arrêté de glottorer ; mais peut-être avaient-elles migré, épouvantées par son cynisme. Consuelito n'avait pas fait une seule erreur en donnant les titres des films, et elle s'ébattait dans les ruines du château comme une princesse d'emprunt dans son royaume de prodiges et de chimères.

– Mais il faut que tu le saches : quand je te racontais ces films, j'y mettais pas mal de fioritures de mon invention, dit-elle comme si elle confessait un péché véniel.

– Entre celles que tu y mettais et celles que j'ai ajoutées ensuite, je crois que même leur mère ne les aurait pas reconnus.

Ils quittèrent le château alors que la nuit se jetait dans le ravin, où l'écume et la broussaille l'ensevelirent. Sur le chemin du retour, Antonio conduisit le Pegaso sans appuyer sur l'accélérateur, tout à son plaisir d'être au volant, comme l'était Mendoza un certain soir, quand il lui avait dit que conduire, c'était comme soumettre une femme ou dompter un cheval. Inopinément, Consuelito s'inclina de son côté et lui posa un baiser fugitif sur le lobe de l'oreille, où elle laissa une trace de salive incandescente.

– Merci. Ce sont les plus belles fins de semaine de ma vie.

Sur ces mots, elle se tut et garda le silence pendant un moment, subjuguée par la beauté tellurique du paysage, et Antonio, qui sentait encore la brûlure de la salive de Consuelito, comprit que ce baiser serait suivi par d'autres, qui apaiseraient ce feu, tôt ou tard ; il suffisait de se montrer patient.

– C'est moi qui dois te remercier, ma chérie ; avant que tu sois venue m'en tirer, ma vie était celle d'un ermite, dit-il en orientant le rétroviseur de façon à pouvoir observer les réactions de la jeune fille.

– Il ne faut plus en parler, mon bel oncle. Je ne permettrai pas que tu t'ennuies. Tu es encore jeune, tout de même !

Antonio accueillit cette apostrophe, qui se voulait flatteuse, avec une certaine inquiétude, en se demandant s'il était assez âgé pour lui plaire.

– Je te prends au mot. Je suis moi aussi très heureux ces derniers temps, auprès de toi, lui dit-il avec la pudeur du grincheux qui reconnaît le plaisir qu'il prend à enfreindre ses habitudes les plus enracinées. C'est incroyable, tout ce que nous avons en commun... Surtout si l'on tient compte du fait que nous sommes de la même famille.

Il rit de son sarcasme, plus risqué que ne le conseillait la prudence. Un lièvre en fuite traversa la route.

– Tu as tout à fait raison, convint Consuelito, méditative. Nous avons beaucoup de choses en commun. Je m'en suis rendu compte l'autre jour, pendant qu'on réglait l'éclairage pour une séquence dans laquelle je figure. Je me suis tout à coup surprise en train de regarder ma montre, en désirant que la prise de vue se termine au plus vite pour pouvoir te rejoindre et savoir ce que nous allions faire ensemble cette fin de semaine.

– C'est curieux, fit Antonio en regardant de côté son profil, qui lui apprit qu'elle était agitée, peut-être en proie au désarroi. Il m'est arrivé exactement la même chose, pendant que je veillais au chargement de quelques camions qui allaient partir pour Barcelone : je voulais en finir au plus vite, même en négligeant mes obligations, expliqua-t-il, avant de faire l'aveu qui devait déstabiliser davantage Consuelito : – Tu es la meilleure chose qui me soit arrivée depuis mon retour de Russie ; et peut-être même depuis toujours.

À mesure qu'ils se rapprochaient de Madrid, le paysage devenait moins agreste, les villages étaient pour ainsi dire des banlieues où les parias luttaient pour résister à la poussée urbanistique décrétée par les technocrates en montant la garde devant leurs masures et en allumant des feux qui n'étaient que fumée, comme des Comanches discutant avec le Grand Manitou. Consuelito regarda avec ferveur l'homme qu'elle prenait pour son oncle.

– Ce qui me donne surtout l'impression que nous avons beaucoup de choses en commun, ce n'est pas tant le lien de sang, c'est que, depuis mon enfance, je t'ai toujours considéré comme quelqu'un d'admirable et de digne de confiance. Au-delà du fait que nous sommes oncle et nièce, ce qui compte, c'est la conviction que te connaître a toujours été pour moi un privilège. C'est très difficile à expliquer, mais quand je te regarde dans les yeux, je crois que tu comprends ce que j'ai derrière la tête, dit-elle, et sa voix devint alors implorante, et même un peu angoissée : – Tu le comprends, n'est-ce pas ?

Antonio posa sur le genou de Consuelito la main mutilée qu'elle avait considérée avec une compassion grandissante, presque avec douceur, à la Villa Romana, et ce genou était aussi malléable que devaient l'être ses seins ; il lui semblait que la rotule se rétractait comme un escargot dans sa coquille, malgré ce que l'on enseigne dans les cours d'anatomie.

– Bien sûr que je te comprends, mon petit.

Absorbée en elle-même, elle poursuivit :

– Elle est si particulière, cette impression d'avoir toujours, aussi déprimé et soucieux que l'on soit, quelqu'un vers qui aller, dont les conseils et les encouragements dissipent toute crainte, quelqu'un dont la voix procure aussitôt une grande paix intérieure, et donne le sentiment que malgré tout le monde est bien fait…

Antonio la laissait parler en savourant l'ivresse de la victoire. Ce n'était pas le défunt Mendoza qui avait réussi à éveiller en elle de tels sentiments ; Gabriel avait peut-être suscité l'admiration de sa nièce, mais s'il était revenu de Russie, cette illusion enfantine se serait peut-être étiolée avant de disparaître, étouffée sous les formalismes familiaux. C'était lui, Antonio Expósito, petit malfrat dans une vie antérieure, qui avait fait tressaillir en elle des passions dormantes qui n'osaient pas encore s'affranchir. Et il l'avait obtenu en dépit des entraves, des difficultés inhérentes au simulacre de vie que lui imposait le sort ; s'il pouvait seulement lui dévoiler la vérité, ces passions pourraient alors rompre toutes leurs amarres.

– Je ne sais à quoi tu penses, lui dit-elle, mais à en juger par ton expression, ce doit être quelque chose d'agréable.

– Parfois, quand je conduis, mon imagination s'emballe, et il faut que je lui serre très fort la bride, murmura Antonio, en repoussant la tentation qui, un instant, avait fulguré dans son esprit.

Consuelito ferma les yeux et s'abandonna à ses songes.

– Ça m'arrive souvent, à moi aussi. J'aime aller en imagination dans les endroits les plus exotiques, dit-elle avec un rire espiègle. C'est du tourisme qui ne coûte rien !

Ils étaient arrivés à Madrid, ville étourdie par trop d'ambitions et de trivialité, où les rêves sont à l'étroit.

– Tu iras un jour dans tous ces endroits. Tu seras une étoile du septième art et tu auras toutes sortes d'admirateurs et de prétendants qui t'emmèneront partout où tu voudras, comme cela arrive à la vulgaire Ava Gardner, lui prédit-il, avant d'essayer de la troubler davantage en jouant les victimes. Alors, tu auras complètement oublié ton pauvre oncle Gabriel.

– Ça me ferait mal ! lança Consuelito en se redressant sur son siège avec une indignation amusée. Celui qui voudra plaire à la vedette de cinéma Consuelo Mendoza devra ressembler à son oncle Gabriel... Même si je crois qu'il n'y a personne au monde qui puisse lui ressembler.

Elle croisa les bras, avec une mimique mi-boudeuse, mi-flatteuse. Antonio gara la voiture dans la rue Claudio Coello et lui ébouriffa les cheveux.

– On ne sait jamais, mon petit, on ne sait jamais.

Ils entrèrent dans l'appartement sur un petit nuage de désir empressé et fou. Antonio sentait qu'au plus intime de son être la jeune fille éprouvait pour lui la même attirance sexuelle qui le portait vers elle ; il le voyait à l'éclat fébrile de ses yeux, au tremblement de ses lèvres offertes, à la dilatation des ailes de son nez, qui semblait tendre l'architecture parfaite de son visage. Il devinait que dans les profondeurs de sa conscience Consuelito avait commencé à livrer bataille contre les tabous millénaires qui interdisent l'inceste, et que, au cours de ce combat déconcertant, bien des épisodes déchirants allaient encore survenir. Il aurait aimé lui dire la vérité, lui annoncer qu'aucune loi humaine ou divine ne pouvait faire obstacle à ce désir, mais il n'osait pas parler. La jeune servante originaire de la région de León vint vers eux, bouleversée.

– Don Gabriel, la dame de l'appartement de la rue Alfonso XII vient d'appeler, lui annonça-t-elle. Elle m'a demandé de vous dire qu'il faudrait que vous veniez au plus vite.

Cet appel à l'aide chassa subitement le petit nuage sur lequel ils flottaient, la mention d'une autre femme effaça du visage de Consuelito jusqu'au moindre vestige de désir.

– Elle vous a dit de quoi il s'agissait ?

– Non, monsieur, mais elle semblait bouleversée.

Consuelito se dirigea vers sa chambre sans poser aucune question. Antonio ne pouvait ignorer que Paloma n'aurait pas osé l'appeler chez lui si la chose n'était grave et urgente, et il sentit que, tôt ou tard, les liens de sa maîtresse avec tous ces dégénérés finiraient par le dégoûter d'elle. Il descendit précipitamment, roula à toute allure jusqu'à la rue Alfonso XII ; ces dernières semaines, depuis qu'il s'était lancé avec Consuelito dans les jeux interdits de la séduction, il avait négligé Paloma et même complètement oublié l'homme qui les harcelait au téléphone la nuit, dont il avait même fini par avoir peur. Il s'était assuré que Paloma débranchait bien le téléphone le soir, mais cet obstacle avait pu surexciter leur persécuteur et le pousser à employer des moyens plus effrayants, afin d'assouvir ses penchants pervers. Il monta les marches quatre à quatre, tourmenté par de sombres pressentiments, et il découvrit avec soulagement Paloma pelotonnée dans un coin du palier. Apparemment en pleine crise d'hystérie, elle était secouée par des tremblements convulsifs, le visage barbouillé de coulures de Rimmel.

– Que s'est-il passé ? lui demanda-t-il, alarmé.

Elle se rencogna davantage contre le mur, prenant appui sur ses pieds déchaussés ; ses bas, dont la pointe était déchirée, avaient filé. Elle pouvait à peine articuler un mot.

– Ils… ont… retour…né… toute… la… maison… Ga…bi.

Elle lui montrait la porte de l'appartement avec une expression d'horreur offensée, comme si une hydre ou un dragon revenu de quelque mythe pernicieux la gardait. Antonio se baissa et prit Paloma dans ses bras, en espérant qu'elle s'arrêterait de trembler. Le corps de sa maîtresse était froid, presque inerte, seulement animé par les convulsions et les sanglots.

– Ils ? Qui, Paloma ?

Il réussit à la remettre debout. La jupe, retroussée jusqu'aux hanches, dévoilait une culotte churrigueresque ; Antonio la rabattit pudiquement en essayant d'entraîner Paloma en direction de la porte, mais elle résistait.

– Un type est passé ce matin, en combinaison de travail. Il m'a dit qu'il devait traiter les poutres, parce que les termites s'étaient attaqués à l'immeuble, expliqua-t-elle, avant de fondre de nouveau en larmes. Il m'a demandé de sortir de la maison jusqu'à ce soir…

Antonio glissa la clef dans la serrure qui, effectivement, n'avait pas été forcée.

– Et tu as gobé ça ? fit-il, fâché. Sans avoir été prévenue par le comité de quartier ?

Paloma fit une grimace qui combinait regret et dédain.

– Va te faire foutre, Gabriel. Tu es bien placé pour savoir que je n'ai jamais mis les pieds dans ces réunions.

Antonio fit jouer la clef et, avant d'ouvrir la porte, il demanda encore :

– Que s'est-il passé quand tu es revenue ?

– Eh bien, j'ai trouvé la maison telle que tu vas la voir.

Toutes les lampes étaient allumées. La console du couloir avait été détachée du mur et ses tiroirs vidés ; dans le salon oriental, les déprédations étaient plus importantes : les tableaux avaient été décrochés, les coussins du sofa étripés, le meuble bar vidé de ses bouteilles, qui s'amoncelaient par terre, brisées. L'odeur des alcools répandus saturait l'air, à donner la nausée. Pendant qu'Antonio prenait la mesure des dégâts, Paloma recouvrait son sang-froid, mais restait derrière lui, nouée à sa taille.

– Comment était-il, ce type ?

– Ma foi, un gringalet quelconque. Maigre, le visage hâve, les dents cariées. Un type anodin, quoi, je n'ai pas regardé sa binette de trop près.

La description peu précise (qui pouvait convenir à des millions d'hommes) fit, un instant, frémir Antonio comme si le froid l'avait pénétré. Il voulait repousser l'angoisse, mais le spectacle du désordre dans la chambre où il avait passé tant de nuits auprès de Paloma ne l'aida guère. Le sol était jonché de culottes, de soutiens-gorge, de bas et de porte-jarretelles, de tous les *négligés* et autres affûtiaux pornographiques, maintenant ravalés à l'état de simples chiffons.

– C'est ici qu'il a interrompu ses recherches, dit Paloma. Il n'est pas entré dans les autres pièces, visiblement, il n'en a pas eu le temps.

Dans sa vaine tentative de surmonter l'angoisse, Antonio parla sans réfléchir :

– Es-tu sûre que ce n'est aucun des dégénérés avec lesquels tu fais ces trucs bizarres, qui aurait voulu te voler des culottes ou un autre truc tordu de fétichiste ?

Paloma le dévisagea, fâchée.

– Arrête de faire le con. Tu sais aussi bien que moi que ce type cherche quelque chose de beaucoup plus important.

Si l'inconnu était sur la piste de ce qu'Antonio redoutait qu'il fût venu chercher, et dont il croyait être le seul à connaître l'existence, il n'avait rien trouvé, parce qu'il ne semblait pas avoir exploré d'autres endroits que ceux où lui-même faisait chou blanc depuis des mois.

– Nous allons faire changer la serrure, Paloma, et nous prendrons désormais plus de précautions.

– Je regrette Gabriel, fit-elle en se raidissant. Si tu ne viens pas vivre avec moi, ou si tu ne passes pas ici au moins une fois par jour, je déménagerai. J'ai une tante à Ségovie qui…

Le téléphone sonna, interrompant ses doléances. C'était une sonnerie impérieuse et grinçante semblable aux cris de protestation de chauves-souris qui fuient la lumière, ou aux hurlements d'un enfant affamé.

Ils se regardèrent, saisis d'effroi. Aucun des deux n'osa aller répondre.

La serrure fut changée, il vint voir Paloma tous les jours, resta souvent dormir chez elle, et ils n'entendirent plus parler du type qui s'était fait passer pour un employé du service de l'hygiène. Pour ne pas contrarier Consuelito, Antonio inventait des déplacements auxquels il ne pouvait se soustraire dans les villes les plus diverses et des réunions avec des clients désireux de renégocier leurs contrats, mais cette servitude involontaire le remplissait d'une colère qu'il assouvissait sur Paloma, avec laquelle il se mit à forniquer en désespéré, bestialement, parfois à plusieurs reprises au cours de la nuit, pour éviter de l'assommer à coups de poing, ce qui était en fait son véritable désir. Tandis qu'il s'épanchait en elle, il se sentait irrémédiablement sale, pareil à un porc qui se vautre dans la gadoue, et avoir conscience de cette saleté ne faisait qu'accroître son aversion envers Paloma, qui le privait des seuls moments de plaisir réparateur qu'il avait réussi à tirer de cette vie d'emprunt. Son retour chez elle eut au moins l'avantage de le remettre régulièrement en contact avec Demetrio, qu'il avait un peu trop négligé, et de régler les derniers détails du prochain envoi de drogue qui, s'il se déroulait sans imprévus, pouvait faire de son associé le fournisseur attitré des mafias de Miami, dont les intermédiaires commençaient à lui manger dans la main. À la veille de Noël, le tournage des principales séquences du film achevé, Consuelito partit passer les fêtes en famille à Saint-Sébastien, d'où elle devait revenir sans tarder ensuite, pour deux semaines encore, pendant lesquelles il était prévu de filmer quelques scènes dans un couvent d'Alcalá – où la religieuse qui rédime son frère communiste, rôle interprété par Consuelito, était supposée s'être retirée – et de boucler la synchronisation. Antonio réussit à convaincre Paloma d'aller passer quelques semaines chez sa tante, à Ségovie, en lui faisant nettement comprendre que désormais elle n'obtiendrait plus de lui autre chose que les fornications immondes qui la ravalaient à un vulgaire morceau de viande, et il put ainsi réaliser sans dérangement, pour la fête des Saints-Innocents, le 28 décembre, l'opération du transport de l'héroïne, qui une nouvelle fois passa la frontière tassée dans les horribles poupées dont raffolaient les fillettes des familles américaines aisées. Demetrio lui apporta sa liasse de dollars enveloppée dans du papier kraft, comme la fois précédente.

– Cette fois, c'est moi qui te l'avance, les Américains ne m'ont pas encore payé, dit-il, magnanime. Comme ça, tu pourras fêter splendidement les Rois.

Et son rire caverneux retentit dans sa bedaine.

– Je ne sais comment te remercier. Mais je sais ce que je vais en faire.

– Tu es devenu un drôle de loustic, remarqua Demetrio avec un sourire béat et joufflu. Palomita ne te suffit plus, c'est ça ? J'en connais d'autres qui s'en contenteraient, tu sais...

– Eh bien, si tu la veux, je serais heureux de te la laisser, consentit Antonio, tout aussi magnanime. Et si tu as des goûts un peu particuliers, tu trouveras ton bonheur avec elle, parole ! Je vais te donner le numéro de téléphone de sa tante, à Ségovie...

Antonio savait en effet ce qu'il allait faire d'une partie des dollars que Demetrio lui avait avancés, et sans même devoir les changer en pesetas. Chez le tailleur qui lui avait fait ses costumes, en feuilletant une revue de mode américaine, Consuelito était tombée en extase devant une photo de Suzy Parker, qui portait un manteau de soirée de Pertegaz, somptueux, avec une tournure, des ruchés, et des boutonnières aux laçages savants semblables à des papillons ligotés. Dans la boutique du grand couturier, à l'angle des rues Hermosilla et Velásquez, on accepta les dollars sans faire d'histoire (et même avec une gratitude gourmande), et il put ainsi époustoufler Consuelito quand elle revint de Saint-Sébastien ; toutes les réserves et les déceptions que ses dérobades peu ou pas du tout convaincantes des dernières semaines avaient suscitées en elle s'évanouirent comme par enchantement quand elle se contempla dans le miroir vêtue du manteau de soirée de Pertegaz, qu'elle portait infiniment mieux que Suzy Parker, tout simplement parce que Consuelito était plus belle que le mannequin.

– C'est le cadeau le plus divin que l'on m'ait jamais fait, s'exclama-t-elle en se pendant à son cou, l'étouffant presque sous le déluge de tissus précieux. Et quand l'étrennons-nous ?

– Cette nuit, pour le réveillon. J'ai réservé une table au Hilton de la Castellana.

Dans cet hôtel défilaient sans arrêt, pour accomplir leurs devoirs promotionnels, ou aux frais de la princesse, des dizaines d'acteurs d'Hollywood, depuis que le directeur du Ritz, très collet monté, d'après ce qu'Antonio avait pu lire dans les journaux, ne voulait plus des gens du spectacle parmi sa clientèle. Dans les suites du Hilton récemment inaugurées avaient ainsi batifolé Charlton Heston, Lana Turner, et même Gary Cooper, dont Antonio étudiait la nonchalance séduisante en vue de l'imiter ; mais celle qui n'aurait pas bougé du Hilton de la Castellana, même si l'on était venu dératiser sa chambre, c'était Ava Gardner qui, comme l'insinuaient les chroniques mondaines, organisait des bringues colossales qui ne se terminaient qu'au matin, une fois taris les flots de champagne et les flux vaginaux. C'était en épouvantant ainsi sa clientèle la plus laborieuse et bien-pensante que ce grand hôtel devenait un capharnaüm de noceurs plus ou moins cosmopolites et filous, accourus du plus lointain des terres émergées pour voir s'ils ne pourraient pas s'offrir l'actrice et aller ensuite le raconter à leurs amis (qui se l'étaient peut-être déjà offerte). Inévitablement, le réveillon du Hilton de la Castellana rameuta toutes ces fripouilles et ces fripons d'alcôve, si bien que la fête prit des allures de partie fine polyglotte. Antonio n'hésita pas à s'y rendre en smoking blanc, après avoir vu sur des photos que Gary Cooper le faisait même pour des dîners hivernaux ; mais, à côté de Consuelito, il avait pourtant l'air d'être son majordome ou son chaperon. Quand ils entrèrent dans la salle où se déroulait le réveillon, festonnée de crêpe de soie, au plafond tendu de serpentins, il se fit un silence admiratif et mélancolique, comme si l'essaim de sots venus de loin pour participer à la chasse à

Ava Gardner s'avisait brusquement que leur proie, comparée à Consuelito, n'était que du second choix.

– Ce que je ne comprends pas, ma chérie, c'est qu'après avoir tourné le film vous deviez encore enregistrer les dialogues, dit Antonio en l'aidant à ôter son manteau avec tout l'apparat révérenciel de la dévote qui change les atours de la Virgen del Rocío.

Un serveur vint prendre le vêtement et laissa un ticket de vestiaire.

– Ah, tu sais, la prise de son n'est pas assez perfectionnée pour que l'on puisse enregistrer en direct. Il y a toujours des bruits inattendus pendant le tournage, c'est suant au possible.

Elle avait hâte de voir enfin le film achevé. Les deux mois de tournage n'avaient pas laissé une seule trace de fatigue sur son visage, du moins pas en cette nuit au cours de laquelle la vieille année décrépite allait recouvrer sa prime jeunesse sans que sa décrépitude eût même effleuré l'harmonie des traits de Consuelito, sa bouche à l'attrait indéchiffrable.

– Tu as pu voir quelques scènes du film ?

Il s'attachait chaque jour à une particularité de la physionomie de la jeune fille ; ce soir, c'étaient ses cils, dont les battements lents accompagnaient le mouvement gracieux des paupières.

– J'en ai vu quelques-unes, qui promettent. Rafael travaille avec le monteur jour et nuit, afin que les organisateurs du Festival de Venise, qui sont à Madrid pour quelques jours, puissent se faire une idée du film, lui confia-t-elle, mais en fronçant les lèvres que ce soir, exceptionnellement, elle avait couvertes d'un nacarat brillant. Mais je ne crois pas qu'ils le sélectionnent. Ils ont eu de nombreux problèmes avec son dernier film.

On avait commencé à servir le dîner dont la tradition voulait qu'il s'achevât juste avant les douze coups de minuit. Parmi les vautours qui s'étaient fait plumer dans l'espoir de becqueter un peu d'Ava Gardner, ou de lui pincer les fesses, le découragement grandissait, parce que l'actrice ne se montrait pas.

– Ah bon ? Et pourquoi ?

– C'était un film sur la persécution des religieux dans un pays qui n'était pas nommé, mais en lequel on ne pouvait guère voir que l'Union soviétique, lui expliqua Consuelito en élevant un peu la voix pour se faire entendre malgré la rumeur de la salle. Il avait été sélectionné pour concourir, mais les Russes s'y sont opposés et, finalement, il n'a pas été projeté.

– Quels gredins, ces Russes, dit-il en connaissance de cause. Et l'Espagne n'a pas protesté ? Comment se fait-il qu'ils puissent imposer leur veto ?

Consuelito avait choisi un plateau de fruits de mer qu'elle mangeait avec ses doigts, l'auriculaire levé, et son habilité laissait Antonio pantois.

– Ils l'imposent, tout simplement, parce que pendant qu'on nous bombarde de démocratie à droite et à gauche, les Russes vont de festival en festival poser leur veto, et comme les ministres de Franco ont honte des films très catholiques de Rafael, ils ne protestent que du bout des lèvres.

– Foutus démocrates de merde, murmura Antonio en empruntant une nouvelle fois la rhétorique crapouilleuse de Cifuentes.

Il y eut un grand éclat de voix dans la salle, qui fut suivi d'un silence eunuchoïde et servile, parce que Ava Gardner venait de faire son entrée, résolue à chasser la gueule de bois de l'an décrépit d'une bonne cuite d'an nouveau, et traînant à sa suite une ribambelle de Gitans d'opérette aux coups de glotte automatiques, de crapuleuses marquises, de toreros d'outre-gloire ou encanaillés, de casseurs et de larbins satyriasiques, tâte-culs et cunnilinguseux qui formaient sa cohorte madrilène.

– Vas-y, le défia Consuelito, explique-moi comment cette femme si vulgaire peut plaire aux hommes. Elle a des cernes qui lui arrivent aux talons, à force de sucer les queues…

Il fut surpris par la vulgarité de Consuelito, qui lui venait peut-être de sa fréquentation des gens du cinéma, ou peut-être encore du champagne qu'elle avalait comme du petit-lait.

– Tsss, tsss, elle n'est pas si mal, et même pas mal du tout, fit-il pour exciter sa jalousie.

Un invité attrapa la traîne de la robe de la diva, qui fit entendre un rire chevalin.

– Non, mais regarde-moi ça. On voit ses plombages quand elle rit… à moins que les femmes avec des plombages t'excitent ?

Dans le regard de Consuelito brillait une férocité qu'Antonio ne lui avait jamais vue. Peut-être la bataille trépidante contre le tabou de l'inceste millénaire était-elle engagée en elle. Antonio releva le gant.

– Une femme peut avoir des plombages et être attirante… C'est toujours un ensemble qui captive et il arrive qu'un défaut, d'origine ou acquis, décuple l'attrait.

– Et voilà le cochon, l'homme à femmes ! s'exclama-t-elle jovialement, avant d'ajouter, avec une certaine amertume : – On voit que tu t'y connais. Tu leur trouves quelque chose…

– Je leur trouve ce qu'il me faut.

Il se rendait compte que la conversation s'engageait sur des terrains épineux. Consuelito rétorqua, d'un ton accusateur qui se voulait détaché :

– Tu les aimes toutes, vaurien.

– Tu te trompes, beauté. Toutes m'intriguent, parce qu'il y a en chacune quelque chose d'intéressant, même quand elles sont laides, dit-il, avant de ménager une pause emphatique, en même temps destinée à détendre l'atmosphère : – Mais celles qui me plaisent, ce sont les déesses comme toi.

Consuelito baissa tout doucement les paupières, puis but une autre coupe de champagne. Pour exacerber davantage sa jalousie, Antonio se tourna vers l'endroit où Ava Gardner s'était assise.

– La Yankee n'est pas laide non plus, tu sais. Regarde, elle semble ébahie.

Consuelito rit, puis fit claquer ses lèvres, le criblant de gouttelettes de vin et de postillons.

– Mais non, elle n'est pas ébahie. Vous vous faites toujours avoir par les filles vulgaires et calculatrices. Elle s'est tout simplement rasé les sourcils et s'en est dessiné d'autres au crayon au-dessus de l'arcade sourcilière.

Il était vrai que Consuelito, en revanche, n'avait nul besoin de donner le change ; tout, en elle, était naturel et éclatant de jeunesse, paré de l'enchantement de la rosée et du pain chaud. Même si, ce soir, elle éprouvait le besoin nouveau de boire, comme pour forcer ses dernières réticences.

– Toi, en revanche, tu n'es pas ébahie, ce sont les autres qui le sont, quand leur regard se pose sur toi.

– Je ne sais comment tu t'y prends, mais tu dis toujours ce qu'une fille ne peut se lasser d'entendre, dit Consuelito en se léchant les babines devant le plat qu'un serveur apportait, du jambon braisé à la sauce d'aspic, choisi, peut-être, pour permettre aux invités qui ne pouvaient mordre les cuissots d'Ava Gardner de se faire les dents. Alors, je me demande comment tu peux encore être célibataire. Ne dis-tu pas des choses de ce genre à toutes ces femmes que tu trouves si intéressantes ?

Elle lui lança un regard de côté en s'emparant de la coupe qu'un serveur venait de remplir.

– Je ne les adresse qu'à celle qui me plaît vraiment. Et elle est unique.

L'orchestre s'était mis à jouer. Les musiciens venaient sans doute de Cuenca ou d'Albacete, mais ils jazzifiaient en l'honneur de la comtesse aux pieds nus, qui protestait pourtant, avec un accent sévillan, pour réclamer du flamenco et autres musiques gitanes, soutenue par sa claque ruffianesque.

– Et ce n'est pas Ava Gardner, n'est-ce pas ? demanda Consuelito avec une langueur coquine qui acheva de le griser.

– Bien sûr que non.

– Alors, qui est-ce, si l'on peut savoir ?

Sa poitrine se penchait à son décolleté comme un suicidé au garde-fou d'un pont, dans son désir de s'offrir.

– On ne peut savoir. C'est un secret.

Consuelito protesta, boudeuse comme une enfant.

– Il ne peut y avoir de secrets entre nous. Nous avons trop de choses en commun.

– Nous avons tant de choses en commun qu'il est inutile de parler pour que l'autre comprenne.

Ils restèrent un moment silencieux, Consuelito toute au jambon qu'elle attaquait avec un appétit de carnivore, Antonio qui y goûtait à peine, tous deux jugulant la clameur du sang, qui pour Consuelito s'était affranchie des tabous millénaires et pour Antonio avait balayé le dernier résidu de bon sens qui lui restait. Ils demeurèrent ainsi à s'observer mutuellement jusqu'au moment où l'orchestre annonça avec un redoublement de tambours les douze coups de minuit. Du plafond descendit alors un carrosse couvert d'oripeaux qui lui donnaient l'apparence d'une frégate, sur le pont de laquelle était posée une horloge à carillon flanquée de deux danseuses ou deux racoleuses couvertes de paillettes et de strass.

Les serveurs apportèrent aux convives les raisins du réveillon et les seaux à champagne dans lesquels les bouteilles dont on venait de faire sauter le bouchon écumaient encore. Tandis que le carillon retentissait et que l'on engloutissait les grains porteurs de chance, leur échange de regards se fit plus péremptoire, quasi tragique en son insistance, et l'explosion finale d'allégresse dans laquelle les convives ne ménagèrent ni leurs poumons ni leur élan tribal ne les effleura même pas, tant leur désir les avait emportés loin, ailleurs.

– Bonne année, Gabriel.

– Bonne année, Consuelo.

C'était la première fois qu'elle l'appelait par son prénom sans le faire précéder de cet « oncle » qui évoquait leur supposé lien familial, et c'était aussi la première fois qu'il l'appelait par son prénom et non par le diminutif infantilisant de sa jeunesse. Ils continuaient de se regarder, pendant qu'autour d'eux les fantoches défilaient en sifflant et en soufflant dans leurs langues de belle-mère, et que du plafond pleuvaient les confettis.

– À quoi penses-tu, Gabriel ?

– Je me demande quelles surprises nous réserve la nouvelle année. Et ce que nous ferons dans un an.

Consuelo tendit sa coupe vers lui et ils trinquèrent. Le regard de la jeune fille avait perdu de son intensité, son sourire était pâle, ses lèvres un peu exsangues, comme si le recours à l'artifice du rouge les avait vidées de leur sève.

– Nous serons peut-être ensemble dans un endroit exotique, loin de cette merde, murmura-t-elle.

L'orchestre avait été remplacé par un ensemble flamenco qui sanglotait en l'honneur d'Ava Gardner, que sa suite servile encourageait à monter sur la table afin de se régaler de ses talonnades, ce qu'elle fit maladroitement, se prenant les pieds dans la nappe et faisant rouler verres et bouteilles, qui allèrent s'écraser par terre à grands fracas.

– Je crois que j'en ai assez vu, pas toi, Gabriel ?

Antonio la prit doucement par la taille, et ils quittèrent le réveillon qui dégénérait en débauche. Une fois au volant, il prit la direction de la rue Claudio Coello dans une cohue de voitures et un déchaînement d'avertisseurs, et Consuelo, sous la protection de son manteau, laissa sa main sur le levier de vitesse, pour qu'Antonio puisse la serrer et nouer ses doigts aux siens, comme la vigne s'entrelace au jasmin. Ils eurent quelque peine à entrer dans la cabine de l'ascenseur, à cause de la tournure du manteau ; dès qu'ils mirent les pieds dans l'appartement, elle murmura :

– Je t'en prie, n'allume pas les lumières.

Main dans la main, ils allèrent jusqu'à la fenêtre du salon pour jeter un regard sur la ville rutilante et insomnieuse, Babylone d'anonymat où pour quelques heures seulement tout semblait permis. Puis Consuelo se laissa tomber sur le canapé, où le bas de son manteau s'ouvrit comme la corolle d'une fleur qui va perdre ses pétales, et Antonio posa sur le plateau du phonographe un disque d'Irving Berlin, qu'il avait acheté l'après-midi même. Les premières notes de *Cheek to Cheek* se firent entendre, dont Consuelo put à peine balbutier les paroles, sans doute à cause de l'effet du vin.

Dance with me,
I want my arm about you,
That charm about you
Will carry me through to…

Antonio essayait de défaire les lacets des boutonnières, mais Pertegaz dessinait des modèles semblables à des écrins à secret. Consuelo était figée, gagnée par la torpeur qui suit un repas copieux, mais son souffle tumultueux, ses yeux mi-clos et son sourire ténu, à peine esquissé, qui semblait annoncer le malaise, l'attiraient aussi violemment que la flamme attire l'insecte. Il réussit enfin à dénouer le laçage du cou, et sa main chercha l'échancrure du soutien-gorge, pour se nicher dans la chaleur du nid où l'attendaient ses seins, dont les rondeurs comblaient exactement les creux de ses mains et dont les mamelons durcissaient sous sa caresse. La mélodie d'Irving Berlin atteignait son crescendo de jubilation et d'excitation, et Consuelo leva alors les paupières, releva la tête et chercha sauvagement la bouche d'Antonio, menton tendu, agressif, comme si elle voulait noyer le tremblement de ses lèvres dans l'haleine chaude qui la brûlait.

– Oh, Gabriel, Gabriel, Gabriel, il y a si longtemps que j'attends ce moment, murmura-t-elle, ou haleta-t-elle avec ce qui lui restait de souffle.

– Oh, mon amour, quel plaisir de te caresser, de t'embrasser enfin, dit-il en la prenant par la taille, froissant sans ménagement les ruchés du manteau, cherchant sa capitulation ultime.

Mais Consuelo lui opposa une dernière résistance.

– Oncle Gabriel…

Son visage était brûlant d'ardeur ou de honte, enfiévré par un tourbillon de pensées et de désirs contradictoires, mais Antonio ne voulait plus que mordre son cou, mordre dans sa vie palpitante et pourpre, il voulait l'amour ou la mort.

– Oncle Gabriel, je t'en prie, insista-t-elle. C'est ridicule de t'appeler comme ça maintenant, reprit-elle, détachée d'elle-même, dans son combat sans issue entre les remords et les transports du plaisir. On dirait que je m'adresse à un vieux monsieur vénérable. Tu sais que…

– Quoi, mon amour ?

– Que même quand j'étais petite je ne te considérais pas comme un oncle, lui confia-t-elle d'une voix défaite, bégayante, en délire. Tu étais pour moi… tu es pour moi l'étranger romantique et mystérieux des films, qui séduit… dont tombe amoureuse la jeune première, poursuivit-elle en se mettant à pleurer, en versant de grosses larmes silencieuses qui luisaient dans la nuit tels de très anciens péchés. Oh, Seigneur ! Oh, que j'aimerais que tu ne sois pas mon oncle !

Elle eut un sanglot, ou un renvoi dû à tout le vin qu'elle avait bu et plus encore au tourbillon d'émotions confuses qui la secouaient comme un pantin. Le disque d'Irving Berlin continuait de tourner, lançant dans la nuit des mélodies aux relents de putréfaction et de vomi. Antonio essaya de la tranquilliser.

– Consuelo, ma chérie, ne sois pas triste. Je t'aime. Tu as entendu ? Je t'aime, répéta-t-il en baisant de nouveau son visage, sa gorge, sa poitrine, dorant ses lèvres au feu de sa peau. Oublie le reste.

Elle se leva du canapé dans un effort improbable qui faillit la faire tomber. Son manteau n'était plus qu'un chiffon.

– Que Dieu me pardonne. Je t'aime moi aussi.

Et elle se dirigea à pas hésitants vers la salle de bains qui se trouvait au milieu du couloir, en se retenant à un mur et à l'autre, comme si elle avançait le long d'une coursive de navire en pleine tempête. Antonio ne fit rien pour l'en empêcher, ni pour l'aider ; il l'entendit vomir au-dessus du lavabo, expulser la lave qui lui brûlait les poumons, puis, calmée et chancelante, aller verser dans la cuvette des toilettes le filet de miel frémissant, doré et obstiné de son urine. En l'attendant, il se servit un ballon de cognac qu'il avala d'un trait, comme il le faisait pour conclure ses arrangements avec Demetrio, et il contempla pendant quelques instants le verre vide, sur les parois duquel coulaient aussi de grosses larmes silencieuses. Il contempla à la surface du verre pansu ses traits déformés de monstre qui se délite, sous l'effet d'une lèpre subite. Peut-être n'était-il qu'un monstre lépreux, mais il n'avait pas l'intention d'essayer d'y changer quoi que ce fût. Le bruit de la chasse d'eau se fit entendre, bruit d'un fleuve qui rompt ses digues.

– Consuelo, comment te sens-tu ?

Les cheveux collés par la sueur, le visage d'une pâleur mortuaire, les larmes aux yeux et le manteau souillé de vomi, elle n'était pas au mieux de sa forme, mais elle lui semblait toujours indiciblement belle.

– Mieux. Mais il fait très chaud ici, non ?

Elle était parcourue par les frissons de la lipothymie ou d'un autre léger malaise, parce qu'il faisait plutôt froid dans l'appartement, qui semblait maintenant inhospitalier. Antonio revit le monstre du ballon de cognac, qui se délitait dans sa pourriture, et il lui dit :

– Allez, viens, mon enfant, viens que je te mette au lit.

Il la prit dans ses bras aussi délicatement que si elle était faite de plumes d'ange, et il la porta jusqu'à la chambre. Consuelo cherchait l'abri de sa poitrine, honteuse ou regrettant malgré tout ses baisers. Antonio retira le couvre-lit d'un seul geste, la posa tout en douceur sur le matelas et tapota l'oreiller pour y nicher commodément la tête de la jeune fille. Il s'assit à côté d'elle, sans lever les yeux sur le crucifix accroché au mur au-dessus de la tête du lit, qui le prévenait contre toute infraction au septième commandement.

– Tu te sens mieux, maintenant ? lui demanda-t-il.

Mais elle ne put que bredouiller des paroles inintelligibles, vaincue par l'assoupissement.

– Je vais t'enlever tes chaussures et ce manteau, pour que tu sois plus à l'aise, d'accord ?

– D'ac-cord, fit-elle, naviguant déjà sur les eaux de l'inconscience.

Il lui ôta ses vêtements et, en la voyant à demi nue, il éprouva de nouveau le désir de l'embrasser des pieds à la tête, cette fois sans retenue, de savourer la trace salée de sa sueur, l'âcreté de la salive de sa bouche, à peine remise des renvois.

– Je t'aime, Gabriel, je t'aime, murmurait-elle, comme un automate, en sentant de nouveau ses baisers.

– Je suis fou de toi, Consuelo, je ne peux plus me retenir.

Il l'embrassa avec plus d'insistance, désireux d'assouvir son sang endormi. Il leva sa robe jusqu'à la taille, et n'entendit qu'une légère protestation.

– Je t'en prie, Gabriel, non, je t'en prie…

Mais Antonio ignora ces paroles qui se perdaient dans les océans de l'inconscience et que ne vinrent soutenir aucune lutte, ni aucune intention de lutte, quand il la couvrit de son corps, quand sa barbe frotta son cou, cherchant la cadence irrégulière, à peine audible, de ses gémissements.

Il entra en elle et vogua, vogua au grand large.

Il commençait maintenant à le comprendre : sa vie d'imposteur n'avait pas seulement effacé jusqu'aux ultimes résidus de tout scrupule et à jamais étouffé la voix de sa conscience ; elle l'avait aussi vidé de l'intérieur de manière telle que ce qui aurait dû être son identité la plus profonde et la plus authentique n'était qu'une absence, un manque, un livre scellé de sept sceaux qui, une fois ouvert, ne révélait que des pages blanches. Antonio se voyait maintenant comme une sorte de trou noir, de vide cosmique qui engloutissait entre ses crocs tout ce que captait son champ d'attraction, une vacuité angoissante et absorbante faite chair qui anéantissait, tout en s'anéantissant, ceux qui s'approchaient d'elle, même quand il s'agissait, comme dans le cas de Consuelo, de gens qu'il aurait pu aimer dans une vie antérieure, surtout quand il s'agissait de telles gens. Son vide engloutissait toute trace de vie environnante, son champ magnétique n'était qu'un producteur de néant, et Consuelo, tel un insecte dévoré par le feu qui l'attire, avait pénétré dans ce champ dévastateur.

Le lendemain matin, elle n'était plus là ; elle avait mis dans sa valise la plupart de ses possessions et de ses vêtements (mais pas, bien entendu, le manteau de Pertegaz, resté dans sa chambre, froissé et aussi seul qu'un épouvantail à moineaux), puis elle avait quitté l'appartement de la rue Claudio Coello sans même laisser un mot, ni une adresse, ni un numéro auquel il eût pu la joindre ; pas le moindre indice qui eût permis de se lancer sur ses traces. Antonio savait ce qu'elle avait fui : moins lui qu'elle-même, précipitamment, aveuglément, sans autre but ni autre intention que d'échapper à la honte, de se soustraire à sa conscience (effort vain, puisqu'elle en avait une), en laissant derrière elle cet épisode déchirant ; mais le poison du vide que répandait Antonio était entré en elle comme une épine indissoluble. Il sentait qu'il la reverrait tôt ou tard, mais il essaya pourtant de découvrir son gîte et, sachant qu'elle n'avait ni amis ni parents qui pouvaient l'héberger à des centaines de kilomètres à la ronde, il appela les studios de Chamartín, où on lui dit qu'elle avait terminé son travail et était rentrée chez elle ; s'il en était bien ainsi, comme Margarita, la sœur de Mendoza, ne donnait aucun signe d'inquiétude, cela pouvait vouloir dire que Consuelo était en effet retournée à Saint-Sébastien, en cachant à ses parents la raison de son départ soudain et imprévu de Madrid (mais, dans ce cas, il était peu probable que Margarita eût manqué de l'appeler ou de lui écrire pour le remercier d'avoir hébergé sa fille pendant ces quelques mois), ou qu'elle n'y était pas retournée mais rassurait ses parents en les appelant de temps à autre comme si elle était toujours chez lui. Cela signifiait que dans les deux cas Consuelo n'avait commis aucune folie, fait aucune tentative de suicide. Bien entendu, Antonio n'appela pas la sœur de Mendoza, pour ne pas vendre la mèche.

Rester dans l'appartement de la rue Claudio Coello devint aussitôt intolérable, parce que tout, autour de lui, lui rappelait sa félonie ; et les affaires que Consuelo avait oubliées dans sa fuite – ou dont elle avait préféré se débarrasser – ou celles dont elle s'était servie – des objets dérisoires comme une savonnette ou la casserole dans laquelle elle faisait chauffer le lait – étaient de douces preuves de son malaise. C'est ainsi qu'il retourna s'installer dans l'appartement de Paloma, qu'il voyait toujours moins souvent, parce qu'elle avait pris goût au refuge que sa tante lui offrait à Ségovie, et qu'elle était très sollicitée par les anormaux qui se disputaient ses services (auxquels Demetrio s'était joint avec l'enthousiasme du néophyte) et l'emmenaient en excursion, tous frais payés. Quand ils se retrouvaient dans l'appartement, ils se conduisaient comme des somnambules, faisaient comme s'ils ne se connaissaient pas ou se connaissaient si bien qu'ils préféraient s'éviter pour ne pas se déchirer. Après la profanation de Consuelo, la concupiscence d'Antonio semblait être si amortie et muselée qu'il n'avait plus besoin de Paloma pour ses sordides soulagements vénériens et, de son côté, Paloma avait poussé à l'extrême les précautions qu'elle avait toujours prises avec les hommes, en gardant ses distances vis-à-vis d'Antonio, parce qu'elle s'était rendu compte, avec sa clairvoyance si particulière, que la vie intérieure de cet homme était un vide trop ténébreux à son goût. Aucun épisode ressemblant de près ou de loin à la visite du fumigateur de termites ne s'était plus produit, et le téléphone avait cessé de sonner à des heures indues, ce qui confirmait son impression que l'unique responsable de ces mauvaises surprises était Paloma et son besoin insatiable de tirer tout l'argent possible d'une bande de cinglés aux goûts sexuels aberrants ou seulement pittoresques qui, dans quelque repli de leur âme, nourrissaient un psychopathe comme on nourrit un chardonneret en cage.

Il avait perdu tout espoir de mettre la main sur le supposé magot que le père de Mendoza aurait laissé à son fils pour que celui-ci le dilapidât, le brûlât ou le donnât aux pauvres, parce qu'il ne restait plus aucun recoin à fouiller dans l'appartement du Retiro, aucune armoire à vider ou à démonter, aucune dalle ni aucun mur à ausculter en espérant découvrir une cache, et il en était venu à se dire que cette lettre posthume n'était qu'un mauvais tour que le père avait joué au fils, une vengeance de sybarite, une tentative de le corrompre en faisant de lui un chercheur acharné de trésor fictif, obtenu de surcroît par des moyens condamnables, depuis que ce fils avait renié les magouilles paternelles. Une fois écartée la possibilité de découvrir ce fantasmagorique butin, qui avait été l'objectif initial de sa vie d'emprunt, Antonio estima qu'il ne lui restait qu'un moyen de s'en sortir : garder le silence, et se dépouiller de la peau de Gabriel Mendoza comme il s'était un jour dépouillé de celle d'Antonio Expósito, pour s'aventurer sur le terrain nu de l'anonymat, où un homme sans qualités ou un serpent comme lui saurait bien se débrouiller ; mais il comptait amasser auparavant une petite fortune, fût-ce en travaillant honnêtement, afin de pouvoir plus facilement adopter une nouvelle identité (ou un masque qui déguiserait sa véritable et sa plus intime nature, celle du manque d'identité). Pour atteindre cet objectif plus modeste que la découverte d'un trésor, il s'évertua à rendre la compagnie de transport très prospère, en cherchant inlassablement de nouveaux clients et en offrant de meilleurs services aux anciens, si bien qu'en vue de réaliser ce dessein il ne dormait guère et passait ses journées à régler une affaire après l'autre dans son bureau du Paseo de Extremadura, travaillant avec plus d'ardeur qu'il n'en avait jamais mis dans aucune autre de ses activités de cette vie d'emprunt ou de sa vie antérieure. Ce fut là, dans ce bureau, que Consuelo apparut finalement, une fin d'après-midi de la dernière semaine de février, alors que venait l'ombre du crépuscule.

– Consuelo ! s'exclama-t-il. Où diable étais-tu passée ?

En d'autres circonstances, mêlée à la foule, ou couverte d'autres vêtements que ceux qu'Antonio connaissait, il ne l'aurait pas reconnue. La beauté radieuse et riante qui l'illuminait naguère avait complètement disparu et cédé place à une autre, meurtrie et affligeante, qui la vieillissait de dix ou quinze ans ; son regard avait perdu tout éclat expectatif et des cernes livides trahissaient d'amères nuits d'insomnie ; son teint de neige resplendissant de santé avait jauni, et ses pommettes patriciennes adoucies par la douce roseur qui lui avait permis de se passer de maquillage étaient devenues si proéminentes et olivâtres qu'elles laissaient deviner le crâne. Ses cheveux châtains, qu'elle ne crêpait jamais et qui prenaient sous la brosse un volume brillant, pendaient maintenant, plats, décoiffés et mats. Elle portait la robe qu'elle avait le jour où Antonio était allé la chercher à la gare, mais froissée et sale, et un blouson par-dessus, tout égratigné, qui cachait complètement ses seins et sa taille, un blouson qu'elle n'aurait jamais mis, avant ce qui s'était passé, même pour descendre acheter un morceau de pain.

– Mon Dieu, qu'es-tu devenue…

Il alla en toute hâte fermer la porte du bureau et lui approcha une chaise, mais Consuelo refusa de s'asseoir, le clouant de son regard sombre, d'où toute émotion avait été bannie.

– Que t'importe, à toi, ce que je suis devenue ? marmotta-t-elle d'une voix atone.

– Comment peux-tu dire une chose pareille ? demanda-t-il, comme s'il se sentait offensé. Il y a des mois que je te cherche, je n'en dors plus.

Il était vrai qu'il dormait peu, mais il n'avait certes pas employé ses nuits à la chercher. Consuelo eut un sourire blasé.

– Vraiment ? On ne dirait pas. Tu es tout fringant.

– Ne sois pas injuste avec moi, Consuelo, lui dit-il en la prenant par les épaules, sentant sous ses doigts une ossature qu'il ne connaissait pas, comme si elle avait été démembrée et mal reconstituée. Je me suis fait du souci pour toi, jour et nuit.

Il voulut lui caresser la joue, gercée par le froid, mais elle détourna son visage avec un frisson de dégoût.

– Je n'ai que faire de ton souci, je ne veux rien de toi.

Il lui approcha de nouveau la chaise, jusqu'à toucher ses mollets, couverts des égratignures que l'on récolte en passant entre les ronces et les chardons, et il pesa sur ses épaules pour la forcer à s'asseoir.

– Je vis à Sigüenza dans une pension, dit-elle d'une voix encore atone, comme si elle était en transe. Je vais tous les jours à la chapelle du Doncel.

– Qu'as-tu perdu à la chapelle du Doncel ? lui demanda-t-il, un peu exaspéré.

Confronté à son regard égaré, à sa voix étrangement psalmodique, il eut peur qu'elle ne fût devenue folle.

– J'y reste des heures, j'ai même réussi à gagner l'amitié d'un sacristain de la cathédrale, qui ouvre la grille rien que pour moi, expliqua-t-elle, grimaçant de douleur quand elle avala sa salive, comme si elle ne savait plus le faire et que sa gorge s'était scellée. Ainsi, je peux me sentir propre et en paix. Je me mets en présence de Dieu et je lui demande de me pardonner mes fautes ; tant que je reste là, je suis en sécurité…

Mais plus rien ne pouvait désormais la tirer du trou noir ou du vide cosmique qui l'avait engloutie. Les doigts d'Antonio pianotaient nerveusement à la surface du bureau, et il mordait sa lèvre inférieure jusqu'à goûter au poison de son sang.

– Ça suffit, Consuelo, l'interrompit-il. Pourquoi m'as-tu quitté ?

– Je ne t'ai pas quitté, Gabriel ; pour mon malheur, je ne pourrai jamais te quitter, déclara-t-elle, en le regardant pour la première fois, à l'appel de son vide irradiant. J'ai voulu fuir ma conscience, mais j'ai vite découvert que c'était inutile, parce que la conscience est toujours là, avec nous… quand on en a une, bien sûr, précisa-t-elle, et Antonio crut comprendre qu'il n'était pas de ceux qu'accompagne une aussi constante présence. J'ai beaucoup prié, pendant tous ces jours, Gabriel, et j'ai aussi prié pour toi.

– Pour moi ? lança-t-il, rebuté.

– Oui, Gabriel, pour toi. Que tu le veuilles ou non, tu en as beaucoup plus besoin que moi, affirma-t-elle en cherchant à sourire, mais les commissures de ses lèvres ne purent qu'ébaucher un rictus sardonique. Que tu y croies ou pas, ta faiblesse est bien plus grande que la mienne. Je t'ai beaucoup admiré, Gabriel, beaucoup plus que je n'avais jamais admiré qui que ce soit d'autre, mais j'ai découvert qu'en fait tu es la personne la plus digne de compassion que je connaisse, parce que tu n'as d'autre recours contre ta faiblesse que de rendre les autres également faibles, ni d'autre remède à ta déchéance que de les corrompre, dit-elle, et il voulut l'interrompre, mais elle l'en empêcha : – Non, non, je ne prétends pas te rendre responsable de ce qui s'est passé cette nuit-là, chacun doit répondre de ses actes, et je dois bien entendu répondre des miens, qui ont été lamentables. Mais il faudra aussi que tu battes ta coulpe pour les tiens, ce que tu n'as pas encore fait, Gabriel. Ce que je suis venue te dire t'obligera peut-être à réagir.

Elle parlait avec un calme qui était plutôt de l'impassibilité. L'impassibilité de ceux qui, ayant beaucoup souffert, ne s'attendent qu'à souffrir encore. Antonio ne put s'empêcher d'exprimer son désarroi.

– Qu'es-tu venue me dire, Consuelo ?

– Que je suis enceinte, Gabriel, voilà ce que je suis venue te dire. Je m'en doutais depuis près d'un mois, mais il n'y a maintenant plus aucun doute : le médecin de Sigüenza que je suis allée voir me l'a confirmé, lui apprit-elle sans souligner cette révélation de la moindre emphase, comme si elle énonçait le châtiment inexorable de sa faute. Tu as baisé ta nièce et tu l'as mise enceinte. Je me suis livrée à toi un soir de faiblesse où j'ai perdu tout sens de la décence, mais tu avais tout préparé pour que cela arrive, n'est-ce pas, mon bel oncle ? demanda-t-elle, et le recours à ce terme affectueux fut cuisant. Et, après ta première tentative ratée, tu es revenu à la charge quand je suis sortie de la salle de bains. Tu ne pouvais pas laisser échapper la proie autour de laquelle tu rôdais depuis des mois…

Antonio essaya d'arrêter le réquisitoire.

– Consuelo, tu te trompes si…

– Tais-toi, bon sang ! cria-t-elle dans un éclat de rage imprévu qui altéra complètement son expression. T'es-tu seulement dit que, après ça, je ne serais plus jamais la même ? Que je ne pourrais jamais vivre avec moi-même ? Bien sûr que non. Tu as seulement voulu satisfaire ton appétit, en te fichant bien de tout le reste. Voilà pourquoi tu t'es efforcé de m'étourdir de galanteries, de me couvrir de propos enchanteurs et troublants, jusqu'à ce que tu aies fait de moi une marionnette animée au gré de tes doigts. J'imagine que tu dois être fier de toi, Gabriel Mendoza !

Elle éclata alors convulsivement en sanglots, mais sans verser la moindre larme ; des sanglots proches d'un haut-le-cœur. Antonio s'accroupit et la saisit de nouveau par les épaules, ces épaules devenues étrangement osseuses.

– Consuelo. Calme-toi. Nous allons trouver le moyen de nous en sortir.

Elle leva la tête, fouettée par l'amertume.

– Évidemment ! Il y a toujours moyen de s'en sortir ! Tu peux me jeter à l'eau, par exemple.

Antonio savait que ce qu'il allait dire pouvait paraître cynique, mais le cynisme était sa routine, et il n'y avait pas d'échappatoire.

– Je t'en prie, Consuelo, conduisons-nous comme des adultes. Je pensais à un moyen rationnel. Il faut seulement que tu me laisses un peu de temps.

Par « adultes » et « rationnel », il entendait « canailles » et « crapuleux », mais Consuelo n'avait pas encore saisi.

– Tu as tout le temps du monde, Gabriel. Tout le reste de ta vie. Comme moi…

Il lui leva le menton avec la main mutilée qu'en un autre temps elle avait regardée avec une pure pitié, presque avec douceur, et il tâcha d'atténuer la crudité de ses propos, pour qu'ils pussent ressembler à ceux des adultes rationnels.

– Nous n'avons pas à traîner toute notre vie derrière nous l'erreur d'un soir, Consuelo. Il existe heureusement des moyens…

Consuelo ne comprenait pas encore.

– Il n'existe aucun moyen d'endormir la conscience.

– Je ne voulais pas parler de ta conscience, Consuelo, dit-il avec une condescendance lasse. Je pensais à quelque chose de beaucoup plus efficace et rapide. Tu me laisseras m'en occuper ?

– Pourquoi pas ? fit-elle en haussant les épaules. Je n'ai plus rien à perdre. Qu'as-tu l'intention de faire ? Abandonner l'enfant à la porte d'un couvent ? M'hypnotiser, peut-être, pour me persuader que je ne suis pas enceinte ?

Antonio ignora les railleries de Consuelo, seulement soucieux de savoir s'il allait avoir le temps d'administrer le remède efficace et rapide.

– Tu en as parlé à tes parents ou à quelqu'un d'autre ?

– C'est la seule chose qui t'inquiète, n'est-ce pas ? Éviter que qui que ce soit connaisse ton véritable visage.

Il la caressa, renonçant à démentir ces imputations, d'ailleurs rigoureusement exactes.

– Ce que je veux, Consuelo, c'est que tu arrêtes de te tourmenter, parce que je vais résoudre au plus vite ce problème, déclara-t-il, sans dédaigner l'hypocrisie. C'est aussi bien le mien que le tien, tu sais. Laisse-moi un peu de temps, et je t'assure que… nous viendrons à bout de cette difficulté.

Consuelo se leva et se dirigea vers la porte ; sur ses épaules la mort pesait, beaucoup plus lourdement que la vie qui palpitait dans son ventre.

– Fais ce qui te chante. Après tout, je ne suis qu'une marionnette entre tes mains, dit-elle à mi-voix ; mais, alors qu'elle était encore sur le seuil, elle lui lança comme on crache : – Tu m'as tuée, Gabriel, tu as tué tout ce qu'il y avait en moi, à commencer par ma volonté.

Il ne se leva pas pour l'accompagner : son seul désir était que nul n'apprît ce qui s'était passé, et il imaginait que Consuelo ne se priverait pas de lui adresser des reproches devant les employés, qu'elle irait peut-être même jusqu'à clamer en leur présence l'origine de ses peines, pour peu qu'il tentât de la consoler. Poussé par le désir, enhardi par l'agréable impression de puissance et d'impunité que lui donnait sa vie d'emprunt depuis qu'il avait pu s'assurer que nul autour de lui ne nourrissait même le soupçon qu'il pût être un imposteur, il avait commis une très grave erreur : jamais il n'aurait dû se permettre une telle dépravation, jamais il n'aurait dû se lancer dans ce jeu de séduction avec celle qui, aux yeux de tous, était sa nièce. Mais il ne servait à rien de se lamenter sur les fautes commises, et il continuait de croire, avec une foi qui ressemblait toujours davantage à celle du charbonnier, que d'un mal pouvait advenir un bien et peut-être même, en définitive, un bien incomparable. Il avait fait preuve de faiblesse, sans doute, mais toute la force de l'homme le plus circonspect ou le plus retenu n'aurait pas suffi à juguler le désir de mordre dans ce fruit défendu qui s'était offert (parce qu'il se répétait sans l'ombre d'un remords que Consuelo s'était offerte à lui), et tout ce qu'il fallait maintenant faire, c'était cacher cette morsure. Le fruit n'en resterait sans doute pas tout à fait intact, mais Antonio n'avait malheureusement pas le pouvoir de restaurer tout ce qui avait été brisé. Consuelo devrait se résigner à vivre avec les cicatrices de ce coup de dents, mais les jeunes savent se remettre de leurs blessures, se dit-il pour se rassurer.

Deux mois avaient passé depuis la conception, et le recours aux substances chimiques susceptibles de mettre un terme au processus de reproduction était à écarter. Il n'existait plus d'autre moyen que l'avortement chirurgical. Antonio ne manquait pourtant pas de considérer les risques que présentait, pour la santé de Consuelo, l'intervention de ces médicastres ou de ces accoucheuses destituées qui pratiquaient des avortements clandestins ; et ceux beaucoup plus terribles (surtout pour lui) d'un médecin dénonciateur. Il devait trouver quelqu'un à qui il pourrait entièrement se fier, avoir l'assurance de n'être jamais dénoncé et le crédit du praticien respectable, même si ce qu'il avait à obtenir de lui était ce que l'on pouvait demander de moins respectable à un médecin. Et Cifuentes était indubitablement pour lui l'homme providentiel ; sans doute devait-il se refuser à pratiquer un avortement, mais jamais il ne divulguerait quoi que ce soit de la fable qu'Antonio était en train de tisser (parce que, bien entendu, il n'avait pas la moindre intention de dire toute la vérité, trop sordide pour l'homme aux principes rigoureux qu'était Cifuentes, s'il voulait obtenir de lui qu'il enfreignît pour une fois les règles d'or de son honneur). Il lui dirait que sa nièce avait eu une aventure, conséquence de flirts insensés avec les gens du cinéma, et qu'elle avait besoin des services d'un gynécologue capable et discret ; il lui dirait qu'il était au désespoir, et que seul un ami fidèle comme lui pouvait le sortir du pétrin ; que sa nièce, impulsive et déséquilibrée, avait sombré dans la dépression depuis qu'elle se savait enceinte, et plusieurs fois parlé de se suicider si on ne la débarrassait pas de cette vie – si infime, si insignifiante ? – qui grandissait dans ses entrailles. Antonio était sûr qu'une histoire aussi pathétique et épouvantable arriverait à miner les résistances de Cifuentes et, si ce n'était pas suffisant, il saurait comment l'épicer de lamentos et d'autres jérémiades convaincantes ; il n'était pas pour rien un acteur sans pareil, comme l'avait assuré le Gitan de la Villa Romana ; mais si ses talents d'histrion n'y suffisaient pas, il avait d'autres cordes à son arc, encore plus répugnantes, pour faire plier Cifuentes.

Il ne ferma pas l'œil de la nuit, dans sa hâte de forger avec une obstination obsessionnelle les arguments qu'il allait déployer devant Cifuentes, dont il devait anticiper les réserves et les objections qu'il lui faudrait surmonter, tout en dosant l'humiliation de ses suppliques et la fermeté de ses exigences. Depuis qu'il était à Valladolid, Cifuentes lui avait écrit à diverses reprises, avant et après son mariage, avec un enthousiasme et une gratitude qui avaient fini par lui paraître pesants et détestables. En définitive, son exil dans la brune province castillane, loin des intrigues du milieu madrilène et de tout le tapage des arrivistes sanguinaires du régime qui avaient fait de l'Universidad Complutense leur fief, lui apportait une sorte de renaissance spirituelle, pas seulement parce que l'amour coupable qui pendant des années l'avait lié à Amparo était enfin devenu un amour béni et fécond qui comblait de félicité sa vie entière, mais aussi parce que, en s'éloignant de Madrid, il avait découvert que subsistait une autre Espagne conforme à ses irréductibles espoirs de régénération, réfractaire à la corruption des démissionnaires qui avaient dénaturé le legs de José Antonio : « Une Espagne forte, laborieuse et unie » – opposée à l'Espagne « oisive, déliquescente et chamailleuse » des bambocheurs et des usuriers.

Cifuentes et Amparo avaient acheté une maison à la campagne, entre Valladolid et Laguna de Duero, où ils attendaient leur récompense : une progéniture nombreuse, à laquelle ils transmettraient bien évidemment les principes utopistes et insensés qui les avaient conduits à s'affilier à la jeune Phalange pionnière et à abandonner celle, tardive, sur le déclin ; une maison qui était aussi, bien sûr, celle de leurs amis, où Gabi serait toujours accueilli avec joie.

C'est vers cette maison que se dirigea Antonio, en suivant un chemin vicinal ; aux premières heures du jour, il était parti dans la même direction qu'il avait prise près d'un an auparavant pour se rendre à Arquillinos dans l'intention d'y fêter la San Isidro avec Vidal. Il traversa une nouvelle fois les villages flétris, figés dans le temps et dans leur isolement bestial, villages d'adobe fouettés par les intempéries qui semblaient cacher sous chacun de leurs toits un cadavre, semailles de morts qui attendaient tranquillement la résurrection de la chair, tandis que les vers les dévoraient et que des matrones en deuil levées avant le soleil veillaient sur eux. Mais ce matin-là le soleil avait peut-être décidé de ne pas se lever pour ne pas devoir éclairer la vilenie d'Antonio, ne pas être englouti par le trou noir, le vide cosmique qui le hantait, tel un firmament figé en sa perpétuelle expansion. Comme son sens de l'orientation ne s'était pas amélioré, il se perdit plusieurs fois avant de trouver la maison d'Amparo et de Paco, qui n'était pas comme il l'avait supposé une construction neuve nichée dans le dédale d'une petite localité, mais un véritable mas, avec son jardin potager et sa basse-cour attenants, qui avait abrité plusieurs générations de cultivateurs, avant que les sangsues au pouvoir ne les eussent poussés à quitter leurs terres pour pourvoir les usines en main-d'œuvre mendigote prête à s'échiner pour quatre sous. Il n'était pas encore dix heures quand Antonio gara le Pegaso devant le portail de la cour ; sur le seuil apparut Cifuentes, encore en robe de chambre, pour voir qui arrivait. Ses traits, toujours marqués par la tache pourpre qu'il avait ramenée de Russie, exprimèrent une allégresse perplexe…

– Ça alors ! Tu as fini par venir ! s'exclama-t-il et, s'enfonçant sous la voûte de l'entrée, il cria : – Amparo, viens voir qui est là !

Il reparut un instant plus tard, accompagné d'Amparo, et Antonio trouva qu'elle avait un peu grossi, et que sa peau avait pris un aspect lisse et juvénile, comme si la Vierge niaise était restée dans le Madrid plébéien, républicain et socialiste de Pérez Galdós, qu'ils détestaient l'un et l'autre.

– Quel grand plaisir de te voir, mon ami ! s'exclama Cifuentes en s'avançant sur le chemin bras ouverts. Tu m'as l'air en pleine forme.

Ils se donnèrent l'accolade avec une cordialité qu'Antonio força un peu pour la faire paraître quasi véridique. Amparo essuya ses mains maintenant calleuses et gercées à son tablier, et elle vint en courant l'embrasser timidement sur les deux joues.

– C'est vous qui êtes en pleine forme. On voit que l'air de la campagne vous réussit, prétendit Antonio. Vous avez rajeuni.

Mais il se disait que l'air de la campagne avait fait d'eux un couple de péquenauds abrutis, avec ce rien de rancidité que prennent les légumes en conserve au vinaigre. Un silence se fit, déconcertant et honteux.

– Tu restes quelques jours avec nous ? demanda Amparo avec une sorte de candeur craintive. Ou tu es seulement venu pour déjeuner ?

Ni l'un ni l'autre, malheureusement. En fait, j'allais à Bilbao, où je dois voir quelques grossistes, et je me suis dit : « Allez, va faire une petite visite à tes amis », prétendit-il en exerçant ses talents d'acteur. Mais ne vous inquiétez pas, j'ai prévu de venir vous voir plus longuement dans deux mois, au printemps.

Cifuentes se gratta la nuque, contrarié.

– Laisse-nous au moins te montrer la maison, elle est encore en travaux, mais…

– Eh bien, raison de plus pour que vous me la montriez quand elle sera retapée, dit Antonio en se dérobant et, pour ne pas paraître trop expéditif et intraitable, il ajouta : – Mais je vois déjà que c'est une grande maison, une vraie maison de campagne.

Le couple échangea un regard satisfait, et Paco caressa doucement le ventre d'Amparo.

– Notre Gabriel exagère toujours, dit-il en plaisantant. Ce mas appartenait à des cultivateurs, d'une certaine importance, sans plus. En tout cas, pour nous, c'est presque un palais. Frais en été, chaud en hiver, contrairement à ces cages à lapins que l'on construit en ville ; et avec plus de chambres qu'il n'en faut pour les enfants à venir, ajouta-t-il en regardant de nouveau Amparo avec un émerveillement accru. Et pour les amis comme toi. Allez viens, entre.

Des martinets volaient en piqué aux alentours, se dispersaient puis se regroupaient avant de retomber comme une pluie de flèches. Antonio résista cette fois avec plus de ténacité.

– Je ne peux vraiment pas, Pacorris. Il faut que je sois à Bilbao avant l'heure du déjeuner, précisa-t-il en adressant à Amparo une moue navrée, avant de la saisir par les épaules et de l'embrasser à son tour sur les deux joues. Mais j'aimerais te dire deux mots seul à seul, Pacorris.

Cifuentes hésita ; on eût dit que cette demande d'Antonio provoquait en lui une agitation pourtant invisible et intangible. Il chercha des yeux l'accord d'Amparo, qui le lui donna immédiatement, et les deux hommes s'éloignèrent en direction du ponant, laissant derrière eux un soleil craintif sur le bord du chemin. Antonio s'aperçut que le jardin potager avait été défriché.

– Ne me dis pas que tu vas te consacrer entièrement aux travaux des champs ! s'exclama-t-il pour rompre la glace.

– Autant que je le pourrai ! répliqua Cifuentes avec un rire timide. Le matin, j'ai mes cours à donner, et mes heures à l'hôpital, mais nous avons décidé de nous nourrir de nos légumes et de nos fruits, et nous avons même acheté quelques poules et quelques lapins.

Antonio éprouvait un léger dégoût et avait honte pour eux de les voir si bien aise dans leur utopie sylvestre. Cifuentes n'avait pourtant pas abandonné tous ses vices : il alluma une cigarette à l'abri de ses mains, pour que le vent n'éteignît pas l'allumette.

– Je vous envie, Pacorris, déclara Antonio pour le flatter, en contenant le dégoût que lui inspiraient les bouses de vache alignées comme des bornes sur le bord du chemin. C'est la vie dont nous avons tous rêvé un jour. Mais n'as-tu pas l'intention d'ouvrir un cabinet à Valladolid ?

– Pas pour le moment, non, aussi longtemps que je pourrai me le permettre, répondit Cifuentes résolument. La vie ici est beaucoup moins chère qu'à Madrid, parce qu'on a moins de besoins. Et je préfère avoir plus de temps à consacrer à Amparo et aux enfants qui vont venir. Nous attendons le premier, comme tu l'as peut-être remarqué.

Des deux côtés du chemin, par-delà les talus, quelques paysans étaient occupés à semer. Au loin, tel un gros bourg décati écrasé par l'ennui, s'étendait la ville de Valladolid.

– Bien sûr que je l'ai remarqué ; avec toi, mon vieux, c'est chose dite chose faite, répondit Antonio, peut-être un peu trop flagorneur.

Ils firent encore quelques pas, et leurs chaussures furent bientôt couvertes de poussière grise, comme si sur ces terres on fumait les champs avec le contenu des urnes funéraires.

– Allez, Gabi, accouche, je te connais comme si je t'avais fait et je sais que tu n'es pas venu nous faire une visite de courtoisie. Quel est le problème ?

Antonio rit intérieurement de cette vantardise de Cifuentes, qui ne savait rien de lui.

– Très bien, Pacorris… Je ne sais trop comment te dire ça. Ce n'est pas moi qui ai un problème, mais ma nièce.

– La fille de Margarita ? demanda Cifuentes en faisant rouler un caillou d'un coup de pied. Mais ils vivent à Saint-Sébastien, non ?

– Oui, Margarita et son mari. Mais ma nièce, Consuelito, est devenue actrice et elle a tourné un film à Madrid, mis en scène par Rafael Gil. Ça te dit quelque chose ?

Cifuentes fumait, les yeux baissés, et la fumée cachait la tache de son visage.

– Le réalisateur de *La guerra de Dios* ? Évidemment que ça me dit quelque chose ! Il est un des rares à ne pas s'être vendu pour tourner les films mièvres que veulent les démocrates chrétiens, s'écria-t-il, et il sembla vouloir se lancer dans une diatribe contre les sangsues détentrices du pouvoir, mais il se contint : – Qu'est-il arrivé à ta nièce ?

Antonio lui raconta la fable qu'il avait imaginée la nuit précédente, sans ménager les détails scabreux et lacrymogènes susceptibles d'émouvoir Cifuentes. En fait, l'histoire ne différait guère, dans ses épisodes et ses conjonctures, du fourbe jeu de séduction auquel il s'était livré avec Consuelo au cours de ces derniers mois ; seule l'identité du séducteur était changée. Contrit ou affligé, Cifuentes serrait les lèvres, qui n'étaient plus qu'une ligne dépourvue de tout volume, entre lesquelles il pinçait sa cigarette.

– Résultat, elle est maintenant enceinte de deux mois, conclut Antonio.

Cifuentes s'arrêta, apparemment prêt à tomber à bras raccourcis sur le responsable.

– Et tu ne sais pas qui est le père ?

– Non. Consuelo refuse de me le dire, répondit Antonio et, comme Cifuentes ne bougeait plus et semblait attendre, il ajouta : – Mais ça ne change rien, le mal est fait.

– Comment peux-tu dire que ça ne change rien ? Si ta nièce s'est donnée à lui, c'est qu'elle doit l'aimer, et si elle l'aime, ils doivent se marier, voilà ce que j'en dis, conclut Cifuentes avec ingénuité ou inflexibilité.

Antonio estima qu'il était temps de déployer ses talents d'acteur.

– C'est là que le bât blesse, Pacorris. Le type est marié.

Cifuentes baissa la tête, le menton sur la poitrine. Puis il scruta le ciel, pour y chercher un signe favorable ou funeste, mais le ciel n'était qu'un décor, sans Dieu et sans nuages.

– Et que puis-je faire pour elle, Gabi ? Je ne crois pas pouvoir lui être utile le moins du monde…

– Mais bien sûr que tu peux l'aider, Pacorris, commença-t-il en cherchant un euphémisme dérisoire, mais qui pouvait être tranquillisant, aseptique. Tu pourrais… interrompre sa grossesse.

Un silence incrédule et horrifié suivit les paroles d'Antonio. Il se dit que Cifuentes pourrait bien diriger contre lui les poings qu'il avait préparés pour l'illusoire séducteur de Consuelo.

– Quelle énormité es-tu en train de me servir ? Une grossesse ne peut être interrompue, fit-il, tranchant. Habitué au langage ardu mais direct de la médecine, l'euphémisme d'Antonio, si retors, l'avait mis hors de lui : – As-tu perdu la tête, Gabi ? Je me consacre à mettre au monde des enfants, pas à les tuer en chemin, lança-t-il, avant d'exploser. Je viens de te dire qu'Amparo est enceinte. Tu crois que j'ai l'estomac de tuer des enfants ?

Antonio déploya alors tout son répertoire : il prit sa voix la plus flûtée, entrecoupa son souffle, laissa ses suppliques tremper dans une fausse angoisse.

– Pacorris, je suis dos au mur. On parle de ma seule nièce, que j'aime comme si c'était ma propre fille. Elle m'a dit que si je ne trouve pas un médecin qui puisse la faire avorter, elle mettra fin à ses jours, fabula-t-il, avant de déployer contre son supposé ami tout l'arsenal sentimentaloïde : – Tu ne trouves pas injuste qu'une jeune fille en fleur ait à payer de sa vie l'erreur d'un instant ? Elle est humaine, et tout ce qui est humain, comme toi et moi, est faillible. Si elle met fin à ses jours, je ne pourrai jamais me le pardonner, Paco. Jamais, insista-t-il.

Il vit Cifuentes serrer les dents. La tache de son visage semblait maintenant gangrenée, mais il restait inébranlable.

– Et qu'en sera-t-il de ma sœur ? reprit Antonio. Consuelito est le bonheur de sa vie, et si elle apprend ce qui s'est passé, elle en mourra, rajouta-t-il, commençant à croire à ses mensonges, au point qu'un sanglot amer se mêla à ses attendrissements scélérats. Combien de vies allons-nous sacrifier pour en sauver une qui ne trouvera peut-être que souffrance en ce monde ?

Cifuentes tâcha d'opposer des raisons pondérées aux décharges émotives d'Antonio, qui ne l'écoutait pas et ne cessait de répéter, comme s'il aboyait :

– Combien ? Combien, mon ami ? Il te faut aussi la mienne ?

– Aucune vie n'a plus de valeur qu'une autre, Gabi ; toutes les vies du monde ne justifient pas la mort de cet enfant. Ne confonds pas intérêt personnel et justification morale, argumenta-t-il, mais le désespoir de celui en qui il croyait voir son ami de jeunesse l'accablait. En prononçant le serment d'Hippocrate, je me suis engagé à sauver des vies, Gabi, pas à les supprimer. Je regrette. Si je ne le fais pas, ce n'est pas parce que j'ai peur du châtiment prévu par les lois humaines…

Ils étaient arrivés devant un arroyo dont le courant charriait des eaux troubles et malodorantes, au point que l'on aurait dit que s'y déversaient des matières fécales ou des cadavres d'enfants morts.

– De quoi as-tu peur, alors, Pacorris ? lui demanda Antonio comme s'il le blâmait. De quoi peux-tu bien avoir peur, bordel ?

– De ce dont tu as eu peur quand tu as décidé de couper les ponts avec ton père : du jugement de Dieu, répondit Cifuentes avec une certaine âpreté, mais il changea aussitôt de tactique : – Écoute, Gabi, tu sais très bien que tu es mon meilleur ami, même si nous nous sommes un peu éloignés, ces derniers temps ; et tu sais que je ferais tout pour toi, n'importe quel sacrifice, n'importe quel renoncement. Mais ce que tu me demandes va au-delà de ce que l'on peut réclamer d'un ami. Jamais de ma vie je n'ai rien fait d'aussi déshonorant, et je ne vais pas commencer maintenant.

Ils avaient dépassé l'arroyo pollué, mais sa pestilence les poursuivait comme un essaim de guêpes irritées. Antonio recourut pour la dernière fois au ton implorant.

– Mais, Pacorris, il s'agit de soulager la souffrance d'une jeune fille d'à peine vingt ans, à laquelle tu peux ôter un poids qui ruinera sa vie entière ! s'écria-t-il en s'affaissant, comme au comble du désespoir, dans la poussière cendreuse du chemin. Vas-tu la laisser mourir ?

Cifuentes le releva sans autre forme de procès et secoua la poussière de ses vêtements comme s'il le battait.

– Il se peut que cet enfant soit un jour sa plus grande joie, qu'elle soit fière de lui plus qu'elle ne l'aura jamais été d'aucun autre ni d'elle-même.

Sur ces mots, Cifuentes s'éloigna presque au pas de course, fuyant peut-être, épouvanté, le vide qu'il venait de surprendre dans le regard d'Antonio, lequel beugla derrière lui :

– C'est ça, cours ! Cours, va, toi qui n'as rien fait de déshonorant de toute ta vie ! Comment qualifies-tu, alors, le fait d'avoir séduit la fiancée de ton meilleur ami pendant que celui-ci croupissait dans un camp de prisonniers ? cria-t-il en sachant bien que cette bassesse allait frapper Cifuentes là où le bât le blessait. C'est ce que tu appelles une œuvre de charité ? Où était-il, le jugement de Dieu, quand tu faisais la cour à Amparo en jouant l'ami compréhensif ? Mon salaud ! Tout ce que tu as, tu me le dois, Francisco Cifuentes ! Tu me le dois parce que tu me l'as volé !

Cifuentes se retourna, anéanti. La tache de sa joue semblait vouloir effacer son visage entier. Il capitula.

– Très bien, Gabi. Tu sais que je vais tuer un enfant ?

Antonio ne se laissa pas impressionner.

– Oui, mon ami, mais si tu ne le fais pas, tu tueras la mère et tous ceux qui l'aiment, répliqua-t-il, puis il reprit sa voix suppliante comme s'il s'adressait à la cantonade : – Je n'ai personne à qui demander ça, personne à qui m'adresser.

Là-dessus, il porta les mains à son visage, pour cacher les larmes qui ne lui venaient pas aux yeux, en guettant entre ses doigts la réaction de Cifuentes ; celui-ci faisait demi-tour pour reprendre la direction du mas, le menton de nouveau baissé sur sa poitrine.

– Je le ferai, mais pas ici, dit-il avec une indolence lugubre.

– Mais bien entendu ; jamais une idée pareille ne m'est venue à l'esprit, approuva Antonio, qui l'avait laissé prendre les devants mais le suivait de près. Mon père m'a légué un appartement au Retiro qui est inoccupé. De quoi as-tu besoin pour le... faire ?

– J'apporterai les instruments nécessaires, répondit Cifuentes qui, au son de sa voix, semblait maté. Mais je dois d'abord m'assurer que ta nièce ne souffre d'aucune maladie. Dis-lui de se faire faire une analyse de sang.

– Elle s'en occupera dès demain, ne t'inquiète pas. Quoi d'autre ?

Le soleil était une vessie blanchâtre, au loin, un astre sans lumière ni chaleur, qui semblait taillé dans de la pierre ponce.

– Anesthésique, désinfectants, analgésiques... Je ne peux pas les voler à l'hôpital.

Antonio revit l'imposante pharmacie de l'appartement du Retiro, qu'il avait débarrassée de tous les produits périmés.

– Tu auras tout ça à ta disposition.

Ils traversèrent de nouveau l'arroyo pestilent. Dans la fraîcheur de ses eaux, avec de grands barbotements et des éclaboussures, deux rats aussi gros que des chats copulaient ou se déchiraient à coups de dents et à grands cris. Cifuentes parla avec une consternation millénaire apparemment lestée de tous les péchés du monde.

– Je le ferai, Gabi. Je sais qu'en le faisant je me condamne, mais, comme tu l'as dit, je te dois tout. Et je te le paie avec cette condamnation. Mais n'oublie pas ce que je t'ai dit un jour : jamais d'un mal ne peut advenir un bien.

Il fut surpris qu'en deux jours à peine la détérioration de Consuelo eût fait un tel chemin : on aurait dit qu'elle avait contracté une de ces maladies à l'étiologie inconnue qui en quelques semaines consument le patient en un processus accéléré d'affaiblissement et de vieillissement menant de la jeunesse à la vieillesse sans solution de continuité ; que toutes les cellules de son corps avaient décidé de se démettre de leur fonction, en une consomption simultanée qui flétrissait à vue d'œil sa vitalité. Pourtant, Consuelo n'était pas malade en son corps, mais en son âme, où réside la source de vie ; cette source tarie, toute sa vigueur se flétrissait et se desséchait, tel un arbre abattu. Elle s'était coupé les cheveux à ras comme une pénitente, et son beau visage semblait érodé par l'insomnie. Il la trouva comme prévu dans la cathédrale de Sigüenza, devant la chapelle du Doncel, en prière ou absorbée en elle-même, baignée par une lumière d'épiphanie qui semblait la traverser, donnant l'impression qu'elle était faite de verre, ou que la lumière recelait des rayons qui la perçaient jusqu'au cœur même de sa blessure, là où son âme agonisait, déchirée par les chiens du remords, là où sa conscience tremblait comme les feuilles du peuplier, effrayée par les tabous millénaires qu'elle croyait avoir enfreints. Antonio posa très doucement la main sur son dos, pour ne pas la briser.

– J'ai trouvé la solution, Consuelo. Tout va aller sur des roulettes, tu vas voir.

Il dut l'aider à se lever ; elle semblait se déplacer sous les effets de barbituriques, être sur le point de se déglinguer, trébuchant sur les jointures des dalles qui couvraient le sol de la cathédrale, presque affaissée sur le bras qu'Antonio lui tendait pour qu'elle pût s'y accrocher et se soutenir. Elle lui demanda de la conduire à la pension où elle logeait pour y chercher ses quelques affaires ; pendant ce temps, Antonio régla ce qu'elle devait au propriétaire et gara la voiture juste devant l'entrée, pour éviter à Consuelo un nouveau déplacement, qui présenterait sans doute pour elle autant de difficultés que la traversée d'un couloir d'éboulis. Consuelo refusa de s'asseoir à côté de lui, fuyant sans doute le souvenir des excursions au cours desquelles leurs mains avaient joué à se caresser, à s'entrelacer sur le levier de vitesse, et elle alla se tasser sur le siège arrière, tel un délinquant pendant un transfert. Antonio ajusta le rétroviseur pour mieux la voir, et il remarqua, avec une pointe d'angoisse, la fixité minérale de son regard qui, noyé dans un enfer gelé, ne tenait même plus compte de la réalité physique.

– Je t'ai trouvé un excellent médecin, le docteur Cifuentes. Dans deux jours, tu seras remise, lui annonça-t-il, mais Consuelo ne réagit pas. Il profita de son mutisme pour dire comme en passant :
– Bien entendu, j'ai un peu modifié cette histoire.

– Bien entendu, murmura-t-elle, avec une ironie glaciale.

– Je lui ai dit que tu étais enceinte d'un homme marié. Le docteur Cifuentes ne te posera pas de questions.

La fixité minérale du regard de Consuelo devint agressive.

– Tu penses à tout, n'est-ce pas, Gabi ? Ne lui aurais-tu pas parlé des nuits que tu as passées sans pouvoir fermer l'œil, tourmenté par le sort de ta pauvre nièce ? Je parie que tu lui as monté un numéro très convaincant. As-tu au moins versé quelques larmes de crocodile ?

Mais elle ne pouvait même pas imaginer jusqu'où allaient les talents d'histrion d'Antonio, qui dominait parfaitement l'art du balbutiement, entre autres.

– Consuelo, crois-moi, je...

– Comment veux-tu que je te croie, Gabi ? l'interrompit-elle avant qu'il ne lui eût servi sa ritournelle attendrissante. Tu es un mensonge ambulant, une saloperie de mensonge sur jambes. J'en suis venue à me dire qu'en Russie on t'avait extirpé l'âme pour la remplacer par un débiteur automatique de carottes. Je crois que c'est ce qui s'est produit : mon pauvre oncle est resté là-bas, mort dans la neige, et il nous est revenu de Russie un automate apparemment très séduisant, aux entrailles aussi froides que l'acier, jeta-t-elle, et Antonio se dit que l'on pouvait en effet décrire ainsi son simulacre de vie. Puis la voix de Consuelo s'éteignit graduellement, telle une mèche de bougie qui ne trouve plus de cire : – Ne t'inquiète pas : je ne te contredirai pas en présence du docteur. Tout sera fait pour ne pas entacher ta réputation.

Ils passèrent par une clinique privée des environs de Madrid, où l'on fit un prélèvement de sang à Consuelo et où on leur promit que les résultats des analyses demandées par Cifuentes seraient disponibles dès le lendemain matin. Ensuite, Antonio conduisit la jeune femme chez lui, où il la poussa à rester au lit pour prendre un peu de repos ; la veille, il avait fait préparer à la jeune servante de León tout ce qu'il fallait pour nourrir une convalescente : bouillon de poule, purée de légumes, poisson poché et fruits, puis il lui avait dit qu'il n'aurait pas besoin d'elle le lendemain. Mais Consuelo goûta à peine aux mets : son manque d'appétit était pour ainsi dire une exigence spirituelle, un ascétisme porté à l'extrême. Antonio appela une douzaine de fois Paloma, pour l'avertir qu'il devait pouvoir disposer de l'appartement pendant deux jours, mais Paloma ne répondit pas. Alors, il décida d'appeler la tante ségovienne qui l'avait hébergée ces derniers mois, après le pillage de l'appartement par le prétendu fumigateur, quand la peur d'une nouvelle intrusion et le comportement odieux d'Antonio, qui la rejetait et la traitait comme un morceau de bidoche apparemment empestée, lui avaient rendu la vie impossible dans l'appartement du Retiro. La tante répondit et lui annonça qu'elle n'avait plus aucune nouvelle de sa nièce depuis que, la semaine précédente, son nouvel ami, un monsieur très élégant et beau parleur qui se prénommait Demetrio, était venu la chercher pour l'emmener faire une excursion, et Antonio fut surpris de constater que Demetrio s'était attaché à Paloma au point de lui consacrer toute une semaine, lui qui était toujours si occupé par ses trafics et ses contacts secrets, mais il fut satisfait de constater que Paloma se tirait bien d'affaire. Ensuite, il appela la faculté de médecine de Valladolid pour s'assurer que Cifuentes n'allait pas lui faire faux bond.

– J'irai demain à la première heure chercher les résultats des analyses, lui dit-il. Retrouvons-nous vers midi au numéro 20 de la rue Alfonso XII, quatrième étage. As-tu besoin d'autre chose ?

Cifuentes avait de la peine à parler ; on aurait dit qu'il était sur le point de vomir.

– Rien, à part les médicaments que je t'ai indiqués. Il faudra aussi que je puisse faire bouillir de l'eau.

– Aucun problème, fit Antonio sur le ton résolu et détaché dont il avait appris à user dans ses transactions avec Demetrio. J'irais volontiers te chercher à Valladolid, mais tu comprendras que je ne peux laisser ma nièce seule…

– Je prendrai le train, ne t'inquiète pas. J'ai dit à Amparo que je devais me rendre à Madrid pour un congrès d'obstétrique, ajouta-t-il, et l'on sentit, à sa voix accablée, que mentir à sa femme le tourmentait autant que pratiquer un avortement ; puis il y eut un silence et, s'efforçant de paraître convaincant, il lâcha : – Antonio, il est encore temps de reconsidérer les choses…

Mais Antonio n'avait pas la moindre envie d'être sermonné. Comme juché sur une hauteur olympienne et aseptiquement détaché du monde, possédé de l'euphorie tranquille du criminel à son sommet qui, quand il essaie de renifler ses victimes, ne voit plus d'elles que de petits points noirs aussi minuscules que des fourmis, il répliqua aussitôt :

– Elles sont toutes reconsidérées, mon ami. Tu as fait une heureuse : ma nièce. Nous t'en serons tous deux éternellement reconnaissants.

Et il raccrocha avant que Pacorris ne lui fasse de nouveau injure en étalant ses scrupules grotesques. Il essaya une nouvelle fois de joindre Paloma, sans succès, et il essaya aussi à diverses reprises de parler à Consuelo, de lui faire avaler quelque chose de chaud mais, allongée sur le lit, immobile, elle n'ouvrit la bouche ni pour lui adresser une parole ni pour s'alimenter. Vers minuit, il prit son courage à deux mains et appela Demetrio, bien qu'il sût que le numéro composé était réservé aux affaires.

– Que se passe-t-il ?

La voix de son associé était alarmée et inquisitrice, aussi Antonio tâcha-t-il de rendre la sienne joviale et désinvolte.

– Pardon de te déranger à cette heure, et de plus pour un rien… C'est à propos de Paloma.

Toute la circonspection de Demetrio s'évanouit aussitôt.

– Palomita ! Quel filon, cette femme ! À ta place, Gabi, je

l'aurais gardée pour moi ! s'exclama-t-il avec un rire opulent, quasi amazonien. C'est vrai que vous, les jeunes, vous ne savez pas apprécier les choses à leur juste valeur.

Antonio décida de se faire un peu reluire.

– Je ne suis pas si jeune que ça, tu sais, Demetrio, et je connais la valeur des choses. Mais j'aime bien les partager généreusement avec les amis, prétendit-il, avant de glisser : – Vous en profitez bien ?

Demetrio siffla comme une locomotive et récita :

– *Quelles nuits, quelles nuits ! / Quelles heures, quelles heures ! / À vous faire des corps d'acier ! / À vous faire des âmes d'or !* Sur quoi il éclata de rire : – Tu connaissais le poème ? C'est *Mon petit vacher* de Gabriel y Galán. On me l'a fait apprendre à l'école ; j'ai toujours cru que ce cochon de poète s'envoyait le gamin qui lui gardait ses vaches, plaisanta-t-il en cherchant la complicité d'Antonio, lequel fit semblant de rire. Palomita est une petite vachère divine, il n'y en a pas deux comme elle, dit-il, et il se remit à réciter : – *Et un clair de lune amoureux / trônant au ciel diaphane / inondait les hauteurs sereines / de douceurs apaisantes et chaudes*. Dommage que ces douceurs aient été si courtes !

La loquacité lyrique de Demetrio commençait à l'exaspérer.

– Non, sans blague ! Vous n'êtes plus ensemble ?

– L'idylle a duré quatre jours et quatre nuits, mon ami ! s'exclama Demetrio avec emphase et regret. Mais la Palomita a quitté le nid. Apparemment, elle avait pris des engagements avec d'autres, et je dois attendre mon tour ! Maintenant, je te parle sérieusement, Gabi : il faut protéger cette femme, nous ne pouvons permettre que d'autres nous la prennent pour quatre sous de plus ! S'il faut lui augmenter sa rente, augmentons-la-lui, bordel !

Antonio coupa court.

– D'accord, on reparlera d'augmentation un autre jour. Maintenant, dis-moi : elle n'est pas avec toi, c'est sûr ?

– Mais enfin, merde ! Puisque je te le dis ! Mon chauffeur l'a déposée devant chez elle il y a deux jours. Je me demande pourquoi tu es si pressé de la voir, après l'avoir larguée comme on largue un confesseur, mon salaud. Tu es pareil au chien du jardinier.

– Je voudrais qu'elle me prête l'appartement pour deux jours, dit enfin Antonio, non sans ajouter immédiatement : – C'est pour quelqu'un de la famille qui arrive à Madrid.

– La belle affaire ! Tu n'as qu'à le loger là, c'est tout. Que peut-il arriver, au pire ? Palomita se pointe alors qu'il y a quelqu'un de ta famille chez elle ? Si c'est un homme, il n'aura pas à se plaindre...

– Elle ne t'a pas dit qui elle allait rejoindre ?

– Je ne le lui ai pas demandé Gabi, que vas-tu chercher. Je sais encore être discret avec une dame, fit-il, moqueur. Tout ce que je peux te dire, c'est que quand je lui ai proposé de nous revoir, elle a sorti son agenda, pour me faire une petite place, et il est plutôt... chargé, plus chargé que le mien. Il faut mettre cette femme à l'abri du besoin, Antonio, écoute-moi, nous ne pouvons pas permettre qu'on nous l'abîme...

Mais, pour Antonio, on pouvait bien l'abîmer autant que l'on voudrait, et plus de dégénérés se la disputeraient, plus de facilité il aurait à faire ce qu'il voudrait dans cet appartement, y compris des avortements clandestins.

Le lendemain matin, après être passé chercher les résultats des analyses à la clinique, Antonio conduisit Consuelo à l'appartement du Retiro ; elle était tellement faible ou abasourdie qu'elle ne remarqua même pas le décor un peu bordélisant de l'endroit, et ne fit aucun commentaire sur le lit à baldaquin où il la força à s'étendre. Cifuentes arriva peu avant midi au rendez-vous, avec une mallette de cordouan dans laquelle étaient rangés ses instruments chirurgicaux ; ses mouvements rigides et maladroits étaient ceux d'une carcasse d'homme que l'on aurait privée de son système moteur puis réanimée avec des décharges électriques. Il improvisa sur la table de la cuisine une sorte de civière, avec les draps et les couvertures qu'Antonio lui remit, et il examina d'un air soucieux le résultat des analyses de sang.

– Elle a les plaquettes sanguines très basses, conclut-il d'une voix qui n'annonçait rien de bon. Dangereusement basses, oserai-je dire. Et une leucocytose galopante.

Antonio était dépassé par le jargon médical.

– Qu'est-ce que ça veut dire ?

– Ça veut dire que ses défenses immunitaires sont réduites à pas grand-chose, sans doute suite à un amaigrissement brutal et à une violente angoisse persistante, dit Cifuentes, les yeux baissés.

– Il y a des jours qu'elle n'a rien mangé, et tu imagines qu'on ne peut pas beaucoup attendre de son état d'âme, confirma Antonio, ajoutant en hâte, avant que Cifuentes ne propose de remettre l'avortement à plus tard : – Mais ça ne peut qu'empirer de jour en jour. Mieux vaut l'opérer au plus vite.

Cette fois, Cifuentes ne chercha pas à cacher son mépris.

– Parce que tu appelles l'assassinat d'un enfant une opération ? Ça fait plutôt pitié, à vrai dire, de voir ce que tu es devenu, Gabi, dit-il, puis il ouvrit la mallette dans laquelle était alignée toute une panoplie d'instruments effilés d'apparence cruelle. Il y a au moins une bonne chose, dans tout ça : son groupe sanguin est B positif, comme le tien, et si on devait la transfuser…

Antonio fut ébranlé, du mercure glacé se répandit dans ses veines. Il balbutia :

– Tu te trompes. Je ne suis pas B positif.

– Ne dis pas de bêtises, fit Cifuentes, qui n'avait même pas bronché et sortait les scalpels, les bistouris, les seringues et les aiguilles hypodermiques de leurs étuis et les couchait dans un récipient à demi rempli d'eau. Je m'en souviens parfaitement ; on nous a fait une analyse de sang au campement de Grafenwöhr, avant que nous partions pour le front russe, et je l'ai vu cent fois sur ta plaque, précisa-t-il avant de répéter comme on énonce une vérité première : – Tu es B positif, comme ta nièce.

C'était en effet ce que spécifiait la plaque d'identité de Mendoza. La sienne, qui lui avait été subtilisée au camp de Borovitchi, spécifiait que son groupe sanguin était A négatif. Lui aussi l'avait vue des centaines de fois.

– Je te dis que je suis A négatif, affirma-t-il rudement. Désolé, vieux, mais ta mémoire te trahit.

Cifuentes, qui jusqu'alors avait évité de le regarder en face, peut-être pour esquiver le vide cosmique niché au fond de ses yeux, l'examina alors avec insistance.

– Tu en es vraiment sûr ?

– Aussi sûr que je m'appelle Gabriel, répondit Antonio, involontairement sarcastique. Tu vas avoir besoin de sang ?

Cifuentes avait allumé le réchaud de la cuisine pour faire

bouillir l'eau dans laquelle il avait plongé les instruments chirurgicaux, en se demandant pour quelle raison son ami Gabriel lui mentait ; c'était incompréhensible ; mais, après tout, il ne pouvait être certain que son souvenir fût exact.

– Non, si aucune complication ne se présente. Mais si ce n'est pas le cas, il faudra l'emmener à l'hôpital.

Bien entendu, Antonio n'était pas prêt à prendre le risque de conduire Consuelo à l'hôpital, où l'on découvrirait aussitôt qu'elle venait de subir un avortement, ce qui les conduirait tous les trois en prison. Et il se dit que Cifuentes ne devait pas non plus être prêt à faire ce qui mettrait inévitablement fin à sa carrière.

– N'envisageons pas le pire avant l'heure, Pacorris, dit-il, conciliant. Si quelque chose arrivait, nous ferions ce qu'il faut, avant de mettre ses jours en danger.

Cifuentes examinait les médicaments qu'il avait demandés et qu'Antonio avait trouvés parmi l'arsenal pharmaceutique entreposé par le père de Gabriel dans l'appartement de Paloma et, d'évidence, il donnait à tous son agrément.

– On voit que tu as le bras long, la plupart de ces spécifiques sont réservés exclusivement à l'usage hospitalier, bougonna Cifuentes, et il le regarda de côté. Dieu sait où tes relations te mèneront.

– En enfer, s'il le faut, pourvu qu'on puisse sauver ma nièce, dit Antonio avec arrogance.

– Il est des enfers dont on ne ressort pas, Gabi, affirma Cifuentes en connaissance de cause, se sachant condamné pour avoir accepté de perpétrer un crime impardonnable qui enfreignait les principes au nom desquels il s'était toujours battu.

Ils passèrent dans la chambre où se trouvait Consuelo, plongée dans un demi-sommeil qui avait tout d'un adieu à la vie, et Cifuentes fut effrayé par sa pâle maigreur, sa beauté calcinée par des nuits sans sommeil et d'indicibles tourments. Une vague de compassion fit trembler sa voix quand il dit :

– Tu es prête ? Viens, appuie-toi sur moi, je te conduis à la cuisine.

Il y avait en lui quelque chose de chaleureux et de vulnérable qui inspira confiance à Consuelo ; peut-être le soupçon que ce médecin était comme elle-même victime des manœuvres obscures de celui qu'elle prenait pour son oncle, ou peut-être la reconnaissance implicite d'une fraternité entre elle et un homme qui se savait, comme elle, condamné.

– Si tu as besoin de moi, je suis à côté, dans le salon, dit Antonio.

Cifuentes lui ferma la porte de la cuisine au nez sans lui dire un mot. Antonio resta quelques minutes derrière le battant, à tendre l'oreille, mais leurs murmures étaient indistincts, plus indistincts que leurs souffles, lourds ; il préféra s'éloigner, comme il sied à une créature habituée à renifler ses victimes d'une hauteur souveraine.

Environ deux heures plus tard, Cifuentes sortit de la salle d'opération improvisée, les mains encore couvertes de gants en caoutchouc blanc dont il se défit en tirant dessus comme s'il arrachait de la chair lépreuse, le visage défait, livide, sur lequel la tache de sa joue semblait pourprée, presque incandescente.

– Comment s'est passée l'opération ? demanda Antonio, anxieux.

– Ce n'était pas une opération mais un avortement, répondit Cifuentes avec un dégoût irrépressible, visiblement peu disposé à la moindre concession sémantique. Elle a perdu beaucoup de sang, mais elle semble stabilisée. Je lui ai administré un somnifère, pour qu'elle dorme un peu. Elle se réveillera dans deux ou trois heures.

Apparemment, Consuelo ne lui avait rien dévoilé sur l'origine de sa grossesse. Vacillant, Cifuentes se dirigea vers le sofa oriental, en se tenant à distance d'Antonio, une distance qui était celle d'une amitié morte.

– Tu retournes tout de suite à Valladolid ? lui demanda Antonio, qui avait hâte d'être débarrassé de Cifuentes, maintenant que celui-ci avait fait ce qu'il fallait.

Mais Cifuentes semblait rattaché par un fil invisible à celle dont il venait de spolier les entrailles.

– Je ne rentrerai que quand je me serai assuré que ta nièce est hors de danger. Pour qui me prends-tu ?

Antonio joua l'affligé.

– Pardon, je ne voulais pas t'offenser. J'imagine que tu dois être épuisé. Si tu veux faire un somme… proposa-t-il, mais Cifuentes fit de la main un geste dédaigneux. Alors, Antonio ne put se priver de le blesser : – Je t'en prie, dis-moi ce que je te dois…

Cifuentes rit sèchement, et il s'adressa à Antonio avec toute la haine qu'un homme honorable et brisé peut abriter en son sein.

– Tu es vraiment une belle ordure méprisable, Gabi. C'est ça que la Russie a fait de toi ? Un déchet ? J'ai trahi tous les principes auxquels je crois pour ne pas manquer à l'amitié, une amitié en laquelle je ne crois plus, et tu viens m'offrir de l'argent ? Voudrais-tu me rendre pareil à toi et à tes semblables ?

Antonio accueillit ces invectives comme s'il écoutait tomber la pluie. Il était tellement imprégné par le faux-semblant de sa vie de comédie qu'il n'en revenait pas d'être encore confronté à des gens tels que Cifuentes, dont le parcours était hérissé de dilemmes moraux.

– Très bien, je retire ce que j'ai dit. Mais arrête d'en rajouter. Dans deux jours ma nièce sera comme neuve, toi tu seras de retour à Valladolid, avec tes cours de médecine, ton potager, et ce qui s'est passé entre ces quatre murs sera de l'histoire ancienne, asséna-t-il en mesurant Cifuentes du regard. Pour survivre, il faut oublier, mon vieux. Que serait-il arrivé si j'étais resté accroché à mes souvenirs de Russie ? Tu m'as toi-même mis en garde : je serais devenu un inadapté.

Cifuentes devait avoir perdu tout espoir de salut pour l'un comme pour l'autre, parce qu'il n'exprima plus qu'un manque d'intérêt.

– Il y a des choses qui ne s'oublient jamais, Gabi, pour autant que nous nous efforcions de les enterrer. Tu en vois en toi la preuve la plus éclatante : tu es ce que tu es parce que tu n'as jamais pu oublier ce qui s'est passé en Russie, pour la seule raison que ce qui t'est arrivé là-bas t'a changé à jamais. On récolte ce que l'on sème, il en est toujours allé ainsi : tôt ou tard, on récolte ce qu'on a semé.

Il regagna la cuisine, pour veiller sur le sommeil de Consuelo et, la trouvant plus mal, il lui prit le pouls et lui caressa le front, qui était brûlant. Antonio, qui n'osait plus bouger, entendit Cifuentes l'appeler.

– Viens, Gabi, aide-moi à la porter dans son lit.

Il flottait dans la cuisine une odeur âcre d'égorgement ou de festin cannibale ; dans la poubelle s'amoncelaient des gazes, des tampons de coton sanguinolents, cachant une vie qui avait été immolée sur les autels d'un simulacre. Antonio chassa cette vision perturbatrice.

– Quelque chose ne va pas ?

– La fièvre a monté subitement, dit Cifuentes avec un tremblement qui l'empêchait d'articuler correctement. Et elle a un pouls très rapide. Je crains le pire.

La pullulation de la peur vrombit dans les oreilles d'Antonio.

– Le pire ? C'est quoi, le pire ?

– Une septicémie.

Cifuentes posa le corps endormi de Consuelo sur le lit, tandis qu'Antonio écartait les voiles bordélisants. Consuelo s'était mise à bredouiller des paroles plaintives et inintelligibles, comme dévorée par la soif.

– La septicémie ? répéta Antonio, qui connaissait bien cette affection, si commune dans les camps de travail soviétiques. Une infection du sang, c'est ça ? Tu as bien pris toutes les précautions d'hygiène ?

– Va au diable, Gabi ! rugit Cifuentes, hors de lui. Tu m'as forcé à perpétrer un avortement dans une cuisine dont on ne sait quels germes elle peut contenir. On n'obtient d'asepsie parfaite que dans un bloc opératoire, et encore pas toujours. Je t'ai dit qu'elle avait perdu trop de sang, gémit-il en regardant Consuelo avec une pitié grandissante et en épongeant la sueur de son front avec un mouchoir. Vois comme elle est maigre. Sa faiblesse la rend plus vulnérable aux infections.

Il lui prit le pouls, qui se révéla très faible, comme cela se produit souvent dans les cas d'avortement septique, et il lui prit la température, qui dépassait les trente-neuf degrés. Consuelo, dans le délire provoqué par la fièvre et les drogues, réussit à réclamer de l'eau. Antonio courut lui en chercher, et il essaya de paraître calme pendant que Cifuentes approchait le verre des lèvres cloquées par des boutons de fièvre.

– Que peut-on faire ?

Consuelo semblait se recroqueviller dans les draps comme si le matelas et le coussin étaient des sables mouvants dans lesquels elle s'enfonçait doucement ; sa tête dodelinait, ses cheveux courts collés au front et aux joues.

– Gabi, j'ai tout de suite senti que ça n'allait pas bien se passer, dit Cifuentes, comme détaché de lui-même, en transe hypnotique. J'ai peur que ce ne soit une infection très grave…

– Que pouvons-nous faire ? demanda de nouveau Antonio, hurlant presque, cette fois.

– Il faut l'emmener à l'hôpital au plus vite, murmura Cifuentes. On ne peut combattre la septicémie qu'avec certains antibiotiques. De la pénicilline par voie intraveineuse, de la streptomycine par voie intramusculaire.

Antonio poussa un soupir de soulagement, à la stupéfaction de Cifuentes.

– De la pénicilline et de la streptomycine ? C'est tout ce qu'il te faut ? Alors, ce n'est pas la peine d'aller à l'hôpital.

Il se dirigea vers la petite pièce dans laquelle le père de Mendoza avait installé son armoire à pharmacie d'accapareur. Mais, tout en cherchant les antibiotiques dont Cifuentes avait besoin, il se disait que, quel que fût l'effet des remèdes qui devaient combattre l'infection de Consuelo, il devait se forger un alibi pour se mettre à l'abri de toute responsabilité, un alibi qui démontrerait qu'il n'avait rien à voir avec cet avortement, et presque aussitôt lui vint à l'esprit une manœuvre digne d'un grand simulateur qui, avec un peu de chance, assurerait son impunité. Il retourna dans la chambre avec les ampoules de pénicilline et de streptomycine. Cifuentes regardait sa montre en prenant le pouls de Consuelo.

– Cent vingt, maintenant. Si on n'intervient pas rapidement…

Antonio lui remit les antibiotiques avec leur étiquette et leur estampille sanitaire réglementaire.

– Je ne vais pas te demander comment tu les as obtenus, dit Cifuentes. Tu sais, il y a de nombreux malades dans les hôpitaux qui meurent chaque jour à défaut de ces remèdes.

– Je voulais m'assurer qu'il n'arriverait rien à ma nièce.

Cifuentes alla à la cuisine préparer les solutions en laissant Antonio veiller sur Consuelo, dont le teint prenait la couleur du cuivre jaune, semblable à un ictère, çà et là assombri par les taches bleutées de la cyanose. Il remarqua que ses bras étaient froids.

– Combien de temps les antibiotiques vont-ils mettre à agir ? demanda-t-il à Cifuentes.

– À peu près trois heures, je pense. Un peu moins, si la septicémie n'est pas trop avancée.

Cifuentes chercha sur le pli du bras de Consuelo la veine cubitale, dans laquelle il injecta la pénicilline, puis il injecta la streptomycine dans la zone péritonéale et couvrit les deux piqûres d'un tampon de coton maintenu par du sparadrap.

– Que faut-il faire, maintenant ?

– Attendre. Il n'y a rien d'autre à faire.

C'était justement ce qu'Antonio voulait entendre. Trois heures lui suffiraient pour réaliser ce qu'il avait prévu, mais il devait faire vite. Le souffle de Consuelo semblait devenir plus régulier, à moins que ce ne fût dû aux effets abrutissants des médicaments.

– S'il n'y a plus qu'à attendre, je crois que je vais faire un saut jusqu'au bureau, où j'ai quelques affaires en panne, et je dois aussi contrôler un envoi d'engrais à destination de Saragosse et laisser quelques instructions pour la fin de semaine, annonça-t-il en se donnant pour contrarié afin de ne pas paraître léger. Ça ne te gêne pas ?

– En ce qui me concerne, tu peux bien faire ce qui te chante, répondit Cifuentes en haussant les épaules. Mais ta nièce ne sera peut-être pas très heureuse de voir que son oncle est parti, quand elle se réveillera.

– J'essaierai de revenir avant.

Il se rendit Paseo de Extremadura à tombeau ouvert, comme si son cabriolet participait à une compétition suicide contre tous les autres conducteurs de Madrid qui, à cette heure, s'entassaient rue d'Alcalá en une procession irritée, sur le chemin du retour à la maison, après avoir ravalé leur bile pendant toute leur journée de travail. Il salua les employés de l'équipe du soir, monta à son bureau, referma la porte derrière lui pour qu'aucune visite intempestive ne vienne bousculer son plan, et il composa le numéro de Demetrio, en s'excusant aussitôt de le déranger une nouvelle fois.

– Tu as retrouvé Palomita ? demanda son acolyte.

La question parut intempestive à Antonio, et même vaguement

anachronique. Que lui importait à présent que Paloma cherchât à obtenir des libéralités ?

– Pas encore, Demetrio. Mais ne t'inquiète pas, elle reparaîtra, dit-il en expédiant l'affaire qui la veille l'avait inquiété et qui maintenant le gênait. Je t'appelle pour une autre raison. Écoute, je voudrais te demander un conseil et une faveur, dit-il, sans attendre que son interlocuteur lui eût donné son consentement. Tout d'abord le conseil : connais-tu un hôtel potable à San Lorenzo de El Escorial ?

Il savait, d'après ce que lui avait dit Paloma, que c'était un endroit très apprécié des maris trompeurs et putassiers pendant leurs jours de congé, et il imaginait que Demetrio en était. Il ne fut pas déçu.

– L'hôtel Miranda est très propre et discret, conseilla Demetrio sans la moindre pudeur. Qu'est-ce qui se passe ? Tu t'es trouvé une petite compagnie pour la fin de semaine ?

– Disons que c'est ce que je voudrais que l'on croie, répondit Antonio en lui épargnant plus amples explications. Et maintenant, la faveur que je te demande. Pourrais-tu dire à ton chauffeur d'aller me chercher à cet hôtel et de me ramener à Madrid ? Puis il faudra qu'il m'attende un moment près du Retiro et qu'il me reconduise à El Escorial.

Demetrio peinait à déchiffrer ces instructions, assez embrouillées.

– Je n'y comprends rien, mon garçon, mais je ne vais pas te poser de questions. Quand doit-il aller te chercher ?

– Immédiatement, répondit Antonio, plongeant Demetrio dans une confusion plus profonde. Dis-lui de m'attendre derrière l'hôtel, dans un endroit discret.

Demetrio ronchonna en répétant les indications compliquées d'Antonio.

– Tu te lances dans de drôles de combines. Tu dis qu'ensuite il devra te ramener à El Escorial ?

– C'est bien ça, confirma Antonio, avec une certaine impatience. Je t'expliquerai tout un de ces quatre. C'est une longue histoire.

Quand il eut obtenu cette faveur de Demetrio, Antonio sortit du bureau, s'accouda à la rampe qui dominait le garage et annonça à ses employés qu'il prenait sa fin de semaine, et qu'en cas d'imprévu ou d'urgence, ils pourraient le joindre à l'hôtel Miranda, à San Lorenzo de El Escorial. Les employés félicitèrent leur patron de prendre enfin un peu de repos, après des mois de travail sans relâche dans l'entreprise, et ils lui promirent de ne pas le déranger pendant ces deux jours de détente. Antonio les quitta avec des grandes effusions de sympathie, et fonça avec le Pegaso en direction de la sierra de Guadarrama ; en un peu plus d'une heure, sans avoir ménagé l'accélérateur, il arriva à San Lorenzo de El Escorial. Il n'eut aucune peine à trouver l'hôtel Miranda, qui semblait en effet propre et discret, avec vue sur le Real Monasterio, pour le plaisir des yeux des petites chéries de ces riches messieurs ; il prit une chambre pour la fin de semaine et demanda au réceptionniste un plan des alentours, afin de ne pas s'égarer pendant la longue promenade qu'il comptait faire avant de se coucher, expliqua-t-il. Il remit aussi à la réception les clefs de sa voiture, en priant l'employé de la faire garer à un endroit où elle ne gênerait pas la circulation (il l'avait délibérément laissée devant une sortie de garage) et, pour montrer qu'il savait se montrer reconnaissant, il lui donna un pourboire princier.

Une fois dans la chambre, aménagée tout exprès pour les ébats adultérins, il attendit cinq à dix minutes, le temps qu'il faut à tout client d'un hôtel pour faire ses ablutions après son arrivée, puis il sortit, le plan déplié à la main, en promeneur oisif, et il salua en passant le réceptionniste bien arrosé. Derrière l'hôtel l'attendait comme convenu le chauffeur de Demetrio, qui lui ouvrit discrètement la portière de la limousine, aussi somptueuse qu'un carrosse et aussi silencieuse qu'un reptile. Ils retournèrent à Madrid sans échanger un mot, pendant que le crépuscule du soir enveloppait le paysage dans un suaire louche, effaçant les contours des choses et les livrant au vide orgueilleux et dévastateur qui régnait en Antonio. Il demanda au chauffeur de se garer à deux rues de l'appartement de Paloma, et lui rappela de l'attendre, peut-être une heure ou deux, après quoi ils repartiraient pour San Lorenzo de El Escorial.

Quand il mit la clef dans la serrure, il avait dix minutes d'avance sur les trois heures qu'il s'était accordées pour se construire un alibi. Il sourit, content de lui, mais comprit dès qu'il eut franchi le seuil que quelque chose ne tournait pas rond : le cendrier de la table du salon était plein de mégots et Cifuentes, qui fumait sur le balcon et se retourna en entendant la porte s'ouvrir, avait les traits défaits, empreints du dégoût et du mépris qu'il éprouvait envers lui-même et envers celui qui l'avait forcé à accomplir cette infamie.

– Quelque chose a mal tourné ? demanda Antonio, alarmé.

Cifuentes le regarda avec une froideur implacable.

– L'état de ta nièce a empiré.

– Empiré ? s'exclama Antonio qui, même s'il aurait sincèrement préféré qu'il en fût allé autrement, s'était pourtant préparé à cette éventualité, et venait d'achever de se construire un alibi pour se soustraire à toute conséquence funeste de ses actes. Et les antibiotiques ?

Cifuentes se mit à rire d'une manière telle qu'Antonio se dit, un instant, que cet homme n'était plus sain d'esprit.

– Tu te rappelles l'histoire de Macbeth, cette fois ? Il a tué son ami Duncan pour s'emparer de la couronne d'Écosse, mais le sang répandu est retombé sur sa tête. C'est ce qui nous arrive.

Antonio trouva l'allusion déconcertante et incongrue.

– Je ne vois pas où tu veux en venir.

– Les antibiotiques que tu m'as donnés, Gabi, où les as-tu obtenus ?

De nouveau, un courant de mercure glacé courut dans les veines d'Antonio, qui dit :

– Mon père en avait fait provision, dans la pharmacie…

– Ton père ! s'écria Cifuentes, et il se remit à rire, nerveusement. Aurais-tu oublié pourquoi tu lui as tourné le dos avant de partir pour la Russie ? N'as-tu aucun souvenir de ces vaccins adultérés contre la poliomyélite ? Ou as-tu vraiment cru qu'en se faisant vieux il aurait changé ? Les rats ne sortent jamais de leur égout, même s'ils vont tous les jours à la messe.

Il se tut, pour regarder la stupéfaction s'inscrire sur les traits d'Antonio, qui se dirigea vers la chambre où Consuelo agonisait.

– Ce n'est pas possible…

– Mais si, Gabi, bien sûr que c'est possible ! Les antibiotiques étaient falsifiés, dit-il en lui emboîtant le pas. C'est diabolique, n'est-ce pas ? Tu as fini par tomber dans ton propre piège. Ce qui est triste, c'est que tu aies pu détruire une pauvre innocente qui se trouvait sur ton chemin.

Antonio entra dans la chambre. Consumée par la fièvre, avec un teint jaune cuivré qui bleuissait sur les contours de son visage, Consuelo n'avait plus rien de la jeune fille en fleur resplendissante qui fendait les houles de la vie comme la quille d'un fringant navire. Il était l'artisan de cette métamorphose, lui et lui seul, ou plus exactement lui et ce néant tapi sous son simulacre de vie ; il avait attiré Consuelo dans son champ magnétique comme la flamme attire l'insecte.

– Que... Quel effet peut avoir la pénicilline adultérée ? demanda-t-il.

– Celui que tu vois ; concrètement, aucun. C'était un simple excipient, une saloperie de placebo, lui expliqua Cifuentes. Je m'en suis assuré. Mais ta nièce a une septicémie galopante, qui n'a fait que s'aggraver entre-temps, poursuivit-il, avant de s'interrompre. Il n'y avait plus dans sa voix ni colère ni indignation, plus même de rudesse, seulement de la peine et de l'accablement : – Je vais appeler l'hôpital San Carlos, pour qu'ils envoient une ambulance.

Antonio se retourna, furieux.

– Tu es devenu fou ? Tu sais ce que ça signifie ?

Cifuentes hocha lentement la tête, et eut l'air de vieillir pendant qu'il disait :

– Je ne le sais que trop bien. Pour commencer, ma perdition...

– Arrête, arrête un peu, Pacorris, siffla Antonio en le saisissant au collet. Si l'on conduit Consuelo à l'hôpital, on ne tardera pas à comprendre ce qui s'est passé. Ça peut nous valoir vingt ans...

– La peine sera plus lourde pour moi que pour toi, en tout cas. Et ce sera la fin de ma carrière, remarqua Cifuentes, évoquant son malheur comme s'il parlait d'un événement très ancien. Je regrette, je ne peux plus rester assis à regarder souffrir ta nièce, en ne m'inquiétant que de sauver mes fesses. Je suis un médecin, et même si aujourd'hui je n'ai été qu'un boucher, mon devoir est de sauver sa vie, dit-il, glacial, en regardant Antonio avec autant de froideur que s'il avait été en présence d'un mort tout aussi ancien. Je me demande comment j'ai un jour pu t'aimer et t'admirer, Gabi ; je suppose que tu étais jadis quelqu'un de tout à fait différent de ce que tu es aujourd'hui, parce que je sais désormais que tu n'es qu'un rat d'égout, comme ton père.

Antonio ignora l'insulte ; le cynisme exige une certaine forme de tolérance.

– Pourquoi dis-tu ça, Pacorris ? J'essaie seulement de te protéger…

Cifuentes, les poings tout faits, ne se résolut pourtant pas à le frapper.

– Non, Gabi, tu n'essaies de protéger que toi, comme tu l'as fait depuis le début. Tu choisis bien ton moment, pour penser à te mettre à l'abri alors que la vie de ta nièce ne tient plus qu'à un fil ! Pour moi, c'est une étrangère, et je suis pourtant prêt à me sacrifier pour sauver sa vie. Mais toi ! s'écria-t-il et il le bouscula enfin, le poussa contre l'armoire, puis lui serra le cou, prêt à l'étrangler : – N'est-ce pas toi qui m'as dit que tu aimais ta nièce comme si c'était ta propre fille ? Toi qui es venu pleurnicher, me supplier… me forcer la main, en fait, en me disant que tu ne voulais que son bonheur et lui éviter de souffrir ? Et maintenant tu veux l'abandonner dans cette chambre pendant que le poison s'accumule dans son sang ? gronda-t-il en approchant son visage de celui d'Antonio jusqu'à ce que son souffle le fasse cligner des yeux. Tu es le type le plus égoïste et le plus pourri que j'aie jamais rencontré, Gabi ! Tu es une saleté de truqueur et un sac à merde, voilà ce que tu es !

Il lâcha enfin le cou d'Antonio, qui commençait à suffoquer, et le jeta à terre comme on se défait d'une ordure. Antonio s'éloigna de lui à quatre pattes et reçut un coup de pied au cul.

– Fous le camp d'ici, saloperie ! Je ne veux plus jamais te revoir, tu m'entends ? lui cria Cifuentes.

Antonio jeta un dernier coup d'œil sur Consuelo, qu'il aurait peut-être pu aimer dans une autre vie, comme on regarde un piteux débris de notre passé que le fleuve du temps emporte. Mais il n'avait pas une minute à perdre en regret et en sentimentalisme, même pas en insidieuse pitié : en bas l'attendait le chauffeur de Demetrio, et il devait au plus vite mettre la dernière main à son alibi, en retournant à San Lorenzo de El Escorial.

– C'est bon, Pacorris, murmura-t-il, en simulant la tristesse. Je m'en vais.

Et il s'en alla, en claquant la porte. Après son départ, découragé, abattu, Cifuentes regarda Consuelo. Il avait été abandonné, au moment de l'épreuve, par le présumé ami pour lequel il avait risqué et perdu sa réputation et sa carrière, pour lequel il avait renié ses principes et affronté le jugement de Dieu. Il ne lui restait plus qu'à accepter la sentence qui allait le condamner aux yeux du monde et le précipiter dans l'enfer des réprouvés ; et il savait que tout désir d'y échapper était vain. Le cas échéant, s'il se comportait comme la crapule accomplie qu'il était sans doute, Gabi pourrait toujours prétendre devant un tribunal qu'il ne savait rien de l'avortement, il pouvait tout aussi bien charger sa nièce en inventant n'importe quel mensonge. Mais rien ne pouvait plus affecter Cifuentes, rien ne pouvait plus le faire revenir sur sa décision : ni que l'on découvrît ou pas à l'hôpital qu'il avait pratiqué un avortement illégal, ni que Consuelo se remît ou mourût, parce qu'il allait devoir payer – et sa conscience n'allait pas lui faire de cadeau, ne lui en ferait jamais, pas plus qu'elle ne lui en faisait à présent – pour avoir enfreint le cinquième commandement. Il s'approcha du lit, reprit le pouls de la malade, qui montait maintenant à cent trente, et sa température, qui dépassait les quarante, pendant que les bactéries se multipliaient dans son sang, aussi vigoureuses et insomniaques que les remords rongeurs. Avec un linge mouillé, il lui tamponna le front, couvert d'une sueur aigre, exsudation des poisons qui la tuaient, puis il quitta la chambre pour aller téléphoner. Il composa le numéro de l'hôpital San Carlos, où il avait travaillé pendant dix ans ; au moins, se dit-il avec une dolente ironie, quand il aurait donné son nom, on ne tarderait pas à envoyer une ambulance.

Sa barbe avait poussé, aussi vigoureuse et insomniaque que les bactéries et les remords, tandis qu'il attendait des nouvelles de Consuelo dans une des salles réservées au public de l'hôpital San Carlos. Ses anciens collègues de garde ne l'avaient pas laissé entrer dans l'unité de soins intensifs où la nièce de Gabriel se débattait entre la vie et la mort ; ils lui avaient conseillé de guetter vers huit heures l'arrivée du professeur Avendaño, chef du service de gynécologie et d'obstétrique, qui seul pouvait lui permettre d'accéder à la zone réservée au personnel sanitaire. Cifuentes savait que si ses anciens collègues lui avaient interdit le passage, alors qu'ils auraient pu le laisser entrer discrètement sans le moindre risque, c'était parce qu'il était devenu à leurs yeux un pestiféré, d'autant qu'en obtenant la chaire de Valladolid, il avait tranché le nœud gordien qui bloquait sa carrière universitaire. Il ne lui échappait pas non plus qu'Avendaño allait se lécher les babines en découvrant que celui qui avait pratiqué l'avortement de Consuelo ne pouvait être que Cifuentes, auquel il allait infliger des humiliations beaucoup plus dures que toutes celles auxquelles il avait déjà eu droit pendant qu'il était sous sa férule. Mais rien de tout cela n'importait, rien ne pouvait le distraire de son tourment qui, en quelques heures à peine, avait ajouté à son visage vingt ou trente ans de décrépitude.

Il vit Avendaño venir dans le couloir, la blouse ondoyante comme le drapeau de son arrogance.

– Comment va la petite ? demanda-t-il avec empressement.

Avendaño avait une stature au-dessus de la moyenne et une complexion forte, mais une petite tête empruntée, aurait-on dit, à un Lilliputien. Son nez était camus, ses yeux en tête d'épingle, sa moustache fournie taillée en une ligne horizontale de poils durs et hérissés, telle qu'aimaient la porter les thuriféraires du pouvoir ; ses cheveux avaient des luisances de casque et sa lèvre supérieure légèrement retroussée en bec-de-lièvre lui donnait une expression déplaisante de dédain perpétuel.

– Pas très bien, répondit-il, acrimonieux. Elle ne réagit pas aux antibiotiques, l'informa-t-il en le regardant d'un air plutôt goguenard. Voulez-vous bien m'accompagner dans mon bureau... docteur ?

Cifuentes le suivit, tel un agneau sur le chemin de l'abattoir qui n'ose même pas bêler. Avendaño l'invita à s'asseoir devant son bureau, qu'il contourna pour prendre place dans son fauteuil, après avoir soulevé sa blouse en faisant des manières de demoiselle qui ne veut pas froisser sa jupe.

– Quand vous nous avez quittés, je ne comptais pas vous revoir de sitôt, dit le professeur avec une expression indiquant beaucoup de plaisir en expectative. Et moins encore en de telles circonstances.

Avendaño était le principal responsable de l'ostracisme qui l'avait frappé au cours des dernières années ; comme tant d'autres cumulards apparus après l'aggiornamento du régime, il tenait obstinément en aversion les phalangistes de la vieille garde, qu'il évinçait dans son service et dont il essayait de purger l'hôpital.

– La vie a de ces traits d'ironie, Avendaño, dit Cifuentes en haussant les épaules. Ce que pendant tant d'années vous aviez prévu de m'infliger sans y parvenir n'est que du vent, comparé à ce qui m'attend, maintenant.

La moustache d'Avendaño frémit de satisfaction, quand il sourit. Il prit sur le bureau le bilan clinique de Consuelo.

– Voyons. La patiente, Consuelo Gucrrica Echevarría Mendoza, présentait dans la partie basse de l'abdomen une sensibilité très vive. Endométrite dans la cavité utérine, flegmon du ligament large, pelvipéritonite et symphysis de la région pubienne. On a relevé des traces de sang dans la vulve et le vagin, ainsi que de petits caillots dans le col de l'utérus, et des écorchures des deux paramètres, qui semblent indiquer qu'un fœtus a été retiré récemment par des méthodes chirurgicales, lut-il avec une monotonie ennuyeuse et voulue, puis il leva les yeux, moqueur. Comment appelions-nous ça en classe, Cifuentes ? Ah, oui ! Avortement septique, c'est bien ça ? Avortement septique provoqué. Pas mal exécuté, sans doute, quoique dans des conditions de stérilisation insuffisantes. Et sur une patiente dans une condition physique précaire.

Cifuentes n'essaya pas de se défendre. Il demanda :

– Pourquoi n'a-t-elle pas bien réagi aux antibiotiques ?

– Comme vous le savez sans doute, docteur, les antibiotiques ne sont pas la panacée universelle, même si on les présente comme tels, dit Avendaño en fronçant un peu plus sa lèvre supérieure. Cette jeune fille… reprit-il en cherchant le nom dans le dossier,… Consuelo, est dans un état de choc endotoxinique dû au fait que son utérus a développé une résistance aux antibiotiques, peut-être parce qu'elle a ingéré récemment un médicament contre-indiqué, ou parce qu'on lui a administré un antibiotique adultéré qui, au lieu de détruire les streptocoques, les a rendus plus résistants. Nous sommes en train de lutter contre l'infection, mais si aucune amélioration ne se présente dans les prochaines heures, j'ai bien peur que…

Il se tut pudiquement, tandis que Cifuentes baissait la tête, accablé par la culpabilité et par la conscience de la futilité des excuses qu'il aurait pu invoquer à sa décharge. En définitive, bien qu'il eût employé des méthodes injustifiables et scélérates, Gabi ne lui avait pas mis un pistolet sur la tempe pour l'obliger à pratiquer cet avortement.

– J'imagine que c'est cette petite qui est venue vous voir pour vous demander d'interrompre sa grossesse, s'enquit Avendaño, curieux, en employant des euphémismes presque aussi grotesques que ceux auxquels Gabi avait recouru. Mais vous ne devez pas ignorer que ce genre d'intervention est sanctionné par la loi et puni de prison et d'interdiction définitive d'exercer la médecine. Je dois aussi vous rappeler, Cifuentes, qu'en acceptant d'intervenir, vous vous êtes rendu responsable de la vie de cette petite. Si elle mourait…

Cifuentes soupira, frappé de plein fouet.

– Je sais, je sais…

Un interne affolé venait d'entrer dans le bureau d'Avendaño.

– La jeune femme amenée par le docteur Cifuentes est au plus mal, annonça-t-il. Le pouls est tombé brusquement de cent trente à quarante.

Ils sortirent tous les trois du bureau et se dirigèrent au pas de course vers l'unité de soins intensifs, où Consuelo était entubée et sous perfusion. La pâleur jaunâtre de la nuit précédente était devenue quasi mortuaire et les boutons de fièvre de ses lèvres, noircis, ressemblaient à un début de gangrène. Une infirmière lui auscultait le cœur avec un stéthoscope.

– Le battement est très faible, docteur. J'ai peur qu'elle ne nous quitte, dit-elle. Il y a un moment, elle s'est réveillée et a appelé un certain Gabriel.

– C'est son oncle, expliqua Cifuentes en ravalant sa colère.

Consuelo essayait encore de parler, entre des râles et des soupirs. Un murmure anxieux sortait de sa bouche, assombri par le délire.

– Gabriel… Gabriel… Tu es là ?

Cifuentes savait qu'il n'est plus grande consolation, pour un moribond, que la présence d'un être cher, même quand cet être est méprisable et lâche, comme l'homme qui avait abandonné sa nièce, aussi adressa-t-il à Avendaño une supplique.

– Me permettez-vous de m'asseoir à côté d'elle ? Je ferai comme si j'étais son oncle, ça la réconfortera.

Avendaño accepta avec une ostensible aigreur. Cifuentes s'assit sur le bord du lit et prit entre les siennes les mains immobiles et glacées de Consuelo, dont le front était pourtant brûlant.

– Du calme, petite, je suis là, dit-il.

– Gabriel ? demanda-t-elle d'une voix qui pouvait à peine traverser les toiles d'araignée de l'inconscience. Gabriel… je ne peux plus t'appeler mon oncle. Je t'ai tant aimé… Gabriel. Dieu sait à quel point je t'ai aimé. Et j'espère… qu'il nous accordera son pardon… à tous les deux, souffla-t-elle, pendant que ses paupières s'agitaient comme des papillons à l'agonie et que son corps frêle succombait aux spasmes. Et l'enfant… Gabriel… ton fils… où… est-il… Gabriel, où.

Ses lèvres devinrent à jamais muettes, crispées par un rictus que Cifuentes effaça de la paume de sa main. Il sentit une sueur froide le couvrir tout entier pendant qu'il démêlait le sens des dernières paroles de Consuelo : c'était comme si devant ses yeux surgissait avec une netteté croissante une image encore invisible quelques instants plus tôt, et ce qui apparaissait le remplissait graduellement d'horreur, une horreur sidérante. Il prit les mains mortes de Consuelo, les croisa sur le ventre qu'il avait spolié quelques heures auparavant, et il posa un baiser sur le front déjà froid avec l'onction résignée du pénitent qui se sait condamné à errer pour l'éternité sans jamais obtenir le pardon de ses fautes. Il sortit en traînant les pieds de l'unité de soins intensifs, insensible aux regards stupéfaits, dédaigneux ou accusateurs d'Avendaño, de l'interne et de l'infirmière, et il continua d'avancer ainsi dans les couloirs de l'hôpital, qui avaient pris l'apparence à la fois familière et vaguement inhospitalière des paysages de fantaisie. Il était bouleversé, disloqué par une avalaison de pensées mêlées, véritable kermesse du chaos pourtant traversée par l'acier éclatant d'une révélation de ce qui jusqu'à présent lui avait été occulté et dont il aurait préféré ne rien savoir, pour ne pas être pétrifié comme les malheureux qui osaient regarder en face la Gorgone : Gabi avait séduit sa nièce, l'avait engrossée puis forcée à avorter en se servant de lui, en lui racontant la fable de l'homme marié qui ne voulait rien savoir de son enfant bâtard et, quand ses projets avaient été contrariés, il n'avait pas hésité, après avoir fait assassiner son enfant, à abandonner la mère à l'agonie.

Il ne pouvait comprendre comment le fougueux jeune homme qu'il avait connu quinze ans plus tôt avait pu devenir le monstre odieux que n'arrêtait même pas le tabou de l'inceste et qui, face aux conséquences de sa faute impardonnable, n'hésitait pas à sacrifier ses victimes pour sauver coûte que coûte sa réputation, peut-être pour pouvoir perpétrer de nouvelles atrocités. Il savait que Gabi, issu d'un milieu pendable, avait avec son père, aux tout premiers temps de l'après-guerre, prêté la main aux trafiquants du marché noir et aux usuriers, en employant les mêmes moyens crapuleux par lesquels les sangsues proches du pouvoir tiraient profit de la douleur et de la détresse de leur prochain, ou en gardant le silence pour les couvrir. Mais il savait aussi qu'il avait renié sincèrement ce milieu détestable, quand le scandale des vaccins contre la poliomyélite adultérés lui avait révélé que son père n'hésitait pas à tuer des enfants pour se remplir les poches. Gabi lui avait donné des témoignages suffisants de sa conversion, en premier lieu dans les réunions du SEU que lui-même organisait à la faculté de médecine, puis en s'affiliant à la División Azul, bannière sous laquelle ils avaient combattu ensemble pendant un an sur les rives de la Volkhov. Les démonstrations multiples de la bravoure de Gabi sur le front russe lui revinrent alors en mémoire : il avait été le témoin direct de ses actions d'éclat pendant les escarmouches quotidiennes avec l'ennemi, de sa détermination à toujours se porter volontaire pour les missions les plus périlleuses, à l'issue la plus incertaine ; et il savait, d'après ce que lui avaient raconté d'autres divisionnaires, que Gabi était resté fidèle à cette règle de conduite quand lui-même avait été rapatrié, et pendant les dures années de captivité. Le seul fait qu'il eût renoncé au rapatriement, alors qu'il aurait pu se joindre à l'un ou l'autre des contingents qui périodiquement retournaient en Espagne, montrait bien la trempe de son caractère, et la persistance de sa conversion ; sans doute y avait-il dans cette trempe un peu de l'acharnement effréné du prosélyte, et l'on pouvait considérer que dans son intrépidité excessive entrait une certaine irresponsabilité suicidaire – celle des hommes honteux de leur passé qui n'hésitent pas à s'exposer follement au pire, en croyant trouver dans la mort l'unique rédemption possible –, mais de semblables démonstrations de témérité et de véhémence ne laissaient nullement présager le revirement qui s'était opéré en lui. Il s'était passé quelque chose, pendant les années obscures de sa captivité, que ne pouvaient expliquer ni la simple désillusion ni l'abattement bien compréhensible qui nous accable quand nous en bavons sans voir le bout du tunnel, et pas davantage une corruption ou une abjuration des idéaux de sa jeunesse, suivie d'un retour aux fourvoiements et aux manœuvres illicites apprises auprès de son faux-jeton de père. Pour en arriver à transgresser les interdits humains et divins du tabou de l'inceste, pour sacrifier sans répugnance la vie d'innocents avec lesquels on a des liens de sang, il fallait quelque chose de beaucoup plus profond et plus dévastateur, il fallait une métamorphose complète, il fallait devenir quelqu'un d'autre, être quelqu'un d'autre. Un instant, dans ce tourbillon chaotique de pensées déroutantes, luisirent un soupçon ou une conjecture qui auraient pu expliquer pareille métamorphose ; mais c'étaient un soupçon ou une conjecture trop rocambolesques et hasardés pour être retenus par la raison.

Cifuentes était arrivé à l'entrée de l'hôpital, laissant derrière lui un sillage d'anciens collègues qui chuchotaient dans son dos ou se taisaient à son passage, peinés ou scandalisés. Tous connaissaient déjà la raison pour laquelle il avait remis les pieds dans cet endroit où, pendant plus d'une décennie, il avait exercé sa profession, mis des enfants au monde ; tous savaient qu'il avait trahi le serment d'Hippocrate et provoqué la mort d'une jeune femme, après avoir tué l'enfant en gestation. Ils le regardaient avec un mélange de curiosité morbide et de stupéfaction outrée, comme ils auraient suivi du regard un pénitent forcé de porter au long des rues un san-benito pendu à son cou, pour servir d'avertissement et de leçon à ceux qui auraient commis le même péché, et pour inciter au rire et au mépris ceux qui comptaient ne jamais le commettre, plus par peur des représailles que par véritable conviction.

Dans le hall de l'hôpital était installé un téléphone public ; Cifuentes n'oubliait jamais, quand il sortait de chez lui, d'acheter à la gare ou dans un bureau de tabac les jetons pour pouvoir passer les appels nécessaires. Il composa le numéro du mas proche de Valladolid qu'Amparo et lui avaient pu acheter à force de peines et de sacrifices, et dans lequel ils avaient le projet de commencer une nouvelle vie et d'élever une nombreuse progéniture, rêve qui était maintenant à jamais anéanti, comme l'enfant qu'il avait jeté à la poubelle la nuit précédente.

– Amparo ? C'est Pacorris, dit-il, et lui qui avait tendance, quand il parlait dans le combiné d'un téléphone public, à élever la voix le fit cette fois en un murmure, de sorte que les curieux de plus en plus nombreux qui, suivant son chemin pour l'échafaud, apparaissaient dans le hall, ne pussent entendre ce qu'il allait dire.

– Tu m'as l'air d'être au trente-sixième dessous, mon chéri, dit Amparo. Tu rentres bientôt ?

Cifuentes eut une sorte de sourire meurtri.

– Non, Amparo, pas avant longtemps, à ce qu'il paraît.

Il y eut à l'autre bout du fil un silence affligé, mais Amparo surmonta aussitôt la contrariété.

– Qu'y pouvons-nous ? dit-elle pour tout commentaire, et

elle tâcha d'imposer un ton joyeux : – J'espère au moins que tes anciens collègues t'ont fait bon accueil.

– Oh oui, alors ! Ils m'invitent à dîner et me font faire la tournée des grands ducs, pour me fêter comme je mérite de l'être. Avendaño se propose même de me rendre publiquement hommage à l'université.

Amparo rit, cette fois de gaieté de cœur. C'était là le Francisco qu'elle préférait : vivace et jovial comme dans sa jeunesse, du temps où elle était une jeune fille à la page que tous les membres de la bande couvaient des yeux.

– Mais, attention, que ça ne te monte pas à la tête ! Qu'une de ces coureuses qui hantent les congrès de médecine n'aille pas me chiper mon petit mari ! lança-t-elle, riant encore, avant de supplier : – Reviens vite, chéri. Chaque minute qu'ils nous volent me pèse sur le cœur.

Cifuentes sentit les larmes lui monter aux yeux.

– En fait, ils nous ont déjà volé tout le temps du monde, murmura-t-il et, pour tempérer un peu cette remarque au caractère ésotérique de mauvais augure, il ajouta : – Nous aurions dû nous marier il y a bien longtemps, quand nous étions jeunes.

Amparo garda le silence pendant quelques secondes, déconcertée par le tour sombre et récriminatoire que prenait la conversation.

– C'est facile de dire ça à présent, fit-elle, soudain harcelée par ses souvenirs. Nous avions décidé ensemble d'être loyaux vis-à-vis de Gabi, lui rappela-t-elle, et elle essaya une nouvelle fois de bannir l'angoisse : – Et qui dit que nous ne sommes pas jeunes ? Je suis ici, grosse comme une génisse.

Cifuentes se mordit la lèvre inférieure pour étouffer un sanglot. De grosses larmes, distillations de son sang, coulaient lentement sur ses joues, ralenties par la barbe.

– Nous avons été loyaux à tant de choses et à tant de personnes qui ne méritaient pas notre loyauté, dit-il, retombant dans l'ésotérisme, déguisant sous ce pluriel imprécis un seul être, celui qui avait détruit sa vie. Et pourquoi, en fin de compte ? Pour servir des traîtres et des imposteurs.

– Ne dis pas ça, Paco, protesta Amparo, blessée. Au moins, nous pouvons marcher la tête haute, et j'en connais qui ne sauraient en dire autant. Nous n'avons pas vendu nos principes pour quatre sous.

Mais Cifuentes ne pouvait plus marcher la tête haute, et bien qu'il n'eût pas trahi ses principes pour quatre sous, mais au nom de l'amitié, d'une amitié qu'il avait commis la folie d'accorder à quelqu'un qui n'en était pas digne, il ne pourrait plus jamais relever la tête, par sa faute. Le silence entre eux était maintenant tendu comme une corde d'arbalète.

– Paco ? Qu'est-ce qui t'arrive ? demanda Amparo, alarmée.

– Mais rien du tout ! Que veux-tu qui m'arrive ? répondit-il en essayant de donner l'impression qu'il souriait, au milieu de sa désolation. Tu as toujours été si bonne pour moi, Amparo.

– Comment ça, j'ai toujours été ? Je le suis et le serai toujours et j'espère pour très très longtemps, proclama-t-elle fièrement. Il est si facile d'être bonne avec quelqu'un comme toi. Tu me fais me sentir toujours plus fière de t'avoir choisi.

– J'espère que tu ne cesseras jamais de l'être, mon amour. Même si on te raconte des choses horribles sur mon compte, ajouta-t-il, et il ne laissa pas à Amparo le temps de lui demander des explications : – Il faut que je te laisse. Je t'aime plus que ma vie.

Et c'était justement parce qu'il l'aimait qu'il allait faire ce qu'il avait décidé de faire. La bande des curieux rassemblés dans le hall ne se souciait même plus de garder un silence décent ou de ne le regarder que discrètement ; son ronron malveillant bourdonnait à ses oreilles tel un essaim furieux et, où qu'il posât son regard, il ne voyait que visages revêches et accusateurs. Peut-être avait-on déjà appelé la police, pour dénoncer un médecin qui venait de tuer une jeune femme après avoir perpétré sur elle un avortement (mais ils diraient plutôt qu'il « avait interrompu sa grossesse ») et se préparait à quitter l'hôpital ; cependant, pas un de ces curieux n'eut le courage de l'arrêter quand il le quitta effectivement, et ils restèrent à le regarder derrière les portes vitrées du hall comme on regarde à travers la paroi transparente d'un aquarium un requin essayer de s'échapper de sa prison aquatique.

Cifuentes alluma une cigarette sur laquelle il tira avec l'avidité de qui attend la bordée qui lui coupera définitivement le souffle. Il partit sans se retourner ; il pouvait maintenant se dire à bon escient qu'il était un délinquant en fuite, un assassin à poursuivre et à appréhender, un médecin déshonoré et rayé de l'ordre, un professeur destitué de sa charge, discrédité devant ses confrères, à jamais stigmatisé. Mais rien de tout cela ne l'aurait inquiété outre mesure, s'il avait été célibataire ; il aurait alors accueilli son incarcération comme une peine légère annonçant celle, beaucoup plus lourde, du châtiment de Dieu. Mais il n'était pas célibataire, et il ne pouvait même pas imaginer ce que serait la déception d'Amparo quand elle apprendrait que son mari avait été arrêté pour avoir provoqué un avortement, quand elle devrait entendre toutes les précisions relatives à son crime pendant sa comparution devant la cour, quand le moment serait venu d'expliquer à son fils pourquoi il avait un père bagnard, pourquoi les autres gamins le montraient du doigt et se moquaient de lui à l'école et dans la rue, pourquoi il entendait partout la même cantilène d'opprobre. Mieux valait affronter la justice divine avant que l'outrage ne fût retombé sur la tête d'Amparo et de leur enfant.

Madrid s'étirait comme une actinie, déployant les tentacules de son activité. Même s'il ne vivait pas depuis très longtemps à la campagne, cette agitation fut pour lui une effervescence indéchiffrable, pour ainsi dire une prémonition de l'enfer qui l'attendait. Il emprunta la rue d'Atocha comme s'il pénétrait dans un labyrinthe confus où il n'y a ni escaliers à monter, ni portes à forcer, ni interminables galeries à parcourir, ni murs qui barrent le passage, mais où l'impression de détresse n'en est pas moins vive. Quand il arriva Plaza Mayor, il s'arrêta devant les éventaires des camelots et des charlatans où les filous dupaient les pigeons et les touristes les plus faciles à gruger, et il se laissa plumer pendant un moment par un lascar, pour retrouver le goût (ou un relent) d'innocence à jamais perdue, jusqu'à ce qu'il eût été presque complètement dépouillé. Il aurait joué et perdu son dernier sou si une odeur de pain chaud n'était venue flatter ses narines ; la boulangerie était quasi dissimulée sous les colonnades de la place. Il y acheta une fougasse avec ce qui lui restait de monnaie, mordit dans la croûte dorée, laissant le goût prononcé du froment envahir ses papilles gustatives, et ce fut une dernière communion rédemptrice. Il reprit son chemin, mordant dans la fougasse, suivi par les pigeons qui se jetaient sur les moindres miettes du festin ; alors, tout en s'engageant dans la Calle Mayor, il émietta le pain pour que les oiseaux pussent se remplir le jabot et, ainsi escorté, nimbé d'oiseaux, soutenu comme saint François d'Assise par des roucoulements, il déboucha rue de Bailén, d'où l'on apercevait, semblable à une falaise blanche ou à un mausolée de spectres détrônés, le Palacio Real et, non loin de là, une cathédrale à moitié construite, image d'un temple que des barbares auraient démoli et qui aurait attendu de nouvelles incursions, avant que Dieu eût décidé d'en faire son logis. Cifuentes émietta le reste de la fougasse, au grand émoi des oiseaux qui continuèrent de le suivre, comme pour lui prouver leur loyauté et le soulager du poids de la trahison.

Du haut du Viaducto, on voyait un Madrid plus ouvrier et artisan, moins tenté par le bruit et la fureur, plus étranger aux vanités et aux corruptions de la ville et de la cour, où prospéraient les thuriféraires du régime. Pendant qu'il se hissait sur le parapet, presque encouragé par ses compagnons ailés, Cifuentes se dit que, après tout, il serait peut-être donné à Amparo et à leur enfant de voir poindre l'illusoire jour nouveau qu'il avait chanté dans sa jeunesse, face au soleil, avec sa nouvelle chemise. La mort l'avait trouvé, et la justice divine l'attendait.

Un instant, il flotta dans les airs, soutenu par sa suite d'oiseaux, lui-même sublimé en pigeon qui défiait les lois de la gravité. Puis il tomba et s'écrasa comme un œuf sur les pavés de la rue de Segovia.

– Entrez, entrez, don Gabriel, lui dit le docteur Avendaño avec une expression affligée ou affligeante. Je crois que nous n'avons pas eu le plaisir de faire connaissance, n'est-ce pas ?

– Je crois que non, docteur, répondit Antonio en lui tendant la main.

Ils se trouvaient dans la morgue de l'hôpital San Carlos, où régnaient une odeur de charnier allégée par le formol, et une lumière craintive de chapelle non consacrée ou d'un cadastre de cadavres. Celui de Consuelo était étendu sur un brancard à roulettes ; un drap pudique la couvrait de la naissance des seins aux genoux. Il s'étonna que la mort l'eût embellie, même par rapport aux dernières fois qu'il l'avait vue indemne, comme si Consuelo avait expulsé avec son dernier soupir le vide dévastateur de son oncle abusif qui l'avait empoisonnée, et que son âme, une fois délivrée du mal, avait répandu sur son corps spolié un baume souverain, avant d'entreprendre son voyage vers l'empyrée. Une étrange paix se dégageait de son expression, et sa pâleur était de nouveau d'une pureté de neige, et rappelait sa fraîcheur première ; ses lèvres, redevenues pulpeuses, semblaient vouloir dévoiler en un murmure le secret qui l'avait conduite à la tombe, et même sourire à Antonio, resté seul dans son vide sans fissure, seul avec son néant dont la pullulation rôdait autour de lui, telle une mouche verte sur le point de pondre.

– Je regrette d'avoir été le messager de deuil, dit Avendaño. Et je vous prie d'accepter mes condoléances.

Antonio pouvait à peine parler. Il avait l'impression que ses poumons trempés et lourds menaçaient de déchirer sa plèvre et de faire éclater sa cage thoracique. Cette impression ne l'avait pas quitté depuis qu'on l'avait appelé à l'hôtel Miranda, à San Lorenzo de El Escorial, d'où il n'avait pas bougé depuis la nuit précédente, pour mieux établir son alibi. En répondant à l'appel du docteur Avendaño, peu avant midi, il s'était aussitôt dit que, après la mort de Consuelo, vers huit heures du matin, on n'avait pas trop tardé à découvrir son identité et à localiser les membres de la famille. En effet, ce coup de fil suivait celui passé aux parents qui, à Saint-Sébastien, ignoraient encore tout de ce qui arrivait à leur fille, parce qu'elle leur avait menti et expliqué sa présence à Madrid – alors qu'en fait elle s'était réfugiée à Sigüenza – en alléguant des retards dans le tournage du film.

– Les pauvres, ils ont été complètement sonnés, et je n'ai pas osé leur en dire davantage, pas plus que je ne l'ai fait avec vous, dit Avendaño, fronçant son bec-de-lièvre en un rictus d'amertume.

Antonio déglutit, et sa salive lui parut aussi acide que du vinaigre.

– Ils l'aimaient beaucoup ; c'était leur seul enfant. Ils ne vont pas s'en remettre facilement.

– Et pourtant, le dernier nom qu'elle ait prononcé a été le vôtre, l'informa Avendaño, dans le but de s'attirer sa sympathie. Elle n'avait plus la force de parler, et l'on ne comprenait presque pas ce qu'elle disait, mais j'ai tout de même pu saisir ceci : « Je t'ai tant aimé, Gabriel. Dieu sait à quel point je t'ai aimé. »

Lui aussi aurait pu arriver à l'aimer, dans une vie antérieure, encore qu'il fût plus que probable que dans cette vie antérieure il n'aurait jamais pu connaître quelqu'un comme elle, ce qui lui aurait épargné toute cette souffrance. Et pendant qu'il contemplait le cadavre de Consuelo, Antonio comprit qu'il était grand temps de mettre fin à son simulacre de vie ; il devait disparaître aussitôt que les formalités funéraires le lui permettraient, avant de causer davantage de dégâts. Même la plus achevée des crapules doit se donner des limites.

– Moi aussi je l'aimais, docteur. C'était la jeune fille la plus délicieuse du monde. Je ne vais pas non plus m'en remettre facilement.

Avendaño opina de la tête, une tête qui semblait presque avoir été réduite.

– Je puis vous assurer que nous avons fait tout ce qui était humainement possible pour la sauver, mais l'infection était très virulente et sa condition physique réellement déplorable, dit-il pour soulager sa conscience. Il est même possible que des médicaments lui aient été administrés par erreur. Je suppose que si l'on pratique une autopsie on saura à quoi s'en tenir, bien que je me demande si continuer de fouiller la plaie a encore un sens…

L'éventualité d'une autopsie, qui pourrait peut-être révéler la présence d'antibiotiques frelatés dans le sang de Consuelo, secoua Antonio.

– Je dirai que ça n'a pas le moindre sens, docteur. Aucune autopsie ne la ramènera à la vie.

Mais, plus encore qu'une autopsie, il redoutait Cifuentes, qui pourrait fournir certaines précisions susceptibles de saper son alibi. Avendaño continuait de parler.

– Consuelo est arrivée à l'hôpital hier soir, peu après vingt-deux heures, avec plus de quarante de fièvre et une septicémie galopante, que même la streptomycine n'a pu enrayer, expliqua-t-il, sur quoi il ménagea un silence contrit, avant d'annoncer prudemment : – Je crains que vous n'ayez beaucoup de peine en apprenant la vérité, don Gabriel…

– La vérité ? s'exclama Antonio, en sursautant. Que voulez-vous dire ?

Il regarda une nouvelle fois Consuelo, cherchant un soulagement à son angoisse, mais Consuelo ne broncha pas.

– Je ne crois pas qu'il faille vous cacher les détails les plus scabreux… En outre, il est de mon devoir de médecin de vous les exposer, sans essayer d'atténuer ou de celer leur crudité, dit-il pour se disculper, en trouvant peut-être un insondable plaisir à révéler ces détails, mais plus encore à accuser celui qu'il considérait comme le principal responsable de la mort de Consuelo. Je vous laisse juge : votre nièce est morte des suites d'un avortement septique.

Antonio fit semblant de ne pouvoir y croire. L'oppression de ses poumons facilitait sa pantomime.

– Un avortement ? Êtes-vous certain de ce que vous avancez, docteur ?

– Malheureusement, répondit le médecin, lui posant la main

sur l'épaule en signe de réconfort. Je regrette de vous blesser dans vos sentiments. Vous ignoriez qu'elle était enceinte ?

Cette question indiquait que Cifuentes ne l'avait pas désigné comme instigateur du crime. Le poids dans sa poitrine en fut considérablement allégé, juste au moment où il fallait plus que jamais feindre la consternation.

– Je n'en avais pas la moindre idée… Il est vrai que ces derniers mois Consuelo m'évitait trop souvent… dit-il avec circonspection, comme s'il essayait de s'expliquer rétrospectivement ce détachement. Je suppose qu'elle a dû avoir un petit ami, qu'elle ne voulait pas le dire à ses parents, et que c'est pour ça qu'elle m'évitait.

Avendaño fit claquer sa langue, visiblement satisfait. L'imbécile prenait plaisir à révéler ce qu'il savait.

– C'est ce que j'imaginais, dit-il. Il y a indubitablement, dans le cas de Consuelo, bien des éléments troublants. L'homme qui l'a amenée à l'hôpital, par exemple, est celui qui a… interrompu sa grossesse.

Une grossesse ne peut être interrompue, lui avait dit l'intempérant Cifuentes, au langage rude et sans concession, mais il était évident, à entendre celui d'Avendaño, très enrobé, que l'euphémisme ne répugnait pas à des médecins moins intempérants ou plus hypocrites que Cifuentes.

– Noon…

– Si, c'est comme je vous le dis et, pour ne rien vous cacher, je dois reconnaître qu'il n'a à aucun moment cherché à nier qu'il avait pratiqué… l'opération, précisa-t-il, sur quoi Antonio pensa que ce type était indubitablement un des pharisiens bigots et sinueux qui exaspéraient tellement Cifuentes. Et n'allez pas croire qu'il était un de ces charlatans qui agissent en marge de la loi, non, monsieur, c'était un professeur de gynécologie et d'obstétrique, d'une université de second ordre, pour tout dire, où il avait décroché son titre de docteur après avoir été envoyé se faire cuire un œuf par la Complutense, glissa-t-il en douce. Mais un professeur tout de même.

– C'est incroyable ! s'exclama Antonio, content de lui, surtout à la pensée de la surprise encore plus grande qu'il n'allait sans doute pas tarder à manifester.

– Je ne vous le fais pas dire. Jamais un docteur en médecine n'avait pris un tel risque, souligna Avendaño, partagé entre son aversion pour Cifuentes et l'admiration horripilée que suscitait en lui pareille hardiesse. Je suppose qu'il avait une très forte raison pour faire ce qu'il a fait, et qui n'a pas été du travail de cochon, comme on pourrait le croire : l'intervention a été irréprochable, pour ce qui est de la maîtrise médicale ; le mal est venu de l'asepsie et de la condition physique de la patiente. Enfin, puisque j'ai décidé de ne rien vous cacher de ce que j'ai pu apprendre, le médecin qui a opéré votre nièce n'était autre que Francisco Cifuentes, ex-professeur de la fac...

– Cifuentes ! s'écria Antonio, en mettant à contribution tout son talent de comédien.

– Vous le connaissez ?

– Et comment, que je le connais ! C'est moi qui l'ai présenté à Consuelo, il y a quelques mois, lors d'un de ses passages à Madrid ! prétendit-il en ajoutant à sa fausse perplexité une sorte de colère blessée, face à la confiance trahie. Nous avons été des compagnons de guerre, dans la División Azul.

Avendaño ne cacha pas sa répugnance à la mention de cet épisode belliqueux qui offensait sans doute ses convictions ou ses faux-semblants de convictions démocrates-chrétiennes.

– Nous parlons bien du même homme, dit-il, et il tendit la perche à Antonio : – Qui était déplorablement resté ancré dans ces années-là.

– C'est juste, hélas, concéda Antonio. Il n'a jamais pu s'adapter à la vie civile. Mais c'était un homme de principe, même si ses principes avaient du plomb dans l'aile. Je suis étonné qu'il ait pu accepter de pratiquer cette... opération.

Maintenant, il avait honte de jouer cette comédie devant le cadavre de Consuelo, qui avait pourtant réussi à se libérer de l'attraction du néant vorace et inintelligible qui le hantait, ce néant qui, telle une gangrène insomnieuse, grandissait furtivement dans ses entrailles, sans rémission, car nulle âme ne pouvait l'en défendre.

– Il l'a probablement fait pour vous éviter la douleur d'apprendre que votre nièce était enceinte des œuvres d'un malotru, suggéra Avendaño. Cifuentes se plaisait à jouer les Don Quichotte et les extrémistes, il est très possible qu'il se soit mis en tête d'épargner à votre nièce la colère familiale, et il faut reconnaître qu'il a eu le courage de venir ici, dans cet hôpital où tout le monde le connaissait, à ses risques et périls, en sachant que ça allait lui coûter sa carrière. Faire ça, c'était signer son certificat de décès.

Antonio s'était aperçu qu'Avendaño parlait toujours de Cifuentes au passé, mais il avait seulement vu là un moyen de l'écarter de l'horizon une fois sa carrière liquidée, parce que sa seule inquiétude était d'étayer son alibi.

– Quand je pense que, pendant ce temps, je dormais sur mes deux oreilles à El Escorial... Je ne me le pardonnerai jamais. Peut-être que si j'étais resté à Madrid...

Avendaño s'empressa de le délivrer des remords, dans son ignorance qu'Antonio ne cultivait pas de telles faiblesses.

– Ne nous leurrons pas, don Gabriel. Il est évident qu'ils avaient décidé de garder l'affaire secrète, et votre présence ici n'aurait rien changé. Et puis... dit-il encore, après avoir tardé à faire cette révélation comme l'on garde le meilleur morceau pour la fin :
– ... Il est peut-être préférable que vous le sachiez, Cifuentes s'est suicidé, en sautant du haut du Viaducto, rien que ça.

– Que dites-vous ?

Maintenant, son étonnement était authentique. Il était sous le coup de deux sentiments contradictoires : le soulagement et le saisissement. La mort de Cifuentes rendait son alibi quasi infaillible, mais en même temps ratifiait la leçon que l'homme lui avait donnée, alors qu'il débarquait du *Semiramis* : le mal nous rattrape toujours ; il est comme l'homme enfermé dans une pièce qui croit qu'en défonçant la porte il sera enfin libre, mais qui, une fois la porte défoncée, se trouve dans une pièce encore plus exiguë, et ainsi de suite, jusqu'à ce qu'il meure étouffé. Or, Antonio sentait qu'il commençait à manquer d'air, et il ne pouvait continuer d'enfoncer les portes, autrement dit de détruire ceux qui l'entouraient. Il devait sortir par la fenêtre avant qu'il ne fût trop tard.

– Oui, votre nièce à peine morte, il a quitté l'hôpital et s'est rendu tout droit au Viaducto, poursuivit Avendaño, sans une ombre de compassion. Je m'étais chargé d'appeler la police pour le dénoncer et, quelques heures plus tard, leurs services m'ont téléphoné pour m'apprendre sa fin tragique. Je crois qu'ils n'ont pas l'intention d'aller chercher plus loin : on préfère ne pas trop parler des cas d'interruption de grossesse. Et nous espérons que cette affaire n'arrivera pas aux oreilles de la presse : de mon côté, je ferai ce que je pourrai, bien évidemment, pour éviter qu'elle ne s'ébruite. Je ne sais si la famille…

– Mieux vaut éviter de l'ébruiter, bien sûr, s'empressa de confirmer Antonio.

Avendaño était un homme consciencieux qui ne voulait rien laisser au hasard.

– Quant à la dépouille de votre nièce… J'imagine que ses parents voudront la faire transporter à Saint-Sébastien. Aucun des deux ne conduit, d'après ce que j'ai cru comprendre ; ils m'ont dit qu'ils viendraient en train, expliqua-t-il, et il proposa : – Pour nous, la garder jusqu'à demain matin à la première heure ne pose pas de problème…

– Je vous en remercie du fond du cœur, je n'aimerais pas prendre de décision sans consulter ma sœur et mon beau-frère, marmotta Antonio.

Ses poumons se remirent à le martyriser, face à tous les écueils qui se dressaient à l'horizon le plus proche, et qui rendaient toujours plus ardu et pénible son simulacre de vie. Avendaño interpréta ses difficultés respiratoires comme le signe d'un effondrement imminent.

– Nous ferions mieux d'aller dans mon bureau… Vous pourrez vous y remettre du choc.

Avendaño prit le retour du drap qui couvrait le torse de la dépouille de Consuelo et le tendit sur le visage de la morte ; en tirant dessus, il découvrit les genoux, encore désirables, sur lesquels Antonio avait tant de fois posé sa main mutilée, quand ils allaient faire une excursion en voiture. Il sentait que son intelligence, toujours si machinatrice, semblait s'être embourbée ou éclipsée, à moins que ne courussent au-dessus d'elle ces nuages véloces qui assombrissent parfois la campagne.

– Excusez-moi, docteur, dit-il, cette histoire m'a complètement brisé. Non seulement ma nièce chérie meurt, mais mon ami… ou celui que je considérais comme un ami, meurt aussi.

Le bec-de-lièvre d'Avendaño sembla vouloir se retourner sur lui-même en un rictus d'écœurement ou de dépit.

– Et ce n'est pas tout. J'ai appris que Cifuentes s'était marié il n'y a pas si longtemps. C'est trop de vies brisées tout d'un coup.

C'était trop, en effet. Et aussi dépourvu de scrupules qu'il fût (ou peut-être parce qu'il était ainsi), Antonio n'avait pas perdu conscience du danger, et pas non plus son instinct de conservation : il laissait derrière lui trop de cadavres, trop de vies brisées, trop de damnés, et ce sillage de douleur semblait n'être qu'un enchaînement semblable à ces alignements de dominos dans lesquels il suffit qu'une seule pièce bascule pour entraîner toutes les autres, un enchaînement imparable, qu'il ne savait comment arrêter. L'heure d'abandonner son imposture était venue, mais il devait encore, auparavant, effacer la moindre trace qui pourrait contrecarrer son alibi, ou l'impliquer dans la mort de Consuelo et de Cifuentes. Ce nettoyage exhaustif impliquait en premier lieu celui de l'appartement du Retiro, d'où il devait faire disparaître tout vestige de l'accouchement, à commencer par les restes organiques de l'intervention, après quoi il passerait à la trousse médicale de Cifuentes et aux flacons de médicaments adultérés avec lesquels ils avaient en vain essayé d'arrêter la septicémie. Il prit donc congé d'Avendaño en le remerciant une fois encore pour son efficacité et sa collaboration (qui avaient servi à merveille ses intérêts), et il roula en direction de la rue Alfonso XII.

Quand il ouvrit la porte de l'appartement, il comprit que la vitesse à laquelle les dominos s'entraînaient dans leur chute était devenue trop vertigineuse, même pour un homme tel que lui, aux réflexes quasi instantanés. L'appartement avait de nouveau été mis à sac, et les dégâts étaient plus importants que la première fois, comme si l'indésirable, non content de tout mettre sens dessus dessous, avait voulu démontrer insolemment que des puissances sismiques l'assistaient, capables de renverser les meubles sur leur passage, d'écraser et de réduire en miettes tous les objets fragiles qui osaient s'opposer à leur frénésie destructrice, et de faire d'un foyer une sorte de grenier ivre où plus rien n'avait sa place. Cette fois, de surcroît, l'assaut ne s'était pas limité aux pièces principales ; tous les placards dans lesquels le père accapareur de Mendoza avait entassé ses marchandises saines ou adultérées avaient été entièrement vidés, tous les rayonnages du garde-manger avaient été littéralement effacés, et des monticules de boîtes de conserve et de récipients variés, écrasés ou brisés jonchaient partout le sol ; la pharmacie avait subi le même sort, le sol n'était plus qu'un éboulis de comprimés, de pilules et d'ampoules brisées, et la chambre froide avait été vidée des paquets de viandes et de poissons surgelés qui répandaient dans la maison une odeur âcre annonciatrice de la putréfaction.

Antonio souleva le couvercle de la chambre froide, et il y trouva Paloma.

Sa langue livide sortait comme un mollusque obscène de ses lèvres, son regard était figé d'effroi, et son cou présentait encore la marque de la strangulation.

Le cadavre de Paloma n'avait pas été déposé là depuis longtemps, parce qu'elle ne montrait pas beaucoup de signes de congélation ; la *rigor mortis* ne s'était même pas emparée complètement de ses membres. Sous la robe audacieuse et printanière que l'on avait relevée avant de l'introduire dans le coffre, elle portait la lingerie orthopédique et churrigueresque qui plaisait tant, d'évidence, aux dégénérés qui louaient ses services. Antonio croyait toujours qu'un de ces anormaux, peut-être désireux de donner davantage de réalité à ses fantaisies les plus sadiques et les plus aberrantes, avait fini par la tuer, après l'avoir harcelée au téléphone et s'être défoulé sur l'appartement, ce qui ne lui avait pas suffi ; c'était une hypothèse rassurante, qui n'expliquait cependant pas de façon convaincante la destruction du mobilier, mais qui avait au moins le mérite d'exonérer Antonio de toute responsabilité dans le dernier épisode de cette succession de cadavres. Il n'empêchait que, quels que fussent l'identité et le mobile de l'assassin, le cadavre de Paloma n'en constituait pas moins un nouvel obstacle à son projet toujours plus insensé de quitter la peau de Gabriel Mendoza. De nouveau ses poumons pesèrent dans sa poitrine comme des sacs de lest gorgés d'eau qui auraient écrasé sa plèvre et ses côtes, et un torrent d'adrénaline se répandit dans son sang.

Il se souvint alors que le réceptionniste de l'hôtel Miranda, à San Lorenzo de El Escorial, à qui il avait donné à plusieurs reprises de généreux pourboires, toujours pour mieux asseoir son alibi, lui avait parlé d'un endroit, dans la sierra de Guadarrama, près de Buitrago, où les eaux de la Lozoya, encaissées entre des falaises, avaient creusé des marmites de géant dans la pierre calcaire ; un coin, avait précisé l'homme, qui était parmi les moins fréquentés par les touristes et les plus dignes d'être visités. Il se dit que c'était là qu'il allait se débarrasser du cadavre de Paloma, mais il lui fallait attendre que la nuit fût assez avancée pour le sortir de l'appartement sans être aperçu par un voisin dans l'escalier ou par un passant dans la rue. Il sortit le corps du congélateur et alla le poser sur le lit à baldaquin orné de gazes de couleur où ils avaient naguère forniqué, et il lui sembla que les draps gardaient encore dans leurs plis les miasmes de la fièvre qui avait tourmenté Consuelo.

Pendant les heures qu'il dut passer dans l'appartement à attendre, il évita de se montrer au balcon ou aux fenêtres. Il baissa tous les stores, pour pouvoir procéder plus tranquillement à l'élimination des preuves et à l'examen des dégâts causés par le pillard qui avait décidé, pour finir, de supprimer Paloma. Il était évident qu'il cherchait de l'argent : Antonio gardait ce que lui avaient rapporté ses derniers coups dans le bureau du garage, Paseo de Extremadura, et le butin qu'aurait laissé le père de Mendoza, d'après ce qu'il disait dans la lettre qui pendant des mois l'avait poussé à une infructueuse chasse au trésor, n'existait pas. Fatigué, étourdi, Antonio s'était laissé tomber sur le sofa que cette fois encore l'inconnu avait étripé, dans sa recherche chaotique et furieuse, et son regard vaguait sur le mur d'en face, maintenant nu, dépouillé de ses meubles et de ses tableaux, dont rien n'interrompait plus la blancheur atone et sourde-muette, du plafond au sol, exception faite de la plinthe, moulure d'acajou bombée et vernie qui faisait le tour du bas des murs de tout l'appartement, quand une idée lui traversa l'esprit, peut-être insensée, mais il se leva pourtant du sofa et essaya de détacher la plinthe du mur.

Avec étonnement et enthousiasme, avec une vénération et une joie sans bornes, il découvrit que les moulures de bois des plinthes pouvaient se démonter facilement. Le butin qu'il avait cherché jusqu'à n'en plus pouvoir n'était pas une chimère.

Les moulures d'acajou étaient creuses, et dans la cavité ainsi ménagée s'entassaient les liasses de billets, surtout des dollars, mais aussi des francs et des pesetas, en une quantité telle qu'il n'osa pas compter, mais qui devait représenter environ vingt millions de pesetas, répartis dans plusieurs pièces. C'était une somme qui montait à la tête, avec laquelle pourraient vivre à leur aise trois générations, comme l'avait indiqué le père de Mendoza et que, bien entendu, Antonio n'avait pas l'intention de brûler, ni d'employer à aucune œuvre de bienfaisance comme le vieil homme l'avait suggéré pour mettre au défi l'intégrité de son fils indocile.

Antonio fut envahi par un extraordinaire contentement, dans lequel l'exultation d'une découverte tant de fois remise à des lendemains incertains se combinait avec la sorte de relâchement béat des énergies vitales qui suit la fin heureuse d'une tâche éreintante ; et cette émergence de joie poignante, jointe à la tension et aux chocs répétés des dernières heures, lui arracha des larmes, abondantes et ferventes. Il chercha une mallette pour y loger cette fortune, mais il estima, une seconde plus tard, qu'il ne pouvait trouver meilleure cachette que celle dont il disposait déjà. Si ces liasses de billets étaient restées pendant des années bien à l'abri derrière ces plinthes, protégées de la curiosité de Paloma et des razzias du mystérieux dévastateur entêté, elles pouvaient bien y passer quelques jours de plus, jusqu'à ce qu'il eût achevé ses préparatifs de fuite. Ces préparatifs impliquaient une priorité : il fallait avant tout débarrasser l'appartement des dépouilles de l'avortement, qu'il mit dans un sac-poubelle, avant de descendre caser celui-ci dans le coffre du cabriolet. Puis il remonta à l'appartement, pour faire de même avec le cadavre de Paloma.

Il la descendit sur son dos, comme le faisaient chaque jour les camionneurs avec les gros sacs d'engrais qu'expédiait l'entreprise. Il constata, comme il l'avait fait dans une vie antérieure, que les morts sont plus lourds que les vivants, peut-être parce que, une fois que leur âme les a quittés, leurs péchés se pétrifient et, irrachetables, plombent leurs os ; et si Paloma était largement plus fluette que le malabar qu'il avait traîné jusqu'à l'étang du Retiro dans une vie antérieure, elle devait être chargée d'innombrables péchés. Il descendit l'escalier dans l'ombre, sans lâcher le soutien du mur, grâce auquel il se délestait d'une partie du poids, et rattrapait ses pertes d'équilibre. Heureusement, pas un voisin ne se montra sur les paliers, aucun n'arriva. Une fois dans le vestibule, il changea de position, saisit le cadavre par la taille, cala un des bras inertes sur ses épaules pour avoir ainsi l'air, quand il parcourrait le peu de distance qui le séparait du cabriolet, de soutenir Paloma, dont on pouvait croire qu'elle était indisposée, ivre ou évanouie. Après s'être assuré, à travers les vitres de la porte d'entrée, que la rue était déserte, il traversa le trottoir en zigzaguant comme si lui aussi était fin saoul, bien qu'un peu moins que sa compagne. Il ouvrit la portière arrière, jeta Paloma sur le siège, lui plia les jambes, la couchant en chien de fusil dans une position de dormeur, puis il la couvrit du plaid qu'il rangeait sur la plage arrière.

Il tourna la clef de contact et le moteur du Pegaso démarra, obéissant. Madrid était à cette heure un fantôme de ville, juché sur le pinacle de minuit comme une girouette dans le vent. Antonio prit la direction du Paseo de Extremadura où il ne restait au poste de contrôle que le garde somnolent et transi, qu'il salua de loin, d'un vague geste de la main, pour qu'il levât la barrière ; l'homme obtempéra immédiatement après l'avoir reconnu, et lui adressa un regard contrit, dans lequel Antonio vit l'expression de condoléances pour la mort de Consuelo, dont la nouvelle avait dû se répandre parmi les employés après qu'Avendaño eut appelé l'entreprise de transport pour demander l'oncle de la défunte qu'il devait prévenir. Antonio laissa le Pegaso dans le garage et monta à son bureau, où il alla pêcher dans l'attirail qui l'encombrait un sac en toile de bâche, dans lequel il jeta quelques poids rouillés, une corde qui commençait à s'effilocher et un rouleau de ruban adhésif. Quelques minutes plus tard, il jeta le sac dans le coffre du cabriolet et, en arrivant au poste de contrôle, il s'arrêta, baissa la vitre et dit :

– Quel froid de canard il fait cette nuit, Pascual !

Il se félicita encore une fois de s'être donné la peine d'apprendre les prénoms de tous ses employés.

– Couvre-toi bien. Ne va pas attraper une pneumonie.

Le gardien avait déjà la goutte au nez, ce qui rendit ses condoléances plus sincères.

– J'ai su, pour votre nièce, patron. Chienne de vie !

– Tu l'as dit, Pascual. Je ne pouvais pas fermer l'œil, alors je me suis dit que j'allais en profiter pour venir vérifier un truc qui me turlupinait dans le livre de comptes.

Le gardien leva de nouveau la barrière, et Antonio fila du côté du centre-ville, mais en arrivant à Manzanares, il prit la direction du nord. La route devint de plus en plus étroite et sinueuse à mesure qu'il se rapprochait de Buitrago ; sous la lumière pâle et funèbre de la lune, il aperçut la surface miroitante de la Lozoya, et il suivit un chemin qui en épousait le cours. Après avoir contourné quelques dépressions et quelques hauteurs, il arriva à un endroit qui ressemblait beaucoup à celui que lui avait décrit le réceptionniste intarissable, où de hautes parois calcaires enserraient un ravin au fond duquel les tourbillons de la rivière torrentueuse et bouillonnante avaient sculpté des formes capricieuses, paysages martiens que l'éclat de la lune rendait encore plus grouillants de trous et de replis dans lesquels les eaux se fracassaient avant de reprendre leur descente, en un vortex d'écume.

Antonio mit le cabriolet à l'abri de quelques arbustes ; il ligota le cadavre de Paloma en donnant plusieurs tours de corde – à laquelle il avait auparavant noué les poids –, puis il enveloppa ses doigts et son visage dans du ruban adhésif, de manière à ne laisser presque aucun morceau de peau visible, en croyant que si le cadavre était découvert, quand on décollerait la bande adhésive, les tissus ramollis ou putréfiés y resteraient collés, et que de la sorte Paloma serait inidentifiable. Il fut peiné – mais peu profondément, comme on est peiné d'apprendre que dans une lointaine région du monde des gens meurent de faim – de devoir, bien que la vie l'eût quittée, la traiter comme si elle n'était plus qu'un tas de chair décomposée, mais il ne pouvait faire autrement, s'il voulait disparaître sans laisser de traces.

Il réussit, non sans grands efforts – parce que s'ajoutait au poids de ses fautes celui des masses de métal rouillé – à faire entrer dans le coffre le cadavre de Paloma, que le ruban adhésif avait changée en momie, puis, en marche arrière, il fit reculer le cabriolet jusqu'au bord même du ravin. Les eaux de la Lozoya bouillonnaient dans le fond, telles des sorcières appliquées à cuire un philtre noir dans les marmites du diable, et une violente bourrasque de mars poussait la cuisson en attisant les braises de son soufflet aux sibilations macabres. Antonio promena un regard tout autour de lui, pour s'assurer qu'il n'y avait pas le moindre signe de vie humaine, aussi loin que portât son regard. Les étoiles jouaient les endormies, pour ne rien voir de ce qui allait suivre. Il jeta le cadavre de Paloma dans le ravin, où le vacarme de l'impact dans les eaux fut aussitôt couvert par celui de leur tourbillonnement. Il se pencha au-dessus de la faille et resta un moment accroupi sur le bord, comme s'il priait ; mais il mettait seulement un peu d'ordre dans ses pensées afin de décider de ce qu'il lui fallait maintenant faire. Il devait prendre son courage à deux mains et retourner à l'hôpital San Carlos pour y attendre l'arrivée des parents de Consuelo, qui allaient peut-être lui reprocher de n'avoir pas veillé sur leur fille comme il l'aurait dû ; la pilule allait être aussi amère à avaler que l'obligation de les accompagner à la veillée funèbre, parce que se dérober à ce devoir aurait des conséquences beaucoup plus funestes.

Il était tellement absorbé dans ses pensées qu'il n'entendit même pas le moteur du véhicule qui approchait ; il ne réagit que quand l'éclat des phares de l'engin, arrivé au sommet d'un monticule, l'éblouit. Mais il était trop tard pour fuir, et peut-être était-il trop tard depuis que là-bas, en Russie, il avait accepté de se glisser dans la peau de Mendoza, de devenir un imposteur pour sauver sa peau.

– Bravo, Expósito, je n'aurais jamais cru que tu ferais jamais pour moi le sale boulot avec autant de zèle. Tu n'as pas ton pareil pour faire disparaître les cadavres.

La voix lui arrivait de très loin, des régions hyperboréennes et des temps les plus reculés, réveillant des souvenirs qu'il croyait oubliés. Dans la lumière des phares se découpa une silhouette, celle d'un homme maigre, presque un gringalet, qui avançait comme poussé par de petits élans d'allégresse, et qui tenait un pistolet avec légèreté et nonchalance comme il aurait tendu un mouchoir. Depuis combien de temps ne l'avait-on pas appelé Expósito ?

– Et sache que je n'avais pas la moindre intention de la tuer, la pauvre petite, poursuivit l'inconnu, en se rapprochant du ravin. Il rit, d'un petit rire d'hyène qu'Antonio reconnut aussitôt : – En principe, ce ne devait être qu'une courte séquestration, il aurait suffi qu'elle me dise où vous planquez le fric, mais cette tête dure a refusé de parler.

Comme cela arrive souvent aux maigres, sa physionomie s'était à peine modifiée avec les années, qui avaient peut-être un peu plus effilé ses traits de lézard, creusé ses rides, et carié ses dents entre lesquelles brillait, telle une Vierge dans un lupanar, l'or d'une couronne. Camacho leva les bras en signe de résignation ou d'hospitalité ; un instant, Antonio crut qu'il allait l'embrasser comme le ferait un vieil ami.

– Mais non, elle n'a pas refusé, Camacho. Elle ne le savait pas, tout simplement, dit Antonio, avec un respect soudain et tardif pour celle qu'il en était venu à traiter comme un morceau de bidoche purulente.

– Eh bien, c'est très mal de ta part, Expósito, roucoula Camacho. Il faut tenir informées les femmes qui s'exposent pour nous.

Antonio n'en revenait pas. Il lui paraissait inconcevable qu'un déserteur qui était arrivé à occuper des postes d'une certaine importance dans les camps de travail soviétiques pût aller et venir sans être inquiété dans l'Espagne de Franco. C'était à croire qu'il faisait un cauchemar, et qu'il allait devoir, pour s'assurer qu'il n'en était rien, employer la vieille recette qui consiste à se pincer, au lieu de quoi il demanda :

– Que diable fais-tu ici ? La dernière fois que j'ai eu de tes nouvelles, on m'a dit que tu avais été envoyé dans une usine de tracteurs, je crois bien.

Puis, pour surmonter sa perplexité et dissimuler sa peur, il recourut à l'humour.

– Parce que tu n'as pas été nommé ministre, n'est-ce pas ? La Pasionaria n'a pas réussi à dégommer Franco, tu t'es trompé dans tes prédictions.

L'éclat de rire de Camacho fut une vraie détonation, qui réveilla les oiseaux nichés dans les arbres voisins.

– Ça fait plaisir de retrouver la malice espagnole ! s'exclama-t-il. Mais permets-moi te dire que je ne me suis pas trompé de beaucoup dans mes prédictions. J'ai peut-être vu ça arriver un peu trop vite, mais compte tenu du relâchement de ce régime, je ne serais pas surpris qu'elle et Franco fêtent Noël ensemble dans les années qui viennent. Et ne t'imagine pas que ce sont les communistes russes qui vont le renverser, et pas davantage l'opposition interne ; non, ce sont les enfants de chœur du régime qui le feront. Quelle bande de complexés ! Et moi qui croyais, pauvre imbécile, que régnait ici le fascisme pur et dur, alors que c'est le pays de cocagne.

Antonio pensa que Camacho et Cifuentes, aussi diamétralement opposés qu'ils l'étaient, auraient fait la paire. Il plaça une main en écran devant ses yeux, pour éviter d'être ébloui par les phares et pouvoir surveiller ce que faisait Camacho, qui tenait toujours le pistolet aussi mollement.

– Oui, ce doit être le cas, puisqu'on t'a laissé entrer.

– Ç'a été un jeu d'enfant ! fit Camacho, réjoui. La grosse difficulté a été de sortir de Russie. Après la mort de Staline, les nouvelles autorités n'ont pas su apprécier les services rendus. J'étais destiné à croupir dans l'une de ces banlieues puantes que les Soviétiques ont construites après la guerre pour y serrer les prolétaires comme des sardines. Mais alors, je te le donne en mille, j'ai entendu dire que Nina, notre chère Nina, en était à remplir les dernières formalités pour pouvoir retourner en France. Tu te souviens de Nina, fripouille ? demanda Camacho, maintenant si près de lui qu'il lui envoya un coup de coude complice ou lubrique. Bien sûr que tu t'en souviens ! Le fait est qu'elle avait décidé de quitter le paradis soviétique, et moi, je savais tellement de choses sur son compte ! Tellement que si j'en avais dévoilé seulement une partie, elle n'aurait pas pu quitter le pays. Je savais, par exemple, qu'elle avait eu une liaison avec un prisonnier fasciste, espagnol par-dessus le marché. Tu peux croire un truc pareil ?

Il éclata une nouvelle fois de rire, achevant de réveiller la faune résignée de l'endroit. Antonio sentit l'odeur des pins, caresse d'une vie immémoriale, antérieure à toute civilisation, qui soulagea un peu l'oppression de sa poitrine.

– Et une autre avec un traître, déserteur espagnol par-dessus le marché, comme toi, dit-il.

Les traits effilés de Camacho frémirent, secoués par un tremblement dans lequel se fondaient la colère et la haine. C'était exactement la réaction qu'il avait eue avant de tuer Mendoza et, comme il l'avait fait alors, il pointait son arme sur l'homme qui lui faisait face.

– Qui taxes-tu de traître, ordure ? cria-t-il. Le traître, c'est toi. Tu as trompé tes compagnons de captivité, tu es devenu une saloperie de délateur, tu as usurpé l'identité de Mendoza, et tu baises toutes ses femmes. Nina ne serait pas contente, si elle l'apprenait.

Après cette sortie, il se détendit. Il était maintenant évident qu'il suivait Antonio depuis longtemps et n'ignorait plus rien de sa vie d'emprunt, autrement il n'aurait pu savoir ce qu'Antonio avait fait avec celles qu'il appelait « les femmes de Mendoza » ; aussi essaya-t-il de l'amadouer.

– Tu ne m'as toujours pas expliqué comment tu as pu entrer en Espagne.

– Comme un âne dans un moulin, fit Camacho, pour se vanter. Bref, j'ai contacté Nina, et je lui ai dit que je voulais aller avec elle en France. Je n'ai eu aucun mal à la convaincre : ou elle se mariait avec moi, ou je la dénonçais à la Loubianka.

– Et, bien entendu, elle s'est mariée avec toi. Je n'en attendais pas moins d'elle.

À l'odeur des pins se mêlait celle de la résine, qui flattait son nez, doucement enivrante. Une chouette hulula, avant de s'envoler, effrayée ; son battement d'ailes, touffu de plumes et de nuit, frôla le front d'Antonio tel un augure.

– Bien sûr qu'elle s'est mariée avec moi. Mais ne te frappe pas, il s'agit de ce qu'on appelle un mariage de convenance, précisa Camacho, moqueur. Je crois que nous nous sommes trop largement écœurés l'un de l'autre. Malgré les quelques intérêts communs qui nous unissent, évidemment.

– Évidemment.

Dans le fond du ravin, les eaux glacées de la Lozoya devaient commencer de ramollir les tissus du cadavre de Paloma, de les attendrir pour en faire de la pitance de poisson. Antonio n'avait même plus à tirer les vers du nez de Camacho, qui s'était mis à pérorer.

– C'est comme ça que, à peine mariés, nous avons quitté la Russie ensemble. Nous nous sommes installés à Nice, où Nina a trouvé un travail de traductrice grâce à ses contacts du parti communiste. Moi, j'ai été engagé par un laboratoire de produits chimiques qui fabrique des pesticides et des fumigateurs contre les nuisibles, expliqua-t-il en se fendant d'un grand sourire, un sourire torve, sans doute au souvenir de sa première visite dans l'appartement de Paloma. Mais ce n'est qu'une couverture. En fait, le laboratoire synthétise l'héroïne. Je te laisse imaginer ma surprise, le jour où j'ai vu arriver des camions portant en grosses lettres : Transportes Mendoza ! J'ai fait ma petite enquête auprès des camionneurs, et j'ai ainsi appris, de fil en aiguille, que depuis ton retour en Espagne tu continuais de jouer la comédie que nous t'avions imposée en Russie. Je vois que tu y as pris goût ! Alors, je me suis dit : « Notre ami Expósito va sans doute être tout disposé à partager ses gains avec ses bienfaiteurs. Après tout, s'il a pu se substituer à Mendoza, c'est grâce à nous », poursuivit-il, rayonnant de bonheur, d'une sorte d'orgueilleuse béatitude. C'est comme ça que j'ai demandé, il y a plus d'un an, un visa pour faire un petit séjour en Espagne, tâter un peu le terrain, et les abrutis du consulat d'Espagne à Nice ne m'ont pas fait la moindre difficulté. Faut voir tout ce dont Franco est capable pour que les démocraties le laissent vivre ! Voilà comment nous sommes arrivés ici cette fois, comme un rien !

L'emploi du pluriel blessa secrètement Antonio, qui gardait au fond des catacombes de sa mémoire le souvenir des jours passés dans l'île de Tolbos, là où le visage de Nina avait cessé d'être un incendie des temps barbares pour devenir un humus nourricier et spongieux, prêt pour les semailles.

– Nina est mêlée à cette affaire ? demanda-t-il avec ingénuité ou résignation.

Camacho rit, cette fois de ce rire sec et malintentionné qu'il avait employé pour les intimider, quand il appelait à des heures indues le numéro de l'appartement de Paloma.

– Bien sûr que oui. En fait, c'est elle le cerveau de l'opération. Moi, auprès d'elle, je suis un peu simplet, prétendit-il, en savourant avec délice la déception (toute relative) d'Antonio, avant de se tourner vers la voiture aux phares allumés dont le moteur tournait toujours, et de crier : – Nina ! Viens dire bonjour ! Expósito meurt d'envie de te voir !

Nina sortit sans nulle hâte de la voiture. Elle portait un manteau en agneau retourné qu'elle avait sans doute apporté de Russie, beaucoup trop chaud pour les latitudes méridionales. Curieusement, Antonio ne put reconnaître en elle la femme qu'il avait tenue dans ses bras, quand le lion et l'agneau pouvaient s'ébattre en paix, mais il la revit en train de chevaucher Camacho avec une frénésie de bacchante en plein emportement dionysiaque ; il se rappela les seins lourds, écartés comme les pages d'un livre, les mamelons aux contours nets de médailles cuivrées, les lèvres froncées en une moue avide et bestiale, telle qu'il l'avait vue, nue, pour la première fois, par la lucarne du baraquement des officiers, au camp de Tchérépoviets. Nina était de nouveau blonde, décolorée.

– Bonsoir, Antonio. Je suis heureuse de te revoir, dit-elle avec son accent guttural sans pareil, en avançant avec précaution sur les anfractuosités du terrain.

– Sans doute pas autant que moi.

Nina avait des chaussures à talon peu conseillées pour les promenades à la campagne. Les aiguilles des pins se hérissaient et craquaient sur son passage, comme bandées de désir. De leur dernière rencontre dans le bureau du camp de Vorochilovgrad, où on l'avait soumis à l'interrogatoire obligatoire avant de lui permettre de regagner l'Espagne, Antonio gardait en mémoire une Nina aux formes de matrone et aux traits ronds, sereins, ou peut-être seulement las. Mais le retour dans sa patrie semblait l'avoir rajeunie, et son visage était redevenu voluptueux et pugnace. Antonio remarqua qu'il avait les jambes en coton, et que le sang lui martelait les tempes.

– On aurait préféré faire un travail plus propre, prendre l'oseille et nous tirer, mais cette femme, cette Paloma... commença Camacho en tendant le menton vers le ravin avec une expression compatissante,... s'est ingéniée à nous mettre des bâtons dans les roues. Et comme nous avions appris que ton père, je veux dire le père de Mendoza, s'occupait de ce genre d'affaire depuis longtemps...

– ... Et que c'est à toi qu'il a légué l'entreprise de transport... ajouta Nina avec une sorte de coquetterie maligne.

– Eurêka ! s'écria Camacho, lui coupant la parole et se tapant sur les cuisses. Ça voulait dire : beaucoup d'argent. Beaucoup plus que nous n'en aurions jamais rêvé ! reconnut-il, et il se gratta le sommet du crâne comme pour évaluer leurs chances. Nous avons fini par en conclure que ton père, enfin, le père de Mendoza, devait avoir tout mis à l'abri sur un compte en Suisse, ou dans le coffre d'une banque, et notre visa expire dans quelques heures.

La lumière des phares faisait ressortir les pommettes de Nina, creusait ses joues, et ajoutait à ses lèvres une sorte de palpitation. Peut-être était-elle, après tout, le cerveau de l'opération.

– Comme tu le comprends sans doute, nous n'allons pas prolonger notre séjour une minute de plus. Nous ne voulons pas avoir le moindre problème avec les autorités espagnoles, dit-elle, entrouvrant ses lèvres carminées pour faire une promesse crâne : – Mais dans un mois, nous reviendrons te voir.

– Et alors, il faudra que tu nous aies préparé une coquette somme, intervint Camacho. Mais ne t'imagine pas que nous allons te plumer, il ne faut pas abuser des vaches laitières, dit-il, visiblement satisfait de sa comparaison. À combien ce don pourrait-il s'élever, Nina ?

Elle porta l'index à sa bouche, contrefaisant celle qui calcule, mais son geste était plutôt libidineux.

– Un demi-million de pesetas, peut-être ?

– Un demi-million, ce sera très bien. Et tu n'es pas obligé de nous les donner en francs, précisa Camacho en lui enfonçant le canon de son pistolet dans le ventre ; peut-être aimait-il tenir une arme pour oublier qu'il n'était qu'un impuissant. Tu n'as pas à te plaindre, Expósito. On ne te demande pas grand-chose, après tout.

Ce n'était peut-être pas grand-chose, à côté des vingt millions qu'il venait de découvrir, cachés dans l'appartement du Retiro, mais Camacho l'avait averti qu'il était désormais leur vache laitière, et l'on trait les vaches laitières régulièrement. Camacho et Nina n'allaient plus arrêter de le ponctionner.

– Nous ne voulons pas te ruiner, souligna Nina avec cocasserie.

– Inutile de te dire que si tu essaies de nous jouer un mauvais tour, ça te coûtera très cher. Tuer, c'est comme se gratter, quand on a commencé, on ne peut plus s'arrêter, dit Camacho. Et si tu essaies de te débiner, on te démasquera. Je ne crois pas que tu tiennes à ce que l'on sache qui tu es en réalité, n'est-ce pas, Expósito ? Je suppose que ta nouvelle vie a des attraits dont tu n'avais jamais pu rêver.

Mais Antonio était déjà lassé de ce simulacre de vie qu'il allait maintenant devoir prolonger pendant au moins un mois. Camacho continuait de lui enfoncer le canon de l'arme dans le ventre, il lui faisait mal.

– Comment nous y prendrons-nous, pour que je vous remette l'argent ? demanda-t-il en acceptant son destin de vache laitière.

Nina lui saisit la main qu'elle avait mutilée comme si elle voulait compter les doigts restants, et elle répondit, en caressant la cicatrice :

– Nous nous mettrons en contact avec toi à notre retour.

– Tu sais que j'aime appeler tard dans la nuit, ajouta Camacho avec un certain acharnement, en retirant la bouche de l'arme du ventre d'Antonio pour la lui plaquer entre les yeux. Encore une fois : n'essaie pas de nous jouer un tour. Tu as fait beaucoup de mal depuis que tu es revenu en Espagne, mais tu es encore tout vif et frétillant ; au moindre écart, cette fois, la douleur sera pour toi.

Son agitation s'étendait maintenant à son corps tout entier, comme s'il avait de la peine à se retenir d'appuyer sur la détente. Antonio se rappela Mendoza, abattu d'une balle dans la tête, avachi, un sourire coagulé aux lèvres, tandis que la détonation retentissait dans les greniers du ciel, réveillant mille oiseaux fugitifs. Mais il n'était pas aussi courageux que Mendoza.

– Je ne vous jouerai aucun tour, soyez-en sûrs, murmura-t-il.

Nina rit, joueuse ou incrédule. Ses derniers mots furent énigmatiques.

– Antonio sait faire ce qu'il faut, n'est-ce pas ? Il n'a jamais été une *tafiole**.

Il les regarda aller jusqu'à leur véhicule en gardant entre eux une distance d'au moins trois mètres, comme dans tout mariage de convenance qui se respecte. Ils montèrent dans leur voiture française, qui avait quelque chose d'un squale ou d'un autre prédateur marin, et ils disparurent derrière le monticule, tandis que leurs phares perçaient les ténèbres comme des épées de lumière. En bas, dans le ravin, les eaux de la Lozoya continuaient de cuire leur philtre noir, bruyantes et aussi insomnieuses que les réflexions d'Antonio.

Il ne lui échappait pas que Nina et Camacho avaient l'intention de le faire chanter sa vie durant, et que s'il disparaissait brusquement avant leur retour, ils n'auraient de cesse de l'avoir retrouvé ou, pis encore, dénonceraient son imposture à la police ; alors, s'il quittait l'Espagne, il ne tarderait pas à avoir l'Interpol sur les talons, et même si une existence de fuyard ne doit pas être très angoissante quand on dispose d'assez d'argent pour pouvoir vaincre les résistances et capter les volontés, Antonio n'avait aucune envie de passer le reste de sa vie poursuivi. Cette aventure pour le moins risquée avait pour lui commencé plus de treize ans auparavant avec la police à ses trousses, et il n'était pas disposé à la voir se terminer de la même manière, lesté d'un surcroît de charges qu'il n'osait même pas récapituler, peut-être trop nombreuses pour que l'on pût en accabler un seul homme. Il frissonna à l'idée que son imposture lui avait fait commettre plus de délits qu'un homme dont la vie n'était pas un simulacre ne saurait en perpétrer.

Non, il ne laisserait pas son aventure se terminer ainsi. Il était déterminé à quitter la scène proprement et avec discrétion, sans fanfaronnades ni triomphalisme vains, et sans les angoisses ni les épreuves qui avaient fait de son sort de petit truand minable, de sa cauchemardesque captivité en Russie et de son imposture actuelle un semblant de vie. Pour y parvenir, il devait régler tous ses comptes pendants, ne pas permettre qu'un créancier du passé pût un jour venir lui réclamer un arriéré. Depuis son retour en Espagne dans la peau de Gabriel Mendoza, il avait progressivement réussi à s'isoler, à construire autour de lui (au prix de semer la douleur dans son entourage, sans doute) un fortin toujours plus inexpugnable, tout d'abord en renonçant à cultiver les amitiés qu'avait jadis pu nouer Mendoza, puis en brisant, avec la mort de Paloma, de Consuelo et de Cifuentes, ses principaux liens avec une histoire qui n'était pas la sienne, affaiblissant ainsi et rendant quasi inexistants ceux qui subsistaient encore : les parents de Consuelo et la veuve de Cifuentes avaient rompu toute relation avec lui, et même s'ils étaient loin de deviner le rôle qu'il avait joué dans la mort de leurs bien-aimés, par quelque obscure défiance – toutefois clairvoyante – ils le rendaient indirectement responsable de tous les malheurs qui accablaient leur vie depuis qu'il était revenu sur le *Semiramis*. Aucun d'eux, à coup sûr, n'irait remuer ciel et terre si demain Mendoza disparaissait comme par enchantement. La survenue de Camacho et de Nina bouleversait complètement ses plans, et comme il ne devait ni accepter leur chantage ni les fuir et provoquer leur colère, il ne lui restait d'autre recours que de les supprimer, ou du moins d'essayer de le faire, s'ils ne réussissaient pas à le prendre de vitesse.

Il ne pouvait différer longtemps sa résolution. Maintenant que le magot du père de Mendoza était entre ses mains, l'objectif qui avait soutenu son imposture s'était évanoui, et devoir jour après jour demeurer dans la peau de Mendoza, tel un serpent privé de mue, devenait de plus en plus insupportable, lui donnait l'impression d'être forcé de vivre avec un chancre enkysté impossible à extirper, ou de traîner derrière lui, collé à ses talons, une ombre qui n'était pas la sienne et dont il ne pouvait pas davantage se défaire. La nuit, seul, enfermé dans l'appartement du Retiro pour finir de réparer les dégâts causés par Camacho ou compter les billets de son butin qu'il replaçait ensuite dans les plinthes, il sentait, une fois couché sur le lit à baldaquin entre les gazes de couleur comme un insecte dans une toile d'araignée, le spectre de Mendoza descendre sur lui, se faufiler dans ses cellules, se couler dans son sang, respirer avec ses poumons et s'immiscer dans ses insomnies, tantôt pour se moquer de lui, tantôt pour lui reprocher d'abuser crapuleusement de son nom, d'entacher sa renommée, de spolier et de ruiner sans vergogne sa mémoire. Il lui arrivait même de l'entendre lui souffler de tout près à l'oreille des paroles qui l'exhortaient à se rédimer ou l'avertissaient que la justice divine était à l'œuvre, et d'entendre aussi avant l'heure son rire de ressuscité sans la moindre cicatrice qui, des hauteurs de sa chair en gloire, le regardait pourrir en enfer ; alors, il avait beau se couvrir la tête d'un oreiller et se boucher les oreilles, le rire de Mendoza retentissait dans le vide que son âme en fuite avait laissé derrière elle.

En attendant le retour de Camacho et de Nina, Antonio reprit les recherches pour retrouver Carmen, pas de façon systématique et parfois hallucinatoire, comme par le passé, quand Aguilar, le patron du Pasapoga, lui avait confirmé qu'elle était bien passée par son café-concert avant de se transformer en une vieille loque habituée des bars à entraîneuses miteux, mais avec plus de sérénité, et en se laissant guider par l'occasion et le hasard, comme si cette recherche faisait partie du traitement graduel d'un rhumatisant à qui l'on a recommandé de faire un peu d'exercice pour récupérer la mobilité de ses articulations. Dans sa progression vers la vie nouvelle, qui ne devait ressembler ni à celle de jadis, quand il était tombé amoureux de Carmen, ni à celle de naguère, quand, à défaut de réalité, il avait survécu sans amour, il cherchait à savoir si les zones de son esprit qu'il avait brûlées pour pouvoir accomplir toutes sortes de méfaits sans examen censeur de sa conscience pouvaient renaître, fût-ce timidement et mal assurées, ou si elles étaient à jamais mortes. Il voulait savoir s'il pourrait encore aimer, sentir son cœur battre à l'unisson avec un autre cœur, s'immoler comme il avait un jour pu le faire pour Carmen ; et bien qu'il en doutât, il se disait pourtant que l'unique personne susceptible de lui faire savoir si une telle métamorphose, un tel retour à la vie était encore possible, ne pouvait être qu'elle, Carmen, dont l'image lui apparaissait parfois en rêve, tel un frêle fantôme qui, bien qu'aussitôt dissipé, laissait dans son esprit un étrange tourment, le regret, peut-être, de ce qu'il aurait pu avoir et n'avait jamais eu. Mendoza lui avait dit un jour qu'un amour contrarié se guérit en retrouvant un amour plus ancien, et Antonio découvrait à présent que le manque d'amour, l'absence de douleur, le vide noir et dévorateur qui le rongeaient de l'intérieur pouvaient aussi être guéris par un amour ancien ; par l'amour de Carmen, l'unique femme qu'il avait sincèrement aimée, même si cet amour n'avait jamais pu être formulé.

Il aimait, à la tombée de la nuit, après avoir rempli (toujours plus mollement) ses obligations au garage du Paseo de Extremadura, courir les rues populaires de Madrid, comme si coudoyer les traîne-savates et les marlous, les filous et les putes au bout du rouleau lui redonnait peu à peu la vigueur dont il avait besoin pour faire le saut dans la vie nouvelle. Ce Madrid n'était plus celui de l'époque héroïque qu'il avait connu avant de se porter volontaire et d'aller grossir les rangs de la División Azul, le Madrid éventré et affamé qui se relevait de ses ruines avec ardeur, au pas allègre de la paix revenue, où le gazogène cohabitait allégrement avec les carnets de rationnement et où le marché noir allait main dans la main avec la prostitution. Madrid n'était plus la ville sans électricité, et sans eau, ou avec juste ce qu'il en fallait pour baptiser le vin et le lait vendus sous le manteau ; la ville aux tramways déglingués qui s'ouvraient un passage dans la foule des vainqueurs et des vaincus – lesquels ne se distinguaient que par leur maigreur et leurs vêtements râpés. C'était un Madrid nouveau, qui tâchait de singer, à son détriment, les autres capitales européennes, auxquelles il empruntait surtout l'apothéose de laideur urbanistique et l'allégresse de fourmilière, avec ses classes moyennes courant après les miettes du festin que dévoraient à belles dents les thuriféraires du régime, lesquels avaient réussi à convaincre les gogos qu'être heureux c'était se compromettre pour la vie afin de devenir propriétaire d'un appartement dans l'un des bâtiments pareils à des ruches que l'on construisait dans les banlieues les plus reculées de la ville, acheter à crédit un lave-linge, ou faire beaucoup d'heures supplémentaires dans une succursale bancaire ou un service du cadastre.

Même les tripots du Madrid héroïque avaient succombé et cédé place à des salles de fêtes où Antonio se sentait aussi étranger qu'un touriste américain. Quelque abondants que fussent leurs marbres (ou leurs faux marbres), leurs dorures reluisantes et autres mirifiques éléments de décor, ces salles conservaient quelque chose de cavernicole, du tout-à-l'égout démocratique que son tempérament espagnol répudiait ; mais s'il voulait commencer une vie nouvelle, il ne pouvait rester ancré dans le Madrid de sa jeunesse.

Ce fut dans une de ces salles, celle de la Plaza de Antón Martín, construite à l'emplacement d'une gargote où l'on faisait jadis frire des tripes de volaille, que la chose advint. C'était un endroit dépourvu de tout charme et froid, surtout fréquenté par des racoleuses déguisées en secrétaires (parce que même les catins, tout à coup, voulaient ressembler aux actrices des films américains) et quelques gigolos en tenue du secrétaire général du Mouvement postés près des urinoirs pour attendre le client qui voudrait bien se faire sucer la queue. Plus qu'à une salle de fêtes l'endroit faisait penser à une clinique où l'on aurait pratiqué des opérations de l'appendicite ou de hernies, et où un client récemment opéré perdrait son sang sur le canapé du fond, en attendant l'infirmière chargée de le recoudre. Un orchestre composé d'une batterie et de cuivres y allait de ses flonflons jazzoïdes à casser les oreilles, sans pourtant réussir à couvrir le silence profond et désespéré dans lequel était plongée la clientèle. Accoudé au comptoir, Antonio sifflait un cognac après l'autre en chassant les entraîneuses insistantes, dont les tenues de secrétaires d'une usine de ciment de Portland le rebutaient. Ce fut alors que Carmen entra.

Elle s'était décoloré et crêpé les cheveux, ce qui avait tué en elle tout vestige de jeunesse, et elle portait un soutien-gorge qui rehaussait et encanaillait sa poitrine. Elle était devenue une femme vulgaire et attirante, qui s'adressa au barman avec une sorte d'arrogance sauvage.

– Allez, sers-moi un gin, je suis à la bourre.

Apparemment, elle s'était elle aussi mise au goût d'outre-Atlantique. Mais ni ses manières un peu abruptes ou dépravées, ni le blond de ses cheveux, ni sa tenue crapuleuse, ni les nouvelles habitudes qu'elle avait prises ne pouvaient la faire passer inaperçue aux yeux d'Antonio ; de fait, c'eût été impossible, même si elle s'était déguisée en Roi mage, parce que Antonio – il s'en rendait compte à présent – avait gardé intact dans une niche inconnue de sa mémoire le souvenir de ses grands yeux de génisse menée à l'abattoir (auxquels le temps avait pourtant ajouté de la déception et ôté de l'éclat), de ses lèvres voluptueuses (que le temps avait pourtant cernées de plis amers) et de son nez pugnace, que rien n'avait encore pu dompter ni dégrader. Elle avait perdu l'allégresse (ou la cupidité) qui jadis étincelait dans ses yeux, et sa sensualité passive était peut-être devenue trop résignée, et même un peu alourdie ; mais elle avait conservé l'air à la fois rude et malheureux qui avait séduit Antonio, jadis, dans une vie antérieure, cette étrange symbiose qui lui donnait quelque chose d'une créature angélique, qui n'a pas été souillée par le péché originel, et en même temps capable de commettre n'importe quelle bassesse, n'importe quel méfait (et elle en avait sans doute commis d'innombrables, pendant toutes ces années, mais toutefois bien moins qu'Antonio), dans sa certitude de n'en être aucunement contaminée. Antonio la contemplait avec ravissement, et il sentait se raviver en lui une braise ensevelie dans la cendre. Il devenait évident qu'il pourrait de nouveau aimer, que son esprit pourrait revivre, qu'il pourrait à jamais conjurer le vide cosmique qui submergeait sa conscience.

– Avant, on disait que le gin n'était bon qu'à faire passer le mal au ventre, osa-t-il enfin dire quand elle eut vidé la moitié de son verre.

Carmen lui jeta à peine un regard, sans le voir vraiment, avec la grimace de lassitude blessée et les pupilles rancunières qu'elle réservait jadis aux glandeurs à la main leste, quand elle vendait des cigarettes et des friandises sur la Plaza de las Ventas.

– Ça ne va pas ? fit-elle sur un ton de défi, sans même tourner la tête de son côté.

– Pour aller, ça va, il me semble. Je t'invite, si tu veux.

Carmen eut alors une expression qui mêlait minauderie et sans-gêne, candeur et impudeur ; l'expression même qu'il lui avait appris à cultiver, pour exciter la lubricité des porcs qu'ils détroussaient ensuite dans la verdure du Retiro. En la reconnaissant, Antonio ne sut s'il devait se sentir flatté ou offensé.

– Comme tu voudras, répondit-elle, les yeux toujours posés sur les bouteilles alignées derrière le comptoir. Mais si tu penses que je suis une de ces garces, je t'avertis que tu te goures, mon beau.

Les années l'avaient rendue prudente, et ce fut la méfiance qu'il vit étinceler dans son œil, à la fois dur et rancunier.

– Je pense seulement que tu es une très belle femme, dit-il pour l'amadouer. Tu es toujours aussi revêche avec les hommes ?

Il s'était rapproché d'elle, jusqu'à ce qu'elle fût à portée de sa main, mais en gardant une distance précautionneuse.

– C'est que je n'ai aucune raison de les remercier, tu saisis ?

Il y avait en elle une sorte d'énergie refoulée sous le poids des déceptions, qui cependant ne pouvait dissimuler son orgueilleuse rudesse. Ses joues s'étaient étoffées et tombaient sur les commissures des lèvres, formant des débuts de bajoues. Mais aucun signe de décrépitude ou d'usure n'aurait pu affecter l'image qu'il se faisait d'elle ; pour lui, Carmen était toujours la plus belle femme du monde, et il en serait allé de même si elle avait été la plus laide, parce que l'amour est une accoutumance de l'âme, et Antonio sentait que son âme était revenue de son exil.

– Allons, allons, tu dois bien en avoir une. Tu dois bien avoir une fois dans ta vie rencontré un brave type.

Carmen se tourna alors vers lui, intriguée, avec dans ses grands yeux aux prunelles dures une soudaine incertitude.

– Une fois, peut-être, concéda-t-elle sans plus le lâcher du regard, toujours aussi intriguée et méfiante. Mais les bons, va savoir pourquoi, disparaissent.

– Ceux qui sont vraiment bons, même quand ils ont disparu, finissent par revenir, mon bijou.

« Nous resterons ensemble, Antonio. Ensemble pour toujours. » C'étaient les dernières paroles que Carmen lui avait adressées avant de disparaître entre les feuillages du Retiro, après qu'il eut insisté pour qu'elle le laissât seul avec le cadavre du balèze qu'il était allé jeter dans l'étang. Ces paroles, devenues pour lui au cours des jours suivants une litanie joyeuse, qu'il se redisait avant de s'endormir et à son réveil en une sorte d'incantation tutélaire, retentissaient de nouveau dans sa conscience, curatrices, et elles retrouvaient leur place dans son âme, en hôtes chassés de leur gîte qui reprennent leurs droits. Il ne pouvait presque plus contenir son désir de se lier à elle, de se réfugier en elle, qui le laverait de ses fautes et réduirait à jamais en miettes son simulacre de vie.

– Eh bien, je les attendrai assise, dit Carmen qui, plissant les yeux, l'air blessée, se recula légèrement, avant de se tendre brusquement en avant pour dire : – Dis donc, tu m'as l'air d'un type plutôt bizarre, toi. C'est drôle, que tu m'appelles « mon bijou ». Il y a des siècles que je n'avais plus entendu ça.

Sur quoi, comme si ces derniers mots avaient suscité en elle un souvenir cher, elle l'examina de nouveau, très attentivement, mais d'un regard différent, dépouillé de sa sauvage fierté, un regard subitement devenu hospitalier, quasi maternel, qui poussa Antonio à se lancer.

– Et la dernière fois que tu as entendu ça, c'est moi qui te l'ai dit, n'est-ce pas, Carmen ? Tu ne me reconnais vraiment pas ?

Tout d'abord, elle resta comme pétrifiée, pendant que l'orchestre continuait de trompeter, bien loin de sa stupéfaction. Puis elle fut secouée par un frisson incontrôlable qu'elle tenta d'arrêter en saisissant son verre de gin, qu'elle renversa. Alors, elle recula, cette fois en direction de la porte, emportée par une peur panique.

– Non, non, non, ce n'est pas possible, balbutiait-elle.

Antonio réussit à la saisir par le poignet avant qu'elle ne lui échappe, et il n'hésita pas un instant à en rajouter.

– Je n'ai jamais cessé de te chercher. Je n'ai jamais cessé de penser à toi.

Il croyait que l'hyperbole, même si elle paraissait pompeuse, recelait un fond de vérité occulte, maintenant enfin révélée. Carmen le regardait, pâle d'effroi, avec la terreur respectueuse qu'aurait pu lui inspirer un ressuscité.

– Je te croyais mort…

– J'ai tout fait pour en donner l'impression. On a découvert le cadavre de ce malabar, et j'ai dû prendre mes jambes à mon cou, tu comprends.

Malgré toutes les années qui s'étaient écoulées depuis, Carmen était encore bouleversée qu'Antonio eût pris sur lui les fautes qu'elle avait commises.

– Mais c'est moi qui l'ai tué…

– Nous étions consorts, Carmen ! s'exclama Antonio en retrouvant le mot bizarre qu'elle avait employé jadis et qui lui apportait maintenant des espoirs de gamin et le rajeunissait. Un bon compagnon doit assumer les responsabilités de la confrérie.

Il croyait sentir le vide qui avait envahi le creux de son âme se replier, comme si des implosions successives réduisaient ses dimensions au point de le rendre insignifiant. « Ensemble pour toujours », se répétait-il ; ensemble pour toujours. Il avait enfin compris que son destin était de rester auprès de cette femme, dans une vie commune plus indestructible que n'importe quelle association criminelle. Carmen semblait s'être calmée, ou du moins en donnait l'impression ; elle n'avait pas manqué de remarquer qu'Antonio portait un costume d'une coupe et d'une étoffe superbes, un de ceux qu'il s'était fait faire selon les conseils de Consuelito.

– Et comment se fait-il que tu sois maintenant plein aux as ?

– Mieux vaut que je te raconte ça dans un endroit plus tranquille, dit Antonio, en jetant sur la salle un regard de dédain. Si tu n'as pas un autre rendez-vous, bien sûr.

En Carmen s'affrontaient la curiosité face à ce resurgissement du passé, la crainte de ce que ce passé pouvait apporter, et une crainte encore plus grande de rouvrir une porte restée close pendant des années.

– Bien sûr que non, idiot, dit-elle avec une légèreté souriante qui parut forcée à Antonio. Attends-moi ici, je reviens.

Il la regarda s'enfoncer dans la brume sombre de la salle où rôdaient les prostitués des deux sexes. Rendu méfiant par cette disponibilité soudaine de Carmen, qui avait suivi de si près la peur qu'elle n'avait pu feindre, il posa un billet sur le comptoir et, soupçonneux, fendit à son tour l'air épais, jusqu'aux toilettes où il découvrit un couloir à l'extrémité duquel une porte s'ouvrait sur une ruelle. Antonio se posta à la sortie, pour monter la garde comme au temps où il était divisionnaire. De l'autre côté de la Plaza de Antón Martín, pour ainsi dire déserte à cette heure, était garée une voiture un peu déglinguée, sans doute d'occasion, dont le moteur tournait. Brusquement, confirmant les soupçons d'Antonio, la porte de la ruelle s'ouvrit et Carmen sortit, pour filer comme une gazelle vers la voiture en stationnement. Antonio courut derrière elle et la rattrapa au moment où elle allait ouvrir la portière.

– Où cours-tu si vite, dis-moi ? lui demanda-t-il avec une ironie blessée.

Le visage de Carmen était de nouveau celui de l'effroi. De l'intérieur du véhicule monta une voix emportée.

– Laissez cette femme tranquille immédiatement !

La présence de l'homme dans la voiture sembla donner à Carmen une impression de sûreté telle qu'elle se tourna vers Antonio pour lui dire avec détachement :

– Je croyais que tu en avais eu assez d'attendre et que tu étais parti.

– Oui, c'est évident, et c'est pour ça qu'une voiture t'attend à la porte.

L'un empêchant l'autre d'ouvrir la portière, ils avaient commencé à s'empoigner d'une manière qui pouvait dégénérer en bagarre. Antonio savait qu'il n'avait aucun droit de faire irruption dans la vie de Carmen comme un spectre en vadrouille sur les remparts d'un château dont il prétend déloger les nouveaux occupants, mais il ne voulait pas non plus lâcher sa seule planche de salut. Pendant ce temps, le conducteur était sorti de la voiture et tentait de les séparer. C'était un bonhomme âgé d'une cinquantaine d'années, vêtu d'un costume en tergal un peu lustré, gris perle, qui ne pouvait cacher sa brioche. Il y avait quelque chose d'étrange et de disproportionné dans son visage de porcelaine à demi cuite. En l'apercevant, Antonio crut voir du cochon de lait enveloppé – et mal – dans du papier aluminium.

– Doucement, doucement, on se calme, dit-il en s'interposant entre eux avec une attitude conciliatrice. Madame dit vrai, elle ne savait pas que je l'attendais. Je ne sais pourquoi vous vous battez, mais je suis sûr que ça peut s'arranger.

Il parlait avec un flegme exaspérant qui donnait envie à Antonio de lui envoyer une taloche sans crier gare ; mais la différence d'âge et l'allure pacifique de l'homme, qui ne montrait aucun signe de vouloir se battre, finirent par l'en dissuader.

– Nous étions tranquillement en train de parler, et tout à coup elle a voulu me fausser compagnie, expliqua-t-il comme un enfant qui essaie de donner à son professeur les raisons d'une bagarre dans la cour de récréation.

Carmen s'empressa de prévenir toute interprétation ambiguë en faisant un pieux mensonge.

– Nous nous connaissons depuis le temps où nous n'étions que des morveux. Nous vivions dans le même immeuble.

Sur ce, elle lança à Antonio un regard de complicité farouche. L'homme remarqua avec envie le costume de celui-ci, qui faisait ressortir la laideur miséreuse du sien.

– Alors, faites la paix, trancha-t-il. Si ce monsieur te connaît depuis si longtemps, il est tout naturel qu'il tienne à s'entretenir avec toi, dit-il à Carmen, puis il se tourna vers Antonio pour lui fournir une explication que ce dernier ne demandait pas : – Carmen dit vrai, nous n'avions pas rendez-vous. Mais comme je sais qu'elle aime venir ici prendre un petit verre, quand je n'ai rien à faire, je me fais le plaisir de venir la chercher pour la conduire à la maison. Comme à cette heure il n'y a plus ni métro ni tramway…

Antonio en déduisit que l'homme, connaissant les habitudes nocturnes de Carmen, essayait de la protéger des mauvaises rencontres en jouant le chaperon. Peut-être la voulait-il pour lui seul et se savait-il trop vieux ou trop peu attirant pour obtenir ce qu'il cherchait.

– Mais il faut cultiver les vieilles amitiés, Carmen, poursuivit-il, bon enfant. Si monsieur le veut bien, nous pourrions aller prendre un dernier verre ensemble, proposa-t-il, et Antonio hésita, peu alléché par la perspective. Allez, mon garçon, ne faites pas le difficile. Je m'appelle Santiago Becerra.

Tout en le poussant dans l'auto, l'homme lui tendit une main frêle, presque enfantine, qui jurait avec sa corpulence d'obèse.

– Très heureux. Je m'appelle Gabriel Mendoza, dit Antonio à contrecœur, en cherchant des yeux l'accord de Carmen, qui le regardait sans dire un mot, intriguée.

Il prit place sur le siège arrière, pendant qu'elle s'installait à l'avant, à côté de Becerra. La voiture serpenta dans les rues étroites du centre-ville, puis prit la direction de la Dehesa de la Villa. La nuit madrilène avait un air de carême conforme à la saison, comme si ses habitants s'étaient tous couchés de bonne heure, afin d'être bien dispos pour la prière du matin.

– Si ça te convient, nous pouvons nous tutoyer, Gabriel, proposa Becerra en tendant le cou pour essayer de le voir dans le rétroviseur. On pourrait aller à La Peque, je me suis laissé dire que l'endroit était toujours très animé.

Antonio avait entendu parler de ce cabaret andalou situé entre Francos Rodríguez et la Puerta del Hierro, aux abords du quartier de Valdeconejos, que fréquentaient les gens du spectacle désireux de s'encanailler. Becerra sortit de sa poche un paquet de cigarettes qu'il tendit à Carmen.

– C'est une nouvelle marque que l'on vient de nous fournir. Goûte-les, tu me diras ce que tu en penses.

Il en proposa aussi à Antonio, mais celui-ci refusa. C'est ainsi qu'il apprit que Carmen travaillait comme vendeuse dans un bureau de tabac que Becerra possédait depuis des années dans le quartier de Chamberí. Il ne portait pas d'alliance ; Antonio en déduisit que c'était un vieux garçon un peu empoté qui, après s'être convaincu des avantages du célibat, s'amourachait de sa vendeuse et la courtisait comme on le fait à l'adolescence, avec une vénération infinie et une infinie maladresse ; mais il n'était plus un adolescent, et ses tentatives de séduction en devenaient pataudes et honteuses. Il était cependant évident que Carmen se laissait depuis longtemps aduler par le buraliste, peut-être en répondant mollement à ses avances, sans pourtant s'engager ; et comme cela se produit souvent dans les relations de ce genre, constituées d'une part d'ardeurs tardives et vergogneuses et d'autre part d'une astreinte plus ou moins complaisante et soumise – mais toujours inspirée par le profit personnel –, la liaison de Carmen et de Becerra, qui dans l'intimité pouvait paraître paisiblement casanière, dégageait pour un tiers l'odeur de rance et de croupi qui caractérise les amours mortes ou étouffées dans l'œuf. Carmen fumait avec une nervosité mal contenue, accablée par les attentions de son vieux galant, immanquablement onctueuses et légèrement soumises.

– Ça t'a plu ? Parce que si tu ne les trouves pas bonnes, je dirai que je n'en veux plus. Tu sais que ton avis est pour moi parole d'évangile.

– Eh bien, elles ne sont pas si mal, tu vois. Ça va peut-être marcher.

– Pour peu que tu les recommandes, elles se vendront comme des petits pains, dit Becerra pour la flatter et, tendant de nouveau le cou pour regarder Antonio dans le rétroviseur, il remarqua avec fierté : – Carmen, c'est un phénomène ! Quand elle veut te convaincre de quelque chose, elle n'est jamais à court d'arguments !

Antonio en savait quelque chose : elle l'avait persuadé de faire le dernier coup, détonateur de l'avalanche de calamités qui ne l'avaient plus lâché depuis lors ; mais il était doux de se laisser guider par une volonté, une détermination plus fortes que les siennes.

À La Peque s'étaient retrouvés les quelques rares noceurs qui osaient défier les préceptes du carême : le jeûne et l'abstinence ; sur un fond sonore de guitares et de *canto jondo*, chaque tablée y allait de ses talonnades flamencas.

Ils burent quelques manzanillas que Becerra, érigé en amphitryon de dernière minute, s'empressa de payer avant qu'Antonio eût pu mettre la main sur son portefeuille. L'homme n'avait d'yeux que pour le costume d'Antonio, qui semblait lui inspirer un défaitisme humilié ; apparemment, il mesurait la capacité de séduction à la qualité du vêtement et se donnait pour perdant dans la compétition dont Carmen était l'enjeu et la récompense.

– Et vous, que faites-vous, Gabriel ? demanda-t-il.

Antonio inventa sur-le-champ une réponse qu'il estima susceptible de rassurer Becerra.

– Je suis tailleur.

Et, en effet, Becerra sourit, soulagé : l'élégance de son rival s'expliquait donc par son métier. Antonio comprit ce qui faisait la bizarrerie du visage de cet homme, qu'il n'avait pas encore pu s'expliquer ; c'étaient ses yeux anormalement éloignés l'un de l'autre dans son gros visage, au milieu duquel le nez court et aplati semblait se perdre, au-dessus de la moustache courte et fine, taillée au cordeau – c'était ainsi que la portaient les sangsues intronisées –, dont les poils poivre et sel se hérissaient comme des piques, et contrastaient avec ses cheveux mous, raréfiés par la calvitie.

– Alors, comme ça, nous sommes tous les deux de petits commerçants, dit Becerra, satisfait, en s'adressant surtout à Carmen pour lui faire comprendre que le nouveau prétendant ne pourrait apporter aucune amélioration significative à sa situation.

Les chanteurs flamencos y allaient maintenant de leurs airs populaires avec des accents aux aigreurs de citron et aux amertumes de sel de mer. Dans la cour du beuglant, on préparait les braises sur lesquelles on faisait griller des sardines qui allaient servir d'amuse-gueule à la clientèle affamée par l'excès de boisson. Carmen ne disait mot et gardait la tête baissée, honteuse de la rivalité sous-jacente qui s'était établie entre les deux hommes.

– Mais vendre des costumes est beaucoup plus compliqué que de vendre du tabac, dit Antonio, seulement pour agacer Becerra.

– Je ne vois pas pourquoi, rétorqua aussitôt celui-ci, avec une certaine exaspération. On prend les mesures des clients, et le tour est joué.

Mais on n'avait pas pris les mesures de Becerra avant qu'il eût enfilé la loque de costume qu'il portait ; ou on les lui avait prises avant qu'il n'eût grossi, jadis, en des temps lointains. Antonio eut alors envie de se payer la tête de cet homme qui avait gâché ses retrouvailles avec Carmen.

– Ne crois pas ça, Santiago. Tout dépend de la psychologie de chaque client, du pays dans lequel tu travailles…

Il donnait ainsi à son métier d'invention une dimension cosmopolite qui jouait en défaveur de Becerra, accroché à son bureau de tabac de Chamberí comme un galérien à sa rame.

– Vendre des vêtements doit être pareil partout, bougonna Becerra.

Les sanglots des guitares, avec leur douleur de chaux et de laurier-rose, brisaient les verres de l'aurore.

– D'une certaine façon, fit Antonio, railleur. Si tu veux vendre des costumes en Angleterre, il te suffira de dire que les tissus anglais sont les meilleurs du monde. Aux États-Unis, il faudra faire un peu de publicité disant que tu travailles d'après les modèles des plus grands couturiers français. En Espagne, si tu ne réussis pas à convaincre le client que les tissus sont anglais, les modèles français et la couleur celle que les acteurs américains préfèrent, tu ne feras rien de bon.

Le sourire de Carmen fut pudique, la réaction de Becerra rogue.

– Et en Allemagne ? Que faut-il faire en Allemagne ?

– En Allemagne, il faut louer une fanfare, lui demander de jouer des marches militaires devant la porte de la boutique et les curieux entrent, prêts à acheter ce que tu voudras bien leur vendre.

Carmen rit franchement, Becerra en fut accablé. Dans le bastringue venait d'entrer un groupe hétéroclite de bambocheurs qui battaient des mains et poussaient la complainte, composé de scribouillards du ministère du Tourisme, de toreros au gland fluet, de gredins déguisés en gros propriétaires, de chauffeurs de taxi soiffards, de cireurs de chaussures noirs jusqu'aux sourcils, cohorte qu'Ava Gardner traînait derrière elle dans ses virées éthyliques, et qui la portait plus qu'elle n'avançait par ses propres moyens.

– Mais c'est cette actrice d'Hollywood ! s'exclama Becerra avec une fascination de type qui n'a jamais rien vu. Comment s'appelle-t-elle, déjà ?

Il posa une main craintive et puérile sur le genou de Carmen, peut-être pour lui communiquer son exaltation.

– Ava Gardner, fit Antonio, qui ajouta, rabat-joie : – Je vous avertis que c'est une greluche tout ce qu'il y a de plus ordinaire.

Becerra s'en irrita.

– Mais enfin, pourquoi dis-tu ça ? Si elle a eu un tel succès à La Mecque du cinéma, ce n'est pas pour rien.

– Tu l'as dit, bouffi ! Et pour la bonne raison que les filles vulgaires ont toujours eu beaucoup de succès auprès des ploucs, fit Antonio en le regardant bien en face, avec une hostilité maintenant franche.

Le buraliste, décontenancé par l'impertinence et sans plus savoir s'il devait prendre ça à la rigolade ou répondre vertement, adopta dans son indécision une attitude de repli, tel un chiot humilié. Carmen se porta à son secours en lui posant, à son tour, la main sur le genou.

– Moi, on peut bien me traiter de pedzouille, je trouve cette femme merveilleuse, déclara-t-elle, et Becerra sourit, tristounet. Fais-moi plaisir, mon doux, va lui demander un autographe pour moi.

Becerra n'avait aucune envie de les laisser seuls, fût-ce pour cinq minutes ; mais il estima qu'il gagnerait quelques points en faisant ce que Carmen lui demandait, et au plus vite, parce qu'il venait de voir se former autour de l'actrice un cercle d'adulateurs, de curieux, de flagorneurs et de charognards divers. Dans la cour, on enfilait les sardines sur des brochettes pour les griller.

– Antonio, tu vas trop loin, gronda Carmen quand ils furent seuls, mais sans trop le regarder. Santiago ne t'a rien fait.

En l'honneur de l'illustre visiteuse, musiciens et chanteurs avaient accéléré le rythme et redoublé de claquements de mains, pour abonder dans la gitanerie de bastringue.

– Me gâcher le jour que j'attendais depuis plus de treize ans, ce n'est rien pour toi ? dit Antonio, fâché.

Carmen détournait son regard. Il devait se contenter de contempler son profil, et il lui sembla qu'elle était au bord des larmes.

– Il s'est toujours montré correct avec moi, il ne m'a jamais rien demandé en échange…

– Et c'est une raison suffisante pour que tu te donnes à lui ?

Les sardines commençaient à répandre leur puanteur, qui avait quelque chose d'une fumigation contre les péchés de chair. Carmen haussa les épaules.

– Écoute, Antonio, le mois prochain, j'aurai trente-cinq ans, commença-t-elle et, avant qu'il n'eût pu lui dire qu'elle ne les faisait pas, elle poursuivit, dans son désir de mettre les cartes sur table : – Et j'ai une fille en internat, qui vient d'avoir dix ans. Il vient un moment où l'on doit penser à l'avenir…

Antonio en fut comme jugulé. Une vague tristesse s'empara de lui, son cœur se mit à cogner sourdement. Pendant quelques heures, il avait cru au rêve, un rêve dans lequel, en attendant ses retrouvailles avec Carmen, le temps s'était arrêté, figé ; mais le temps ne passe jamais en vain, et il s'acharne sur les plus malheureux.

– Mais il te plaît ? demanda-t-il tout bas.

– Il ne me plaît ni ne me déplaît, Antonio. Il veille sur moi et met la main à la poche quand il le faut. Je me demande comment je ferais sans lui pour payer le pensionnat de la petite.

Quand il l'entendit évoquer crûment les questions économiques, il n'hésita plus.

– Tu ne manqueras jamais de rien avec moi, je te l'assure.

Becerra revenait, essoufflé et triomphant, brandissant une serviette en papier avec l'autographe de la diva, qui se faisait maintenant remarquer en poussant des glapissements stridents et en découvrant en même temps un de ses seins, tandis que les serveurs s'empressaient de lui apporter les premières sardines grillées, après avoir orné les brochettes de cocardes aux couleurs de l'Espagne, comme des banderilles.

– Voilà ton autographe, annonça Becerra, heureux de son succès. Ça n'a vraiment pas été facile, tu ne sais pas à quel point cette brave Ava est saoule. Mais j'ai réussi à lui faire écrire ton nom.

Sur la serviette s'étalait un gribouillis illisible, aux lettres pointues et tremblées. Antonio ne renonça pas à son rôle de pisse-vinaigre ; les dernières révélations de Carmen n'avaient fait qu'exciter sa colère.

– Et tant d'efforts pour quoi ? Pour obtenir la signature d'une saoularde venue en Espagne faire ce qu'y font tous les Américains : achever d'estropier le peu qui nous reste d'authentique, et se régaler de contrefaçons, du pittoresque de la plus basse espèce.

Becerra voulut temporiser.

– Il ne faut pas le prendre comme ça, Gabriel. Ava est une grande hispanophile, elle n'arrête pas de dire du bien de notre pays.

Il appelait maintenant l'actrice par son prénom, avec la candeur du nigaud qui croit ainsi voir rejaillir sur lui un peu de l'éclat éblouissant de l'étoile. Carmen s'était levée, excédée par cette passe d'armes plutôt inepte.

– Vous savez que vous commencez à me casser les pieds ? se plaignit-elle. Je vais voir si je peux obtenir une sardine.

Becerra essaya de la retenir.

– Si tu veux qu'on s'en aille, dis-le-moi…

Mais Carmen s'était déjà perdue dans la cohue, à la consternation de son vieil amoureux, dont les petits yeux perdus dans le gros cercle de son visage se mirent à cligner outre mesure, après quoi il s'éclaircit la gorge et s'adressa à Antonio sur un ton de confidence pathétique.

– Écoute, Gabriel, je voudrais que tout soit bien clair entre nous. Je suis amoureux de Carmen et prêt à l'épouser quand elle le voudra, commença-t-il sous le regard féroce d'Antonio, d'une férocité telle que le pauvre buraliste fut forcé de baiser la tête, craintif. Je ne sais quelles sont tes intentions, ni si vous êtes vraiment des amis d'enfance, mais je te supplie de ne pas chercher à me pourrir la vie. Je l'aime vraiment, et me la prendre, ce serait me donner le coup de grâce…

Ses dernières paroles s'étaient pour ainsi dire achevées en un sanglot. Antonio éprouva un dégoût intempestif mêlé d'un vague sentiment de regret, juste ce que l'on ressent quand on écrase une crotte avec des chaussures neuves.

– Loin de moi l'idée de donner un coup de grâce à qui que ce soit…

Becerra leva la tête. Son visage était congestionné par l'émotion, ses petits yeux luisants, et il luttait péniblement pour ne pas flétrir jusqu'au bout son honneur ; toutefois, il reprit la parole sur un ton implorant.

– Comprends-moi bien, Gabriel : tu es un homme du monde, encore jeune, élégant, à qui les femmes ne font pas défaut. Je suis vieux, je n'ai pas les moyens de rivaliser avec toi, reconnut-il, puis sa voix se fit plus fluette, à mesure qu'il s'enfonçait dans l'abjection : – Si Carmen me quitte, je ne sais pas ce que je deviendrai. Il faudra peut-être me ramasser à la petite cuiller.

Ava Gardner venait de monter sur un guéridon, prête à régaler sa suite de quelques talonnades. Les claquements de mains qui la poussaient à se décider couvrirent les dernières suppliques de Becerra, dont Antonio voyait seulement les grimaces et les simagrées pleurnichardes. Il n'entendit que la conclusion.

– Ne me démolis pas, je t'en prie.

Sur ses mots, il s'épongea le visage avec un mouchoir froissé, en essayant de reprendre contenance. Quand Carmen revint, il se leva comme mû par un ressort.

– Nous devons partir, dit-il en la prenant par le bras, afin de réaffirmer par ce moyen dérisoire ses droits de propriété. Veux-tu que nous te déposions quelque part, Gabriel ?

Antonio regarda Carmen comme on regarde une terre promise, avec une joie anticipée et un désir pressant, mais elle demeura hiératique, le voyant à peine, semblait-il.

– Je crois que je vais rester encore un peu, répondit-il, dépité, en tendant froidement la main à Becerra, puis à Carmen : – Ç'a été un plaisir de te revoir.

Carmen garda ses distances de la façon la plus résolue, peut-être pour lutter contre la tentation de l'embrasser. Mais elle lui avait glissé dans la main, pliée et tassée, la serviette en papier où Ava Gardner avait griffonné pour elle, quelques minutes plus tôt, un autographe ; Antonio la garda serrée dans son poing jusqu'à ce que Carmen et Becerra, si mal assortis qu'ils faisaient un couple invraisemblable, presque obscène, eussent disparu en s'ouvrant un passage entre les sots qui courtisaient et pelotaient la diva. Alors, il lissa la serviette et lut ce que Carmen y avait couché à son intention d'une écriture ronde et sobre, qui ne laissait pas percer la moindre hésitation : « Viens prendre un verre samedi » et, dessous, elle avait noté une adresse, rue des Leganitos.

Ensemble pour toujours. Il se répéta une nouvelle fois à plusieurs reprises, en une litanie joyeuse, cette phrase que Carmen lui avait dite en le quittant dans le Retiro, treize ans auparavant. La balourde Ava, après avoir perdu plusieurs fois l'équilibre, avait renoncé à frapper le guéridon du talon et s'était accroupie pour pouvoir pisser plus commodément.

– Elle est trop bien bouchée, dit Carmen en tâchant de tirer le bouchon pour ouvrir la bouteille de vin qu'Antonio avait apportée.

Il était si agréable de constater que le moindre de ses gestes, le froncement de ses sourcils tandis qu'elle faisait de vains efforts, ou la marque pâle que ses incisives laissaient sur sa lèvre inférieure, lui restituait les expressions de la jeune femme qu'il avait connue treize ans auparavant, épargnée par les stigmates du temps, le réconciliait avec sa vie ancienne et le débarrassait des ultimes résidus de son simulacre de vie, accrochés comme des patelles à son âme convalescente, dont ils retardaient la guérison. Quelques minutes plus tôt, quand elle lui avait ouvert la porte de son humble logis, Carmen l'avait embrassé pour la première fois depuis des années, et une brusque chaleur avait alors envahi la poitrine d'Antonio, qui avait cru se sentir touché par une flammèche.

– Viens, donne-la-moi. Je suis devenu docteur en ouverture de bouteilles.

Sur une petite table rectangulaire en formica couverte d'une toile cirée, Carmen avait disposé les plats de la collation, préparations très modestes et rustiques qui pour lui valaient mieux que des mets de roi : omelette de pommes de terre encore chaude, bien dorée des deux côtés et un peu baveuse au milieu, comme il l'aimait ; poivrons frits nappés d'huile ; tranches de chorizo fort et belliqueux, enveloppé de la partie le plus large du boyau ; galettes de maïs au manchego, bien coulant. Ils se trouvaient dans la cuisine de la maison, qui donnait sur une cour commune pleine d'étendoirs où résonnaient les bribes de la conversation terrifiante d'un feuilleton radiophonique. De nombreux carreaux de céramique de la cuisine étaient fendus, et Carmen avait couvert de blanc les fissures crasseuses. À un piton vissé dans le mur était pendu un calendrier des Explosivos Río Tinto, avec une reproduction de *La Piconera* de Romero de Torres, en train de remuer la cendre d'un brasero, cuisses découvertes. Pendant qu'Antonio ouvrait la bouteille, Carmen avait ôté ses chaussures et mis des espadrilles, qui la faisaient paraître plus petite, enfantine, presque sans défense. Elle le regarda faire, sourire aux lèvres, et quand le bouchon sortit enfin du goulot, elle fit de petits sauts d'oiseau, pour célébrer son adresse.

– Tu es vivant, je n'arrive toujours pas à le croire, fit-elle quand ils trinquèrent, en le regardant avec ses grands yeux de génisse empreints d'étonnement.

– Il m'arrive parfois de ne pas y croire moi-même, mon bijou, reconnut Antonio, en la saisissant par la taille, où saillait timidement un léger relief, une adiposité qui stimula sa tendresse ou son désir.

Parfois, quand il se rappelait ses années de captivité en Russie ou certaines péripéties de sa vie d'emprunt, il lui semblait évoquer un passé légendaire ou improbable forgé de toutes pièces par un inconnu, une de ces vies rocambolesques semblables à celles du feuilleton radiophonique qui retentissait dans la cour.

– On t'a donné pour mort, Antonio, souffla Carmen, visiblement intimidée à l'idée qu'un voisin pût les épier, ou inquiétée par l'évocation de la camarde, qui peut toujours porter malheur. Un jour, quelques années après la nuit du Retiro, je me suis armée de courage et je suis entrée dans un commissariat, où j'ai demandé si l'on savait ce que tu étais devenu. On m'a dit que tu étais tombé au combat, en Russie, et que s'il n'en était pas allé ainsi, une accusation d'assassinat t'aurait attendu à ton retour.

– Je me suis enrôlé dans la División Azul quand j'ai compris que j'étais coincé, expliqua-t-il en lui prenant les mains, prématurément vieillies, abîmées par l'eau de Javel et le savon Lagarto. Mais tout ça, c'est du passé.

Par la fenêtre de la cuisine entrait une odeur de friture, nutritive et rédemptrice. Carmen reprit la parole, toujours à mi-voix.

– Et je me souviens que, peu après, un type m'a abordée, une nuit, et m'a parlé de toi, fit-elle en réprimant un frisson. On aurait dit qu'il avait le visage brûlé.

Antonio hocha la tête, ému, et s'avisa brusquement qu'il avait des remords, ce en quoi il vit un signe de possible rachat.

– Cifuentes. Un type formidable. Qui est malheureusement mort.

Un silence endeuillé suivit. Solidaire, une demoiselle du feuilleton radiophonique qui avait des malheurs éclata en sanglots.

– J'ai commencé à avoir peur, Antonio. Une peur terrible.

Mais les dernières effilochures de cette peur étaient emportées par le vent, comme le sont les méchants vagabonds, maintenant qu'ils étaient de nouveau ensemble. Après le repas, Carmen lui montra la chambre où elle dormait : un pauvre papier peint jaune, un lit d'une place et demie au cadre nickelé, et un couvre-lit rose dans le tissu duquel luisaient des sortes de paillettes. Au-dessus de la tête du lit était accrochée, encadrée, une plaque d'étain buriné qui représentait la Cène. Sur la table de nuit était posé un porte-photo, avec le portrait, flou d'avoir été trop agrandi, d'une Carmen plus jeune de quelques années, qui jouait avec une gamine en uniforme.

– Je suppose que cette petite est…

– Ma fille, Carmencita, l'interrompit-elle en haussant les épaules, pour s'excuser, apparemment, du manque d'originalité dans le choix de ce prénom. C'est la plus adorable petite fille du monde.

À ses joues monta une frémissante roseur, et elle sourit, fière.

– Elle est délicieuse, admit Antonio. Comme sa mère.

En réalité, on ne pouvait pas bien voir si la gamine était belle ou laide, mais Antonio la voulait belle, il avait besoin qu'elle fût belle, parce qu'il se proposait de l'aimer comme si elle était sa fille, et il en était même venu à se dire que cette enfant, dont Carmen lui avait révélé l'existence dès les premiers moments de leurs retrouvailles, était la possibilité d'expier ses crimes que lui offrait la providence. L'éloge qu'il venait de faire de l'enfant avait rendu à Carmen toute sa bonne humeur.

– Bon, il va falloir que nous mettions un peu les pendules à l'heure, proposa-t-elle en entraînant Antonio vers la cuisine.

Il osa enfin l'embrasser. Il posa un baiser sur son cou, ou plus exactement à la naissance de la nuque, où se nichait le brin de sel de la sueur, et sa barbe la chatouilla.

– Tu ferais mieux de commencer, lui dit-il. Mon histoire est très longue.

Elle ne pouvait être qu'égale à celle de Carmen, mais certaines de ses particularités le tourmentaient, à propos desquelles il se demandait encore s'il pouvait les lui confier ou s'il devait plutôt les garder pour lui, afin de ne pas l'épouvanter.

Après avoir tué le balèze qui avait failli les ratiboiser, Carmen s'était tenue tranquille pendant quelques semaines, comme Antonio le lui avait recommandé. Au bout d'un long isolement, pendant lequel elle n'avait pas entendu parler de l'assassinat, elle s'était décidée à aller voir Antonio dans son gourbi de la rue de l'Amparo ; mais il avait disparu sans laisser de traces. Avec l'argent de leurs coups montés, elle était partie pour Barcelone en emmenant sa mère, parce qu'elle avait entendu parler d'un médecin qui faisait des miracles sur les patients atteints de sclérose ; mais il n'avait rien pu faire pour la pauvre femme qui, quelques mois plus tard, était morte sans une plainte, comme une bougie s'éteint, faute de cire. Le traitement avait cependant englouti la moitié des économies de Carmen, qui trouva un emploi dans une usine de confection textile, à Tarrasa, où elle apprit à distinguer les tissus et rêva d'ouvrir une mercerie, dans laquelle elle investirait l'argent qui lui restait. De retour à Madrid, elle loua un petit local aux Vistillas, où elle tint le coup pendant environ deux ans, sans pourtant pouvoir s'en sortir ; ce fut alors qu'elle s'amouracha du voyageur de commerce qui l'approvisionnait en boutons, agrafes et fermetures à glissière, un petit malin avec beaucoup de bagout, enjôleur et vantard, qui finit par coucher avec elle. Quand elle lui annonça qu'elle était enceinte, tout son charme et sa faconde disparurent comme par enchantement, et elle n'entendit plus parler de lui. Carmen décida alors d'assumer la grossesse, bien qu'elle sût que les bâtards viennent au monde l'affront pendu au nez ; que la malice populaire fait des enfants les héritiers des fautes de leurs parents, et que quand on naît hors des liens du mariage on est, pour les cagots et les grenouilles de bénitier, à jamais stigmatisé. Mais elle désirait donner le jour à cet enfant et l'élever ; elle y voyait une sorte d'obligation naturelle, et une compensation à sa solitude et à sa détresse. Quand l'enfant naquit, la mercerie était devenue une affaire ruineuse, qui ne réservait plus que dettes ou faillite et quand, un soir, le marchand de primeurs du quartier qui ne manquait jamais de lui donner les fruits les plus beaux, délectation de Carmencita, lui dit crûment qu'il voulait coucher avec elle, Carmen, indignée, lui flanqua une gifle ; mais l'homme insista, ajoutant qu'il était prêt à la payer généreusement. Il insista pendant des mois, au cours desquels les dettes ne cessèrent de s'accumuler et les larmes d'une Carmencita toujours plus affamée de couler, tellement qu'elle finit par accepter. Comme pour en souligner le côté horrible, l'affaire fut consommée dans l'arrière-boutique, entre des melons trop avancés et des patates germées aux radicules rouges quasi génitales. Tandis que le fruitier s'épanchait en elle, Carmen découvrit qu'il lui suffisait de fermer les yeux et de se transporter par la pensée à plusieurs lieues de distance pour que le dégoût n'affectât point son âme ; elle éprouvait toujours la même répugnance que si elle vidait un poisson ou nettoyait des latrines, mais les savonnages y remédiaient. Le marchand de primeurs ne tarda pas à lui demander de recommencer, et, quand ils l'eurent refait, leurs rencontres clandestines devinrent des habitudes, avec à la clef la somme convenue entre eux. Alors, Carmen se dit qu'il existait peut-être d'autres hommes avec les mêmes habitudes, peut-être plus riches que le marchand de primeurs, prêts à la payer régulièrement, aussi longtemps qu'elle pourrait fermer les yeux et se transporter à des lieux de distance. C'est ce qu'elle alla chercher au Pasapoga, où le dégoût devint routine et où, pour déguiser ce dégoût, elle recourut aux grimaces qu'Antonio lui avait apprises dans l'intention de duper les richards, en feignant la pudeur outragée et la confusion flattée quand ils l'invitaient à boire un verre, et en les laissant prendre l'initiative, qui se révélait parfois trop expéditive (et Carmen, affectant alors d'être scandalisée, doublait sa simagrée d'un rire nerveux), parfois trop timide (et dans ce cas elle achevait de vaincre leurs réticences en recourant à des chatteries et à des câlineries). Elle les conduisait ainsi où elle voulait, mais comme le dégoût la taraudait, elle écourtait les prolégomènes, du moins ceux qu'imposait le Pasapoga, où on la laissait faire son beurre dès l'instant où ses clients dépensaient de l'argent en consommations, et comme Carmen se refusait à faire durer les préliminaires qui lui répugnaient, comme elle refusait de danser avec les clients et abrégeait les approches mercenaires, elle avait fini par mécontenter le patron, Aguilar. De plus, une nuit où elle se préparait à changer d'air, elle avait été abordée par Cifuentes qui, en lui rappelant un passé qu'elle croyait soigneusement enfoui, l'avait poussée à déguerpir au plus vite. Pendant un certain temps, elle rôda dans des endroits semblables au Pasapoga, mais fréquentés par une clientèle moins généreuse et moins raffinée que celle qui remplissait les poches d'Aguilar, et ses gains s'amenuisèrent, tandis qu'elle se mettait insensiblement à ressembler à un vieux débris, en qui le dégoût devenait une habitude aussi profondément enracinée que l'était le besoin de ses partenaires d'assouvir leurs appétits avec des femmes moins exigeantes et plus faciles que leurs épouses. Elle avait alors confié Carmencita aux religieuses d'un pensionnat d'Alcalá de Henares, où elle fit inscrire la petite en tant qu'interne à seule fin de la préserver des effluves de son dégoût ; cependant, elle ne tarda pas à constater que les roueries auxquelles elle recourait pour leurrer les sagouins étaient de moins en moins efficaces, parce que la routine les revêtait de lassitude, ou peut-être étaient-elles aussi efficaces que naguère et les sagouins préféraient-ils tout simplement coucher avec des filles plus jeunes, aux chairs plus fermes et aux manières plus désinvoltes. Peu avant de se voir contrainte de faire le trottoir, d'y être jetée comme le sont les meubles déglingués, elle obtint un emploi de vendeuse au bureau de tabac de Becerra, sans renoncer, les premiers temps, à ses tournées de racolage, toujours plus pénibles, dans des bars à entraîneuses ; mais Becerra s'attacha peu à peu à elle et, en s'intéressant de plus près à sa vie, dont Carmen préférait ne pas lui parler, il découvrit qu'elle était mère célibataire. Il s'offrit alors de prendre à sa charge le prix de la pension de la petite, et Carmen accepta en s'attendant à devoir se donner en échange, mais Becerra n'exigeait rien de tel ; en revanche, il lui avait proposé à plusieurs reprises de devenir sa femme. Il le lui avait d'abord demandé avec une gravité solennelle, puis avec une insistance butée, et dernièrement avec des prières et des plaintes.

– Il me traite comme une reine, à la mesure de ses moyens,

conclut Carmen, blessée par le remords. Il m'emmène en promenade, parfois au théâtre ou au restaurant, et il me raccompagne toujours, sans même chercher à me tripoter. Il me court un peu sur le haricot, mais c'est un brave type.

Elle s'était mise à laver la vaisselle du goûter. Vue de dos, son opulence massive et rustique laissait percevoir le déclin du fruit mûr qui a été cueilli et commence à flétrir. Mais ce déclin la rendait encore plus appétissante et digne d'être aimée aux yeux d'Antonio, qui s'était pourtant promis de ne pas mettre la main sur elle sans qu'elle l'y eût invité.

– Et jusqu'à quand vas-tu le laisser te harceler ? demanda-t-il, un peu bougon.

Le soir tombait, ses encres noires envahissaient la cuisine ; dans la cour commune, les informations avaient succédé aux dramatiques radiophoniques.

– Qu'en sais-je, Antonio ? dit-elle sans se retourner, balayant une hésitation qui avait quelque chose d'un présage. Ce soir, il doit venir me chercher, pour aller faire un tour, dit-elle en consultant sa montre, subitement inquiète : – Il ne va pas tarder à arriver.

– Ça va, mon bijou, nous ne faisons rien de mal, que je sache…

Carmen s'essuya les mains à un torchon, après avoir placé la vaisselle dans l'égouttoir. Elle se retourna, l'air contrit.

– Allez, si ça ne te fait rien, monte à l'étage au-dessus et ne pars que quand je l'aurai fait entrer. Ça m'embête que vous vous croisiez dans l'escalier.

La demande lui parut farfelue et assez humiliante ; mais les confidences qu'elle venait de lui faire sur ses années noires d'opprobre l'avaient lessivée, déchirée, accablée d'un dégoût qui avait peut-être bien envahi son âme, après tout, aussi ne refusa-t-il pas d'obtempérer.

– Bien, fit-il en se levant et en la prenant de nouveau par la taille. Quand nous reverrons-nous ?

Il voulut lui donner un baiser avec le plus grand tact, un baiser protocolaire, pour ainsi dire, mais Carmen l'attira à elle et plaqua ses lèvres contre celles d'Antonio qu'elle écarta, muselant ses préventions, en dardant sa langue puis en la nouant, à la fois violente et soyeuse, à la sienne. Antonio l'enlaça, un peu pour se rattraper, parce que la terre se dérobait sous ses pieds.

– Dès demain, si tu veux, lui dit Carmen, entre deux baisers goulus. Je me rends compte, à présent, à quel point j'ai besoin de toi, reconnut-elle, avant d'ajouter sur un ton plus joyeux : – Et puis, tu ne m'as toujours pas raconté ton histoire, Antonio. Ou faut-il que je t'appelle maintenant Gabriel ?

– Appelle-moi Antonio, maintenant et toujours, répondit-il en l'embrassant de nouveau avec avidité, et elle s'abandonna, livrée à lui sans réserve ; alors, il lui souffla : – Mais ne me demande jamais plus d'aller me cacher en haut de l'escalier. Ça me donne l'impression d'être un ridicule amant adultère.

Carmen lui caressa la barbe, saisit étroitement dans le creux de sa main la pointe de son menton, les yeux aussi brillants que si elle découvrait elle aussi la terre promise.

– Il va falloir que tu rases cette barbe, dit-elle avec une coquetterie rieuse, et elle ajouta aussitôt : – Ça ne se reproduira jamais plus, je te le jure, mon amour. Où nous retrouverons-nous ?

Il faillit lui proposer de venir à l'appartement de la rue Claudio Coello, mais il se ravisa aussitôt. Sa vie d'emprunt était en voie de liquidation, il ne voulait pas que Carmen eût le moindre contact avec ce qu'il en restait encore. Il fit une autre proposition.

– Et que penses-tu de demain à la même heure dans le Retiro ?

– Dans le Retiro ? fit-elle, secouée par un frisson qui aurait pu animer une pythie. Je n'y suis jamais retournée, depuis.

– Moi non plus. Ce serait boucler définitivement un chapitre de nos vies, dit Antonio, désireux d'en ouvrir un autre, pour toujours. Ne dit-on pas que les assassins reviennent sur les lieux de leur crime ? On pourrait accomplir le rite.

Ils s'étaient donné rendez-vous dans l'allée qui suit les contours de l'étang, et il l'attendait accoudé à la balustrade, à l'endroit même d'où il avait observé, treize ans auparavant, le travail de nettoyage auquel se livraient les employés municipaux dans la vase du fond, après l'assèchement qui avait ramené à la lumière le cadavre du balèze. Sur l'étang voguaient maintenant des couples d'amoureux, et autour des barques s'agglutinaient des poissons noirs et visqueux qui les accompagnaient dans leur navigation d'opérette en réclamant une partie de leur goûter. Antonio n'avait pas réussi à fermer l'œil de toute la nuit : la salive que Carmen avait laissée dans sa bouche le brûlait comme un ulcère que seul un pansement de cette même salive saurait guérir ; elle s'était mélangée à son sang, et cette solution consumait à son passage les derniers vestiges du vide cosmique qui s'était un jour emparé de son âme. Il s'était débattu dans le dilemme de lui dévoiler les épisodes les plus scabreux de son simulacre de vie ou de les lui occulter à jamais, et il avait finalement pris la décision de lui en donner une version expurgée ou édulcorée : il reconnaîtrait avoir usurpé l'identité d'un compagnon divisionnaire, pour échapper aux poursuites ; il ne dirait pas qu'il avait travaillé pour les Soviétiques en tant qu'indicateur pour sauver sa peau ; il ne dirait rien non plus du sillage de morts qu'il avait laissé derrière lui pour protéger son imposture, ni son acharnement de crapule à défendre cette vie d'emprunt.

Dans le Retiro, le printemps se faisait déjà sentir, à la tiédeur de l'air ; avant le crépuscule, les allées arborées se remplissaient de jeunes filles de bonne famille qui se laissaient courtiser par les godelureaux, pendant que dans l'épaisseur de la végétation les servantes peu farouches se laissaient lutiner par les voyous. Carmen arriva d'un pas rapide, un peu moins revêche que les demoiselles de bonne famille, et un peu moins frivole que les joyeuses servantes ; ses seins se démenaient dans son chandail, apparemment rebelles au soutien-gorge, désireux de se réfugier dans l'étreinte d'Antonio, mais dans son regard palpitait encore l'ombre d'un chagrin.

– Je le lui ai dit, Antonio, lui annonça-t-elle tandis qu'il l'embrassait. J'ai dit à Santiago que nous devions le laisser.

Il lui bécota le front et les joues, et chaque petit baiser était une démonstration de gratitude et un exorcisme contre le manque de courage.

– Et comment a-t-il réagi ?

– Il a pleuré de rage, il m'a supplié de revenir sur ma décision, il s'est mis à genoux et il est resté un moment comme ça, à sangloter, les bras noués à mes jambes. Ç'a été très dur, Antonio, jamais de ma vie je ne m'étais sentie aussi misérable, même pas la première fois que je me suis prostituée, reconnut-elle en lissant sa jupe et en baissant la tête, avec une moue qui creusa ses rides et accentua le relief des bajoues, de part et d'autre de ses lèvres. Il est resté comme ça longtemps, à gémir, derrière le comptoir, puis un client est entré, qu'il a servi comme si de rien n'était. Ensuite, sans me regarder, il m'a dit de m'en aller et de ne jamais plus revenir au bureau de tabac, qu'il m'enverrait ce qu'il me doit par la poste.

Les carpes de l'étang dansaient comme un corps de ballet autour des reliefs d'un goûter que leur avait jetés d'une barque un couple d'amoureux rassasiés ou sans appétit. Elles dansaient une danse de sabbat, pour fêter la peine et la déconvenue de Becerra.

– Le temps guérit tout, mon bijou, dit-il pour la consoler, en essuyant les larmes qui avaient coulé sur les joues de Carmen. Il s'en remettra, tu verras. Il trouvera bientôt une nouvelle vendeuse, qui l'aimera.

Carmen approuva, décidée à avaler la pilule amère. Elle précisa pourtant dans un regain d'amertume :

– Moi, je ne l'ai jamais aimé. Il mérite d'avoir une femme qui l'aimera vraiment.

Il la prit par la main, en amoureux indulgent, et ils tournèrent le dos à la danse de sabbat des carpes, qui n'en finissaient plus de se réjouir. Tandis qu'ils s'engageaient dans l'épaisseur de la végétation, en essayant d'éviter les couples qui s'y pelotaient avec salacité, Antonio lui conta la version expurgée ou édulcorée de son imposture ; Carmen l'interrompait parfois, incrédule, ou jetée dans une perplexité trop grande, proche de l'effroi, et elle l'assaillait de questions compromettantes ou seulement candides. Comme si ce récit avait donné au ciel un étourdissement, le temps s'était tout à coup mis à l'orage, et la voûte pénombreuse des frondaisons laissait percevoir les noirceurs hagardes des nuages, telle une jalousie ondoyante qui aurait promené sur le visage de Carmen des taches de lèpre cendreuse.

– C'est impressionnant, dit-elle, épatée. Et personne ne s'est encore rendu compte que tu n'es pas Gabriel ?

– Personne, aussi incroyable que ça paraisse.

Ils avaient pénétré dans une zone négligée par les jardiniers où poussaient les mauvaises herbes, refuge des espèces rampantes qui disparaissaient à leur passage, de peur d'être contaminées par leurs péchés.

– Je n'arrive pas à me l'expliquer, dit-elle. Comment as-tu fait pour ne jamais te mélanger les pinceaux, ni te trahir ?

Antonio se rappela ce que Mendoza lui avait dit un jour.

– Les gens croient ce qu'ils ont envie de croire, Carmen. Ce qui nous arrive à tous, non ? fit-il en la regardant du coin de l'œil pour guetter son approbation. La famille et les amis de Mendoza voulaient le revoir vivant, et ils m'ont accepté comme tel. Mais j'avais aussi pris mes précautions, tu t'en doutes : j'ai restreint autant que possible ma vie sociale et le cercle de ceux auxquels j'avais affaire, expliqua-t-il.

Il se tut brusquement, honteux de ces propos qui lui semblaient frivoles : il n'avait pas restreint ce cercle, il l'avait détruit ; aussi passa-t-il à un autre chapitre :

– Avant de prendre la direction de l'entreprise, j'ai étudié les livres de comptes, la clientèle, et j'ai appris par cœur l'organisation des transports... Tu serais surprise de voir à quel point il est facile de s'emparer de la vie d'un autre, et comment les affaires qui de prime abord paraissent indéchiffrables peuvent vite devenir évidentes et routinières.

Il regretta aussitôt d'avoir tenu ce dernier propos, en se disant qu'il pouvait blesser Carmen, pour qui la prostitution n'était jamais devenue une routine facile.

– Tu comptes continuer comme ça toute ta vie ? demanda-t-elle sans se montrer affectée.

– Non, mon bijou, je compte laisser tomber, et filer avec toi.

Carmen rit, sans prendre le projet au sérieux.

– Avec les flics à nos trousses, comme dans les films de gangsters ?

Ils arrivèrent à l'endroit où ils s'étaient défendus en tuant le type qui avait découvert leur manigance. Antonio reconnut les buissons entre lesquels il se cachait pour guetter l'arrivée de Carmen accompagnée du rupin pris à l'hameçon ; il reconnut l'endroit où le type baraqué avait flanqué à Carmen une torgnole qui l'avait expédiée dans les arbustes avec un bruit de branche cassée ; il reconnut la petite clairière où le type s'était jeté sur lui en faisant pleuvoir sur sa tête une grêle de coups de poing, avant d'essayer de l'étrangler, jusqu'à ce que Carmen se mette à cribler la nuque de leur assaillant de coups de couteau.

– Non, pas les flics ; notre passé, peut-être, dit-il. Nous commencerons, loin d'ici, une nouvelle vie.

Carmen fouillait dans son sac, à la recherche d'une relique.

– Tiens, j'ai toujours gardé la navaja avec laquelle je l'ai tué. Je t'en fais cadeau.

L'arme, pas plus grosse qu'une lime à ongles, était aussi effilée qu'un stylet. Comme treize ans auparavant, l'idée de la complicité avec la femme aimée, de la responsabilité partagée et la possibilité d'un sacrifice mutuel emplissait son cœur d'une chaleur nouvelle, stimulante. Il crut entendre dans les fourrés la clameur du sang répandu sans réparation, qui montait vers lui tel un magma souterrain. Il mit la navaja dans sa poche, saisit Carmen par les fesses, cette fois, et s'aperçut que ses mains, bien qu'elles n'eussent pas gardé le souvenir tactile de leurs volumes, les reconnaissaient sans peine, comme si elles s'étaient préparées en rêve à les pétrir.

– Où la commencerons-nous cette vie nouvelle, dis-moi ? s'enquit-elle, encore incrédule, réfractaire à des projets qu'elle estimait chimériques.

– Loin d'ici, le plus loin possible. Peut-être au Mexique, ou en Argentine. Mais, pour le moment, il faut quitter l'Espagne. Tu m'attendras à Paris avec la petite.

Carmen ne put s'empêcher de rire, d'un rire dans lequel il y avait pourtant un fond d'inquiétude.

– Et de quoi vivrons-nous ? Tu veux que je travaille au Moulin Rouge ? Je t'avertis qu'ils ne doivent pas vouloir de filles aussi âgées que moi...

– Tu ne travailleras plus de toute ta vie, je te l'assure, dit Antonio en coupant court, sèchement, à ses moqueries.

Il la revit, déchaînée comme une bacchante, les mains gantées de sang, tandis qu'elle faisait pleuvoir des coups de couteau sur la nuque du costaud, qui n'avait pas tardé à être réduite à une masse sanguinolente. Il savait qu'elle aurait assez de cran pour accomplir ce qu'il allait lui proposer.

– Que comptes-tu faire ? Me verser une rente comme si j'étais ta poule ? se moqua-t-elle encore. C'est ce que font les rupins avec leurs maîtresses.

– Non, Carmen, je vais te donner vingt millions de pesetas pour que tu passes la frontière avec, et que tu m'attendes en France, dit-il avec une froideur dépassionnée. De là, nous traverserons la mare aux canards en toute discrétion.

Carmen pâlit d'effroi, comme au moment où elle l'avait reconnu dans la salle des fêtes de la Plaza de Antón Martín. Elle regarda à droite, à gauche, comme une bête acculée.

– Que dis-tu ? Mais c'est une montagne de fric !

– Suffisante pour nous, nos enfants et nos petits-enfants.

Antonio se délecta à regarder les effets de ce qu'il venait de dire sur l'état d'âme de Carmen : il y a eu tout d'abord de la frayeur, puis de l'étonnement et de l'incrédulité, avant que ne pointe la convoitise, encore timide et circonspecte.

– Comment l'as-tu obtenue ? voulut-elle savoir.

– Le père de Mendoza trempait dans des affaires louches, mon bijou, dit-il sans entrer dans les détails. Ces types-là brassent des sommes fabuleuses, c'est à n'y pas croire.

Maintenant, le couchant incendiait les frondaisons, et Carmen semblait avoir le rouge aux joues.

– Et tu vas les emporter comme ça, tout tranquillement ?

– Non, pas tranquillement, j'ai quelques sales types venus de Russie qui me collent au train, dit-il, et il fit claquer sa langue, contrarié. Ils connaissent ma véritable identité et menacent de me démasquer. Un chantage typique. Voilà pourquoi je te demande de partir avant moi avec l'argent.

Maintenant, Carmen semblait accablée par la responsabilité.

– Qu'as-tu l'intention de faire avec eux ?

– Les tuer.

Tous deux se turent, pendant que le sang répandu et le sang à répandre rugissaient dans les entrailles de la terre. Ils repartirent main dans la main, redevenus complices, consorts, pour un coup qu'ils n'auraient jamais pu rêver de faire dans leur vie antérieure.

À partir de ce jour, ils commencèrent à se voir régulièrement, presque toujours dans le petit appartement de Carmen, rue des Leganitos, qu'Antonio n'eut plus jamais à quitter précipitamment pour monter se cacher sur le palier du dessus ; mais, le soir venu, il la quittait pour aller dormir rue Claudio Coello, tel un page amoureux qui préférerait remettre les plaisirs de la chair jusqu'au soir des noces, et Carmen se pliait volontiers à ce rituel avec une sorte d'allégresse rétrospective, comme s'ils renouvelaient par cet engagement tardif des fiançailles que la fatalité avait jusqu'alors empêchées, et qui regagnaient ainsi la pureté qu'elles auraient pu avoir jadis.

Chacun de son côté et à une petite semaine d'intervalle, ils demandèrent au consulat de France des visas pour un séjour de trois mois ; dans deux valises, Antonio ménagea de ses mains un double fond parfaitement dissimulé et ouaté pour y cacher les liasses de billets. Une semaine avant le jour prévu pour le départ de Carmen, ils se rendirent à Alcalá et firent sortir de l'internat la petite, qui se révéla éveillée, curieuse, beaucoup plus belle que la photographie floue que sa mère gardait jalousement aurait pu le laisser présumer, et Antonio retrouva sur ses traits les grands yeux de génisse et le nez pugnace de Carmen. Carmencita s'entendit aussitôt avec lui.

– Qui es-tu, toi ? lui demanda-t-elle, encore craintive, quand ils quittèrent le pensionnat.

– Je m'appelle Antonio, je suis le fiancé de ta mère, et je compte l'épouser dans quelques semaines.

Carmencita chercha des yeux, du côté de Carmen, une confirmation et, dès qu'elle l'eut obtenue, courut embrasser Antonio, qui reçut ce cadeau intempestif d'un cœur un peu lourd. De retour à Madrid, la petite, véritable avalanche de curiosité, n'arrêta pas de lui poser des questions qui, telles des cerises puisées dans un compotier, ne venaient jamais qu'en grappe, rattachées à d'autres, corrélatives ou tributaires, méli-mélo ludique qui ne cessait de prendre de l'ampleur, et dans lequel Antonio batifolait à l'envi, même si nombre de ces questions dépassaient ses connaissances, ses intuitions et même sa capacité d'invention. Il se dit qu'avec une gamine comme Carmencita, sa vie d'emprunt n'aurait pas mis une demi-heure à être éventée, parce que l'intelligence de l'enfant, qui ne repose pas sur les béquilles de l'expérience, veut éclaircir tout ce qui demeure sous-entendu pour l'adulte, et soumet ainsi la vie à un interrogatoire constant, comme si le monde se recréait chaque jour. Si Antonio avait pu faire durer son imposture, c'était parce qu'elle s'était déployée dans le monde des adultes, qui admettent beaucoup de choses que Carmencita n'aurait jamais acceptées, un monde dans lequel n'importe quelle explication anodine suffit pour se tirer d'affaire, et où les paroles creuses et les passions stéréotypées sont de rigueur. Antonio préférait celui dans lequel vivait Carmencita, où rien n'était classé ni étiqueté, et c'était dans ce monde qu'il désirait vivre désormais, pour le voir comme elle le voyait et le créer à partir de rien à chaque instant, à l'instar du Dieu de la Genèse.

– Ma chérie, arrête de poser des questions à Antonio, tu vas lui donner le tournis, dit Carmen à la petite.

– Mais non, laisse-la faire, ça me fait plaisir. Elle peut me demander tout ce qu'elle veut.

Il imaginait une vie comblée de questions, une vie d'étonnements incessants auprès d'elles, dans laquelle rien ne serait perdu ni répété, véritable résurrection de la chair qui le rachèterait de l'existence infernale jusqu'alors subie. C'était à cette vie pressentie, qui était désormais son seul but, qu'il pensait en expédiant les dernières obligations de sa vie d'imposteur ; c'était à cette vie sans fin recommencée, tel un livre aux pages blanches, qu'il songeait en s'emparant des liasses de billets dissimulées derrière les plinthes de l'appartement du Retiro pour les ranger dans le double fond des deux valises, comme les briques du mur qui protégerait sa vie nouvelle et intacte. Il ne laissa de côté que le tribut exigé par Nina et Camacho en échange de leur silence : un demi-million de pesetas ; il savait qu'il n'achetait ainsi leur silence qu'à crédit, mais il espérait bien le rendre éternel.

Tandis qu'il se rendait rue des Leganitos, un soupçon le fustigea, le soupçon que Carmen pouvait le trahir ; mais il chassa aussitôt cette pensée funeste qui, même si elle devait se réaliser, ne changerait rien à ses plans. Tout compte fait, si ce malheur advenait, plus rien au monde n'aurait d'importance. Carmen l'avait ressuscité, et si Carmen cessait de répandre sur lui sa lumière, il préférait encore la mort au simulacre de vie qu'il avait jusqu'alors mené. Mais rien dc tcl n'allait se produire.

Il le sut, en toute certitude, quand Carmencita, en pyjama, vint en courant du fond du couloir se jeter dans ses bras, dès qu'il eut franchi le seuil. Il posa les valises par terre dans l'entrée, et leva la gamine vers le plafond, en la basculant dans les airs.

– Tu savais que maman et moi partons demain pour la France ?

Antonio prit un air boudeur.

– Ne me dis pas ça ! Vraiment, vous partez ? Et vous allez me laisser seul ?

Il lui faisait des chatouilles, tout en la balançant d'un côté et de l'autre, et Carmencita riait, riait.

– Maman dit que tu viendras bientôt nous rejoindre.

Il l'embrassa très fort, comme si elle était sa fille. C'était ce qu'il ressentait. Carmen venait elle aussi à sa rencontre ; la veille, ils avaient eu une discussion, parce qu'elle ne voulait pas le laisser affronter seul ces types venus de Russie, prêts à le faire chanter. Antonio l'embrassa sur le cou et lui montra d'un mouvement du menton les valises qui contenaient le butin. Carmen les prit et les porta à la cuisine, où elle les posa sur la table en formica.

– Eh bien, maman dit vrai, ma puce, dit-il en conduisant Carmencita jusqu'à sa chambre où, chaque soir, il lui racontait une histoire ou disait avec elle des prières qu'il avait presque oubliées. Tu croyais que tu allais te débarrasser de moi si facilement ?

Carmencita protesta, en un sanglot.

– Je ne veux pas me débarrasser de toi, ce que je veux, c'est que tu sois mon papa.

Il se sentit soulevé par un flot inattendu, saisi par une émotion qu'il ignorait pouvoir éprouver.

– Considère que c'est fait. À partir de maintenant, je suis ton papa.

Et ce soir-là, pendant qu'il lui racontait une histoire, Carmencita l'écouta les yeux grands ouverts, comme si cette paternité putative l'auréolait d'une autorité nouvelle. Puis, pendant qu'ils disaient les prières, Carmencita, déjà à moitié assoupie, lui tendit sa menotte, petite flammèche qu'Antonio prit entre les siennes, pour en préserver la chaleur. Avant de quitter la chambre, il lissa le revers du drap et l'embrassa sur le front avec une dévotion muette, en écoutant son souffle neuf, celui d'un monde bien fait. Carmen l'attendait dans le couloir, et son souffle était, en revanche, court et apeuré.

– Je préférerais ne pas avoir à porter ces valises, Antonio.

Ils parlaient tout bas, pour ne pas troubler le repos de la petite.

– Mais pourquoi ?

– Je ne supporte pas l'idée que tu puisses penser que je suis avec toi à cause de l'argent.

Antonio prit le visage de Carmen entre ses mains, le couvrit de baisers. La nuit entrait par la fenêtre de la cuisine, à la fois sereine et abominable, tel un fleuve de divinations.

– Si j'ai jamais cette idée, que je tombe foudroyé à l'instant, mon bijou.

Cette nuit-là, ils dormirent ensemble pour la première fois depuis leurs retrouvailles, dans le lit de Carmen, d'une place et demie, dont le cadre nickelé grinçait comme une chaloupe disjointe sur le point de sombrer. En fait, ils ne purent fermer l'œil, tremblants et absorbés par leur amour, pareils à des enfants dans une grotte aux trésors nouveaux. Quand il entra en elle, il sentit qu'un poisson argenté palpitait là, au plus profond de ses entrailles.

Il soupesa le pistolet, qui était lui aussi nickelé, comme le cadre du lit de Carmen, avec sur la crosse un placage de bois sombre, peut-être taché de graisse ou de sang. Il était beaucoup plus léger que les armes dont il avait fait usage sur le front russe.

– Moi, à ta place, j'éviterais de m'en servir, lui conseilla Demetrio, qui venait de le lui procurer. Je crois n'avoir tiré qu'une seule fois de ma vie, aux temps lointains du marché noir, et encore, c'étaient des coups tirés en l'air. Quand on en vient aux balles, rien ne va plus.

Antonio sortit le chargeur, avec son contenu mortel, et le remit en place. Il sourit, pour tranquilliser Demetrio.

– T'inquiète. Je ne m'en servirai pas. C'est seulement une mesure de protection personnelle.

Demetrio regardait les murs nus de l'appartement, aussi inhospitaliers que ceux d'un bâtiment qui a connu des pillages successifs.

– Tu déménages ou quoi ?

– J'ai décidé de changer de décor pendant que Paloma n'est pas là, dit Antonio, non sans malice.

Demetrio remua, mal à l'aise sur le sofa ; ses doigts tachés de nicotine tambourinaient sur son ventre.

– Que diable en est-il de Palomita… ronchonna-t-il. Tu dis qu'elle a appelé ?

– La semaine dernière, mentit Antonio. Cette grosse crapule s'est acoquinée avec un millionnaire mexicain de passage en Espagne, et ils mènent la grande vie dans l'hacienda du bonhomme, qui doit être aussi grande qu'un département. Mais je l'ai avertie : « Quand tu en auras assez des mariachis, ne t'imagine pas qu'on te recevra à bras ouverts. Surtout pas Demetrio, qui est très fâché contre toi. »

– Et qu'a-t-elle répondu ? s'inquiéta celui-ci, en vérité fâché par ce qu'il venait d'entendre.

– Elle m'a demandé de te dire de ne pas prendre ça trop à cœur, qu'elle serait de retour dans une quinzaine de jours, inventa Antonio, en se détestant de faire ces craques macabres sur le dos de Paloma, dont le cadavre devait se décomposer quelque part dans le lit de la Lozoya, mais ce n'étaient là, encore heureux, que les ultimes traces du sillage de son simulacre de vie. Elle avait besoin de vacances, je crois, il paraît que tu l'avais lessivée. Mais ne fais plus cette tête-là, mon vieux ! Elle sera bientôt près de toi.

Demetrio ne dissimulait pas sa contrariété. Il grogna :

– Toi, en revanche, tu as l'air tout content.

Antonio l'était vraiment. Le matin même, Carmen l'avait appelé de Paris, pour lui annoncer qu'elle et Carmencita avaient passé la frontière sans encombre, et qu'elles étaient descendues dans un hôtel du Quartier latin, refait à neuf sans ostentation, où elles allaient attendre son arrivée en visitant, entre-temps, églises et musées. Si, quelques jours avant leur départ, Carmen s'était montrée réticente et angoissée par le plan d'Antonio, dont elle doutait qu'il pût réussir, elle lui avait paru, au téléphone, beaucoup plus optimiste et confiante. Elle avait même réussi à communiquer cet état d'âme à Antonio.

– Je le suis, Demetrio, reconnut-il. Comme je suis désireux de savoir quand tu me confieras un nouveau travail.

Demetrio se lança alors, avec sa loquacité habituelle, dans les explications détaillées d'une nouvelle opération de transport d'héroïne de Nice à Vigo. Antonio fit semblant de l'écouter et même de prendre quelques notes, comme si ces propos l'intéressaient ; mais son esprit voguait très loin de là, allait se nicher dans le petit hôtel du Quartier latin où commencerait sa nouvelle vie, avant qu'il ne traverse l'Atlantique avec Carmen et leur fille, pour aller s'installer au Mexique, peut-être, et y acquérir une hacienda aussi vaste qu'une province. Auparavant, il allait devoir se débarrasser de Camacho et de Nina, l'ultime obstacle sur le chemin de son bonheur ; mais depuis que Carmen l'avait appelé pour l'encourager et que Demetrio lui avait procuré le pistolet, cet écueil lui donnait l'impression de n'être qu'une broutille.

Camacho ne prit contact avec lui que deux jours après la date prévue, ce qui bouscula un peu le programme approximatif qu'Antonio s'était fixé, et il le fit en appelant évidemment à une heure indue le numéro de l'appartement du Retiro où Antonio montait la garde comme une sentinelle insomnieuse. Bien qu'il eût mille fois anticipé ce moment, la sonnerie le fit sursauter.

– Tu as beaucoup tardé à te manifester, Camacho. Je commençais à me faire des illusions, à me dire que vous m'aviez oublié.

Camacho lui décocha le rire sec et malintentionné de toujours qui, du temps où Antonio tenait à préserver son anonymat, avait pu être intimidant.

– T'oublier ? Tu n'y comptes pas, j'espère ? fit-il. À sa voix, il semblait euphorique, ou peut-être enjoué comme le joueur cupide qui se prépare à palper les gains de son pari : – Tu comprends, Nina avait très envie d'assister aux processions de la Semaine sainte, ce qui fait que nous avons organisé notre voyage de façon à passer par Séville, après t'avoir vu, évidemment. Le devoir avant tout, comme on dit.

Antonio se dit, à l'entendre, que Nina devait considérablement améliorer sa maîtrise de l'espagnol parlé en compagnie de Camacho. Il abrégea la conversation.

– Où et quand voulez-vous qu'on se retrouve ?

L'urgence expéditive d'Antonio déconcerta Camacho.

– C'est un plaisir d'avoir affaire à des gens comme toi, qui tiennent parole. Peux-tu être dans deux heures à l'usine d'eau de Seltz et de boissons gazeuses du Paseo de Extremadura ?

– Ça me paraît au poil, dit-il, et il raccrocha.

Tout à fait au bout du Paseo de Extremadura, à environ un kilomètre du siège de l'entreprise Transportes Mendoza, il y avait en effet, sur un terrain vague, une ancienne fabrique de siphons d'eau de Seltz et de boissons gazeuses, qui avait servi de fortin pendant le siège de Madrid, dans les fameuses « années de sang », et qui n'était plus qu'un amas de décombres où ne traînaient que les rats et les clochards. Antonio mit la somme convenue dans une trousse de toilette et le pistolet dans la poche de sa gabardine. Il ferma à clef l'appartement du Retiro, où il ne reviendrait jamais, et il jeta les clefs dans la bouche d'égout la plus proche, puis il monta dans le cabriolet et fila en direction du Paseo de

Extremadura, quittant le centre d'une ville qui n'était plus pour lui qu'un cimetière d'un million de morts. Il gara la voiture devant un magasin ou un entrepôt à mi-chemin entre le siège des Transportes Mendoza et l'usine de boissons gazeuses où Camacho lui avait donné rendez-vous.

Dans les hauteurs de la nuit brillait à peine une lune timide et convalescente, une lune affligée de phlegmons ou d'oreillons dont les miasmes troublaient l'atmosphère. Antonio se dirigea en suivant le fossé du chemin vers l'usine abandonnée qui avait quelque chose d'une ruine aztèque sous le ciel sans étoiles, avec ses hauts murs mordus par la mitraille et ses escaliers qui s'achevaient dans l'indécision. Les éclats des phares de la voiture de Nina et de Camacho scrutaient la nuit, le moteur ronronnait ; Antonio alla vers le véhicule comme le faisaient les insectes des environs. Il n'avait conçu aucun plan précis, s'était seulement dit que quand ils descendraient de voiture en le voyant venir il leur lancerait la trousse dans laquelle il avait mis l'argent, en espérant que la convoitise les pousserait à vérifier si la somme prévue était bien là, et qu'il pourrait ouvrir le feu pendant qu'ils compteraient les billets. Mais peut-être avaient-ils conçu un plan mieux élaboré, dans lequel pendant que l'un compterait les billets, l'autre le tiendrait en joue, auquel cas il ne lui resterait plus qu'à s'en remettre à la chance et à la complicité de la nuit.

– J'ai là ce que je t'ai promis, Camacho, cria-t-il pour s'annoncer.

Camacho était assis au volant, portière ouverte, tête renversée sur le dossier du siège ; Antonio ne pouvait distinguer ses traits, mais il eut l'impression qu'il était détendu. Il jeta la trousse sur le capot, mais Camacho ne broncha même pas.

– Alors, Camacho ? Tu n'as pas l'intention de compter ?

Antonio s'approcha de la voiture, et il eut le sentiment que la carrosserie dégageait une chaleur de fauve aux aguets. Il dut mettre la tête à la portière pour distinguer la tempe de Camacho brûlée par la poudre et l'excrément de sang qui sortait de son oreille. Quand il le secoua, il ne put l'empêcher de basculer en avant et de tomber sur le volant en déclenchant l'avertisseur.

– Je l'ai tué, dit la voix de Nina, derrière lui.

Antonio sursauta et se retourna. Elle émergeait de la nuit et s'exposait à la lumière inquisitrice des phares, qui rendaient son visage d'une grande pâleur, et des moucherons l'auréolaient tout entière, telles des mouches autour d'un cadavre.

– Tu l'as tué ? Pourquoi ? lui demanda Antonio, stupéfait.

C'était comme si l'évidence l'offensait, ou si un souffle d'air venait d'écrouler le château de cartes qu'il construisait depuis des semaines.

– Tu ne croyais tout de même pas que j'allais le laisser te faire chanter ? Pour qui me prends-tu ? demanda-t-elle, d'une voix vibrante d'indignation. Allez, viens, aide-moi à le porter.

Ils le portèrent à bras dans l'usine, où le sol était couvert de débris de verre, peut-être dans l'attente d'une convention clandestine de fakirs ; la toiture découvrait des portions de ciel. Ils le jetèrent, derrière l'établi de mise en bouteilles, dans une citerne aussi puante qu'une fosse septique, où il tomba en produisant un vacarme inquiétant suivi de couinements de rats.

– Camacho m'a dit que tu étais le cerveau de l'opération, murmura Antonio, repentant. Je dois t'avouer que j'ai fini par le croire.

Nina resserra contre elle les pans de sa gabardine, pour contenir un frisson, apparemment. Dans sa voix était nichée une tristesse exsangue.

– Je ne me suis jamais considérée comme une petite sœur des pauvres, Antonio. Mais tu me crois vraiment aussi misérable ?

Antonio sentit qu'il avait les jambes en coton. Il allait devoir reconsidérer ses projets, les adapter à la nouvelle situation qui se présentait, mais il ne voyait pas encore comment s'y prendre.

– Je ne sais que te dire, Nina, reconnut-il d'un ton d'excuse. Tu es de tout ce que j'ai vu de ma vie ce qui ressemble le plus à un hiéroglyphe.

Il essaya de distinguer le visage de Camacho dans les immondices de la citerne, mais l'obscurité l'en empêcha. Nina était repartie en direction de la voiture ; les débris des vitres crissaient sous ses talons.

– Un hiéroglyphe ? fit-elle, blessée dans son orgueil, quand il la rejoignit. J'ignorais avoir été un hiéroglyphe pour toi, Antonio. Je t'ai protégé autant que je l'ai pu, j'ai évité que tu sois tué après ta fuite, et quand on a enfin libéré les prisonniers espagnols, j'ai fait en sorte qu'on ne fasse pas obstacle à ton retour… C'est ce que tu dis être un hiéroglyphe ? Ce qui s'est passé dans l'île de Tolbos ne t'a pas convaincu ?

Mais dans l'île de Tolbos Antonio avait été un batelier qui croyait voguer dans le sens du courant, alors qu'en réalité le courant l'emportait, et il ne voulait plus se laisser emporter.

– C'est pour ça que tu es restée avec Camacho pendant tout ce temps ? demanda Antonio, qui sentait sa détermination vaciller. En te mariant avec lui pour pouvoir quitter la Russie, tu lui avais déjà fait une assez grande faveur, non ?

Ils étaient sortis de l'usine. Nina s'adossa au mur mitraillé, semblant attendre la décharge qui lui éviterait de devoir se défendre devant l'homme pour lequel elle s'était tant de fois sacrifiée.

– Qu'aurais-je pu faire, dis-moi ? gémit-elle. Le laisser agir à sa guise ? Camacho était une saloperie de psychopathe, Antonio. Tu n'as pas vu ce qu'il a fait à la pauvre femme avec laquelle tu vivais ? Il aurait joué avec toi comme avec une marionnette, et après t'avoir soutiré jusqu'au dernier sou, il t'aurait liquidé sans la moindre hésitation. Oui, je suis restée avec lui pour te protéger.

Elle se tut, assaillie par l'imminence des larmes. Antonio l'étreignit, animé par une obscure pitié ou un obscur calcul.

– Merci de m'avoir protégé.

Il la conduisit jusqu'à la voiture, dont le moteur ronronnait encore, et remarqua que Nina avait à peine la force de tenir debout ; on aurait dit qu'une fois la complicité rétablie entre eux elle avait renoncé à rester droite, alerte, ou que les tensions accumulées au cours des derniers mois pesaient maintenant sur elle au point de la réduire à l'état d'épave. Antonio lui tendit la trousse qui contenait l'argent.

– Je n'en veux pas, tu peux le garder, dit-elle avec une grimace de refus.

Antonio l'aida à s'asseoir sur le siège avant, puis contourna la voiture et se mit au volant, à côté d'elle. À la hauteur de sa nuque, il sentit la fraîcheur nauséabonde du sang de Camacho, encore frais.

– Nous le garderons donc, dit-il en jetant la trousse sur le siège arrière.

Nina rougit comme une enfant surprise en train de faire une

espièglerie. Son visage était dépourvu de tout maquillage et, un instant, alors qu'il la contemplait, il vit ses traits se superposer, puis s'amalgamer à ceux de Carmen, de sorte qu'il lui sembla que Carmen et Nina étaient une seule et même personne, ou que leurs visages étaient interchangeables.

– Tu veux dire que tu viens avec moi en France ? demanda-t-elle avec une joie toute d'expectative.

– Je t'accompagnerai au moins jusqu'à la frontière, dit Antonio, souriant. Laisse-moi réfléchir pendant que je conduis.

Il tourna la clef de contact et souleva presque aussitôt un nuage de poussière d'un brusque coup d'accélérateur, éteignant ainsi la lune convalescente qui peinait à briller dans le ciel, et il partit vers le nord, par le même chemin qu'il avait pris pour se rendre à San Lorenzo de El Escorial, afin de se forger un alibi, pendant que Consuelo agonisait, le même chemin qu'il avait suivi pour aller se débarrasser du cadavre de Paloma. La frontière française était encore très loin.

– Alors, je vais faire tout ce que je peux pour achever de te convaincre, dit Nina en se serrant contre lui.

– Je t'avertis que je suis un os dur à ronger, dit-il en plaisantant.

– Tu n'as pourtant jamais été comme ça avec moi.

Elle avait posé la tête sur son épaule. Antonio ne quittait pas des yeux la route, devant lui.

– C'est que tu m'as toujours pris au dépourvu.

Il glissa son bras droit sur les épaules de Nina, et put sentir en elle la pouliche docile, l'humus nourricier et spongieux, prêt pour les semailles.

– C'est curieux, dit-elle. Camacho a toujours cru que j'étais encore amoureuse de toi, et que si j'avais accepté de participer au chantage, c'était par dépit de te savoir lié à d'autres femmes. Lui ne m'a jamais considérée comme un hiéroglyphe.

– Moi non plus, maintenant, ma beauté.

Et, pour la convaincre de sa conversion, il l'embrassa et sentit l'odeur de ses cheveux, leur vague parfum de shampooing, sans relâcher son attention de conducteur. Nina posa la tête sur sa poitrine comme sur un oreiller.

– Le jour ne va pas tarder à se lever, marmotta-t-elle. Ne me laisse pas dormir. J'aimerais qu'on s'arrête quelque part, pour voir le soleil se lever.

– D'accord. Comme tu voudras.

Mais il la laissa s'endormir, pelotonnée contre lui, dans le refuge du paradis à deux ou du jardin clos où le lion et l'agneau peuvent s'ébattre ensemble en paix. Antonio de son côté se serra contre elle, ils s'étreignirent comme s'étreignent la main et le gant, le boulon et la charnière, la pierre et le lichen, et il respira l'odeur de sa peau, une odeur matinale d'étable propre, de four encore tiède. Il ne quitta pas la route des yeux pendant qu'il sortait de la poche intérieure de son veston la navaja que Carmen lui avait offerte dans le Retiro, la navaja pas plus grosse qu'une lime à ongles et aussi effilée qu'un stylet avec laquelle Carmen avait criblé de coups la nuque du malabar qui avait failli les réduire en bouillie. Le geste d'Antonio fut beaucoup plus chirurgical que ne l'avait alors été celui de Carmen : il plongea d'un seul coup la lame dans la gorge de Nina à la hauteur de la jugulaire et il la tint plaquée contre la plaie, pendant que le sang coulait en filets abondants, trempant les revers et les pans de la gabardine.

Nina se réveilla sans douleur et sans soubresaut, tandis que sa vie l'abandonnait, comme elle s'éveillait jadis dans l'île de Tolbos sous les caresses savantes d'Antonio, qui avaient la délicatesse que l'on met à écarter la crème d'un bol de lait fumant ; et ce ne fut qu'à la fin, quand presque tout son sang avait été répandu, qu'elle agita ses jambes, qui révélèrent leur vigueur cachée, creusa les reins et balbutia quelques paroles inintelligibles, mais plus elle faisait d'efforts pour parler plus l'air entrait dans la blessure, abrégeant son agonie. Antonio se demanda si, pendant qu'elle mourait ainsi sans bruit, elle voyait le soleil se lever dans quelque au-delà où l'attendait la résurrection de la chair.

– Doucement, Nina, ce ne sont que quelques secondes, lui souffla-t-il à l'oreille.

Et quand le cœur cessa de battre à défaut de pouvoir pomper plus de sang, il posa un baiser sur son front hiéroglyphique qui plus jamais ne pourrait dévoiler son mystère, ou qui ne le révélerait que quand la mort serait venue le trouver lui aussi. La route serpentait en gagnant de la hauteur ; Antonio braqua pour s'engager sur un chemin caillouteux qui montait entre les rochers jusqu'à un escarpement jeté sur la nuit comme un plongeoir sur le néant. Il laissa la voiture au point mort devant le précipice, descendit, mit le cadavre de Nina à sa place, étonné de le trouver aussi léger, comparé à ceux qu'il avait dû porter jusqu'alors, et il se dit qu'en se vidant de son sang Nina s'était aussi vidée de ses péchés, ou que ses péchés lui avaient été pardonnés avant qu'elle ne se fût vidée de son sang. Il sortit les liasses de billets de la trousse qu'il avait négligemment jetée sur le siège arrière, et il les répartit dans ses poches ; puis il poussa la voiture jusqu'à ce qu'elle tombe dans le vide et rebondisse sur les rochers dans un vacarme de métal déchiré et brisé.

Le petit matin s'annonçait discrètement et l'éclat de la lune se montrait de nouveau, comme si le sacrifice expiatoire de Nina avait guéri l'astre de ses maux. Antonio descendit calmement au fond du précipice par un sentier de chèvres accidenté qui se coulait entre les buissons. Il atteignit l'épave cabossée de la voiture, craqua une allumette, la jeta dans le réservoir ; deux minutes plus tard, le véhicule n'était plus qu'une torche crépitante. Antonio était parti avant que les flammes n'eussent atteint le visage de Nina. Il n'aurait pas pu supporter de voir se consumer ces traits qui avaient un jour abrité d'autres incendies, ceux du plaisir des temps de barbarie, ces traits qui avaient un jour lointain, très lointain, été le reflet de son désir.

En s'orientant sur les éclats encore vifs de l'est, il se dirigea aussitôt vers la ville par des sentiers, des chemins et des vallons à l'écart de la grand-route. Il calcula qu'il devait être à une bonne trentaine de kilomètres de Madrid, et il décida de s'y rendre à pied, tel un pèlerin qui rentre chez lui incognito après avoir couru le monde. La marche allait être longue, mais peu lui importait ; il pourrait boire aux fontaines comme on boit aux eaux du Léthé, dormir du sommeil des innocents à l'ombre des peupliers, se rafraîchir dans les ruisselets encaissés en croyant se tremper dans un Jourdain pour s'y laver d'anciens péchés qu'il supposait enkystés, et ce fut ainsi qu'à chaque fontaine où il se désaltéra, sous chaque peuplier qui l'abrita de son ombre, dans chaque cours d'eau qu'il put passer à gué, il découvrit un monde nouveau où rien n'était classé ni étiqueté, un monde qui venait tout juste d'être créé, surgi du néant, et ressentit l'allégresse sereine qui dut submerger le Dieu de la Genèse quand il contempla l'œuvre jaillie de ses mains. Avant de s'engager dans les faubourgs, il enfouit dans un terrier le pistolet que Demetrio lui avait procuré, et dont il ne s'était même pas servi.

Il arriva à Madrid affamé, sale et éreinté, les pieds blessés, les jambes ankylosées, mais un soleil niché dans la poitrine, un soleil qui était la vie nouvelle dont la gestation était achevée et qui n'attendait plus que l'instant de la mise au monde. De l'appartement de la rue Claudio Coello il appela l'hôtel du Quartier latin où Carmen attendait dans l'angoisse de ses nouvelles. Très laconiquement, il lui annonça que tout s'était passé comme prévu, en remettant les explications (ou plutôt les effusions) à l'heure de leurs retrouvailles définitives, et il demanda à Carmen, pour le moment noyée dans les larmes de joie, de lui passer la petite, qui aussitôt l'étourdit de questions précipitées. Mais Antonio ne voulut pas faire durer plus longtemps la conversation, et promit à l'une et à l'autre que dès le lendemain il satisferait leur curiosité ; il trouvait un insondable plaisir à remettre à un peu plus tard le bonheur maintenant imminent, de la même manière que l'on s'impose, après avoir cuisiné un plat délicieux, de ne pas y goûter avant l'arrivée des invités avec lesquels on le savourera. Il se fit couler un bain chaud, où il paressa pendant près de deux heures, en anticipant en songe les délices de la vie nouvelle auprès de Carmen, puis il se rasa la barbe devant le miroir du lavabo, comme Carmen le lui avait demandé non sans coquetterie au premier moment de leurs retrouvailles. En contemplant son visage enfin démasqué, aussi doux que celui d'un nourrisson, il se dit que treize années venaient d'être abolies d'un seul coup de rasoir, et avec elles une ribambelle de malheurs (et de crimes) dont il ne voulait déjà plus se souvenir.

Il mit le costume le plus discret qu'il trouva dans l'armoire, en écartant ceux de Mendoza, qui avaient toujours été un peu trop amples pour lui, ainsi que ceux, sur mesure, qu'il avait commandés au tailleur et qui tout à coup lui parurent trop distingués, bons pour un godelureau. Il décida qu'il ferait le voyage sans autre bagage que l'argent nécessaire pour acheter les billets de train, le visa du consulat de France et le passeport au nom de Gabriel Mendoza, que ce serait la dernière fois qu'il se servirait du nom de ce fantôme dont il avait usurpé l'identité, et qu'après avoir montré ses papiers au poste frontière d'Hendaye, son simulacre de vie serait à jamais fini.

Dans le taxi qui le conduisait à la Estación del Norte, où treize ans auparavant avait commencé pour lui son expédition dans le froid, Antonio se dit que le bien auquel il était sur le point de toucher était le dernier maillon d'un enchaînement de maux, des maux qu'il avait endurés et des maux qu'il avait infligés, des maux que les autres lui avaient fait subir et des maux qu'il n'avait pas hésité à faire subir aux autres, sans même reculer quand il fallait verser le sang. Il se rappela alors Cifuentes, tellement attaché à ses principes, qui l'avait un jour averti que d'aucun mal ne peut advenir un bien, mais toutes les règles ont leur exception, et il était là pour prouver que d'une montagne de maux peut parfois résulter le plus grand bien.

Tranquille, il acheta à un guichet de la gare un billet pour Hendaye ou, plus exactement, deux billets, pour s'assurer qu'il voyagerait seul en voiture-lit, afin de n'avoir à supporter ni les bavardages ennuyeux d'un inconnu, ni ses ronflements qui troubleraient son repos. Il était épuisé, après l'agitation de la veille et la longue marche dans la campagne ; il était également affamé, si affamé qu'il passa les heures précédant celle du départ du train au buffet de la gare, où il engloutit à peu près tout ce que l'on y proposait.

À la radio on interrogeait un prisonnier qui venait d'être gracié à la demande d'une des confréries de la Semaine sainte, selon la tradition immuable de cette période de l'année. Comme ce prisonnier qui devant le micro exprimait en balbutiant sa gratitude et sa promesse d'amendement, Antonio était un acquitté dont les fautes avaient été remises. Il remarqua alors, en regardant un calendrier froissé et taché de graisse accroché au mur derrière le comptoir (un calendrier des Explosivos Río Tinto, avec une reproduction de *La Piconera* de Romero de Torres en train de remuer les cendres d'un brasero, cuisses découvertes, le même qu'il avait vu dans la cuisine de Carmen) que c'était le samedi saint, veille du dimanche de Pâques, où le chœur des anges et des hiérarchies célestes exulte pour célébrer la victoire du Christ sur la mort ; et il se dit qu'en cette nuit de grâce, pendant que le train le rapprocherait de la France, il serait lui aussi repêché de l'abîme, pour ressusciter ou renaître converti en un homme nouveau, enfin lavé de ses fautes, dont les péchés anciens auraient été pardonnés.

L'annonce du départ du train retentit pour lui dans les haut-parleurs comme la promesse de trompettes qui auraient claironné la rédemption, et il répondit à leur appel exultant inondé par une clarté qui exorcisait les ténèbres maîtresses du monde. Il chercha le numéro du wagon-lit en fendant la foule qui s'entassait sur le quai, et quand il fut monté en hâte dans la voiture et qu'il eut trouvé son compartiment, il s'empressa de s'y enfermer et s'allongea sur l'un des deux lits avant le départ du train, prêt à se remettre de ses dernières nuits sans sommeil. Au bout d'un moment, cependant que le bruit régulier des essieux le plongeait dans le sommeil, l'employé des wagons-lits chargé de veiller au confort des passagers de première classe frappa à la porte du compartiment pour lui remettre deux couvertures qui lui seraient utiles quand viendrait la fraîcheur nocturne et une serviette de toilette pour ses ablutions. Antonio le remercia de ces attentions en lui donnant un pourboire substantiel et en le priant de ne plus le déranger jusqu'au lendemain matin, quand le train approcherait d'Hendaye. Il éteignit les lumières et se recoucha. Pendant que les secousses du train le berçaient voluptueusement, il anticipa l'instant où il embrasserait de nouveau Carmen et sa fille, uni à elles, leurs cœurs battant à l'unisson, et il se demanda, ébloui, comment il avait jusqu'alors pu vivre sans amour, relancer chaque jour son pauvre cœur brisé et sans écho.

Contrevenant à ses instructions, l'employé était revenu frapper à la porte, cette fois d'une façon plus péremptoire ; peut-être avait-il oublié de lui faire une recommandation importante, ou peut-être cherchait-il tout simplement à obtenir de lui un nouveau pourboire, encore plus généreux. Il se leva en ronchonnant, sans même allumer les lampes du compartiment, vacillant comme un mort qui vient de sortir de son sépulcre.

– Écoutez, je vous ai bien dit de ne plus me déranger... commença-t-il.

Mais l'employé s'était déjà glissé dans le compartiment, après avoir poussé du pied le battant de la porte. Cette brusquerie ne pouvait être prise que pour ce qu'elle était : une intrusion et, encore somnolent, il se préparait à le lui reprocher quand brusquement l'employé le poussa contre le lit. Alors, Antonio voulut protester, mais il se tut en devinant, à la pâle lumière qui venait de la fenêtre, les traits de l'intrus. Il reconnut ses yeux anormalement éloignés l'un de l'autre dans le visage volumineux, le nez camus perdu au beau milieu avec la moustache courte et fine, taillée au cordeau.

– Becerra ! s'écria-t-il.

Il ne savait s'il devait considérer l'irruption de Becerra comme un hasard malheureux ou une opportunité que la providence lui offrait de se réconcilier avec cet homme, qui représentait tous ceux auxquels il avait fait du mal. Becerra ferma derrière lui la porte du compartiment, et il parla, de la même voix implorante et pleurnicheuse qu'il lui connaissait déjà.

– Je t'ai demandé de ne pas chercher à me pourrir la vie. Je t'ai supplié.

Antonio croyait encore que cette situation embarrassante pouvait s'arranger par une explication franche, peut-être au wagon-restaurant, à la chaleur d'un verre de cognac. C'était ce qu'il allait proposer à Becerra, qui avait encore fait un pas, avec une rigidité d'automate, l'obligeant à reculer contre la paroi du fond. C'est alors qu'il vit le pistolet que Becerra tenait dans un poing tremblant.

– Bon sang, Becerra, ne fais pas de folie, dit-il, et c'était maintenant lui qui avait une voix implorante. Qu'est-ce que ça arrangera ? Allez, donne-moi cette arme avant que nous n'ayons à le regretter.

Le train s'était approché d'un tunnel, Antonio le comprit, parce que le vacarme devint tout à coup assourdissant, et l'obscurité plus épaisse et sourde.

– Je m'en fous pas mal d'avoir à le regretter toute ma vie, dit Becerra en pleurant et pleurant encore. Je t'avais demandé de ne pas me la prendre.

Antonio sentit son corps se charger de peur et devenir aussi lourd qu'une pierre qui tombe dans l'abîme et emporte l'âme dans sa chute. Alors il pensa à Carmen, lumière au bout du tunnel, mais lumière qui s'éloignait de lui, diminuait sans cesse, jusqu'à devenir indiscernable dans l'obscurité. Il n'entendit même pas la détonation, qu'absorba le vacarme des essieux, comme son cœur absorba la balle qui mit fin à ses battements. La mort était enfin venue le trouver, et c'était comme sombrer dans les profondeurs.

On ne découvrit son cadavre que le lendemain matin quand le train, essoufflé et épuisé, s'immobilisa le long du quai de la gare d'Hendaye, telle une baleine venue mourir sur la grève.

Remerciements

Je désire exprimer ma gratitude à ceux qui m'ont accompagné (alors même que je les privais de ma compagnie) pendant que j'écrivais ce roman : à María, tout d'abord, pour tous les sacrifices pénibles et les généreuses renonciations ; à mes parents, pour leur courage sans faille et leur abnégation ; à Iñaqui, toujours présent ; à Jimena, à qui j'ai sans doute manqué plus qu'il ne l'aurait fallu. Merci à tous pour la confiance qu'ils m'ont accordée dans les moments difficiles.

Mon père s'est chargé, en risquant sa santé dans cet effort, de dactylographier un manuscrit inintelligible, secondé par Iñaqui, qui m'a également aidé à relire les épreuves. Enfin, merci à Gonzalo Santojo pour son amitié indéfectible et ses confidences, et à Miguel Ayuso pour certaines précisions militaires.

Madrid, septembre 2012

RÉALISATION : NORD COMPO À VILLENEUVE-D'ASCQ
IMPRESSION : NORMANDIE ROTO IMPRESSION S.A.S. À LONRAI
DÉPÔT LÉGAL : AVRIL 2014. N° 111633 (1401073)
– Imprimé en France –